21世纪年度报告文学选

报告文学

李炳银／编

人民文学出版社

图书在版编目（CIP）数据

2017报告文学/李炳银编. —北京：人民文学出版社，2018
（21世纪年度报告文学选）
ISBN 978-7-02-013894-4

Ⅰ.①2… Ⅱ.①李… Ⅲ.①报告文学—作品集—中国—当代 Ⅳ.①I25

中国版本图书馆CIP数据核字（2018）第042129号

责任编辑　樊晓哲　李　宇
装帧设计　马诗音
责任印制　任　祎

出版发行　人民文学出版社
社　　址　北京市朝内大街166号
邮政编码　100705
网　　址　http://www.rw-cn.com

印　　刷　河北鹏润印刷有限公司
经　　销　全国新华书店等

字　　数　413千字
开　　本　880毫米×1230毫米　1/32
印　　张　15.625　插页3
版　　次　2018年6月北京第1版
印　　次　2018年6月第1次印刷

书　　号　978-7-02-013894-4
定　　价　46.00元

如有印装质量问题，请与本社图书销售中心调换。电话：01065233595

出 版 说 明

　　二十世纪八九十年代，我社曾编辑出版过小说、散文、诗歌、报告文学等各种文学体裁的年选本，其后，这项工作一度中断。进入新的世纪，我社陆续恢复编辑出版短篇小说年选、中篇小说年选、散文年选，对当年我国中短篇小说及散文创作实绩进行梳理、总结，向读者集中推荐，取得了良好效果，也为新世纪的文学积累做出了贡献。

　　报告文学敏锐及时地把握时代脉搏，反映社会生活。根据文学界人士和读者的建议，同时与小说年选、散文年选形成系列，我社又恢复编辑出版报告文学年选；编选范围原则上为当年全国各报刊上发表的报告文学作品，入选篇目的排列以作品发表时间先后为序。

　　我们希望年度报告文学选能够反映当年报告文学的创作概况，使读者集中阅读欣赏当年最优秀的报告文学作品。我们的努力是否达到了这样的效果，期望得到文学界和读者的批评和建议。

人民文学出版社编辑部

目 录

塘约道路 …………………………… 王宏甲 1

山城不可见的故事 ………………… 李燕燕 66

云（节选）…………………………… 金宇澄 105

空中探险家（节选）………………… 张子影 138

直面北京大城市病 ………………… 长 江 175

此念此心——太行之子吴金印 …… 任林举 245

第三种权力——中国第一个村务监督
　　委员会成立纪实 ……………… 李 英 299

那山，那水（节选）………………… 何建明 348

激流中（节选）……………………… 冯骥才 424

生存课 ……………………………… 袁 凌 453

塘约道路

王宏甲

海,昨天退去。

出现在眼前的山,从天上俯瞰,宛若无数远古征战的帐篷安扎在大地。它不像太行山、神农架或者欧洲的阿尔卑斯山那样连绵不绝,多是一座一座平地而起。谁造的呢?好像有一只上帝之手,曾经在这里做游戏,捏造了这么多小山峰。

海,昨天退去。

这里的山,便是两亿年前海底世界的景观。在这些高度差别不大的群山之间,曾经有许多海底生物在"山"与"山"之间游弋,是两亿年前海底的自然力量造就了这里特有的群山。

海,昨天退去。

我们今天所说的青藏高原,就在那时候出生。它曾是远古的浅海低陆,距今约二三百万年前开始大幅度隆起,形成今天的"世界屋脊"。最后露出水面的这片海底世界,因无数小山峰耸立于斯,便成为当今中国唯一没有平原支撑的省。

多年前我曾写下:"要看两亿年前的海底世界,请到贵州来!"

是的,这里是贵州。我没有想过,工业发展滞后的贵州能在信息时代为全国提供什么经验。但是,现在这远山深土是如此生动地教育了我,令我不得不重新审视眼前的世界。

一 这是坏事,还是好事?

2015年以来,有关"很多企业关门了"的说法就很多了。今年更见有文章说"工厂机器沉寂,马路货车渐稀"。有人说,一批外企外资撤离中国,留给中国打工人口的失业震荡不小。还有人描述道:"别小看每月三千元的工资。小小一张工资条的后面,有数百万留守儿童嗷嗷待哺,还有千百万白发苍苍的空巢老人殷殷期待……"在此说中,失业的绝大多数是"农民工"。

这一次,是农民工大量下岗了。

与此同时,房价令人吃惊地暴涨,波及各类房租上扬,地下室也不例外。下岗农民工能在城市里等到企业再用他们吗,能等到撤离中国的外国资本返回来再录用他们吗?

农民工回乡了。

不仅是单枪匹马外出打工的,不少农民夫妻带着孩子在城市打工的也拖家带口回来了。这些年,政府也努力使农民工的孩子在城市拥有上学的书桌。现在,他们也回来了。

这是坏事,还是好事?

农民工回来了。还是这片天空,还是这片土地。不少人的地转让给别人种了,或撂荒了。通往田间的路年久失修,荒草侵蔓,水利设施荒废了。现在干什么,日子怎么过?

多年前,我到洛水上游采访,看到许多"空壳村",看到公路两侧的墙上刷着大标语"外出打工如考研,既学本领又赚钱"。那是当地政府部门刷出的标语。

曾经,面对"空壳村",村干部感到无可奈何。现在村民们回来了,党支部能如何,村支两委能带领村民重建生活吗?

今年,我五次去到贵州省安顺市一个叫塘约的村庄。这里前年还是个"榜上有名"的贫困村。我走进他们新建的村委会小楼,看到最显目的四个红色大字就是:穷则思变。

他们确实在变。他们把改革开放初分下去的承包地,重新集中起来,全村抱团发展,走集体化的道路。变化和成效皆惊人。我在这里看到了：百姓的命运，国家的前途，党的作用，人民的力量。我如果没有看到也就罢了，看到了，不敢不写。

二　在一贫如洗的废墟上

"二牛，快起来，雨大得吓人！"妻说。

他梦见了大雨，梦见牛在水里游，猪也在水里游……一个激灵爬起床，他听到有一种声音包围着屋子，响得竟听不出那是雨声……屋子里一片漆黑。电灯呢？

"没电了。"妻说。

妻子把打亮的手电递给他，这是村里走夜路需要的工具。

他起床下楼去看，打开房门，雨扑进来。

是凌晨四点半了，外面也一片漆黑。屋里没有进水，手电光射在瓢泼大雨中光柱很短，但能听到地面汩汩的水声，朦胧地看到门外低处的村路已经流成了河。

"白纸厂寨！"他头脑里闪电般出现这个寨子。

那是村里最低洼的一个寨子。他找出雨衣，没来得及跟妻子说声去哪儿就出门了。

塘约村辖十个自然村，3300多人口，劳动力1400多个，外出打工最多时达到1100多人，青壮年几乎全走了。这是个典型的"空壳村"。洪水半夜来了，村里多是妇女和老幼病残，怎么办！

白纸厂寨前的村路被水淹得不见了，他从无路的半山踩过去到了寨子，就听见大人的喊声小孩的哭声。天已微亮，水从后山涌进寨子，从寨子人家的前门里涌出来。村民在慌乱中喊叫着往屋外搬东西。

"别搬了，快往山上撤！"他大声喊道。

几乎没人听他的。穷，能拿出什么算什么啊！

他进了一户姓邱的人家，这家夫妻智力有些问题，还有个小孩。夫妻俩站在水里发愣。他说："走啊！"

男的说:"外面下雨!"

他喝道:"屋子会倒啊!"

他不听他们说什么了,硬把他们一家拽了出来。

这时他发现村主任彭远科也到了这里,还有两个村委委员也在疏散群众,他们把有个残疾妇女的一家人弄出来了。

瓢泼大雨还在下。滔滔洪水把衣服、鞋子、灶具、家具、电视机都从前门冲出来了。快六点时,水更大了,有个八十岁的老人全身浸在水里从屋里出来,人们说他是"游泳出来的"。老人被从水里拉上来,搀扶上山。这时二牛看到,还有一些不是这个寨子的群众也来帮助抢救。

天亮了,部分房屋倒了。现在能清楚地看到寨子前方的土地不见了,一片汪洋般的浑浊的水面上漂浮着小寨人家的衣物和用具……这是塘约地势最低的一个村,塘约还有九个村在暴雨中,九个村都有危房。

二牛姓左,大名文学。这年四十三岁,是村党支部书记。

这一天是 2014 年 6 月 3 日,塘约村遭遇百年未见的大洪水。田也毁了,路也毁了。左文学在暴雨中望着被洪水洗劫的家乡,灌满他脑子的一个巨大问题就是:怎么办,现在怎么办?

受灾的不只是塘约村。安顺市位于贵州省中西部,地处长江水系乌江流域和珠江水系北盘江流域的分水岭地带,有两区一县,还有三个少数民族自治县。这场暴雨,使这片土地受灾很广。

6 月 5 日,安顺市市委书记周建琨等人踩着泥泞,来到受灾最重的白纸厂寨,看到几个人正在帮一对残疾夫妻修房子,一问,这几个人都是村干部,是义务帮忙。

"村书记呢?"周建琨问。

"也在帮人修房。"

有人马上去叫左文学。

几个妇女围住周建琨哭诉:啥都没了,粮也泡水了……帮帮我们吧!周建琨问:"怎么帮?"

"先帮我们修路!"

男人们出去打工了,女人是村里种田的主力,路没了,她们下地干啥都难。周建琨后来告诉我,他忽然很感动,她们不是要粮要钱,说修路。

周建琨正在跟几个妇女说话,村支书左文学来了,浑身沾着泥浆,两眼通红,像一匹狼。

左文学回顾,那天周书记看望了家家都在修房的村民,然后就在受灾现场跟他谈话。

周书记说:"你这个村子有前途!"

左文学愣着,心想什么都没了,前途在哪儿?

周书记说:"我看你这个班子很强。这么大的水,人住得这么散,没死一个人。你们干部了不起!"

左文学还是愣着。

"你为什么不成立合作社?"周书记又说,"你这里百姓也很不错,党支部可以把人组织起来呀!"

左文学说村里大都是妇女、儿童和老人。

"不管怎么讲,你要记住,"周书记说,"政府永远是帮,不是包。党支部也一样,要依靠人民群众。"

左文学告诉我,就在这天,他记住了周书记说的"要靠群众的内生动力"这句话。周书记说:"妇女讲先修路,好,政府出水泥出材料费,你们出工出力干起来,行不行?"

左文学说:"行。"

周书记接着说:"要致富,你要有思路,有魄力,要敢于踩出一条新路来!你想想怎么干,我下次来,你给我讲。"

左文学告诉我:"那天,周书记走后,我哭了。我一个人,躲起来,哭得忍不住。"

我感到他的哭里有内容,大约有很多辛酸的往事涌上来吧,于是就问他为什么哭。他说:"我看到了前途。"

左文学告诉我,之前,村里人靠传统农业勉强度日,这场大水把很多农户冲得一贫如洗。是穷到底,困难到底了,大家才重新走上这条全村抱团发展的集体化道路。

三　左二牛的奋斗史

　　左文学这天把自己冲洗干净,躺进了一个椭圆形的大木桶,桶里热水齐腰深,他泡在桶里想往事想前途。

　　左文学做过文学梦。可是,读完高中回乡,父亲说,种地吧!家有九亩地,种粮,有饭吃,没钱。年底结婚了,要养家,他必须出去打工。这是1991年初春。他这时的梦想,是赚了钱回来到县城开个大超市。

　　少年时的朋友大多对他那个文绉绉的名字不感兴趣,叫他二牛。二牛有种干什么非干成不可的劲,同学都喜欢跟他玩。现在他是跟人出去的,到北京海淀区苏家坨搞房子装修。

　　"做电工,现学的。"他读过物理,很快学会做电工。但渐渐感到"这不是一条路"。一家人这样分开,到外面来就为了赚点钱,任何一个雇主都可以对你吆五喝六,你不是你了,你受支使,受歧视……新婚妻子在家里守空房……这是好日子吗?

　　打工半年多,他带回一千多块钱。

　　当然也带回来见识。他注意到北京郊区的大棚菜,要是我们那里有大棚,也能在冬天种蔬菜。还能养羊、养猪、养鸡……回到家乡想搞大棚,没资金。他决定种药材,到信用社贷款500元,去四川眉山引进党参、桔梗、独角莲……回来,播种,搞了两个月,失败了。

　　决心养猪。最多时养了60头猪,那时他家前后左右都是猪圈。他还到信用社贷款购置了碾米机、磨粉机、压面机,在家里搞了个粮食加工厂。给村民加工米,对方把糠给他。加工小麦,做成面条,加工费就是糠和麦麸。他逐渐存下了六七万元,被寨子里的人认为是个能人。

　　养猪前五年是赚钱的,第六年养得最多,一下就亏了。这年价格下跌,原来七块钱一斤的毛猪,跌到四块钱一斤,这就快跌去一半,亏惨了。他说:"改革放开了农民手脚,确实没人捆住我的手脚,我可以放手去干了,但是,我深深体会到了,单打独斗,很难抵御市场风险。"

不甘心。决定养牛。养了30头母牛、6头公牛。在整个平坝县(后来改成平坝区)都很出名:"那个养牛的叫左二牛。"

他越来越明白,养猪养牛,都得用头脑养。他发现一群牛中必有一个头牛,众牛都会围绕着它。于是给它脖子上系铃铛,别的牛四处吃草不会走出牛耳听不到铃铛的范围。他感觉这个范围至少有50米。他开始梦想搞一个大的养牛场。

养牛得去放牛,每天带两样东西:雨具和书。他记得他很崇拜的初中的语文老师彭万师曾对同学们说,你们一生中一定要看看《古文观止》。现在有时间了,他就买来读,读得津津有味。

2000年换届,左文学被村里人选为村主任。乐平镇大屯片区总支书朱玉昌来村里找他谈话。他说我在养牛,脱不开身。父亲听说后表示:他说了不算,等晚上开个家庭会。

当晚,父亲主持家庭会,问儿媳妇:这个村主任,你同意不同意他干。

儿媳说:他想做的事就做吧,我从来都没拦着他。

父亲说:村干部要付出的,没有你支持,他干不下去。

儿媳问:咋支持?

父亲说:你就支持他两点。一是他有事,随时要走的,你不能拖后腿;二是有人来找,端椅倒茶要及时,找你吵架,你也必须先倒茶。

儿媳说可以。

父亲再问二牛什么态度。二牛说牛还在。父亲说:没必要老想着挣钱。盖多大的房,你只有一张床。你消化再好,一天也是三餐饭。二牛说:现实中,没钱,也挺难的。父亲说:有生活就行了。到我这个年龄,给我钱也没用。

父亲又说:"村干部就像一栋房子要有几根柱子,没几根靠得住的柱子,一个村庄撑不起来。你有机会给大家做点事,是福气啊!"

听起来这个父亲是不是很有觉悟？

左文学的父亲叫左俊榆，当了38年的村支书。他这天对儿子的教导令我感到，这里有老一代支部书记心中一直存在的理想，一个未曾实现的愿望，期望传递给儿子。

第四天，二牛把牛全部卖了，开始当村主任。

这年他入了党。2002年年底任村党支书。从那时到2014年，十多年过去了，他做了什么呢？

塘约村有条河叫塘耀河，河上有座桥，近三十米长，桥面只有一米宽。小孩上学，四个寨子的村民进出都靠此桥。桥面临水很低，雨下大点，一涨水就把桥淹了。人就过不去了。生产队散伙后，村里只见个人不见集体，这座桥听凭水淹水落，几十年无可奈何。二牛决心修建一座高大的桥。找上级支持，县里给了六万元，只修了三个桥墩，钱用完了。

桥面没钱做，只好伐木用木板搭起临时的桥面。

又去找了三个煤厂的老板化缘，又发动村民捐钱、出工出力，总算把桥建起来了。左文学想，一定要让后代记住这些拿自己的钱做公益事业的人，于是在桥头立了一块"功德碑"，碑上刻着一副对联："众手绘出千秋业，一桥沟通万民心"。

当地有煤炭资源，左文学曾想给村里办个煤厂，还想给村里办个木材加工厂，可是没有启动资金，也怕办砸了，不好给全村人交差。直到今天，周书记问他为什么不成立合作社？党支部可以把人组织起来呀！这话比洪水之夜的电闪雷鸣更让他震撼。

左文学在浴桶里泡了一个多小时，感到有重大的事要发生了。他爬出来，开始用手机通知"村支两委"全体成员：今晚开会。

一个政府，若无资产就无法管理社会。村是一个小社会，怎么能没有集体资产？村是中国最基层、幅员最广的地方，缺集体经济，村就涣散了，社会就会缺乏坚实的基础。左文学意识到眼下最重要的事，不在修桥或办个什么厂，而是要把村民重新组织起来,靠集体的力量抱团发展。

四 塘约村的十一人干部会

2014年6月5日晚,"村支两委"十一位成员齐聚村委楼。小楼还是改革开放前夕生产大队那时盖的,如今已破旧不堪,屋顶滴滴答答漏雨。

"今天周书记问我:为什么不成立合作社?"左文学直接点明了会议主题。

合作社已不是新话题。早先沿海地区出现的那种大户承包,也有外面的老板来承包,雇农民干,种菜的、种果的、养鸡的……这类"专业合作社",如今贵州也有很多。可是塘约村没有大户,没有谁承包得起。现在路坏了,田坏了,更没有外面的老板来包了。

"我们要成立怎样的合作社?"此刻,这是大家的问题。

"我想好了。"左文学说,"把全村办成一个合作社,把分下去的责任田全部集中起来,由合作社统一经营。"

"这可以吗?"

会议室顿时热闹起来,大家七嘴八舌。

可以,还是不可以?这个问题,现在已无悬念,因为本文开篇就写出他们已经这样做了。我关心的是,他们为什么做得这么彻底?

穷!这是他们会上追思讨论到的一个核心问题。

从前小岗村也因为穷而走上承包路。这似乎是个悠久的问题。他们谈起了二十世纪五十年代的互助组、合作社,还忆起了土改前的日子。曹友明等年长的村委说,他们童年时的村庄穷到令人难以置信。

"这是真的。"曹友明说,"我小时候还盖过秧被。"

"啥是秧被?"我问。

"就是把插秧剩下的秧苗洗净晒干,用上面绿的编织,下面白的根须软软的,可以贴身。"

"睡稻草做的床垫,盖秧被,家家都有。"

我在他们新建的办公楼里试图找回那个夜晚的声音。他们告诉我,家家都有织土布的织布机,穿自己织的土布衣,住茅屋。结婚,"一套新衣一尺红布。"这一套里没有内衣内裤,一尺红布用来盖头。生孩子,烧热水,用剪刀在火里烧一烧剪脐带。没剪刀的用瓷片。没有草纸。孩子生在灰堆里,烧得干干净净的草木灰。村里有歌谣:"灰里生的灰里长,棉花捂的干僵僵。"意思说生在穷家的比生在富家的长得更好。

"生病了怎么办?"

"请土郎中。用针刺放血,取老烟斗里的烟油烟垢抹上。拔草药煎喝。用生姜擦太阳穴。"

"大病怎么办?"

"没办法,只有死。"曹友明说这话时很平静。

我接着问,那时候,用钱,从哪里来?

他们说,背柴去城里卖。当地还有煤,背煤去卖。山地坡度大,只能背,去县城要走三个小时。当地有一种土,黏性高,可以烧制砂锅,拿去城里卖。一个砂锅卖两角钱,能买半斤米。卖二十个砂锅,能买到一件衣服。那是40—50厘米的大砂锅。

点灯? 点不起。逢年过节,有客人来,办红白喜事才点灯。黑夜很长。没有火柴。用蒿草晒干搓成细绳,山里有一种黑石头,铁匠铺能买到一种小铁片,用这三样东西打出明火。1950年塘约村有了火柴,叫"洋火",两分钱一盒,家家户户都买得起了。

上学? 读书一直是很多农家的梦想。

1950年以前,塘约村有两处私塾,一处在一座老庙里,另一处在邱家屯的一个祠堂里,两处都只有七八个学生。佃中农以上的人家才可能供孩子读书。村里佃中农约占30%,但读书的只有5%,全部是男孩。1953年,平坝县官中乡大屯村有读新课本的小学了,曹友明是村里第一个去大屯小学接受新中国教育的孩子。

贵阳是1949年11月15日解放的。同月17日平坝解放。曹友明4岁,同父母一起躲到床下,不知道会发生什么。

解放军来了,首先剿匪。

"有大匪,还有很多'毛毛匪'。"

"什么是'毛毛匪'?"

"三五人结伙抢劫就成匪了。"

他们说,解放军贴出告示,让"毛毛匪"自首,回来准备参加土改,给分田地。

土改前,塘约村的土地主要集中在黄、梅两家大地主手里。这是十一个村干部都知道的。

"两家大户都不是塘约村人,是城镇里的。"

塘约村的土地,如何被塘约村以外的大户人家兼并?

佃农先前并非毫无土地,不少人自己有一部分土地,再租种一部分,遇灾荒还不上地租,只好把自有的田卖了。佃农其实是失地农民。租地耕种,其实是失地农民以契约形式向"东家"承包经营。这一切看起来都是按照有契约有价格的买卖形式进行的。

但是,巨大的贫富差距出现了。

土地问题是个悠久的问题。《汉书》里就写到的"富者田连阡陌,贫者无立锥之地",用在土改前的塘约村也完全合适。今天我们仍能理解,巨大的贫富差距,非财富对比多寡而已,它是社会黑暗的经济基础。

1951年,土改与夏季的阳光同时降临。

塘约村不少人在分到土地的当天夜里不回家睡觉,就睡在地里,直睡到第二天太阳照到土地上。

中国农民"均田地"的千秋梦想,终于在这里实现。就在这年,平坝一个县就有八百多名青年报名参加中国人民志愿军,奔赴抗美援朝前线。你可以想象,一个凝聚起来的新中国有多么巨大的不可思议的力量。

1952年春耕伊始，塘约村出现了生产互助组。土改后家家都有地了，可是村里有老年失子，妇女失去丈夫的，分到的土地缺劳力耕种。还有父子都生病的，春耕了，地没种下去就要误掉一年。还有不少人家缺耕牛，农具不全。于是有劳力的帮助缺劳力的，从邻里互助扩展到同村互助，从季节性生产互助发展到固定的互助合作，之后就发展到几十户人的生产合作"初级社"。

这里值得记住的是：土改后出现的互助组、合作社，是"强弱联合"，更有"弱弱联合"，而不是多年来我们在媒体上见惯了的"强强联合"。

曹友明这一代人还记得那时有个"穷棒子合作社"很出名。今天，我们能从《中国农村的社会主义高潮》一书的首篇《书记动手，全党办社》中，读到毛泽东亲笔写的"本书编者按"，其中就特别讲到"穷棒子社"：

> 遵化县的合作化运动中，有一个王国藩合作社，二十三户贫农只有三条驴腿，被人称为"穷棒子社"。他们用自己的努力，在三年时间内，"从山上取来"了大批的生产资料，使得有些参观的人感动得下泪。我看这就是我们整个国家的形象。难道六万万穷棒子不能在几十年内，由于自己的努力，变成一个社会主义的又富又强的国家吗？社会的财富是工人、农民和劳动知识分子自己创造的。只要这些人掌握了自己的命运，又有一条马克思列宁的路线，不是回避问题，而是用积极的态度去解决问题，任何人间的困难总是可以解决的。

今天，重读毛主席这段按语，或能体会到，"只要这些人掌握了自己的命运"这句话特别重要。共产党革命最伟大的成就，就是让穷棒子们改变被雇佣的佃农身份、打工身份（打长工或打短工）。穷棒子们有了掌握自己命运的地位，这是新中国农村合作化时期农民最宝贵的地位。有了掌握自己命运的权利，才创造了彼此联合起来的有利条件，才有在"一穷二白"的基础上排除万难的冲动和大搞农田基本建设的力量。

土改后出现的互助组、合作社，最初多是"弱弱联合""穷穷联合"，那些有耕牛、劳力强的往往不愿意与"穷棒子"合作。发展的结果，"穷棒子"们联合起来，显出集体的力量，干得轰轰烈烈。"穷棒子社"能干成的事，那些较富裕人家干不成，而且很孤立了，于是也加入了合作社。

回到2014年这个夜晚。天上还下着雨，屋顶滴滴答答地漏着，会议室里的讨论在继续。

左文学说："强强联合，可以使富的更富。强弱联合，强的帮弱的，才能同步小康。这道理是明白的。问题是，你是较强的，你愿不愿意跟弱的联合？"

"可是，你强吗？"有人这样问。

大家都听懂了，这是问在座的每个村委委员。

在这漏雨的小楼里开会的十一个委员，一般说，都被村民们看作是村里的能人。他们绝大多数都有打工的奋斗史。村主任彭远科曾经到浙江慈溪打工四年。他们几乎一致的体会是，生产队解体后，确实没有人捆住你的手脚，你有多少本事都可以使出来。他们也确实奋斗了、拼搏了。但是村里没有人靠打工富起来的，反倒是从前一家人团聚的生活变得支离破碎。左文学最深的体会是："单打独斗没出路。"

他们谈到，离乡去打工，你的农民身份就是束缚。青壮年都走了，本村落后的环境缺少人去改造，留在村里耕种的妇女、老人很辛苦，收获很少。有句话讲："一夜跨过温饱线，三十年未进富裕门。"其实，光靠种粮能解决吃饭，穿衣看病孩子上学都要用钱，这钱从哪里来？这是很多人不得不外出打工的原因。

种菜行不行？种菜要背到镇上去卖，得走一小时。镇上蔬菜价格低，背到县城去卖，光是公路要走十二公里。为什么用"背"？从塘约的十个自然村寨走出来，走到公路上，那山路崎岖坡陡,只能用背篓。

上了公路能乘车去城里卖菜吗?村民自家种点菜拿去城里卖,卖的就是苦力。若乘车,扣除成本还有什么钱赚呢!单打独斗,成本也太高。要是集体,就不必家家跑城里去卖菜,一辆车就把大家种的菜都拉走了。单打独斗不如走合作化道路,这是显而易见的。

还有人说:现在洪水把村路冲坏了,就这路,要是没有集体,怎么修?

我没想到,是在这里,我感受到了,我们曾经说过无数遍的"解放",并不只是翻身获得土地,1951年土改后农民脚下已有分到的土地,头脑里则还多是从前的意识。深刻的解放,还需要精神的文化的解放。我由此理解了毛泽东主席在新中国成立前夕为什么说:

>严重的问题是教育农民。农民的经济是分散的,根据苏联的经验,需要很长的时间和细心的工作,才能做到农业社会化。没有农业社会化,就没有全部的巩固的社会主义。(《论人民民主专政》)

现在看来,毛泽东说的"需要很长的时间",可能比毛泽东自己估计的还要长,"严重的问题"也不仅是教育农民。新中国为此做了很多努力。

曹友明说:"那年月广播进村了。"

"要知天下事,天天听广播。"这是那个时代村民都知道的口头禅。不管多么偏僻,电线杆、广播线牵进村里来了。在很多农民不识字的"国情"里,中央人民广播电台的广播,使中国几乎一切穷乡僻壤的人们了解天下事,体会到自己有一个伟大的祖国。那是几亿人在同一时间听到社会主义旋律的时刻,感觉自己即使在山沟沟里,也是同全国几亿人连在一起的。

1959年10月,全国群英会在北京召开。塘约村老一辈人都知道安顺市镇宁县马鞍山有个沈志英去北京出席"群英会",受到了毛主席接见。安顺市委宣传部部长杨晓曼告诉我,毛主席曾经在一份马鞍山合作社的调研报告《季节包工》上亲笔写了209个字的按语。沈志英创建了黔中第一个初级社,她是个乐于帮困扶弱的人。沈志英已经去世,杨晓曼带我去拜访了当年与沈志英一起创建互助组的杨佰华老人。

杨佰华老人今已八十八岁,他对我说:"沈志英没念过书,但有一颗好心。"

沈志英的好心,在新中国遇到了好土壤。她与王进喜、时传祥一同出席新中国成立十周年的群英会,那是劳动和劳动人民受到举国尊重的时代,是互助合作、勤俭节约受到全民赞扬的时代。从贵州山区去的沈志英只是全国6500余名代表之一。你可以想象,那是最普通的劳动人民规模盛大地受到全民族一致礼赞的年代。

仿佛是一种心中早有的愿望,在这个夜晚苏醒。

村委委员们都激动起来了。

左文学讲自己是在浴桶里想啊想,想明白了:"要踩出一条路来,第一步就是要成立合作社,把全村的土地都集中起来,搞规模经营,实现效益最大化。第二步就是调整产业结构。"

怎么叫调整产业结构?

左文学展开来说,村里出去打工的人里面,搞建筑、跑运输的很多,分散了都看不见。我们可以把回来的人组织起来,搞建筑公司、运输公司。

这两步,怎么去实现?

他说,我看到有个"流转"的说法,是十八届三中全会关于全面深化改革的决定里说的,农民有承包土地经营权,这个经营权可以向专业大户、家庭农场、农民合作社、农业企业流转。

说到这里,左文学加大了声音:"我们为什么不成立一个土地流转中心?通过流转,把承包地重新集中到我们办的村合作社。你们看,行不行?"

大家发言热烈。有人提出疑问:"把分下去的承包地重新集中起来,是不是走回头路啊?"

15

"我想过了，"左文学说，"以前那叫改革，我们这叫深化改革。"

作为过来人，大家都深有体会，比较一致的说法约略如下：生产队解体后，村里只见个人不见集体，青壮年都出去打工了，村不村，组不组，家不家。

"日子不能再这样过下去了。"村委们都这样认同，并很快转为积极出主意。有人说，我们干部带头，先去做贫困户的工作，这事就容易做起来。有人提议，先成立一个老年协会，去做老年人的工作。村里多是老年人，看重土地，还在种地的也多是老年人。先把老年人团结起来，很重要。这个建议被大家一致认可。

曹友明被推举为老年协会会长。他当过民办教师、大队会计，还当过平坝信用联社营业部主任，退休后就被左文学请来当"军师"，是塘约村最年长的超龄干部。

左文学肯定了干部带头的意义，接着说："这件大事还是要村民来定。"

他说十八届三中全会那个决定的最后一条写着："人民是改革的主体。"他从笔记本里把他抄下来的话念给大家听："要坚持党的群众路线，建立社会参与机制，充分发挥人民群众的积极性、主动性、创造性。"

会议最后决定：明后两天做准备工作，第三天上午召开村民代表大会，对成立塘约村合作社，把承包地重新集中起来统一经营一事，进行公决。

贵州省委省政府提出同步小康，旨在2020年贵州省要与全国同步实现小康，不拖后腿。在塘约村表现为，要同步小康就必须把单家独户的农民从零散的地块里解放出来，实行规模经营，多种经营。这里深刻的原因还在于，在信息时代，仅靠传统农业方式已无法承载农民生计，真正的贫困已日益表现为旧有生产方式的束缚，在改革的基础上深化改革势在必行。

五 村民的选择

老年协会,是塘约村最年轻的一个组织,因为它刚刚成立。

我渐渐感到,这"老年协会"是当今中国一个很有特点,也颇具普遍意义的协会。

"塘约村六十岁以上的老人有六百二十人。"曹友明说。

采访中我得知,塘约村的老人也多是打过工的。三十多年前,他们中的很多人也曾是打工仔、打工妹。那时候,山里父母还多是让男孩在家乡成家立业,被推向市场的多是女儿。一趟趟"盲流专列"把乡下人如集团军般拉到南国的劳务市场。火车到站,汽笛声响得让人心慌。

那以后月尾节初,有打工族的地方,邮局就挤满了他们的身影。把流水线上的劳动所得变成汇款单,寄往贫穷的家乡,被家乡人戏称为"外汇"。

谁能说他们没有过青春梦想?可是几十年过去,把汗水洒在东部的许多城市,他们回来了。在工伤致残的时候、生病的时候、体弱做不动重活的时候、老板裁员的时候……每个人都有亲身经历的辛酸体会,每个人都比从前更知道哪里是自己真正的家乡。

先去做老人的工作,不是因为难,而是更容易。曹友明喜读古典,他说这符合老子说的"天下难事必作于易"。

从村支两委开过会议的第二天开始,村干部就分头工作。老人协会也开始紧张工作。村民代表怎么产生?每十五户人选一个代表。原则就是:"你相信谁就选谁。"

2014年6月8日上午,出太阳了。

这是个不寻常的日子。十个自然村寨的村民代表,集中到塘约村本部开大会。

会议开始,先由左文学向大家报告,我们村为什么要办合作社,办怎样的合作社。他说,把土地集中后就能统一规划,组建农业生产、养殖、建筑、运输、加工等专业队，将来发展成专业公司。妇女也要组织起来，开展适合妇女的创业。男女都可以在各专业队上班，按月领取工资。另外，村民入股到合作社的土地经营权，可以按每亩一年的约定价领取资产性底线收入，年底还能分红。

为什么现在做这件事？

左文学说，洪水把村路冲坏了，是按老路修，还是拓宽修好一点呢？我们想修一条把塘约十个村都连起来的"环村路"！这就要经过一部分人的承包地。如果土地转到合作社，这事就比较好办了。还有一部分田地被水冲毁了，不管冲了谁的，要修复都很难。土地转到合作社后，修复就是集体的事了。

怎样才叫入社？

不是行政命令，也不是简单的报名参加。前提是，必须维护农民的土地承包经营权。是农户自愿把土地承包经营权转给合作社，这个"转"，上面的专家给取了个新名词叫"流转"。大家记住，把土地"流转"到合作社，也就是"入股"到合作社，也就是入社了。

左文学在讲话中反复强调了一个原则：入社自愿，退社自由。

左文学讲得明白易懂，一讲完，会场就像开了锅。

最后对是否同意成立塘约村合作社投票公决。

参会代表八十六人，全票通过。

土地确权流转，是一项艰巨、细致的工作，要对村民承包地重新丈量，登记存档，张榜公示，接受全体村民监督。最后由政府颁给土地承包经营权证，简称"土地确权"。

但是，我这样描述，是远远不够的。

我这一代人曾经是插队知青，对农村并不很陌生。我本人后来还一次次地采写过北方和南方的农村。但是，渐渐地，我只是在媒体上，在区县朋友们的传说中"了解"农村。也有地市的好友批评我："你并不怎么了解现在的农村。"

我应该老老实实地承认:"是。"
岂止是不怎么了解。
似乎只有去菜市场买菜的时候,才会想起农民。即使在媒体上看到"土地确权",会觉得与自己有什么关系吗?看到今天的"农村合作社",不禁想,"人民公社"都解体了,还要关注"合作社"吗?
似乎不只是为了更了解今日农村而一次又一次去塘约,似乎是去寻找我自己,似乎这个村庄的土地上、这个村庄农民的选择中,也有我精神的皈依。

渐渐地,先前也曾耳闻目睹的事,现在以不同的情势在眼前呈现,我问自己:难道没有看见农村土地被大量征用,名目繁多的各种"开发区"几如燎原之火不可遏止,已大大超过二十世纪九十年代初期的"开发区热",很多农民成为"无地农民"……这是与我们这些非农民无关的事吗?
2013年12月下旬,中央农村工作会议在北京召开。会议发布公告说,要用最严谨的标准、最严格的监管、最严厉的处罚、最严肃的问责,确保粮食安全,坚守十八亿亩耕地红线。
会议把这十八亿亩耕地红线定为我国粮食安全的底线。
为什么必须守住这条底线?
中国有近十四亿人口,以十八亿亩耕地为底线,人均耕地是一亩二分多,目前中国粮食平均亩产约320公斤,按此计算,一亩二分多耕地的粮食产量约380公斤。以一般人均粮食370公斤计算,十八亿亩耕地也就是中国人的"口粮田"。这条底线一旦破除,大量耕地势必被强势资本圈占,中国的粮食生产就不可能做到自给了。
国内外都有人积极作用于促使中国取消这条耕地红线,论述"在中国种粮不如向国外买粮"。然而一个人口大国,粮食安全的主动权若不掌握在自己手里,岂不是很危险吗!所以中央农村工作会议强调,中国人的饭碗任何时候都要牢牢端在自己手上,中国饭碗应该主要装中国粮。

依此看,农村的土地,与城里人没关系吗?

再看2014年的中央一号文件,强调深化农村土地制度改革一定要守住三条底线。

第一条就是要坚持农村土地集体所有制不动摇。

第二条是要坚持农村基本经济制度。其含义是在农村土地集体所有权的基础上,巩固家庭经营在农业中的基础性地位,不能随便侵犯农民的承包地经营权。

第三条仍是要坚守十八亿亩耕地红线。

为什么一再强调要守住这些底线?

因为这些底线不断遭到国内外资本的挑战。

土地所有权是集体的,农民的承包地只是得到经营权,这种从承包政策中得到的经营权并不稳定。承包地常常被"代表着集体"的权力出卖了,名义多是政府征用、发展需要用地,然后转卖到了地产开发商手里。农民拿到一笔钱后,那本属于他经营的土地就不复存在了,也永远失掉了本属于他的土地经营权。

改革开放三十多年来,农村在土地方面积下不少问题,如增加人口不增土地、死亡人口不减土地等等。在侵害土地集体所有制方面存在的问题,被概括为"四地"问题:

一是违约用地。

二是违规占地。

三是非法卖地。

四是暴力征地。

塘约村或因地方穷而偏僻,尚无房地产商涉足,没有非法卖地,也没有暴力征地。但塘约村有违约用地和违规占地。

违约用地,指承包人没有按照责任制承担起应尽的责任,致使土地荒废、农田设施毁坏、土地用途改变等。

塘约村土地撂荒达到30%。

这就是没有履行承包职责的违约行为。

由于土地的所有权是农村集体所有,村集体是有权收回撂荒土地的。如果这么做了,在塘约人看来,这是重视土地而忽视人。

村集体没有这样做,而是在土地确权中,对撂荒的土地,丈量后依然确权给承包人,再由承包人自己选择——如何使用确权颁证后的承包地经营权。此举,深得塘约村民之心。这30%撂荒的土地,确权后全部流转到村合作社。

如此,塘约村的土地确权,无疑巩固了集体所有制,也保障了每一户村民的承包地经营权,维护了全体村民的利益。

但是,我这样叙述,仍然是不够的。

我看到了,塘约的变化岂止关乎农村,百年来农村的状况也无不关系所有的中国人。由此上溯到更远的岁月,土地、山林,甚至河流等资源,归谁所有,是一个千古都存在的问题,而且千古不乏刀兵相见。

当今的"确权"和"流转",出现在我国深化改革的"现在进行时",与之有关的远不只是作为个体的农民,更不只是贫困地区的农民。当今的专业大户、外来资本,也盯着农村土地确权,也可以成为农村资产"确权"后的"流转"对象。而且,他们比一般农民,特别是贫困地区的农民,更有资本购买"确权"后的种种权益。

至此我看到,"确权"是"流转"的基础,流转给谁,才更为关键。农民一旦把承包地确权后的经营权出卖给大户或外来老板,农民自身就丧失了对承包地的经营权,就剩下去打工的身份了。

虽然,在大户或外来老板购买了使用权的土地上打工,也能拿到出卖劳动力的工资,但是,没有主人的地位,且难以改变贫富差距。

"精英"们总是说:难道在农村集体所有制里,农民有主人的地位吗?

我不能代替农民们回答有还是没有。

我只知道,今天塘约村民的道路中有他们自己的选择,他们知道参加合作社后,他们可以选择在农业生产专业队干,还是选择去建筑队,或者运输队。他们还知道,他们将由自己来选举他们的专业队长。如果他们的队长不称职,或者不能领导着大家完成订立的指标,他们的队长是会被罢免的。

正因为看到当前的农村土地确权流转中,有不同的资本在争取着这块本属于集体经济的权益,甚至是在争夺!我才看懂了当今农村的土地确权流转不是和风细雨,这里同样有著名小说家周立波1948年描写东北土改时看到的暴风骤雨。

当看到了土地确权流转中存在的不同道路,再看塘约农民选择的道路,我感到这样描述起来心里就踏实一些了。

现在说塘约村的土地流转中心,由曹友明挂帅。

具体操作时,有些村民还是有顾虑的。如果一一去动员,则工作量巨大,去动员的干部也不一定都能讲得准确,于是由曹友明执笔,最初是以村支两委的名义(后来也以土地流转中心的名义)给全体村民写信,印刷了发到各家各户。类似的信,后来多次在塘约村的改革发展进程中出现。

我感觉这种工作方法,带着曹友明这位乡村知识分子的做事风格。他说现在家家户户都有会识字的人,把信发到户,与每一户人好好沟通,这是个节约人力的好办法。

他还说:"村里发生了什么大事,每一户村民都要知情。他们可以慢慢看,看了想,想了再看,就都明白了。"

我看到这封信的开篇是这样写的:

尊敬的全体村民:

自6月3日、7月16日两次特大洪灾以来,本村得到了各级政府的关心和支持。市委周书记多次组织工作组到塘约考察调研并指示:"要使塘约村民富裕起来,必须把农民从土地上解放出来,去从事第二、三产业,或重新回到自己的土地上(指外出打工的回乡),从而激活农村经济,推动美丽塘约建设的加快发展,实现'双赢'的目的。"

传统农业已经不能适应当前农村经济发展形势,须把土地流转集中使用。鼓励村民用土地作价入股,把身份转变为合作社社员……

我在他们的方法中,感到了村领导集体与村民沟通的意义。在这封信里,可以清清楚楚地看到,塘约村的土地确权流转,都不是目的,目的是为了调整产业结构,改变乡村沿袭了几千年的传统的单纯的农业生产方式,推动家乡的发展……这是很耐读的,是鼓舞人心的。

在这同时,我还得知,干部带头把土地确权流转到合作社,也很重要。

具体丈量土地,先用仪器测量,再用土办法又量一次,直到两种方法测量的结果基本一致。

曹友明介绍说,按老子讲"天下大事必作于细",我们这件事也做得很仔细。我听着他的说法,心里想,民以食为天,这真是天下大事。他说合作社起步之初,缺集体经济,老人协会成员协助做了很多工作,是义务的。

"他们被称为'老人志愿者'。"曹友明说。

土地承包制三十多年了,土地上也积下了不少纠纷,原因五花八门。当初分地,肥地瘦地搭配着,远地近地搭配着,一户分七八块承包地,太零碎,不方便耕种,不久就有农户自行调换成较大块耕种的。如今确权,按最初分配的丈量还是调换的丈量,农户自身就有不同意见。而且,有些承包地相邻的两户老人去世了,当年他们是承包地的户主,现在第二代对地界发生了争端,说不清楚了。有些死亡绝户,承包地被相邻的多家农户瓜分了,这该怎么解决?原承包人有几个儿子,现在各立门户,兄弟之间发生争端,怎么处理?要是没有这些"老人志愿者"到实地指界做裁判,还真不好办。

不仅仅是有纠纷的地界,"老人志愿者"才去指界做裁判。土地确权历时十个月,他们始终与相关农户到地头指定地界,协助丈量,并在亩数确认后协助村里与农户签约、按手印等。

我不禁想起有人说,当今是"搬一把椅子过门槛"都要付工钱的年代,这些"老年志愿者"为何每天在田间地头来回奔波,不图报酬,还不亦乐乎?

我渐渐发现,这个老年协会是塘约村当今一个发挥了很大作用的组织,他们的核心成员有十六人。他们不是一般的"发挥余热",他们在少年时天天听"社会主义好"的广播长大,说这些"老人志愿者"身上活跃着"社会主义的因素"是不过分的。他们期望用自己此生尚存的力气,使第二代、第三代有更好的家园,这是他们的内在动力。我甚至感到,这里有这一代老年人悲壮的情怀!

我还得知,这片土地有过一个大规模集团开垦的时期。1381年,朱元璋派二十万精锐经贵州进军云南,旨在扫清元朝残余,史称"调北征南"。塘约村所属的平坝县因"地多平旷"得名,是入黔的必经之地。战后明军留下驻守,云贵山地人烟稀少,大军需给养,当地无粮可征。朱元璋令军队屯田自给,军人投入大规模垦荒种植。是时朝廷在黔中设安顺府,这是"安顺"之名首次出现,并从此有"黔之腹、滇之喉、蜀粤之唇齿"之称,平坝则是安顺的东大门。

明朝随即开展移民,洪武年间迁进贵州至少有一百六十万众,迁入的平民实行民屯,史称"调北填南"。据史料记载,迁入的平民凭照给予土地,当年还配给种子,大约不是极贫。

这片土地今称"屯堡文化之乡",叫"屯"的多是"征南"来的,叫"堡"的多是"填南"来的。塘约村不屯不堡,他们的先人都是从山林或别处迁到这儿来的拓荒者。五百多年过去,到1951年土改前夕,塘约先人拓荒的土地,主要集中到黄、梅两家住在城镇的大地主名下,塘约村民穷到"生孩子没草纸,孩子生在灰堆里"。

回顾这些有何意义?

至少可以看到:这五百多年,贯穿了明朝、清朝和民国三个时期,虽然社会发展也有进步,但农村经济发展缓慢,几近停滞,原因何在?长期单家独户的劳作方式,一盘散沙般的小农经济,是导致农村社会发展缓慢的重要原因。

新中国成立以来,塘约村一切激动人心的变化几乎都与组织起来有关。塘约村前还有一条河叫洗布河,早先只是一条弯弯曲曲的水沟,下大雨就要淹没它周边的大片田地。1975年大搞农田基本建设时靠集体的力量开掘成一条小河,最宽处有八米,就在塘约地势最低的白纸厂寨旁边。由于这条河还是太小,2014年大洪水来的时候,无法起到泄洪作用。村里把土地集中起来统一规划后,为了保障这片土地久远的安全,他们把河道拓宽到三十米,还修筑了两岸的防洪堤。

他们说:这是一条"生态河"。

我问:为什么这么说?

他们说:堤上种树种花草,河里有鱼有虾。

与此同时,靠集体力量,他们还进一步疏通塘耀河道,也修筑了两岸的防洪堤坝。如今呈现在我们眼前的塘耀河,已是一条河面达三十五米宽的家乡河。

"这次拓宽洗布河,全体村民一起干,用二十二天就修好了。"左文学说。

大洪水后,安顺市政府出材料费,村民出工出力,修建了连接起十个村寨的硬面环村路。这条环村路有十六公里,它的修成,使村民们切实地感到十个分散的村寨是一个整体,同时重新体会到——大家都肯为公益事业出点力,村庄就会出现奇迹。

还有一件令人意想不到的事情,塘约村在土地确权之前,全村的耕地面积是1572.5亩,从土改到人民公社,到家庭联产承包制时期,一直是这个数目。这次经用仪器测量和土法丈量后,确认的全村耕地面积是4862亩。

没错,多出了3289.5亩。

这是纯粹的耕地,不包括山林。

2016年4月,习近平总书记在安徽小岗村主持召开农村改革座谈会,在会上强调说:不管怎么改,都不能把农村土地集体所有制改垮了,不能把耕地改少了,不能把粮食生产能力改弱了,不能把农民利益损害了。

对照一下塘约村的土地确权流转,塘约人自己都没有想到,每一户人的承包地都比从前多出一倍以上,确权后入股到合作社,得到的资产性收入也增加一倍以上。

"越到后来,希望流转入股到合作社的积极性越高。"左文学说,"之前,由于大量青壮年外出打工,塘约全村30%的土地撂荒,荒在那儿什么收入也没有,流转入股了就有收入,在外打工的也回来把土地流转入股了,谁也不想落下。"

曹友明说:"后面流转的都看到好处了。当他们把承包地之间的田坎界挖掉时,那种高兴劲儿跟土改时分到土地也差不多。"

我对此说印象极深,怕听错了,再问,知道没听错。他们说的"田坎",就是江南农民说的田埂。全体村民的承包地全部流转入股到村合作社。

我在这个村庄寻思村民代表大会的"全票通过"、老人志愿者的身影,还有越来越多在外打工的男人们返回家乡,妇女们高兴的心情……我从最初的略感"意外"到深受教育,我相信我看到了:把承包地确权流转到合作社统一经营,这是在三十多年改革的基础上继续改革,是中国农民再一次选择命运,选择前途,选择生活,选择同步小康的发展方向。

六 重新组织起来

左文学说的"第二步",就是土地集中后的农村"产业结构调整"。我很想知道这调整给农民生活带来了什么,以下是我了解到的一些情况。

负责组建合作社各专业队的村干部叫丁振桐,三十二岁,他中专毕业后到江苏打过五年工。

合作社组建各个专业队,村民们根据自己的能力和愿望,选择参加哪个专业队。专业队由大家选队长,选出队长,报村支两委认定。

农业生产团队有四个组,领导人称班长。四个班长分别是罗光辉、李从祥、肖红、张贵方,他们都是外出打工回来的。

罗光辉曾到江苏华西村毛纺厂打工,月薪四千多元。他的妻子和孩子也去了,妻子做缝纫工,月薪也有四千多元。一家人在外住、吃,加上孩子读书,每年除去用掉的,能有两万多元结余。罗母八十多岁了,要有人照顾,罗光辉举家回乡。回乡后在自家的地里种辣椒等蔬菜,收获不错。

四十五岁的罗光辉被选为种地的班长,他重视精耕细作,用拖拉机耕地,别人耕两遍,他耕三遍。他还把工厂里的标准化生产运用到农地里,如此就把个人的优势传播到众人的劳作中。在他的带领下,一亩地产出辣椒七八千斤,去年一斤辣椒卖一块二,就达到万元了。之后还能种一季小白菜,一亩收获三四千元。

"过去主要是种水稻和玉米,一亩田种下来,除去成本,大小季合起来最好的也不到五百元。"他们说的大小季,大季指水稻,小季指水稻收割后还可以种一季别的作物。

四个生产种植组共八十人,季节性用工(如采摘时)可用到三百多人。

"目前,"左文学说,"合作社农业团队的主力军还是妇女,人数占到八成。"

一个妇女在水田劳作一天100元报酬,作旱地一天80元。一个月有四个休息日,最低月工资2400元。出勤26天算一个月。不满26天,按天扣工资。超过,按天付加班工资。按月付薪。

班长罗光辉的年薪五万元。如果完不成预定产值,扣年薪;超过了,超产部分30%归他,70%归合作社。归合作社的部分,年终全社分红,40%给农户,30%归合作社,20%提留公积金,10%提留村委会用于办公。所定产值,是能够保障团队支付基本工资的产值。

罗光辉因种植业绩突出,很快被推举为合作社的农业社长。这里,四个组不存在竞争,而是可以互相学习,互传经验,资源共享,共同向外开发市场,更好地发挥规模效益。

变化有多大？

你已知，之前全村土地撂荒30%，合作社成立一年多，这个以妇女为主力的农业团队，把先前所有撂荒的土地都种上了，其中种植了精品水果1250亩，浅水莲藕150亩，绿化苗木612亩，还建成400亩用农家肥的无公害蔬菜基地。这蔬菜，专供城里的学校食堂。所有这些，都是以前单打独斗不可想象的。

"独斗，实际上斗不起来。"左文学说，"你到市场上卖菜，等着人家跟你一毛五分地讨价还价，根本就没法'小康'。"

选择参加建筑队的也有不少妇女。

谷掰寨有个王学英，丈夫七年前因肝炎恶化死了。家里留下四个子女，最小的不到两岁，最大的不到十岁。为给丈夫治病，家里还欠下六万多元债。家里只有一亩五分承包地，没法维持生活。那年她三十五岁，没有改嫁，把地种上，就去附近建房子的地方做小工挣钱养家。

"你家怎么只有一亩五分地？"黄海燕问。

黄海燕是平坝区委宣传部副部长。我在塘约村采访，对当地有些方言听不懂时她就给我翻译出来。不光是语音方面，还有当地的一些习俗，我不懂的，海燕就解释给我听。王学英是从外村嫁过来的媳妇，她和孩子都没有地，这一亩五分地是她丈夫的承包地。而三十多年前，这地最初的承包人也不是她丈夫，是她丈夫的父亲。后来，做父亲的把承包地分给几个长大的儿子，她丈夫就只分得一亩五分。

为了攒钱还债，在丈夫去世后，她自己和四个孩子都没有买过一件新衣服，身上穿的都是亲戚邻居送的。孩子的衣服总是大的穿了小的穿，缝缝补补，直到不能再穿。没有给孩子做过一个生日。过年，孩子也没有得过一分压岁钱。人家说她"省"，她说她不是"省"，没有东西可"省"。王学英感到最为难的，就是村子里有人办酒的时候。

"邻里都去帮忙了，我怎么办？去帮忙，得带上一份礼，我没有钱包礼。要不去帮忙，村里人平常没少帮过我，我怎么办……"说到这儿,她眼泪掉下来了。

孩子的爸爸去世后,最小的儿子只有两岁,还不知道什么是死了。几个姐姐知道,也都不告诉他。他要爸爸,母亲就告诉他,爸爸去打工了。一次儿子发高烧几天不退,她害怕了,背着儿子到五公里外的乐平镇去看病。在镇医院输完液,往回走的时候已经是晚上八九点,出了镇子,路上就没有行人了。

她背不动儿子了,这时的儿子快三岁了,她只好把儿子放下来,牵着儿子的手走。幸好天上有月光,走了一会儿,儿子突然说:"妈妈,我怕,你打电话叫爸爸来接我们吧!"

她心里一颤,泪水流下来,又把儿子抱起来走。她是有个"老手机",也是别人换新手机时把不用的送给她,她有这手机联系做工就方便了些。现在她对儿子说:"你爸爸的电话打不通。"

她说丈夫去世后,没有一个亲戚朋友到过她家里做客。世上有很多人,可她经常感到只有她一个人。多少年了,她都是半夜睡,天蒙蒙亮就起。苦不怕,累不怕,饿不怕,最怕孩子生病。孩子把她抱得紧紧的不撒手,然后她跟孩子一起哭了,哭得叫天天不应,叫地地不灵。

忽然,听说村里要成立合作社了。她是谷掰寨头一个报名参加合作社的。又听说合作社要成立建筑队,妇女也可以报名,她又是头一个报名的。大家也都知道,她这些年尽在建筑工地上做小工。

大洪水后,平坝区区委书记芦忠于到村里扶贫,看望了王学英和她的孩子,非常感动:"这个母亲很了不起啊!坚持把四个孩子抚养大,每个孩子都供去读书,还把债还了。"

洪水把她家那又小又破的土房子泡得没法住了。政府拨款帮扶她建新房,合作社的建筑队承建。她就是建筑队的一员。建她的房子,她是拌灰沙的副工,同时还负责做饭给建房的工人吃。这样她有工资,一个副工一天工资是120元。

但是,王学英没要。她说这是给我盖房子,我做什么都是应该的,怎么还能拿工资呢!怎么都不要。

政府给她建的新房子有120平方米,在她看来,这就是天堂一般的房子了。她说她做梦都没想过怎么有这样的好事。

左文学告诉她,她是精准扶贫对象。

她听不懂什么是精准扶贫。

黄海燕告诉她,"精准扶贫"是习近平总书记2013年11月提出来的,2014年3月在两会期间再次强调要实施精准扶贫,瞄准扶贫对象,要"重点施策"。这项政策刚刚落地,你就享受到了,是你的福气。王学英这才有点明白了。

但由于这件好事是跟合作社成立一起来的,她总觉得这件事跟合作社有关。现在她心里就是感到合作社是她的靠山。自从加入合作社建筑队后,她不用自己东奔西颠去找小工干,有建筑队安排,她有了稳定的工作,欠人的钱很快就还清了。

她说:"我现在什么都不怕,就怕合作社解散了。"

塘约村还有个叫陈学珍的妇女,今年五十三岁了,也是最早报名参加合作社的人之一,并且也参加了建筑队。

十八年前,她的丈夫去煤厂挖煤,煤窑垮塌,腰椎被压坏了,全身瘫痪,在床上躺了八年。丈夫出事时,家里有三个孩子,大儿子十三岁,老二是女儿十一岁,小儿子九岁。为了让丈夫能够站起来,她竭尽全力去挣钱给丈夫治病。

山沟里没什么钱可赚。她每天四五点钟就起床到别的寨子去收高粱秆来编扫帚卖,夜里总是要编到一两点钟才睡觉。把土豆背到镇子上去卖,当地人都是用背篓背,一般能背到百八十斤。背一百斤通常是男子的劳动量。陈学珍总是背一百斤,走五公里去赶集,换来二十多块钱。她拿五块钱给读初中住校的女儿作为一个星期的生活费,其他的钱都用在去县城买药上。

她按医生开的方子,把药买回来,自己给丈夫打吊瓶。可是,丈夫在床上躺了八年后还是死了。在这前后,还要供孩子读书,她也是去附近的工地打小工赚钱,所以对做建筑行业方面的事,她也挺熟悉了。

采访中我还得知,因贫困还欠着债的,村里有个说法叫"债民",塘约村有30%的"债民"。

左文学告诉我:"他们,都是最拥护成立合作社的。"

原因就在于,他们平日在困境中比别人更体验着孤独无助,现在也更感到合作社是他们的靠山。

合作社建筑队总队长叫彭德明,今年六十六岁。多年来,他一直在本县内做工程,石工、泥水工、木工都会做。人民公社时期,他当过大队出纳、保管员,土地承包制后当过村委会副主任,有管理能力,有公信度,大家就选他。

彭德明介绍说:"搞建筑,一般两个主工,需要一个副工,副工主要是妇女。"

讲到妇女,我想知道作为副工的妇女,主要承担什么。彭德明说:"副工搅拌灰沙、把砖放到提升机里,运上脚手架。有集体,能安排,妇女就有活干。"

他还说:"我们建筑队,主工每天工资300元,副工120—150元。"依此算来,作为副工的妇女,月薪至少可拿到3600元。

"也有妇女是做主工的。"左文学说三十岁的王桥仙就很出名,远近的人家都喜欢她粉刷的墙壁。

建筑总队下面有十二个队,共286人,分水泥工、粉刷工、石匠、水电安装、室内装潢等工种,其中妇女近百人。

合作社运输队的队长叫刘尧光,他的父亲刘仁全当兵学会驾驶,退伍回乡后开拖拉机,后来买车跑运输。刘尧光十来岁就跟着父亲在车上跑,很早就学会了开车。

运输队有四十多人,六成以上是打工回来的。土地确权流转到合作社后,合作社出面担保给农户贷款,没车的可以用贷款买大货车或中型车。现在运输队有四五十辆车。开大型车的每月收入三万元左右,开中型车有一万多元,没出车的日子还可以做别的工。

就在他们投票公决后不久,塘约村合作社把老队部的旧楼拆了,盖成一座更大的新楼。这新楼就是他们自己的建筑队和运输队合力的"作品"。

他们说合作社是全体村民的总部,村民的大家庭,要有一个有号召力的新形象。这座楼里有一个"道德讲堂",不仅讲孝道,也讲科学养殖等等。我看到来听讲座的男女老少都有,热闹得让我恍若置身于某个电影中农会的场景。

2015年4月,塘约村的运输队正式成为运输公司;建筑队成为建筑公司,注册资金800万元。还建立了一个水务管理工程公司,把全村自来水、提灌站集中起来管理,注册资金900万元。

一位好友在听我讲述了塘约"重新组织起来"的故事后,脱口而出:"重新组织起来,不是形式的变化,而是初心的回归。"我不禁心中一动,以为这是出自心灵的回声,特记之。

现在可以归纳一下,塘约村成立合作社后,第二步就是产业结构调整。之前,土地的产出率不高,商品率更低,现在生产的组织化和产业化焕然一新。这无疑得益于产业结构调整,然而产业结构调整是从组织生产的技术层面去说的,深刻的原因还是把全体村民重新组织起来,才有如上所见崭新的劳动生活。现在,塘约村支两委更加认定自身的责任和意义,进而知道,就在这乡土里还有更多农村资产需要确权,并落实到集体和每一个村民。

七 七权同确

"我看到你们的内生动力了,很好!你给我讲讲下一步怎么干。"在塘约村,周建琨见到左文学就这样对他说。

这一天是2014年8月16日,塘约村尚在土地丈量确权之中。

左文学汇报了成立农业、建筑、运输各专业队的情况,还讲了要建三个基地……他把已经做的、正在做的和准备做的都说了。

"你们看,只要支持一下,他们的内生动力就会爆发出来。"周建琨这话是对一同来的区、镇党委领导说的。

他还说:"有些事,是要领着农民干的,有些是农民已经干起来了,我们要跟上。"

周建琨此后在很多场合说到塘约村,讲基层的内生动力起来后,会产生不少首创,首创一旦出来,党委、政府怎么办?他说:"要去学习,去补位。不能落在后面,更不能阻挡。"

我在一个夜晚访问了周建琨书记,"夜访"是因为他忙。我注意到左文学现在常说的"内生动力",还有干部们说的"农民的首创",都来自"周书记说",这是安顺现在的话语和意识中重要的东西。我感到有必要去追寻更深入一些的理解。

周建琨是从农民的贡献说进去的,他说:"新中国的成立,靠农村包围城市,农民的贡献非常大,这不用说了。就说改革开放以来,去东部和城市打工的多数是贫困地区的农民。两亿多农民离乡离土去打工,在哪里都是用最长的劳动时间,干最辛苦的活,为东部的建设,为城市建设,做出了巨大贡献。但是,他们自己的家乡现在还很穷。"

我说:"是的。"

他说:"所以,我们今天扶贫,怎么帮扶都不为过。但是,最重要的是农民自身要产生内生动力。"

他接着说:"内生动力出来了,就可能出现种种新的做法。上级如果认为以前都没有这样做过,不妥。那就会把农民的首创熄灭。从这一点讲,我们也要警惕体制束缚农民的首创。"

他还说:"中国农村这么庞大的群体,要引向致富不容易。农民在基层的首创是走向发展进步的首要因素,党委和政府要及时补位,就要敢于担当。"

他告诉我,他读了毛泽东当年亲自编的《中国农村的社会主义高潮》这部书,很感动,很受教育。他说毛主席当年是那样一心一意地为使"六万万穷棒子"走上社会主义道路而工作。他从手机里点出当年毛主席写在安顺马鞍山合作社调研报告上的按语,那是一张影印照片。我看到毛主席在一张稿子上修改得密密麻麻的文字,最后一段话是:"领导一定要走在运动的前面,不要落在它的后面。在一个县的范围内,党的县委应当起主要的领导作用。"

我于是领略了"内生动力"和"农民的首创"之间的关系,也理解了周建琨为什么说,有些事是要领着农民干的,有些是农民已经干起来了,我们要去学习,去补位。

现在周建琨再次来塘约,他对左文学说:"你们有了合作社,还要有电商平台,要有新型的金融中心。"

左文学听得似懂非懂,但他会去买书来看。这个二牛从琢磨种药材、养猪养牛那时就买了种植养殖的书来看,还看股票的书。这次他去买书看,很快知道了要学会运用网络、电话建立销售渠道,而不只是把产品弄到市场上去叫卖。他还琢磨了"互联网+",考虑怎么弄"互联网+塘约+蔬菜"。

什么是"新型的金融中心"?就是如何运用确权后的土地、山林等生产资料,向银行融资贷款,使农村资源变资金,用来发展集体经济,而不是依靠招商引资等外来老板的资本。

左文学说,周书记每次来,说的话不多,但我都要拼命看书学习才能懂点。左文学家里没书柜,读的书在床头、厕所、浴桶旁边随便放着。我由此看到这是一个会阅读的村党支部书记,再次感到一个领导者会阅读,这个地方才会有前途。

左文学说这次周书记还嘱咐,你们的土地确权了,还有山林、房屋可以确权,你再全面想想,争取搞个农村产权制度改革试点,行不行?左文学还不知要怎么做,就说行。

2014年10月,安顺市农委把塘约定为全市深化农村改革试点村,称之"拉开了农村产权制度改革的序幕"。

今春,他们已是贵州省农村产权"七权同确"第一村。

什么是"七权同确"?

它们的意义在哪里,他们是怎么做的?

初听的这些,都是我陌生的。

我感到了这远山深土里确实涌动着改革,但没想到,这村里的改革,也首先要触动村干部的利益和灵魂。

先说有哪"七权"?

他们告诉我,除了土地承包经营权,还有农民宅基地使用权、林权、集体土地所有权、集体建设用地使用权、集体财产权、小水利工程产权。

为什么要"七权同确"?

前面说过,农村的"四地"问题,塘约也有"违规占地"问题。这是指把集体的土地、荒坡地或林地占为己用,或种植,或建房。当着对集体所有的土地、林地全面进行确权时,那些侵占集体耕地的行为就在确权中显露出来,就该归还集体。

你可以仔细看看,上述"七权",全都指向:巩固农村集体经济所有制,巩固农村土地集体所有制。

怎样来理解和看待这项工作的意义?

生产队散伙三十多年了,村里出现了不少村民侵犯村民利益、村民侵占集体资源的行为。纠纷发生时,怎么解决?

"看谁的拳头大。"

"看谁兄弟多。"

"看谁有权力。"

……

那侵占,有的是强占,霸道出来了。

管,还是不管?

尤其是村民侵占集体资源的现象,多年来,存在村干部不愿得罪人或不愿管、不敢管的情况,以致集体资源被随意占用。主要有以下三种现象:

一是建房侵占集体土地。山村的房屋,距离土地近。比方说,他的宅基地只有一百平方米,建的时候,往往扩宽挤占到一百二十平方米,甚至更多,这就蚕食了集体土地。

二是占用集体沟渠。大集体时修建的沟渠,在生产队散伙后年久失修,渐渐废弃。有些承包地紧靠沟渠的人家,把沟渠挖平占为自己的田地。

三是占用集体山地。土地承包到户后,荒山无人管理,部分村民在山上开荒种玉米,久而久之,那山地就变成"他家的"了。如杨家院组有五十亩荒山,一户徐姓人家就开荒了近二十亩,三十多年来一直是徐家耕种。

这些情况,管还是不管?怎么管?

比如怎么看待在荒山上开荒种玉米这件事情?这荒山要是荒着也是荒着,比起那些违约撂荒了责任田的事,这件事是有功还是有过呢?如果他们家多种这几十亩日子比别人好了,那不是"劳动致富"吗?

要是不管,这山地分明属于集体资源。

左文学汇总、梳理,发现几十年积累下来的矛盾有十七种。

老年协会则在调查盘点中指出:有不少问题出在村干部身上。

十八届三中全会提出全面深化改革,我现在感觉到了,这里确实存在一场深刻的改革。当改革改到干部头上了,怎么推进?

左文学去向毛主席请教。

他从《毛泽东选集》第三卷里读到《关于领导方法的若干问题》,看到毛主席开篇就写道:

> 我们共产党人无论进行何项工作,有两个方法是必须采用的,一是一般和个别相结合,二是领导和群众相结合。

左文学说他受到启发,感到首先要解决四种人的问题。

"哪四种人?"我不禁好奇。

"村委、党员、村民组组长和村民代表。"他说这四种人不是都有问题,有问题的只是"个别"。又补充说,这"个别"虽然不止一两个人,但比起一般群众,这些有问题的干部毕竟是少数。我们先解决好这"个别"的问题,一般群众就好办了。

毛主席当年大约想不到,多年后会有一个农村支部书记这样理解他的"一般和个别相结合"的意思。

但是,左文学学而有用。他首先去做前任党支部书记的工作。因为调查反映,前任党支部书记私占集体的荒坡种。再有,他还私占集体荒坡地建房。现在怎么处理?

前任支书支持了村支两委现在开展的确权工作,把耕种的集体坡地完全归回集体,一共有两块,共1.2亩。

那么在集体坡地上建房怎么办呢?

村支两委讨论,大家认为建房也不容易,不能把房子推倒,于是讨论了一个价格,按每平方米50元计算,让当事人把钱交给该坡地所属的村民组,这个宅基地使用权就确权给当事人。前任书记私用的这个宅基地共120平方米,应交6000元。这个处理方法,最后提交村民代表大会讨论,得到通过。

就这样,通过解决"个别"党员干部的问题,"一般"群众的问题果然都比较顺利地得到解决。左文学由此体会说:"毛主席他老人家的办法还是好。"

农村确权与流转等新事物涌现,在塘约呈现出一个丰富的世界。在新办公楼里,左文学打开电脑,向我演示了一个管理系统,这是在GPS、航拍定位等工作的基础上做的全村"七权"数据。只要点击眼前的卫星地图,塘约各类资源就会以不同的色块标示出来。点击某个蔬菜基地,就能看到该区域在哪儿,涉及哪些农户的多少亩多少宗地块。我看得目瞪口呆。

村主任彭远科介绍说,为了更精确,我们招标外请专业公司来做测量,用卫星测绘,上级有关部门配合,做林权勘界等等,最后由平坝区人民政府确认后颁证。解决了农村各类产权关系归属不明、面积不准、四至不清、登记不全、交易不畅等问题。

左文学说,现在我知道"大数据"的重要了,这个系统还要升级,要细化到每一块土地的酸碱度、肥沃度,才好选择最适合的利用方式……我听得应接不暇了,感到这里一经成立合作社,就像整个村庄被发动起来,干部群众都进入一个快速学习期,他们因此建立了一个"综合培训中心"。

从他们的学与做中,我还看到,那些适用的接地气的科研知识,才会在农民的土地里结出硕果,真正的社会进步是在运用中。我也由此看到他们墙上大书的"培育新农民,发展新农业,建设新农村",是有激动人心的实在内容的。

塘约村的森林覆盖率达到76.4%,山林确权后,2000多亩林地正在逐步开发"林下养鸡",这是个200万羽生态鸡的规模。

从前大集体时搞的小水利工程确权后,流入小箐龙潭的水是完全无污染的山泉,水量很大,合作社正在筹建山泉水厂,将主要安排妇女就业。他们还在下游搞了个占地三十多亩的水上乐园,其中有山泉游泳池,水清澈、透亮。从贵阳到此五十分钟车程,从平坝区到此只有二十分钟。他们开始建设美丽家乡,为村民的生活舒适建设,也为迎接游客。

他们正在硐门前寨建一个大型现代养猪场。农民家庭养猪不免有村舍污染,这是个千古问题。先前左文学养猪房前屋后都是猪圈,全家就生活在臭烘烘的环境里,并影响邻居。现在合作社择地集中养。大型养猪场可以建大型化粪池,水肥一体化系统可解决有机肥问题。与此配套,他们在硐门前寨前方又新辟了六百亩蔬菜基地。

塘约村民原本居住很散,上述各项建设不可避免地会遇到村民的房屋,房屋确权后就可以参与交易。

我注意到塘约还有个"金融服务中心"。他们说金融进村,塘约是贵州第一家。这不光是方便合作社与金融部门交易,更在于方便村民与金融部门交易。

安顺市总结塘约村的变革是这样描述的:

> 在这过程中,测量、勘定是村的行为,称"确权";颁证是政府行为,称"赋权";交易属市场行为,称"易权"。通过这"三权"促"三变",资源变资产,资金变股金,农民变股民。巩固了农村资源集体所有权,维护了农民土地承包权,放活了土地经营权。

左文学的总结是半夜写出来的,他说塘约村得到的好处就在于全村实现了"一清七统"。一清是集体和个人产权分清了。七统是:全村土地统一规划,产品统一种植销售,资金统一使用管理,村务财务统一核算,干部统一使用,美丽乡村统一规划建设,全村酒席统一办理。

面对塘约村涌现的新气象,我再次注意到他们的"综合培训中心",心想现在这里还真是需要这样一个学习场所。我不禁想起春秋时季康子曾向孔子请教如何能使民勤勉。孔子说举善而教不能。我想孔子的意思大约是说,人是由于能力的欠缺,不知该干什么才被看作懒。你推崇正直,教给他才能,他就勤劳了。

今天,对于一个西部山区的贫困村来说,过去长期处在单家独户的耕作中,农民感到自己缺乏面对市场去赚钱的技能,也缺少自信。县乡的干部们也常常思索穷村要有个怎样有技术含量的支柱性产业,才能改变贫困命运,这自然是没错的,但苦于村里没有人才。现在塘约村农民在合作社综合培训中心里学技能,学新技术推广,学政策,了解市场规律,在培养村庄自己的人才。这样的培训,实在是非常重要。

但在塘约村,比教学知识与才能更重要的,大约还有政策导向为这里出现的"七权同确"创造了变革的环境,大量新知扑面而来,因之促使农民产生学习的冲动。一切社会最重要的建设是人的建设。求知欲的苏醒,也是缔造内生动力的源泉吧!

然而,面对塘约的实践,我也不断意识到自己正面对着一个广阔而陌生的新课堂。许多事,他们已经做了并坦诚告诉我了,我并不是马上就懂的。我为我能迅速察觉自己的不懂而感到庆幸。否则,有许多能够开人眼界的新事物就会受阻于我的自以为懂。

农业部近日发布消息,今年将进一步扩大农村承包地确权登记颁证整省试点至二十二个。这只是指"承包地确权登记颁证"。塘约的"七权同确"不仅是贵州省"第一村",在全国也是走在前列的。

塘约的"七权同确",贵在步步为营全是巩固集体所有制,这正是把改革的成果更多更公平地惠及全体村民。塘约人因此对自己"村社一体,合股联营"的合作社有更多的体制自信。左文学把"全体村民所有"简称为"我们是全民所有"。当村民在这个集体中体会着有尊严的劳动生活时,才有主人的地位,这是产生"内生动力"的真正的源泉。从人的意义上说,这是人的解放。

八 "红九条"与黑名单

全村酒席统一办理,有什么好处吗?

"村风要正。"左文学对塘约历史上的村风很自信,"我们塘约从来没有一个人出去讨饭。再穷,饿死也不讨饭。但是这些年,村里光是办酒一项,就能把我们村毁了。"

都说城里吃喝风严重,中央八项规定六条禁令管住了干部,难道这么穷的地方,农民也有惊人的吃喝风?左文学早就痛感应该刹住,可是,竟然也是周建琨书记提出来后他才启动,这是为什么?

塘约村有个叫杨成英的苗族老党员,她丈夫去世了,儿子弱智,儿媳妇哑巴,生活很困难。2014年年底,周建琨到杨成英家看望她,听她说:"吃酒吃不消。"

周建琨问:"像你这样,包礼要包多少,要不要五十?"

杨成英笑了:"五十?现在五十拿得出手吗?最少要一百。"

"那你一年要包多少礼?"

"一万两千块。"

"钱从哪里来呢?"

"贷款。"

"贷款吃酒?"

"是呀,不光我一户人。"

周建琨知道现在乡村盖房子办酒,放线开工要办,盖到一层要办,二层要办,封顶要办,建成还要大办。也知道有人卖猪卖牛借钱甚至贷款办酒……现在从一个老党员口里听说"贷款吃酒",不禁一惊。为什么非要贷款吃酒？要应付的太多,穷,没钱,又不能不送礼……乡风民俗中有一种让你"不得不"的力量。

乡村办酒真是五花八门,满月酒、周岁酒、剃毛头酒、生日酒、升学酒、订婚酒、结婚酒、上寿酒、出殡酒、迁坟立碑酒,甚至母猪下崽酒,赌博输了还办个"落难消灾酒"……这是个什么世界？

办酒规格年年攀升,一办几十上百桌,鸡鸭鱼肉、烟酒饮料俱全。礼金一般的,并不是特困户杨成英说的"我就包一百",而是最少二百,内亲要一千。不光本村人办酒你要去,还有邻村、邻乡镇亲戚朋友办的酒,也不能不去。有些人家仅仅是为躲避包礼,六十多岁了还选择到远方去打工,过年了也不回村。

"逢年过节前后十天半月,不是在吃酒,就是在吃酒的路上。我们左家有一个人'专业吃酒'。我没时间,我哥去。"左文学说。

"吃丧酒最厉害。"孟性学说。

孟性学也是个村干部,后面我会介绍到他。他说："死一个人,整个寨子的人都去吃,最少百余人,中等三百多人,多的五六百人；最少吃五天,最长吃九天。村里有句话说：'人死饭甑开。'"

像这样吃,东家花钱多的要七八万元,少的也要三万元以上。来帮忙的没事干,玩牌打麻将,炸金花、斗地主,那真是"风声雨声麻将声"。来帮忙,来吃酒的损失都很大,县内打工的,不管你干什么都要请假回来。一请一周,要请人去代班,你150元一天的工资,请人去替要花250元到300元,不然你回去就没那个岗位了。能不来赴宴吗？不能。最不能不来的就是丧宴。不来,你会被看作不敬老人。

赴很多酒宴,把礼送出去了,也得找个名目办酒把钱收回来。收来了还得还出去。有人把请柬说成是"催款通知书"。谁都懂这是还不完的人情债。如此一直在恶性循环。

左文学做过一个调查,铺张浪费、误工损失,一笔一笔并不夸张地算给大家听,最后那个数据是:仅滥办酒席一项,塘约一年吃掉将近三千万元!

"挺黑人的。"左文学说,似乎又恨又无奈。

"一个贫困村,一年自身损失近三千万。要是拿这笔钱来扶贫,什么样的项目才有这么大呢!"周建琨对左文学说,"我们把它作为一个大扶贫工作来做,刹住滥办酒,你这里开个头,好不好?"

"要开头,就拿我们整个镇来开头。不然,塘约压力太大。"一同前来的乐平镇马松书记这样说。

为什么这么说?因为邻村亲戚办酒,塘约人不能不去。如果全镇开展,塘约人不去就有理由了。

周建琨说:"好。回去具体研究一下,就这么办。"

左文学曾这样对我说:"我知道周书记还会来,但没想到他来了十一次。"

"十一次?"我问。

"没错。"左文学说,"我知道的有九次,他还偷偷来了两次。"

"怎么叫'偷偷'?"

"就是'暗访'吧。他直接去农户家里,访问后就走了。村民后来告诉我的。"左文学说这话时,是2016年5月。

左文学说,周书记每次来,叫我干的,我想想有道理,不管有多大困难,我都想尽办法去干。可是,"跟风气作斗争",怎么做?左文学还是苦想了几天,"头都想疼了"。他又把自己泡进浴桶,泡呀泡,泡出一个村规民约,有七条。他想"七条同做"会有更好效果。他通知村支两委开会。

这七条,后来加了两条,就成为"红九条"。

每一条都是警戒的红线,谁踩了红线,就被"拉黑"。

听着"拉黑",我再次感到这个村庄有好多新鲜事。

讨论中也有人提议,以倡导新风为好,讲应该怎样。

但多数人认为,你倡导该怎样,他不那样你又能怎样。

最后都同意用警戒和惩罚。

后来我听说,平坝其他村定的村规民约都是应该如何,唯塘约村定了反向的九条。

后加的两条,一是"不孝敬父母,不奉养父母者",二是"不管教未成年子女者"。加这两条,当然是因这两条存在的问题也很突出。比如村里有人盖了新房自己住进去,把老人放在破旧危房里不管。这样的事,村里人都看不过去,就得有组织管。还有,父母外出打工,孩子交给老人,老人管不了,孩子打伤了别人的孩子,派出所也管不了。怎么办,谁来管呢?

小坉上一户人到浙江打工,把孩子留给奶奶。奶奶八十五岁了,只有能力做饭给孙子吃。孙子读到五年级读不下去了,独自流浪去浙江去找父母。想象一下,一个未成年孩子,独自流浪去远方找父母,有多么深切的对父母的思念。

肚子饿,没钱,犯事进少管所了。

这样的事,村里得管管吧。

怎么管?只能管孩子的父母。

难道让父母不要打工,回来吗?那生活怎么办?

村里还有许多"留守儿童",缺少父母的关爱,成长中、心灵里有难以弥补的创伤,这些问题日后还会成为社会的问题。这又哪里只是一个塘约村的问题呢!

"留守儿童""空壳村",都基于外出打工。支离破碎的生活,从四面八方都涌出问题来。塘约村试图尽量地解决自己的问题。成立合作社后,他们确实在创造条件让外出打工的父母回来。这条"不管教未成年子女者"就在为村民的家庭考虑。

这加上去的两条,禁止和惩罚都容易得到大多数村民拥护。禁"乱办酒席"只是九条之一,这就有利于在全村多项整体行动中减少执行的难度。

村规民约草案出来后,召开村民代表大会讨论,通过后,在各自然村各路口张贴《公告》。与此同时,也给全体农户写了一封信,说明为什么要做这件事,并把"红九条"印成小张《公告》,

发给塘约921户每户一份。

我注意到《公告》下面的落款,除了村支两委,还有"塘约村老年协会",再次感到这一代乡村老年人对整顿歪风重树新风发挥的重要作用。

不只是发到户而已,还有专人上门督查,检查三个有没有:学习了没有,懂了没有,贴上墙了没有?

然后每一户人都签了约定的承诺书——既是"村规民约"就需要签个约——村里存档。

工作做到这里并未结束,更重要的不止于纸上禁止,而是应该怎么做。村里成立了"红白理事会",前面提到的孟性学被推举为会长,主抓全村酒席统一办理。

为什么叫"红白理事会"?

因为只准许办结婚酒和丧葬酒,此外一律禁止。

全村酒席总量减少了70%。

建立了办酒申报制度,结婚提前一周申报,老人过世当天申报。不到法定结婚年龄的,申请办结婚酒,不予批准。

凡批准了,就由村集体提供餐具、厨具,以及厨师等服务人员为之免费操办。为此,村集体购置了8.76万元的锅碗瓢盆等餐厨具。厨师和服务人员的工钱,也由村集体支付。

酒席服务队共有32人。

酒席规格实行标准化管理。

喜宴八菜一汤。

不上大菜,以吃光不剩为标准。

不上瓶子酒。

不发整包烟。烟散放在盘子里,谁想抽就点一支。

老人过世,大家吃"一锅香"。五个菜打到一个大盘里,打多少吃多少,相当于自助餐。

负责办丧事的服务队共有36人。

实行火葬,骨灰拿回来后出殡,有小棺木或大棺木。

丧葬服务队抬棺到墓地,掘坑,入土,包坟,全过程所有工作都是免费提供服务。服务队的工钱由村集体支付。

孟性学说:"过去,办婚宴的东家要给客人发床单,或热水瓶、脸盆等礼物;办丧宴的要给客人发毛巾或寿碗等纪念品。现在一律取消。宴席统一的规格,谁也不用攀比。"

左文学说:"我们村集体花了不到60万元,堵住了过去村民滥办酒席近3000万元的损失。怎么说都太值得了。"

塘约为农户统一操办酒宴,也许是千秋未曾有过的乡村故事,所以我尽可能较详记之。它告诉我,并非经济发展了才出现滥办酒席,而是越穷越办,越办越穷。这是很令人悲伤的。

人是要有点精神的。人心只想着赚钱,社会必有暴富,更有赤贫。穷民无奈,虽知酒宴泛滥谁都难逃"酒债",仍不放过眼前操办可立聚一笔钱。如此,穷村便陷落在经济与精神双重贫困的泥沼。

俭朴自古与勤奋相系,责任与权益相邻。堵住滥办酒席之灾,把被贫困压得透不过气来的人心从沉溺中唤醒,才能找回淳朴乡风,这是社会生活的领导者、组织者应该去做的事情。

怎么叫"拉黑"呢?

违反九条中的任何一条,就列入"黑名单"管理。一旦列入,"该户不享受国家任何优惠政策,村支两委也不为该户村民办理任何相关手续。"这是《公告》中写明的。

"这制裁很严厉吗?"我问。

回答说:"很严厉。"

危房改造,低保评定,困难户评定,都不考虑他了。孩子出生上户口,银行存折丢了去挂失,身份证丢了要补办,凡需要村里盖章的都不盖。

我不禁疑惑,这行吗?

"这是村民的基本权利,不能不给办吧。"我问。

回答说:"这是村民代表大会决定的,是村民自治。"

什么时候才能取消对该户的"黑名单"管理?

制定的最短期限是三个月。户主改正了,要在村民小组会上检讨,组委会五人签字,报村民代表大会审议通过了,才恢复正常。审议通不过的，再延长三个月，直至村民代表大会审议通过。

"这么严厉，有踩红线的吗？"我问。

"有啊！"他们异口同声。

第一个踩红线的是不交卫生管理费的。

"我是残疾人，我不交。"她曾患小儿麻痹症。

她丈夫、女儿都是正常人。卫生管理费每人每月两元，他们家一个月该交六元。她坚持不交，就被"拉黑"。村里停了她每月230元的低保费。她来找左文学了。

左文学说："你跟村里签约了吗？"

她说："签了。"

左文学说："你看看九条的第二条就是'不交卫生管理费者'。"

这一条为什么很重要？先前村庄卫生没有人管，全村脏兮兮的，大家都像生活在垃圾堆里，还谈什么建设美丽乡村呢！交两元卫生管理费并不多，也不在于集一笔钱支付专人负责收集垃圾的工资。重要的是，交两元钱就是对大家的教育，促使每家每户不乱扔乱倒垃圾，并互相监督。

对方仍然说不应该扣了她的低保费。左文学说不管是谁，违反了就不享受国家任何优惠政策，这是村民代表大会定的，只能按村规民约办。

他说："我说了不算，村民代表大会说了算。"

最后这个妇女补交了卫生管理费，做了检讨。三个月后，村里把暂停的低保费如数给她。

第二例是违规办"状元酒"的。

该户农民儿子考上了大学，到县城去办了二十多桌酒。村里把他拉黑。他不服，来找左文学。

"我没有在村里办，并不影响村里。"他还说，"孩子上大学要钱，我以前送给别人的，要通过这个收回来。而且孩子考上大学,也是塘约村的光荣。"

左文学说:"确实是我们塘约村的光荣。所以村里早有规定,考上一本大学的奖励 1000 元。但现在这 1000 元,你们不能享受了。你是塘约村民,就要按塘约的村规民约办。"

对方不服,不认错。

考察期三个月满后,继续三个月。

这期间,上面下来的危房改造补助,原本可以给这户农民 8000 元补助的,被取消,给别的农户了。

塘约对村规民约的实施,一丝不苟,维护了村规民约及村民代表大会的权威。所有犯规违约的农户最终都检讨,恢复正常。迄今一年多了,全村无一户再踩红线。

塘约的"红九条",每一条都是维护道德的底线,掉到底线以下,就是缺德,这是村民共识。"黑名单"管理看起来是以管的形式实施,然而听听左文学说的"我说的不算,村民代表大会说了算",你就理解这种村民自治,也是村民共治共享。

这个村规民约并不简单,给我们的启示至少有三:其一,这里的村民共治是有民主的,人民民主。其二,民风是一个国家和社会的基础,塘约"红九条"所维护的道德底线,是在中国社会最基层重建乡村规范和重建良好民风。其三,当人皆为自己谋而不管公共利益时,人就陷落在自私中;负能量弥漫,社会甚至会出现嘲笑和亵渎优秀。因而抑制不良,弘扬正气,不只关乎经济建设,更宝贵的是人的精神建设。

九 党支部管全村,村民管党员

标题上这句话是左文学的原话。

自从成立合作社后,左文学越来越感到最重要的工作是党支部建设,重中之重是党员的思想建设。

塘约村现有 43 名正式党员,5 名预备党员。2015 年 4 月,经乐平镇党委批准,塘约村党支部升格为党总支,领导着四个党支部、九个党小组。村行政有村委会、合作社、老年协会、妇女创业联合会、产权改革办、红白酒席理事会六大机构。六大机构在党总支的领导下,一把手都必须是党总支委员。

"三会一课"制度在这里执行得雷打不动。党总支每周一晚上(或白天)必开例会,村支两委委员必参加,安排工作。

加上学习,党总支会有时每周两次。

在别人看来,可能会认为,是不是多了。

左文学说:"不多,我们过去学习很少,现在要补课。"

何谓安排工作?如果看到塘约村的变化有多大,就会理解他们说的"安排工作"有多么重要。"我们脱贫,改革攻坚,到了攻城拔寨的时候。"左文学是这样说的。

党小组会最少半月一次,因为部署的工作要落实。

上述会议都开得短,都很务实,说了就去干。

党员大会最少每月一次。"一课"融在其中,成为常态。

每次党员大会,党员都要带《中国共产党章程》,是人民出版社出版的小红本。每次党员大会必集体学习两个内容:党员的权利和党员的义务。即使已经学过一百遍了,仍然每次集体学,就像一种庄严的仪式。

左文学说:"什么是原则,什么是党性?在每个党员的心目中,要像种树一样,把根扎下去,要把树种活,成为一棵大树。"

左文学还说:"党组织定下来的事,不管你有什么意见,可以保留,也可以向上级党委反映,但你必须执行,不能打折扣。"

在塘约村以外的很多老党员看来,可能会觉得这些都是常识。左文学认为,常识最重要。他说:"如果党员不知道,如果丢了、忘了,就没有戏唱了。"

他们自己到平坝印刷厂印了《塘约村"两学一做"系列讲话学习材料》,党员人手一册。这册小红本,精选了习近平主席九篇重要讲话,关于全局、关于农村、关于脱贫攻坚……左文学说:"每一篇都是我们必须学的,很有用。"

这个小红本与我见过的其他学习材料明显不同。一是字号小,二是每页都印得很满。一眼看去,四周留白很少,连标题都是紧贴着版心上方"顶天"印的,简直就像插秧,把一丘田都插满。

我问：印这一本多少钱。

他们说：一块八毛钱。

我在塘约村看到党总支组织的一次学习，学2016年5月16日习主席在中央财经领导小组第十三次会议上的讲话精神。这是刚刚见报的讲话，是上述小册子以外的内容。

他们学习其中讲的"六个必须"，特别讨论了"必须完善收入分配制度，坚持按劳分配为主体、多种分配方式并存的制度，把按劳分配和按生产要素分配结合起来"。

这是因为土地确权入股到合作社后，年终可以分红，如何坚持以按劳分配为主体，怎样把握按生产要素分配的比例，就是当前应该力求合理实行的。

只有做到合理实行，才有利于实现"六个必须"中的另一条："必须弘扬勤劳致富精神，激励人们通过劳动创造美好生活。"

习近平总书记2016年"七一"讲话一见报，他们马上组织全体党员学习。

"我们每个党员都知道了，有八个不忘初心。"左文学说，"我认为这是改革开放以来党内最有价值的文献。"这是一个村党支书的评价，我特记之。

在"两学一做"中，党总支给党员布置了一项任务：每个党员都要找出三个存在的问题。

"给村领导班子成员找一个，给自己所在的村民组找一个，给全村社会经济发展找一个。"左文学这样表述。

我问："为什么说'社会经济'？"

他说："有村公共事业方面的，有经济发展方面的。"

"有人提出问题吗？"

"有。"左文学说，"提出的问题交到党小组，党小组从中选出一个问题，提出解决方法和办一件实事。党小组再把这个方案报到党总支，由党总支综合考虑这件事情能不能办，怎么办，什么时候办。"

"举一个例子。"我说。

曹友明说:"我在第五党小组,我们组由把丫关和偏坡寨两个村民组的党员组成。把丫关的党员刘尧光提出,现在办红白酒席,到办酒的人家里去办,不够好。应该用组里的集体资金征用一块地,建一幢房子,用来办红白酒席。这样有利于管理,也好控制规模,平时村民组开会学习也有个地方。"

我顿觉这是一件大好事!

一个农民,辛劳一生,去世了。大家在一个村集体共有的场所,按传统习俗办一个酒宴,纪念他(她)劳动的一生。

这样一座村集体共有的建筑,亦如村庄的一个殿堂。

一对年轻人组成一个家庭,大家在这个殿堂里共聚一堂,共同举杯祝福他们。村庄里新的生命将会因他们的结合而诞生,这里喜气洋洋地蕴蓄着村庄的未来。

任何一个家庭但凡有红白大事,走进这个殿堂,由村集体为其操办,都会体验到一种光荣和温暖。

平日,这个乡村殿堂就是村民学习和活动的场所,也是陈列村庄艰苦奋斗的光荣传统和英雄人物的地方。它不是从前哪个家族的祠堂,它是全体村民共有的殿堂和大会堂。

"建了吗?"我问。

"还没批呢。"

"为什么?"

"这件事是要做的。"左文学说,"现在有五个村提出来了,也要建。我们想好好规划设计一下,想建得好一点。"

忽想起刚才曹友明说"用组里的集体资金征用一块地",我问:"现在组里也有集体资金了?"

"有。"

"有多少?"

"过去没有一分钱,现在有十五万元。"

"十五万元怎么够建一座房?"

"征用一块地没有问题。"

"那,拿什么钱来建?"

"集体要建,群众力量大。不用担心。"

我接着问,党员提的问题,有做成了的吗?回答说有。我希望他们举一例。左文学说,第一党小组组长邓仕江、党员周其云提出修一条机耕路到田间和山上。为什么要修这条路?现在间伐木头,交通不便,一立方米只能赚两百元,如果有一条能走中型车的路,把木头运出来,一立方米就能赚六百元。

党总支讨论,做这件事可以降低劳动力成本,增加收入,可以干,就批了。怎么修?八个字:"不等不靠,自己动手。"

于是,相关的六个寨子,出了一千多人,全部是义务劳动,用十八天修成了一条十九公里的机耕路(尚未打水泥的毛路)。有多宽?四米五宽。

"为什么是义务劳动?"我问。

"现在人都在合作社干活,修这条路只有付出,没有收入。"

"为什么是六个寨子的人干呢?"

"六个寨子就是六个村民组。路在这六个寨子的区域,他们受益比较多。"

此前,我还有一个情况不明白:成立合作社后,人都在各个专业公司干活了,原来的村民组还存在吗?

现在我懂了,合作社是从事生产经营的部门,村民组是管理村寨公共事务的部门,比如卫生管理、调解民事纠纷等等。简单说,合作社发展经济,村民组是中国最基层的行政单位。党小组在村民组里,是村民组的领导核心。"村社一体"后,在塘约村形成了更有组织化的党组织和群众密切联系的组织结构。

"我们要求每个党员必须是一面旗帜。"左文学说。

"怎么检验?"

他说他们有个村民议事会,他们把每个党员(包括领导班子成员)的评价表,发给所在村民组的每一户群众,不是一次性调查,是常态,由村民打分,交给村民议事会评议。对平均分不及格的,党支部给予警告。三次考评不及格说明过不了群众这一关,不是合格党员了,那就劝其退党。他们把这叫作"驾照式"扣分管理模式。

左文学说:"我们体会,党建不光是党组织的工作,也要群众参与,党员合格不合格,要群众认可。"

"有不合格的吗?"

"没有。"他说,"以前没有考核,好像也无所谓。现在一考核,都很重视。要是不合格,连孩子都会被村里人瞧不起,丢不起人。"

与此同时,每个党员都有一本《党员积分册》,这相当于大集体时记工分的模式,用来记党员的成绩。这个积分册在村民组的组委会手里。按月记分,每个月的满分为10分。不能只记分,根据什么记分要写出来。

我看到这个积分册的每一页都印着"得分事由"四个字,做了什么好事,怎么关心群众,怎么起带头作用,要把具体事情写在页面里。我看到今年4月得满分的一个老党员的积分册,上面只写着一句话:"老人八十五岁了,还参加义务修公路,干到半夜两点钟还不回家。"

虽然只有一句话,但够分量的。

这个老党员叫杨进武。我反复读着这句话,心想究竟是什么使老党员杨进武这样做呢?我能感到的只是,这大约也算一种具体事迹和数字化相结合的评价方式吧,它有利于激扬党员所做的好事,也有利于作为表彰优秀党员的依据。

左文学说:"好的要得到赞扬,不好的要能受到批评教育。如果是坏的,就不能留在党里面了。中央讲要保持党的先进性和纯洁性,我们只能这么干。"

写着这句话时,左文学那贵州塘约口音还在我的耳边,他那被太阳晒得黝黑的面庞也在我的眼前。我也见过他同区委领导、同周建琨书记在一起说话的时候,他那不卑不亢的状态,给我留下深刻印象。他只在表达一件必须去做的事情时,还会让我想到他那个小名"二牛"。

左文学还告诉我,现在要求入党的年轻人不少,村里有十七个积极分子。

2014年大洪水洗劫塘约之前,塘约还是个二级贫困村,村集体经济只有上级拨给的办公费三万元,加上间伐木材一万多元。2015年人均收入达到8000元,今年到六月份集体经济已超过170万元,年底可超过200万元。这似乎不算什么惊人的成就,这却是一个昔日贫困村的人民,刚刚从贫困泥淖中拔腿走出来的情景。

周建琨曾这样说:"选对一个路子,选好一把手,是重中之重。安顺有1007个村,如果有十个左文学这样的支部书记,辐射作用将非常大。有一百个,变化不可估量。"

左文学也说了四个好:"选好一个路子,建好一个班子,带好一支队伍,用好一套政策。面貌就会大改变。"

我不禁想,这两位书记在今天的实践都证明了毛泽东主席曾经说的:"政治路线确定之后,干部就是决定的因素。"

2015年6月18日,习近平总书记在贵州考察时提出,加大力度推进扶贫开发工作要做到四个切实:切实落实领导责任,切实做到精准扶贫,切实强化社会合力,切实加强基层组织。塘约村几乎应声而出就走出了贫困,正是"四个切实"在这片土地上的集中体现。

一个好社会,不是有多少富豪,而是没有穷人。中国共产党成立之初,就是为穷人谋利益,进而创造更好的社会。一个村庄最伟大的成就,不是出了多少富豪,而是没有贫困户。只有在不忘初心的党的领导下,聚全体村民共同发展,举全村之力直至帮助最后一个贫困者脱贫,才是最大的政绩。按国家扶贫标准,2015年我国还有7000万以上农村贫困人口,到2020年能全部脱贫意义将非常巨大。塘约之路,可复制吗,复制它,难度有多大?

十 三千听众的露天现场会

怎么来描述这个现场会?

决定开这样一个现场会,是需要激情的。

2016年4月13日,安顺市委全面深化改革领导小组第十七次会议暨现代山地农业现场观摩会在塘约村召开。这个会议把安顺全市各区县、各乡镇,以及部分村的主要领导人都集中到塘约村的一个文化广场上来开露天现场会。

这是塘约历史上前所未有的事。

左文学把村民们召集来听会,与塘约相邻的村竟也有百姓来。参加开会的干部和听会的群众加起来有三千多人。会场上有扩音器传出来的发言者声音,有领导讲话,偶尔还有抱在母亲怀里的小孩的哭声,间或还有村里的犬吠声。令参加会议的四级干部不无意外的是,这不是看电影看戏,站着听会的三千多群众竟然到会议结束还没有散。

主持会议的是安顺市市长曾永涛,他说:"这样的露天现场会,这么多群众在认认真真地听会,是很多年没有见过的事了。特别是群众中很多年轻人的面孔,可见外出打工的年轻人大部分都回来了。这个村庄正朝气蓬勃,这非常喜人。"

他还说:"开会的干部们也很受鼓舞。到这里开现场会,当然也是想让干部们来亲眼看一看塘约。从前来过塘约的人,现在看到的塘约几乎难以相信。"

就脚下这个文化广场,面积1800平方米,它不是铲平而已的土广场,是石板和砖相结合的建筑,附属的停车场还有1500平方米。这些建筑,一个月前还不存在。

一年多前的那场洪水,使塘约的房屋或倒或塌或损,都需要修缮,甚至重建。眼前所见的塘约村,不论修缮或重建的都焕然一新,全用上了陶瓷瓦。

我想起从前大寨人"先治坡,后治窝",现在塘约人是"窝"与"坡"并治。他们说,外出打工好久了,一直没有个像样的家,非常渴望有个安稳的舒适的家。

他们的做法符合当今倡导"建设美丽乡村"的要求。现在大家看到的塘约几百幢色彩亮丽的房子,正是他们心愿的绽放。

平坝区委书记芦忠于介绍塘约,特别讲了两年前、一年前、半年前、一个月前的塘约是什么样的,以表述塘约变化的速度是怎样不断加快,给大家留下深刻印象。

或许由于我没见过两年前的塘约是什么样的,因而我不易体会塘约村的房屋有怎样的"巨变"。但是,当我在塘约文化广场上看到妇女们在夜晚跳广场舞时,我相信这个山村确实出现了新生活。不过,曹友明告诉我,那里面苗族妇女多,是苗族人的传统生活在这里得到复苏。

左文学第一次在这样的大会上发言。

区里曾协助他准备了一个稿子,但他感到直接说更顺口,没按稿子念。他说以前村里大部分人都去打工了,集体经济是空的,想做点什么,要人没人,要钱没钱,啥都做不成。现在人大部分回来了,村里不仅人气旺,还有很多人才,光驾驶员就有两百多,还有汽车、摩托车修理工几十人,有八百多个砖、木、漆、电技术人员,还有一批种养能手。还有三百五十多个曾经在流水线上干过活的女工,她们回来了,村里成立了妇女创业联合会,正与衣帽厂、鞋厂、玩具厂商议合作事宜,准备搞村里的轻工业。

他说,要说变化,最大的变化我感觉有三点。一是成立合作社统一经营后,比较好地解决了农村存在的多种矛盾。二是有利于解决实现农业现代化的难题。三是深化改革"七权同确",而且权利完全落实在村集体和全体村民身上。我们因此有了四大支撑体系。这四大体系是:土地储备体系,金融信用体系,风险防控体系,市场经营体系。

他说,有人问我这么多是怎么做的。我看最重要的有两条:一是"党支部管全村,村民管党员",二是村民自治。只要正气和力量发挥出来,什么奇迹都能创造。

一个月后,我听到村里人说,以前看共产党开会只能从电视上看新闻,都是播音员在讲,也不知共产党开会在商量啥,这回可是听到了。

比如喇叭里说:"我们今天这些建筑,这种变化,就外观来说,和东部已经没有什么差别,甚至还会比东部有些地方好。但是,我们还有不足,最大的不足在于两个方面:一是群众的腰包还没有鼓起来,二是公共配套服务还没跟上,大病还看不了,读书还没有优质的学校,垃圾、污水处理还没有完全到位……"

塘约村已经有不少村民认得周建琨书记,有人告诉外出打工新回来的人说,看,这是周书记在说话。

其实,这是周建琨在引述省委书记的话。他告诉大家,这话是省委陈敏尔书记说的。

总之,现在群众不仅听到了干部开会从头到尾都在讲怎么脱贫,怎么解决农村的困难,还知道省委领导也知道我们塘约,很感到自豪。

周建琨在这次会上肯定了塘约"七权同确"充分激活了农村沉睡的资源,肯定了"村社一体、合股联营"的优势,是保障改革的成果真正落实到农民手里。

他说60年前,毛主席亲自编了一本书,叫作《中国农村的社会主义高潮》,书中收了当时安顺两个村庄的典型事例。一个在今天的修文县,讲男女同工同酬。一个在镇宁的马鞍山。1956年至今刚好60年。重温60年前毛主席的思想,同那个年代比,今天已经发生了天翻地覆的变化。在新的情况下,怎么组建合作社?塘约村在"村社一体"上做了一个很好的探索。

他要求全市各乡村要抓住合作社这个"牛鼻子",不断壮大集体经济,全力消除"空壳村",走同步小康之路。全市其他地方也成立了各种专业合作社,但是做得还不够。要最大程度地把每一个村民都纳入进来,特别是把最后一个村民纳入进来。

他在大会上再次强调:"选好一把手,选优配强村级领导班子,是村级发展的关键。"他肯定了塘约左文学、彭远科两位一把手的领头作用。

最后,他说:"今天在塘约村看到的只是初步成效,但给我们展示了一幅未来发展的美好画卷,只要按照这个方向努力,毛主席60年前倡导的,当时还未能实现的远景,我们今天完全有条件有能力去实现。"

三个月后,7月28日,贵州省召开"全省发展村级集体经济推进大会"。会议全员到贵阳市、安顺市、六盘水市的六个村观摩。省委副书记谌贻琴带队来到了塘约村。

在观摩的六个村中,塘约是唯一把全体村民凝聚在一个合作社里的村庄。谌贻琴副书记对塘约的路子和村集体经济的快速发展给予了充分肯定和赞扬。

8月5日,贵州省委常委会专题听取了安顺市工作情况汇报。省委书记陈敏尔听完汇报后做了点评讲话。其中讲道:"今天给你们说的关键词、主题,就是两句话:发挥比较优势,推动黔中崛起。"

安顺获得了"国家新型城镇化综合试点",陈敏尔书记说这是"拿到了国家新型城镇化综合试点的旗帜"。他鼓励说:"这个更具有引领性,更具有综合性,更具有'牛鼻子'的意义,不能错过,错过了就对不起党中央,对不起国务院。这是国家战略,是安顺的使命所在,要有强烈的使命感、责任感和紧迫感。"

陈敏尔书记把"试点"称为"旗帜",讲得形象而富有深意。他说:"拿来了,我们就要高举,举什么旗,走什么路,在发展上也是这个道理。"

再说,露天现场会对塘约全体村民和周边村庄的群众鼓舞都很大。目前邻近的大屯村,已有六十户农民,将确权后的土地流转给了塘约村合作社。

大屯村历史上一直经济比塘约村强,自然条件也比塘约好,现在看到过去比他们穷的塘约兴旺起来,竟相约前来投奔。乐平镇党委书记马松因此感慨地说:"农民是用眼睛选择前途的。"

这是土地流转确权后的跨行政村流转。

新型城镇化建设的试点也激励着"镇村联动"的联手与共享。乐平镇党委正与塘约村党总支商讨建立"八村+塘约"的"合作联社"。

八村,是塘约周边的八个行政村。如果把以塘约为旗帜的九个行政村的村民都组织在新兴的合作联社里,这个变化,我们将怎样来看待?

周建琨说,这确实是新事物涌现,党委该怎么去引领,去补位?"八村+塘约",塘约党总支与邻村党支部是什么关系?是不是可以成立党委?如果更大范围的"合作联社"出现,这种形式既不是小岗村,也不是华西村,这种新情况该怎么去认识,是说不行,还是应该支持?这确实很考验我们啊!但我相信,农村这个广阔天地正大有作为。

十一 回来吧,乡亲们!

再讲一个修路的故事。

2016年3月初,左文学看到"镇村联动"这个词,头脑里一亮,决定去安顺找周建琨书记。一路上,他想好了,可以这样跟周书记说:

我们塘约同平坝区和乐平镇在地图上是个三角形,开车去平坝要二十分钟,从平坝转去乐平镇要三十多分钟,这样从塘约到乐平镇绕了一个大圈,开车要花费一个小时,很不方便。周书记你讲"镇村联动",我们也想搞。从塘约去乐平镇有一条小路,只有五公里,如果把这条小路开成公路,镇村联动有很多事可以做。

安顺市委是个群众来访可以直接走进去的地方,何况左文学是个党总支书记。可是,他找到市委办公室后,得知周书记在开会。等吗?他想起《古文观止》里读过的韩愈上宰相书,便想给周书记写个报告。

他向秘书要了纸笔,写的其实是个报告不像报告、留言不像留言的东西。秘书说吃午饭时可以见到周书记,留他吃了饭再走。他说:"不了。周书记忙我也忙,我回村还有事。"

下午,秘书打电话告诉左文学:"周书记批了。由住房建设局牵头,财政、交通几个单位到塘约现场调研落实。"

第三天,在曾永涛市长的安排下,来人了。

又过几天,开修了。

方法仍然是政府出水泥、柏油等材料费,塘约村出人力。

开修的日子是3月12日。

这次修路,塘约村出的人力同样全部是义务劳动。

为什么是义务?如前所述,考虑到修公路不是种瓜得瓜、种豆得豆那样能产出果实去卖钱的劳动,如果计报酬打入其他生产成本,将影响到其他生产劳动的分配。于是决定:义务劳动,自愿参加。

结果有多少人自愿?

用"男女老少齐上阵"来形容,并不夸张,但是不够。

几乎每天都是倾村而出,每天都干到午夜以后,而且自带干粮。时值春耕,有些不可误农时的活不能停下来。白天在田地里忙农活的,夜里也到筑路工地来加班。一半以上是妇女。小学生放学了也来抬土搬石块。

"乐平镇的马松书记,大屯片区的朱玉昌主任,一直跟我们并肩战斗,每天加班到半夜。"左文学说。

"每天?"我问。

"二十八天,没有落过一天。晚上就在指挥部里坚持值班,半夜跟我们一起吃土豆。"

"就像抗洪救灾。"孟性学说。

"他们能调动镇里的资源。施工不能断电断水。突然断了,没他们不行。"曹友明说他们能调动供电所、水利站。特别是最后铺油砂路面那两天两夜,他们跟大伙一样整宿没睡。

现在不是打火把挑灯夜战,村里的摩托车、汽车都出来了,车灯都打亮,烧的都是自己的油。还有采煤用的电瓶灯、手电筒。几百条光柱把路面照得亮如白昼。

天上下着毛毛雨。不仅铺路,还有很多人在挑水洗路。

八十五岁的杨进武老人也来了,他就是前面讲到的那个《党员积分册》上得满分的老党员。

深夜零点了。左文学劝他回家。

"我要看。"老人说,"我年轻的时候见过,现在又看到了。再不看,我就没机会看了。"

"大爷,那您拿个铲子站这里就行了。"

老人拿个铲子站那儿,就像一块碑!

左文学说自己非常感动。年轻人看到这个八十五岁的老党员,都很感动。杨进武老人是不吃晚饭的,连一口水都没喝。左文学想要去弄点吃的来给老人。正想着,有邻村人做馒头送到工地上来卖,左文学去买。

对方问:"买多少?"

左文学说:"你这车馒头我全买了。"

于是买了给大家发馒头。那是自带干粮修这条路,仅有的一次给大家发馒头。

就这样,4月9日全部完工。用二十八天,修筑了一条宽八米、长约四公里的柏油公路。之前,从塘约直接去镇里只有一条小路,步行要走一小时,现在公路开通了,开车五分钟就到了。再行七分钟,就上了高速公路,可直通安顺和贵阳。路修成,家家户户都在新路上用手机照相留念,还恍然觉得不敢相信这是真的,"真的修成了!"

左文学回顾自己种药材、养猪,单打独斗的日子,他说:"每天早晨睁开眼睛就在考虑怎么挣钱,要不就在会不会亏本的焦虑中,这人就变得自私、狭隘。天天这样打拼,还保不定哪天就亏大本了。这样的日子有什么意思!"

他还说:"合作社改变了我,也改变了大家。"

在塘约村,我还听到他们这样说——

"当你不讲钱的时候,奇迹出来了。"

"有钱办不成的,没钱却办成了。"

"那些日子,好像人是不要睡觉的。"

"只要能干活的,没有人不去,都感到不去是丢人的。"

曹友明还说:"村还是我们村,人还是这些人,分散了,谁也看不出一个村有多大力量,集中起来真的能愚公移山。"

左文学则说:"通过开这条路我体会到,什么力量大,人民力量大。什么资源好,人民资源最好。"

关于左文学,周建琨还告诉我这样一件事。

他说,有人告诉他,组织上发给左文学每月1800元的津贴,他没要,而是放进村集体的经费里去了。周建琨去核实了,确实有这件事。于是他严肃地批评了左文学。

周建琨说,他批评左文学,你这样可不对。这是组织上给你的法定的津贴,是每个党支部书记和村主任都有的。你上镇里、区里、市里来开会了,就是误工了,没有收入了。实际上,这津贴是你作为村支部书记的误工补贴。你必须拿回去交给你的爱人,因为你顾不了家。

周建琨说,你不拿津贴,村主任彭远科也不拿了,你这就影响了人家,怎么行。县委书记、市委书记也得拿工资呀!你不能这样,你这个错误要改过来。

周建琨对我说,有一年多了,我不知他改了没有。

我于是向曹友明了解,得知左文学和彭远科仍然没有要那津贴,两人的津贴都放在村集体的经费里。

我于是也对左文学说,你这样不对,还是去把钱领回家吧。

左文学回答我:"我没有要别人学我。我不要那钱,是想要求自己全力以赴搞好集体经济。集体好了,我就有收入。如果集体不好,我拿那1800块钱有什么用。"

我于是没有再说什么。我感觉到了这个人,这个会阅读《古文观止》的村支部书记,大约是以一种破釜沉舟的气概,在领导着他贫穷的村庄,在卧薪尝胆、发愤图强。

现在,他们比任何时候都更期望还在外打工的乡亲们回来。

两年间,90%以上的人都回来了。

他们对本村外出打工的做过一项调查,得出的一个说法是:"一般的情况,有三个三分之一。"

一是每年能带一部分钱回来的,带回来的钱大约在一两万元之间。二是打平手的,除了在外吃住用,基本没什么结余。三是生病或者在工场受伤回乡,或犯错误回来,还有犯法被判刑的。有个少年抢了一个妇女的钱包,里面只有一块五毛钱,被公安抓住后送少管所六个月。村里去把他接回来。如今结婚了,建房了,村里给他建房补助 8000 元。

目前还有七十多人在外,没有回来。

"是在外过得还不错的吗?"我问。

"不是。主要是年轻人。"

"为什么没回来呢?"

我于是听他们说出一个新词"农二代",不禁心中一震。

我们听过"官二代""富二代",不论你喜欢不喜欢,总有人羡慕。"农二代"则不然。

他们的父母是第一代打工者,现在打不动了。

他们这第二代,有的是书只念完小学就随父母出去打工的。他们已经适应不了农村生活。对农活没技能,也干不了。左文学说:"他们对农村是有感情的,对农活没感情。"

他们在城市受歧视,随时失业。有的上有老,下有小。有的上有老,下没小——年岁不小,还成不了家,哪有小孩呢!

还有一种,他们就生在北京,或生在东部的某个城市,但他们在那里上不了户口。他们是那个城市的人吗?他们是塘约的人吗?都不是。他们就像没有家乡的人。

他们融不进城市,回不了乡村。在城市与农村的边沿漂泊,像没有根的人。不管怎么说,他们是"悲伤的农二代"。

今天的塘约村本部,每天都悬挂着一条大红横幅,上书:"回来吧,打工的乡亲们!"那就是对游子的召唤。

左文学说:"我们村'农二代'的问题,我们解决了。"

我听了,看着左文学,怀疑我是不是听错了什么。

左文学好像感觉出我有疑惑,补充说:"我们要是不能解决'农二代'的问题,叫他们回来怎么办。"

我于是问:"你怎么解决?"

左文学说:"我们现在有二、三产业呀!他们干不了农活,可以选择二、三产业。"

他举了一个例子,彭珍强三十二岁,他的父亲彭光德就是第一代打工的,过世了。他和妻子都在浙江打工,有两个孩子,在外面过得很艰难,回来不会干农活。村里成立合作社后,2014年年底他回来流转土地,看到村里变了,不走了。他会开车,合作社给他贷款八万元,他买了一辆大货车,参加到运输公司了。

村里现在贷款创业的已经不少。

女的回来有自己开发廊、开服装店、开餐馆的。

车多了还有开小型修理厂的。

男男女女把打工学的本领回乡用起来,从前荒凉的"空壳村",开始热闹起来了。

我暗自敬佩,心想左文学他们不是只会讲问题的人,而是面对眼前的问题会去解决问题的人。

他们说,今天的塘约合作社可以这样说,不管外面有多少失业者,我们这里没有一个失业者。不论出去打工的乡亲什么时候回来,你都可以在村里上班,最低月薪是 2400 元。

"回来吧,乡亲们!"听到呼唤了吗?

塘约说:"家乡需要你们!"

塘约说:"我们这里没有剩余劳力。"

我确实感到,塘约农民的实践在非常开阔地打开我的视野,令我重新审视精神内部储存的记忆。我记起自己十年前曾经采写过浙江慈溪,当慈溪市满一百万人口时,外来打工注册人口已超过六十万。慈溪在改革开放前是一个农业人口高达 90% 的县,能容下六十万打工人口,这个县岂不是不仅没有富余劳力,而且本县劳力严重不够!

当塘约村 1400 个劳动力竟有 1100 个外出打工,30% 的土地撂荒,那千余外出打工者叫"富余劳力"吗?

慈溪本地劳动力不够,塘约声称我们没有多余的劳动力。那么什么村庄有多余的劳动力呢?我所走过的西部那些荒凉的"空壳村",中原腹地那些"空壳村",有多余的劳动力吗?

哪一个家乡不需要青年建设?

哪一个家乡不需要全面发展?

哪一个家乡有"富余劳动力"?

那么,多年来经济学家所说的"我国有两亿多富余劳动力",不是一个伪命题吗!

我在想,平日里听到说现在企业不行了,很多外资外企撤离中国,农民工下岗回乡……这是坏事,还是好事?

我在想,从中国共产党诞生到中华人民共和国成立,有两个支部发挥了巨大作用,一是"党支部建在连上",保证了党领导的人民军队有无坚不摧的战斗力;二是党支部建在村里,保证了党最有效地凝聚起中国最广大的人民群众。即使当今有外资外企撤离中国,我们是等待着外资外企再回来招收中国农民为他们打工,还是依靠农村党支部带领广大农民建设自己的家乡,自己的生活!

农民工"下岗"回到家乡了,这是坏事还是好事?

是好事,好得很的事!

这首先是村党支部大有作为的时候。

我在贵州采访时了解到,截至2016年4月,安顺市在工商登记注册的农民专业合作社达到1831个,其中种植业1340个,畜牧业358个,农产品加工业22个,服务业86个,等等。塘约能在短时间内取得特别突出的飞跃性成就,最重要的原因就是:它不是大户做东的专业性合作社,是党支部领导了村社一体全体村民合股联营的合作社。

这不仅是农村党支部大有作为的时候,也是市委、县委、乡镇党委大有作为的时候!塘约的变化,离不开镇党委、区委和市委以及各级政府的积极作为。

我在访问周建琨书记时还得知,整个安顺在推行土地确权流转中发现,安顺原先在册的耕地159万亩,重新丈量后竟有444万亩,多出285万亩。

这使我一时难以置信。

再问。这是事实。就是多出了285万亩。

这使我想起明代张居正实行一条鞭法改革时,全国重新丈量土地多出非常多。我不知这样的联想有什么意义,但我确信,仅此一点,即土地确权后对土地的精确有效使用,对我国农村发展也意义巨大。

在当今深化改革中,农村发生了很多城里人陌生的事物,当然不只是安顺。贵州是很多人印象中的贫困地区,就地貌而言,它是全国唯一没有平原支撑的省,但今日贵州号称"进入平原时代"。因贵州每个县都通高速,驱车各县皆如履平地。这不仅是经济发展必要的建设,也是均衡发展所必要的。我感到了贵州正在追求同步小康的路上,悄然发生着不可低估的进步。

再看塘约,感觉它最重要的成就,并非经济所能衡量。

贫穷并不可怕,当很多人回来报效家乡,必是家乡有着如同旭日东升的气象,如新中国诞生之初,钱学森等众多学子回归祖国。农民需要一个精神焕发的村庄,塘约做到了。我们大家都需要一个精神焕发的国家。我们个人,也需要一个精神焕发的人生。

改革同一切发展中的事物一样,需要扬弃。这是哲学告诉我们的。深化改革,意味着需要把改革开放的成果继承下来,对出现的问题加以改进。塘约"村社一体、合股联营"的合作社,吸收了新中国诞生以来,包括改革开放至今的经验和成就,我想可以称之为:一种新型的社会主义的合作社。

2016年5月24日,习近平总书记到黑龙江考察时指出:农业合作社是发展方向,有助于农业现代化路子走得稳、步子迈得开。

"不忘初心,继续前进",这当今大家深感亲切的八个字,凝聚着十分丰富的内涵。

(原载《人民文学》2017年第1期)

山城不可见的故事

李 燕 燕

序
——山城光影

2003年6月18日上午11点20分,成渝高速四个半小时的旅程之后,二十三岁的我背着大包、拉起箱子出现在陈家坪汽车站。山城入夏的灼辣空气与长途大巴尾气混合而成的热浪直扑脸颊。"哎呀,重庆这个天气才不得了哦!"有操着成都方言的女人说,附和着许多絮叨,更吸引来了拉客者的注意:"大姐,怕热就不省那几个钱嘛,嗨,刚好还差三个位置,这个妹儿,一起,马上就走!"而我,在一片嘈杂中,顾不上理会其他种种,眼睛不受控制地打量这个在父亲口中反复出现,我却第一次来的城市:高低起伏,坡坎交错,各色车辆在没有自行车道的狭窄马路上拥堵穿行,两侧大厦林立。谈不上好恶,却觉得来这里终究是缘分。

二十世纪六十年代,爷爷在山城某理工科大学电机系执教。爸爸从十岁起,从成都到重庆,在爷爷身边长大。父亲口中,尽是快乐时光:儿时坐过江缆车,觉得好玩,便来回坐;灾荒年,和爷爷一块在松林坡的院子里养兔子;到了大学生改善伙食的月底,会在中午开饭前把长长的尖头铁丝伸进食堂的窗户,叉窗边大学生饭桌上的酥肉;红卫兵大串联,和十个同学一起步行到璧山已经半夜十二点,经过水田边一片乱坟堆,十一支手电竟然齐刷刷熄了……其他人告诉我：跟过苏联专家的爷爷1964年开始便不能教书了，每天晚上必定二两"跟头酒"，偶尔喝点他们送的江津老白干。1976年，爷爷在西南医院手术，打开腹腔，由胃部生出的恶性肿瘤于有限的空间里挤得满满当当，两个月后，爷爷病逝。去世前两周，唯一能下咽的食物，是分居成都的奶奶托爸爸带给他的酸豇豆炒牛肉末，去世时床前只有爸爸。我所知道的是：因为家庭出身只能念中专下工厂的爸爸，几番辗转后回到成都，遭遇坎坷。而我，仿佛在冥冥中依着什么召唤，又孤身前来重庆，像是一条洄游的鱼。

也在2003年，阔别重庆二十多年的爸爸，和我一起回到松林坡。站在他们父子俩住过的小楼前，身形愈加佝偻的爸爸又是一番对往事的感慨，却不包含半句怨言。故事的真相，早就被时间吞没改造。

缘分归缘分，我还得重新认识这座城市。游走十四年，山城在我眼中在我脚下，可那只是雾气中隐现的浮光掠影。

初来乍到，我在住处附近的家具店买床，坐着轮椅的老板冲我笑："小妹，四川那边的吧？"我不知深浅地点头，还告诉他我现在的单位。"哟，那单位好呀，那的人都开私家车，每天早上前头路口堵得动不得。"他递过一片湿纸巾给正在拿手拭汗的我。我用一千元买下一张不到一米五的"实木床"，那是我一个月工资。两个月后，我从床腿隐蔽的蛀洞里惊讶地看到里面的空心，愤怒油然而生。待我翻出购货单据行走如风拐进那个巷子，隔着一段距离，却看见那家店贴着"清仓转租"的告示，卷帘门闭了一半，坐轮椅的老板和妻儿围坐在旁边五金店一侧。走近，正要发作，却看见一只眼睛紧闭凹陷的女人，正把切了三刀的一小牙西瓜，用力掰开，中间的两瓣分别递给女孩和男童。十一二岁的女孩咬了一口："妈，又沙又甜，就是太少了。""少？晓得不，西瓜八角钱一斤，不贵嗦？"女人咬了一口手中三角形的瓜块，就只剩下一点淡红。不到三岁的男童嘴里咀嚼着瓜瓤，汁水顺着嘴角流到罩衣上，坐着轮椅的男人一手捧着略大点的三角形瓜块，一手掀起男童罩衣一角，给他擦嘴巴："吃得完不？

吃不完早点说。"五金店吹出的空调凉风让他们很是惬意。注意到我站着看他们，男人扭过轮椅，愣了半晌，然后一脸真诚憨厚："小妹，我那个实木床睡起还可以嚜？生意不好，我们清仓甩卖，里头东西都打五折，看你还要点啥？"曾经构想过如何和奸商撕破脸维护自己的权益，可临了只是淡淡地摇头，然后离开。

  重庆火锅融合着浓厚牛油的浓香，流窜在城市的每条巷子每个角落。即使40度的高温，空调的凉气在锅底旺火和翻腾红汤的联合抵制下，已经完全不能发挥作用，一桌桌食客汗流浃背却兴趣盎然，桌上除了山城啤酒便是更新换代却依然滋味醇厚的江津白酒，敬酒划拳的吆喝构成了山城餐馆的独特景观，让人联想到这座城市原本是长江边的大码头，码头自有码头的文化。外貌老旧的"7字头"中巴，屁股喷着黑色尾气，大摇大摆穿行在两旁密密排列着不同火锅招牌的街道上。时而野蛮地越过块头比它大一圈的公交，时而抢在红绿灯交接的一刹那，从停滞的车流中率先冲出，然后一路遥遥领先。"7字头"中巴会毫无征兆地在任何一个簇拥着人群的街口停下，扯着沙哑嗓音的女人蓬乱头发，露出系着褐色腰包的上半身——

  "嘿，还有座位，快上，一块钱！到哪儿？红旗河沟，要到要到！"

  "啷个不得空调嘛？凉快得很！"

  "真的有座位，你站在这方当然看不到，跨上来一步嘛……那儿最后一个，有个凳子那点儿……凳子也可以将就坐哈嘛！"

  "哎呀，日头下等车好恼火哟！给你说嘛，465在上清寺那边已经堵起了，不要等了！"

  最终，女人会抢也似的推搡几个男女上车。中巴不关车门，便一溜烟跑了。那几个被抢上车的乘客发现，狭窄的过道上扔着两三个塑料凳，车里已经挤得热气腾腾。不过一块钱，真的可以将就下，也就一小会。女人接过零散的几块钱，直接塞进腰包，到下个街口，一个猛刹，女人又直接把半截身子探出车门，迅速拖走一个客人，也许包括到山城不久的我。

2006年国庆,一辆超载逆行的"711"坠下嘉陵江石门大桥,掉落在桥头的一片空地,死亡三十人。这场特大交通事故后,曾满街都是的"7字头"被逐渐取缔,乡镇化气息从那时起离这座城市渐行渐远。

　　与山城越熟,越让人捉摸不透,虚实难测——仿若一棵枝干丰密的大树,时代是生长故事的土壤,叶片却是重重雾气,缭绕着树上那些大大小小的故事。

　　依据山城特殊地势,拿着一根"棒棒"来城市讨生活的"力哥"们,爬坡上坎肩挑背磨,作为城市发展的见证,背影渐渐模糊。眼见起码六百斤重的一大堆文体器材要从脚边挪到七百米外的礼堂,我有些犯愁了,因为大门外那群聚在树荫下蹲着等活的"棒棒",几年前就消失不见,说是市中心商圈生意好做点。"找'白棒棒'嘛,他带起十几个棒棒在附近找散活,这是他的名片。"做楼道清洁的阿姨递过一张设计精美的名片。按名片上的号码拨过去"叫活",不到半小时,"白棒棒"带着三个人来了,人手一根套起结实绳索的"棒棒",外搭一架简陋拖板。七百米的距离搬六百多斤重的东西,"力钱"两百块一分不得少。

　　"妹儿,你这个可以报账得嘛。""白棒棒"说。谈妥,"棒棒"们把器材分成几个批次,一一用绳子绑好,或抬或拖,"一二三,起!"棒棒们喊着号子。来回两趟,十一月的天气,眼见汗珠顺着额角往下淌。干完活接到"力钱","白棒棒"招呼那几个人:"走,晚上去弄点小酒。"

　　因为家里地少人多,"白棒棒"1981年便来重庆干这行。2000年以前,每天至少接三十单活儿。"那时候洪崖洞真正的吊脚楼还没拆,我们就在那儿租房子住,十几个人一间屋,打伙买菜做饭,或者在外头吃几毛钱的'棒棒饭',硬是凑角角钱块块钱把老婆娃儿养起了。""白棒棒"自豪地扬了扬挽起衣袖的手臂,我看到一串烧伤疤痕就突兀在那里,深红色很显眼。岁月在"白棒棒"口中似乎格外轻松。现在他举家搬到重庆,儿子开了自己的汽车修理店,女儿嫁给一个做生意的温州人,"白棒棒"和老婆在沙坪坝半月楼附近买了套二手房。"说实话,我算脑筋灵活的。现在做棒棒都挣不到钱,有些一个月就挣几百块。单靠这个过活,太苦了,不晓得那些人心头啷个想的。目今我做这个,纯粹为了挣几个零花,也顺便健身……""健身"二字刚出,三个在一旁喝矿泉水的"棒棒"呵呵直笑。

像"白棒棒"一样,这座山城有太多时代造就的"先苦后甜"的人,包括那些大型国企下岗裁员的工人,有的已在城市的饮食、家政等行业占据一席之地,也有的就那么无声无息消失了。见到"白棒棒"的当天下午,附近棉纺厂的单元楼里,一扇几年不曾开启的门被人们撬开了,屋里灰尘遍布蛛网云集,床上的被子里赫然裹着一具白骨——漂亮的下岗女工早已死去。离婚的丈夫带走儿子,甚至几年间不曾与她联系,邻居忽略她的动向也忽略了楼道里曾长时间散发的浓烈腐臭,只有一位亲戚这时才隐约记起,最后一次电话联系,她说:"我想吃烧白,我好长时间没吃烧白了,我买不起肉……"也许,当年拿着国家给予的有限补偿,这位女工有过重新开始的勇气,可最终还是被生活打垮,被人们遗忘,直到更换水表,人们才想起必须打开那扇门,才发觉门后的惨烈。

一种生活隐藏一种故事。一位同龄的出租车司机告诉我,开出租车的感觉"非常自由,像一只断线的风筝。"一个傍晚,我拦到了一辆"空车"状态的出租车。没待拉开车门,戴着帽子看不清脸的司机便劈头问我:"你到哪里?不去三峡广场和解放碑哦!现在六点了,很堵的。""我去磁器口。""可以,上车!"

我对司机挑目的地提出了质疑,可她甚至头也不回:"要态度端正?去找专车,你要坐出租就这样了。"我还想说什么,一侧目,却看见女司机帽檐下如绒毛般才生出的头发,前窗镜面显出一张惨淡的脸,眉毛和头发一样,细白异常,这样的惨淡是病气——我甚至看见她短袖下隐隐露出的 PICC 管,这应该是个刚结束阶段性化疗的肿瘤患者。开出租,抑或为了维持生计,抑或证明自己生存的价值?身体能支撑吗?……这辆出租车,掠过烈士墓前的广场,多年前一场场"红歌会"曾在那里举行,如今坝坝舞正当时,参与者还是喜欢保养的大妈们,于她们而言,这些活动除了娱乐没有更多的意义。

虽然未必能看清,我却坚持行走着观察城市,企图用更亲密的方式接近它,试着揭开光影下那些埋得深深的东西,那些城市成长的内核与印记。

重庆女人,一辈子只哭一回

三年前的一个夜晚,武隆仙女山。我和一个女记者裹着租来的棉大衣,坐在峡谷一侧,观看三面环山的实景演出《武隆印象》。记者带着报社交代的任务,我则纯粹是"瞄一眼"的心态——"印象"系列风格相近,都由一些"主题单元"构成,歌舞煽情,能赚到"跟团"旅行者热烈的掌声。只是,这个《武隆印象》所有对话都是纯正的重庆腔,倒让我觉得颇接地气。随着演出推进,高潮篇章"哭嫁"来了:吊脚楼上,投射着一对母女长长的身影。老妈妈为天明就要嫁给长江纤夫的女儿梳头,沧桑的声音,伴随低低抽泣,响彻山谷:"我的妹儿,痛痛快快地哭一回吧,今后就要当起家扎扎实实过日子了。生活艰难,把牙咬起,啥都不要怕,咱们重庆女人,一辈子就哭这一回。"这段台词让我心头一热。坐在一旁的女记者扭过头来,眼圈红红:"刚才老妈妈那几句话戳到了我的心头。"我拍拍她的肩膀,却注意到她身边坐着个妆容精致而雍容的中年女人,浓黑睫毛下的丹凤眼有些透亮,正自言自语:"重庆女人一辈子只哭一回,说得太好了。"

她就是罗姐,女记者的一位商界朋友,在记者三寸不烂之舌煽动下自己开车过来寻找机会,当晚并未与我有交集,所以谈不上认识。为了几句商业打造的台词动真情,这也有些造作了吧。山城的女老板特别多,大胆泼辣,但也会在某些时刻窥见她们的"不自然"——"装",还是真情流露,不得而知。

两年后,那个女记者已转行做新媒体,在她发起的一次晚宴活动上,我正式认识了罗姐。和看演出一样,罗姐妆容非常妩媚,上翘的眼角在黛青眼线的映衬下格外有神,粉红的嘴唇自带笑意,高挑的身材胖瘦恰到好处,完全看不出这是一个1958年出生的将近六十岁的女人。菜肴丰盛的大圆桌旁,围坐着记者利用广博人脉邀请的各路朋友。"生意很大"的罗姐匆匆与我互留电话后,就像一只轻盈的蝴蝶,翻飞在那些带着"长""总"等头衔的人士身旁。有些无聊的我,拿起"江小白"玲珑的酒瓶,上下把玩。"不要小瞧江津白酒哦,它跟茅台、洋河一样,都是上好高粱做的,只不过发酵时间长叫'大曲',江津白酒发酵时间短,属于'小曲'。放在过去八十年代,大领导都要喝的。"罗姐端着酒杯突然出现,侃侃而谈。

"罗姐做江津白酒起家,涉足过很多行业,身家上亿,到现在也没结过婚。"宾客散去,记者朋友对我说。几天后,我突然接到罗姐打来的电话,邀请我帮忙撰写她们公司的宣传片脚本,要求很高,酬劳丰厚。我觉得这活儿不难,点头应允。

很快,我的电子邮箱就收到了她秘书发来的大堆公司资料。我总有些不甚了解的地方,去拨罗姐电话,可打过去要不没人接,要不刚响一声便被挂断,过会儿,一条短信映入眼帘:"正忙,请与秘书联系。"半个月后,总算完成脚本初稿。过了两天,我收到罗姐短信:"稿子已看完,周三上午可以详谈吗?"

"我的很多想法,李老师,你没有表达出来。"罗姐拿着一沓打印稿,表情认真。她的身后,是一大缸火红游动的鹦鹉鱼。随后三次改动,在那间游动着火红鹦鹉鱼的宽敞办公室,罗姐用平和的态度、不同的措辞执着同样的观点。

看着那张妆容严整的脸,我想,或许这位女强人并不懂得文字的东西,只是牵强地去拔高某些虚空的东西。比如,一些出生在五六十年代,靠着"第一桶金"发迹的"企业家"们,通常最愿谈及"企业文化"。做文字的人到底是有个性的,我想着实在不行这活儿就不做了。刚要开口,罗姐说:"李老师,周末我想邀请你参加公司的拓展训练,或许能有直观的感受。你看可以吗?"本来应该拒绝,但我下意识地点点头。

武陵深处,虽是盛夏,却也凉气袭人。罗姐带着大家住进山里一栋三层农家小楼。自由组合,两三人一个房间。罗姐和我在一个房间。入夜静谧,我躺在床上读着一本小说,罗姐从浴室直接走了出来,我的目光立刻聚焦到她的胴体——周身一丝不挂,白皙肌肤贴满荷叶朝露般的水珠。我不是第一次看见在年轻同性面前如此有自信的女子,但我依然惊艳不已,这哪像一个年近六旬的女人的身体!乳房挺拔丰满,腰肢纤细优美,臀部饱满上翘,让我顿悟节制自律对美貌的终极意义。

她掏出旅行包中的两个小瓶,打开,玫瑰精油的香味立刻弥漫整个房间。拿起一个瓶子,倒出粉红的流膏,从头面开始,上上下下涂抹全身,接着第二个瓶子。涂抹着两层精油的美好肉体在昏黄的灯光中闪烁着点点光芒。山风顺着半开的窗户溜了进来,我把身上的被子又裹了裹,望着兀自坐在桌前的罗姐:"你,不冷吗?""有点,但我这里有抵御寒气的好东西。"罗姐扬了扬手里的一小瓶白酒。她轻轻抿了一口,扭过头:"李老师,会不会觉得我这老家伙太妖艳了?"我摇摇头:"爱美之心人人皆有。"

"当女人就得漂亮。人没有下辈子,既然只有这短短一百年,就必须要活好、活精彩,做什么都不要后悔。"罗姐缓缓地披上浴巾,那一小口江津白酒让她有些微醺。围绕着"生死""女人""值不值",我与这个年龄堪比父辈的大姐深谈下去,慢慢放开。

山风吹拂着罗姐额角的碎发,某个时候,那个在田间蹬着辆高大的男式自行车的罗幺妹回来了。"我的小名叫幺妹,在重庆江津出生、长大。"

起伏的丘陵间散布着金灿灿成熟的稻田,稻谷的香味四处飘荡,农民们正紧张地忙于收割和晾晒,村落深处不时传来打谷机欢快的轰鸣声。那是1979年的初秋时节,二十一岁的罗幺妹用力蹬着刚买两个星期的上海"凤凰"牌自行车,那是辆男式自行车,"到底家头男娃儿多些"。她紧握车把、极力平衡,倾斜着身子,甚至没法好好坐在坐垫上。自行车把头,挂着一条用结实稻草穿鳃的大草鱼。1979年初秋时节我才出生,而梳着两条齐腰长辫子的罗幺妹,已经是乡头最好看最能干的妹子了。隔着时空,听着罗姐的讲述,我慢慢融入"幺妹"的生活。

那条大草鱼是幺妹一大早去镇上赶场买的,中午幺妹的未婚夫要来家里吃饭。从去年开始,赶场天的集市就愈发热闹了,卖的东西多,赶场的人也多。像大圆桌似的树桩子上,摆着带皮的肥肉和宽宽的大刀,那是卖肉的大刀,"那刀有现在一本杂志那么大,那么厚。还有啊,我们买肉都买得肥,肚里油水少。"猪身上最大的骨头,连着冒着白气厚厚的冻肉,一刀剁下去,也就整齐地裂开了。那时,人们都愿意和卖肉的胖大嫂套近乎,因为就算干部打扮、拿再多的肉票,都可能买不到她藏在案板下的那块五花。卖青菜的人都长着一双红肿的手,指甲缝里满是污泥。卖蛋的摊子上是一个用竹筐背着孩子的年轻女人,她小心地把打碎了的蛋放在一边,每个买蛋人必须买两个碎壳蛋,罗幺妹听到卖蛋女人清脆的声音:"大家搭着买,谁也不要吃亏,谁也不要占便宜。"

"'割尾巴'割了那么多年,养鸡的不多,那时候鸡蛋金贵着呢。"看着我疑惑的样子,罗姐轻轻一笑,把那缕被山风吹乱的发卷拢回耳后。物资匮乏的年代里,乡镇集市里挤满了抢购的人。买到东西的,脸上放着光回家。

此时幺妹弯腰蹲在猪肉摊旁,挑拣着大木盆里鲜活的鲤鱼草鱼。肉摊那个穿着花色灯芯绒外套、上头满是油渍的胖大嫂正细细打量着幺妹身上薄薄的深绿色毛衣,打趣道:"幺妹儿,你这是捡城里哪个老表的衣服穿?看起不合身呀?""我夏天去重庆城买的毛线,自己织的,穿起舒服!"幺妹指着一条最大的鱼:"就它了,陈哥,帮我套上。"

"哟,那鱼三斤多重!妹儿出手是阔了,以后也不指着你老汉的那些票了啊。"大嫂捏起柿饼咬了一口,看着幺妹驾起崭新的自行车,把大鱼拴到车龙头上。

"家头来客了?再割点肉?"

"下次嘛!"

随着车轮辗轧乡间小路的泥泞,离水不久的草鱼还时不时扭动一下身子。路过自家的菜地,罗幺妹将自行车立到一旁,徒手去掰两棵肥大的莴苣,再熟练地薅下一把藤藤菜。"莴苣的叶子可以煮汤,莴苣头打下皮,切成块加点豆瓣烧着吃;藤藤菜的叶子拿来凉拌,空心的秆子切小段和豆豉一起炒,香得很。"

前面池塘边的几间瓦房就是幺妹的家。罗幺妹的父亲是镇里有编制的小学老师,母亲是地道本分的农村妇女。"父亲家里世代教书,住在村里,也要种田的。家里七个兄弟姊妹,灾荒年饿死了两个。我底下那个弟弟,1961年的时候可能两岁,下午就动不得了,爸爸晚上九点抱着往镇里找医生,我死死牵着爸爸的衣角跟着他跑,还没到镇里,小弟弟就没有呼吸了。"排行老五的罗幺妹对于贫穷有着深刻的记忆。在旁人看来,罗幺妹是个"有心机的女子",做事总有自己的章法。她坚持学文化,念书到小学毕业,"初中要到县城读,每年有块把钱学费,还要带粮食",只好放弃了。从十六岁开始就断断续续有人上门提亲,可幺妹像头犟驴一样,逼着父母一一回绝,渐渐成了村里少数二十岁还没出嫁的妹子,"跟我一起耍的几个女娃儿,到1979年,娃娃都拖了两个。"

中午的餐桌上,坐着罗幺妹的家人,还有从镇里中心校过来的未婚夫。幺妹喜欢有文化的人,未婚夫是父亲学校里的同事,比幺妹大一岁,从师范校毕业的,高大白净,话不多。幺妹从灶房把一大盆滚烫的干烧草鱼端到桌上,他体贴地从口袋里掏出帕子为幺妹擦拭手指上溅到的汤汁。那个初秋的中午,合着外面丰收的热闹,罗家饭桌上的人都满脸带笑。

生活已经向他们展露笑脸。那时,家庭联产承包制在农村全面推开,幺妹家的九亩地,种着水稻、蔬菜和橘子,去年丰收的成果变成了那辆"凤凰牌"自行车。而脑子活络的罗幺妹还帮着县里一个亲戚在农村收购土货,拿到城里去卖,"地里长的几乎没有成本的东西,在城里要管几毛钱呢!"拿着那些赚来的"零用钱",罗幺妹第一次去了重庆城,在那里的国营商店买下了一大团含着羊毛纤维的毛线。那天在饭桌上,也议定了罗幺妹的婚期——明年的秋天。

"那时候,城里结婚有缝纫机、收音机,黑白电视机也开始了。"还有一年,罗幺妹想要让镇里中心校那间婚房里,充满现代化的气息,让自己的婚礼,在村里人见证下风风光光。

"我一心想要多挣点钱。"快六十岁的罗姐叹了口气。

改革开放伊始,遍地都是机遇。只要你想赚钱,只要你脑子够灵、眼光够准、胆子够大。"供不应求"与"政策空隙"共同构成了抬眼可见的商机。

那时,人们已渐渐有一些余钱,去买烟酒糖等过去不敢奢望的副食。价廉物美的"江津老白干"在川渝一带赫赫有名。务农的罗幺妹开始通过那个搞收购的亲戚,直接从酒厂的销售员那里,弄个十来件"江津老白干"。"我没有本钱,所以都是先拿出去卖,然后再付钱,但每次都能盈上一笔。"从江津坐着破旧的客车到重庆火车站,在那里,像特务接头般拿到货物,遮掩一番后直接搬上通往成都的火车——那种需要摇晃一个昼夜的绿皮火车,买了站票的罗幺妹就蹲在车厢接头处的那堆东西旁边。

"家里人知道你在干吗吗?他们不担心你的安全吗?"我问。

"他们知道我跟着那个亲戚在学做个体,我从小野惯了。"罗姐说。

那时重庆往成都方向的火车班次并不多,像罗幺妹这样长相漂亮、个子高挑却又"行踪诡异"的女子很容易被人盯上。1980年5月23日,罗幺妹一生都不会忘记的日子。入夜,伴着哐当哐当的车轮与轨道的碰撞声,大概快到内江了吧,倚着那堆东西,幺妹昏昏欲睡,除了外面偶尔探射进来的灯光,车厢里一片黑暗。

忽然,一股刺眼的光亮让她一下子从刚开始的梦境中惊醒过来。"盯了你好长一段时间了,给我老实点。"眼前站着两个穿制服的男子,一胖一瘦,二十多岁的样子,正拿手电对着她。罗幺妹依稀记起,两个人是这几节车厢的乘务员,白天反复在这附近走动,半年来也常常碰到。明暗之间,他们的眼神带着丝丝邪气。

"你们,你们要干吗?"

"把那个麻袋解开,让我们检查下里面有什么名堂。"

年轻姑娘挣扎着,奋力护住那十几件白酒。瘦子一把拎起她,紧靠着车壁:"还敢嚷嚷,我把警察叫来!"胖子解开麻袋:"呵,原来这里头果然有名堂!""胖娃,把这些拖到乘务室。你,跟我们走一趟!"瘦子一把抓住罗幺妹的手臂,使劲推搡着这个因为恐惧而瑟瑟发抖的姑娘。

"胖娃,你看,人赃俱全,咱们怎么处理她?"

"没,没有,大哥,我只是带着这些酒去成都看亲戚。"

"看亲戚?这么多酒?还回回带?骗瓜娃子嗦?你就是去成都倒酒的!"

"真的,真的没有,大哥,放了我吧!"

"哈,这就是典型的投机倒把呀!"

"是呀,把这女的交给警察,让她坐牢……"

"不要,大哥,这些酒送给你们喝。求你们饶了我,我才二十一岁。"

"嘿嘿嘿,饶了你当然可以,这些酒也可以原物奉还……解决方法还是有的……妹儿,你悄悄的,不要闹哈!"紧闭的乘务室,昏黄的灯光下,两个乘务员一点点靠近惊恐万分且脑子一团乱麻的罗幺妹。胖子一下拉熄了顶上的灯泡,"猴子,把她拖到那头,从后面抱着,我先来!""胖子,快点……哎哟,你竟然咬我,打死你,小心我叫警察来抓你……不许叫!"

时隔三十五年,飘荡着异味的混乱的车厢,狭小肮脏的乘务室、两个男人和那个可怕的夜晚,快六十岁的罗姐能清晰地回忆起其中每一个细节、每一句话。她表情平静地叙述,仿佛在说别人的事情,只是偶尔看她精巧的嘴角轻微抽动。

"他们是流氓,你怎么不大声呼救啊?"我震惊之余,大声责怪。因为就在乘务室的旁边,横七竖八躺着人,或许睡着,或许正竖着耳朵听里面的动静——两个不怀好意的猥琐男人和一个年轻漂亮的农村女孩。

"国家刚刚放开,哪些事能做哪些事不能做,并不清楚,因为没有具体的政策。很多时候,人家说你有罪你就有罪,还会连累家人。"她说。那个充满卑劣、强暴、屈辱和痛苦的夜晚,罗幺妹紧紧咬住自己的嘴唇,一直咬到满口腥味。

天亮了,成都站终于到了,和以往一样,罗幺妹扛着自己的货物下了火车。一个头上包着白帕的女人追着罗幺妹:"馒头咸鸭蛋,要不要哦……"罗幺妹走得飞快,她身后车厢里那个狭小肮脏的乘务室,沾满处子鲜血的床单被团成一团扔在角落里。瞅着一声不吭独自离去的农村妹子,心满意足的一胖一瘦两个乘务员,换好衣服又开始新一轮的工作。

一个星期后,在成都彭县的小旅馆里,罗幺妹拿着一沓崭新的人民币,习惯性地又一一点了一遍,拿出针线缝在被扯烂的内衣上。做好这一切,她突然扑倒在旅馆散发着浓烈霉味的大花被子上恸哭,直到眼前一黑,栽倒在地。

"从那时到现在,我再也没有哭过。"再次回到江津,罗幺妹径直找到未婚夫,退掉婚约,用自己的积蓄退还了全部彩礼。镇里中心校的操场上,那个二十二岁的满是书生气的年轻男人最后一次试图拉住罗幺妹的手,可她触电般连退两步。

"明哥,我出去这大半年,真的开了眼界,我不想窝在这里一辈子,我要进城去。我们各自有各自的脾气,各自有各自的生活……明哥,你肯定可以找到一个持家过日子的女娃儿。"

罗幺妹公然退婚,在江津城郊那个传统的小镇一时间成为头号新闻。父亲气得病倒,母亲在家门口狠狠打了女儿两个耳光后,在围观的乡亲面前发誓,从此再也不管女儿的事。

"妹儿,算了嘛,不要闹了,给你妈老汉认个错,规规矩矩地把婚结了。"舅妈挽着罗幺妹的手臂。在二十世纪八十年代初的农村,退婚是顶大的丑事,会招来无数风言风语和唾沫星。无论面对怎样晓以利害的劝导,就像那个被毁灭童贞的夜晚,罗幺妹紧紧咬住嘴唇,一言不发。

"呵呵,人家女子长得乖,又能赚到钱,要拣高枝飞了。"离开的人群中有人刻意压低了声音。幺妹听见了,嘴唇动了动,却终究什么也没说。

"罗姐,你一直没把火车上发生的事告诉家里人吗?"我问。

"不能告诉,也没有必要。"她说。

"那你真的舍得那个快要跟你结婚的男人吗?"

"他是个好人,跟我不合适。他和我要朋友之前,连女娃儿的手都没碰过,和我在一起两年,他都没胆亲我。"

"你,后悔过吗?去成都卖酒?"

"不后悔,路都是自己选的。我那次哭过以后,就晓得今后自己要扛起所有的一切了。"那瞬间,我突然想起在山谷里看到"哭嫁"那一幕时,罗姐泪光闪闪的样子。

随后的日子,已无牵无挂的罗幺妹依然坐着那列绿皮火车去成都周边贩酒,每一次都平平安安地赚到了钱。或许,她已经不再是从前那个罗幺妹,她明确知道自己的目标是什么,所以,可以隐忍下更多的东西,"李老师,我当然会继续碰到那两个人了,什么样的故事我不想说。"

几年后,"白酒贩子"罗幺妹在重庆的沙坪坝区闹市租了一个不大的铺面。那时的夏天,重庆街头巷尾到处叫卖着酸梅汤和方方正正的大雪糕。罗幺妹指挥几个从乡头来的小伙子乖妹子,既卖凉面冰粉稀饭炒菜,也开始给周围那些赶不上食堂饭点的工人,还有"个体户""订制"饭菜。对,那就是最早的"盒饭"——在1985年,最早就意味着赶上了最好的商机。1986年,罗幺妹成为"万元户",她买了电视机、冰箱、洗衣机、录音机,她烫着发,穿着从广州买回的服装,是重庆城里打眼的时髦女子。1986年冬天,幺妹的父亲去世,她赶回家时老屋空空如也,父亲临终嘱咐她的母亲和哥姐:"我闭眼睛也不要看见她,我不花她的钱。"母亲在父亲葬礼后就搬到二哥那里。多年在外的她,回乡没见着一个亲人,最后跪在父亲墓前沉默了两个小时,却没有掉下一滴泪。

送最早的"盒饭",最先在主城经销品质优良的"荣昌猪肉",开起第一家"私人超市",面积不大,却让重庆市民发现:原来买东西可以不用隔着柜台,可以不看售货员脸色,可以随心挑选想要的物件……到了1992年,三十四岁的罗幺妹已经拥有了三个超市、两个中高档餐馆、一个摩托车配件厂、两个高档白酒经销部和一个四层楼的旅馆,成为中国"第一批富起来的人"。可她几乎没有谈过男朋友,围绕着生意,妖娆地微笑,周旋在饭桌酒局之间。她最爱喝的酒,始终是江津白酒。2000年,她的母亲遭遇了一场车祸,她把重伤尚有意识的母亲从县里接到了重庆的大医院。农村人没有任何医保,天天都是上万元的治疗费用,罗幺妹承担了一切。一周后,母亲心肺衰竭,"我紧紧抓着妈妈的手,她嘴唇颤抖,努力挣扎,像是有话要跟我说,眼泪从她肿得只剩一条缝的眼睛里大颗大颗往下掉。"母亲终究一句遗言也没留给她。

"砰",披着浴巾的罗姐起身关掉了半开的窗户,让一切回归现实。她平躺在窄窄的床上,声音有些沙哑:"李老师,希望我今天给你讲的,对你理解我的理念有所帮助。"

"对不起,我们今天聊的这个话题让你难受了。"我抱歉地说。

"在我开口说这些的时候,早已能坦然面对了。"她说,"作为一个女人,我知道自己这辈子或许失大于得,但我毕竟亲身经历了这个社会最重要的变革期。"

"你让我知道独当一面的重庆女人曾有过怎样的磨难。"我说。

"李老师,如果你愿意,也可以把我的故事写出来,真实地写出来,不要夸大,也不要美化。让个人的历史留下来,就是对一个时代最好的纪念。"罗姐突然说。

次日,大木花谷,灿烂的阳光,花田里摇曳生姿的虞美人。在这样一幅天然构图中,数十个身着白色、黄色T恤的年轻人正在进行一项叫作"驿站传书"的"拓展训练"。我分明看到,罗姐那张接受过"微整形"、妆容精致得几乎看不到岁月痕迹的脸,却对着那群欢笑的青年男女——那群刚从校园踏入社会、会为高昂的房租发愁的孩子,露出深深羡慕的神色。

完成罗姐公司的宣传片之后,我又专程去了一趟江津,为了更完整地记下一个"只哭一回"的重庆女人的故事。

那个"镇中心校"已经更名为"江津第一中学"了,在那里,我见到了"明哥"。夕阳下,这个五十八岁的男人,正独自带着五岁的孙儿,绕着操场散步。虽然他身姿已不复挺拔,依然能看出年轻时的帅气。"明哥"坦然地与我聊起了罗姐:"至今我仍无法理解她为何突然解除婚约,有人说她当年在外面勾勾搭搭,但我始终不信。幺妹是个有情义的人。"1999年,"明哥"的妻子"王姐"患了食道癌,在重庆城里住院治疗,罗姐帮忙联系手术医生、找护工,又为他们垫付了十万块医药费,"每次她都说,钱的事儿不打紧,有了再还,可连一分钱也不肯要。"

罗幺妹从小长大的村子,如今已是城区的一部分。那里有大超市、服装店、美发店、银行、江湖菜馆、火锅店,还有社区幼儿园。花园广场上,几个六十岁上下的大妈正在调试音响,准备夜幕降临之后的"坝坝舞"。

"罗幺妹啊,我认识,她是我的小学同学,重庆顶有钱的女老板。"一个身材发胖、头发花白的大妈告诉我,"一个女人,要混成她那样不简单。"

"她年轻的时候长好乖的,捧着她的都是城里那些大老板、大领导。她妈死的时候,陪着她回来的听说是个铁路局的领导,胖得连走路都没个样。说是在一块好多年,但那男的家里没离掉,到底也没个结果。"一个看上去更讲究些的大妈凑过来说,"做生意的资本,人家是全捞到了,火车皮值钱的。""是呀,那么厉害的姑娘儿,当年怎么会甘心嫁个教书匠。再说了,一般男人也降不住她这样的。""呵呵,那就是人精儿。"谈论起"罗幺妹",几个大妈兴趣盎然。

"铁路局"和"胖领导"让我陡然想起1980年5月那个改变罗幺妹一生的夜晚。只是,每个人的历史,曲曲绕绕,能够隐藏太多的秘密,难辨对错。

在小街的转角处,罗姐因为中风而腿脚不便的大姐告诉我,2000年,"明哥"家的"王姐"因为食道癌不治去世,母亲为了促成"明哥"重新与罗姐在一起,匆匆地在星期天早上往镇里赶,在离中心校还有一条街的位置,被一辆小货车撞倒。

"这件事,母亲头天晚上跟我商量过,说么妹这些年不容易,年龄也大了,还是老实人可以照顾她。"大姐说,"可我马上就表明了态度,不要把他俩硬凑一块儿,他俩不合适。"

"罗姐知道这事吗?"我问。

"那就不晓得了。从父亲去世起,我们就不大跟她来往,包括现在,我们几个兄弟姊妹跟她也很少来往。可是,只要听说哪个屋头有事,她一定会帮忙的。"大姐说。

不论罗姐知不知道母亲最后用尽全力想要说出的是什么,她再也不可能回到从前。而"明哥",在妻子去世后,始终没有再娶,独自带着儿子生活了这么多年。

那天回沙坪坝的时候,罕见的秋季暴雨正有力地冲刷着这座山城,街道、隧道都被雨水淹没,汽车被堵在路上熄了火,我坐在无法动弹的公交车里往外看,漫天银针直往下坠,豆大的雨滴不断敲击车窗。仿佛,一个女人正在用力恸哭,因为,她忍了太久。

棒 棒 老 王

碰到老王,非常偶然。

那段时间,因为一家杂志社的约稿,在山城已经热意沸腾的六月,我刻意穿着从柜底翻出的一身旧裙装,在解放碑附近的商圈四处找棒棒进行采访。

那是2014年,曾经带起十几个棒棒接"力活"的"白棒棒",已经被开了三家汽车维修店的儿子叫回家带孙子。

罗姐二十世纪八十年代中期在沙坪坝中心地带"三角碑"经营最早的盒饭生意时,或许比她还先进城的"白棒棒"们,已经用沉重蹒跚的脚步把这座城市烂熟于心。天蒙蒙亮,"白棒棒"们跟随罗姐的指引,用那根扁担粗细的竹棒,一前一后挑着大捆蔬菜或带着后腿的小半边猪肉,颤颤悠悠地踩着石条梯坎向上,朝着抬头可以看见、门边灶上蹲两口烧开的大锅的铺面进发。棒棒们的业务范围很广,大到货主的家具家电,小到提不动的米面,价钱也是随口喊,三言两语便将价钱敲定,货主在前面打甩手,棒棒扛起货物紧相随,山城人可不怕棒棒把东西拿跑。到了中午十二点,大锅里的土豆烧肉和萝卜肥肠熟了,罗姐的帮工把它们一碗碗盛出来,配着大蒸笼里舀出的米饭。不远处,"白棒棒"们蹲在屋檐下,贪婪地嗅着香气,手捧盛着藤藤菜的大碗,大口吞咽拌着猪油、食盐的"棒棒饭"。有时,罗姐会把舀剩的几种烧菜混在一起,装在一个大碗里,端到那几个围起吃饭的棒棒跟前。

"姐儿,谢了哈!""有啥事尽管给我们打招呼!""大姐义气,我们记得了!""白棒棒"们很感激。下午,他们的身影又出现在了人群中,精瘦的身躯负着重。你想他们"出力",只需立时大声一呼:"棒棒!""来了来了!"几个声音抢着回答。不过几秒,他们就站在你面前。

二十世纪八十年代初到山城的"白棒棒"终于休息了,棒棒们在城市中渐渐隐去。高楼有电梯,旧屋的居民也大多搬出了梯坎之上隐藏的小巷。肩挑背磨的"力哥"们,是山城无名的建设者和见证人,当年轻的直辖市渐成规模,时代又无言地让这些奉献者隐退。所以,大多时候,出现在我视野中的棒棒看似很闲,如果天气好,有的三五成群打扑克,有的背靠大厦外墙打盹。偶尔碰到有人提着几大袋东西,有些吃劲地从商场走出来,那些前一秒还聚焦在要事或本来眯缝着的眼睛,会一下游移到那人的脸,观察他的嘴唇会不会启动:"棒棒!"然后或团或单的十几个着旧夹克或军迷彩的棒棒便一拥而上:"这里这里!"如果货物够大够多,便能有几个人分享这个活儿。和过去一样,价格依然没有定规,全凭着棒棒掂着货物重量喊价,货主靠着社会处世经验还价。议定价格,棒棒吆喝着干活。

山城的棒棒已剩得不多，所以这样浮于面上的采访进行得很不顺利。

　　那天，我到解放碑大都会背后的一个超市买了一些零碎的东西，出门，立在阴凉处一个花坛旁，查看收银条。冷不丁，边上一个低沉的声音响起："妹儿，要不要帮忙？"一回头，见着花坛边坐着一约莫四十多岁的男子，蓝底格子衬衣，面目干净瘦削，若不是看见一根绑着粗红绳的竹棒正卧在他身旁，很难看出这样秀气的男人是个棒棒。

　　"哦，不用了，只有一点东西。"我说。与此同时，我看见那张脸上闪过些许失望的神色。

　　"现在的活儿不好找哦！"男人自言自语，一边抬手擦汗，一边看向前方一个停下脚步、正咕噜灌着可乐的少年。

　　我捕捉到这个渴望的眼神，从购物袋里掏出一瓶"七喜"汽水，递给男人。男人接过，道了一声谢谢，便拧开瓶盖，无疑有它地喝了几大口，然后抬头一笑："谢了哈！"他的两颗门牙明显是假牙，白得过分，旁边露着银白的金属丝，显示着假牙的劣质。

　　我直觉这是个有故事的人，于是，坐下来，一番套近乎，得了个"好人"的印象，便与那男人有了一番交谈。然而，男人讲的故事却着实普通——他叫老王，四十六岁，年轻时在部队当过两年"义务兵"，想留部队没留成，只得回农村。种地收入不行，为了多赚点钱，进了城；又因为身无一技之长，只好卖力气。只是，老王说，曾有一个仓库看他人老实，加上一米七五的个头身强力壮，打算月薪两千聘他去守仓库，这可比常常一月收入不到一千的"力哥活"强多了，但他考虑再三还是拒绝了。"那活儿不自由。"他说。我有些奇怪："既然进城了，到底是自由重要，还是挣钱重要？"话未出口，看那个叫老王的男人一脸欲言又止的模样，我只好打住。

　　转眼秋凉，那篇关于棒棒的稿子，怎么写我都觉得牵强，正纠结，无意间却瞥见一个叫"何苦"的退役军人"潜伏"棒棒群一年，拍摄的纪录片花絮：一个棒棒被雇去帮人家通卫生间的下水道，本想借助工具，却被雇主喝止——这么通，不行，必须用手掏！于是镜头中的那个"棒棒"卷起衣袖，慢慢把手伸向黑乎乎的下水道……看到这里，我突然顿悟：像蜻蜓点水那样的即时采访，远远没有走进他们的生活，我的写作只能用"空洞"二字表达。于是，决定放弃这次约稿。

事实上，有的交集特别诡异。

周末，我喜欢在解放碑附近活动，那里的小巷隐藏着重庆最美味的平民小吃。那天，我走进熟悉的面馆，看见了老王——是的，是老王。他侧过脸来的一瞬，我就感觉此人特别面熟。他咧嘴笑着，露出两颗特别扎眼的假牙，我立刻确认了。老王穿着一身褐色的外套，领口有些崩线，脸面刮得很干净。他听见我的招呼，有些惊讶。

"我，李老师，想起来了吗？"我指着自己。

"哦，"老王点点头，"李老师，你也到这里吃面呀？"

这时，我注意到，在老王的身旁，还站着一个女人，粉红的薄呢大衣，掩饰不住岁月的侵袭。我的直觉是，她至少比老王大五岁。女人不自然地拉了拉老王："吃啥子面？"

"还是老样子嘛，你吃炸酱，我吃素小面。"老王说。

"啥时候你大方点，请我吃碗牛肉面。"女人望着沸腾面锅旁的一大盆红烧牛肉。

老王见我站在旁边，下意识地把手伸进兜里，然后面露尴尬。

我往前跨了一步，笑着说："这样吧，我请大家吃牛肉面。毕竟难得碰到，碰到有缘。"

三个人坐到一张桌子上，我坐在他们对面。几无交集，相对自然也无更多言语。只是，女人一会儿夹起一块牛肉放进老王碗里，"我吃不完，你吃一块"，一会儿又挑起一夹面给老王。面相不甚般配的两人，眼神却不时相撞，一种叫作温暖的东西在蔓延。他俩吃得很快。望着对面两只空空的碗和略显局促的眼神，我主动说："没事，你们忙去吧。""好，那我们先走了，我一会儿还要去送个货。"老王拉着女人一边匆匆起身，一边连连道谢。

"棒棒跟那女的看起来像两口子吧？"目送两人离去，微胖的老板娘一边上来收碗，一边神秘兮兮地小声说。老板娘给了我这样一个值得道德批判的版本：老王和女人——根据我的"音译"暂且叫作小方，是一对姘头，小方是个专门做"开荒清洁"（新房装修后第一次扫除）的。最让人震惊的是，老王的老婆是个疯子，和这对姘头住在一起。

"你，有老王的手机号码吗？"听完老板娘的讲述，我忽然问。就像那些"多此一举"的好事者，当对方执着于深挖她所说的别人的隐私，她便逃也似的避开了。

听说棒棒这行也有行规，每个人都有划定的接活范围，不按规矩来是不行的。我想，既然上次能在那个超市旁边碰见老王，想来他的活动区域就在附近。于是，连续几天，我得空就在附近转悠，终于在一个门店前看到正和一群棒棒哄抢生意的老王。被挤在圈子外围的老王最终没有抢上那单货，正悻悻，回头看见我，一下认了出来，便摸着头笑了。

一番寒暄后，我问道："大哥，可以到你家里去看看么？"他有些惊诧和犹豫："李老师，这方便么？"我指指身边的助手，一个二十来岁的男孩子，随即摸出一张一百元的钞票递给老王："打扰大哥工作了。"老王摇摇头，径直把我捏着钱的手挡了回去："李老师是个热心人，你们要不嫌弃，就跟我走吧。"

跟着老王，从前方的大马路拐进一旁的支路，从支路边不起眼的一侧，上了一段将近七十级的石板台阶。眼前是一条颇具年代感的小巷。小巷两侧是一些工厂二十世纪修建的灰色宿舍楼，在历年风雨侵蚀下，陈旧得让人忘记——这里，也是最繁华的渝中区的一部分。

"这里租金便宜。"老王看穿了我眼中的东西，解释着。

常年积水的小巷布满青苔，它们的存在让我不时脚下一滑。为了稳住，我走得一摇一摆，步态很是滑稽，同行的男孩则眉头紧锁。在一栋砖木楼旁，老王停住脚步："到了。"片刻，又补上一句:"屋头条件不好,莫要见笑哦。"但我想错了,老王并不住在这个砖木楼里,而是一旁搭建的一处小平房。平房外的"偏偏"下,我上次看到的女人套着围裙,正用罐装液化气做饭。一块旧家具拆下的木板搭成的桌台,搁着拆开的超市塑料包装盒,上面又覆盖了两层的标签,下面一层是"瓢儿白4.2元",上面一层是"瓢儿白2.5元",是超市甩卖滞品的价格。

那女人见了我们,点点头,神情淡然,她所有的专注,似乎都凝聚在锅底那点泡沫正渐渐散去的焦黄菜油上。

老王领着我们进了屋。这间不到十平方米的屋子里挤满了箱柜瓶罐等各色杂物,最显眼的是一架木床和一个行军床,木床与行军床之间有一层布幔相隔。等走近布幔,我才发现,行军床与墙壁之间的狭小空间里竟蜷缩着一个极其瘦小的女人。

"娟儿,有客人来了。"老王上前弯腰拍拍她。

这个叫娟儿的女人抬起头,看着眼前的几个陌生人。娟儿很白净,一双大眼睛里流露出的惶恐与迷茫让她异于常人。

"这是我的堂客。"老王搓着手,做了介绍。

我刚想问什么,却看见老王拿起桌上的一盒纯牛奶,插上吸管,递到娟儿的嘴边。娟儿不说话,把脸别过去。"乖,喝点牛奶,这个有营养。"老王试图把娟儿的脸扳过来,岂料娟儿竟哇的一声大哭起来,继而大声喊叫、手脚乱舞,老王一把抱住她,从行军床的床腿上捞起一根绳子,迅速地绑住娟儿的双手,然后轻轻拍打着她的背,直到她安静下来。

"她脑子不好使,为了她,我才出来的。"

老家在梁平的"棒棒"老王和妻子娟儿,靠着耕种养殖,曾经在农村衣食无忧。可是最常见的婆媳矛盾,却让倔强又爱认死理的娟儿喝下农药,虽被救下却精神失常。少了一根顶梁柱的老王家,日子一天不如一天。娟儿屡屡犯病,老王问过乡里,乡里回复说没有渠道把她送去接受正规治疗。老王在报纸上读到的种种好政策,落实到乡里,也每每与他们无缘。2000年,老王把独生女儿交给老人,自己带着妻子到了重庆城,想要在城市里找到新的希望。没有一技傍身,却需要"自由"以方便照顾妻子的老王,选择做了"最后的棒棒"。

十五年里,老王在朝天门搬货时摔掉过门牙,在雇主家里被训得胆战心惊,也吃过一小坨猪油炒一大锅白菜撒上一大把盐的"棒棒饭",可幸福的日子终究没有到来。如今活儿更少,一月收入三四百元是常事。

"赚多赚少都能过,一万元有一万元的活法,一百块有一百块的活法。人家吃好菜,我就晚上到超市买打折菜,人家喝好酒,我就喝跟头酒,人家抽中华,我大不了不抽烟。"老王望着屋外另一个女人忙碌的背影,一阵感叹:"幸亏还有人帮衬着。"

那次离开时我站在巷口,回望那条地上铺满水苔的小巷,神情竟有些恍惚。

半年后,我在那家小面馆又碰见了老王。这次,他独自一人,头发有些花白。我请他吃了一碗牛肉面,像上次一样,他吃得很仔细,但却不那么有味。

"你的那位朋友呢?"我小心翼翼地问。

"她男人进城了。"老王顿了顿,"她男人是木匠,有手艺的,她跟着去做装修了。"他没有抬头。

老王告诉我,过段时间,他和妻子要回去了,重庆城不是他们的久留之地。他们的女儿已经嫁人,在婆家独当一面,打了好几次电话,要他们都回乡。

之后,我依然常常到解放碑,依然常常到那家小面馆吃面,但真的没再见到老王。问起老王"找活领域"的同行——那些大多时候闲着的"棒棒",他们三五成群围在一起,蹲在行道树下往地上起劲甩着纸牌,头也不抬:"好久没见到他了,大概干别的活路去了。""那人比我们有些文化,就是人怪,不爱跟我们摆谈的。"看来,老王是还乡了。

2016的猴年春节刚刚过去,随着外来者的逐渐回归,解放碑的繁华,再次被川流不息的人群装点。今天,"城里人"愈加承认一个现实:不管你心里有多不屑"区县农民",可那些人却俨然成为你生活中不可或缺的存在。就像临近春节,城里人采集年货的热情理应让店铺忙碌,可相反,卖着习惯的必需品小店却关起门来,好多想买的东西买不着。早晨想去楼下吃碗小面,却赫然看见店门紧闭,门口贴着的一张A4打印纸讲得分明:本店2月4日开始休息,正月初八(2月15日)恢复营业,恭喜发财! 直到那些虚浮着喜庆的假日不知怎样溜走后,经过楼下,看见几架面上斑驳的方桌正陆续摆出,才觉得生活又进入正轨。

就在市政工人攀着梯子摘去行道树上的灯饰,我再度穿行于解放碑的繁华之时,却突然接到了一个本地打来的陌生电话。"我是老王,李老师还记得我吗?"很突兀,老王回来了。没想到,他还留着我的电话。那号码是我上次写在纸片上硬塞给他的,曾以为早扔到某个角落了。

从那通电话到再见老王,又相隔了一个月。其间,不是我有事,就是他有事。

见面,是在渝中区棉花街水产品批发市场的那栋大楼。斜坡下,大楼车库入口,老王穿着一身黑色的制服,帽子戴得端端正正,一板一眼登记着进出车库的货车车牌。打过招呼,老王站起来,面向我,低眉笑着。一阵浓重的鱼腥味袭来,我不禁紧皱眉头,有些反胃。

"李老师,正中午,不嫌弃的话,我请你吃顿饭吧,也表达下我的谢意。"老王说。何谢之有?我很是奇怪。许多疑团挡在心里,到底没有直接挑明。

踏进棉花街一个主营江湖菜的小餐馆,老王顿了顿,迈进店门,然后径直走到靠里的位置,挪开宽敞的那一边椅子,方才转过身,脸上满是谦恭的笑容:"李老师,坐这里行不?""可以,可以。"我赶紧走过去,坐下。

老王从残留着水渍的桌上拿起菜单递给我。接过油腻腻的一片塑胶纸,看看老王那不容置疑的目光,只得硬着头皮点了小炒肉和青菜豆腐汤两道菜。

"嘿,李老师,别跟我客气! 小妹,还有个水煮肉片!"老王一面把菜单递给服务员,一面叫着加了道荤菜。

"李老师,你是个女同志,不喝酒的,来,以茶代酒,谢谢!"老王举起盛着"老鹰茶"的杯子。

"不是,你有什么要感谢我的?"我疑惑着。

"没什么,李老师,就是谢谢你在我困难的时候关心我。这次算有了好点的工作,头个月的钱也发了,回请你吃顿饭。城里人那样对我的,就只有你了。"老王有些羞怯地笑着,露出了白得显眼的假牙。

前一年接到女儿的口信后,老王思量着,城里头物价越来越高,当力哥赚不了几个钱,小方也跟老公搞装修去了,真不如回去。原本也曾打算,与妻子娟儿回到老家就再不出来,可回到老家一看,那曾经被娟儿引起灶火烧过、十几年没人管的土坯房早就没法住了。老王的母亲跟他大哥一块,大哥当年接下老王家的地,如今改成一个大果园。他们听见老王把"疯婆子"带回来,甚至连见都不愿见他们。

"那娟儿有娘家人吧?"我问。

"呵,我老丈人几年前跟着儿女搬县城去了,一大家子人呢……再者,以前的旧思想,嫁出去的女儿泼出去的水……"老王说。

"可你大哥的果园用的是你的地,你有权要回来。"我说。

"要回来?怎么要?人家好歹帮我把女儿拉扯大了,人家都没让我给女儿生活费……再说,我感觉也干不动庄稼了。"老王说。

所以,老王只能带着妻子,暂时住在女儿家新盖的楼房一旁的旧屋里。当然,那旧屋是她婆家的。

老王认为,这确实不合适,但也没办法,他没有儿子,只有一个女儿。只能先住下,再从长计议。

老王的女婿在镇上开着一个小店。老王的女儿不但漂亮,还很能干,管理着屋里四个池塘和一大堆鸡鸭,里外一把好手,在家里的确能说得起话。女儿的婆婆是个寡妇。起初还好,虽然那个婆婆一直淡淡地,却还相安无事,毕竟大家各住各的,只是在一口锅里吃饭。老王看得紧,娟儿没怎么出格,吃过镇静药一副痴痴呆呆的模样。谁知半个月后,娟儿再次犯病,这次很厉害,她冲出屋子躺在院坝大哭,甚至拿起砍刀想要砍倒院子里的核桃树。隐忍已久的婆婆终于与女儿大吵,这之后,婆媳之间便摩擦不断。慢慢地,女婿脸色不那么好看,女儿越来越没底气。大半年后,女儿来到老王屋里,支支吾吾地提出让他们两口子自己做饭吃,说罢还把一千块钱塞给老王。

"唉,我女儿太委屈了,她为难得很,她妈连人都认不出来倒还好,我心头难受啊!"老王一直觉得自己对女儿有亏欠。本来,女儿打小聪明伶俐,不到一岁就会说话,老王觉得女儿将来读书一定是块好料。后来女儿一直跟着他母亲和大哥生活,初中没毕业就出去打工,才二十岁就回来嫁人了。

几天后,老王告诉女儿,自己决定还是回城里讨生活。女儿没有挽留,但却趁着县领导蹲点调研政策落实情况,天天坐乡里反映,最终替老王两口子办好了"新农合"保险,乡里派车把娟儿送到了精神病院接受规范治疗。

多年的负担一经卸下,老王轻松了许多。但"多挣一点钱"的想法依然紧迫,毕竟,他和娟儿还要生活,将来还要攒钱养老。

老王想过找我帮忙,但又觉得与我素昧平生,终于没有开口。他还是给小方打了电话。年前小方和丈夫正在棉花街附近的小区做装修,碰巧得知水产市场正在招聘保安,便推荐了身强力壮的老王,而老王也愿意春节就先过来值班,事儿就成了。

"现在不用看管病人,也不像原来那样要求时间自由了。"老王笑笑。

不知不觉,一顿饭快吃完了,我忍不住抛出了我想问的问题:"小方,你们还在联系吗?"

老王低着头吞咽,半晌才回答:"小方是个好人,我们不是他们想的那样。"

老王第一次告诉我关于小方的事情。认识小方,是在老王带着娟儿来到山城的第十个年头。小方给一户雇主做"开荒清洁","棒棒"老王为那家人搬家电。为了把空调外机搬到雇主指定位置,便挪了下雇主孩子提过来的鸟笼,一不小心,竟把笼门碰开,里面的八哥鸟趁机飞走了。这下,雇主孩子哭叫起来,雇主拉住老王,非要他拿五百元赔"会说话的鸟"。看不过老实巴交的农村汉子一个劲儿向人道歉告饶,在一旁擦玻璃的小方走过来为老王解围:"他也是不容易,才做这行工作。他做错事确实不该,但一个棒棒真的拿不出那么多钱,老板就得饶人处且饶人吧!"一番"讨价还价",小方掏出两百元借给素昧平生的老王,才化解了这场麻烦。

那两百元钱,老王想尽办法还给了小方,两人的生活开始交集。小方比老王大六岁,两人先是以姐弟相称,随着交往的深入,很多东西竟慢慢发生了改变。终于有一个晚上,老王留住了像以往那样默默离开的小方。在娟儿身旁的那铺床上,隔着一个布帘。尽管,他们的外形那样不般配。

"我们真的很谈得来。在一起那些年,她和我一起照顾娟儿,把有营养的东西都让给娟儿吃。两年前女儿结婚,她悄悄买了上千元的礼物,以我的名义送出去。没有她,最困难的那几年不晓得怎么过去。"在老王的口中,小方也是个可怜人,"她男人很早以前上房梁做工摔伤了,从此失去生育能力,所以小方那样大的年纪也没儿没女。""小方能干,她男人也很能干,我叫他哥。"老王说,"不过现在我们各自有各自的生活,以前不该发生的事,我们就当从不曾发生。娟儿永远是我的堂客,小方永远是我的好大姐。"

这些就是生活的真相。与幸福隐退的"白棒棒"不同,老王是"最后的棒棒",他的身影也即将消失于山城的浓雾中。"像我们这样生活的很多。我们跟蚂蚁一样,如果不抱团活着,恐怕早就死了。很多故事我们不说,就藏在心里。"这是我最后告别时,老王的一番话。

重庆小面

火锅,自然是山城的美食名片,展现在起伏的大街两旁。而街道的转角或不起眼的小巷深处,则隐藏着能调动山城人真正味觉的食物——小面。

小面是发源于重庆街头巷尾的一款特色面食，一般按有没有臊子来分。没有臊子的素小面调味料很是丰富，一碗面条全凭调料来提味儿——大红袍花椒、辣椒油、豆瓣酱、甜面酱、猪油、大葱、生姜、大蒜、盐、白糖、芝麻酱、酱油、香油、碎米芽菜、熟花生米、榨菜等近二十种。有臊子的则是炸酱面、牛肉面、肥肠面、豌豆面、酸菜肉丝面等。一碗重庆小面麻辣当先，面条筋道，汤鲜而厚味。不论高低贵贱，都会往那露天搁着的凳子上一坐，饿虾虾盯着，一碗热腾腾红艳艳的面条被跑堂小妹直接搁在汤汤水水还没来得及擦的桌子上，周遭是不认识的食客，就在一角跟陌生人"拼桌"。要是赶上没桌子，又着急，就直接从小妹手头接过面，从边上抽来一根塑料凳，端碗吃。

"调料倒是那些，面条看起也差不多，但是怎么配，比例如何，怎么炒制，门道多得很，连制面条各家都有自己的招，所以味道儿才有高低之分呀！"解放碑那家小面馆微胖的老板娘告诉我，"我是土生土长的重庆人，我都五十四了，四岁就吃素小面，那个麻辣劲儿硬是医得好风寒感冒的。我小时候根本就没火锅一说，只有连锅汤、毛血旺，八几年了才有那种牛油红汤的火锅。要我说，小面才是我们重庆最地道的小吃，还必须是那种只加调味佐料和菜叶子的素小面。"老板娘十三岁就跟着在国营饭店做厨子的父亲学手艺。在她看来，如今的各色臊子小面，就像浮华世道，本来简单纯朴的美味，却刻意花哨起来：大块的红烧牛肉、豌豆肉末组合的"炸酱"、泡椒炒制的鸡杂，五花八门。从2013年开始，小面也排起了座次，比如"前十强"。饶是这样，老板娘也合着客人胃口，做得一手好臊子，且还说："《舌尖上的中国》怎么就拍了那个'摊摊面'，到我这尝一尝，就知道这没挂'前十强'的店，味道儿在全重庆前三都没问题。"

"那是，强不强在其次，关键是味道。"一个正在碗底扒拉细碎鸡杂的"回头客"附和。

"老板娘，你的牛肉面也太抠了点，三两面才五坨肉，价钱还涨了两块。较场口去年底新开的那家店，有七八坨牛肉，大块大块的。"另一高个小伙开口了。

"那你哪个要来我这儿吃嘛?"老板娘用戏谑的口吻反问。

"人家还不是来照顾你生意嘛。"我说。

那家店我知道。靠近较场口日月光广场,在主干道旁,位置很好。店名取得巧——"放心面",招牌下面九个小字:放心油、放心肉、包放心。

"啥都放心,呵呵,就是不知道客人放心他们的味道不。"老板娘说。

我是认识那家"放心面"的店主的。

2013年3月,我在渝北区买下一个一百四十平方米的二手房,面积较大,只能像这栋楼的其他住户一样,每周请人打扫。初时,我找物管联系了专业家政公司,"一百四十平方米?一平方米两元,每次。"对方没有一点讨价还价的余地,是靠湖的别墅区客户吊高了他们的胃口;而热心邻居介绍的"持证家政工"要价不菲且对打扫时间有着严格要求,一轮下来只得作罢。最终,我在楼下"相中"了他们夫妻俩。

我家楼下除了酷热的盛夏,常年坐着一排提着桶儿等活儿的"做卫生的"。与"棒棒"不同,"做卫生的"大多是中年妇女,还有一些是夫妻或母女。他们通常来自区县或城乡接合部,有的曾是国企工人。他们的桶里,装着毛巾、抹布、窗刷、洁厕灵等清洁工具,业务包括"开荒清洁"以及每周提供一次打扫的包月服务。与专业家政不同,他们的价格很灵活,一般会"结合实际"。本来,我不是很信任这种没有任何认证的"家政工作者",但经济状况让我只能到楼下尽量寻找可靠一点的。那天,夫妻俩恰好就坐在那一排人中间,话很少。两人看上去也就四十来岁,个子不高,面相憨厚,是让人一看就心生好感的那种。

"一百四十平方米,每个月打扫四次,二百四十元。"他们报了价。价格确实很相宜,我和他们一拍即合。

第一次打扫,男人直接趴在地板上,用拧干的宽大抹布仔细擦着,女人则转动着窗刷把窗角最微小的蛛丝也抹去了。第一回付过工钱,男人开始用我家许久没用过的旧拖把滴着水直接拖地,而女人则几乎没再使用窗刷,取而代之的是一块旧抹布,蘸上清洁剂,直接擦玻璃。再后来,我发现先是屋子角落然后是桌子下面,都蒙上了厚厚的灰,因为他们只抹面上能一眼望见的地方。摔坏了东西,他们会一声不吭地将原物拼装到一起。比如一只陶瓷小猪,粗看没有什么,凑近一点,能发现一道从头拉到脚的裂纹,一碰才发现,这是碎了的两半合在一起的。当然那些东西也只是小玩意,我心粗,发现时已隔了许久,再委婉地问起夫妻俩,他们会异口同声地回答:"啊?不知道啊!"屋里只住了我一个人。当我向他们提出建议,"不要把清洁剂直接喷到厨具上"或"能不能先把阳台上的枯叶捡去再泼水",他们总是一脸诚恳的微笑,答应得好好,事实上却没有一点改变。

他们住在巴南区的"城乡接合部",拥有城镇户口。以前双双在一家集体所有制小厂上班,十几年前厂子被私人老板买下,被裁员的夫妻俩才开始到主城打工。夫妻俩接的活儿并不多,常常看到他们从我家出去,便在楼下无所事事地东转转、西看看,会逗留在房屋中介门前很久,甚至与"黑鸭子"的店长聊上一会儿。事实上,对于那些自个儿出来"做卫生的",时间特别宝贵。一个一百四十平方米上下的屋子做两个小时清洁,从早上七点开始,有人一个上午连做三家。这家刚刚结束,便小步快跑,飞奔到一站地远的公交车站,准备做下一家。不是夸张,楼上请的人就是这样。

慢慢地,我从提意见到自己跟着他们一块做清洁。偶尔,那女人还会提示我:"哎,刚才你抹的那个梳妆台还有好几根头发丝呢!快去收拾下,风一吹,屋里到处都是。"后来,我决心在这对夫妻做完第三个月的第四次清洁,就结账不让他们干了。可还没来得及开口,女人就一边蹲在地上,用破了几个洞的抹布卖力擦地板,一边同我拉起了家常:"李老师,我的儿子今年考大学,前天却查出肾上有问题,哦,对了,是尿检发现的,说是蛋白尿,还要折腾大笔钱去给他看病。女娃子也不争气,屋头紧起钱供她读书,肿瘤医院边上那个医高专毕业,眼见要专升本,却坚决不读了,非要和男朋友结婚。"我说:"朋友可以先谈着呀,干吗非得结婚呢?"她顿了下:"死女子把肚子弄大了,让她去打掉又死活不肯。"于是,我只得把准备许久的委婉又刻薄的话硬生生咽到肚里。

打那之后,夫妻俩干活又恢复到最初的状态,或许处于生活危机中的他们真需要这些收入。没想到四个月后,在我已经与他们熟悉到可以托付钥匙,他们却直接向我辞了工,说是要回"老家"了——不是他们住的地方,而是巴南区一个偏远的镇上。家里唯一的老人上了年纪,动不了,他们必须回去照顾。女人还告诉我,老人是她老公的后妈,没有亲生儿女,到他们屋里也四十多年了,看着她老公长大的。

"养恩大于生恩。我们夫妻好歹背着子女的名分,这点孝道是肯定要尽的。"女人接过我结给她的工钱,收拾桶里的东西。

去年12月,我突然接到那女人发给我的一条短信,是关于"放心面"开张,欢迎新老朋友前去捧场的群发信息。我一向懒于清理手机号码,所以两年了还一直留着女人的号码。虽然惊讶于这样一条信息,无法想象夫妻俩从"非专业家政工"到"面馆老板"的大幅转身,但作为一个资深"吃货",本身也愿意尝尝新开张的小面。

差一刻钟到中午十二点,那家所处位置十分优越的面馆,人声沸腾,桌桌爆满,有她发消息请来捧场的,有专来品味的食客,有路过吃饭的行人。瞥见的几张面孔我都感觉熟悉,像是我家附近看到过的。除了三个小工,他们的儿子、女儿女婿都在帮着跑堂。"放心面"确实颇有特色,就算一碗素小面,也洋溢着繁多调料搭配出的鲜香,更带着古早的味蕾回忆。或许,这就是解放碑那位微胖的老板娘所说的可以治疗风寒感冒的小面吧。

见我来了,夫妻俩插空过来跟我打招呼。趁着男人照看灶台,女人聊起他们的创业经过,语气颇有些扬扬自得:"说起来还是我的眼光准。"

那年,夫妻俩回去照看的老人——那男人的后妈,自打老伴十年前去世后,没有血缘关系的四个儿女各自有家,谁也不愿照顾她,甚至屡次为老人的赡养费相互推诿大打出手。"她自己没的生,到底没有血缘,所以老百姓才讲养儿防老嘛!"女人说。

八十多岁的老婆婆单独住在漏雨的老屋里,平时一个人生活,吃着低保,不想一个雨天去地里摘菜时却在田埂上把腿摔折了。在村委会,为了怎么"排班照顾",几个兄弟又吵得不可开交。消息传到在主城打工的夫妻俩那里,事情峰回路转,夫妻俩表示要回老家照看老人,那几个兄弟破天荒地表示愿意每个人出点钱给他俩。毕竟照顾个动不得的老人还是件巴巴的苦差事。

"我跟那几个兄弟想得不一样。李老师你不知道,老太婆年轻时能干得很,她原先是巴县(重庆市巴南区前身)街上的,四五十年代还在县城开过面馆子,手艺好生意好。因为小时候成日家帮别个洗衣服挣钱,站得冰冷的河水头,结果后面没得生育才遭离了,四十岁跟了老公他老汉。这把年纪,这些经历,虽说老太婆明面上啥都没有,说不准还悄悄攒着什么呢。再说,我们回去主要是帮一个远房照看养殖场,也不是专门伺候这太婆,最多把我们自己吃的匀她一点,也要不了多久。"说话间,她显然已经忘记当初向我辞工时讲的那般情义。果如那女人所料,不得动弹、天天喊疼的老人不到一年就去世了,临终前把贴身的钱和藏在破枕头里的几个戒指给了夫妻俩,更把家传的调"辣椒油"、做小面的秘方传给了他们。

"哈,真的有'秘方'?!"我很惊奇,因为总有些不真实的感觉。

"当然是'秘方'了,要不生意会这么好。"那女人不容置疑。

潮湿、散发着死亡气息的床头,不识字的老人坐起身,扇动着干枯的双唇,一遍遍重复着那几味关键的香料、分量和炒制方法,那是她过去周而复始的生活,打着印记镌刻入骨,至死也不会忘记。夫妻俩在她最需要的时候出现,足以让她忘却以前所有的冷漠与不快。老人八十五岁了。作为卑贱的女孩供养金贵的兄弟,她与母亲在冰冷的河水里洗衣裳,甚至月经都没有了;两个兄弟——成了街上的"棒老二"(流氓),父亲只好把做小面的秘诀教给十四岁的她,又带着她到巴县街上开面馆,供养全家;十五岁嫁人,前夫巴着她,用她做一碗碗面条一点点积累的钱,在乡下又买了几亩地,却为她不能生而把她狠心抛弃,那年她刚满二十;四十岁嫁到有四个儿女的家里,忙乎几十年,却到底因为没血缘而一切成空。这时,只要有人对她好,哪怕一点点好,也值得掏心掏肺,把作为生存之道的小面配方传给他。

夫妻俩先是回到"城乡接合部"开了一个小面馆,生意兴隆,"一年时间差不多赚到了在乡头修两栋小楼的钱。"转而又投入血本到最热闹的市中心开店,全家上下一起出动。"羡慕死其他几个兄弟了。"女人说。

天气寒冷,在他家女婿推荐下,我又要了一碗店里的新品"可乐姜汤",麻辣小面配温暖浓郁的姜汤,确实很"巴适"。"素小面五元,可乐姜汤十元一杯,一共十五元。"原来饮品的价格是小面价格的两倍。

可是,不知何故,最近我再去的时候,"放心面"已经没有做了。"我也觉得奇怪,听说他们生意很好呀。"解放碑那位微胖的老板娘说。

我想,夫妻俩或许又盯上了更好的机会吧。

断线风筝

2016年6月初的一个傍晚,和去年从江津返回一样,下着瓢泼大雨。我站在爷爷曾执教过的某理工科大学门口,用手机上的"滴滴出行"叫车,却大半天没有应答,公交车更是没见踪影。山城的交通秩序越来越规范,可到这样的极端天气,也让人偶尔怀念起十多年前大街上横行无忌的"7字头",利益的驱使让私人承包的破烂大巴克服一切困境向前,所以大热天和雷雨天"7字头"会第一个出现在焦急的等车人面前。

终于，银白水幕中现出黄色的车身、微红的标志，慢慢近前，果然是一辆空着的出租车。我连忙招手，车子减速，缓缓滑到跟前，刻意避开了我脚下一大片水洼。

车里，戴着眼镜的司机注意到我手中正滴水的雨伞，示意我先把收起的伞放进窗边垂挂着的竖式口袋里，那应该是他自制的。车窗紧闭，车里有恰到好处的冷气和清新的气味。

"到哪里？"这时司机才开口。

"去江北机场，接个晚上九点的飞机。"我答。

"早着，只要雨天里高速不堵车的话。"司机开始掉头。起先一路沉默，还是司机打破了这个局面。

"姐儿，你在大学工作？"

"没有，只是在那里参加一个培训班。"

"我对那个大学比较熟悉。小时候住在附近，常常去那里游泳。父亲有个毛杆朋友（从小玩大的朋友），他爸原来是电机系的副教授，跟过苏联专家的博士，可惜得癌死在'文革'快结束前。我都没见过。"

我有些惊讶，父亲在爷爷去世后调回成都，刻意与重庆这边的人和事切断了联系，虽然也常常提及关于山城的往事。但有一些缘分却非常神奇，就像我2003年不顾一切来到这个爷爷度过半辈子、于我却陌生的城市。

"我知道你说的这个人。"我讲，"看起来我们是同龄人，我们的父辈自然也是同龄人，多多少少会听他们谈起。"

"这个教授不算惨，他病死在'文革'前，只是他的儿女享受不到他的照顾，现在大学教授多厉害！对了，你看那边的石门大桥。"他伸出搭在方向盘上的右手挥了挥，大雨造成的浓厚河雾中，右侧那座曾坠落过一辆"7字头"大巴的过江大桥时隐时现。

"就在大桥边上——那时是渡船码头，我父亲一个初中同学的父亲，是个国民党起义军官，六十年代初从码头上跳了下去。"他说。

我知道这段故事，我父亲曾对我讲起。甚至，在通往中梁山的公交车上，我也听到坐在前排的几个年纪与父亲相仿、我并不认识的长辈,谈论这段往事,言辞激烈。二十世纪六十年代中期,离那场空前浩劫还有几个月,一个接受隔离审查快一年的国民党起义军官,趁着看管的人放松警惕,在夜色中走上嘉陵江边的渡船码头,跳进了寒气刺骨的江水里。那个年代,"畏罪自杀"罪加一等,军官的幼子、成绩优异的十五岁少年立刻被赶出重点中学的大门,下放到农村劳动,直到父亲平反,才落实工作到电机厂。中梁山电机厂这座始建于1927年,主要生产无线电收发报机、研制电动机和变压器的国有企业,已于2008年破产,如今留存下来的,除了地图上的地名,还有往昔的工厂大门,以及来自于父辈们的回忆。

"你父亲那个初中同学现在怎样?"我问道。

"应该在电机厂破产前就退休了吧。我只见过他一两次。"司机说。

大雨倾泻,车辆缓慢地在内环快速路行进着。

"跑出租累吧?"我问。

"只要心不累就好。说来奇怪,现在这行竞争这么激烈,钱也不好挣,但我只要发动起车,感觉就像是飞翔,像一只断了线的风筝那样飞翔。"他说。

"那根断掉的线是什么?"我突然很好奇。

"大概是父辈的价值观,父辈原本的期望吧!"沉吟片刻,这位叫伟伟的出租车司机回答我。

在沙坪公园那处全国唯一的"红卫兵墓群"里,长眠着伟伟的大伯父。1967年的一场激烈武斗中,二十四岁的大伯父与工友们占据了一个山头,还没来得及欢呼胜利,大伯父突然发现对方有十来个人又从一侧攻了上来,情急之下,他拿出自制的简易手雷,拉开引线,因为旁边有人挡了一下,手雷滑落到脚边,瞬时爆炸,大伯父和另一个工友当场死亡,现场血肉横飞。已经无从考证,肢体不全的大伯父究竟躺在"红卫兵墓群"113座墓的哪一个墓头里。因为纷乱的年代,多人葬一墓的情况太过普遍。伟伟的大伯父没有被认定为"烈士",伟伟的家里没有得到"烈士"家属的任何抚恤。我曾得见那个神秘的墓群，它坐西朝东，寄寓着墓主永远"心向红太阳"的拳拳之意。我曾听说，今年年初，有记者通过多种渠道，在南岸区一处二十多平方米的旧公房里，找到一位受难者八十多岁的老父亲，问他："您觉得您儿子的牺牲值得吗？"这位须发尽白、下肢瘫痪的老人回答说："任何时代，国家前进的道路上，探索、挫折、牺牲、错误都在所难免。一代人自有一代人的命运和担当，没有值得与不值得。"

大伯父去世后，伟伟的父亲成了家里的独子，初中毕业便在重庆钢铁厂工作。"那个时候，在大型国企当工人，腰杆子挺得直哟！"我的母亲跟我说。"单位"，从年轻时母亲就常常挂在口中的词，带着一种归属感。如今"单位"早已改制，可逢年有"工会的人"来看望，她总会预先做好准备，桌上摆满各色糖果。

在重工业发达的山城，钢铁厂绝对是一块"金字招牌"。伟伟父亲在这里牢牢扎下根，按着家里老人的叮嘱，规规矩矩上班，听领导的话，远离"运动"，娶妻生子。

"我爸曾在八十年代初拿到自考文凭，擅长舞文弄墨，区委宣传部想要调他。"伟伟说。

"这是好事啊，说不定能改变命运。"我说。

"可他不去。因为人家告诉他，区委那边暂时不能分房，他怕一调走，厂里就把我们住的闷罐房子收回去。"伟伟说。

二十世纪九十年代，山城掀起了国企改革的大潮，伟伟的妈妈——与那个带着"吃烧白"的愿望默默死去、只留下白骨的下岗女工同在纺织行业，1994年便揣着三万块钱，离开了奉献二十二年的工厂。母亲的下岗，使得父亲有理由在钢铁厂稳住"铁饭碗"，有惊无险地度过了数次"下岗裁员"。

与电机厂、纺织厂、灯泡厂等大量倒闭、改制不同，钢铁厂在市场经济逐渐放开之际，大胆地进行"钢材自销"，盘活了企业，几番"转型"后越做越大，最终成为显赫的钢铁集团。伟伟父亲虽没有下岗，但"很爱较真、不懂变通"的性格，也让他在关系复杂的大型国企里成为一个"边缘人"。

在一家高档海鲜酒楼里，已经从钢铁厂下岗八年、如今经营着文具和酒店用品生意的工友,邀请伟伟全家吃饭,想让父亲辞职出来一块干。那顿饭,父亲几乎不怎么说话,更不怎么动筷。

"一盘蒜蓉粉丝蒸扇贝就那个请的人吃了两只,石斑鱼更是只夹了几筷。一出来我爸就嚷着:太难吃了,腥臭,显摆啥,当年那小子就是厂里挨收拾的刺头。"伟伟说。

"那你爸同意出来做生意吗?"我问。

"他会同意?他反而劝人家还是要挂个单位,说自己干不稳定。"伟伟说。

"那你爸也太求稳了。"我说。

"不叫求稳。我爸所有的安全感,都来自单位,离了单位他不知道该怎么办,哪怕再难受也得在那待着。"伟伟说。

2001年,在单位已经完全处于夹缝中的伟伟父亲被迫"内退",从那时开始,工龄三十二年的他每个月拿一千零点,连续拿了将近八年,其间物价翻倍,退休金却几乎不动。到了2009年夏天,伟伟父亲戒掉抽了大半辈子的烟,父亲母亲会为多买了一斤西瓜争吵。

"妈妈常常会羡慕从政府机关正处位置退下来的小舅爷,他一个月拿六千,经常跟小舅婆坐着飞机到处旅游。妈妈说自己跟了爸一辈子,连飞机都没坐过。"伟伟说。

"你爸那脾气能受得了?"我问。

"我爸一屁股坐在沙发上,一脸黯然:他这辈子运气不好,就为了家里人,牺牲了当公务员的机会,牺牲了挣大钱的机会。"伟伟说。

2001年夏天,伟伟连续读了三个"高三",第三次高考落榜。"认命"的父亲觍着脸到单位找领导,最终以"接班"的名义为伟伟找了份坐办公室的"正式工作",可是伟伟拒绝了,不论父亲是痛骂、威胁还是哀求,"我真的不想再走我爸的老路,在单位这样一棵树上吊死。我想自己出来闯闯,见识下人生的各种可能。"伟伟说。

整整两个月,父子俩对峙着,谁也不肯让步。哪怕父亲突发心绞痛,急救的时候一直念着这件事,可伟伟紧抓着父亲的手,始终不发一言。最后,母亲流着泪对父亲讲:"你呀,倔了一辈子,这次就依娃儿一次嘛,娃儿大了,我们不可能管他一辈子,如果他错了,今后失悔的是他自己。"伟伟看到,父亲第一次在他跟前哭了,抽泣着,肩膀一耸一耸,哭得像个孩子。

伟伟是从父亲手中接过一万块钱的。

"你用这一万块来做了什么?"我问。

"开了一个火锅店,就在家门口,店面很小,只摆得下六七桌。请不起好点的火锅师傅,自己也不懂配料、炒料这些,味道儿就不得好好,再加上那时人太小,轻信,进的肉啊菜啊都遭人烧(骗)了的,全部是高价。做了三个月就关门了。"伟伟说。

在一个个冷清无客的傍晚,伟伟父亲沉默地坐在店堂的椅子上,偶尔会帮伟伟出点揽客的主意。最后,让伟伟关掉火锅店的也是父亲。父亲说:"生意做成这样也没啥意思了,别往坑里扔钱了,去学个技术吧。"

这次伟伟听了父亲的。他在亲戚办的驾校学车,拿了A照。那是2003年,就是我到山城的那年,私人承包的"7字头"中巴遍街都是,大街小巷随意停留揽客,虽是薄利,但非常来钱。伟伟想向父亲要钱去承包一辆"7字头",可父亲断然拒绝了,说那玩意儿是城市交通不规范的产物,早晚要被取缔,干不长还容易出事儿。这次,还是下岗后一直在私人公司打杂的母亲偷偷拿了四万给伟伟。

"开7字头的感觉,就像开赛车,一路飙车。"三年的时间,伟伟每天赶超着公交车、出租车,在毒日头或暴雨下与同行争抢着街边的散客。"三年还是赚了不少,顺便还开了个小超市。"直到2006年那辆违规超载的"711"翻下石门大桥护栏,三十条人命,至此,"7字头"被叫停。2006年,伟伟母亲左乳的包块被确诊为癌,小超市因为附近开了沃尔玛,生意萧条也只能关门。

"那天,我到医院楼上去拿化验报告,下来时看见大厅里报账核算窗口前排着至少二十多米远的长队。父亲搂着做完第二次化疗的母亲,就站在末尾。父亲身体单薄弓着背,而母亲戴着一顶白色的帽子,遮挡掉得稀疏的头发。"伟伟说,"那一瞬间,我有一种感觉。"

"你后悔自己当初不要'铁饭碗'?"我问。

"不是。我突然觉得应该更好地活着,快乐地活着。否则,对不起父母忍着痛亲手剪去风筝上的那根线,放飞了我。"伟伟说。

伟伟把三年间赚到的十万块钱,拿出六万给母亲治病,剩下四万,加上贷款,接下了别人转手的一辆出租车,成为一个出租车司机,一直到现在。今天,他的父母都还好,他的儿子已经六岁了。

"哎,这么一路说着话,不知不觉雨都停了,雨刷还挥着呢。哦,前面就是机场。"伟伟说。

"按说,说话会分神,不安全的。"我笑着说。

"我们开出租的就是喜欢跟乘客聊天,不然,整天开车,太闷了。"伟伟说。

"开了这么多年车,你考虑过换个职业吗?"我问。

"没有想过,最多鸟枪换炮,加盟专车,这几天我正考虑这事呢。我喜欢开出租车,就算有一百个缺点,但每天在城市飞翔的感觉,真的很好。"伟伟停下车,机场已经到了。

(原载《北京文学》2017 年第 1 期)

云（节选）

金宇澄

一

小学时期,我的名字从"姚志新"改为"姚美珍",仍然不怎么喜欢,初二起改单名"云",觉得这个字很美,是小说中的名字。几十年后感觉,这字有彷徨无定之意,名如其人。

一九四三年二月,我从同德产校转到了建承中学读高一(下),此校由戴介民夫妇出资创办,位于白克路(凤阳路)一幢三层楼的里弄大宅。戴校长曾署名"巴克"出版《新哲学教程》,早年参加共产党,该校教师都倾向共产党,课程与其他学校不同,这里曾是党的地下据点,气氛独特。

我读的文科,开始由桂宁远先生(当时不称老师)主教,高二改由蒋福倳(锡金)先生教《古文观止》《离骚》、"国学概论""文艺思潮""创作方法"(包括鲁迅的《药》)。每周全体高中生上"公民课",听戴校长讲"伦理学",实际是讲"唯物辩证法"。教导主任袁明吾讲《政治经济学》,在袁先生那里,我看了《延安文艺座谈会讲话》《西行漫记》《大众哲学》,校图书馆可借到普希金、托尔斯泰、高尔基、巴尔扎克、罗曼·罗兰等等的作品。

我的文科成绩不错,在高三担任过"级长",担任"级联会"主席。二楼的走廊,辟有很热闹的墙报,内容是短评、班级新闻、生活花絮等等,每月按各班成绩、秩序、礼貌、整洁评比,然后归类到挂了飞机、火车、奔马和乌龟的四张炭画下。也举行展览，包括同学的文章、业余手工，甚至绣花。我写的一万字杂记也被展出过。

每班有手抄本的"级刊"，我班命名为《炼》，为办这个小刊，我往往要忙到晚上九时回家，为此一直受父亲的责备，当时"灯火管制"，很不安全，我常常因为饿饭引发胃病。

蒋锡金先生、朱维基先生对我们很亲切，常参加我班的读书会，细心讲解文章背景。寒假里，我们一起到朱惟新同学家，听蒋先生讲过鲁迅的《且介亭文集》，记得那天大家买的是山东羌饼和花生米当午餐。大家也去赫德路民厚里（今常德路）蒋先生家，听讲鲁迅《摩罗诗力说》，去朱先生家，他为大家讲拜伦、雪莱的诗。有一次蒋先生带了柴科夫斯基《悲怆交响曲》唱片和留声机（唱机），在教室播放讲解。班里组织过关于《悲怆》的讨论。一次是蒋先生和我们去高三董喆池家开元旦联欢会，去仲志士家包饺子。暑假时，我们骑脚踏车到闵行同学夏诚希家、庙行徐洪良家玩，去江湾郊游。

有一次，大家骑车到真如郊游，路过三官堂桥，桥堍边停着一辆一辆黄包车，地上一排长长的把杆，顾雅珍刚学会骑车，大概是刹不住车，竟然从这排长长的把杆上辗过，车夫大为吃惊。傍晚回到市区，经过东湖路延庆路转弯处，她又把一辆三轮车撞了，同时撞翻了客人扫墓带回的祭品。蒋先生出面交涉、道歉再三，总算过了关，我心里觉得很对不起人家。

一九四四年除夕，有件特别难忘的事。

这天上午，蒋、朱两位先生和董喆池、朱惟新、田杰人、申怀琪、柴宏孚等等同学，相约到南市民国路（今人民路）赵南山家聚会，赵父开诊所，是一座面朝马路带厢房的旧宅。蒋先生发现我没参加，让赵南山拨通我家电话说，大家都在等我，一定要我来。我说路太远了，又下着雨。蒋先生一遍又一遍地电话催我，结果我只能冒雨赶去，大家围坐一张大圆桌子用餐、喝酒，很热闹。结束后，蒋、朱两位先生说，带大家去访问翻译家傅雷，我们就随他俩去了。

傅家在法国公园（今复兴公园）附近的"巴黎新邨"，一幢新式里弄房子，敲门进去，傅雷夫人接待和气，请大家把雨伞、雨衣放在客厅前的门廊地上。这是除夕的下午，我们待在客厅里，她上楼去通报傅雷，显然这群不速之客惹怒了傅雷，他没有露面，我们只听到楼上传来一阵阵的大骂，显然是赶大家走，我们觉得不可思议，当时蒋、朱先生很尴尬，真有焦头烂额、无可奈何之感，只能领我们悻悻离开，但出了门，他俩并不在意，仍然兴致很高地说：我们去淮海路一家著名咖啡馆喝咖啡吧！一路上，大家你一句我一句，大骂傅雷"有什么了不起的"等等。这天喝完咖啡，大家嘻嘻哈哈聊了一会，走出店门。蒋先生忽然回头对我说："你刚才坐在我对面，你的鞋怎么一直踏在我脚上？"我浑然不知，说："是吗？那为什么不早提出来？现又怪我？！"蒋先生是个很风趣的人。

四月初，学校照例放春假三天，申怀琪、赵南山、田杰人提议，不参加全班的集体春游，我们改去松江踏青如何？据说那儿有一棵几个人合抱的大树云云。我同意，并邀了我的初中女同学葛智华一起去。等大家到达了北火车站，他们又和我商量说，不如改去杭州如何？申怀琪的父亲是律师，有个同乡在杭州开商号，可以找这位老先生帮助接待我们。大家同意了，但都说没带什么钱。葛说：我有一些，大约够用了。于是大家挤上了火车，到杭州已是下午四时，就按地址找到了这家商号的住房，开门者却说，此地无此人。我们大失所望，无奈走出巷外，不知如何是好。正在发呆，忽听到身后有人招呼，房主让一个用人跑来唤我们回去。

那是一幢有天井的大房子，晚饭桌子就摆在宽敞的天井里，屋主姓翟，对我们很客气，请吃晚饭，还给每人倒了一杯白酒，我从来没喝过白酒，趁他不注意，偷偷把酒倒在身后的落水沟里。晚饭后，翟老先生陪我们到吴山，去云居山寺庙借宿，三个男学生住前间，我和葛住后间。第二天清晨起来，我们就到山上各处溜达，四周郁郁葱葱，空气清新，静谧中不时听到鸟鸣阵阵，大家对群山呼叫多次，都有回声，山景实在太美了，心情舒畅至极。

我们经过附近一间静室,向里张望,窥见几个和尚正在打坐,觉得十分好奇。

庙里的早餐很丰盛,稀饭、馒头,甚至有皮蛋、火腿和肉松。饭后,老先生就陪我们去西湖各处游玩,"上天竺"的游客不少,已经是中午了,路边搭有一个个棚子的小餐馆招揽顾客,我们就在一个小棚里吃午餐,点了一桌子菜肴,实际是为了答谢翟老先生,付账时大家倾囊而出,余钱已剩无几。玩了一天回到居处,大家议论说,假如明日再让主人来陪,是非常过意不去的,再在外面吃午饭,已付不起钱,加上早起时,有人不慎打碎了一只热水瓶,怎么办?商量来商量去,决定还是溜走为好。第二天一早起来,大家不吃早餐,给主人留了感谢条,悄悄地不告而别。然后直接去西湖划船,湖中游人不多,最后我们却划到了一个很荒凉的地方,游兴很是低落,也因为没钱,早餐每人只在路边吃了一个粽子,中午吃了两三块小饼,口袋里只剩回程票的钱。等我们赶到杭州车站,只见人山人海,乘客如潮水般涌来涌去,差不多要把我们挤散。总算上车后五人在一起了,等火车到达上海西站,已是晚上十点钟,都没吃晚饭,肚子咕咕叫,浑身乏力,身上没钱,只能步行,走到我家门口已接近午夜了,我立刻敲门上楼取了钱,让他们三个男生坐三轮车回家,葛先走了,她家就在附近的"草鞋浜"。

第二天,申怀琪说他倒在三轮车上,满眼仍旧是西湖的景色,人几乎饿昏了。

这次难忘的离群饥饿旅行,受到老师严厉的批评。

一九四三年我读高一时,对高二高三的同学不熟,有一次上大课,坐在后排的高二同学赵南山,拉了我辫子一下,我很愤怒地回头说:"干什么?"他说:"我知道你名字,你会演戏吗?"他身旁是高三的唐凌生。他俩说:"想请你参加话剧社。"

为筹备这年四月二十七日的校庆,我们排练了曹禺《原野》序幕,我演金子,唐凌生演仇虎,申怀琪演焦大星,赵竑演白傻子,申怀琪兼导演,赵南山当剧务。记得演出之后,唐不知怎么割破手流血了,我在后台掏出手帕为他包扎。

我们成了好朋友。唐和申有弟妹多人,大家都在一起玩,经常聚会说话的地点,是静安寺路(今南京西路)仙乐斯舞宫前一大块空地上。

记得这年暑假,我跟唐凌生、申怀琪等话剧团的朋友,轮流去金城大戏院后面厦门路一个"弄堂识字"班,义务教女工们识字。当时我十六岁,所教的女工们都是二十多岁,她们都在附近一带的工厂里上工。这期间,唐高中毕业了,不久他就离开上海,参加了浙东的新四军。

一年后,即一九四四年校庆,我们排演了独幕剧《教训》,之后因为物价飞涨,校方为贫寒同学募捐助学金,决定由蒋锡金先生主持,排演五幕剧《欲魔》(托尔斯泰原著《黑暗的势力》,欧阳予倩改编),于七月份在金城大戏院演出,票由学生们分头推销给亲友。蒋先生请了戏剧家蔡芳信任导演,美术家刘汝醴设计。男女角由申怀琪和我扮演,课余排练。蔡先生对人物的一举一动挑剔严格,我的坐姿,往往不知觉中稍有点弯腰,他就立刻要我纠正。申怀琪也特意第一次来我家,借了我父亲的长袍马褂,我则穿了嫂子陪嫁的绣花衣演出。

二

我和唐凌生相处,前后只有四个月,初次和他说话,是在学校一楼到二楼的转弯墙角处,以后我们常在此地交谈,总有讲不完的话。他和申怀琪关系密切,我们三人曾到静安寺的百乐商场(现九百)"桃园"面馆吃大排面,这是我第一次和男同学在外用餐。大排有骨头,我觉得啃骨头样子难看,就把它分开夹到他俩碗里。他们嘻嘻哈哈说,这是"桃园三结义"。

唐是广东人,性格豪爽开朗,读书成绩好,个子比我略高,面容英俊,思想进步,喜爱文学、写诗。他主动接近我,我对他也有好感。有个星期天,他约我一起去外滩公园,我去了。他送了我一首自己写的诗,我送给他几片夹在书里的红枫叶,一直聊到了中午,他送我到江西路16路电车终点站上车。

我回到家,脸上红红的,这是我第一次和男生约会,有点激动,初中同学葛智华正在我家,我忍不住把上午的事告诉她。第二天我到学校,遇到申怀琪,他笑着对我说:"你和唐昨天去了外滩公园?"我说:"你怎么知道的?你怎么不招呼我们?"他说:"我是在外白渡桥上看到你俩的。"后来知道,是唐忍不住告诉他的。此后,我和唐曾去过"兰维纳"(襄阳)公园、中山公园,就是谈话,天南地北的谈,后来还去江宁路一家餐馆吃面。

这样,我和唐算是谈上了恋爱,虽然只有三个多月时间,等唐凌生高中毕业,他没提上大学的事。八月的某天,他忽然对我说,准备参加浙东新四军游击队(已有几批学生陆续参加新四军)。我立即很天真地说,我跟你去。他说,这次你不要去,以后再去吧。

我送了他一张在"觉园"手扶栏杆的照片,以及照相馆拍的照片。临别时,给了他一双银筷子,两根筷子由银链子连着,是我从家里拿的(几十年后重逢,他提起这事,我才想起)。

他到四明山以后,寄来好几封信,我也一直去信保持联系。到了一九四四年暑假的一天,他忽然回沪,打电话约我会面。他父亲是上海自来水公司的工头,属于工人家庭出身,获得组织上的信任,派他来沪动员进步学生,参加他所在的浙东新四军三五支队。

对于是否去浙东,我一时拿不定主意,感觉在"建承"读书很快乐,有点舍不得离开,犹豫再三后决定,等高中毕业后再去。我对蒋先生谈及此事,他也认为,我还是读完高中为好。蒋先生说,他自己也是从根据地来的,"你去了那里,在文学上学不到东西。"

我与唐见面那天,他从江西中路的家,赶来沪西大自鸣钟"悦来芳"食品店(16路车站)门口等我,那是我们约好的地点,但是那天父母知道我去见唐,坚决不让出门,最后是由我妹妹出面,带给他一个口信:改日在外滩见。

这次见面,已没有曾经的气氛,唐详细介绍了浙东的情况,他的谈话主题,就是动员我随他离开上海。我讲了自己的决定,我说,这一次不打算去了,以后再去,婉拒了去浙东的计划。听我这么讲,他表现出很不高兴的样子。记得他当时哼着苏联国歌,板着脸,没说几句话就告别了。他对我和一年前不一样了。我也很不高兴。

以后,再也不见他来信,而我没有忘记他,半年后(一九四五年春),我从同校读书的唐凌志(唐的弟弟)处知道,浙东有人要来,托他带了一支自来水钢笔给唐,还写了一封长信,没有回音。

一九四五年五月十五日上午,发生一件大事。我们正温习功课,准备迎接毕业考,忽然听说有数个日本宪兵冲进了学校,进入教师办公室搜查,翻得乱七八糟。唐凌志、我班的班长、级联会主席夏诚希等多人,都被叫去问话,校长也被叫去反复查问,据说这些日本宪兵,是专门来捕捉唐凌志的,昨晚已去过他家,适逢他住到学校对面的徐洪良家。宪兵查抄了唐家,第二天再到学校捕他,发现学校的"级刊"墙报有明显的抗日内容,接近中午,搜查还在继续,因为楼下有小学部,到了中午,宪兵不得不放全体同学回家吃饭。

我心里清楚,抓唐凌志一定是与其兄在新四军有关(后知道确实是因为有信落入敌手),我想到曾经在一九四三年下半年与唐凌生连续通信,有一次,他在信中很不谨慎,明目张胆把新四军写成"N.4",我估计兄弟二人同样不慎,引起了日本人注意,也想到了我曾经赠照予唐,照片很可能仍在他家,包括我给他的信,如果查到的话,我就有危险。

我唯恐被牵连,忐忑不安,如被日寇抓去,结果难以想象。上午总算熬过去了,我出校立刻去找申怀琪,他与唐的关系最密切,很担心他也被牵涉,赶到他就读的东吴大学(江宁路梅陇镇酒家的弄堂)通知他,然后我们一起赶到常德路,找到了无课在家的蒋先生,通知他学校发生的事,让他下午千万别去学校。蒋当时正在写稿,手拿着稿子就从家出来,三人一路商量,学校发生这事,我们以后怎么办? 正在路上走,一位初中同学叫住了我说:"听人讲东洋人提到了你的名字!千万别进学校!宪兵在学校还没走。"(后知道蒋父也被叫去问话,宪兵共捕去师生八人。)于是,三人急急忙忙在西藏路吃了面,决定暂时躲避为好。申因为下午有事先走(后他直接去了家乡河北,直到抗战胜利后才回沪)。

蒋和我先到一位靠得住的诗歌"行列社"(蒋举办的诗歌团体)老朋友诸敏家落脚。天近黄昏,他打电话请我大哥出来,在南京路"新雅"吃盖浇饭,讲了学校发生的事,决定先送我到他朋友处暂避,请大哥回家告诉父母,请他们放心。这样,我们就和大哥分手了。

诸敏住石门一路一幢英式老洋房,属于日本某新闻检察机关,诸就在此工作,楼上有一间20平方米的房间,是诸和妻子茅肖梅的家。茅正怀孕,挺着肚子,房内有独用盥洗室。我和茅睡床,蒋与诸打地铺。楼下住着两个日本人,据说是该机关负责人。这幢房子常有几个年轻男子进出,诸敏较信任其中一位名叫张汀的青年,当夜我们就在一起商量,最后决定,我和蒋还是去安徽天长的新四军军部,于是找了诗歌"行列社"成员的老党员沈孟先,请他设法接通关系,办妥组织介绍信等等。这事由张汀联系,要花好几天时间。我们平时不外出,只能玩扑克牌。楼下两个日本人也时常上来,表示友好,语言不通双方就用笔谈,心中甚是厌恶他们。

几天后得到消息,到安徽去,一路上要经过几个关卡,路不熟,不如准备一些被褥铺盖,请当地的脚夫挑着引路,才可以走通。至于路费,蒋把匆忙中带出的半部《星象》书稿,给了"永祥印书馆"的范泉,暂领到一些稿酬。我把手上一枚金戒指换成了现钱,我还去附近的"南京理发店"剪了短发。

十九日下午,诸敏陪了我坐三轮车去葛智华家,打算请她到我家拿取被褥,但葛不在(葛家困苦,当时她是去"跑单帮"贩米),我只能打电话请同班的顾雅珍帮忙,顾住虬江路,家里也开银楼,我和顾就在西藏路"和平电影院"旁的"和平咖啡馆"见面。诸敏有事去办,再三叮嘱我,一定要等他来接,自己千万别离开。

我和顾雅珍坐下,她就告诉我学校发生的种种后续。我提出请她帮忙去家里取被褥,她劝我要冷静,说我父母如何着急,劝我一定别跟着蒋走,而且,蒋是有家室孩子的人,影响不好,不如以后再去。我说不管这些了,已经决定了,我和蒋到了那边,肯定是各管各的,我的目的是去参加革命……正说到这里,我大哥忽然走进咖啡馆,不说一句话,一把抓住我不放,立刻就拉我走,我实在挣不脱,只能对他说,让我写一个便条(请服务生转交给诸敏)。我在留条上写:"明日下午一时,在此见。"事后知道,开初我与顾通话时,顾的弟弟就在她身旁,顾弟和我大哥有来往,就立刻给我大哥打了电话。

当天下午,我大哥带我到新闸路,走进他熟稔的王伯元开的小医院,借三楼无人病房住宿,他一直在规劝我。不久,父母和阿嫂(正在怀孕)全来了,哭哭啼啼,不许我离开他们。第二天,阿嫂又陪我去大连路印刷厂,这是大哥好友周祥林家的企业,进大门穿过工场就是周家。阿嫂一直紧跟着我,寸步不离,我不能推也不能搡,根本不允许我打电话,我的留条之约,只能失败。后听说这天下午,诸敏和张汀在咖啡馆从下午一点等到三点。

在周家住了五天,我和阿嫂二十五日傍晚回到大自鸣钟的家。父母说,近日店外常有陌生人转悠,觉得我回家不安全,蒋父也曾来店打听锡金下落,称宪兵一直逼蒋去自首。当时我却是想去诸家道歉,对失约的事总要有个交代,我只能再三向父母保证不再离沪,晚上,我去见了诸敏,从诸处得知,蒋已于昨日(二十四日)离沪。

当夜,我住到周家嘴路的堂姐阿菊、阿丽姊妹家里,石库门房子,我睡后客堂,白天只能在亭子间看书写字,满屋炎热的太阳,在无聊不安中熬日子,几次外出,是去诸家看望、送礼感谢,楼下两个日本人对我挺客气,就这样一直住到八月初,我才回家。

抗战胜利后,我去诸家,他们的孩子已经出生,我碰到了楼下那两个日本人,他们请我坐,我们的交谈仍旧是在纸上写字,他们写"以后有便,请来日本玩",还写了各自的地址。我写了一句:"你们侵略中国,终于把你们打败了!"吐了口恶气。

我见到了戴校长,虽然我未经考试,他给我颁发了高中毕业文凭,写了"品学服务均甲"的评语。我们没有谈到日寇来校事件。直到四十年后,我在《建承中学校庆纪念刊》中得知,戴校长为保护师生和学校,忍受了日寇严刑。("文革"时期,戴在华师大含冤去世。我记得曾在中山北路69路车站上,远远见他走去的背影,非常憔悴。)

一九四五年秋,上海各大学自主招生,学费很贵,考试时间各定。初一同学马瑞丽与姜桂英,拉我报考圣约翰大学,我虽然英文差,没信心,也勉强去考了,结果三人都没有录取(此校英文要求极高)。九月十五日,考私立复旦大学,我与顾雅珍、吴凤英三人同往,我投考中国文学系,十七日考作文,记得题目是"成功之路",十八日考其他科目,二十日揭晓。我和吴凤英被录取了。

私立复旦在常德路近新闸路一幢大洋房里,门前空地甚小。有好几个系,教室内外人挤人,各系教室交换上课。中文系主任应功九和文学院长应成一是兄弟俩。开课第一天上英文,老师是顾仲彝。周予同先生教《中国通史》。我每天骑脚踏车上学,不久认识了外系学生王丹心和鲍静佩,我不记得怎么认识的,以后知道,他们是中共学生党支部的成员。

此时,老同学申怀琪已从河北返回上海,考取了上海法学院(以后转到上海戏剧学院),赵南山毕业后去新四军根据地,此时也突然返沪,三人相遇。适逢蒋介石从重庆回到南京,记得是十月十日"国庆节"这天,我们三人同逛南京路,满街飘扬"青天白日满地红"国旗。蒋介石像陈列在各店的橱窗,身穿戎装,挂着无数勋章,好不威风。路上挤满了面露喜悦的人们,我们从成都路一直步行到外滩"轧闹猛",这是个万众欢腾的日子,抗战胜利了!日本投降了!中国人扬眉吐气了!

三

朱维基先生是本地人,住在离我家不远的星加坡路(余姚路),我骑脚踏车去复旦上学,总路过他家附近。十月下旬一天,我顺路去看望,见他正和一陌生男子叙谈。朱先生介绍说,他叫程维德。

那天我没说什么(也是插不上嘴),只听他们聊,感觉程很爽朗,社会经验丰富,是个大龄青年。

此后,朱先生常约我和其他朋友聚会,程维德也参加。当时朱在筹备办《综合》杂志,有时请大家去瑞金大戏院对面小酒馆喝酒,去西藏中路"青梅居"——北方人开的"卖火烧"(火烧即烧饼)简陋小店,那里也可喝酒,去"新雅"喝下午茶,去平安电影院南面一家小咖啡馆"吉士"聊天,大家还一起去看刘汝醴在国际饭店的画展。我印象中,程维德常在朋友们聚会还没散时候,就离席先走了(实际是去威海路"达巷"与组织联系)。

朱先生不止一次告诉大家,他和程维德是一九四二年在南市监狱的难友,当时程很关心狱友们的生活,为此曾和狱方激烈交涉,应该是"左倾"进步人士,人品好,文章写得好,可能是共产党……诸如此类。我为朱主办的《综合》杂志写过一篇巴金《憩园》的读后感,也看到了程写的几篇社论和散文,笔名"边星",读了几遍,的确写得好,但看不透他过去的经历。

程维德当时住星加坡路"星邨",那是他朋友萧心正姐姐萧慕湘的家,离朱先生家不远。小学同学王美华去世时,我和吴凤英骑脚踏车去安乐殡仪馆祭奠,顺路把两辆车寄放在程住处。取车时,吴凤英有事先回,我和他闲谈了一会,记得我们谈到了《101首西洋名曲》,一起翻阅,我还哼了几句《夜莺》。

我确实没太注意程维德,与以往我和男同学们接触那样,习以为常。有次我和程维德、朱先生、朱的朋友李毅夫等几个人在"青梅居"喝酒,转到西摩路"吉士",程已经醉了。我就坐他的对面,初次无顾忌地端详他的面貌,觉得他英俊端正,只是个子稍矮些。以后他谈到对我的初次印象,他倒并不嫌我个子高,感觉我为人真诚,气质很好,还以为我是个小学教员,穿蓝布(阴丹士林布)旗袍,沉默寡言,朴素,就开始注意我,曾数次在路上遇见,却没有招呼——清早他总在附近小沙渡路(今西康路)海防路口的小摊吃豆浆,几次见我骑车经过。

　　接触多了以后,他常常给我电话,事由是借书、还书,我感觉这样下去,可能会进一步发展,怎么办?曾经想中止与他的联系,把他介绍给顾雅珍,思想有斗争,反复思考,最后决定任其自然。

　　不久,他在《时事新报》当记者,跑新闻。一九四六年,学校即将迎接重庆北碚"复旦"返沪,迁回江湾原址,将走读改为住宿,因家里没有小型衣箱,请他陪我到江西中路"中央商场"购得一旧皮箱。曾随他一起参加国民党市府的记者招待会,也去过他的新住处——报社宿舍(今延安东路),那是机声隆隆的印报车间旁一个小间,当时我想,周围这么嘈杂,晚上怎么睡觉?看他西装革履,整整齐齐的样子,觉得他的日子并不好过。

　　从初中到高中,我接触的男同学不少,对待他们,就像是对朋友的那种"同学之交",仅对唐凌生产生过短暂的感情。对程维德,开始也一样,认为他只不过大我七八岁,富有社会经验而已,但在这种自然交往里,却不知不觉产生了好感。

　　一九四六年暑期,朱维基先生已去山东根据地,程维德住到胶州路康脑脱路(即康定路)一间平房内,我去看过他数次,谈得很投机,感觉他有不平凡的经历,坚毅刚强,待人和蔼可亲,社会经验丰富,读的书比我多,文笔老练,我们对文学有共同爱好,对一些事情的观点也很相似。我心里丝毫没有想过,他家有没有钱。我不懂生活的艰辛,即使最困难的敌伪时期,物价飞涨,民众吃"六谷粉",我家仍然衣食无忧,只记得是不吃大米,每餐改为一冷就发硬的"洋籼米",我没尝过吃不上饭的滋味。程维德家从盛到衰,我家则相反;我只是单纯的学生,他有复杂的经历。在我们的谈论中,他很少谈及曾经有过的艰辛痛苦。

　　以后略微知道,他在吴江黎里镇家中,还有母亲要供养,知道他有个好友萧心正,他们爱国抗日,倾向中国共产党,至于目下究竟干些什么,不甚清楚。有一天我俩闲谈时,突然走进一男一女,男的年龄稍大,女青年秀气美丽。程维德介绍说,这都是他的同乡老友,以后才知道,在抗战爆发时,这位女青年与他一起参加"武抗"(华东人民抗日武装义勇军),后因病回沪治疗,他们当年曾是恋人,后来分开了。

这年暑假,我常常隔几天就和程维德相会聊天,总是在中饭后,太阳热辣辣的,雇一轮黄包车去他居处。有一天傍晚,我们外出,从胶州路步行到静安寺。人行道上摆着不少地摊,叫卖质高价廉的美军剩余物资,有罐头午餐肉、"克宁"奶粉、军用皮带、水壶,记得我买了一个墨绿色的军用钱夹,布料结实别致,用了它很多年。

那个时期,组织上介绍他在《时事新报》当记者,但不久却遇到报社发不出工资,全体记者罢工。这期间该报载文,特别提到一记者因几月拿不到工资饿肚子的事,所指的就是他。当时报纸主编是唐纳(江青前夫),经理为夏其言。

也在这阶段,我知道了他本名大鹏,但他一直自称程维德,在《时事新报》改名"金子翊",我则一直称他"维德",每次通信的称呼都写"V.D."。一九四九年后,他改名"若望",这名字仿佛与"汤若望"相同,别人会认定他是基督徒,他说是来自孟子的"若大旱日望甘霖"。

四

抗战胜利后,"老宝凤"生意很好,沪西一带的工厂女工,拿到工资就来我家买金器保值,买小金条(时称"小黄鱼",重一两,"大黄鱼"十两)、各式戒指。忙到来不及在戒指内贴注有分量的小红纸,店里常加班开夜工,每日售出300两黄金,赚了不少钱。在全店员工忙上忙下之时,我的大弟突患"粟粒性肺结核",这病在当年没有特效药,于一九四七年二月在家中去世。接着是大哥患肺病大吐血,去虹桥疗养院(即今徐汇区中心医院)住单间头等病房疗养,阿嫂陪他,后住钜鹿路大华医院。我父亲觉得,住院即是长期疗养,价格昂贵,不如自家买一幢房子。父亲开初是和伙计阿王去看房,之后是我陪着他(后来陪他多次买家具,买我喜欢的书橱、摇椅,父亲从不上餐馆,只有我和他在"美新"吃过一次晚餐),看过虹桥路一幢有空地的大洋房,淮海西路满墙蔷薇的别墅,以及富民路的"裕华新村",最后花费近五十根大条子(金条),买下了亚尔培路(陕西南路)63 弄某号(三连体大别墅)。此处交通方便,24 路无轨电车可直达西康路大自鸣钟。

此屋面积近五百平方米(业主原是鼎新百货商店老板),底楼为厨房、汽车间和用人房,朝南是围有竹篱的小院子,大门有一石扶梯直达二层,左右两大间(有纱质大吊灯、壁炉和水汀),中为走廊、盥洗室。朝北的房间,大小各一,大间隔有活动门,拉开门,南北房间相通,可作大饭厅兼客厅,有升降设备,楼下厨房可以送饭到二楼壁龛(此地后来置放电话)。三楼布局与二楼相近,有阳台,盥洗室有大浴缸。稍事装修一下,家兄就搬来三楼疗养。

记得全家尚未入住的初夏,葛智华生日,我请维德、申怀琪、赵南山、邵鸿英等同学好友来新居,那次大家都喝了酒,热闹一阵,一直讲话到天亮。维德醉了睡在后客厅地板上,大家则在他四周放了酒瓶,他醒来一惊——众人开怀大笑,很快乐。此后,我们常常在这里聚首。

记得那时,我常去虹桥疗养院的高级病房探望大哥,他独住一大间,而底楼却住七八位贫穷的青年患者,我很同情他们,有时给他们送鸡蛋和营养品,其中一位秦中俊,是淮海路雁荡路三联书店店员,我常去此店买书,经人介绍认识了他,之后秦曾到亚尔培路我家闲谈,秦说,我是小说《钢铁怎样炼成的》里那个富有的姑娘。书店奉当局命令停办,他偕书店同仁来我家开过秘密会议。一九四八年,秦去了济南解放区(八十年代任中图进出口公司经理,法文好,比我小一岁,来沪特意来我家看望,相互通信,可惜英年早逝)。

复旦渝沪二校合并到江湾原址后,起先把女生宿舍安排在面对操场的一幢大楼,房间很大,可以摆十几张床,以后大楼改作教室,女生宿舍再度搬到后面一幢楼,男生宿舍迁到了校外。之后,复旦改为"国立",不需学费,甚至吃饭也不需饭钱。食堂每餐只有一个菜,每月打一次"牙祭",有十几个菜,大家站着,围着圆桌吃。学校还送一批美军救济总署的多余物资给重庆同学。因为物价飞涨,米价也跟着飞涨,唯恐伙房粮食有贪,校方让同学们轮流去"监厨"——这是一九四七年的事。

我们宿舍住八人,四张上下铺,中间放写字桌(自带),我睡靠窗的上铺,除我和虞和静是上海人以外,其他六位是重庆来沪的女同学。

记得宿舍一件趣事:一天半夜,我突然连人带被子从上铺滚了下来,落在地上,竟然毫发无损,惊醒了睡梦中的大家,引为笑谈。

复旦礼堂以前在子彬院,地方小,当时郭沫若来讲演,周小燕来唱歌,都是在子彬院礼堂,同学挤得满满的,有些人只能坐在窗台上。一九四八年,校园内造了一座大礼堂,名"登辉堂"(纪念复旦老校长李登辉),做过考试会场,改名"相辉堂"是以后的事(马相伯为创办者)。中文系主任是陈子展,很和善。教授有李青崖、方令儒、周予同、周谷城、赵景深先生等等,侧重《昭明文选》、音韵学、训诂学、哲学和中国文学史。上课不点名,学生缺席与否,教授们也不在乎,学生只要考试及格,修满学分就可毕业。教授与学生有些距离,亲近随和的是章靳以先生,他讲《文学论》,态度和蔼耐心,我经常请教他。我的兴趣一直在现代文学,感觉大学不如高中那么快乐,谈得来的同学也没高中那么多、那么好,一度想转新闻系,考虑再三,觉得转系麻烦,思想上就有些得过且过,有闲就坐校车回家。以后因家中变故,心情低落,此时常与维德会面。一九四六年夏季以后,我和维德的恋情心照不宣,到一九四八年完全确定,谈起了恋爱。书还在读,"学运"也算积极参加,但在校时间却没以前那么多了。曾记得同学王丹心曾鼓动我参加共产党,我认为不自由,没有表态。

到老年时,我曾对虞和静说,我在复旦时一事无成。她说:你找到了一个好老公,是你的一大收获(虞一九四六年时就认识维德)。

一九四七年春假,我和维德一起去无锡,游惠山,玩了两天,照了不少相。同我爱的人和他爱的人在一起,觉得幸福、欣喜。

天色已晚,我们回到旅店,晚餐丰盛,房间是很小的顶楼,两张单人床,上有天窗。坐在屋里太闷,我们爬到窗外屋顶上,坐在瓦片上向四周眺望,灯光暗淡,空气清新,传来河上的橹声,别有一番风光。维德说,他老家在吴江黎里镇河岸边,景色比此地更美,太浦河也宽大得多。我在上海长大,觉得眼前夜景是第一次见到,应该是最美的。

游鼋头渚这天,我带着相机,穿紫红色的开衫、薄呢旗袍、白色长袜(另带了一套淡灰西装裙、白丝围巾和手套)。紫红皮包是新近在永安公司买的。天晴,气候温暖,见到了辽阔的太湖,请"代客摄影"者为我俩合影(留地址寄沪)。

当时,维德已经离开《时事新报》(同事集体辞职,他只能辞职),有三个月左右没有职业。他怎么过,我想他总会有办法,我没有问,问他也不会说。他告诉我,将去一轮船公司任职,上海、福州两地来回。(后知是王绍鏊介绍。王是吴江同里人,同属党的情报系统,新中国成立后以民主党派面貌出现,任商业部副部长。)

我心里总牵挂着他,相互通信,每次他回沪也立刻给我电话。

多年来,包括朱维基先生在沪时,我和维德一直在平安大戏院附近的"吉士"小咖啡馆会面,通常只喝咖啡,吃过一两次西餐,一坐半天,连咖啡馆老板都认识我和他这两张熟面孔。当年"平安"右边的茶室很大,从电影院大玻璃窗看进去,热闹非凡,里面都是谈生意的人。记得有一次,我们走进成都路延安中路"浦东大楼"对面一个咖啡馆,里面极暗,没一点灯光,摆有一排排高背封闭式的双人座,我们立刻跑了出来,最喜欢的,仍然是"吉士"咖啡馆明亮幽静、没几张座位的环境。我和他一直很怀念这个地方,几年后虽不去了,路过时总要看它几眼。

  维德到昌兴轮船公司任职,常去厦门、福州,回沪就会带礼物给我,很多物品已经记不得了,印象最深的是两双缀有五颜六色珠子的拖鞋,我送了一双给阿嫂,大家都感到新奇。但他仅做了七个月就失业了。这期间我虽问过他在沪为党做什么工作,一次他说,是做空军"策反"工作。他的职业一直不稳定,时而在沪,时而在外,用钱出手大方,一段时间住二姐蕴玉位于公平路的亭子间,我曾去看过他。那次他说要去台湾,我不置可否,后来没去。对于经济、生活,对于吃饭问题,我从没想过要为他操心,总认为他有办法。我是一名学生,没有社会关系可以帮他,家里开银楼确实可以安置,但我不愿让家人看低他,他当然也不会愿意。

  多年后得知,维德由情报系统的吴成方领导,出狱后,转由刘人寿领导,情况不太一样,后者总认为他活动力强,给他造成了不少的困难。

  以下是维德在一九四七年给友人的一封信,当时萧心正见了喜欢,抄了下来(一直保留到"文革"后才交还我们)。维德回忆说,这信当时是写给谁,有没有写完,有没有寄出,已完全忘记了。当年信中提及的人名,萧抄写时只留空格,故不明是谁了。五十年之后重读此信,若非萧说明经过,他根本不认识这是自己所写,但对猛烈批评沈从文这一点,维德记忆犹新。

维德旧信

  □□很好,几个有限的老朋友,仍旧拖了一身毛病,活在这古老的土地上。所谓一身毛病,也无非是人生年龄的增加中起些变化,好像同样一条小青虫,有的变成花蝴蝶,有的变成黑色、花白的或甚至非常丑恶的种种颜色——写这信的时候,我的情感跟随着手指的颤动而扬起波澜,我不懂得为什么最近自己的内心常常有一种类乎愤懑和厌恶的波浪击撞着,一浪去了,又一浪来了,它们在我心房的岩石下,捡着石缝空隙打进去,于是只要小小的几尺水,就能发出轰然大响,岩石上的泥土果然洗涮掉了,青苔和海藻也打得不知去向,可是岩石却呈现着黑色。正如你看见一件古兵器一样的色彩,使人一望就感到阴郁得难受——那么我阴郁吗?也并不如此,即使多少存留一点,也是为了阴郁(原文如此)而来的。

　　我愤懑什么?这些情感作用也很难在简单的书信上表达,总之一句话就是,我看不惯各人抱着自己现在的环境而把一切看得美丽或是都看得丑恶。人类有一种擅长的本领,就是"善忘"和"善醉",吃得饱一些的人,他们行为和思想都同饥饿的人有显明的差别,所以,在文学上,某一个时代,某一个阶层,一定有他们自己欣赏的范围和代表的作品,这些都是起变化的,假如他们从某一种人跳到另一等人的话,他们的行动和思想以至对艺术的看法,或生活的意义,立刻有了明显的差别。以写文章的人来说,则莫如沈从文之流变得下流而可怜,当他混在穷人堆里的时候,他的文章还有些火药气,可是后来他有了洋房,混在一群没有背脊骨的教授们中,他竟把描写女性来消遣笔信,甚至用了他的脑汁大事描写女人的生殖器,细腻之至。从这件事上看沈从文依然姓沈,写文章依然写文章,似乎没有变,可是他的文章内容变了,人无耻了——为了什么,因为他发挥了人类的"善忘"和"善醉"的长处,压根儿忘记了他过去是一个什么人,是这一个缘故,他把自己醉在洋房和沙发中,似乎洋房和沙发命令他要沉醉一样,这是非常自然的。知识分子,只要稍有些聪明的人,立刻懂得这个,古人称之为及时行乐,今人称之为利用环境。如此而已,可是我觉得非常难受。

　　十年来我看清了自己的能力和性格,我的能力非常低,可是我的性格和骨头还是没有因为颠沛而丧尽,我对自己常常是不满意的,正如对人家也不怎么满意,这是老实话。我常想,难道我活下来就这么想求得一个安安稳稳荫蔽之地,找一个老婆弄个儿子,于是每天吃饭,到老叹出最后一口气、死掉……难道这就是我的生活么?老朋友,但愿我们有限的几个人都不要活得像这样可怜。

我们的学问、经济状况和办事能力是可怜的,但是我们的脑子和向往至少不能可怜。人性,人性,我是倔强到底的,虽然我自己压在生活的重轭下,受着鞭笞和嘲弄,我也确如老牛一样忍受着,但是我的脑子和行为上,绝对没有变得失去弹性,或变为平平稳稳的生活愿望。实在讲,在这个天地中,你要平平稳稳做事情,你要舒舒服服把自己幻想的种子结成花朵是不可能的。

人比做是老姜,也要有辣味,人比做是酒,也要有酒性。否则,所谓老姜和酒又是什么东西了呢。

我变得很厉害,连对仅有的朋友××和××也各有不等的态度上的变化,我只有慨叹自己失掉的意志和他们的童心。不过仅有童心是不够的,这里我所指的童心者,仅是当初兰墩打游击时的各人的神采。总之,生活确实受些影响,在一些朋友中以我的生活最不安定是事实——我并不嫉妒他们,但愿她们能生活得好,我只要把我的个性保护得很好。如果我的武器是长矛的刺,那么刺呵,你就更尖锐和锋利些,如果我的个性是老姜,那么你更辣些,姜辣之至老弥烈。人就要如此,也需注意的就是刺得方向正,辣得味道不酸就是了。

我的老朋友,我永远永远不能忘记你是我朋友中值得记忆的一个。可是生活的重轭,生活的锉刀,生活的暴风疾雨,生活的丑相和臭味,把你的颈项、肩背、眼睛和鼻子耳朵完全给弄毁了、打碎了。你在黝暗的地层下或是煤层下,爬着,爬着,哪里是花?哪里是清流?哪里有挺着背脊行走的人,哪里有温醇的酒一般的笑声呵?假如你找不到的话,那么你掏一握岩洞中掉下来的水按在额上清凉一下,你就会知道——等挖煤的时间过后,你从几十丈的升降机上爬出煤洞的时候,太阳,花朵,和一切你看了会大笑的景物,在向你哄然爆出笑声来。老朋友，你的信条，在地下永远没有的，只有在阳光照得到的地方才存在，多着呢，多着呢！我就知道，而且看见过。

你存在着的，是知识分子的毛病，我们大家都害病，只要大家没有失掉人性，总可以治愈的。人可以谦虚，但是不要自卑，人不可以狂妄，但不需畏缩，我就如此。所以，虽然我一无成就，我也不肯马上掉手。我不愿意在求得一个温饱的机会中丢掉我具有的活力，请你相信我，我们心胸中的愤懑和厌恶，正可以激起我们强硕的正义感。

你同×通信吧，他是一个太温醇的人，我时常责备他的温情的作风，他很少能把自己的感受，化作暴风巨涛扫荡出巨声来。我对他这个性很抱憾，因为我满身火辣气和强烈的爱憎是不能强加到他身上去的。也许他以为我稚弱，但是我宁可稚弱，我始终要这样的，谁也不能劝慰。我这有什么办法呢。我们这一群苦难永远追踵着的人，我只要你安安稳稳的境遇下，让活力、弹性以及胸中的火种一起重新跳动和燃烧。你还没有把掩护的旗举起来，那么举起来。年轻的，我们是年轻的，我们会幸福，会有一天驾驶着一条小白帆船在碧玉色的海中飞扬歌唱。

一九四八年五月，维德去看望苏州老友郑巴奋。一九四三年他在日伪杭州监狱关押，郑不时与他通信，资助和关心他，他们建立了友谊。郑给他的一封信上曾这么写："你们像一盏明亮的灯把我前面的路照亮了，我将以一颗洁白的善良的心，诚挚地接受你们给我对于人类的爱……"可以说是患难之交。此时郑在《苏报》当记者，关系很多，认识的人多，介绍他就任苏州税务局分处主任一职。

一次去苏州，我和维德、郑三人坐在沈志痕（国民党县政府秘书）的汽艇上，甲板上有几个卫兵守护，沿苏州外圈各城门的河道游览，欣赏湖光山色。经过一个城门边时，我们惊讶地发现，城门上方挂着一个木笼，内有一个人头。沈说，这是一个共产党游击队员，我们抓住后砍头示众的。这情景令我心惊肉跳，有毛骨悚然之感！不忍直视。

沈志痕是郑的朋友,文绉绉的,高高的个子,书法很好,他妻子也姓姚。沈对我的印象很好,到上海还来过亚尔培路的家里做客,他给我写过信。新中国成立后"肃反",沈被"镇压"。

父母对我找对象的事,一直很着急。我虚龄十六七岁时,就有人做媒介绍,我都拒绝了,此时我已虚龄二十二岁。有一天,我把维德二十三岁时一张照片给我母亲看,说他姓金。母亲端详了一会开玩笑说,他长相不错,脸架子有点像"黄金瓜"(一种椭圆形甜瓜)。母亲说,几时带他来,让我和阿爸看看。

记得是九月下旬,维德托人从苏州送来两大蒲包大闸蟹,令家人大为惊愕:"怎么这么多,一下子怎么吃得了?时间放长了都要瘦了!"我父亲每天中、晚两餐都喝绍兴酒,这次足足买了十瓮(这些酒多年后打开,酒香横溢,往往浓缩成半瓮),准备请这位未来女婿同饮。还记得维德第一次来我家的样子,他与父母谈笑风生,赢得全家的好感和认可。

我俩在金门大戏院买了八张《清宫秘史》电影票,共320元,次日请父母等家人观看。也记得那天,我们顺路走进了一家西式古董店,维德买了一个木雕旧果盘(内嵌八音钟),给我买了一个皮夹。他喜欢"淘"旧货,曾经在中央商场等地买来英式蓝花瓷盆、白瓷大茶壶、糖缸、日式套盒,以及宣德炉和一对日本旧画——直接画在留有白桦皮的木段上。

有一次,维德来信说,在苏州买了一张红木旧床,四把雕花法式沙发椅(其中两把有扶手),一个法式长沙发,一张柚木圆桌,另一张是桌围、四腿透雕梅花的大圆桌,这些家具都请店家翻新。双人长沙发椅新做了深蓝色丝绒面,配本白镂空花朵的沙发椅套,并称已经借了房子,打理后运去了家具。另告诉我,他母亲在黎里镇的老宅,腾出了楼上房间,也买了三件沙发请船家运去了,我们婚后也可以去那里住。

这些旧家具中,几件单人沙发属于稀有样式,我们婚后一直使用。记得我女儿幼时,晚饭后常常蜷缩在这椅子上睡去,它们都在"文革"中消失,只在照片中永远留了下来。

五

一九四七年春天,复旦进步社团有了很大发展。五月份在"争取民主"的口号下,开始了"学生自治会"的竞选,通过各系推荐商讨,正式提名十七位候选人,组成"五院联合竞选团",都是各系品学兼优的学生,我系李自昆①为其中之一。国民党三青团一批学生,也成立了"不谈政治竞选团",斗争激烈。

"五院联合竞选团"开展大量的宣传工作,并请校外一位画家,把竞选同学的人像画在大黑板上,各人占一面,有黑板五分之三大,下面作简单介绍,然后把黑板醒目地摆在学校门口,谁都看得到,在校园里装了几个广播大喇叭,反复宣传竞选人,播放有关歌曲,做了细致的个别联系和动员。

"不讲政治竞选团"担心自身宣传力量不足,到处请客、吃饭、送衣料、许愿"下学期可以完全享受公费"等等。在将近投票前,"不讲政治竞选团"忽然在101教室训导处前,贴了一张大字报,说"五院竞选团"的竞选人之一袁永宝,有政治背景,是"共产党李先念部队"的政治部主任云云。

在五月十二、十三两日,全校三千多名同学70%参加了投票,气氛紧张热烈。为防止作弊,双方言定:投票者必须具名。投票箱很大,双方及校方各有开箱钥匙,两边又都怕出意外,日夜守在箱子旁,甚至睡在箱子上。

那时我住在第二宿舍B7,我们八个同学,包括虞和静等人都衷心拥护"五竞",希望能取得最后的胜利。宣传十七个候选人的十七块大黑板,都是我们八人在天黑后搬进宿舍,第二天一早又搬回原处,连续数天。

投票结束的次日,五月十五日就要唱票、开票。我们兴奋又

---

① 同系同宿舍的好友,我和她无话不谈。她在重庆时,经新闻系张廉云(张自忠之女)介绍入党,一九四八年夏毕业后与张廉云去北平,在乡村学校教书,解放后在北京师范大学任教。一九八○年代重逢赠句:"想起当年事,相约永相知,刹那风云变,你我各东西,如今鬓已白,想念难相见。"

紧张,为能早一点进会场占位子,那天一早四点钟,天未亮,虞和静就把我推醒,我们立即起床,其他同学也都醒来,到别的房间叫醒同学鲍静佩、颜焕珍等,我们拿了一大沓报纸向"子彬院"101会场走去,那里大门紧锁,于是搬来长凳,我和鲍静佩首先从会场窗口爬进去,其他人也陆续爬进来,把一张张报纸放在每个椅子上占座位,一直忙到天明,我们都坐在座位上等候。近八点时工友开启了大门,推门进会场一看都惊呆了,全场八百个座位几乎都被人和报纸占满了。

唱票分三个组同时进行,接近中午,很多同学都在会场内吃点心、面包等等充饥,不离现场。双方的票数在开初不相上下,势均力敌,下午二三点钟,"五竞"的票数开始不断上升,再过两小时,"五竞"完全占优势,我们的心都放了下来,高兴极了。天将黑时,会场突然骚动起来,场外涌进来大批"三青团"成员,霎时塞满了走道和每个窗槛,他们大声高叫,干扰唱票。"五竞"骨干就把校长章益、教联主席张志让先生请了来,请他们压阵,请他们讲话,强调学生会的民主选举,应维护民主,总算顺利进行到了最后,开票结果是:"五竞"胜利了。

一九四八年这一年,物价飞涨,蒋经国来沪"打老虎",规定黄金、白银、美元必须兑换为金圆券,银楼业经手的就是黄金白银,因此引发全上海银楼关门停业。父亲也关了店,非常忧虑,为日后生计,打算改营绸布店,通过新泰绸布店的关系(我阿嫂的长兄),购进了一批布匹,却也因沪西大自鸣钟周围本有恒大、宝大、西陆正大三家绸布店,恐有不利,在举棋不定和无奈中,父亲忧心如焚,突发心脏病,家庭医生黄钟急来治疗,建议父母暂去亚尔培路新屋休养几天。我记得这天是十一月十七日早晨,父亲自觉好转,打算回大自鸣钟的家。当时他从三楼下来,经过我房门,听到他的脚步声,我躺在床上看《虾球传》,大声说:"阿爸,我不出来送你了!"到了下午四点,我正在温习功课,母亲来电话说:"阿爸不好了!赶紧过来!"我坐上三轮车急匆匆前去,到二楼家里,见父亲躺在沙发上,人已故去。

母亲说,父亲午睡醒来,坐在沙发上说,他觉得气闷,不舒服,要一张凳子给他搁脚,再没有说什么话,就过世了。那年他六十五周岁,母亲五十岁,我二十一岁。我一直握着他的手,整整一夜守在他身边,悔恨自己没有开房门,没有见到他生前最后一面。

维德得知我父亲去世的消息,赶来上海,在父亲遗体前下跪磕头。丧事期间,税务局人员到我家放话,索要巨额遗产税,母亲和大哥难以应付,多亏维德出面交涉,接连洽谈了几次,最后得到妥善解决。父亲入葬虹桥公墓的事,也由维德操办,他讲究传统,家人非常满意,近读到他的笔记:

> 姚父过世,办丧事于玉佛寺,我请了自严老来"点硃",他是吴江人,末代翰林,抗战期间寓沪,所谓"点硃",是于死者"木主"(俗称牌位)"某某公神王之位"的"王"字上,添加硃色的一点,成为"主"字即可,必须是有"功名"者执笔为仪。1948年老先生以此聊补收入,可见生活之不易也。据《艺林散叶》记,自严(钱崇威)老居沪上南昌路,"文革"初被殴,气郁而死,清代翰林最后一人,年九十有九。

母亲和兄嫂从此都称呼维德为"老金",子侄一直称他"金伯伯",对他尊重有加。

父亲故世后,我家就不再住陕西南路住了。这期间发生了一个小插曲:

日记:1949年1月9日

今是某某结婚,很晚才起来,下午到亚尔培路梳妆。从"新新"出来,走了一大段路,高跟鞋也不难行,人更高了,觉得很不错,几时一定再去买一双。婚礼再俗气也没有,冷清清没一点热闹的气氛,新娘低着头,给人拖来拖去,为什么不大方一些。如果再这样下去,真要把自己闷死了。散后大家来我家,互相开玩笑,讲零碎事,国家大事。寒假接着要来了。

突然想到,我为什么现在才想到,可以办一个义务学校？

大家草草商量起来。我家草鞋浜的房子可以利用,教师没有问题,经费哪里来？还要去教育局登记。

明天请徐来问问。

日记:1949年1月10日

晚饭后,南山与徐来。徐说,还是办正式小学。如果可以办,这就是我未来的事业？徐讲了教育界的事,校长怎样克扣薪水。我们办小学,可以收半费,或者做晚上的义校,成人的教育。对啊,可以这么办,经费,我有五两金子,准备试问妈妈看看。只是觉得徐有点市俗,不大可以信托。我们要提防他,然而也不放弃他。

日记:1949年1月11日

昨晚太兴奋,睡不好。下午上了英文回家。晚上申、赵来,一起去草鞋浜看了房子,天晚看不仔细,面积很大,可以上课,地段是四通八达的,可惜妈今天太忙,没有机会与她说。

赵很起劲,说他表弟是乡下小学的校长,可帮助我们的地方极多。

可以一面办登记,一面开始招生,把房子粉刷一下,下星期就可以去办公？昨还想去"建承"问老戴,比如招生广告和报名等等,要做马上就做。最起劲的,是我和南山两人。很晚了南山还来电话,他是这样的兴奋。

日记:1949年1月13日

下午好闷,办学校事情可以说有了头绪,妈一万分的反对,我怎么办？

日记:1949年1月16日

早上看书。好闷。有人来,是附近的校长。黄昏王丹心来,谈出一点眉目,但经费怎么办。

日记:1949 年 1 月 17 日

徐来电话,说预算肯定成功,他可以做会计主任。我实在不敢相信他。但不信他,信王的朋友吗。

日记:1949 年 1 月 20 日

办学校的事简直有点气馁。我的确有点消沉。决定不靠徐,我们自己来,应该有办法的。

日记:1949 年 1 月 21 日

我又快乐起来了。这一星期什么也没做,真是很浪费,昏了头,一定要等王,但他们又非得下星期来。准备请葛去找泥水匠,南山买课桌,明晚大家来写招生广告,下星期一开始招生是再好也没有了,这事不能再松懈了。我觉得我们有希望,一定会成功。

日记:1949 年 1 月 22 日

昨天还寄他一信,想不到今天 V.D. 来了,是为办学校的事而来,说钱是一点没问题的,最大的问题是人事问题,把事情都托给别人做,这样在工作中就失去了意义,徒有虚名。这盆冷水浇得我好失望。他的话是对的,我没有真正知心、亲心的朋友?

我和维德的关系,在这年日记中曾有这样的话:

迎接新的一年,与 V.D. 在一起是快乐的,似乎永远不能使我满足(总是离离聚聚)。但我肯定,无论现在和将来,我俩的日子会比任何朋友过得美满、幸福快乐。他也说,追忆的日子是美好的,将来会更美好。

当时维德已经三十岁了,这么大年龄还没结婚,在过去是稀见的。

一九四九年三月十九日,一场大风大雨之后,我在维德不知的情况下,去苏州看他租的新宅。天色已晚,我对门房说找金先生(他化名金子翱)。对方说没有此人。难道是地址弄错了?我转身,茫然不知所措,忽然听到有人叫我——是维德,他的房间离大门不远,听到我的声音立刻跑了出来。我非常高兴,这是一个阳光明媚的回忆。

这个阶段,我在复旦读四年级下,形势动荡,上课很不正常,有时只因为老师请假,学生只能回来。到了四月初,国民党军队开进了复旦,责令学校紧急疏散,强制师生们当天三时必须撤离学校。我是事后才得到这消息,请申怀琪陪我到校,想把铺盖搬回家,谁知校内已看不到人,宿舍一片狼藉,我的两条被子、床单、垫褥和枕头不翼而飞,匆忙中只能把散落一地的衣架和虞和静留下的小书桌搬回来,这就是我迟去一步的结果。

到四月二十日,传说解放军已渡过长江,此时的上海,每到晚上十时就实行"戒严"了。

我很惦念在苏州的维德,知道萧心正、倪子朴常和他相聚。但是电话已经打不通。直到四月二十四日,为迎接上海解放,他从苏州辞职回到上海,在我家暂住,母亲兄嫂很欢迎他,一张席梦思沙发,抽出下面一层钢丝床,铺上被子就可以睡。

这段时间我俩发生了小争执,我希望他能写作,成为一个作家。他却总是讲一些大道理,也显得烦躁不安。在五月十九日一次谈话中,他说自己虽然爱好文学(这是我俩相同的爱好和话题),但不会成为作家的,写作不是他唯一的爱好,他对社会更有兴趣。我似乎恍然明白了什么,但他究竟为"社会"干些什么?没有深究,只知道他经历的这些年,一直很不安定,但是他从不讲个中内情,究竟从事什么秘密之事,我仍然没有过问。

随后是五月了。我和维德迎来了上海的解放。

日记:1949年5月25日

炮声响了一夜,天还没有大亮,就被唤醒起来,窗外、店门前都坐满了士兵。家人七嘴八舌说是国民党的败兵,心里挺紧张,倒是妈看出来,他们的军帽和军服不同,颜色也不同。正说着,楼下敲门,妈下去开,我们在门旁,知道是人民解放军,真有这样的事吗?

我的心欢喜得呆了,是感动,引起无数思绪,终于到了这么一天了。

日记:1949 年 5 月 30 日

今天送 V.D. 去苏州,火车站是从未有的拥挤,看他挤进售票处,我就回去了。回来后感到空虚,他走了更增加这样的气氛。

在这万众欢腾的日子里,我欢欣鼓舞,也若即若离,总是心神不定。我不合群,没有全心全意投入学生运动,自以为是"左倾"进步学生,可家里生活富裕。正在谈恋爱,而他的生活又如此不安定……大学不比高中,是个宽广的天地,但我有无所适从之感,我没有迈向群体,最使我悔恨的是,以前有人让我扮演《雷雨》中的繁漪,被我婉拒,参加学校活动太少了,读书不专心,热衷自己的小天地(虽身陷小天地中,然而并不真正快乐,苦闷不断,心中常常忐忑),陷入恋爱的深渊中而无法自拔。大学很自由,愿意住就住,不住就回家,走读有校车,只要读满学分,没人管你。从小到大,父母其实并不管我读书成绩好坏,我的学分没有读完,还须继续——但下定了决心,不再继续读下去了,文凭也不要了?我准备去哪儿呢?

此时唐凌生回到了上海,申怀琪通知我们见面。唐是某部队文工团指导员,驻扎在今延安西路一幢洋房里,他的宿舍即办公室。我们见面前,申事先已经告诉他,说我有了对象。唐对我旧情不忘,本意是要我加入文工团。我和唐在路上边走边谈,谈双方别后的经历。他没有对象,没忘记我。我当然只能和他到此为止。

蒋锡金、朱维基先生在京参加第一次文代会后回到上海,朱送我一张照片,蒋写了一信,推荐我去《解放日报》找恽逸群,我没去。申怀琪和上海戏剧学校同学王××、吕宁参加上海总工会文工团，让我六月去总工会填了表，我到蓬莱路会部去了一天，见这些人吵吵闹闹的，我很难受，感觉待不下去，第二天就再不去了。

此时我已决定不再继续复旦的学业，到校开了肄业证书，遇到本系低一班同学陈魁荣（后改名陈华），他递来一张"新民主主义青年团"（校内第一次公开成立的）入团申请书，让我填了表。他说："希望你继续读书，做团的工作，以后转党。"不久，我看到报上的广告：号召青年学生参加"南下服务团"，报考"青年干部训练班"，结业后可去各机关工作。我报考"北平新华社干部训练班"，同时也报了华东军事政治大学的"短期训练班（接受大专学历以上者）"，学时四个月。以往因我没有离沪，影响了投身"革命"的热情，这次要下决心改造思想，适应形势，就要离开上海，离开维德。今后会怎么样，一时难以考虑。我心里有他，我相信以后总会在一起的。维德没有反对。等到军大短训班的成绩揭晓，我被录取了。

六

全体学员坐闷罐车开行一个晚上，于次日晨到达南京，坐卡车来到学校所在地，人们敲锣打鼓欢迎大家到来。第二天我看报纸，发现"北平新华社干部训练班"公布的录取名单中也有我的名字，就向班干部提出离校的请求，身边有二人和我同样情况，结果我们都未获校方同意，只能留下了。

短训班由华东军事政治大学政治部直属，所在地在中山门城墙旁的半山园，走过荒芜的原中央博物院，就见到原国民党政府盐务局旧址。这里有一大批房子，政治部机关也设在此，规模很大，校本部在黄埔路，规模更大。学员住原盐务局一幢二层楼房，楼上打地铺，楼下是学习室，每个人发一个小凳子，听报告、讨论都坐这小凳。全体一共五个中队，四个中队都是男生，五中队是男女混合，每个中队分为8—9个班，我们女生从6到9班，男生是1到5班,每班约10—12人,男生多于女生。每三班设两个区队长,都是政治部委任的党员干部。

开班不久,数千名学员集合在校本部大操场,举行开学典礼,听陈毅校长"为人民服务"的报告,他嗓音洪亮,如谈家常。记得他做了一个比喻:你们要像关公一样,过五关斩六将,临近现在,是参加革命是过第一关……此话给我留下深刻的印象。

第二次去校本部,是中华人民共和国成立日,整个上午开大会,下午到晚上,是参加市里的庆祝大游行。

每个学员穿军装打绑腿,填写"入伍志愿书"。全班学习的课目是"社会发展史""从猿到人",最后阶段是"思想改造"。各班选有班长,负责抓班内生活,学习班长主持每天的学习和每星期一次的"批评与自我批评"会,改造思想,批判小资产阶级思想,树立无产阶级思想。我压制自己的脾气和"尊严",接受他人的批评,检查自己的思想作风,当然同时也批评别人,大家都很认真。

我被选为班长,后来当学习班长,每天收取班内的学习讨论情况,向中队汇报,班里配有"互助组",区队长轮流过来参加。这里继承了"抗大"的传统校风,也即"团结紧张,严肃活泼"。时常唱《国际歌》、校歌。每日发津贴2—4元,小卖部有牙刷牙膏,包括花生米出售。

每天的出操和饭前,都要集合,早操学习检阅的正步。每餐饭菜,由值日生到食堂装入大盆里,再给大家分食,完全是部队的生活。一九五〇年元旦也留给我甚是惊骇的印象,我们正在早操,为改善伙食,食堂在这天清早杀猪,为免遭受杀身之祸,猪不断地奔逃,它们的叫声凄惨高亢,打开了我的眼界,也使我感到极为不安。

班里同学有各自的经历,比较芜杂,年龄大的竟然是四十岁,也有三十岁的。有当过银行襄理的、结过婚的、有子女的、原一直当教师的,也有毕业于圣约翰大学的,工作几年的技术员,以及工程师、早年到延安再被派去香港做情报,与组织失去联系的夫妇等等。校方虽要求学员的学历是大专以上,但个别高中生也收了。

星期日放假，我去新街口玩、拍照，坐的是马车，也去白下路看过二姨母。这年的十一月十二日，班里同学去中山陵，遇到了宋庆龄，而我在这天却去了玄武湖。后来又有了新规定，两人以上出门都要排队，不可在路上喧哗嬉笑，军人要有军人的样子。

一直参加集体活动，去农村访问、到中华门外修机场、排演活报剧，在中山陵音乐台开团员合唱大会。冬天集体列队去南京一家浴室洗澡。

刚来不久，校里发生了两件事。我所在的五中队，有两个男同学和一个叫邹佩英的女同学，三人相约离校出逃，引起了轰动。同学们到处打听他们的消息，后得知这三人被班部派人追回，其中白姓的男同学，因有"严重的历史问题"，听说在"肃反"时被枪决。另一件事是，其他中队一男同学的爱人来校探望，队部把她安排在单独的宿舍里，居然有一男同学悄悄爬窗进去，最后被发现，结果就逃掉了。为了抓住这个同学，好几个晚上大家都轮流值班，躲藏在暗处，等候他再出现，结果却没等到，不了了之。

在"思想改造学习"的最后阶段，学校进行了大规模的"诉苦大会"，鼓励大家"吐苦水"，说出在"反动派统治时"如何受到迫害和奴役，有的女同学甚至把隐私都坦白出来……这样的活动，是为了说明一个道理："只有在毛主席共产党领导下，我们才有挺起腰板做人的日子。"学员都非常认真，在这最后的学习阶段，希望向党透露心声，把这看作对党的忠诚。

关于女同学交代隐私事，一九九〇年某同学来沪聚会，谈起时还有不满——当时就是鼓励大家讲嘛，都是革命同志，应该畅所欲言，什么都可以说、都应该说，每人要发言，过程都有记录，并允许同学提出疑问，发言人必须回答，因此有些女同学，甚至说出了个人情感纠葛、隐私等等最具体的细节，并一一记录在案。某同学一次经过办公室，发现两个干部查看这些记录，竟然边看边嬉笑、讥讽。

来南京以后，我很少给维德写信，也很少给家里去信，很想念他们。

维德曾来南京看过我两次,一次是我刚到学校不久,约十一月初,他突然从上海赶来,走进盐务局宿舍我班的所在地,请人找到了我。我先去他住的秦淮河旅社,记得那天我脱了军装,穿一件红毛衣,和他到市里逛了一个下午。第二次大约是一九五〇年初,正好是假日,我去白下路他所在旅社。那次他坐的夜车,凌晨三时才到,正在休息。我七时出门,到了旅社楼下接待处询问,店方回说:查无此人。就如上次我去苏州一般,我在茫然中走出大门,没走几步,维德就在二楼阳台喊住了我。这次见面非常高兴,下午他就回沪了,我则按时回班。也是在这一次,我得知他已在上海总工会机关工作,说等我结业后,设法调我回沪。对今后的生活,我们充满了希望,感觉幸福的人生就近在眼前。

当时维德已三十一岁了,上总机关女工部的同志,总给他介绍对象,他说已经有"爱人"了,这二字是新社会的说法,到四月份我将结业,他就打了报告,作为结婚对象,要求调我回沪并分配工作。

结业以后,调出了不少的同学,留下的同学转"政教班",学习"中国革命史",我仍然是学习班长。学习生活依旧,我开始默默等待调令。南京热得早,每天几身汗,校里却有奇怪的规定,洗澡不得用自来水,必须去河边挑水。每晚我尽可能挑有风的地方睡,甚至睡到门口,心里特别想离开这里,虽然平时的学习、发言如前,内心却是焦虑不安的。等了三四个月,记得是七月十五日这天,教导员找我谈话,通知我调动的事,居然还认真地问我,愿不愿意回沪?我说我愿意。心想我怎么会不愿意?后来知道,这是按规定的问话,必须要有本人的表态。

我领了车费,向班小组通报,也与接近的同学们一一告别。我与高次竹很谈得来,小资产阶级情趣相投,临走前的黄昏,我俩买了花生米边走边谈,坐在宿舍一个角落,她居然因我离去而哭泣。

次日上午,我洗了头发,领到钱,买了几个茶叶蛋。天气很热,太阳晒得皮肤发痛,我向林敏教导员道别,同学们也都在等着送我,我流了泪,坐上三轮车时,教导员红着眼。我与高次竹同坐一辆车,丁绮箮、李彬另一辆,她们和我都有很深的感情,送我去火车站。三轮车在广阔的大道上驰骋,回望紫金山石头城的政治部大院、中央博物院、田野绿树,渐渐离我远去。别了,我留恋你们,你们将永远留在我的记忆中,这是我人生的一个转折点,我满怀空虚到了这里,面对你们曾经多么陌生,一切将改变了,过去的不再复回。

　　我上了火车。记得李彬说:"那就永远不再见了?"我说我不相信,有一天我们会重逢,人不会永远固定在一个地方,难以永远厮守一起,但你们都曾在我心中开过花……两点钟,火车就要开动,我紧紧握她们的手,不停地挥手,直到她们从我眼中消失。

　　我身着戎装,戴大盖帽,下火车后雇了三轮车,车夫看我的打扮,判断我新到上海,付车费时敲了我竹杠。晚上九时到家,我飞也似的上楼。此后,我将迎接全新的未来。

　　　　(节选自《回望》,广西师范大学出版社 2017 年 1 月出版)

空中探险家（节选）

张子影

"大运"是一种简称,在试飞界,大运是指"大型运输机"。

战斗机飞行员是一项充满危险和挑战的职业,被誉为空军的"王牌",而战斗机试飞员则堪称"王牌中的王牌",因为他们所驾驭的,都是普通飞行员从来没有飞过的最先进、最前沿的机型。这些机型第一次从设计图纸变成钢铁雄鹰,试飞员是和它们完成"第一次亲密接触"的人。

在中国空军试飞员队伍中,一些试飞员们的名字是和某种或者某些种机型的飞机联系在一起的。

就像提起歼-10就不能不提雷强和李中华、提起歼-8就不能不提黄炳新、提起歼-15就不能不提李国恩一样,提起著名的国产运-8飞机,就不能不提邹延龄。他是国产某型运输机的首席试飞员。

在中国试飞界,邹延龄被称为是"空中探险家"。

但在试飞大队,他有外人不知的一个特别的称呼,叫作:鬼子。

一、与运-8结下了兄弟般的友情

"我们想要邹延龄。"

1986年11月,空军某试飞大队要挑选一名飞行干部,接替即将离任的大队长,别看只是一个团级单位的大队长职务,但是,要完成的任务是试飞我国自行研制的最大型运输机——运-8系列。所以,如果不是相当资深且各方面能力极强的飞行员,一般人决非可以轻易驾驭。

明眼人都明白,这样优秀的飞行人员,在作战部队那都是军师级领导捧在手心的宝贵人才,个人"仕途"不可限量,哪个单位肯放、又哪个个人肯出来呢?

试飞大队凭借自己特殊的地位暗中在各飞行师摸了底,几个人选进入视线。再经过一遍又一遍反复考量,空军运输航空兵某师师技术检查主任邹延龄被选中了。

试飞团是不能自己去挑人的,他们把这个意见上报到空军,有的放矢地申请要人。组织部门答复说,人是你们用,你们去考察,我们按程序给他们师里下通知,但工作得是你们自己去做。确认了之后,再正式报吧。

没办法了,难题还得自己解决。试飞大队派出了政委王景海,政委嘛,善于也擅长做嘴皮上的工作。王景海在来到这个飞行师面对飞行师的领导之前,是准备好了被人婉拒的,他在心里打了几遍腹稿,准备了一二三套说辞,决定视情而实施。至于结果如何,他心里没有底。

飞行部队干部有些习惯性口头语,是朝夕相处生死相交数年后形成的传统,上至师团领导下至飞行大队长,说起飞行员爱在前面加一个定语,叫作"我的"。比如说,张三啊,那是我的飞行员。李四啊,那是我的副大队长。

现在面对王景海,师长说的是就是:"你们要把我的飞行员弄走啊?看上谁了?"

王景海说:"我们想要邹延龄。"

师长没吱声,脸色不太好看。

王景海硬着头皮再一次重申说:"我们觉得他最合适。"

飞行师长都是飞行员出身,所有的飞行师长无不是头脑敏捷言语爽快之人,他们落了地是师长,管飞行员的吃喝拉撒,上了机场是优秀的飞行员和精湛的指挥员。飞行员们上了天,一切的掌控与调度全在指挥员的口令上,指挥员与飞行员之间,是一种没有半分迟疑的百分百信赖,也正如此,说一个当师长的能当每个飞行员的家,这话一点都不夸张。

但王景海的话一出,从来爽快的师长犯了犹豫:犹豫来自两个方面:第一,邹延龄已经飞行了近二十年,从飞行中队长、大队长、团参谋长到师技检主任,具备领导经验;在团职岗位上已工作了六年,经验丰富,业务精湛。让这样一个有着大好前途的优秀飞行员放弃有希望的发展前途,到一个只是正团级单位去搞试飞,不仅没有了上升空间,还要承担巨大的风险。第二,从内心来说,邹延龄是自己的老骨干,这时的邹延龄已飞过七种运输机型,是国内最大运输机的机长,刚刚就任师正团职飞行技术检查主任,个人素质好,状态稳定,飞行技术拔尖;年龄不到40岁,正是好用又管用的时候,他实在是舍不得放。

但组织上有了通知,硬抗是不行的。师长当然明白,能留下这个优秀骨干的唯一办法是让当事人自己提出拒绝。但这话做师长的是不能说的。

师长把邹延龄叫来,当着试飞大队政委的面说,组织上当然会尊重你的意见,我们也完全尊重你的意见。你谈谈想法吧,有什么都可以说。

师长的暗示再清楚不过了,他把"尊重你的意见"说了两遍。

这时候的邹延龄,虽然还没有被叫做"鬼子",但以他的脑瓜子,什么话听不明白呢?

该王景海说话了,不知道为什么,他丢了一路上准备好的各种腹稿,只说了几句话,都是诚诚恳恳地说:"我们只是个正团职单位。而且,还在山沟里。但是,我们要试飞大运,我们需要你。"

邹延龄用他招牌式的微笑回答了,也只说了几句:"只要组织需要,我服从。"

听到这样的答复,师长反而哑了,挠了半天头,才说:"你在这里飞得好好的,为啥还想到试飞大队去?"

"师长,我在这里生活了18年,从一名普通飞行员成长为团职指挥员。说实在的,我也舍不得离开师里。但是,当我知道去了能参加国产大运飞机的试飞,就挺激动。"

邹延龄说:"师长,您是最了解我的,从航校当学员学飞行开始,跟着您也飞了这么久,我们飞的一直都是外国人制造的飞机。我做梦都想飞上中国人自己造的最新的运输机。"

邹延龄清瘦的脸上泛上了少有的红晕。他很想说,自己和战友们很早就开始关注运-8了,当年,当听到国产运-8上马,原型机首飞成功时,有多么激动。他们日夜盼望着这飞机能尽快装备部队,这可是我国产首架最大型运输机!但一盼二盼都没有消息。那个年代因为信息封闭,加上保密的原因,中间有好几年,只能断续得到片断的消息,大致是说,搞了几年,因为试飞力量不足,飞机一直不能出厂交付使用。

"我自信会是一个优秀的试飞员,能够为运-8飞机的发展做点实际工作,决不会给咱们师丢脸!"邹延龄郑重地向师长保证。

一席话说得师长也高兴起来:"去吧,你是我们师出来的,好好干,看你的了!抓紧时间搞出来,等把新飞机飞出来记得得先给我们师装备起来!"

十几年以后,当年不为人知的飞行技术检查室主任邹延龄已成为名噪行业的试飞英雄,但凡是见过邹延龄的人多少有些诧异:这位优秀的飞行家是个貌不起眼的小个子,细脖子小脑袋,满脸皱纹,浑身上下精干得找不到一丝松垮和虚浮。他的脸上布满长年在天空飞行留下的印迹——几乎所有的资深飞行员都有这样的脸庞。只是,邹延龄眼神清亮,喜欢微笑,他只要一开口,脸上纵横的纹路里就浮动着深深的笑意。

我深深地迷醉他的安然和淡定。

没有数十年风云打磨的底蕴,不会积淀下如此大音无声的笑容。

总是微笑的邹延龄还是个生动有趣的人,在向我讲述完当年自己是如何走进试飞队伍的过程后,邹延龄用他那招牌式的

微笑说了一句很有点文采的话:

"我从此与运-8结下了兄弟般的友情。"

在了解运-8前,先介绍一下我国运输机的一些发展历史。

我国航空业初始时期,主要是改装、装配外国军用战斗机,运输机的出现较迟。国产第一架运输机,要算是"中运一号"。顾名思义,它只是一架中型运输机。

1942年年初,抗战进行到艰苦的阶段,出于战事的需要,位于重庆南川的国民党第二飞机制造厂开始研究设计运输机,并于两年后成功制造出了第一架国产中型运输机。主设计师为林同骥与顾光复。1944年初夏的一天,编号为"中运-CT-1"的飞机首次试飞成功。它的第二次光彩飞行是从重庆的白市驿机场飞抵成都太平寺机场,这次的空中飞行时间是58分钟——顺便说一句,我曾在这两个机场分别代职数月,熟悉那里的一草一木,抗战时期它们曾经一度是中国西南乃至整个大后方最重要最繁忙的机场,至今仍是中国空军两个重要的战备机场。

中运-1型飞机是木质双发动机下单翼中型运输机。发动机采用美制450匹马力的R-1820-F九缸星型发动机,虽然号称中型机,飞机全长仅11.05米,起飞重量4537公斤,最大时速324公里,最小时速115公里。

为试飞运输方便及防空需要,机身被处理成可装卸的前、中、后三段,机身机翼分为左、中、右三部分,中翼两边各用铬钼钢管焊接发动机架,发动机用橡皮减震。起落架为低压轮胎,并加装比较复杂和先进的液压回收装置,可使起落架向后收起藏于发动机短舱内。机翼共有4个汽油箱,其中两个装在中翼内,单个容积为80加仑。另外两个装于左右翼中,各容汽油45加仑。

中运-1机身、机翼和尾翼都是用珍贵的银松做骨架,蒙皮用桦木三层板,机体表面包了蒙布,副翼和襟翼用铝合金制成。设正副驾驶员、领航员共3名,可携带乘客8名,共有11个座位。

该机身用军用绿色漆处理,机腹则漆成天青色。客舱内壁绿色,淡蓝色窗帘,舱灯乳白色,地板深棕色打蜡,舷窗为方形。在烽火连天的当时,这种内饰处理已经算是豪华,使命与任务可以想见。

中运-1 的运气并不太好,在交付国民党军方后不久,因当时国民党空军已经大量订购美制 C-46、C-47 运输机,遂被冷落于机场,机上设备几乎被盗窃一空。

中华人民共和国成立前,共产党人得到的第一架运输机是中运-2,它于 1944 年开始研制,1948 年 2 月 19 日在重庆试飞,为避免遭受与中运-1 同样的厄运,当时国民党第二飞机制造厂厂长马德树在试飞成功后就下令将该机从重庆飞往南昌并锁入机库。一年后,1949 年,由工程师刘玉麟、苏栋、李福生等与解放军秘密联络,保存了器材、设备,并将中运-2 完好无损地交给了新中国。

中运-2 的构造大体和中运-1 相同,但起落架、尾轮结构、机舱内设备等都有了改进。采用瓦斯坡式 R-985AN-1 九缸气冷式 450 匹马力发动机,以及成套美制 P-40 式驱逐机液压起落架装置。飞机重量 4400 公斤,最大时速 345 公里,最小时速 111 公里。

新中国成立后,新中国第一款军用运输机是南昌飞机制造公司生产的运-5(由苏联 40 年代设计的安-2 运输机仿造而来),1957 年 12 月定型并首飞,1957 年 12 月 23 日获批准在苏联专家和图纸的指导下成批生产。1958 年由 320 厂连续生产达十年之久。十年中,根据民航提出的不同要求,相继研制了多种改进改型机。它飞行稳定、运行费用低廉,至今仍是中国常见的运输机,运-5 服役至今已有五十年之久。运-5 的另一个优点就是它可以以非常低的速度稳定飞行,且起飞距离仅仅为 170 米。

继运-5 之后的运-7 运输机是西安飞机工业公司在前苏联安-24 型的基础上研制生产的双发涡轮螺旋桨中短程运输机。于 1970 年 12 月 25 日首飞上天。1982 年 7 月 24 日,运-7 飞机经军工产品定型委员会批准设计定型,投入小批生产。在此之前成功地进行了单发起降试验。7月30日,国家正式批准运-7飞机设计定型。1984年1月23日,中国民航局正式颁发运-7飞机适航证。1986年4月,运-7首航仪式在合肥举行,5月1日正式向中国民航局交付,正式编入航班投入运营,首次打破了外国飞机垄断中国民航客运一统天下的局面。

而邹延龄现在要面对的运-8,是国产第一架大型运输机。它的生产和制造成功,将结束中国没有大型运输机的历史。

秋意正浓的时候,邹延龄来了陕西,一路上枫红林深,倒也景色怡人。

运-8飞机总设计师、国家特殊贡献专家徐培林亲自接待了他。

徐培林安排的这第一次的见面意味深长。

没有敲锣打鼓,没有鲜花水果,在设计师朴素得近乎寒酸的办公室里,醒目地立着一个新机模型。走进来的邹延龄第一眼就注意到了。

"运-8,是它吗?"邹延龄问。

徐培林介绍说:"是。"

在徐总设计师的介绍下,邹延龄很快地大致了解了运-8的基本历程:

二十世纪六十年代,毛泽东提出了"备战、备荒、为人民"的号召,说"三线建设搞不好,我睡不好觉"。根据国家建设大三线的战略部署,航空工业部在建设贵州航空工业基地的同时,开始了陕西汉中航空工业基地的规划和筹建,后来即成为运-8系列飞机的研制和生产基地。1968年,航空工业部下达了运-8运输机研制任务,这也是航空工业"三五"计划的重要目标。到了1970年,陕西开始三线建设,在汉中地区建设运-8运输机生产基地。1969年初,西安飞机厂以苏制安-12飞机为原型,历时二年零四个月完成了设计,于1972年2月发出全套设计图纸、技术条件和计算报告;随之进行零件制造和装配,1971年首批3架投入生产。

01号原型机于1974年12月10日完成总装,12月15日首次试飞,飞行历时26分钟,高度6000米,各系统工作正常,试飞取得圆满成功。1972年,西飞将02、03号原型机散装件及运-8飞机的全部技术资料、部分专用工艺装备转交汉中基地,由当时陕西飞机制造公司[1999年改制组建陕西飞机工业(集团)有限公司]继续试制,汉中基地也因此由"汉中歼击机基地"变为"汉中大型运输机基地"。

1975年12月20日,02号原型机首次在某机场飞上蓝天;1976年9月通过全机静力试验;1977年1月,03号原型机试飞成功;1980年2月被批准设计定型,并投入批量生产;1986年10月6日运-8获国家科技进步一等奖。

运-8飞机是我国目前自行设计制造的最大型运输机,重量大,容积大,载重大,航程远,续航时间长,适用性强,机舱内可装载两辆大卡车或一辆轻型坦克,或近百名全副武装的伞兵。国产运输机中,独一无二。运-8是上单翼,它的机翼与机背水平。翼展达38米多。在这两只巨翼上,除依次悬吊着四个涡桨式引擎外,还托举着近20吨航油。运-8基型的机体为全金属半硬壳结构,采用平直梯形悬臂式上单翼,低阻层流翼型,装有4台涡桨6型发动机。

这架英武的巨鹰,被称为"超级空中骆驼"。

徐总设计师充满情意的眼光抚过自己的爱机模型,他用手指轻轻地拨动模型机发动机的桨叶,缓缓地说:"由于运-8飞机的这种适用性,它在国防现代化建设中具有重要地位,航空工业部想尽快定型生产,满足部队需要,也希望早日打入国内外市场。但是,运-8飞机要想打入国内外市场,就必须拿到中国民航总局颁发的适航证,而要拿到适航证,就必须进行各种项目的试飞,特别是风险课目的试飞。"

徐培林的话停了,他看着邹延龄说:"由于多种原因,1980年以来,只试飞过一般风险课目,大风险科目还无法进行。"

一席话说得邹延龄热血奔涌,脸色通红:"徐总,我明白了,我们一定要试飞出运-8飞机！如果试飞不出我们自己制造的飞机,就不配当中国空军的试飞员!"

几天后,在试飞大队教室里,新来的大队长发表了他的"就职演说":

"我和大家一样,到这里来,一不为官,二不求财,只想早一天把咱自己生产的运-8飞出来,有人把新机试飞比作'狮子嘴里探喉咙',这是比喻试飞工作的风险。我一直钦佩试飞员的胆量,我愿与各位一起当个空中探险家!"

说是这样说,邹延龄初来乍到,却深切地感受到这个试飞大队与原部队的不同。

关于试飞员和飞行员的区别,歼-10首席试飞员雷强曾经如此说过:

"当我在部队还是一名飞行员的时候,我并不了解飞机的具体结构,我默认飞机是完好的,一旦在空中遇到特殊情况,我只需要按照手册的规定进行处理,如果无法处理,只需要弹射跳伞逃生就行。但是手册上的规定则是试飞员用血的教训换来的。作为一个试飞员,我就需要了解我的飞机在什么位置配备了什么东西,配备的这些东西会有什么影响。如果不清楚,出现了问题你甚至不知道怎么和地勤人员讲清楚。试飞员要通过自己的飞行帮助地面的工程师判断飞机的能力和故障。"

驾驶战斗机的试飞员就如同驯服烈马的驯马员,他们面对的通常是一架对其习性尚无所知的全新战机,而他们的工作,就是在实际驾驶中探索战机的品质和性能,敏锐地感知其机动能力和驾驶感,熟悉其武器系统和操控环节,然后帮助设计者和工程师完成对战机的改进、调试直至最后定型。所以,一个优秀的试飞员应当包括这样一些品质:

优秀的飞行技术;

丰富的试飞经验;

较高的理论知识水平;

主动学习能力和习惯;良好的环境感知能力、沟通能力;

功能强大的传感器和处理机;

沉稳且机智果敢的性格;坚定忠诚的献身事业精神;

强健的体魄和良好的身体协调性;

勇敢无畏;科学务实。

怎么成为一名优秀试飞员,教科书里没有现成的答案,完全靠试飞员日积月累地摸索。

从一个优秀的飞行员到一个称职的试飞员,国外一般需要四到五年。邹延龄一面潜心学习钻研、了解情况,一面苦心寻找自己的第一个突破口。

当时,大队正在进行"载荷谱"试飞,这是运-8原型机的定型课目,能否飞出来,直接制约着飞机的定型和交付使用。由于各种原因,大队飞了三年才完成任务的一半。如果按这个进度计算,还要三年时间才能完成。他选定以它为突破口,来改变大队的形象。

邹延龄在动员会上说:"请大家想想,飞机定型要飞几万个数据,照这样下去,等到何时能试飞出来?……国家的航空事业等不起,军队的现代化建设等不起啊!"话语不多,众皆动容。

邹延龄发现了影响试飞进度的原因,过去到外地飞行时,每飞完一个科目,就回本场休整一下。时间就这样耽误了。他与大家反复研究后,决定采取新的试飞方法。他把"载荷谱"课目中所要飞的高寒、高温、高原、海上等气象条件下的项目,做成连续计划,一次出动,不间断地转场飞行。他亲自担任机长,飞完一个项目接着又飞另一个项目,一连飞了19天,创造了连续飞行的最高纪录,终于提前两年半完成了"载荷谱"课目的试飞任务。

这漂亮的头一脚,让邹延龄在大队打开了局面,大家对这个貌不惊人的小个子新大队长开始刮目相看了。

这次的飞行完成后,积累了经验,又锻炼了团队的战斗力。之后,邹延龄乘胜前进,又组织了几次这样大强度的课目试飞,为国家节省经费100多万元,为运-8飞机早日装备部队、进入市场赢得了宝贵时间。

邹延龄外表看去身量小小,内心却有极好的爆发力,加上性格活跃,又乐于钻研,最重要的是头脑精明灵活。行动迅速敏捷,因此大家亲昵地给了他一个特别的外号,叫作:鬼子。

这可完全是个褒义词。

邹延龄的原单位师长一直还惦记着自己的爱将,在一次转场时遇到了邹延龄所在的试飞大队队员,师长就问,老邹——你们大队长怎么样啊?

试飞员们在领导面前是没有什么忌讳和章法的,笑嘻嘻地说,你说鬼子啊,他人挺好,技术全面,能和我们弟兄们打成一片。

师长也笑了,点头说,试飞大队能人辈出,能和你们打成一片,说明挺有人缘。

政委王景海高兴坏了,逢人就得意地说,看看看看,我们大队淘到了个宝。

在那个阿里巴巴和马云和淘宝还子虚乌有的年代,王景海用的"淘宝"这个词可谓是先哲之语。

二、美国大咖迪斯走了,他来了

看着那个满头白发、身材高大的美国人走下飞机时,邹延龄觉得飞机的舷梯都在轻轻地摇晃。

他悄悄地目测了一下,这个面色傲慢的家伙,不仅体格超健壮,而且身形硕大,身高超过一米八,体重差不多有110公斤,一脸自负表情显而易见。

这是来自美国的试飞员,名叫迪斯。

运-8C(运8气密型)飞机,是运-8系列的新型机,要打入国际市场,必须拿到中国民航总局颁发的适航证。要拿到它,又必须按照"CCAR-25",即《中国民用航空条例第25部(运输类飞机适航标准)》的要求进行各种项目的试飞。从生产到交付使用,除了进行数百次性能试飞,还要经过许多风险课目的试飞。性能试飞不易,风险课目试飞更难。"CCAR-25"中,失速性能试飞是难度大、风险高的一项。其中又分为小吨位失速、大吨位失速和全载重失速试飞。这个科目在起初开始试飞时,国内一无先例,二无资料,按照有关规定,公司请来了外国试飞员来试飞。

已经62岁的迪斯,按今天的说法,是运输机试飞员中的大咖,他是美国洛克希德公司C-130和C-5Y等大型运输机的首席试飞员,飞过几十个机型,是大运界知名的国际试飞专家,在他5万多小时的试飞生涯中,经历和排除过无数次险情。正因如此,他成为公司试飞风险科目的外国试飞专家,迪斯的身价很高,公司以日薪1000美元的重金雇请了他。在八十年代后期,美金对人民币的汇率高达一比十,迪斯的日酬劳相当于人民币一万元。一个普通的中国中产阶层的月薪不过一二百元,邹延龄作为飞行大队长,月薪加上飞行补贴,也不过区区一千元。

邹延龄与迪斯的第一次见面,场面不太友好。翻译先介绍各位公司领导,迪斯与他们一一握手,当介绍到邹延龄时,翻译说:"这位是中国运-8C型飞机的首席试飞员。"

迪斯把手收回,他双手抱肘,眯缝起眼睛,淡淡一笑,审视的目光落在邹延龄身上,人高马大的他不相信面前这位个小体瘦的上校军官,会拉动那大型运输机沉重的驾驶杆成为与他合作的中方首席试飞员。

邹延龄深深地受到了伤害,但还是以主人的宽厚原谅了他。他知道,迪斯的身份和资历也助长了他这种令人不愉快的傲慢品质。

看着摇晃着走开的外国人,徐培林这位解放前就立志航空救国的老专家悄悄说道:"我们自己造的飞机却要外国人来试飞,作为中国人,作为飞机的总设计师,我这心里很不好受啊!"

邹延龄心头一热,他感激地拍了拍徐总的手背。

按规定,飞行员在驾驶另一种新飞机时,为了熟悉飞机要进行几个架次的改装训练。邹延龄也做好了带飞的准备,但是傲慢的迪斯拒绝了。

迪斯摇晃着硕大的花白脑袋说:No! No!

他吐了一串英文,翻译有点为难地说:迪斯先生——他说……他是首席试飞员,不可能让别人带着上天。但作为妥协,他同意进行座舱实习。

邹延龄再一次宽容地退让了。为方便迪斯操作,工厂的人把座舱设备上的中文标签换成英文的,用不干胶贴了上去。

首次的感觉飞行开始了。邹延龄让出了左座,那是机长的位置,迪斯的大脚迈进了机舱,坐在右座上的他,友善地向迪斯点头示意:可以开始了吗?

关于邹延龄与这位来自美国的试飞大咖打交道的过程,我没有亲自捕捉到,在这里,我引用我的同行、资深作家刘立波先生在他的《上校的天空》里的一段文字,他用细腻的笔墨做了详细的记述:

> 四台发动机吼叫了起来,地面机务人员打出了可以滑出的手旗。
>
> 迪斯松开刹车,转动转弯旋钮,飞机却未滑动。他觉得是推力不够,顺手就去推油门,飞机忽地向前冲去。迪斯还没来得及旋动转弯旋钮,飞机已接近了草坪。
>
> 坐在右座的邹延龄一脚踩住了刹车。
>
> 迪斯有些尴尬地看了邹延龄一眼。
>
> 当迪斯调头向另一侧滑行时,飞机在滑行道上扭来扭去,像认生一样,不听这个老外的使唤。迪斯停了下来,对随机的翻译说:"设备有问题。"
>
> "设备没问题,是你的操纵不熟练。"邹延龄平静地答道。他知道,C-130的转弯操纵是摇轮式手柄,而运-8是旋钮,初次使用,动作量当然不易把握。
>
> 他们彼此调换了位置。邹延龄操纵飞机原地转了一圈,又滑了一个来回,灵巧轻盈。然后干净利落地飞了一个起落。
>
> 他们又把位置调换过来。迪斯主飞第二个起落时,飞机大迎角着陆,差点儿落在了跑道头的草地上。若打分,这

不及格。

下了飞机,迪斯哈哈大笑,亲热地用两只手抓着邹延龄的肩膀:"你很出色,很够朋友。谢谢你没把我赶下飞机!"他真诚地为自己过去的傲慢而道歉。

美国人又是坦率的。

迪斯不愧是试飞老手,他很快熟悉了运-8。他在试飞中的表现是令邹延龄佩服的。在飞机的性能试飞中,要用仪器对试飞员的操纵动作量进行测定,并要求达到任务书的指标。这方面迪斯尤其过硬,完成的拉杆量和急蹬舵动作,总是和要求相差无几。这没有多年的功夫是办不到的。

与邹延龄相处一段时间后,当初对邹延龄持质疑和轻视态度的迪斯,喜欢上了这个小个子中国同行。立波作家在他的采访中流露了一个饶有趣味的细节:

邹延龄十分珍惜这千载难逢的机会。他细心观察体味着迪斯的每一个操纵动作,通过正副驾驶杆和舵的联动,感受着每一杆、每一舵的量与度。飞行后,他常常向迪斯请教技术问题。迪斯也有求必应,倾其所有。他喜欢上了这个机敏好学的中国人,喜欢他对试飞工作的热爱和钻研探索精神。大概他不怕这个中国人会跑到国外去争抢他的饭碗,而对每每想凑上来听讲的另外两个美国人,却总是摆手让他们走开。

迪斯不愧是行家里手,大约两周后,"小吨位失速"和"大吨位失速"两项风险科目就飞完了。按照计划,下一步,应该是"全载重失速性能"科目的试飞。

当公司将试飞计划书拿到迪斯面前,提出要试飞时。迪斯摇头了:"No!"

公司领导和翻译嘀咕了一会儿,翻译正要开口,迪斯再一次抢在头里,大声且干脆地说:No! No!

迪斯摆摆手,头也不回地走了。

翻译为难地双手一摊说,迪斯先生不飞。

他补上一句说:看来与报酬无关。

迪斯头也不回地走了,但他把内心的真实想法不掩饰地告诉了邹延龄:

"邹——"

迪斯居高临下,但却是友好地拍拍邹延龄的肩膀,他已经认可并且喜欢上了这个聪慧坚毅又业务能力超常的小个子,他坦诚地告诉这个中国同行:

"这个科目风险太大,我已经60多岁了,我可不想把自己飞了大半生的名声栽在中国。尽管我也喜欢你们这个国家和你。"

迪斯沉了沉面色说:"我的同行就是在这个科目上出事去见上帝了——顺便说一句,他的本领可一点也不比我差。"

前后不到一个月,迪斯走了,他胸前的卡包里,装着公司付给他的126万美元。

走前,迪斯出于对邹延龄的关切,这位美国人悄悄说:

"邹,很遗憾这最后一个科目我不飞。我也许知道你在想什么。作为朋友我想说,如果我是你,就不会去冒这个险。要知道,一个试飞员的最高原则是,当试飞科目有可能把生命搭进去的时候——You must refuse(你必须拒绝)。"

迪斯走了。运-8C项目不得不停下。

"全载重失速性能"的科目搁浅。

我们在前文中介绍过失速。这里有必要再解释一下"全载重失速性能"这个复杂的飞行术语。

简单来说,飞机在正常平飞的时候,机翼产生的升力和飞机的重力是平衡的,举力的方向总是垂直于机翼中心平面的。而在大角度爬升或俯冲的时候,飞机的机翼下部产生的举力不再和重力方向一致,机翼上产生的升力突然减少,飞机失去部分举力,从而导致飞机的飞行高度快速降低,造成了飞机下坠。这就是失速。飞机失速下坠后,轨迹呈螺旋状,大型飞机很难脱离这种状态,极易坠毁。美国联邦航空局就把失速飞行定为不安全行为。

失速是飞机正常状态和非正常状态的分水岭,是飞机失去正常操纵、进入螺旋下坠的前奏,接下去就是机毁人亡。

在世界各国的飞行事故中,由失速演化成严重事故的占相当大的比例。有资料统计,我国空军前30年中,由失速造成的事故,约占整个严重飞行事故的9%左右。因此,任何一款飞机在交付使用前,都必须指出该机种在各种条件下的失速边界线。

这个包线数值必须由试飞员把它找出来。

运-8"全载重失速性能"试飞,要求试飞员在最大起飞重量为61吨的情况下,探索出该机种失速的各种实际数据。以验证设计师在地面给出的理论推算是否正确。如果有误差,正向负向的误差率是多少。比起"小吨位失速"和"大吨位失速","全载重失速"自然是险上加险。

身形矫健的战斗机做失速试飞尚且危机四伏,况乎这个运-8这个体量庞大的空中骆驼。并且是全载重。飞机机体越庞大,载重量越大,就越笨重,越不便操纵,因而也就更加危险。

难怪连自负的迪斯也不愿意冒这个风险尝试。

一向快人快语活泼好动的邹延龄突然沉默了。总是微笑的脸也不生动了。飞行员出身的试飞员们从来都是作息固定的,但邹延龄打破了自己多年来的生活习惯——他陷入了长久的沉默和思考。吃饭的时候常常走神,睡着睡着,坐起来,走到桌前,开灯翻出笔记本。连上厕所都一蹲半天。他大队部办公室的门,一关一整天,队员们走过走廊路过他门口的时候,都会噤声哑语,放轻脚步,有不知道轻重的还大声说话,立刻会有年纪大些的试飞员制止说:

"嘘——别吵,鬼子在坐月子!"

试飞大队的老同志告诉我说,那一阵,邹延龄和大队的战友们,都不约而同地不在正常下班时间离开。

"是为了加班钻研吗?"我问。

老同志未置可否地摇头说,也是,也不是。

我于是站在邹延龄当年的办公室外,望着紧闭的门想象着这个小个子大队长当年将自己关在门里时的心情。我当然能想到屋里的邹延龄日复一日地在做什么,邹延龄一定是在翻阅自己积累的一摞摞飞行资料、笔记,查看与迪斯试飞的记录、体会,琢磨着一组组数据、一条条曲线,翻来覆去地读美国人写的《飞机失速、尾旋与安全》一书。

是啊,身为大队长的邹延龄压力太大了,"全载重失速性能"的科目不能攻克,飞机不能定型,这一款经过数年经心研制的新型运输机,就可能会夭折。

而国防和国家航空业,都迫切需要这样的飞机,这种空中巨型骆驼,在运输机系列中独一无二,没有其他机型可以代替。

但为什么全大队的人都不愿意在正常时间下班了,这一点我觉得似乎还没有找到全部答案。

转过天的傍晚,我站在试飞研究院大门口,面前是一条笔直通畅的路,这条叫作"试飞路"的著名的大道从阎良市中心延伸而来,一路上两侧浓荫密布的梧桐行道树后分布着中国飞行试验研究院、中飞航空遥感技术研究院、西飞公司、中航飞机股份有限公司,路的另一头是一片密集的小区,小半个阎良城的航空人都住在那片叫作凌云小区和红旗小区的地方。20多层高的航空大厦上"航空报国追求第一"的大字十分醒目。

不远处的厂区突然响起了音乐声,下午五点,下班的时间到了。

我看到了壮观的一幕:数公里长的试飞大道上,突然涌满了人,一律穿着式样统一但颜色各异的工作服,这一片,全部蓝色,另一片,全部是红色,间或其中的,有粉红和云朵白的长裙。那一定是特殊科室的技术人员。一片一片云朵般从各个厂区门口飘出来,汇集在试飞路上,汇集成片片彩云的河流。他们全是二十上下三十出头的年轻人,统一骑着电瓶车,熟悉的工友们彼此说笑着,男男女女,按响清脆的铃声,人人面上笑容美好灿烂。光是西飞公司就有一万多员工,于是,这条试飞路上每天早晚两次,上演壮观美好的仙音袅袅彩云阵列图。

我突然找到了答案：

"全载重失速性能"这个科目不飞，定型试飞就不算完成。不能完成定型，新机不能上马，不能投入市场，没有订单，公司就要停产、停工，仙音不响，彩云不再。

邹延龄和大队的试飞员战友们无颜面对这条壮观美好的彩云阵列之路。

的确，在那一天的那一刻，望着这片片彩云，连我都感到心头火热，热泪盈眶。

连续的思考钻研，鬼子病了，最早发现他生病的是妻子，妻子罗秋秀早上醒来时，赫然发现丈夫的枕头上落着一层黑黑的头发。

邹延龄自己也发现了，彼时他正在浴室里洗头，他抬起水淋淋的脑袋时，发现脸盆里落着一层黑乎乎的头发。

邹延龄住进了医院，他的头持续疼痛。妻子来看他，他盯着她拎着的大提包问："东西呢？"

罗秋秀什么也没说，一样一样从提包里拿出来：大大小小的笔记本、厚厚薄薄的书、鼓鼓的资料袋、纸、笔、计算尺……

他咧开嘴笑了，对妻子说，你别劝我，等我想通了，我的头就不疼了。

邹延龄是湖南省祁阳县（今祁东县）人，1947年生于祁阳县。1966年参军后入航校成为飞行员。

就像不是所有人都能飞行一样，不是所有的飞行员都能成为试飞员。在飞行上，邹延龄确乎有着某种特殊的天赋。这个来自农家的孩子，相貌并不出众，初入学时默默无闻，但一过体验飞行，他就脱颖而出了，无论是初教机、高教机还是后来不断改装的新机型，他几乎总是同批学员中首先放单飞的。

年轻时的邹延龄性情活跃，教员们说他鬼机灵，还多少有点淘气。练跳伞，跳过一次后部分同学在这个科目上紧张得够呛，他却还有心情搞小把戏。在准备第二次跳伞的头一天晚上，他和一位战友每人各拣20个小石子藏在袖中,约定等开伞后在空中相互开战,以击中对方多者为胜。每次跳伞时,伞还离地面有段距离呢,他就悄悄解了伞衣,手拉伞绳,等双脚一着地,他就第一个从五花大绑的伞衣中钻出来,看着一起跳伞的战友有的被落下的伞蒙住,有的被伞拖着跑,落了地的还在手忙脚乱地解伞衣。

邹延龄终身都感激他在航校遇到的那些可爱又英明的教员,那是个大鸣大放大字报的年代,别人都争先恐后地往军用挎包上绣伟人头像表忠心,他的教员悄悄说:别费那工夫,省下时间我教你学飞行。在政治可以冲击一切的喧嚣中,另一位教员对他说的是:改造思想,80岁都可以,可你学飞行,80岁就晚啦。也就是这位教员,拿出一支金笔对学员们说:你们谁先放单飞,我就奖给谁。

当然,邹延龄得到了支笔。

是一支真正的英雄牌金笔。

日子一天一天过去了。

在军地双方联席会议上,邹延龄站起来说话了,他脸上还是那种招牌式的微笑,只是语气更平静。他说:"美国人走了。我上!"

邹延龄说:"在国产运输机中,不少课目都是请外国试飞员来飞的。我想从运-8开始,通过我们的努力,不再请外国人试飞!试飞领域不应该有迷信。外国人能飞的,我们能飞;外国人不愿飞的,我们也要飞,我们就是要争这口气!"

其实,在邹延龄做出选择的那一刻,他仿佛又看到,20多年前的自己,站在墙头破旧的村头路口,面对父亲,正在告别,一身寒酸的衣着,手里捧着一个纸包,那里面只有一元钱。

这一元钱还带着父亲的体温。

这是当年父亲能拿出给远行儿子的全部家当。

顺便说一句,在当年,试飞员们的工资与普通飞行员差距不大,邹延龄试飞高风险科目荣立一等功,也只有800元的奖金。

而同样的科目,如果请外国试飞员试飞,支付的报酬是百万元。

试飞有严格而繁多的审批手续,并不是谁想飞、谁敢飞就可以飞的,要经过周密的方案论证,对试飞员的资格、技术水平进行严格审查,最终要经国家最高的主管部门批准。

经过充分准备,邹延龄带领机组成员开始了中国运输机试飞史上首次"大吨位失速特性"试飞。

1990年11月26日上午,秦岭脚下某机场。

跑道一头,巨大的空中骆驼昂首雄踞在起飞线上。它宽大的肚腹中装满了山一样做配重用的沙袋。而在起飞线一侧,消防车、救护车和装载应急抢险队员的卡车一字排开,人们目送着邹延龄机组登上飞机。

这里有个小插曲。设计所副所长欧阳绍修要随邹延龄一起上机,亲自测试验证自己的理论数据。他爱人担忧得厉害,从飞行任务书下达后就开始哭。试飞员试飞重大科目是保密的,就是一般性风险科目,也是能不说就不说,欧阳知道妻子眼窝浅心思重,嘴巴是很紧的。可到了上机场的这天,从家门到机场,妻子说什么也不离开欧阳,几个小时内哭了三次,就是不让他上飞机。

欧阳有点急了:"我说没事啊,哭什么哭!"

爱人哭声更大了:"什么没事?王老板(公司总经理)找了几十个棒小伙子,准备了几台车,还有医院大夫组成了抢救队了,这不都在那边站着!厂里头动员会都开过了,你还骗我!"

欧阳火了:"大队长来了!"

妻子只能松开手。

时间到了。跑道上传来巨大的轰鸣声,震着机场周围的空气都在抖动,这个时候,透过抖动的空气波看出去,所有的景物都是曲面的。

邹延龄操纵着全重的运-8冲上了天。

飞机正常爬升,到了6000米高度的预定试验空域。放下起落架,襟翼增大至35度,油门减小。按行话讲,此时的飞机是非光滑型的,放下的起落架和襟翼增大了阻力,飞机的时速正大幅度下降。邹延龄双手紧紧握住驾驶杆,全神贯注目不转睛地盯着倒退的时速表。机组的其他同志密切协同。

时速表的指示一格一格地往后倒退:600公里、400公里、200公里……:

已经超过了理论设计的失速性能指标了。飞机出现抖动,机头下沉。邹延龄清楚,此时飞机开始失速,如果这个时候,透过他的头盔,你一定能看到邹延龄的脸上浮出他招牌式的微笑:迪斯在"大吨位失速性能"试飞中的最低速度数据,邹延龄已经超过他了。

按飞行计划,邹延龄已经完成任务,他可以停止试验返航了。但是,多年的飞行,经验丰富的他和飞机之间已经产生了通联的感应,此刻,他凭感觉,他知道这架大骆驼还有潜力,还没有进入极限失速状态,仍有减速的余地。

他镇定自若,命令机组:"各号位,注意协同。"他轻柔地带杆,飞机的速度在一公里一公里地减小,当然,危险在一分一分地增加。

时速还在下降……这时每下降一公里,都无异于向死神靠近一步。

"大队长,行了!别减了!"有人在一边提醒。

邹延龄一边密切注视着仪表板,一边紧握驾驶杆,他的声音平静沉静:

"还有突破的可能。"

飞机抖动加剧了,继而开始了摇摆,机头倾斜35度开始坠落,下降率已达每秒40米。就在这时,他听到"嘭"的一声响。这是飞机尾翼失去操纵的反应。他知道这一回飞机是到了极限了。

此刻,飞机正呈自由状态向下急坠,如果在12秒钟内不能改出,后果不堪设想。邹延龄猛吸一口气,迅速蹬舵、压杆、推油门。将正在下坠的飞机改平,加大油门后,飞机重新跃入蓝天。

邹延龄"大吨位失速特性"试飞成功了!

他兴奋地向地面指挥员报告:"我们飞出了159公里的速度!"

为了获得这一课目真实可靠的数据,邹延龄机组与机上科研测试人员一道,又在空中将失速动作重复了30次!

邹延龄把美国人在同类飞机上试飞的每小时172公里的"失速特性",减小到每小时159公里。这非同寻常的13公里差异,不仅表明中国的运-8飞机有着比国外同类型飞机优越的性能,而且填补了国产运输机试飞史上的空白。

消息报告了塔台。正在现场焦急地等待的运-8总设计师徐培林,立刻将这个喜讯电告千里之外的航空工业部。

航空工业部发来贺电,赞扬邹延龄机组以超人的胆量和技艺,飞出了外国试飞员没有超越的极限,飞出了中国军人的志气!

邹延龄的大女儿邹辉那时在公司子弟学校读书,她在回忆这次试飞时说:

"父亲试飞大吨位失速课目时,全厂上下都非常关心,很多人心里没底。临近试飞的那几天,父亲回到家里又是整夜整夜地翻资料。试飞那天上午,我照样上了学,可人在教室心在机场。老师讲课一句也没听进去,我的心随着忽远忽近的飞机轰鸣声一上一下。课间,我和同学们都在走廊里议论上午的试飞,说着说着,有个女同学谈起国外试飞这个课目失败的事儿。我最不愿听到的就是这种话。我让她不要说了,可她还说。我都快气哭了,一向文静的我也不知哪来的勇气,打了她一个耳光,哭着跑回了教室。好漫长的一上午,终于等到最后一节课下课,赶紧跑回家——"

当一路飞跑回家的女儿见到站在家里手捧鲜花的父亲时,又一次哭了……

试飞完"全载重失速性能"科目后,邹延龄没有止步。五年后,他带领战友们又创造新的纪录,将"大吨位失速特性"试飞由159公里每小时减小到132公里每小时。

消息传到了大洋彼岸。

不久,迪斯再次来到中国,这回是另一家公司请他来试飞,他走下飞机就提出:"我想见见 Mr. Zhou!"

两人一见面,便亲切地握手、拥抱,比比画画开始说笑,也没翻译,迪斯给邹延龄带来了《国际试飞员驾驶协会》的入会登记表,并主动提出当介绍人。参加该会的试飞员在任何一个国家的科研试飞都签字有效。

高大的迪斯用力摇着邹延龄的肩膀:"密斯特邹,我愿与你这样的强者交朋友!"

三、试飞不是傻飞,探险不是冒险

从试飞院大门出来,转过街角,再拐个弯,有个小卖部。这是主人借自家屋子开的家私人小店,朝街的小店店面不大,里面的东西倒也丰富,价格算公道。店主人姓秦,平时不怎么说话,眼睛老是盯着收银的机子看,但他对来往的顾客都很熟悉,即使都是着便装,他很容易一眼就从样貌上看出,哪些是附近的街坊住户,哪些是"前头大院里试飞院的人"。

试飞员们都身材匀称,行动敏捷,还有个统一的特征就是:脸膛黑红,且皱。这是长期吃高空紫外线的缘故。老秦当然知道,这些军人是干什么的,他们买东西不看价钱,而且一般只买那么几样:手帕纸、饼干、烟和打火机。后两样是每次必买。

日子久了,老秦发现,从他们买的货品上能看出他们的心情。

这一天下午快吃晚饭了,小店进来几个人,老秦一眼就看出是试飞大队的试飞员,他们一起进来,直奔烟柜,每人买了三包红塔山——这是小店里最好的烟了。老秦的心里揪了一下,他给他们每人送了一只一次性打火机,没收他们的钱。

三个军人都没有打开烟抽,而是把烟仔细地揣兜里,走了。老秦看着他们走出好远了,觉得心还是紧的。

他知道,平素这些军人都是抽三两块钱的"白沙""黄金叶"

什么的,年纪大些的会抽"红河"。只有在特殊的日子里,他们才会买"红塔山"。

他认得三个军人中年纪最大的那个小个子,是这里的大队长。他知道他们都是了不起的人,做着关乎国家机密的了不起的事。

罗秋秀这天下班回家晚了几分钟,因为她的室主任把她叫住,问了几声家里的情况,末了还说,有什么困难和需要就吱声,如果忙不过来可以请假在家里休息几天。

罗秋秀有点奇怪,没病没灾的,请什么假呢?

她惦记着赶紧下班回家做饭,也没多想,打了个招呼就走了。

刚走进家门口,就闻见一阵香味,她打开门,听到从厨房传来热油在锅里的声音——噢,老邹已经回来了。

女儿还没有放学,罗秋秀推开厨房门,看见邹延龄站在灶台边,手里举着锅铲,腰上拴着自己平时用的那条花圈裙。罗秋秀边洗手边说:"今天回来得早啊!明天飞行吗?"

邹延龄看着锅说:"要飞。"

罗秋秀擦着手说:"明天要飞行,那就不用忙了,我来吧,随便吃点就行。"

邹延龄高举着锅铲让过妻子伸过来的手,笑着说:"我讲过,前些年你一个人带孩子吃了不少苦,现在我应该为你还债。"

罗秋秀笑了:"你今天这是怎么了?"

"你去外头坐着,看我今天给你们娘儿俩做顿好吃的。"邹延龄的样子兴致勃勃。

罗秋秀有一点点不解,她觉得丈夫今天有点特别,可又说不上哪里不一样,她走到客厅,在沙发上坐下来,她看到,面前的茶几上,放着一盒完整的"红塔山"。

她缓缓地坐下来,几个月前的一幕又浮现在眼前:

那一次,丈夫将要试飞失速特性风险课目,飞行的前一天,在傍晚回家的路上,走到丈夫身后的她听见与丈夫并排走着的设计所欧阳绍修副所长问:"万一出事怎么办?"

丈夫笑笑说:"走就走了吧!发的保险费,组织上会替我们安排的,父母、妻子、孩子各三分之一。"

邹延龄站下说:"先不回家,我得去买两包好烟。如果摔了,就把烟带走;如果没有摔,下来就发烟……"

欧阳也跟了上去。

她站在他们身后两米远的地方,什么都听得见,但她什么都没说。

那天丈夫回到家,淡淡地说,回来晚了,和欧阳去了趟小超市,各买了三包"红塔山",两包我装在身上,另一包留家里,回来抽。

她看见他把烟正正地放在茶几上,她知道他不会说,所以她什么都没问。

她想,从什么时候开始,丈夫会时不时地把"红塔山"放在茶几上呢?之前,她居然一点也没有察觉,一点也没有多想。

女儿回来了,放下书包一屁股坐在沙发上,喊起来:"嘀,妈,爸爸抽上红塔山了。"

她厉声说:"放下。"

女儿愣了一下,不明白地看着妈。

她缓和了一下:"噢,别动你爸的,快去洗手吃饭吧。"

而今天,一模一样的"红塔山"再一次静静地躺在茶几上。

罗秋秀静静地坐着,听着厨房传来的丈夫的炒菜声。

"开饭啦——"厨房门大开,邹延龄左右手各端一盘菜进来。

罗秋秀仰起脸,努力把一个完全灿烂的微笑递给丈夫。

"发动机空中停车再启动"科目,要求飞机升空后在规定的不同高度不同状态下,先关掉一台发动机,3分钟之后,再重新启动。之前国外的同类机型在这个科目中数次发生过机毁人亡事故。所以航空界称这一风险课目定为"飞行禁区"。也因如此,我国的运输机试飞中长达30年无人涉足这个领域,但是按照国际民航业的规定,运-8C型飞机要想拿到民航总局颁发的适航证,这是必须完成的科目。

人们把希望的目光再次投放在邹延龄的试飞大队身上。

运-8是多乘员机组,试飞需要大家互相配合,密切协同。

邹延龄明白,光靠自己能勇敢承担还不够,必须依靠大队和机组同志共同发扬英勇顽强的精神共同完成。

入夜,试飞大队的工作室里灯光明亮,几张桌子拼在一起,材料和图表堆了一桌子,邹延龄和战友们围坐一圈。

"这个科目的重要性不用说了,我和大家一样,也知道它的危险性。说老实话作为大队长我可以去跟公司说,我们不接这工作,因为它不在我们试飞大队承担的任务范围之内。但是,大家想一想,如果我们不飞,国内再没有其他单位和人员能够承担这活,公司只能再次请外国人来试飞——"

邹延龄停下,看着大家说:我算了一下,请外国人飞,时间耗费先不说,经济上要付出上千万元人民币的代价。

"中国的航空工业还不富裕啊,让外国人来试飞,这么大一笔钱,多少人得勒紧裤带攒外汇。作为军人,作为试飞员,我们得为国分忧。"

大家都沉默了,确实,大队长邹延龄的这番话,诚恳朴实,没有一点大道理。

"试飞不是傻飞,探险不是冒险。我仔细研究了这个科目,也和技术人员反复交流沟通过,我认为,只要公司方面技术保障没问题,我们有信心完成这个任务!"

一个老试飞员先举手表态了:飞吧,只要大队长在——

所有人都举起了手:大队长,我们跟着你飞。

正当邹延龄和战友们紧锣密鼓地做试飞准备的时候,他们接到了一个通报:

兄弟单位发生了一等飞行事故,试飞员在试飞某新型歼击机科目时,由于启动失败导致机毁人亡。

牺牲的试飞员所进行的科目,恰恰就是"空中发动机停车再启动"科目。

按照相关规定,如果邹延龄此时提出,他们小组的该科目试飞工作,可以先搁置。

邹延龄什么也没有说,每天,按时带领小组成员继续进行技术攻关准备。

这天上午,技术讨论正在进行中,小组成员中,领航员刘兴的电话响了,是他的妻子王杰打来的。刘兴迟疑了一下,还是接了:"我上班。忙着呢!"

王杰说:"我知道你上班,你在干吗?"

刘兴说:"科目准备呗——"

王杰的声音变了:"咱不飞了行吗?"

妻子王杰就在出事单位所在的飞机制造公司工作,试飞失败这样的消息,家属们是最不能听到的。

王杰的声音带着哭腔了:"别飞这个课目……你也飞了大半辈子了,咱们现在啥也不图,只求你千万别出事……"

王杰的声音很大,项目小组的同志都在一起,人人都能听到。

刘兴是大队里的老同志了,也是邹延龄机组多年的老搭档成员,以往的大部分风险课目都是他领航的。

邹延龄伸手说:"刘啊,让我跟小王说几句吧——"

邹延龄接过刘兴递过来的电话说:"小王,谢谢你的提醒。你放心,试飞前我们一定认真准备,不会出什么事……"

电话里的哭声弱了:"大队长,我知道你细心,我就是担心——"

邹延龄说:"你的担心是正常的,而且你的这种担心更提醒我们要充分准备。你放心,先冷静一下。这样吧,我先飞,让你们老刘后飞,好吗?"

电话里的女声更是放声大哭。

放下电话,邹延龄笑着问刘兴:"你敢不敢飞?"

"你敢我就敢!"刘兴说:"不就是陪你再走一趟死亡线吗!"

刘兴转向大家:"飞吧,只要大队长和我们一起在!"

下班了,邹延龄向院子后街那家熟悉的小超市走。

明天就正式飞行了。他要买包烟,平时他喜欢抽烟,但因为工作和身体的要求,对抽烟量控制得很好。

身后有脚步声,他回了下头,组里几个抽烟的战友跟在身后追来了。

去超市转一圈,买包烟。他们声音长长短短地说。

于是有了本文开头那一幕。

他们各买了三包"红塔山",两包装在身上,另一包会留在家里。红塔山每包要十元。对于他们的薪水来说,这已经是高消费了。只有在特殊的日子里,他们才会买。

"等咱们飞回来了,庆祝一下。"邹延龄笑着说。

"对,下了飞机就散烟。"大家也笑了。

那个晚上罗秋秀看到了家中茶几上放着的一盒完好的"红塔山",她没有看到的是,在大队政委薛维勤上着锁的抽屉里,抽屉的钥匙时时刻刻装在薛政委自己的裤袋里,那里面几日前放进了一封封了口的信。毕竟空中停车再启动是一级风险课目,毕竟是首次试飞,邹延龄把各种后果都考虑到了。他留下一封"委托书":

> 秋秀,过几天我去某试飞基地试飞,有一定风险,现交代如下:我们家庭是幸福家庭,但在此之前,我负你的太多,以后有机会一定偿还。这次执行任务如有险(闪)失,家中积蓄请按三个三分之一分配,即你和孩子三分之二,大姐三分之一,因我小时候的成长,大姐的帮助太大了……
>
> 延龄 1993.9.8

1993年9月12日,上午。天气晴好。

跑道尽头,巨大的运-8C飞机静伏着。

一行穿戴齐整的试飞员们呈一字列走向飞机,阳光在他们身上打下漂亮的剪影。

来自北京、上海、西安等地的50多名专家观看着这一决定运-8C型机命运的试飞。

按惯例规定,机组登机前,给每个人发了降落伞。

邹延龄坚决不系伞。

"我不能系这玩意儿。"

邹延龄脸上是他招牌式的微笑,平静,安然,轻风一般:

"我是机长,系着它给大家的感觉是没有信心。真要出事,其他人都跳了我也来不及跳。"

正午。13点48分,飞机准时升空。

14点零8分,飞机爬升至4000米,到达预定空域。

14点27分,邹大队长命令:顺桨(即关闭发动机)!

机械师李惠全扳动顺桨手柄,顿时,机舱外爆出一声巨响,右侧4号发动机转速表瞬间为"0"。飞机以3台发动机保持飞行。这时的最大危险不是停掉一台发动机,而在于关掉的发动机如果启动不起来,会造成"风车状态",产生的反作用力一旦使飞机失去控制,会发生灾难性后果。

右侧4号发动机停车所造成的偏转果然出现了,停车的发动机产生的负拉力与左侧正常工作的1号发动机产生的推力相加,使飞机难以控制地偏斜。这就是"风车状态"。

按规定,停车后的发动机必须等三分钟,冷却了才能重新启动,以检验发动机的可靠性。

等待三分钟。

三分钟,于地面上的人来说,不足挂齿,它可能还不够喝一杯茶或者吃半碗饭的时间,但对于空中的试飞员们来说,度秒如年。每一秒,飞机都在危险的临界状态中盘桓着,没有人知道,是否会在下一秒,飞机的状态会瞬间改变进入失控螺旋。

机舱里十分安静,只有发动机的轰响。每个人都全神贯注地盯着自己岗位的仪表,机长邹延龄手持操纵杆,同时调动起全身的每一个细胞,感觉着飞机精微的变化。

14点30分,时间到了。邹大队长发出命令:"准备启动!"

空中机械师李惠全回答:"准备完毕!"

"启动!"邹延龄的命令一出,不到20秒钟,各号位做完21个动作,眼看着4号发动机的转速表指示针可爱地开始反应,动作,并且越动越快,这意味着发动机转速越来越快越来越快——

　　"轰"的一声闷响传进舱内,4号发动机启动!

　　4号发动机以欢快的声音,加入另外三个发动机的大合唱。

　　发动机动力一平衡,飞机很快恢复状态。

　　他们在空中盘旋一周,完成规定动作,测评飞机开车空停又开车后的状态。

　　14点51分,巨大的空中骆驼依靠在机场跑道上。

　　迈出机舱的邹延龄又一次没有来得及散烟,因为他被掌声和鲜花和无数激动的手臂拥抱着。他也拥抱着别人。人们用最热烈最激情的言语和行动向这几位英勇无畏的试飞员表示祝贺。

　　领航员刘兴好不容易从人群中挤脱出来,他要赶紧打电话向爱人王杰报平安。

　　电话只响了一声就接通了,刘兴哇哇地大声道:

　　"我们成功啦!"

　　"成功了!真好!太好了!你继续飞吧,飞吧,只要大队长在……"电话中的妻子喜泪作答。

　　历史记下这一列空中勇士的姓名。他们是:

　　邹延龄、梅立生、刘兴、王景海、李惠全。

　　试飞成功后,航空工业部在发给陕飞公司的贺电里称:

　　这一壮举标志着运-8C型飞机试飞走上了新的里程!

　　这以后,邹延龄和同志们又试飞成功了十几个风险课目,设计方设计的空投伞兵时速为×××公里,他飞到了低于这个时速50公里以下,这意味着,伞兵离机后的集结时间缩短了四分之一,伞兵多是投送在复杂环境下,这一时间的缩短意味着危险性大大降低。他又将空投物资试飞的设计空投高度由设计时的数值,修改为设计值的一半。降低设计的空投高度,意义重大。空投枪炮弹药、装甲车等作战物资,飞行高度越低,空投落点准确度越高,损坏的可能性就越小。超低空空投性能,大大提高了部队的快速机动能力。

在这之后不久,新华社发了一则电讯,报道空降兵某部官兵乘性能优越的运-8C型飞机,圆满完成南海某海域实兵空降演习任务。

只有懂军事的内行人,才明白这一则消息对国防航空来说意味着什么。

这是一次出色的空降试飞。一位目睹试飞全过程的领导激动地说:"老邹,这么低的高度投送成功,我们的装备插上了快速机动的翅膀!"

邹延龄再一次微笑了,欣慰,自豪。

四、错过了一些"美丽"的事物

连续几天,邹延龄办公室的门关着。

走过路过的战友们,习惯性地放轻了脚步压低了声音。他们印象中,连续数日关门,一定是"鬼子"又在"坐月子"。

试飞是一项科研实践活动,需要有科学的态度;邹延龄常说:"飞机离地三尺,飞行员全靠自己救自己。在技术上任何粗心大意、吃夹生饭,都要付出惨重的代价。一个优秀的试飞员必须有科学求实的态度和过硬的飞行技艺。"

鉴于此,邹延龄在每次试飞一个科目前,都要对课目中的每一个架次中的每个任务要求、机械原理以及空中动作等等,进行从头到尾深思熟虑的精心准备。尽量多地考虑到可能出现的各种状况及应对方法。他认为,如果没有把握,逞一时之勇,那就是拿国家的巨额财产当儿戏,也是对科研人员的辛勤劳动不尊重。

运-8飞机有数万个零部件,集各种新技术于一体,要弄懂各个部件的特性和工作原理,不是件容易的事。邹延龄入伍前只读过高中,知识水平远远不能胜任科研试飞的需要,他首先强迫自己过好文化知识关。十年来,他在攻下大学函数、三角几何、微积分等课程的同时,还啃下了数以百万字的军事科技和航理书籍。《现代高科技》《军事运筹学》《空气动力学》《飞行原理教程》《军事飞机品质规范》《运输机工程》等书籍,他看了一遍又一遍,做了近20万字的学习笔记。

邹延龄的原则是,一个优秀的试飞员,不应当只是熟练的驾驶员,而应该是专家型的。总设计师徐培林称赞邹延龄"是一个具有深厚的飞行力学和空气动力学功底,知其然又知其所以然的专家型试飞员。"

所以大队的战友们都知道,办公室的门一关,或者一段时间见不着他,就不能打扰,那是"鬼子"在坐月子——学习,思考,钻研某个问题。

也就意味着,试飞大队不久一定会有新举动。

每个人,都跃跃欲试地等待着,等待着他们的大队长"出月子"。

可是这一回,大队长办公室的门关了有些日子了,一直没有开,深入一打听,大队长出国了,去了美丽的Y国。

进入九十年代后,随着运-8飞机技术的不断改进,各种型号相续出来,不仅一批批装备部队,也有越来越多的各种改进型飞机进入国内国际市场。运-8在国际上的影响越来越大,作为首席试飞员的邹延龄也越来越多地受到各方关注。

先是国内一些航空公司,想挖他去当飞行教员或担任领导,一家航空公司以副总经理的头衔聘请邹延龄去工作,并承诺丰厚年薪。

邹延龄婉拒了,他说:"部队需要试飞员,我还想为国防做些事。"

对方也很会说话:"到了民航,也一样为国家工作,为国家做贡献啊!军队你只能干到五十岁,到了民航,以你的身体和技术,能干到六十岁,还能多些时间为国家工作嘛!"

邹延龄还是那种招牌式的微笑:"谢谢你们的好意。军队培养一个试飞员不容易。空军党委和首长对我们很关心、很照顾,我作为一名军人和共产党员,不能见利忘义,一走了之。"

另一家航空公司的一位主管领导,得知邹延龄在天气十分恶劣、能见度不足1公里的大雾情况下,将满载货物的运-8飞机准确降落在机场上,当即慕名找到邹延龄索要简历,请他留在该公司工作,收入是他当时工资的好几倍,结果还是被他谢绝了。邹延龄说:空军其他行业的战友们对飞行员也很理解和尊重。我要把全部心思和才能用在军队建设上,用在试飞事业上。

转过年,又有一家航空公司领导使出高招,说只要邹延龄同意,可以花一笔钱让他先去接受培训,学完后,去不去工作随其自便。即使是这样优厚的条件,邹延龄还是毫不动心。他对前来聘请的人说:"谢谢你们的好意,我是不会离开试飞大队的。运-8需要我,我也离不开运-8!"

邹延龄那时还不太清楚,不仅国内航空公司关注他,国际上一些机构也盯上了他。

国外某些飞行机构也开始打他的主意。

九十年代开始,Y国就有意向中国购买大运飞机,他们相中了功能卓越的运-8,Y国数次派来飞行人员和技术人员实地考察,经过一系列复杂的审看检验,他们一次性向中国订购了数架运-8。

1992年9月,由邹延龄带队,将出厂定型后的飞机交付Y国。

送飞机的任务是保密的,这种任务之前邹延龄不止一次执行过,考虑到目的地国家的气候,眼看出发日期就在眼前,他才告诉家里,并让妻子多准备两件夏季的衣物。妻子罗秋秀说,重新置办两件新衣服吧。我陪你去买。

邹延龄说算了,这两天有太多的事情要处理,没空上街。

他还笑嘻嘻地说:反正又不是去相亲。

罗秋秀也笑了:能相也是好事啊!

9月的Y国是一年中最好的季节,也是这个热带国家景色最漂亮的时节,到处花团锦簇,色彩缤纷。长期在祖国西北基地工作的邹延龄一下飞机就被这层次丰富的景色吸引。他呼吸着飘荡着花香的清澈空气,觉得整个人神清气爽,心旷神怡。

经过仔细的检查和试飞,Y国对这批来自中国的飞机十分满意。不仅性能质量完全与之前的约定一样,而且厂方还特意将偌大的飞机精心做了内外饰,布置得焕然一新。当邹延龄飞完最后一个验证试飞的起落,飞机稳稳地落在跑道上时,机场周围响起了热烈的掌声。机场的安全区外聚集了许多人,他们闻讯赶来,都想争相目睹这架来自遥远中国的传说中空中巨鹰的风采。

飞机交接顺利完成。Y国对中国送来的飞机和送飞机来的中国飞行员们十分满意,选了一个日子举行了一场盛大的招待宴。

接到邀请后,带队的邹延龄事先召集送机小组全体同志开了个小会,再一次重审了外交礼仪和注意事项。

到了宴会这一天,邹延龄换上了那件半旧的正装。他还没走到宴会大楼门口就被一群人围住了,他们长长短短地叫着"Dr. Zhou",然后亲热地围上来。

看着这些熟悉的面孔邹延龄也很激动,这些是他过去带教过的学员,或者学员的学员,听说邹教官来了,都赶来看望。在Y国,像他们这种受过外国飞行专家代教的试飞员和飞行员都能享受很好的福利待遇,所以,几乎所有人,都是开着各式小轿车来的。

接待方的规格很高,走进来的邹延龄发现,富丽堂皇的宴会厅里,不仅聚集了一干军方要人,还有不少商界大贾、贵妇名媛。男人个个衣着笔挺,女人人人珠光宝气,满眼的金碧辉煌,玉背粉肩。

敏感的邹延龄发现,总有几个人在他的周围不远不近处用探究的目光打量自己,还有几位相貌衣饰出众的女性总在他的视线之内转悠,不时凑近他身边举起手中的酒杯向他嫣然一笑。

邹延龄淡淡地笑着,礼貌且有分寸地点头回应。

他感觉到了一种力量在向他暗暗逼近。

果然,酒至半酣,一个熟识的身影来到他身边,一边亲热地打招呼,一边挥手叫侍者再送一杯酒来。

他穿着笔挺的军装,上面的将星闪着金光。这是一位高等级军官,邹延龄还记得当年他以"试飞员"身份跟他学习某型飞机的飞行时,在基地的模拟器上,自己一遍遍地教授过他特别的动作。

将军笑吟吟地走到邹延龄面前,恭敬地行了一个礼:"邹先生,能再次见到您真是高兴!"

邹延龄微笑地看着他的军衔说:"恭喜,我相信你的仕途同你的飞行技术一样有长足的进步。"

将军再一次大笑:"我不会忘记先生您对我的悉心教导,先生的精湛飞行技艺令我景仰。我以为我比其他人幸运得多,是因为我曾经得到过邹先生的面传亲授。我本人——还有我的学生们,都想请您留下来——事实上,这里面的许多人都曾是您的学生,还有更多的人,也想成为您的学生。您不用担心,您的任务很单纯,只是技术上的教授而已——"

将军凑近了些说:"不用您开口,邹先生,我可以用我们的途径同你的上司交涉。如果有任何不方便,全部由我们负责解决——"

将军将一杯香槟酒放在邹延龄的手上:"至于待遇方面,您完全不用操心,您会得到一个意想不到的满意答复。"

将军再次凑近,声音略略放低:"只要您愿意,我保证我们可以满足您的一切要求,包括——"

将军头也不回地伸手在空中打了个响指,邹延龄只觉得眼前一阵香风袭来,一个浓妆艳抹的年轻女人仿佛从天而降落在他们面前,她衣着华美,姿容妙曼,美艳不可方物。

将军的嘴角含着意味深长的笑:"只要你愿意的话,我们有很多的姑娘们愿意给她们向往的英雄敬杯酒。"

"哈喽——上校先生。"媚人的声音里,女郎贴到邹延龄跟前。手上的香槟连同身上暖暖的脂粉气息一起扑向邹延龄:

"邹先生,你看我的皮肤怎样?"

仿佛是为了更好地打量对方,邹延龄微微向后退了半步,拉开了与她的距离,同时脸上带着礼貌的微笑说:"这位女士的确很美丽,丝毫不逊色我们东方的女性——"

邹延龄低头喝了一口酒,避开女郎诱惑的目光,他忽然想起一件事——

在此之前,有关方面为他们出国办理护照,一系列程序走完后,拿到护照时,他们发现,对方领事馆给同行的机组其他成员的护照有效期签的都是三个月。唯独自己的是破例的三年。

看来,对方是蓄谋已久,想尽办法想让自己留下来长期任教。

音乐起了,宴会厅歌舞升平,觥筹交错。邹延龄指着将军笔挺的制服说:"您的衣服很漂亮,但我这个人有个习惯,喜欢穿着自家的旧衣服。"邹延龄目光坚定地说:"将军阁下,非常感谢您的盛情,不过很抱歉,我离不开我的国家。"

邹延龄缓和了一下气氛说:"将军大约不知,我这个人十分惧内,用中国话说,叫作'妻管严'呢!"

邹延龄机智化解了劝诱,也深知此地不可久留。宴会后,他立即向有关部门报告了情况。数日后,邹延龄和机组的同志登上回国的班机,返回到了他们梦萦魂牵的试飞大队。

大队长回来,试飞大队和工厂公司的同志们都十分高兴。大家聚在一起,交流着这一次出国的所见所得。

几杯酒下去,几个年轻的试飞员开始话不把门,有两个胆大的说:"听说大队长在Y国受到很高的礼遇啊!"

"是啊是啊,大队长还有一段'艳遇'呢!"众人打趣着。

邹延龄微笑着:"是啊是啊,我是错过了一些'美丽'的事物,但是我没有错过中国军人的良心。"

运-8原型机在运-8系列飞机中是一种非常典型的军用运输机,具有战术运输机的各种特点,能够在草地、雪地和沙砾地等简易跑道安全起降,可靠性高,该机已普遍装备我国陆、海、空三军部队。运-8 机最大商载量 20 吨,运送货物时一次能运载两辆卡车或散装货物 20 吨,运送人员时一次可乘坐 96 名,可空降伞兵 82 名。货舱内可安装 60 副担架床,一次可转运重伤员 60 名、轻伤员 23 名,还可随乘三名医护人员。在运载 10 吨货物的情况下,可从北京飞抵全国任何一个省份的机场。

至今,运-8 系列飞机已发展到 20 余种专业机型,不仅装备了中国人民解放军陆、海、空三军部队,满足了国内邮政航空、民航市场的需求,而且还出口到海外多个国家,获得了广泛的好评,为我国国民经济的发展和国防建设做出了巨大贡献。

1996 年 11 月 5 日,新华每日电讯:

改革开放的珠海用鲜花和热情迎接中国首届国际航空博览会的开幕。

灿烂的阳光下,参展的各国飞机将在这里一比高低。空军某试飞大队大队长、特级试飞员邹延龄驾驶着中国制造的运-8C 型运输机,在不同肤色的人们关注下,从容地滑上跑道。按计划,他将要在这里进行 600 米短距起降、大坡度盘旋、低空和超低空空投等课目的飞行表演。

作为运-8C 型飞机首席试飞员的邹延龄,他很清楚今天的表演非同寻常:这是国产运-8C 型机首次在国际大型航空博览会上亮相。4 台涡轮发动机狂吼的声浪在湛蓝色的天空回旋。邹延龄最后仔细察看了一遍座舱内的仪表,无线电耳机里传来地面指挥员清晰的命令:"起飞!"

起飞!凝结着中国几代运输机研究人员心血和汗水的运-8C 型机,在共和国丰收季节里起飞——

起飞!这是邹延龄和他的战友为之奋斗了 10 年的运-8C 型机,在世界的注目下起飞——

(节选自《试飞英雄》,安徽人民出版社 2017 年 2 月出版)

直面北京大城市病

长 江

2017年"两会"期间,央视新闻频道发布了一条节目预告:3月11日晚即将播出探讨北京问题与出路的《新闻调查》——《直面北京大城市病》。嚯,这题目?这档口?业内同行捏起一把汗,我呢,心也一直在悬着——果不其然,21:30,《新闻调查》每周六晚上通常都是在这个时间会准时播出,但今天已经到点了,节目就是没播,屏幕上出现的是《新闻1+1》,董倩和白岩松一个在演播室,一个在人民大会堂,正在全情投入地做着视频连线。

完了!我心说。

马上给这期节目的编导晓静发微信:"咋了,不播了?"晓静的回复倒是快:"姐,别紧张,播,只是两会期间,节目有特殊的编排,咱的,被推到了22:02。"

一期节目,播与不播,其实与我何干?晓静是编导,"孩子"是她的。但是我,是这个片子的记者,负责采访,节目如果不播,整个摄制组白忙活了不说,蹉跎的心又得用一段时间来平复;更重要的,这期节目、这个话题,我是很想让家里人看的,让老北京、小北京、北京土著和北京"漂儿"们,都看看。不然生活在北京,自己城市的事都搞不清楚,一路吃喝着过日子,岂不成了糊涂蛋?

耐着性子等到22点,熟悉的《新闻调查》片头终于出现了,跟着我的一张大脸、皱着的眉头,也出现在北京CBD往东、西大

望路的过街天桥上:

"1949年,北京市人口大约200万,六十八年后的今天,2170万!半个多世纪,北京人的生活一点一点在发生着变化,穷日子、富日子,慢慢地人们有了梦想,买了车,买了房。可就当人们的梦想逐个实现了的时候,却发现北京在很多方面已经不堪重负:道路变得越来越堵、地铁越来越挤、房价越来越高,再加上上学难、看病难,如今就连我们头顶的蓝天都变得越来越金贵。北京怎么了?仿佛病了?对,北京就是患上了一种'大城市病'。那么,这种病是怎么得的?走过了怎样一段从量变到质变的过程?现在又正在采取什么措施进行治理呢?"

"大城市病"

节目播出,我心落地。

说实在的,"大城市病"这个词语让北京人挂在嘴边上的时间并不长,尽管这对世界不是个新词语,也不是一种新病。但是北京,现如今的,咱这个城市你说让人爱不爱?爱!让人烦不烦?烦!早就烦透了——每天一大早,上班族,开车的不是,不开的也不是。开车的吧路上堵,不想迟到就得披星戴月、早出晚归;不开吧,坐公交、挤地铁,你试试,站在公交车站,寒冬酷暑,站得难受、等得心焦;坐地铁吧,地铁倒是遮风避雨,准时准点,可是男女老少不分年龄、不分高矮、不分胖瘦,身挨身、脸对脸地就那么挤在车厢里,毫无尊严,要么被挤成一张张"相片",要么被挤成一根根"麻花",那罪过,也不好受!

我住大兴,通常坐4号线。人们都说这条线在北京最挤,从正南到西北,差不多纵穿整个北京城,特别是早晚高峰,车一开门,挤得满满的,三明治啊!这种情况下我是挤不上去的,年龄大,还带着右腿一个人工膝关节,想挤也没那个本事。就得等第二辆或第三辆。等排队排到近车门了,后面的人自会把我往车上推。

但是我们说4号线最挤,坐10号线的不干了:你们挤,试试10号线吧!坐那条线的人有理有据,说北京10号线不仅是环绕北京的地铁大动脉,还是北京客运量最大的一条地铁线路。不信吗?你们查查2015年全年客运量的数字有多大就知道了,超过了5亿(人次)。

5亿(人次)?什么概念?

北京地铁整体不够,全市大数据:作为人口激增、海量出行的世界级大城市,北京近年来地铁最高"日客运量"曾经超过了1200万(人次)。日1200万(人次),吓不吓人?人流如潮、排山倒海啊!

如今,50岁以上的老北京或许都清楚,回首二十世纪八十年代(准确地说是1987年之前),北京只有从城东八王坟到城西苹果园、沿长安街东西贯穿的地铁1号线,我们叫"一杠儿";后来又有了沿二环路绕成环儿了的地铁2号线,我们叫"一圈儿"。这"一圈儿""一杠儿"从什么时候开始显得越来越紧张了?好像是突然的。

那有人问:北京知道地铁不够,为什么不赶紧修?说这话的人有点太冲,修了,北京不是没修,不仅修,还没少修!

2017年2月14日,我走进北京六里桥南路甲9号首发大厦A座的北京交通发展研究院,见到了院长郭继孚,我跟他一起站在一幅巨大的北京地铁PPT投影图前进行采访,郭院长就告诉我说,这几年咱北京光修地铁的那工夫、那花的钱,可就海了!

远的不说,就说2003年,北京地铁开始修到第4条,2011年15条,2015年18条;运营里程从"一圈儿""一杠儿"时的日40公里提升到554公里;客运量从日53万(人次)提升到了911万(人次);地铁总长度更是从2004年的114公里达到了今天的574公里——这样的建设规模、速度、魄力,郭院长说:那是真真儿地是让全世界都瞠目啊!

是吗?哦。

但是,还不够——

平日里看北京地铁图,密密麻麻的,我经常会想起一段往事、一个故事,这就是我女儿小时候幼儿园的小朋友家长,后来我们大人也都成了朋友,其中一位家长留学英国,几年后回京见面送给了我一份礼物,这礼物不是别的,就是一张英国伦敦的地铁线路图,好家伙,那地铁图印得精美,油画似的;那线路,密如蛛网——我"哇"的一声,当时是羡慕嫉妒加上恨,五体投地啊!

这件事刚刚过去了多长时间?也就二十来年吧?转眼我们北京的地铁,老天爷睁眼也往中国这边看看吧,欧洲的辉煌如今我们也有了。只不过尽管如此,我问郭院长,574公里的地下公交够用吗?十几年来,尽管咱北京的建设速度快,但老百姓的出行还困难,不是吗?

郭院长摊开手,表示同意,同时也告诉我,北京路面上的堵我们可以再修公路、地下的堵我们可以再修地铁,可是城市再大,面积和空间总是有限的啊!你人口和机动车如果无限制地一个劲地往大里发展,谁有办法?路再修,再建?没地方,"也修不出来啊"!

2017年年初,有记者发表文章,说北京地铁虽然已经建到了18条(未来还要建到30条),但今天还是大约有40公里的"满载率"超过了120%的"黑色路段"让人叫苦连天。这位同行专门乘车在北京"昌平线"做了一次体验式采访,发现"昌平线"的地铁最高峰时"满载率"竟然超过了140%,这140%意味着什么?意味着每平方米要站7到8位乘客!那滋味儿,想想都要背过气去,不是吗?

我的天!撞板!(粤语,意为"糟糕"。)

"大城市病",什么叫"大城市病"?

为了完成《直面北京大城市病》,我的第一场采访就被安排在北大——北京大学城市与环境学院。一个教授,他给了我这样一种文字定义:"大城市病"指的就是在大城市里出现的城市运行病症,通常表现为人口膨胀、交通拥堵、资源短缺、环境恶化、住房紧张、城市贫困……

如此说来够不够细？当然不够细；够不够感性？当然也不够！

那好，别急，为了把北京"大城市病"的事说得清清楚楚，我们摄制组之后又连续采访了二十几位涉及北京城市规划、道路交通、人口、教育、医疗、环保、水资源等等各方面的权威人士，采访对话整理出来，我听晓静说，光看文字50万都打不住！那么这些权威都说了什么？谁能告诉我北京的人口怎么就会仿佛一夜之间突然膨胀到了2170万？机动车从2004年的229万辆，怎么就会一下猛增到了2015年的561万辆？北京到底有没有足够的道路和停车场？北京的水资源为什么说非常短缺？还有，北京的PM2.5，对，还有这个可怕的东西，究竟是怎么形成的？元凶是谁？人们成年累月地生活在灰暗、呛鼻又无处可逃的坏空气中，会不会短寿或者干脆有一天集体出现类似肺癌的井喷？

我急死了，做了八年文字记者、二十五年电视记者，我还没有哪一次采访如此急切地想要知道这么多的难题的答案——

PM2.5究竟有多严重？

好，说到PM2.5，我们就先聊这个！

2014年，退回到我结束外派香港驻站的十年记者生涯调回北京、重新回到我曾经供职过八年的《新闻调查》，那时我最想做的几个"高难度选题"其中就有《北京的雾霾》。这个节目后来没有成型，但是关于PM2.5，关于它的成因、危害和治理，我没有忘，如果我能做主，我真想利用我们这个老栏目（拥有45分钟长度，创建二十年，在中国拥有新闻"航空母舰"的口碑），我就是想利用它的权威和影响力，把雾霾的事情一次性地给观众讲个透。但是这件事到底是因为"说不清"，还是"说得清也治不了"，总之我的冲动始终没有变成行动。直到2017年2月，我终于有机会走进了位于北京车公庄西路14号的北京市环境保护局，啊，环保局，我想走进你已经多时了，今天我终于来了！

在环保局,事先编导已经联系好,准备接受采访的是一位年轻的女处长。一见面,我很吃惊:"啊,你,这么年轻?大气处处长?"

女处长说:"不年轻,副处,副处啊。"

副处长也行啊,只要是管大气的!我心说。

急忙问:你能通俗地告诉我,咱们老百姓整天里发愁的这个PM2.5究竟是怎么来的吗?今天又是一个什么状态?

女处长笑容可掬,非常欢迎媒体和他们一起来向老百姓做个系统的说明。但她一上来就告诉我,因为采取了很多措施,咱们北京市的PM2.5,平均浓度啊,2016年比2013年已经下降了19%。这是一个什么概念?就是说平均每年以6%到7%的速度正在往下降呢。

我说,不不,等等。显然我不满足女处长的"和自己比,成就不小"。我说,美女处长,你看上去很真诚、很善良,那我就挑明了说吧:现在不管成绩有多大,北京的PM2.5,你看老百姓天天盼蓝天,但一会儿报黄色(预警)啊,一会儿是橙色,一会儿又是红色的,老百姓很想知道究竟咱北京的空气污染,呈现出一种什么状态。这个问题回避不了,也是接下来咱们探讨原因和治理的一个基础的基础。

美女处长同意了,她告诉我:如果说咱北京的PM2.5的浓度,2016年年底是每立方米73微克,73微克实际上就是已经超过了国家标准的一倍多;而"优良天数"呢,我们2016年全年的占位比是54%,就是说还有一少半的时间是处于"不优良"。

"那重污染呢?"我又问。

"重污染天气是39天,这个指标基本上占去了全年的10%。"

"重污染是不是就是我们老百姓平常看到的黄色预警、橙色预警,还有红色预警?"

"这个我得解释一下,"美女处长说,"我说的重污染,实际上是指在五级和六级以上的天数,和天数有关。比如说'黄色预警'表明北京五级以上的污染天数已经累计到了两天了;'橙色预警'就是三天……"

哦,那就是说重污染天气达到五级以上,还必须持续两天,才可以报"黄色预警"?她说:对!

那么成因呢?我这才进入下一个问题。

说到"成因",美女处长耐心地给我打开电脑PPT,然后指着一张放大到投影屏幕上的饼图告诉我,您看,您先看这张图——

在这张图上,我可以很清楚地看到北京空气中的PM2.5的贡献率(她们学术语言叫"贡献率",其实就是"来源"或"影响")。其中机动车排放占去了31.1%,是大头;燃煤占了22.4%;工业生产,占比18.1%;扬尘,14.3%;另外还有一项就是"其他",占去了14.1%。

面对这张饼图,说老实话,我当时的第一感觉就是不信。为什么?不愿意相信,或不能相信!

为什么北京PM2.5成因中的大头是机动车尾气的排放?还占了31.1%?

这怎么可能?

大约是从2011年,北京机动车开始实行限购,跟着机动车也开始一周限行一天。这一点老百姓是很头疼很不高兴很想骂人的。你国家十几年来一路都是鼓励小轿车进家庭的,但老百姓有人想买就买了,有人刚有钱,想买却必须得参加摇号,这公平吗?再有,小轿车最便宜的也得大几万,名牌豪车就更加昂贵,可车主把车买了,一礼拜至少有一天得搁家里趴窝,有时赶上雾霾报警,还得限单双号,这又合理吗?

当然,我知道我不能陷在老百姓的抱怨里,我是他们当中的一员,但我也是记者,必须客观冷静,让美女处长给我说说北京这PM2.5,机动车排放被认为是主要原因,究竟是为什么?如果机动车是"大头",那刚刚过去的春节,北京城差不多都走空了,满大街的道路那叫一个畅通!尽管如此,雾霾该来不还是来了?因此机动车凭什么要承担这个PM2.5的最主要"贡献"?

整整一上午,美女处长很认真地一遍遍地给我讲了他们的研究不是随便就得出来的结论,是有根据的,是2013年北京市组织了权威机构的专家、学者共同分析研究,产生出来的关于PM2.5的"源解析"的报告,可是我仍一头雾水,饭都不知道啥滋味,出了环保局的职工食堂,美女处长和接待的其他行政领导礼貌地送我们离开,我脸上也笑着,但心里却说:"你等着吧,我非得把这个问题搞搞清楚,机动车,哦,我们北京的小轿车,已经够冤的了,决不能再让它背这个黑锅!"

在"人民"我还算……?

2017年春节将至,农历已是腊月二十七了,别人家里纷纷开始办年货,我却忽然想到终于可以去一趟"人民"一揽子地看上一场病。

"终于"?"一揽子"?

对,"终于"是因为此时外地人该回家过年的都已经回家了,我想马路上车少,医院内大约也不会人山人海。"一揽子"是指我身上各种各样的问题拉拉杂杂地已经攒了很长时间,一直没有工夫看,比如T3指标高、腰疼,还有左手肘长了一个黄豆粒儿大小的东西,像囊肿又像碎骨头渣子,现在就打算趁着节日前的"空当"去趟人民医院。

"人民"是我的"公费医疗"指定医院。北京人一提"人民"两个字谁都知道它指的是"北京大学人民医院",地点在西二环,路西,西直门和官园桥那一站的中间。2003年"非典",这里成为重灾区,曾被社会"众目睽睽"过。

1月24号上午9点30,我来到了人民医院的门诊大厅,挂号的长队尽管已经过去,但人还是多。挂了号,一个内分泌的76号,一个普外的243号,然后就上楼,挤电梯。电梯门一开,乌泱泱的,人还没下完,又一窝已经往上涌。我心说,这哪里像快过年了啊,医院如市场,看病如打仗,"人民"还是老样子。

不过"人民"看病快,这是真的。

过去我在这里抽过血,看着满大厅站满了人,但电子屏幕叫号快,一声接一声,病人迅速准备好胳膊,一拉溜窗口里都有护士,一针下去,稳准狠,很快抽完一个,再叫下一个,一切都让人感觉这是"流水线"。当时我曾想:哥们儿,这是在看病啊,"流水化作业",这玩意儿行吗?

正想着,不到半小时,我前面的 75 个病人已经看完了,刚到"普外"时电视屏幕正叫着 40 号,转眼就轮到我的 76 号了,真快,你看这效率,"中国特色"还是"人民特色"?

我赶紧来到被指定的诊室,对医生条件反射地满脸堆笑,为什么?还不是想让人家给咱好好看看,一脸讨好。

医生,一个中年男人,样子不凶不喜。问,你怎么了?

我说两件事,一个是左胳膊肘下面长了一个小东西,过去不疼没管它,现在开始疼;另一个……医生不听我说完,已经在开始摸我的"黄豆粒儿",三秒钟不到,真的我发誓三秒钟都不到,他就说:"哦,知道了。你想咋样?"

我说,我能咋样啊?您是医生,当然听您的!这是长了个什么东西啊?

医生说,我不知道,隔着皮肤我看不见。

我说:"那您根据经验判断一下……"

我的话还没说完,医生已经不耐烦了,说:"您到底想怎么办啊?是想开刀,还是不想做手术?"

我也开始冒火:"我是病人啊,我怎么知道该怎么办?而且这一大早,我从大兴赶来,地铁两小时,好不容易见到你,就想听听你的意见,可……"

医生见我急,比我还有理:"不是我不耐烦,大过年的,我跟你也没仇。"他解释,"我是说如果你想开刀,就请到其他的诊室去预约,我就不收你的挂号条了;不然我收了,你再看,还得重新挂号,所以我说你别在我这儿多说了!"

嘿!

我说:"那我还有第二件事呢,就是腰疼(我还是压住了火)。过去我有腰椎间盘突出,现在弯不下腰,自己穿袜子、剪指甲,都很费劲,您说这可能……"

我的第二件事还没说这么细,上面的这段"陈述"其实是我的腹稿,自己觉得已经是够"言简意赅"的了,但医生还是不听我说完。

终于我明白,这位医生看病,"看"仿佛不是目的,他对我的态度让我有理由感到他坐在诊室,目的就是尽快把每一个病人从他的眼前支走,敷衍着还很有道理:我们这是大医院,专业分工细,你说腰疼我管不了,要治就得去脊椎外科。

不好意思,就这样吧,我外面还有病人,很多病人……

嘿,我这暴脾气……

我到底被他成功支走,到了其他诊室……

接下来的"遭遇"我都不想细说,其他诊室听说我想"预约手术",又让我去骨科,骨科让我去做 B 超;内分泌也一样,243号的排队好不容易见到了医生,人家头都没抬,唰唰地就开出了化验单,让我去抽血。我说:"医生我这有过去的化验单啊。"她说:"那哪行?"然后就不理我,扭头喊下一位病人,我在她面前仿佛已经不存在了一样……

徘徊在人民医院,热热闹闹的走廊和大厅,我在想到底要不要手术?要手术做 B 超就得排队,排到哪天不知道;甲状腺抽血要不要重新做?要做的话,结果也要等到第二天才能取。

明天?再来?天啊!

不然不看,不看了!我对自己生起气来。

但转念一想:不看,这一上午不就等于"白费"了?"终于"下决心来看场病,还想"一揽子",可一件也没看出个结果啊!

我真想……想什么啊?

在"人民"我还算……?

可想什么也没用啊!不是吗?

沉重的北京儿童医院

就当我在"人民"弄得灰头土脸、满肚子"情何以堪"的事情发生后不久,我接到栏目组的安排,开始为晓静的《直面北京大城市病》做调查记者。说老实话,当时真希望我们的节目能够具体解剖一下"人民医院",但根据安排,节目选择"看病难"的典型是北京儿童医院。

儿童医院也行,它也和老"人民"一样,每天接待的患者也都是超负荷运转,而且大部分患儿(至少一半以上吧)都不是北京当地的,是来自京郊、河北、内蒙古,甚至还有东北和大西北的。

到了儿童医院,那天,和二十年前相比(因为我有二十多年没来过了),我觉得儿童医院设施和管理,已经比我当年带着女儿来看病的时候更科学更有效了。新辟的地下一层(也许不新)还有小食街和儿童游乐园地。但人多,依然是人多。后来采访医生,有位中年女医生,是内科的大夫,上午10点,我问她已经接待了多少个患儿了?她说20个了。8点钟开门,两个小时20个,那平均每个孩子,和医生见面的时间也就五六分钟。

来点"原汁原味"的吧,我现在就截取这位大夫与一个四川籍、在北京打工的患儿家长的对话,这对话只是我们录音录像下来的一部分,患儿的病症是便秘,家长已经带着孩子做过了B超——

医生:B超没有太大的事。很多时候他便秘,可能还是跟他饮食习惯有关系。

患儿妈妈:他上火了。反正他大便就没正常过。

医生:平时饮食一定要规律,就是正常吃三餐饭,好吧。

患儿妈妈:行。

医生:不要说高兴了吃什么就吃什么啊。

患儿妈妈:淋巴结不用管它吧?

医生:暂时不用管,这种淋巴结有时会容易引起肚子疼,但一般对便秘的影响不是特别大。

医生:我先给你开点药,调解一下胃肠看看啊,好吧。

患儿妈妈:行。那他大便出血,是不是还要看一下肛肠科啊?

医生：是每次大便都出血吗？

患儿妈妈：大部分是，三天有两天是。

医生：那你还真得看看，因为得小心有没有痔疮什么的，如果说出血这么频繁的话，可能就是肛裂。体重多少？

患儿妈妈：没称，三十一二斤吧。

医生：十六公斤是吧。没有过敏的药吧？

患儿妈妈：没有。要是肛裂好治吗？

医生：肛裂好治，肛裂一般来说，主要还是因为跟他便秘有关系，如果说不便秘了，他慢慢自己就好了。

患儿妈妈：就熬粥，韭菜、白菜，不让他吃肉是吗？现在不让他吃肉？

医生：不是说不让他吃肉，肉可以吃，但是你不能说肉吃得比菜还多，那就有点反了，好吧。平时也要让他多吃点那个，也不是说光吃菜，也要多吃点谷类什么的，米饭啊，面条啊这些的，主食为主，其次是蔬菜，然后肉吃一点就可以了。平时让他多活动，这样才能促进大便不干。先吃点药调理看看，如果说，慢慢就通畅了呢，那自己保持好的饮食习惯就可以了；但是如果说还不能缓解的话，再来看，可能到时候需要再做系统的检查，好吗？

患儿妈妈：谢谢你医生。

医生：没事。

说老实话，站在一旁的我完整地听下来了医生的这一段"看病过程"，想想我在"人民"的遭遇，我真感动，眼窝子有点潮……

医生像是看出了我在对比，告诉我说："嗨，您看我现在说话挺多的是吧？其实如果病人不多，我们医生是愿意多说几句的。"

是吗？女医生的话，让我意外地有了一点安慰，也许吧？也许那天"人民"的大夫如果不是赶上病人过多，也许也会跟我多说些话，至少不会那么烦？

我放下自己，继续出发。

我说:"那现在您一天能看多少患儿?"

"基本上可能看个八九十个的样子,现在是淡季,很多孩子都还在外地,还没回来,所以还算轻松。"

我问:"那要是外地家长都带孩子回来了,又赶上容易发病的旺季,你一天得看多少患儿?"医生说:"那可就得过百了。不然就得拖大家的后腿,而且一半的时间看不完,还不能正常下班。"

……

接受我采访的这位中年女医生,后来我知道家住北京的"北苑",每天上班先要坐公共汽车,再下地铁,坐5号线,再倒2号线,最最顺利的时候上班也要一个小时。

我又问她,要整天这样,赶上身体不舒服,岂不是早8点到了医院人就已经很累了?

她说:"是这样,有时就是这样。"

"那一天下来你计算过么,要说多少话?"

"没算过,反正累得回到家里没事就不说话。"

我又问:"有孩子么?小孩怎么照顾?"

医生:"有小孩,反正有我爱人或者我爸妈他们照顾。"

记者:"家里已经习惯这种情况了?"

医生:"对,所以我们家孩子,对于我上夜班或者出差啊,他都无所谓。"

因为诊室里采访时间不宜过长,而且我知道我越占用医生的时间,她被耽误的时间也就越多,中午没准吃饭的时间就越少,所以匆匆结束采访。但最后我还是问了一个设计中必须要问的问题,那就是:"作为一个医生,理论上,你认为一天你最多可以接诊多少个病人?"

女医生说她还真没有想过这个问题,反正下午4点结束挂白天的号,之前挂的你看不完就下不了班,其他的就更顾不上去考虑。

我知道,这个问题,我是应该问院长的。

人口膨胀到哪样？

其实说到北京市的"大城市病",人口、交通、资源、环境、住房、贫困,哪个病症为主？哪一个会导致像人得了心脏病、高血压？无法分开,都互相影响着,且互相伤害着。这结果有点像电脑里的硬盘,往里装东西的时候谁都不担心,以为硬盘的空间因为看不见差不多就等于有无限之大,但谁知有一天,终于迈过临界,硬盘被撑爆了,如此说来并非危言耸听。2015 年,我回《调查》做的第一个片子《重庆大轰炸》,也是节目采访量很大,一期节目播出了不解气,我就想写一篇同名的纪实文章,即使不发表,也要记录下七十年前那场惨无人道的空中杀戮,让受伤未死的当事人留下口述历史,以免后代忘却了日本军队曾经对重庆、对中国老百姓犯下过怎样的滔天大罪！但文章写到三万字,忽然有一天,屏幕上的文字就在我眼前"忽悠悠地"没有火焰地燃烧了,几秒钟,一行行、一段段、一片片都变成了乱码,那乱码化了却不消失,就占着空间,于温良的承受中宣誓着反抗,或者说在无声的狞笑中浮沉着报复的智慧……

不知道为什么,探讨北京"大城市病",我经常会想起这件匪夷所思之事,也经常会联想着自问："怎么会呢？"北京的人口今天广受诟病,什么"猛增"啊、"膨胀"啊,但这么多的人都是从哪儿来的？"猛增"和"膨胀"的中间难道没有个过程？

"动批",如今不仅是北京人,全中国甚至世界很多国家的服装商、贸易商都知道它。这个市场(北京动物园批发市场)之大,到四年前的 2013 年,已经拥有了大市 12 家,独立楼宇 9 栋,建筑面积 35 万平方米,摊位 1.3 万个,从业人员近 4 万。

如果你只看这些孤立的数字,可能并不会觉得这有什么问题,1.3 万个摊位、近 4 万的从业者,这对北京动辄两千万的常住和外来人口的巨大数字不还是小数？殊不知,这样的 1.3 万个摊位、近 4 万个从业者,为他们服务的帮工、仓储、运输、中介、快餐、理发等等又有多少？他们所带入或滞留在北京的亲朋、老乡有多少？一个摊主在"动批"站住了脚，通常就会把妻子或丈夫、老人和孩子，一家老小都带在身边，然后再通知同村、同镇的老乡们都过来。这样 4 万从业者，如果一家平均按五口人来计算，那 4 万立刻就变成了 20 万。

记得三十年前，就是这个"动批"，或者说"前身"吧，不过就是京城西直门外、动物园旁、莫斯科西餐厅马路对面的一条小马路。开始，有些小商贩先在路边摆开了衣服、小商品卖，很多年轻人从"老莫"吃完饭出来，我也算一个，有时就会到小马路来看看。

三十多年前的中国，改革开放刚刚吹起微风，之前人们买衣服都是到正规的西单商场、东单商场，或王府井百货公司等国营的大商场里去买，样式陈旧、色彩沉闷。动物园有一条街能够买到"外贸转内销"的，有来自广东、香港的，还有福建石狮的特色衣服，这对刚刚思想解放、开始追求个性穿着的年轻人来说，是很有吸引力的。只不过那时候人们再怎么想也想不到，就是昔日的这一条小马路，慢慢地变成了门脸儿，盖起了大楼，再到后来几经建设竟然成了辐射华北、大半个中国的服装批发的"市场群"。

2017 年 2 月，《直面北京大城市病》摄制组来到"动批"采访的时候，沿街的天皓成、金开利德等几栋大厦都已经关闭，但还有世纪乐天等三四个市场还在营业。

我别好胸麦走进了"世纪乐天"，准备随机采访几位摊主，摄像、录音师都跟在我的身后。最开始我在一位年轻妈妈的摊位前停住了，我问她有几个人跟着她在北京卖衣服？年轻的妈妈说："我才来一年啊，老公、孩子都跟着。"再问一位六十来岁的老大姐，她说"动批"一开始她们一家就在这里干，你说几个人跟着我住在北京啊？大姐笑笑："一家子呗。"看那样子对北京已经很熟悉很熟悉，"第二故乡"了的感觉。

……

一个"动批"，三十年带动了几十万外地人进入北京，这个数字我想应该是保守的，何况，北京的服装批发市场还不只"动批"这一家。南城从南二环的永定门到南三环以南的大红门,一拉溜开设的"大红门服装市场""京温市场""天雅女装""百荣世贸"等等七八家批发市场,想想得容纳下多少人?

你进得北京,为什么我进不得?

于是这里几十万、那里几十万,凑上成百上千万并非难事。

直到 2017 年,北京常住人口达到了 2170 万,这中间就包括"原有"的北京人和"外来的"北京人。没有过程是不可能的,只不过有"过程"不到膨胀的那一刻谁也没有在意。

忽然有一天,北京人口从"增长"到"猛增",发现时已积重难返。

2000 多万人,除了要工作、要挣钱、要吃饭,他们还要住房、上街、求学、看病,这就给北京带来了巨大的压力。北京告急了,各种承载能力都在闪红灯,但是怎么办呢?庞大的人口是你来凑、我来凑,大家一起凑出来的,谁之过?说不清楚啊,就是说得清,还能讨伐谁、加罪于谁吗?

悲催"西二环"

北京二环路,32.7 公里的一条环路,始建于二十世纪六十年代,终建于九十年代,是中国大陆第一条没有红绿灯的城市快速路,一直被看作北京交通发展史上的一个里程碑。

但就是这条二环路,说来也是神奇,在它的西段,准确地说北起西直门、南到天宁寺,就是这段地铁大约三站地的路段,"堵车"是永恒的主题。

曾经很多次,晚上九十点钟了,我开车心想,这么晚了西二环应该不会堵了吧,就大着胆子把车开了上去,嚯,眼前,好家伙,一溜车灯,逆行道上的是黄灯,顺行道上的是红灯,车子还是开不过二三十迈。

悲催的是,路上堵就堵,大家都熬着也就罢了,但治堵的部门——北京市公安交通管理局,尤其交管局的那个指挥中心,却偏偏就在这条路上,在西二环官园桥十字路口西南角的马路旁边。

嘿！悲催吧！

2017年2月的一个周五,《直面北京大城市病》摄制组专门挑了一个黄昏、快下班的时候登门拍摄,为的就是要拍北京交管局指挥中心的大厅,大屏幕上上下班的高峰车辆,看看这时的北京道路,各条马路究竟会堵成什么样子。

我们一行五人,是结束了上一场采访集体转战而来的。

接我们的人还没到,我们就站在马路边等。

嘿,边等我边想,"嘿"的一声笑出了声,大伙都看我,都奇怪,嘿,你笑什么啊?

我说,你们没发现么,咱北京最堵的这条二环路、西二环,还恰恰就是交管局的所在地,这讽刺吧?是不是?

大家一听,也都警觉起来,哦哦地附和着我说,可不是嘛,还真是!但笑笑就过去了,只有我自己知道刚才我之笑,我那真正笑的"嘲"点是什么,是脑袋里突然蹦出来了一个词儿——悲催。

"悲催"是什么?上网你可以看到解释说,这是近些年来网络上出现的一个"新词儿",意思是失败、伤心、不称意,还有的说是"悲惨到催人泪下"的简写。哈哈,我好笑,其实这个词儿老北京早就在用,是形容人伤心、悲惨,但更多的意思是惨到无语、惨到倒霉透顶,从嘴里说出来时还一定要伴着一种诙谐和深深的自嘲。

……

"悲催"!

等了一会儿之后,交管局一位中年警官,出来接我们了。先帮我们提设备,通过电动栅栏门,踏上几步台阶,然后就把我们带入了北京市交管局的办公大楼。

这个大楼,我们横穿过十几步的大厅,迎面一扇对开门,我们进去,好家伙,这里已经是指挥中心的监视大厅了——

这么近,想不到这么近啊。

我脑袋里又蹦出一个字。这个"近"字,其实是我想说堂堂的一个大北京交管中心,指挥部啊,是统帅、是灵魂的所在地,但离着二环大马路竟然就几十米。这要是战场,指挥中心如此之近地紧挨着战壕,可真够前沿的了。

不过我这话没说出口,眼前一堵巨大的屏幕墙已经夺走了我的注意力,那"墙"由很多块电视屏幕组成的,应该有半个篮球场大小,但是模糊,灰蒙蒙不透亮,一问,这屏幕北京市交管局使用的显示器不是 LED,还是过去的"大背头",这玩意儿二十年前流行,如今,连老百姓家里怕不是也早淘汰了吧!

……

当然,条件简陋并不代表这套科技监控系统没有作用。就像我刚才想到的战场,一个大城市的交通指挥中心,某种程度上来说就如同作战的指挥所!

事实上我们采访那天,在交管局指挥中心,带班的一位年轻的副主任向劲松就是这样告诉我的。他说他们工作人员每天在这里值班,眼睛紧盯着屏幕,精神要高度紧张。

我问:你们主要做什么?他说:就是通过这个科技系统展示全市的交通路况,这是一个"流动图",图上面有三种颜色,绿色代表机动车行驶速度可以达到每小时 50 公里,是畅通的路段;黄色是 20 到 50 公里,行驶缓慢;红色就是 20 公里以下了,就是严重拥堵。我们每天就看这个,分析这个。

"那每天用眼睛盯着看这三种颜色又有什么用,分析什么呢?"我又问,知道自己很外行,但外行才是老百姓,我也是老百姓。

向处长说:"随时巡视路面,争取做到有警情早发现、早处治,让影响早消除;另外启动高峰勤务机制,科技巡逻加定点指挥,这就可以最大化地把警力投入到路面最适应警情的地方;对路面事故,依靠这套系统,故障车会实施快清、快处;同时在应对恶劣天气、突发事件时,我们也可以针对不同区域、不同重点、不同时段采取更多方法,这些都能帮助交管部门缓解交通压力。"

哦。

当时,向处长的解释应该说我只能听懂 80%,但说到北京的道路拥堵,我脑海有一个数字,这就是截至2014年年底,北京机动车保有量已经达到了559万辆,不计周六日,就是周一到周五,听说早晚上下班的高峰,路网的平均时速只有28公里。难道"限行"也不好使?

这是我的问题,来之前就想到了要问的。

向处长不犹豫。

他说,为了缓解交通拥堵,北京市不知道想出了多少办法。限号是不得已,这也不仅仅是因为交通,还有环保。

我说,这我知道。

他就说,采取"限号出行"的管理措施,这个措施刚出台的时候,应该说对我们整体路况影响的效果是比较明显的,但是随着机动车保有量的整体上升,这种结构性的矛盾并没有得到根本性的解决,系统性的矛盾还是比较突出。

我说,还需要动大手术?

他说,是。

扎进心里的PPT

还记得是在采访北京市交通发展研究院院长郭继孚的时候,他指着一套《北京市交通变化以及大城市交通论坛》的PPT,边看边向我解释着,说过去、说现在、说发展、说无奈。其中两幅坐标图,我一看,就牢牢地抓住了我,深深扎进了我的心里。

这两幅图像会说话的证人,不,就是会说话的证人。

两幅什么图呢?

一幅是北京市人口快速增长的记录;另一幅是机动车保有量迅猛增长的记录。

先说人口增长:2009年北京市常住人口只有1860万,2010年增加到了多少?1961.9万,整整多出100万!

再来看机动车:2009年北京机动车保有量401.9万辆,到2010年呢?480.9万辆,一年之间猛增了80万辆!

"这100万新增人口对交通有什么影响?"记得我当时问。

郭院长说,理论上人口每增加一人,城市就需要配套2.5人次的出行设施,这是刚性的,增加一个就要增加这么多的出行量,一定要解决,提供交通条件。

"那一年80万机动车又意味着什么?"我又问。

"这我们一般人其实没有体会,不知道这个80万辆车是什么概念,我给你一个非常通俗的解释吧:80万辆机动车,首尾相连,一辆车加保险杠算5米长,有的还不止5米。就算5米吧!5米长(的车身)乘以80万辆是多少?400公里啊!你想想,这400公里,首尾相连的车队,一年之内开进北京,然后这些车,大部分又都没地方停,大部分又都在中心区,我们北京的城市中心区道路,还不都变成了停车场!"

……

人口100万!

机动车80万!

这两个数字,是一年的增量。

两幅坐标图把曲线都猛然拉高了一截,然后第二年,也就是2011年,又双双回落,各来了一个"跳水式"的大下跌,为什么?情况危急,北京市开始刹车,或者换句话说不刹车不行了——

事实上,从1998年至2013年,北京市机动车保有量就已经增长了303%。

2009年的401.9万辆是从2004年的229.6万辆发展而来。同样,2009年北京市常住人口的1860万也是从2004年的1492.7万增长而来。

五年的时间,人口和机动车的增长因为一直还是"阶梯式"的,没有让人警觉,但五年后的2010年,"膨胀"+"瘫痪",面对登峰造极了的100万+80万,这样的增长速度、这样的图形箭头,谁还能坐得住?北京病了,而且已经"病"得不轻,这么说并非故意吓人!

"所以我们必须痛下决心。"郭院长说。

我明白他的"痛下决心"是指什么,其实正像北京市交管局指挥中心的向处长也曾告诉过我的一样,2009年,北京就已经采取了机动车尾号限行的措施,交通情况一度有所缓解,但后来为什么这个"明显的效果"并没有持续多久?"就是因为机动车的增长太快了",出现结构问题了,很多措施没用了!

回头再来看郭院长的PPT,2009到2010年,北京人口和机动车双双直线上升,到了第二年又都出现明显的下降,这为什么?郭院长说:"2011年我们两个限购,同时进行了房屋限购、车辆限购,这两个'限购'压下来,你看2011年的增长是不是就减了?"

是减了,2010年"大增长",2011年"大跳水"。但"跳水"之前已经增加了的"量"呢,问题并没有得到解决或根本的解决啊!

2016年北京地铁的最高"日客运量"超过1200万人次,公交电汽车呢?停车场呢?

有数字显示,也就是在2016年,北京市公共电汽车的"日均客运量"已经达到了1063万人次;小汽车"每车年行驶里程"达到了15000公里;居住区的夜间"停车位缺口"约130万个。因为开车堵,很多人出行能坐地铁的都坐地铁了,可已经买了的车放哪儿?停车难的现象也跟着变得越来越突出。

2011年4月份,北京市停车价格开始调整,这和机动车限号一样,一开始还很有效,后来就效果不大了。为什么?郭院长说:"大家都适应了呗。"

"不在乎钱了吗?不是的,实际很在乎。我们做了一个调查发现,实际上真正收费的停车场,按小时收费的,这样的车位就没人停,车主就在旁边乱停,实在旁边没地方了,自己也过意不去了,才会停到收费的停车场里去。"

为了掌握第一手材料,郭院长告诉我,他曾经到北京西二环的金融街去"微服"过,问停车的收费员:"你们收得上来停车费吗?"收费员说,根本收不上规定的价格,为什么?太贵了,常年住在这个地方的人,还有整天在这个楼上办公的人,他们如果都按规定价格收费,早跑了,都不可能,所以最后的结果就是"议价",按月打折扣,一个月顶多了交几百块钱。

停车难、收费贵;但想用"收费贵"的办法来解决"停车难"的问题,又仿佛缘木求鱼,明显不是最好的办法。

那怎么办呢?

曾经,因为我在香港生活过十年,我知道香港街头如果有空地能够让人们把车停下,那这样的停车场大多收费的办法都不是靠人来收现金,而是用咪表,司机用"八达通",一种非常市民化了的电子付款磁卡"啪"一拍,停车就开始被计时。这样的停车费是多少就能收上来多少,没有可能"议价",也没有人敢不交,不交,其后果将严重地影响你个人的金融资信,如果那样,在香港社会就寸步难行了。

纵观世界发展史,"交通"尽管都是大城市发展的制约因素,而行路难、停车难这在全世界的大城市,都是常见病。有些办法香港做得了,北京一时还做不了。面对迅猛增长的机动车,堵车和停车的问题主要出现在中心区,这和日本很相像。所不同的,北京的核心区,也就是现在的东城区和西城区,小汽车的"保有率"已达到每千人 310 辆,东京是每千人 170 辆,北京高出东京将近两倍,这治理起来,难度就更要让人嘬牙花子了。

记得 1996 年在法国拍"巴黎汽车展",我曾经站在香榭丽舍大道,马路边,背后就是凯旋门。我站在那里干什么?掐着表在数每一分钟通过的车辆,因为有人说,谁要是能够协调好以凯旋门为中心、巴黎平面放射出来的 12 条大道,谁的交通管理水平就是世界最高的。那时候我还相信:一个城市的交通堵与不堵,靠管理是能做得到的,但二十年后面对北京一个 100 万、一个 80 万,一年的时间人口和机动车就猛增到这样的程度,我知道什么样的管理也没用,什么样的管理在如此无节制的"疯涨"面前,都是杀鸡用牛刀的反例,不是吗?

什么是"刚需"?

话说来说去,北京的"大城市病""人口过多"是一个基础的病灶?

那北京人,构成北京人口的来源结构又是怎样的呢?

我有同事,特别是新同事,在和我混了一段日子以后,熟悉了,都会问:哎,长江老师或长江大姐,"您是不是老北京?"每到这时我总会反问他们,也问自己:什么是"老北京"?

生在北京皇城根,长在四九城,三四代以上的叫不叫"老北京"?那当然,但这样的"土著",现如今还有多少?

别人不说,就说我自己吧——

我的奶奶活着的时候据她说小时候还跟着大人去东城的禄米仓去领皇粮,作为满族之后,到我这儿至少是第四代了,我或许可以算是一个"老北京"了吧?但再往后,我的女儿,我的下一代,长大了以后和同学喜结连理,她的这个对象,就是后来我的女婿,是从外地考到北京的,大学毕业后又留在北京工作,然后和我女儿结婚,融入了我们的家庭。你说我的女婿是不是北京人?如果以家为单位,我的这个家现在是"老北京",还是"新北京"?

计较这个和如今北京市的人口爆炸有何补益?五十步与一百步的关系罢了。

事实上北京人多,怪不了别人,大家有份、人人有份。那种自己搭上了车,知道这辆车还有人想上,但因为车上已经很挤,挤得很不舒服了,就开始埋怨还没上车的人:你怎么那么讨厌,没看到这车上已经人太多了吗?干吗还拼了命一样地还往上挤?这用老北京的话说就叫"不局气"!

北京2170万人口,要住多少房子?这种需求算不算"刚需"?

当然算了,第一"刚需"!

"安得广厦千万间,大庇天下寒士俱欢颜",唐代诗人杜甫,从那时起就担心天下寒士没有房子住,但今天,我有时真想问问有关部门:咱北京这二十年,盖了那么多房子,这些房子都是用来给人住的吗?还是很多都在给富人做投资?

事实上在我周围,像我一样年龄的人,不管是北京的"土著",还是"新移民",家里有两套、甚至三套房子的人并不在少数。

国家领导人提出,"房子是用来住的"这句话已被老百姓朗朗上口,但"炒房"市场是否萎缩?很多年前,中国房地产名人任志强先生也曾喊过:中国的"房子不是用来炒的",但"任大炮"说这个话有什么用?北京的房价还不是一个劲儿、一口气儿地往上涨?

这一阵微信不是在盛传一个北京人,三十年前要出国了,以几十万的价格卖掉了自己位于鼓楼一带的一个什么四合院,今年回来一看,已经涨到了几千万!

我女儿女婿的一个同学,家在西北,父母卖掉了老家两处住房,来北京打算和已经成为"北京人"的儿子一起长住,两代人的钱合在一起是 300 万,准备买一套三居室。开始我女儿说就买我们院里的吧,西三环交通还算方便,100 平方米,500 万,正有一套二手房。但这个同学稍有犹豫。第二周这套房就涨到了 550 万。又过了三天,再涨到 580 万。这样这套房,在不到两周的时间里,价格坐地就飙升了 80 万。同学说,想了想还是算了吧,节省些钱来买更远的地方。于是有人给他推荐了南四环到南五环之间的一处新楼盘,可是一询价,我的妈呀,7 万一平方米,100 平方米,就要 700 万,而且是 2018 年才能交房。唉,我女儿女婿的这个同学啊,牙花子都快嘬破了:"这北京还让人活吗?"一步赶不上、步步赶不上!房价如火箭,买房人当中,如果买房真是为了自己住的,大多数都是平民老百姓,但房价这么个涨法,平民百姓、工薪阶层,谁手里会有这么多的钱啊?

住房是"刚需"、出行是"刚需"、工作是"刚需"、吃饭是"刚需",说老实话,"刚需"这个词儿用到北京,有时我真觉得首先是折磨人,不满足吧,是需要;满足吧,有时难得没有楼住的人都要跳楼!

那北京的房子为什么价格这么高,而且多少年都居高不下呢?

据北京市住房和城乡建设委员会的统计数据显示:2017年2月,北京存量房网上的签约套数是14630,3月16日仅一天就签约了1306套,环比15日增加了12%。一方面是有人想买房,手里没钱买不起;另一面为什么对有些人,而且这样的人还不在少数,买房就像买白菜?

我真想不通!

房子越买越贵,越贵还越买。有钱人加上胆大的赚得是盆满钵满,没有钱或钱不多的老百姓该买不起的还是买不起。因此有人说,北京的房地产说不定哪一天就会被供给侧改革给叫停了。但这种说法永远都不见动静,很多"天下寒士"还是"蜗居"或者住在出租房里。

几年前人们就曾担心,说北京的房地产泡沫太严重了,但泡沫来泡沫去,没见谁是最后的一个接棒的人,于是房价疯一阵,官方就出台一条限购政策,尽管任何限购的目的都是为了稳定楼市,但过一阵,这些政策就会被消化,房价该涨的还是涨,只是该落了的时候却不见落。

2017年一开春,有媒体形容:京城房价已吹响了冲锋喜马拉雅的号角。

3月16日,《中国证券报》刊发了一篇文章,题目是《北京学区房上演春之狂躁 12万元每平米是起步价》。说近日来走访了西城区德胜学区并了解到:该学区内一套"学区房"已由年前的每平方米12万元,上涨到了每平方米15万元。

这个"西城区德胜学区"我熟啊,"文革"以后,我们全家跟随父母从湖北"五七"干校回来,户口就落在了这一地区;后来我和哥哥都前后脚有了家庭、有了孩子;三十年后,孩子的孩子又呱呱坠地,一儿一女,也都加入了同一个户口簿。可就是我这个在"新北京"人看来值得"没事偷着乐"的"老北京"家庭,也不是可以高枕无忧,为什么?2015 年北京采取就近入学的政策以来,不仅"学区房"价格飞速上涨,两年之间已翻了两倍;而且为了防止"出租户口",一个户口簿六年之内,只能允许一个适龄儿童就近入学,你明白我在说什么吗?就是说我们家的第四代,一儿一女,两个孩子只有一个长大后可以符合在"德胜学区"上小学的条件;另一个想上好学校,也得去买"学区房",而且要提前六年,也就是孩子尚在一岁的时候就得买,不然买房的房龄不够六年,也不能享受那个学区的优质教育资源。

……

终于可以明白为什么北京的房子,包括二手房的房价也是一路飙升、降不下来了吧?

据北京市教委的统计,2010 年以来,北京市适龄儿童人数每年平均递增 2 万人,年均增长 20%。同时随着全面二胎政策的实施,有统计表明:未来几年北京中小学在校生的规模还将大幅增加,这还不算没有北京户口,但常年已经在北京打拼,事实上已经成为了"北京人"的外来人士。

德胜学区的"学区房"由年前的每平方米 12 万元,上涨到现在的每平方米 15 万元,这算什么?看跟谁比了!如果跟西城区的金融街学区相比,那里集中了北京四中、北京八中、北师大附属实验中学等几所大名牌的好中学,在小升初的电脑派位中,有这里户口的绝大部分学生都能被自然纳入,因此,那里的房价才是"房王"呢,每平方米,据说现在已经达到了 20 万,而且越往后,还会越高!

这是"刚需"吗?

北京疯了?

一个学区房,简简陋陋的,有的干脆就是又老、又小、又破烂,被人称为"老破小",但就是这样一套五六十平方米的房子,动辄就要 500 万到 800 万。

上帝要让人灭亡,必先使其疯狂。

是时候用上这句话了吧?

这样的房子先给孩子上学用,而后再卖出,说不定还能大赚特赚,太多太多的人看中的是投资价值。所以买"学区房"的人家,不一定有适龄儿童。所以连任志强都说:"北京的房子要降价,恐怕在我的有生之年是看不到喽。"

他说这话的时候是好几年前了,但听着,像不像就是在昨天?

北京真的缺水?

我住北京城南,大兴区。

说一段"城南旧事",当然这里的"城南"跟1983年吴贻弓导演执导的《城南旧事》同是"城南",却不是一个概念。那部电影,主人公英子用一个小女孩的目光,讲述了她在北京生活时曾经发生过的三个故事,但英子记忆里的"城南"应该是皇城之南,是曾经的崇文和宣武(2010年已经撤并归入了东城和西城),不是我今天住的五环之南。由此可见,岁月并未走远,沧海已成桑田。

我住在南城,老北京都知道"南城"是"下风下水"之地。因为北京常刮西北风,"上风上水"自然在北部。加上水质不好,所以过去我只知道我们南城的房子比北城的贱,却不知北京的水,不管好坏,能够用了就不错了。我们这个城市是一个标准的缺水性城市,大家不知道,一年四季老百姓家中很少会出现限水或断水的情况,那是政府和有关部门提前做了很多努力。但即使是这样,我们的地下水也曾一度出现过超采,我们脚下的"漏斗"无声地发出过警示,"缺水"这个"大城市病"里的一个病症,北京是有的,而且"病"得不轻。

2017年2月15日上午,《直面北京大城市病》摄制组来到了北京水务局水文总站,采访了总工程师黄振芳先生。

我先问他:黄总,咱北京真的算一个缺水的城市吗?有什么依据?

老百姓怎么没太感觉到?

黄总很坚定地说:对,北京就是一个严重缺水的城市。为什么这样说呢?

世界上对缺水有一个标准,这就是当一个地区或一个城市,一年中,人均拥有的水量在 1000 立方米时,已经被定义为"缺水";500 立方米时是"严重缺水";低于 300 立方米,就是"极度缺水"。而北京现在我们一个人也就 170 立方米,远远低于"极度缺水"的底线,你说北京是不是"严重缺水"?

"改革开放初期,北京人口大约在 1500 万左右,这个城市的每年平均降雨量只有 500 多毫升,形成的水资源也就是 37 亿立方米左右。37 亿被 1500 万人分,人均是 300 多立方。可是现在你看,截止到 2015 年年底,北京的常住人口,已经达到 2170.5 万(其中包括常住的外来人口 822.6 万),我们的水资源还是那么多,但 37 亿要被 2170 万人口来均分,人均当然就更低了。"

"可是我们的城市用水常年只靠天然降雨吗?"我问。

这当然也不是。实际上水资源包括两块,自然水资源,所有的水都是来自降雨,降雨以后,一部分存到地表,就是地表水,河流水库;另一部分渗透到地下,就是地下水。另外 2014 年年底,国家已经完成了"南水北调"进京的工程,到现在为止已经调了 19.8 亿立方米的水,这才大大缓解了北京水资源短缺的形势。

"南水北调"? 说老实话,这个国家的水资源保障战略我是听说过的,但 2014 年已经调水进京。这个事我真的不清楚。平日里我们打开水龙头就喝,打开淋浴花洒就洗澡,从来也不为缺水而担心,但谁知道北京,首先是一个缺水的城市,人口膨胀对供水本来就带来了巨大的压力,同时人均需求也在增长,过去三十年,老百姓不一定人人都要每天洗澡,但现在,用水的地方和时间都远远超过了从前。

"那我们用地下水了吗?"我接着问黄总(之所以这样问,是来之前我看到有报道说北京得了"大城市病",其中不该用地下水的,但我们用了,而且一度用得很厉害,所以地下出现了"漏斗")。

黄总没有回避,甚至丝毫也没有躲闪。

下面是我们的一段对话,原样奉上:

黄总说:我们用了地下水了,而且也超采了,所以造成现在我们的地下水的"埋深",在2015年年底的时候,达到了25.75米。

我问:这个埋深原来呢?

黄总:原来基本上就是15米,最早的埋深是15米。实际上北京这个地方你知道,西部叫海淀,到处是泉水,过去一铁锹下去就能挖出地下水,但是实际上后来由于过量开采,地下水位一直在持续下降。只不过去年,2016年,我们遇到了一个偏锋的年,降雨量达到了660毫米,超过了多年以来的平均585毫米(自然帮助恢复,所以我们的矛盾不显得那么突出);再有另一方面就是"南水北调",我们得到的"来水",有一部富余的就补充给地下水了,向地下补了1.5亿立方,这样的话2016年跟2015年相比,我们的地下水水位是有所回升,但也只回升了0.52米。

记者:但是不管怎么说,毕竟原来是四五米就能见水,现在要20米以下。

黄总:对。

采访在继续。

……

最后一个重要的问题:"现在已有的三方面的水,地表水、地下水和南水北调的水,目前就这样一个供水的能力,能够养活多少北京人?是2000万,还是2200万、2500万?"

黄总又耐心地告诉我:

"不是说我们北京的水只能养活多少人,水的问题是这样——作为我们水务局来说,国家提出什么战略,我们就来保证水的供应到什么位置,不管是调水、海水淡化、地下水,还是包括再生水混用,我们现在的方法很多,技术也很多,只要战略定了,我们肯定是会无条件地来满足城市需要的。但城市不能无限地摊大饼啊,人口如果不加控制,今天是2000万,将来是3000万、

4000万，那北京还需要其他的配套，还有环境的允许不允许，这个规模是不能无限地扩大的。"

我知道黄总的意思，满足北京的供水不成问题，但问题是解决这个"问题"会生出另一个问题，那就是"成本"的问题。

结束对黄总的采访，我真像是上了一堂晚来了很多年的基础课，甚至此时才知道咱北京现在的水费只有几块钱人民币，但这个成本包含着什么。目前我们北京市总共拥有2500多公里的河道，包括水库，也包括湖泊。国家对每一个水体都进行过功能的定位，划分了每一个功能所对应的一定的保护水质类别，比如二类、三类、四类、五类。二类和三类主要是生活用水，来自北部的官厅水库和密云水库，还有雁栖湖、十三陵、北海公园和玉渊潭；四类水主要有工业功能和景观功能，可以划船、撩水不伤皮肤；五类水就主要是满足农业灌溉了。保护好这些水源都需要花钱、需要投入、需要科技，也需要无数人默默地为消费者进行服务，不是说随便得来，全然不费功夫。

过去我总是觉得我们南城的水不好，自家吃水要买矿泉水、桶装水，甚至也在家里安了一台"过滤器"，但跟黄总交谈了以后，我知道了我们南城的老百姓从2014年12月27日起已经开始喝上"南水北调"的长江水了，这水，水质属于二类，非常好，不仅洗衣做饭毫无问题，就是直接饮用，也完全可以。

"南水北调"？多亏了"南水北调"！

说起这个中国人的宏伟工程，最早动议还是来自1952年10月30日毛泽东主席的一句话，毛主席当时说："南方水多，北方水少，如有可能，借点水来也是可以的。"这之后，在党中央、国务院的领导下，广大科技工作者持续进行了五十年的野外勘查和测量，在分析比较了五十多种方案的基础上，形成了南水北调的东线、中线和西线的调水基本方案。北京人享受的是"南水北调"的中线工程，水源来自丹江口水库，输水总干渠自陶岔渠首闸起，沿伏牛山和太行山山前平原，京广铁路西侧，跨江、淮、黄、海四大流域，然后自流输水到北京和天津，干渠全长1246公里，进京前为明渠，进京后为暗渠，之后进入郭公庄水厂净化,再供应给北京市民。

容易吗?

1246公里。五十年勘探、施工。

这个宏伟的设想动用了国家多少财力,饱含了至少两代人的智慧和汗水,今天方才解决了北京的"缺水之急",但这一切又有几个老百姓知道得清清楚楚呢?

郭公庄水厂,就在我家西面,开车我经常路过,路程不到十分钟,但我,过去就是不知道。

谁真的"懂"北京?

北京前门、正阳门,出道简答题:哪个是前门,哪个是正阳门?虽然这道题对历史悠久、内涵浩渺的六朝古都来说实在是小儿科,但当初我被问到的时候,也没有立刻答出来。后来想了想,答对了,但知其然却不知其所以然。

简单说,北京的前门就是正阳门,正阳门就是前门。

一门两名(其实更早还叫过丽正门呢),为什么?

最早,正阳门兴建于公元1419年,明永乐十七年。那个时候这个门就耸立在天安门广场的南端,是明、清两代王朝皇城的南门,城防建筑。只是这个门专属皇帝出入,龙椅坐北朝南,正南门也就是最前面的门,所以正阳门就被俗称为"前门"了。

看,住在北京,不一定都熟悉北京,身为北京人,真懂北京的有多少?

就在前门东南角那座翻新如旧的灰白老火车站(京奉铁路正阳门东车站)、如今的北京铁道博物馆的东侧,紧挨着有一处现代化的建筑,这建筑四四方方,大气但没什么特点,脑瓜顶上写着这样几个字——北京市规划展览馆。光看这个名头,一般游客不一定有兴趣,北京人也不一定非要进去看看,因为这样的展览给人的第一印象,内容应该是"规划成就"吧?但走进去,真的一听介绍,我的心至少"哎呀"了一声,真后悔没早点来。这里展出的内容不仅包括了北京城市规划的历史与成就,同时也展出了北京的地理、历史、变迁、现状,有图文、有数据、有雕塑、有模型,还有动画、电影、互动、数字投影沙盘、模拟飞行虚拟仿真,以及踩在脚下被透明玻璃罩住了的全市微缩景观,很好看!

采访开始,第一个给我介绍情况的就是规划展览馆副馆长胡大欣。这位馆长,三十多岁,玉树临风的一个帅小伙,爱北京、爱北京的历史,讲起老北京的一段段往事、一截截脉络,神采飞扬、如数家珍。听说国家领导人,包括总书记来这里参观,做介绍的也是他。

我们先来到了展览大厅的一层,一座铜雕,很特别。

这铜雕形似一个大碗,第一眼看上去,又像龙椅,椅背是京城北面高高的太行山,山脚下一块小平原,舒舒缓缓、平展避风,算是椅面,恰好适合建一座城市,这个城市就是北京。我知道馆长这是要给我先讲北京的由来了。

果然,大欣这样开头:俗话说道理说得好,不如故事讲得好,是吧?当年朱元璋的儿子朱棣为什么要选北京为都城?而且是从南京把老家迁都至此?因为北京实在是一块风水宝地!

怎么讲?我兴趣盎然。

从最早说起,北京有着3000多年的建城史和850多年的建都史。3000多年前,先是周武王灭了商,封帝尧的后代于蓟,所以北京最早叫"蓟城";到了辽,辽代之都在今天的内蒙古,北京是其在南部的一个陪都,便称"南京"或"燕京";而到金,金朝海陵王完颜亮正式建都于此,称为中都,这是国家首都的开始;接下来的历史现代人就清楚了,元、明、清,不同的朝代对北京有着不同的称谓,北平啊、北京啊。

那么1421年,明成祖朱棣为什么要选北京为都,他究竟看中了这块地方的什么风水?我把话题拉回来。

"哦,对,总结起来,用我们现在的历史和地理的角度来讲,"大欣接着告诉我,朱棣当年定都北京主要看中的是这几样东西——"一山、二水、三路、一平原。"

"一平原"好理解,就是指的北京这块占地6000多平方公里的平地。"一山"指的是太行山,太行山是昆仑山的支脉,昆仑又被古代人认定为龙脉的,所以要定都,先要找龙脉。接下来的"二水"分别是指被喻为北京母亲河的永定河和潮白河。永定河经常泛滥、飞沙走石、冲积,造就了北京城,潮白河则水量充足且四季温和,养育着北京,默默奉献。那最后的"三路",指的是以京城为中心,分别向正北、东北、正东放射出去的三条道路,这三条路今天仍然被我们沿用,一条是出南口,可达内蒙古高原;一条出古北口,可达东北;第三条直接往东,可到辽宁。

胡大欣馆长那天给我说完了铜雕,又把我带到二楼一面镶嵌在墙上的巨大青铜浮雕面前:这浮雕名为"北京旧城",高10米,宽9.6米,重10吨,是根据当时的人工勘测图制作而成,真实再现了北京城1949年的城貌特征。

您看,大欣指着浮雕中金黄色的部分,说这就是故宫。故宫北面是景山。明成祖朱棣营建北京宫城时,将筒子河和南海挖出的土方都堆在了元朝后宫延春阁旧址的上面,当时称为"镇山",意为压住前朝;后来又叫"万岁山",取千秋万代之意;最后到了清顺治时期,才改"万岁山"为"景山"。

我边听边哦,越听越新鲜(过去太孤陋寡闻了)。大欣继续说:"那您知道当时咱北京的面积有多大吗?"我说"62.5平方里",这个数字在浮雕下面有标注。

对。当时的北京城,共有房屋11.8万间,树木6万余株。而且整个京城很像中国汉字凹凸的一个"凸"字。这有什么讲究呢?我问。大欣说:有啊,这个"凸"字是由一个正方形加上一个长方形组成的。我们看到的正方形是"内城",过去由皇亲贵族、满洲八旗子弟们居住,内城街道非常规整,是元大都时期遗留下来的样式,大多都呈"九经九纬"状。长方形的是"外城",为普通百姓和汉人所居住,这城里的道路就没有经过规划了,大多是伸向正阳门的一条条小胡同。

古老的北京城,在世界城市建筑史上都可圈可点,马可·波罗时代就被点过赞。其中两条线,两条"轴线",大欣说非常重要。一条是南北走向的"中轴线",一条是东西走向的"长安街"。

两条线十字交叉地将北京稳稳架住。其中,"中轴线"旧时南起点是永定门,往北延伸经过前门、天安门、故宫、景山,到达鼓楼钟楼,长约7.8公里;东西走向的"长安街",开始是从东单至西单,长度4公里。后来延长到建国门至复兴门。而现在,不仅"旧中轴线"已经向北延伸到了奥林匹克公园、向南延伸到了南四环,全长达到25公里;"老十里长街"也扩展成"百里长街",东起通州,西到石景山,全长46公里。当然不管是昔日的十里还是今天的百里,都是泛称,只不过根据规划,向西还要延伸到门头沟区,日后的发展或许还会更长……

对胡大欣的采访,从北京历史到地理特征,我听得津津有味,一旁也听、但始终都没有打断我们的编导晓静,我不知道她觉没觉得中间我们的话题可能扯得都"有点远"了。我事后忽然想,这些故事,从大欣嘴里说出来,和北京今天我们正在探讨的"大城市病"有什么关联?毕竟那天我对他的采访,目的不是为了了解北京,不是为了补课。

但真的没有关联吗?其实关联大了。

首先,从地理位置出发,北京背靠太行,整个城市仿佛被大山揽在了心窝。城市的南面,特别是西南,也是沿太行山麓一脉发展起来的诸多城市,比如河北省的保定、石家庄、邢台、邯郸等等,这些城市的工业化生产肯定会带来空气污染,如果赶上东南风,那混合了PM2.5的空气就会源源不断地飘向北京,遇到大山被阻没处飘了,就滞留下来,所以北京的PM2.5和周边的城市有关,治理起来也没法单打独斗。

其二,从今天的数据来看,北京全市满打满算土地就只有16411平方公里,其中平原面积6339平方公里,占38.6%;山区面积10072平方公里,占61.4%,这种面积条件不能支持北京无限制地大发展;特别是城区面积,只有87.1平方公里,人口、车辆在这里高度集中,如果不严加管控,局面无法收拾!

其三,当然还有更多,这就是我们中华民族的老祖宗当初建造北京,顺应天时地利、山情水脉,是很费过心、很讲究的,现代人利用科技手段只能进一步完善这座城市与大自然的和谐关系,不能破坏,更不能只顾经济发展而须臾失去理性。

……

从北京规划展览馆出来,那一天,我兴奋得不得了。很庆幸编导安排了我能在这里采访,不然,我此生或许枉做一世"北京人",不知道关于老北京还有那么多的谜底,还需要"恶补"那么多的常识。比如:北京皇城为什么叫"紫禁城"啊?"大栅栏"过去真有一排高大的栅栏!中国戏剧里经常说的"推出午门斩首",其实午门根本不是杀人之地!还有"华表",今天依然在天安门广场的金水桥旁竖着,但这根石柱有什么用途?原来是老百姓若想批评皇帝,就可以将自己的意见贴到上面去,叫"谤木"。

还有呢,长安街在过去是有两座门的,一个叫"长安左门",一个叫"长安右门",这两个门1958年之前还都在,但1959年,为了庆祝中华人民共和国建国十周年给拆了,拆得有没有道理、可不可惜?后人至今还在不断地评说着呢——早知现在何必当初?

终于,我要问一问"为什么"了。

北京"大城市病",其表现:人多、车多,城市太挤、太胖,这才造成行路难、上学难、看病难、买房难、水短缺以及环境污染等等问题。但是这些问题不可能是一天暴露出来的,冰冻三尺非一日之寒。那说到底这"大城市病"究竟是怎么得的?

几乎,遇到所有的被采访对象,我都要发问。

俗话说:早知现在何必当初?咱北京在"大病初起"的时候有没有被城市管理者发现?有没有引起社会的警觉?如果发现了、警觉了,那为什么还会让它一路"病"到今天?

就在北京规划展览馆我采访胡大欣馆长的同一天,我还采访了一个人,北京市规划设计院副总规划师石晓东教授。准备的时候,晓静就跟我说,这个人可非常重要,北京市这么多年来的规划设计几乎都有他的参与,他是对北京的发展很有发言权的一个权威。

好,我心说,好啊,这回可遇上合适的人了。

我说的"合适"是什么?就是既然你是权威,你参与了几次规划的设计,那你就要给我解释解释北京这几十年来为什么会出现城市"摊大饼",人口"蜂拥而至",如果这是"大城市病"的"病根儿",为什么发现了问题不及时止步?

采访的后半程中,我笑着向石教授发出了这样一个问题:

"咱北京的人多,是怎么形成的?而且我不知道您有没有听说过,今天北京患上了大城市病,都是因为过去咱们没有控制好,没有控制好,是缘于没有规划好,你听过这种说法吗?"

我的问题有点尖锐,但必须这样问!

石教授:"有这种说法。"

我又问:"那么您觉得……"

石教授沉稳、儒雅,并没有看出我提问中暗含着的"质问",或者人家看出来了,并不与我计较。他说:

"如果从不同的角度去看,控制和增长,它一定是客观事物发展的一个相互博弈的一个过程,或者是相互影响的一个过程。比如咱们新中国建立的时候,北京大概是200多万人口,这200多万人口里边,80%以上不是从事工作的,就是说当时的北京是一个消费的城市。为了解决这些问题,当时《人民日报》有一个社论,叫变消费城市为生产城市,就是说建议要在北京多建一些工厂……"

按石教授的解释,北京的人口膨胀是功能拉动。什么意思?功能?

对,先看看北京对全国人民的吸引吧。

首先,1949年新中国成立,北京作为首都,其在国人心中的地位至高无上就具有最大的感召力。但是你向往北京,在北京没有安身立命的条件也来不了,好了,北京开始有工厂,钢铁厂、焦化厂、水泥厂、火电厂,等等等等。今天很多六十岁左右的北京人都会记得自己小时候画的儿童画,我们笔下蓝天白云、烟囱林立是经常会同时出现的,反映了那个时代孩子对美好北京的概念。那时人们怎么也不会想到几十年后"蓝天白云"与"烟囱林立"变得截然对立？

回放一下《新闻调查》——《直面北京大城市病》，编导安排了这样一段总结性的解说：

1949年以来，北京市曾经做过七次城市总体规划的调整，每一次调整都是一次自我调节的过程。从功能定位上来看：

1953年，《改建与扩建北京城市规划草案要点》曾明确提出"首都应该成为我国的政治、经济和文化中心，特别要把它建设成为我国强大的工业基地和科学技术中心"；

（注意：政治、经济、文化，此时有3个功能定位！）

1982年，《总体规划》去掉了"工业基地和科学技术中心"；

1992年，《总规》提出大力发展以"高新技术产业和第三产业"为主的"首都经济"；

2003年，"科学发展观"（十六届三中全会提出）；

2004年，《总规》提出各类资源综合利用，保护生态环境，引导资源节约集约利用，核心功能为国家首都、政治中心、文化中心、宜居城市；（注意：此时已去掉了"经济"！）

实实在在地讲，世界所有大城市的发展，跟"大城市病"一定是共生的。北京这几十年的快速发展，直接拉动人口聚集的原因就是"功能"过多，"中心"过多。

还要看一看人口发展的节点统计吗？好！

1978年：北京市常住人口871.5万人；

1988年：1061万人；

1998年：1245.6万人；

2008年：1658万人；

而不到十年以后的2016年年底，北京常住人口的数字已经变成了2172.9万人！

虹吸效应，势不可当！

这么多人聚集在北京，各项事业，包括政治、经济、文化、工商、物流、地产、服务、教育、医疗、交通、旅游等等，都以前所未有的规模发展着;但这么多人生活在北京要吃、要住、要行、要接受教育、要就医看病,北京的城市能力,承载得了吗?承载不了就会出现问题!还是借用晓静在片子里最后说的一句话来点穴:复杂的城市功能成了北京繁荣的动力,但同时也催生了北京"大城市病"。

"我们从今天反思过去,北京的人口为什么不早一点控制?有没有在哪一个阶段明显失控了?"

我把这句话递给了石教授,石教授并没有尴尬,而是认认真真地接住了我踢过来的球。

"这个就(要)回答到历史,就比较难说,有一个阶段可以说,就是在'文化大革命'的时期,那个时期实际上(北京)规划、建设、管理是一个空白,我们可能都了解那个阶段,实际上是出现了这个失控和失序……所以在1973年,我们那个阶段对城市的建设和发展进行评估的时候,就发现了问题——"

发现了问题?问题此时已经大了去了!

公道地讲,对石教授的采访,对他给我的回答,我觉得是客观的、诚实的。一个城市和一个人一样,当我们胃口正盛之时,我们大鱼大肉、满汉全席,吃着、吃着就成了胖子,感觉到不好受了,健康其实已经受到威胁,此时减肥和健身才显得格外重要。

如果不割裂历史,石教授说:我记得刚解放的时候,当时北京如果能盖三层楼,就觉得是一个很大的进步和创举了。那现在,我们能盖超高层、能修地铁、能修高架桥,这是一个质的飞跃。还有资料显示,北京刚解放时是垃圾围城,当时天安门广场据说为了清洁,清理出来的鸟粪就有几十吨。当时也存在一个超限的问题。再比如我们熟悉的龙须沟,治理之前是脏乱差,那也是人口密度非常高,治理以后才呈现出新的面貌。

当然,面对改革开放之后中国的快速发展,北京也是排头兵,但这个城市发展水平到了一定阶段,又会出现新问题。"所以城市的发展,一定是在解决大城市病的过程中,不停地治病,治病的过程中又反过来去促进城市更好地发展。"

我问:"在您看来这一切很正常吗?"

石教授："是正常的。有一种说法，规划是基于远见的科学，但是远见毕竟是对未来情景的一个设定，不一定完全科学，所以我是讲，需要不停地去反思评估，进行调整。"

采访持续了两个多小时，我的屁股都坐疼了，但大脑异常兴奋。对于心里一直想"质问"石教授的、一直想从他那里得到的关于"早知现在何必当初"的问题结果，最后我得到了什么？想想和猜测的也没太大出入：一半是无奈；另一半呢，或许是可以理解？

PM2.5 究竟从何而来？

不管怎样，对于北京"大城市病"的调查，我都不能不搞清楚几个放不下的问题，这些问题和老百姓的生活息息相关，和我息息相关，其中就包括北京的城市建设，道路和住房，能不能由着人口数字的越来越大而不断地扩张？北京的教育和医疗资源一半都不只是在为北京市民提供服务，长此下去这是不是个法子？还有，当然我还想着那个问题，北京的雾霾，这个PM2.5，究竟从何而来？原因是什么？到底有没有办法治理呢？

第一次来到北京环保局，采访大气处那个美女处长时，其实人家为了帮助我们理解PM2.5的成因，还专门带着摄制组参观并让我们拍摄了他们的"遥感监测技术实验室"，以及位于环保局大楼楼顶的空气监测采样装置。那个装置，在北京有八处，分别从不同的地方进行采样，然后利用卫星遥感技术，对样品，对北京的大气污染情况，比如颗粒物、沙尘、秸秆焚烧，还有二氧化氮、二氧化硫之类的污染气体进行分析，为的是识别精细污染源，提供污染源清单，最终为环境监管提供目标和靶子。

北京的雾霾在老百姓看来几乎直接等同于PM2.5了，而为什么说机动车是对北京PM2.5贡献率最高的一个因素？我的问题还没有答案。

我们从北京环保局出来，之后又去了很多地方，比如国家环保局，北大、清华，找专家和学者，甚至探访了中国环境监测总站的预报预警中心。最后我弄明白了吗？明白了，差不多弄明白了吧——

2017年2月22日，北京少见地飘落了一场还不算小的春雪。我们来到清华大学环境学院，和事先约好了的院长贺克斌又做了一次深谈。

其实，影响我们空气的物质有很多，贺院长一上来就告诉我，比如一氧化碳、碳氢化合物、硫氧化物、铅、汞、臭氧、挥发性有机物、有毒物质、颗粒物质等等，"只不过现在我们用来衡量空气污染的最突出的物质是细颗粒，也就是PM2.5。"

关于PM2.5，科学的定义究竟是什么？要从头学习，那就在此干脆梳理一下——

简单地说，PM2.5，是指环境空气中空气动力学当量直径小于、等于2.5微米的颗粒物。它能较长时间地悬浮于空气中，含量浓度越高，就代表空气污染越严重。PM2.5与较粗的大气颗粒物相比，粒径小、面积大、活性强，易附带有毒、有害物质（例如重金属、微生物等），在大气中的停留时间长、输送距离远，因而对人体健康和大气环境质量的影响就更大。

2013年2月，中国全国科学技术名词审定委员会将PM2.5的中文名称命名为细颗粒物。其化学成分主要包括：有机碳（OC）、元素碳（EC）、硝酸盐、硫酸盐、铵盐、钠盐等。

好了，概念明确了，我就让贺院长给我解释成因了——

贺院长说："首先，PM2.5的污染现象，不是一果一因，是一果多因。而且不同的城市，是有不同的这个比例关系。"

是这样？北京PM2.5的成因与其他地方的还有不同？

对！

是吗？我可从来没有这个常识。

"那为什么北京的PM2.5成因，其中31%是来自机动车的影响呢？"

我问。这个问题是我的核心。

贺院长回答得很简单，大意是：PM2.5既然是悬浮在空气中的细颗粒，来源就包括既有烟尘也有粉尘，这些烟尘和粉尘有两个来源,一个是天然的,比如风沙尘土、火山爆发、森林火灾等造成的颗粒物;另一个是人为的,这就包括我们的工业生产、建筑工程、垃圾焚烧以及车辆尾气等等。

"那北京为什么尾气占最大的比例?"

"因为我们较早地对生活燃煤、工厂排放都已经进行了控制了,所以机动车的比例才相对提高。到了2014年北京市最先公布污染物的源解析时,机动车是占了31%,这种情况,当时在全国最高。"

哦,原来是这样。

"对,如果是河北,很多城市就在北京的周边,它们工业化的程度高,PM2.5的主要来源可就排不上机动车,就是工业排放或燃烧散煤。"

哦,这么说北京还算进步的了?

好,那问题、新的问题,又来了。

"机动车有烧柴油的大卡车,也有烧汽油的小轿车,都会带来PM2.5,是吗?北京人对北京小轿车限号尽管很多年来已经习以为常,但并不是没有怨言。可小轿车不像大卡车啊,大卡车跑在路上是随着滚滚黑烟直接往空气中排放PM2.5,但小汽车的排放,排出来的是气体,也有污染吗?为什么北京限号也要限到小汽车?"

贺院长,这题,怎么破?

我的问题,说实在的,攒了好长时间,有点搂不住,也有点绵里藏针。好在贺院长并不急,一副内行面对外行不得不科普的样子,又耐心地给我解释:

其实我们说从污染物的排放特征来讲,柴油车的排放PM2.5是直接的,相对多,我们叫质量浓度;但小汽车跟大卡车比,也不是不排放,只是少,颗粒更细,而气体中也有氮氧化物、碳氢、VOC,也形成硝酸盐、形成有机物,这些东西排到空气当中后也会和其他有毒有害的物质发生合成,所以同是排气管子,谁也不能简单地说小汽车的排放就对空气没有污染。

两种方式?直接排放、复合生成?

对。

我又上了一课。

但,还有一个现象怎么解释?我又问:

"如果说小汽车对北京的空气污染有影响,那刚刚过去了的 2016 年春节,北京的马路上可是空空荡荡的了啊,仿佛一座空城,但蓝天也没有明确地回来,这又怎么解释机动车是影响北京空气污染的主要指标呢?"

唉,贺院长笑笑,心里一定在想"这人傻,还真较真儿"。

不过,较较真儿好,是为我自己,也是为所有的老百姓啊。

"机动车没在城里跑,也没出现在北京周边的高速公路上吗?"贺院长这样说,就这一句话,后面的我也许就不用说了。

空气是流动的啊。北京的很多车春节时是不在北京了,都回老家或跑出去旅游去了,可它们不是都出现在高速公路上了嘛。当气象条件好,也就是我们老百姓俗话说的冷空气强、气压高,又有风,北京的蓝天就会露一露脸儿;当气象条件不好,车都包围在北京的周边,蓝天还是看不见。

对不起,对不起。我心里在给贺院长道着歉,但贺院长并不生气,相反笑了笑接着说,这就是为什么我们说雾霾的成因时有这样一句话,叫作核心内因是排放,重要外因是气象!

核心内因是排放,重要外因是气象?

对,雾霾就是有排放的内在问题,也有天气的影响,是双重的因素。

"那'APEC 蓝',您的意思是那时正赶上老天爷在帮忙了"?我又随口问了这样一个问题。

贺院长表示:"说到像我们阅兵、APEC、奥运会、G20,这些都是属于我们叫作空气质量的定时保障,就是你知道这几天要有这么一个重大活动,我可能提前一年就在那里分析,提前几个月就要准备措施。我们既要加强对天气条件的预测,同时也要加强对怎样有效地控制排放量的组织和技术工作,这样,两个契合得越好,我们就能用最小的成本达到最合理的效果。"

"哦,人为干预看来还是很有用?"

对,所以我们要有所作为。比如仍然回到这两句话:"核心内因是排放,重要外因是气象。"再举个例子,这就是每年的冬季,取暖的季节来到,一方面,北方地区采暖供暖是民生的刚需;另一方面,一烧煤,污染物的排放就会明显上升,这个时候我们就要看气象条件的消纳能力和搬运能力了,如果不好,可能就要错峰生产,在供暖季节减少工业生产,甚至干脆牺牲掉一部分的生产量。

人努力、天帮忙!

采访结束后,我一连数日都在消化贺院长曾经跟我说过的一句口号——"人努力、天帮忙"!

其实北京的雾霾为什么说和机动车的排放有很大的关系?放大到整个国家的发展,就像贺院长总结的:改革开放以来,我们国家出现了三个非常快速的增长,这就是"快速城市化""快速工业化"和"快速机动化"。二十年前,中国的汽车工业在世界上还是林中弱小的树木,1995年我在做大型系列专题片《汽车·中国》的时候,走进德国大众、日本丰田、意大利菲亚特,还不要说美国,对这些汽车王国的大鳄企业那时是何等唏嘘艳羡啊!当时中国的梦想,还只是追求汽车国产化,小轿车进家庭,出口都还不敢多想,但是不到二十年后的今天,中国的汽车生产和年销量就已经突破2000万,这个数字让世界所有国家跟在后面不得不望其项背,这样的发展不要说非得付出环境的代价,但是一不留神就会让我们的环境受到污染。

相比世界的其他城市,比如伦敦和洛杉矶,这是在历史上曾经备受"烟尘"和"毒雾"伤害的两个城市。先说伦敦,据史料记载,1952年12月5日,从这一天开始,伦敦的天空就连续多日出现了"寂静无风"和"准备下雨"的气象条件。那时正值冬季,市民多使用燃煤采暖,此外市区内还分布有许多以煤为主要能源的火力发电站。由于逆温层的作用,煤炭燃烧产生的二氧化碳、一氧化碳、二氧化硫、粉尘等气体与污染物就被厚厚的云层盖住,这样本来就有"雾都"之称的伦敦就引发了连续数日的大雾天气。12月5日到8日,四天时间,伦敦死亡人数达到4000人;9日之后,天气变化,毒雾还逐渐消散了呢,但此后两个月之内,近8000人更死于呼吸系统的疾病。

再看洛杉矶,洛杉矶比伦敦的"烟雾事件"还早。1943年7月26日,这一天的早上,当人们从睡梦中醒来,眼前的景象简直让他们以为受到了日本化学武器的攻击,为什么?空气中弥漫起浅蓝色的浓雾,走在路上的人们更能闻到刺鼻的气味,很多人不得不把汽车停在路旁擦掉不断流出来的眼泪。政府很快出来辟谣,说这不是日本人的毒气,而是大气中生成了某种不明毒物质。

六七十年前,人们那时候还没有雾霾、没有PM2.5的概念。事实上伦敦当时造成空气污染的"烟尘"其化学成分主要是二氧化硫和黑烟,这和北京的不一样,北京的主要污染物是PM2.5和氮氧化物,只不过习惯上人们一谈起北京的雾霾,总是会和伦敦联想到一处。

1943年"毒雾"突袭了洛杉矶以后,洛杉矶的情况就变得越来越糟,空中弥漫刺鼻气味的天数也越来越频繁,居民开始出现恐慌。政府当时认定化工厂排出来的丁二烯是污染源,后来又宣布全市三十万焚烧炉是罪魁祸首,但是关闭了化工厂并发布禁令严禁市民在自己的"后院使用焚烧炉焚烧垃圾"了之后,"毒雾"并没有减少,政府无奈地"失语"了。直到数年以后,洛杉矶环保部门表示:经过严格的监测与化验,现在可以宣布:本市85%的"毒雾"是来自汽车的尾气,来自汽车尾气中没有燃烧完全的汽油。

"机动车导致空气污染"?此说刚一发布,洛杉矶的汽车制造商立刻起来反对,随后的治理也遇到了汽车公司、石油公司,乃至政府和立法者不作为的重重阻力。

从类型上来讲,北京的雾霾和洛杉矶当年的"毒雾"更为相像。

还记得贺克斌院长曾经说过的吗?"PM2.5不是一果一因,而是一果多因。"正是这个"一果多因"给北京带来治理雾霾的种种困难。

经过长期的奋战,伦敦和洛杉矶最后都降住了"烟尘"和"毒雾"对城市、对老百姓的伤害,他们是怎么做到的呢?

网上继续有资料可查:

伦敦"烟雾事件"发生后,英国人开始反思空气污染造成的苦果,并催生了世界上第一部空气污染防治法案——《清洁空气法》。1968年以后,英国又出台了一系列的空气污染防控的法案,这些法案针对各种废气排放进行了严格的约束,并制定了明确的处罚措施。这样一路下来,到1975年,伦敦的雾日已经由过去的每年几十天减少到了15天,1980年则更进一步降到了只有5天。

洛杉矶呢?

1970年4月22日这一天,2000万民众在全美各地举行了声势浩大的游行,呼吁国家保护环境。这一"草根行动"最终直达国会山,立法机构也开始意识到环境保护的迫切性,这样于1970年出台了《清洁空气法案》。

通过长达十余年的努力,洛杉矶的空气开始慢慢转好。据环保部门的统计,洛杉矶一级污染警报(非常不健康)的天数从1977年的121天下降到了1989年的54天,而到了1999年这个数字已经降至为0了。蓝天白云重新出现在洛杉矶的上空,每年的4月22日也被固定下来,成为了世界地球日。

可以说英美的"蓝天保卫战"都大力地依靠了法律,令行禁止。而英国的空气污染来自燃煤,因此能源替代更是其结构治理上最有力的一环。

也刚巧,就在伦敦人为取暖就得烧煤,烧煤就要伤害空气,继而伤害环境也伤害自己而苦恼的时候,一个好消息传来,国家幸运地发现了一个北海油田。这下救了急,也救了伦敦的命。

那么咱们北京呢?

北京的问题比起伦敦、洛杉矶应该说受到的伤害都不如人家当年厉害,但是治理起来却非常困难。为什么?

区域大、体量大、资源少、时代亦不同。

首先，时代不同是指今天的大众生活要求北京必须适应"轮子上的城市"，机动车的保有量只会升而不会降，这就给尾气排放的控制带来了不断的挑战。

眼下的北京，正常情况下，我们还只是机动车周一到周五的"限号出行"，个别空气污染到了需要"报警"的时候，北京才会宣布机动车实行单双号，那老百姓的抱怨肯定会一直存在。

其次，控制工业生产以及生活燃煤，空气是流动的，包围北京的城市如果情况严重，北京的天空也就势必会受到影响，因此北京的天不能只靠北京人自己来治，也存在一个"协同作战"的必须。

最后就是资源了。当年伦敦要治污，碰巧发现了一个新的油田，支持政府能源替代有了物质的保障基础。可北京这么大、中国这么大，我们是地大物稀，而不是我们小时候接受的教育是地大物博，目前煤炭对我们国家还是最主要的基础能源，一下子把烧煤的锅炉都换成燃油的、燃气的？不大可能，也不大现实。

人要生存、经济要发展，这和环保是一对矛盾，两者博弈，又要和谐，特别平衡点是动态的，这就好比有人必须要用脚踩流动着的河水上的一块冰，那冰块那么好踩吗？难啊，至少是不容易，对吧？

不能"脚踩西瓜皮"！

2014年2月26日，这一天对北京有着3000多年建城史、850多年建都史的这座古城，从过日子的角度，或许是太平常、太短促，白驹过隙，一闪身、一瞬间；但对北京城市的变迁、结构的变化，特别是如何治理"大城市病"，却非同凡响、意义非凡。

这一天，国家最高统帅、党政一把手习近平总书记来到了北京，经过全面、细致的调研、分析，给北京留下了一篇讲话。这篇《讲话》都说了些什么，原版我没有看过，但其精神和纲领在我随后的采访过程中却不止一次、反反复复地学习、领会过。

习总书记中心号令（当然是我自己的理解啊）：北京不能再

这样继续下去了,北京要变,变成啥样？往哪里变？

北京之变当然是要启动大思路、大战略,通过疏解北京的非首都功能,调整经济结构和空间结构,走出一条内涵集约发展的新路、探索出一种人口经济密集地区优化开发的新模式,从而促进区域协调发展,形成新的增长极。这样的目标才是北京的目标,这样的愿景才是北京的愿景,那实现这样的目标和愿景的路径是什么呢？就是"京津冀协同发展"。

说老实话,在此之前,做节目之前,我听到过"京津冀协同发展"(最早叫"京津冀一体化"),但不知道国家推出这个"宏观大战略"究竟意欲何为？

北京病了,而且"病"得不轻。"京津冀协同发展"是一剂灵丹妙药,尽管这服药要治疗的不仅仅是北京的"大城市病",最终目的是为了在新时代、新的国际竞争格局下打造出属于中国人自己的经济发展的"新支撑带",并且把"京津冀区域"建设成为"以首都为核心的一个世界级城市群",一个"区域整体协同发展的改革引领区"、一个"全国创新驱动经济增长的新引擎",以及一个"生态修复环境改善的示范区"。

北京这是要大干了？

要给自己动大手术？

对！

2014年6月,国务院京津冀协同发展领导小组成立,负责统筹、指导、推进京津冀的协同发展。很快,以疏解北京非首都功能、解决北京"大城市病"为基本出发点、三地"一盘棋"、增强整体性而编制形成的《京津冀协同发展规划纲要》正式出炉！

回头再看看编导晓静在《直面北京大城市病》电视片中给出了除人口增长、机动车增长、水资源短缺、空气污染等等,我在前文已经说过的一些"大数据"以外,北京还有哪些方面要给自己动手术的,要"减肥"的呢——

改革开放后,北京作为首都吸引了大量外地流动人口,也集聚了全国最多的优质资源,它们都堆积在北京的城市中心,并对人口形成了巨大的虹吸效应。

在北京,类似"动批"的批发市场星罗棋布,涵盖了服装、食品、电子等方方面面,2009年社会物流总额就已经达到了3.8万亿元,北京已然成为特大型的商贸之城。

类似北京儿童医院的大医院非常普遍。2016年全年门急诊量2.4亿(人次),其中超过6000万的患者均为来自北京以外的全国各地;住院人次300万,其中大约120万也属于外地患者。

1977年北京市高校只有26所,在校生只有1.4万人,到了2016年,高校已经发展到91所,在校生86万人。北京市全市1630所中小学有接近一半集中在城市中心,在校人数超过总数的一半。

随着人口的增长,北京市向外发散性扩张,九十年代初,三环建成通车,2001年,四环连城一体,2003年,五环路全线建成并通车,2009年,六环路全线贯通。一圈一圈又一圈,被俗称为"摊大饼"。

北京三分之一面积为平原,在平原地区,建筑占45%,生态占55%,这距离合理的1∶2的比例还有很大的差距。2016年中国社会科学院发布了《中国宜居城市研究报告》,在40个城市的综合排名中,北京倒数第一。

还有,每年汽油、柴油北京的用量600多万吨,人均超过全国平均数的3倍。2015年一年的能源消耗总量相当于标准煤6852万吨,在不采取任何环保处理措施的情况下,这些化石能源消耗的背后,意味着经济的高度活跃,同时也意味着巨大的排放量。

通勤,是指人们从生活住所到工作场所交通所需要的时间,北京的通勤时间平均为52分钟,这其中反映出大多数人属于"职住分离"。

而随着城市化进程的不断加剧,北京迅速成长为排名世界前20位的超大型城市,只是环境却无法继续承载这样的增长。
……

看看吧,"减肥"任务繁重!

"瘦身健体"谈何容易!

2017年2月23日上午,北京市发改委常务副主任王海臣先生接受了我们《新闻调查》的专访,当他坐到我面前,我很害怕他会告诉我我已经在很多资料上看到了的一些话,但是没有,海臣主任说:因为我做这项工作,日常有更多的机会学习总书记的这个讲话,所以我(可以)说得多一点。

好啊,我点点头,准备听他好好介绍。

"总书记的这个讲话首先是用平实的话语在娓娓道来,饱含着对北京的浓浓深情。"是啊,我心说,总书记也是人,而且是我们北京人,对北京当然有着特殊的感情。"但是当总书记谈到北京的问题,特别是生态环境、交通、人口、住房、生态,尤其是大气污染,说(这个事)不但影响了人民群众的生活健康,也直接影响到了祖国的形象。那如何治理这些'大城市病'呢?总书记提到,实际上我们发展的最主要问题就是功能过多,过犹不及,也就是说,城市的建设不能像踩着西瓜皮,滑到哪儿是哪儿。"

啊?"踩着西瓜皮,滑到哪儿是哪儿"?

我听了笑了,说:"这个说法很形象。"

海臣主任说:"是啊,这是总书记的原话。"

"原话"?那就更有意思了。

"总书记的原话,不能像踩着西瓜皮,滑到哪儿是哪儿。同时总书记又从功能定位,人口过多,讲到了情感漂泊的北漂,说对这些问题如果采取视而不见的态度,是对所有人都不负责任,所以北京首先要明确功能定位,而后疏解北京的非首都功能。"

疏解北京的"非首都功能"?这些功能指的是什么?

海臣主任说:"我们说'非首都功能',实际上有四大类。第一是一般性制造业;第二是区域性的批发市场、物流中心;第三,包括城市核心区过于拥堵的一些教育和医疗资源;第四是部分的行政事业性服务机构。他说这些应该说都是与首都的核心功能不相符的,应该在更大的空间来谋划、来布局它的发展。所以'2·26讲话',后来我们北京市做了这么几项工作,就是按照总书记讲到的,要像大禹治水,疏堵结合。"

"这又是他的原话吗?"我问。

"对,是原话,大禹治水,疏堵结合,光堵不行,光疏也不行,应该疏堵结合。

"后来(根据总书记的指示),我们制定了全国首个以治理大城市病为目标的(北京)禁限目录,禁限目录发布两年多来,不予办理的工商登记已经达到1.64万件。"

"这个如果要是不采取措施呢,那还得有多少功能被纳入进来?"

"那还会有多少人会涌进来?"

"想想后怕。"

是啊,真后怕!

北京市政府真的要搬走?

事实上,治理北京"大城市病",有人说既要靠西医,又要靠中医。

疏解北京"非首都功能"算"外科手术",这一点没有争议,但那些被疏解了的四方面对象具体点说是什么?

第一,一般性产业——这当中大致包括高能耗、非科技创新型的,和一些科技创新成果转化型的企业,也包括高端制造业中缺乏比较优势的生产加工环节,这些企业都有可能从北京被转移到天津和河北。

第二,区域性的专业市场等部分服务行业——这是包括物流基地、批发市场、第三产业的呼叫中心、服务外包和健康养老等机构,这些机构聚集了大量的人口,并不是都服务于北京,也需要向北京周边地区转移。

第三,部分教育和医疗机构——这是指在京的一些高校的本科部分需要搬迁,只留下研究生部、创新基地和智库。今后北京高校不允许再在城六区之内进行扩建。同时医疗资源也要通过各种形式,比如办分院、合作办院等等,将部分优质医疗资源转移出去。

第四，部分行政事业性单位——这里讲的主要就是北京市了——北京市政府、市委、人大、政协四套班子，还有市属的委办局和一些为中央机关提供服务的辅助性机构，如服务中心、信息中心、行业协会、各种研究院所、报社、出版社，原则上肯定都要搬走。

这四大部分（其实还有第五部分——金融后台服务——北京的一些金融创新资源也会向天津转移；金融服务后台活动等则会向河北转移），如果真的会逐步被疏解到北京中心的城区以外，那么有数字表明：北京到了2020年，城六区的人口会在2014年的基础上减少15%，这15%，如果按现在北京城六区人口大约是1276.3万人来计算，就高达200万。

——北京市政府真的会被搬走吗？

转移到通州？

通州是个什么地方？

这样的疏解动作之大，前所未有，意义之大，今天只能看清一部分，其余的可能要到十年、几十年，甚至更长的时间以后才能看得清！

2017年2月5日，北京市市长蔡奇在中央媒体"京津冀协同发展调研行"专题座谈会上，对疏解北京"非首都功能"提出7个"就是"：（就是）供给侧结构性改革，（就是）调结构、转方式，（就是）"腾笼换鸟"，（就是）提升城市发展质量，（就是）改善人居环境，（就是）缓解人口资源环境的突出矛盾，（就是）更好地履行作为国家首都的职责——

我数了数，真是7个"就是"，这7个"就是"包含了北京市政府转移到通州的利在当下、功在千秋！

通州，地处北京长安街延长线的东端，是京杭大运河的北起点、首都的东大门。区域面积906平方公里，常住人口109万人。紧邻北京中央商务区（CBD），西距国贸中心13公里，北距首都机场16公里，东距塘沽港100公里，在历史上素有"一京二卫三通州"之称，是环渤海经济圈中的核心枢纽地区。

还是在北京市规划展览馆采访石晓东副总规划师的时候，我们实际上就探讨过这个问题。石教授当时这样说："北京市转移到通州，我们初步算过这实际上会带动大概40万的常住人口实现转移。"

北京市政府搬往通州以后，原来北京市的一个"行政中心"便分身出来了一个"行政副中心"，这样"一主一副"两个行政区，从空间结构上是一个"大调整"，从功能上也可以说是把北京的功能在中心区和副中心区进行了重新的匹配。

这样做，莫不是也想起个带头作用？

我心想，从来也没把这个问题作为正式采访向谁提出来过。

可不是嘛，你想想人家北京市政府都从东西城、城六区搬走了，谁还能、哪个机构还能心存侥幸或找各种借口不搬？

可平心而论，谁愿意搬走呢？

好好的，我在北京市区上班或居住，现在要跑到通州或河北，至少是北京四环以外乃至更边远的六环。老北京想不通，新北京好不容易"北漂"了十几二十年，好不容易在北京站住了脚，融入了国家大首都，现在你让我出去，谁干呢？我也想不通。

想不通就不搬，那行吗？

答案当然是"不行"。

北京市要不是到了人口、交通、环境、资源都统统报警了的时刻，也不会意识到我们的城市得想办法治病——面对时代的大局、历史的大局，每个个体都得服从！

知道德云社的年轻相声演员岳云鹏老爱唱的那首《五环之歌》吧？歌的旋律是《牡丹之歌》，他改了词儿，把词儿改成了这样：

  啊——五环

  你比四环多一环

  啊——五环

  你比六环少一环

  终于有一天

你会修到七环
　　修到七环怎么办
　　你比五环多两环

　　我是最先听我的女儿有一阵整天不停地这样瞎唱,听着烦,而且觉得无聊且可笑,但静下心来一想,又忍不住承认这首歌简直是把北京人绵绵的无奈给吼出来了!

　　还有啊,知道我在采访《直面北京大城市病》,有朋友就问我:听说过,或者说你想过北京有边界吗?北京城有边界吗?

　　边界?也就是七环以外?修完了七环是不是还要再修八环?北京城的城市规模究竟哪里是底线?

　　我承认我还没有想过这个问题,但是我告诉她,我知道北京有红线,生态红线!

　　"生态红线"?什么是"生态红线"呢?

　　现学现卖:"生态红线"就是我们的城市里整个偏绿色的部分,比如说山水林田,以及我们北京市民生存的一个基本的绿色空间,风景名胜、自然保护区、森林、河流、湿地、公园、花草树木、水源保护地等等。

　　还是在采访石晓东的时候,他很坚定地对我说:"从严格意义上讲,一个城市不能都是建筑,实际上它是要自然和人工相匹配、相和谐的。那么如果绿化空间少了,我们生存的人均环境质量就会大打折扣,所以这些生态空间是要坚守的。"

　　石教授用了一个"坚守",我还了他一个:"就是这些是不能动的?"

　　"对,要坚守的。同时我们城市还有一些重要的生态隔离,或者说是生态体系,它从城市外部、从山区到城市,紧密相连,这样我们的生态系统才是连续的。那种让城市的建设把整个地区都铺满,就是所谓的摊大饼,实际上就是触碰了我们生态的红线。"

　　……

　　北京天坛医院谁都知道吧,属于首都医科大学附属医院。始建于1956年,坐落在天坛公园西南侧,是一所以神经外科为先导,神经科学为特色,集医、教、研、防为一体的三级甲等综合性医院,同时也是世界三大神经外科研究中心之一。但就是这个广受患者好评的医院,在《京津冀协同发展规划纲要》中属于必须整体搬迁的一所医疗机构。为什么?它压线了。压的是什么线?历史名胜。

1956年它千不该万不该建在了天坛的园区里,现在天坛已经成为世界文化遗产的保护范围,所以有我没你。但是有你,不,反过来,根本不存在有你没我。

通过选址,天坛医院现在已经搬迁到了北京西南四环以外,医院腾空了的原址要恢复原有天坛遗址的原貌,形成绿化空间、公共活动空间,给市民增加一个活动的区域,也给历史遗产保护创造出更好的条件!

说老实话,如果北京没患上"大城市病",人们根本没有"生态红线"的意识,至少不这么强烈!现在我知道了,有意识了,但你要让我说出北京有什么工厂、市场、学校、医院等等的建筑踩了不能碰触的"生态红线"了,我还是说不出。

北京人没有太高的要求,身边有绿地,哪怕只有小小的一点点,我们就觉得可以了,不知道建筑与生态的比重应该占到1∶2。

我们头脑里没有一张图,一张关于生态的"底线图"。

"将来,如果我们的孩子出门再不用坐汽车去上学,我们出了门就能见到成片的绿地,吃完饭想跳一跳广场舞了,身边有地方,水是清洁的、天是蓝色的,"石教授跟我讲,"这个其实是非常普通的一个愿景。"但是过去,对他这个搞规划的人来说,自己也明白"是非常、非常难以达到的"。

病人不动医生动

终于要见到倪鑫。

倪鑫?何许人也?

北京儿童医院的院长。听说他在解决"就医难"这件事上,独辟蹊径,贡献了很多新思路、新办法,让儿童医院既忙得饱满,又不至于因为患儿和家属太多而陷入长期的无序与混乱。

他是怎么做到的呢?

采访约在上午8点,哎呀真早,6:30就得出门。但没办法啊,院长9点有手术。

我上来第一个问题:"您还记得吗? 就是儿童医院最困难的时候,那是一个什么状态?"

我以为这个问题我一提,他就得说出一通抱怨,但倪院长没有,脸上风平浪静的。

他说:"其实我们北京儿童医院,这个门诊楼,这个楼在建设的时候,设计的最多承载量是五千人,现在我们整整翻了一倍,现在我们每天的门诊量,大概是在一万人左右……但你是公立医院啊,有病人来,再困难你都不能说不接啊,那怎么办? 就得挖潜。

"我有一句话,叫作人的潜能可以说是无限的,关键看你给他什么样的条件。对吧? 比如说今天约你过来采访,您想睡到8点钟再来,但我说8点钟你必须得来,因为我有手术,你就克服了困难,就到了,这就是潜能,是被挖掘出来的……"

2012年,倪鑫受命来到儿童医院当院长,他挖潜的第一招就是开设了"晚间门诊"。在他看来,儿童医院日接待门诊是一万人,但这是被框在早上8点到晚上5点的这一段时间之内的,如果有些患儿症状不急,下了课,大人下了班,晚上再带孩子来,也行。这样不就缓解出一部分空间,也给马路减轻了不少的交通压力?

再说B超,倪院长说:"我们的B超,(过去)一约就约三个月,这三个月,意味着什么? 病人多跑路、多花钱,患儿的病情还有可能被耽误。"

倪院长上任后就要求:"辅助检查,科室尽量要在当天全部解决!"

他说:"我们有一个理念叫什么? 就是叫尽量地释放出时间空间,留给病人,让每一个病人在医院,以最短的路径和最少的时间,结束他的就诊过程!"

棒!

倪鑫和风细雨,但听着医院院长这样的介绍,我心里不能不生出一种敬佩,当然我知道这种"和风细雨"的背后,是倪院长和所有儿童医院的医护人员付出了极大的努力,那是沉甸甸的。

应该说儿童医院的先行先试,用眼下很时髦的一句话来形容,就是被自己的困难给倒逼出来的,他们的动作是在2014年6月《京津冀协同发展规划纲要》正式出炉之前,但实践又刚好证明了"京津冀协同发展"是一个平台,好好利用,可以让医院(放大来说还有教育、市场等等)焕发出新的生机。

从2012年开始,北京儿童医院开始了"三年三步走"的深度改革计划。这《计划》的第一步就是"我们要先解决了我这个地方的需求,让老百姓尽量能够满足地去看病";"第二步是我们分析,说北京儿童医院,门诊量,我们讲了60%是来自全国各地的,只有40%是北京的(如果我们仅仅服务于北京,我这个楼一天5000的门诊量就足够了)。"那怎么能让外地的孩子尽量少来北京,有病先在自己家门口的医院初诊,看不了的再到北京,而且是由我们外地的医院帮忙给他们转诊?倪院长又提出了一个口号,叫"医生移动,病人不动"。

"医生移动,病人不动?"

这太好啦!

千百年来我们说"上医院""看医生",从来都是病人找医院,把自己送到医生的面前。现在这个"传统"可以颠倒个过儿了?

"那怎么做到的呢?"我问。

两个措施,第一,从2013年开始,北京儿童医院组建了"北京儿童医院集团",在全国联合了20家省级医院,"各家医院都把较强的专家全拿出来,大家凑在一堆,成立了85人组成的'专家集团',分成10个组,每个组每个月都要到每家医院去,到那儿去,讲课、查房、手术,包括出门诊,当地的医生就都跟着,慢慢学。"这叫"专家移动,病人不动"。比如说有个病人就在我们这儿看病,想手术,我就对他讲:你回河北住院吧,我们的专家下礼拜就去。病人就回去了,专家下个礼拜还真的就给他在当地做了手术。这多好的事情啊!这样专家移动,病人分流,今年我们外地的患儿到北京来看病的数据就变成了50%了,下降了10%。

第二个措施,20家医院联手后,都鼓励家长带着患儿先到本省的儿童医院去就医,你先看,然后由当地的医生决定你的孩子是否需要到北京来,如果真需要,本省的医院就会帮助转诊,定下具体的时间了,你再带着孩子来,省得提前好几天就得开车或坐火车、排队、挂号、找地方吃、住。这样又大大减少了看病的盲目性,集约了医疗资源。

到了深改的第三步,这一步北京儿童医院迈出的步子可就更惊人了——

怎么惊人?

从2015年6月18号那一天开始,北京儿童医院把所有的挂号窗口全部关闭,我们不对外挂号了,想来看病,全部都要提前预约。

"啊,不挂号了?没有窗口挂号了?"

这一招更"反传统"了吧,能行吗?

"我们预约有七种方式,比如说APP、网站、微信、电话,反正7种方式,您约到号了,就从外地启程;没约到呢,先别来,来了你也看不上。啊,对吧。我们就是通过这种方式,缓解了一部分没必要的压力,实际上也能够有效地给病人一个选择。"

我还是担心:"那这样会不会给患儿的家属带来一些困难呢,比如有的人可能七种方式他都不会操作?"

"电话总会打吧,打北京的114(查号台),也是可以预约的?"

另外,倪院长提醒我:我们的很多行为习惯其实是可以改变的,你跑到医院没有号可挂,下次就不跑了,或者说先打了电话再过来。"这就好比过去我们去机场,我也需要去排队,现在手机都可以办登机了,对吧。当我习惯了以后,我觉得这个比排队要简单多了,自然就改变了我的习惯。"

精彩!

采访一小时,时间比平时跑得要快。倪鑫穿上白大褂(采访前就是穿着来的)匆匆往手术室去了。我们摄制组停留在原地,摄像师、录音师都在收拾机器设备,半天谁都没说话,我猜想此时此刻,每个人心里都在为倪院长和北京儿童医院在叫绝呢吧——"干得好"!"很实在"!

据说 2015 年,北京儿童医院参与"京津冀协同发展"还干了两件事,一个是托管了北京郊区县顺义的妇幼保健医院;另一个是托管了河北保定的儿童医院。其中对于保定儿童医院的托管,倪院长说他们是派了院长、专家、不同专业的主任,这样就是为当地提升水平和声誉,其实大部分病人现在看病就是想看看专家、信任专家,那京津冀三地联手,将来"专家"到处都有,谁还非得劳神费力地往北京跑?

道理就这么简单,做不做得到,不管,先做起来——

三地一盘棋

有数字显示,2014 年 2 月 26 日习总书记到北京视察并发表了《讲话》,从那时开始到现在,北京市疏解"非首都功能"、治理"大城市病"、谋求"京津冀协同发展"已经成果斐然。这些成果,如果不把它们联系到一起,便不会觉得这里面有统一的意志。比如:北京人到天津、河北买房不再算到外地买房了,单位公积金可以帮忙支付了;再比如:交通卡在北京能用的,在天津、河北也都能用了;手机 Wi-Fi、电话漫游,京津冀同等对待、不分彼此了⋯⋯

这一切都是"巧合"吗? 当然不是。

还有更大的动作——

近三年,北京已累计退出一般性制造业企业 1341 家,调整疏解商品交易市场 350 家。

教育、医疗、交通、生态、人才等要素在北京、天津、河北正在默默地融通。

2016年,北京企业在津冀两地的投资认缴额分别增长了26%和100%;同时河北从京津引进的项目和资金也已经分别占到全省总额的42%和51%。

一切仿佛都是在"默默地进行",但想想这些数字——1341家企业、350家商品交易市场,很了不起啊,什么时候完成的?有这么多吗?

如果不说假话,我刚刚看到这两个数字的时候,也是有这样的疑问。只不过慢慢一回味,对啊,我们家附近的一个什么什么批发市场不是就被通知在哪天哪天必须撤销关门?哪家哪家一般性制造业或基地不是就听说从京城迁到了沧州或涿州,反正是河北的什么什么地方去了吗?

真是一切都在悄悄地进行,包括北京马上会迎来翻天覆地的变化!

曾经在微信上,我看到有这样一条朋友转来的小诗,说:

就在:
  崇文、宣武已经退出北京历史舞台的6年后,
  北京东、西城人也将喜结良缘归为一家
  ——"中央人儿"了!
  这名字听着霸气,心里却几多惆怅……

伤感吗?会不会有一点?

在北京无论你住哪儿?无论是老北京还是新北京,下面这些地方你都曾经熟悉或者去过吗?

北京东城的簋街、雅宝路?

西城的官园、万通和天意小商品批发市场?

朝阳区的潘家园、十里河建材市场?

海淀区的锦绣大地和中关村海龙电子批发市场?

此外还有木樨园百荣世贸、永外文化用品市场、南锣鼓巷主街、东华门小吃等等,已经不记得它们的区属,但是这些地方都已和我们的生活息息相关。一旦没了、变了,会不会魂牵梦绕?

我告诉你这些市场几乎全部都在疏解、搬迁,或者改造升级的背景当中。

……

2017年,北京市东城区还将计划疏解商品交易市场商户1283户,加快百荣世贸商城向购物中心转型,协助天坛医院完成整体搬迁,使簋街被打造成为国际知名的"餐饮特色街","五一"已向市民全新亮相!

西城区呢?西城区2017年不仅要完成"动批"的全部市场疏解,还要启动安徽会馆、浏阳会馆(谭嗣同故居)等12处文物单位的征收腾退,力争在春节前实现天意市场的闭市,并在年底前基本完成官园、万通等小商品市场的疏解,推进什刹海地区的旧城示范、住房与环境改善,申报前海、后海的环湖步行街,以及护国寺的步行街的立项!

……

还要我往细里说吗?如果要说,我都得先调整一下心态,告诉自己有得有失、有失才有得。比如北京历经三年的"外科手术",我们的城市已经换来或将要换来:

2015年以来,北京市城六区人口开始下降;

2016年,通州行政副中心规划人口不得超过200万,目前已有效疏解中心城约40万左右的人口,在京哈高速以北的全面城市化地区和台湖地区进行了有效安置;

天坛医院新院区迁建、同仁医院亦庄院区二期扩建、友谊医院顺义院区等的征地拆迁正在积极推进;

北京化工大学昌平南口校区、北京城市学院、北京建筑大学和北京工商大学新校区的建设也在加快。

此外还有:

京津冀区域13个城市的PM2.5平均浓度现在是71微克/立方米,与2013年相比已经下降了33%;四项主要污染物:二氧化硫浓度降幅最大,达到了55.6%,平均浓度为31微克/立方米,达到了国家标准。此外还有,京津冀区域的平均优良天数比例为56.8%,平均重污染天数则从2013年的76天减少到了

33天。据不完全统计,三年以来,为了蓝天白云,京津冀三地累计共压减的燃煤消费多达4030万吨。

……

可喜的拐点与成绩,很多都来自壮士断腕、刮骨疗伤。北京人为此付出了很多,外来人口也在为北京逐步恢复首都承载力和进一步提升北京在世界的影响,继而提高国际地位而做着默默的牺牲与贡献。

也许有人要问,北京疏解非首都功能,腾出来的城市中心区空间将来干什么?

回答是:腾退空间将保证四大方面的服务,其中就包括优先用于保证中央的政务功能;补齐核心区域的基础设施;重点用于改善生态,留白见绿,多建绿地;以及用于完善公共服务,比如新建或扩建一些停车场。

第二,疏解出去的功能由谁来承接?怎么承接?会不会北京城区四周的郊区以及天津、河北要为北京兜底,如果这样是否公平?

回答是:当然不会,不允许这样!

2015年2月10日,习近平总书记在中央财经领导小组第九次会议上再次指出:疏解北京非首都功能、推进京津冀协同发展,是一个巨大的系统工程。目标要明确、思路要开拓、方法要科学,要放眼长远、从长计议,稳扎稳打、步步为营,锲而不舍、久久为功。

京津冀协同发展,三年来,有关部门已经编制完成了京津冀交通、生态、产业、科技、土地、农业、水利、能源、城乡、教育、医疗卫生、商贸物流等12个专项规划,三省市共谋发展要实现的是规划"一张图"、建设"一盘棋"、发展"一体化"。

疏解北京"非首都功能",谋求"京津冀协同发展",国家推出这样的战略布局,当然要考虑区域间的衔接、市场要素的重组、各地经济发展的优势互补。京津冀地区,我们都知道人均GDP比全国的平均水平虽然高,但内部差异非常悬殊,京城300

公里的地方就存在经济贫困带,而河北的人均 GDP 如果和北京比,只是北京的 40%、天津的 38%。这些情况中央都知道,谁都不会只顾北京的"瘦身健体",就把包袱甩给其他城市,那样背着抱着一样沉,补了东墙拆西墙,也太弱智。

好了,回答我的不是我采访到的一个人、两个人。

几乎是所有人,每一个被采访到的对象都这样说!

那么从各条线上反馈的"京津冀协同发展"的实践情况来看,"合作共赢"都是一个基础的基础。比如从 2013 年开始,经国务院同意,由北京市牵头成立的京津冀及周边地区大气污染协作机制,包括了北京、天津、河北、山西、内蒙古、山东、河南 7 个省政府,以及发改委、财政部、国家环保部在内的 8 个部委共同参与,从政策制定、产业结构调整、能源结构调整等各个方面出台了很多政策,这对改善京津冀地区甚至更大范围的空气质量就起到"联合治污"的作用——说这话的是国家环保部大气处处长张昊龙。

正是这个张处长很学术地告诉我:"区域性的传输对北京大气污染物浓度的提高和降低都是有绝对影响的。因此我们要一方面想办法把本地的污染源降下来;另一方面就是要通过协助机制,把整个区域,大家整体在自己的城市都要实现减排,共同减排。"

发展带来机遇,区域协调机遇更多。

我们"京津冀发展战略"在交通上的提法是"轨道上的京津冀"——说这话的是北京市交通委主任周正宇。

什么叫"轨道上的京津冀"？开始我并不懂。

周主任说:"未来京津冀的客运,主要由轨道交通来承担。大家不能再靠在公路上、马路上开汽车来行动,那效率太低了,也不环保。我们就要发展轨道,四张网叠加在一起,高铁、城际铁路、市郊铁路、地铁。这四种轨道交通工具大体上是按照它们的速度来划分的——高铁时速 300 公里、城际铁路 200~250 公里、市郊铁路定位在 160 公里,而我们的地铁是 80~100 公里。有了这四种速度不同的工具,我们要打造京津冀一小时交通圈,就不成问题了。"

天上管空气京津冀要合作,地上地下发展轨道也要一起来努力,因此"京津冀协同发展"不是一个口号、一种姿态,而是一种科学的布局与建设。

北京建筑大学,一所原来夹在北京西城区动物园批发市场范围内,很拥挤、很狭小的一处建筑,学校开展多学科教学没条件,扩大招生没条件,学生住宿不够,要到校外隔几条街的地方去租,更捉襟见肘的是,学生上体育课没有操场,只能拉着队伍到马路上去跑步……

在疏解北京"非首都功能"的外科手术中,这所学校被安排在大兴整体重建,你说它是被动地被搬走了呢,还是借着转移的良机使学校实现了教学与科研上的更大开拓空间?

北京教委副主任、新闻发言人李奕给我举了这个例子,为的就是说明教育功能的疏解与自身功能的提升,相辅相成。

建筑大学原来在城里的校区占地面积才有多大?12.3万平方米;而大兴的新校区,占地50.1万平方米,是原有学校的4倍。

"现在,我们北京市教委已经正式颁布了'十三五'时期京津冀教育协同发展的专项工作计划。从高等教育、职业教育、基础教育,有十个方面的总体部署。因此我们的疏解与津冀两地的协同发展,第一个特点就是内涵的发展,这就不是一个简单的、被动的空间的疏解和数量的增减,而是在这样的增减过程中,实现一种增长方式的转变,也就是让合作的各方,都各得其所,而不是简单的一个线性帮扶的发展"——

不能"相忘于江湖"!

习总书记曾说:疏解北京"非首都功能"是北京城市规划建设的"牛鼻子"。

而庞大繁复的具体工作,没有哪一个项目不难。尤其"动批",9栋大楼、12个市场,对于这块难啃的骨头,开弓却没有回头箭。

记得还是在走访"动批"尚在营业的世纪乐天批发市场时,我采访了三户人家,前两户都是外地的,最后一户是北京的。那北京的男主人跟我说,他和爱人原来都曾端过公家的饭碗,后来"动批"火了,他们就双双辞职来卖衣服。十几年的经营、十几年的买卖,后半生也都打算指望着这个营生过日子了,但"动批"没了,他们两口子就得失业。外地摊主可以跟着新兴市场迁到河北,但他们的家在北京,如何能够轻易地说搬走就搬走?

孙硕,北京北展地区建设指挥部(其实就是"动批"疏解办吧,我理解)总指挥,也是北京市西城区的副区长。说起"动批"和"动批"的搬迁,他五味杂陈,满肚子感慨。

采访约定的那天,是个周日,我们首先来到天皓成,这个天皓成过去也是"动批"9栋大楼当中的一个,位置就在动物园的东侧。当年生意红火、车水马龙、人潮如织,如今已经关停,大厦人去楼空。

完了,都搬走了。

我们在空空的天皓成一楼,慢慢聊着。身旁是一拉溜支起来的十来块展板,上面记载着"动批"由生到死,哦,说生还可以,说"死"不大准确,是换一个方法去异地重生的全过程。

我问孙区长,"动批疏解最难的是什么?"

孙区长说:"就是后来发展出来的这9栋大楼,有央属产权、市属产权、民营产权,要一个一个去谈,还有这个市场群摊主90%都是外地人,市场要腾空,我们顶着的压力,一方面是'啊,难道你们北京人以后就不欢迎我们外地人么';另一方面,北京人也有意见说'我们买便宜衣服以后不方便了!难道又让我们都回到大商场去买贵的'?

"唉,现在我们已经疏解升级了24.3万平方米,商户走掉了5000个摊位,人口大约有1.5万。但说老实话,如果不是赶上国家京津冀协同发展的大战略,有政策支持能够确保我们的工作一步步往前推进,否则……"

孙区长话没有往下说,我也不追问,因为我知道商户开始都不愿意走,黄金地段嘛,你断人家的财路,谁会……我下面的话也没说。

不过我最关心的,确实是这1.3万个摊位,4万个商户,他们的摊位没有了,赖以生存的经营平台没有了,以后的命运……

孙区长告诉我:其实后来的"动批",90%的货物都是从南方批来又再批发到东北、西北和华北的,这个地方已经是一个货物聚集地,而这种业态本身就没必要出现在首都核心区,实际上从世界各国的批发市场来看,最好的市场也都在离核心城市100~200公里这样的一个距离。

想想看,在北京搞批发和在北京周边、甚至河北的一些城市加入批发市场群,哪个状态更合理? 在北京中心区,你吃贵、住贵、摊位费贵,换到远一点的地方,生活成本下来了,承租成本也下来了,难道不是一种新的选择?

北京人想买便宜的衣服或小商品,没关系啊,开车出去一个多小时,换个地方去逛不就得了,一个多小时,在城里堵车差不多也要这么长的时间。

换换思路,眼前一片豁亮!

何况"动批"搬走了,"它已经越来越突出的负面效果:人流、车流、周边房屋的混租、散居,然后黑物流,乱七八糟的这种,还有治安的管理成本都下来了,这些问题也就一下子全部解决了。所以疏解是坚定不移的,不管困难有多大!"孙区长说。

"但是不管怎么说,道理上为国家也好,个人将来有更好的前途也罢,大道理总是好讲,但对这些被疏解商户,你们有没有一个安置方面的政策? 总不能只让人家离开,然后就撒手不管……"

我终于问出了我心底最想问的这句话。

孙区长说:"不能不管,我们有帮助,就是帮助他们在周边这么多的市场中寻找更为可靠的合作伙伴,就为了这一点,跟河北、天津几乎所有能够承接北京市场的企业和当地政府,我们都谈遍了。"

"结果呢,你是说你们能帮忙搭建平台?"我问。

"对,我们搭平台,就是把外地几个好的市场、政府推荐认证的市场都请过来,我们搞了一个疏解北京非首都功能的对接平台,介绍给商户,然后再把疏解出去的人口,他们小孩上学、老人看病等等问题,都逐一进行了落实。"

当地敞开双手,各种减免政策、优惠政策;北京商户落户到天津、河北,叫来了原有的客户群,新的批发市场应运而生,对当地经济也是一个强大的拉动!

疏解与提升,原来只聚集于北京的产业功能,打破格局,重新在京津冀的大空间、大视野里进行调整,双赢是目的,这个目的从出发的时候就必须时刻牢记。

轨道京津冀,三地一盘棋,同享一片蓝天——如果有一天,好学校、好医院、好就业,不都集中在大城市的中心,而是就出现在你住家的周围,你还非要往中心区跑吗?如果公共交通不断改善,能够满足人们的出行需求,你还非要每天开着自己的私家车吗?今天,"智能化"的生活已经渗透到我们思维的方方面面,但一个简单的思考或许反倒被我们忽视,那就是我们固有的行为习惯其实是可以改变的,而有些做法一旦变了,你所拥有的可就不仅是一种全新的体验,说不定还是一种更合理的生活。

这段话是本该出现在《直面北京大城市病》的片子末尾的,但这段"串场"最后没有时间让编导晓静能够放得上去,只不过这段话是我采访这期节目后自己悟出来的一个道理。

我们说治理北京的"大城市病",其实借鉴一下世界很多国家的大城市,在他们快速发展的时期,几乎都和北京一样遇到了同样的问题——五十年前,东京的交通,用当时当地人的话语来讲,上班简直就是"通勤地狱",为了解决三明治一样进进出出的地铁,当时日本甚至催生了一种新的职业,这就是"推手",这些人整天,特别是上下班高峰的时候,就是站在站台上,等车一来,帮助要上车又挤不进去的乘客,用手把他们使劲地往车厢里面推!

我不只想要一张蓝图

哦,如果说,给我们一点希望的话,十年以后,北京的"大城市病"能不能缓解?到那时北京大概会是个什么样子?

这个问题我也是几乎问遍了接受我采访的每一个人、每一个学者或官员。

大家的答案都是:"不用十年吧,实际上我们到'十三五'的期末,也就是2020年……"

2020年?那时北京什么样?满打满算时间也就只有4年了?

对,4年!

根据《京津冀发展规划纲要》明确的"人口天花板",北京市到2020年常住人口一定要控制在2300万人;

人口过多、交通拥堵、环境污染、房价高企、职住不均衡、功能过度聚集、管理不精细,城市运行效率不高等等,这些"大城市病"的问题,都会得到扭转;

北京主城区,到时候至少空气会更好、绿地会更多、各项服务会更到位;

副行政区,坚持世界眼光、国际标准、中国特色、高点定位,通州会出现蓝绿交织、清新明亮、水城共融、多组团集约,成为北京一正一副两个行政中心的好搭档;

还有京津冀,瘦身健体,腾笼换鸟,辗转腾挪,只要产业结构、能源结构、经济结构安排得都合理,三地一盘棋肯定会走活——

2016年8月,石景山与唐山市曹妃甸区人民政府签订了《关于疏解非首都功能促进两地协同发展试验区建设的框架协议》。根据协议,双方将以推进产业升级协作、加强公共服务资源共建共享为重点,引导石景山区非首都功能产业向曹妃甸协同发展示范区转移。

天津滨海新区进一步加快打造承接"非首都功能"疏解和

北京优质资源转移的高水平载体平台,加快建设好天津滨海—中关村科技园、未来科技城京津合作示范区。中铁、中铝、中船、神华、北车等目前已在滨海新区设立分部;大唐、华能、华电、国电等4家电力集团也在新区完成了融资租赁总部的增资工作。

未来——

河北秦皇岛将搭建非首都核心功能承接平台、公共服务功能承接平台等六大核心承接平台;

国家民航总局与河北省签署了关于加快推进京津冀民航协同发展的会谈纪要,签署了《首都机场集团公司托管河北机场管理集团有限公司协议书》,石家庄机场将承接"非首都功能"的航空运输业务;

中关村核心创新要素加快在天津(宝坻)集聚,石家庄(正定)集成电路产业基地规划已启动编制,保定—中关村创新中心签约企业增加,中关村节能环保企业加速向承德节能环保产业基地落户。

此外还有医疗和教育——

医疗:在张家口和曹妃甸地区,北京天坛医院(张家口)脑科中心、北京积水潭医院张家口合作医院、北京友谊医院曹妃甸合作医院、北京安贞医院曹妃甸合作医院等项目相继挂牌;20余家大型医院正在安排在天津、河北疏解。

教育:北京二中、人大附中、首师大附中、理工附中等4所优质学校已经进驻通州办学;沙河、良乡高教园区配套不断完善,北京景山学校、北京八中、北京五中、八一学校、史家胡同小学等,已经在河北唐山、廊坊、保定等地建设了分校;北京"数字学校"云课堂向天津和河北开放;北京电影学院、化工大学等中央高校新校区也开始向外建设;城市学院向顺义疏解,在自身谋求更大发展的同时,也实现了京郊东北方向没有高校的零的突破。

两个月采访,一路下来,我看到媒体记录京津冀协同发展硕果累累的报道太多了。比如3月19日,中国新闻网发表了记者刘家宇的文章,说当天京津冀(天津)温州国际商贸城百货馆在天津西青区开业,这家占地26万平方米的商贸城,目前已吸引到了超过千余户北京原来的批发商在此经营。其中有一位姓季的先生,此前一直在北京经营服装生意。"当初选择进入北京,就是看中了首都快速发展和广阔的市场前景,自己也确实赶上了黄金十年的发展期。"但随着北京疏解"非首都功能",他所在的公司生产、销售都遇到了原材料和场地限制的瓶颈,因此经过多次考察后,季先生决定"转战"天津。

这是正面的、负面的、探讨问题的,也有,比如我在网络上看到的这一篇议论:

菜市场是否属于"非首都功能"?

一些街道、社区清理菜市场和街边小店,客观上搬走了一些做小买卖的外来人口,有助于控制北京的人口总量。但是,同时搬走的,也是生活的便利。城市发展不能只要白领、不要蓝领;只要脑力劳动、不要体力劳动。生活少了便利、多了负担,最终也可能导致人才的流失。

……

1958年,北京首都机场刚刚建成的时候,我们一年的旅客吞吐量才有多少?9.5万(人次);2015年T1、T2、T3,我们已经有了3个航站楼,当年的旅客吞吐量又达到了多少?8993万(人次)!这个变化当初的人们谁想得到?

2017年4月1日,新华社和央视新闻都播出了这样一条重大消息:

日前,中共中央、国务院印发通知,决定设立河北雄安新区。这是以习近平同志为核心的党中央作出的一项重大的历史性战略选择,是继深圳经济特区和上海浦东新区之后又一具有全国意义的新区,是千年大计、国家大事——

这谁又能想得到呢?

深圳特区?上海浦东?雄安新区?

如此大手笔,举国震惊,全民振奋!

疏解北京"非首都功能",这一计更先声夺人!

只要有规划、有行动,中国人能把自己的日子过好。

"近几年,媒体不再说南方的酸雨了,为什么?2015年,中国已经把酸雨这个病基本上治好。酸雨能治,雾霾为什么不能?"

记得清华大学环境学院院长贺克斌在接受我的采访时总是不温不火、面带笑容,"酸雨"的例子是他告诉我的,下面的这段话,也是出自他口:

当然事情越往后干会越困难,这就好比摘苹果,第一轮的苹果我们一伸手就能摘到,难关好过;但接下来再摘,你就得搬个凳子,然后再搬个梯子,才能上去。最后,更大的困难来了,就只剩下苹果树尖上的果子要摘了,那怎么办?没办法了吗?有,办法总是人想出来的,总比困难多。比如能不能放个猴子,让猴子上去帮我们摘?或者其他的办法?

哈哈,面包会有的,猴子也会有的。

贺院长说得真好,信心最重要!

想想他的"猴子",我笑了,后来说给谁听,大家,也都笑了。

(原载《北京文学》2017年第7期)

此念此心

——太行之子吴金印

任 林 举

当盐从血液中析出,那些落在土里和石头上的汗水或旋在眼中的泪水便呈现出固有的本质和意义。不必再提及生活和生命中的苦涩,一种纯洁、晶莹的固体已经为我们凝结、预备了前行的力量和闪光的信念。

——题 记

受伤的骨头

当了大半辈子乡镇书记、担了大半辈子土、抬了大半辈子石头的吴金印,到后来才发现,骨头有时是能够发出声音的。

年轻时,他经常挑着两桶水走在山路上,或担着两箩头土走在乱石滩上。那时,他健步如飞,体态轻盈,身体和意志从来没有须臾或分毫的游离。扁担和肩膀的相接处不断传来均匀的吱呀声,他认定那是扁担的呻吟或者对所承重量的抱怨。肩上的皮肉有时红肿、有时酸痛,无非是和扁担一样,以自己的方式提一些不必理会的抗议,但这些都与骨头没有太大的关系。骨头一直保持着沉默。

然而,当上海瑞金医院的医生们对着灯光屏讨论吴金印刚刚拍出的骨片时,每个人都惊愕不已。他们断定,吴金印的骨骼曾经出现过多处断裂。也就是说,他的骨头曾经在过去的某些时间里发出过可怕的脆响或闷响。医生们分析,他的骨头如果不是发生了癌变,就一定受过大伤,一次或多次在外力的冲击、重压下发生折断——肩胛骨和几处肋骨最为明显。

对此,吴金印也感到有些迷茫。是啊,自以为坚不可摧的骨头,从哪个时间开始,竟然违背了自己的意志,也发出令人担忧的变化和声音呢?他躺在病床上,在记忆中那些密如荆条的疼痛里搜寻,搜寻着一个与断裂有关的声音。

是从县里开会后连夜往乡里赶,途中坠下山崖的那次吗?

那时,他刚去山区不久,村庄与村庄之间还没有像样的路。人们行走的羊肠小路,不是在河滩匍匐,就是在山间高悬。虽然在这样的山路上摸黑行走,随时都得提心吊胆,但不管怎么"提"怎么"吊",也保不准突然来一个"万一"。当那个突然的"万一"来临时,吴金印还是在失足的瞬间失去了清晰的意识,只觉得眼前一黑,忽悠一下,一个惊心动魄的过程就宣告完成,一切都是片刻的事情。当他再次攀着荆条和树枝重回小路时,他已不再记得曾经有过什么声音,山石滚落的声音、树木折断的声音、肌肉撕裂的声音抑或骨头断裂的声音……空空的山谷里,一片寂静,仿佛什么都没有发生。他拖着绵软无力的身子,走回了住处。无处不在的疼痛让他躺了两天,第三天他咬咬牙,爬起来,照样下田劳动。他相信,只要骨头依然保持着沉默,他就不会倒下。

是在小店河造桥时,抬石头跌倒的那次吗?

吴金印清楚地记得,那是一块十分独特的石头,牛犊般大小,和所有的障碍一样,挑衅般横卧在那里,与人们的目光对峙着。石头的质地细密坚硬,似乎可以让每道遇到它的目光都发出铮铮鸣响。最后,人们的目光经过一阵零星而散乱的碰撞、交织和反弹,还是找到了一致的方向,几十道光束聚合到一处,同时反射到吴金印的眼中。类似的情形,吴金印已经记不清一生曾经遇到过多少次了,但他一直把这目光的集合理解为信任和依赖,同时也理解为鞭策。在这些最关键的时刻,他总是毫不犹豫地穿过人群,穿过众人的目光,迎着艰险,走在最前边。他坚信,最有力量、最坚实的事物都是无声的。只有人的骨头能和石头对话,只有目光和目光能够交流,只有行动是最有权威的命令。

他走到巨石旁边时,群众也跟他走到了巨石旁边。于是,四副绳套、四条木杠、八个人就把千斤的重量放在了肩上。吴金印负重走在右侧的最前面,在人们的呼喊声中,以自己的步幅和频率引领着这个负重群体的节奏。

这一次,重力仿佛穿过薄薄的肌肉直接作用在骨骼上,他都能感到骨头的弯曲和颤抖,但隐隐的疼痛却不是来自骨骼,而是来自骨骼里面的肺腑。至于,骨头们有没有像绳索、木杠一样发出细微的嘶嘶声,吴金印并没有留意。汹涌的汗水和人们的呼喊打断了他对自身的聆听。其实,他也不需要聆听,既然已经把这条命交给了一份卸不去的重压,还有什么必要在意以物质形式存在的身体暂时有什么反应?挺住或坚持,已成不可更改的现实和命运。此时,他要做的正是忽略和忘记,他的意识里只有距离,离开起点和到达终点的距离……

突然,他感觉双脚一软,大地倏然倾斜。那一瞬间,他已分不清传递、集中到自己身上的重量是众人肩上的重量、石头的重量,还是大地的重量;他也分不清那些混乱而沉闷的声音是人们扑倒的声音、石头落地的声音,还是来自于身体内部的声音。十万颗金星在眼前迸射,旋即熄灭。巨大的黑暗,显影为一段记忆的空白。当吴金印从地上爬起来的时候,只感觉到了右侧脚踝的剧痛。大面积的肿胀和瘀青,让他自己和围观的人们只看到和相信了那处"皮肉"之伤。

医生的推断基于专业和科学,看来已不容置疑,但吴金印身上的多处骨伤,究竟缘何而来、发生于何时何地,他本人也已经无法在记忆的地图上准确定位。再认真审视一下那奇怪的骨像吧!在两块光滑的骨头之间,那些粗糙的、疙疙瘩瘩的隆起物,究竟是一些怎样的存在?除了物质成分,是否含有大比例的精神要素?

一个人一生都经历过什么,才能结出这样的骨像?那些从生命深处、从骨髓里渗出的东西,除了在断骨的衔接处固化为更加坚硬的骨,是否还有一些渗透到血液之中,然后以汗水的形式渗出体外,一部分化为耀眼的反光,一部分还原为承载力量的盐?或许,那些都是骨头们在漫长的时间进程里,与他头脑中的观念、意志以及外部形形色色的压力和重负争论、对话所积攒下的话语吧!可是,那些话语却只能说在无人倾听、无人领会的内部,甚至吴金印自己也不能完全读懂或破译,就像人们并不能完全破译和读懂吴金印的精神密码一样。

现在,我们只能重返岁月深处,沿着他往昔的足迹,一直追寻至本源;循着他一路洒下的光辉,一直回溯至那些光辉的生发之处。在汗水的源头,在血液的根部,我们重温一个生命艰难而辉煌的叙事,我们倾听一部骨骼负重前行的简史。

抉　择

1966年8月15日,吴金印背着随身的行李,只身走向太行深处。

八月的阳光,似乎与这古老的山系结下过宿怨,凶狠地灼烧下来,一派劈头盖脸、不依不饶的架势。沉默的大地,也毫不示弱,干脆裸露了肌体,以坚硬的石头、无水的河滩和一道道狰狞的荒沟与之对峙。天上的云,仿佛很早以前就感觉到了形势的不利,遂纷纷逃逸,踪迹杳无。稀疏的小草,依托着一层薄薄的焦土,躲入石头缝隙,连大气都不敢出一口。偶尔有几棵低矮的树木来不及躲闪,就低了眉,垂了首,蔫头蔫脑地垂立在山体的缓坡之上。草木们命苦,正是因为他们有根而无脚,生在哪里就要长在哪里,不但出生之地不能选择,所往之地同样也不能选择,就算心有所仪,也断然不得移动。如果它们有脚,或许,早已如那些鸟兽一样,迁往风生水起的丰腴之地了。

人无根,且有脚,但由于他们的家和先人的坟墓都安在这里,便让他们生出另一种"根"。有了"根",就难以移动,不会轻易跑掉,就只能守着穷山过活,世世代代在这山里盘桓。山中那些断续、弯曲的羊肠小道,就是山民们拖着无形的根进进出出留下的痕迹。

吴金印走在那些可叫作路也可不叫路的乱石滩上,忍受着酷热从脚下和头顶的双向夹击。汗水从他的帽子底檐流下来,顺着眉毛流到了眼中。大概因为汗水与泪水本是同源同质,他并没有感到多么不适,只是有那么一瞬间,视线受到汗水的干扰,眼前的道路变得模糊起来。于是,他用手抹了一把,额头的汗水就暂时停止了向下的流淌。当汗水再一次前行流至唇边的时候,他下意识地舔了一下,一股又苦又咸的味道,自舌尖直导心田。有生以来他第一次感觉到汗水的味道竟是那么陌生,仿佛这味道并不是来自身体,而是来自这横亘八百里的大山。

这时,吴金印刚刚二十四岁。

多年以后,当他历尽沧桑,百炼成金,从灵魂深处发出"汗水是个好东西"的感慨时,仍然清晰地铭记着那段旅途上最初的汗水和最初的感觉。但他也许并没有意识到,在世界上有一些地方或领域,汗水滴下去之后,也可以成为种子,生长出可供灵魂食用的"植物"或"粮食",假如,每个人都确有灵魂。

从老家李源屯的董庄到卫辉,再从卫辉到此行的终点狮豹头,其间的路程加在一起百里有余。尽管崎岖不平,对于年轻体壮、血气方刚的吴金印来说,不过是从日出到日落之间的区区十个小时急行。但是,谁都没有料到,从他第一天踏上这段山路到最后离开,竟然用了整整十五年的时间。

年初,他被选送到中央团校学习,临走前,组织部门透露,学习结束后打算将他分配到新乡地区团地委工作。此时,李源屯的乡亲和自己的家人可能正在盼望着他荣归、升迁的好消息。谁想到,仅仅一夜之间,他竟然放弃了去城里工作的机会,连个"照面"也不打,就直奔山区而来。对于这样的决定,盼着儿子出人头地的父母会理解吗?指望着有朝一日能把自己"带"出落后的农村,让生活有个着落、让孩子们受到良好教育的妻子会理解吗?其他内心有所期待的亲友和乡邻们理解吗?为此,吴金印也不是没有矛盾和挣扎。从中央团校回到河南,在新乡等待分配的那个晚上,他一夜没睡,辗转反侧,思前想后,追问和思索的就是这样一些问题:一个人,一生究竟要为什么、为谁而活?怎样、在哪里才能找到自己的价值和意义?

中央团校半年多的学习,是吴金印人生的一个重要转折。在那半年时间里,每一天他都能感觉到生命里有一些东西在被唤醒,被点燃。听老师讲课,听老前辈做报告,去天安门广场和人民英雄纪念碑参观,去八达岭长城凭今怀古……一宗宗、一件件,无不让他心潮澎湃或感慨万千。

团校学习结束了,吴金印回到新乡。

入住新乡地委招待所那个夜晚,吴金印毫无睡意,他在认真地思考着今后的人生之路究竟应该如何走。是选择脚踏实地,还是选择展翅翱翔?想到此,他抚摸一下自己的肩膀,在未来的岁月里,它果真能够生出丰满的"羽翼"吗?虽然,那个年代的每一个年轻人都有自己的理想,但对于自己的出身、情感、性格,吴金印是心里有数的。将来能做什么也许不好预料,但想做什么、愿意做什么,他自己还是清楚的。顺应着自己的认知和意愿想下去,最终,他还是确认,这副肩膀更贴近大地,更适合担担和负重,至于搏击"天上的风云",那是别人的事情,还是让那些更适合的人去做吧!

夜色渐消,熹微乍现。他终于想明白了一个道理,如果不是为了刻意吸引那些仰视的目光,行走或飞翔又有什么区别呢?一双臂膀,如果能够在地上担负起千斤重担,不是比它们在空中徒劳地舞动更有意义吗?就这样,他给自己的人生做了一个初步的定位——此生不当什么大官,也不贪图安逸,只要能够带领一方百姓从困苦中挣脱出来,过上好日子,就已经很满足了。于是,他披衣下床,郑重地给上级组织写了封信:"我从小在农村长大,祖辈都以种地为生,熟悉土地、熟悉农民、熟悉农村工作。眼下,农村的生活还很困苦,需要人,恳请组织让我回到艰苦的农村去开展工作,我要在那个广阔天地里实现人生的价值……"

苦命之"根"

卫辉市西北十五公里有镇名曰太公镇,镇又辖村名字也叫太公泉,村中有太公泉、太公庙、太公祠、太公墓,据学者考证,这就是姜太公故里。据传,三千年前,太公姜尚曾坐在太行山区的某块平石之上,以无钩之钩,终日垂钓。"不用香饵之食,离水面三尺,尚自言曰:负命者上钩来!"

大钓无钩。这一钓不仅仅钓得了千古英名和一个繁荣的王朝,还钓尽了此地未来三千年的风水,鱼几尽,水几绝。之后,再之后,生活在太行山区的很多山民祖祖辈辈都不得不因为缺水而穷,而苦,而发愁。

五十六岁的暴秀明讲起那些不堪回首的往事,脸上似乎仍然残留着洗了多年仍未洗净的愁苦。

暴秀明过去居住的村庄叫虎掌沟,因太行山延伸至此,几沟几岭组合出的地貌恰似巨大的虎爪而得名。"虎掌"之中水贫土薄,由于岭高、沟深、地险,村中无河也无井,村民吃水全赖一个自然积水坑。坑中泥土、草末、虫子、牛羊粪、蛤蟆、蝌蚪等混在一起,浑浊不堪。讲究的人家,回去用箩过一下,再撒上一些白矾,澄清以后才用;不讲究的人家,倒在锅中随便抓几下,点火就做饭。即便这样的浊水,也并不是天天都有,只有下雨过后才能吃上。平常日子,就要到十几里地之外去挑水。

暴秀明的爷爷挑了一辈子水,走了一辈子崎岖难行的山路,终于压坏了脊柱,压弯了腰,到晚年背驼得两头快扣到一头,走路时只好按着一只小板凳一步一步往前挪,身子弯得比小板凳还要低。临终之前,他就有一个愿望:"等我一闭眼儿,你们就趁热把我的腰拽直,好把我直着放到棺材里!"谁知,到了那一天,儿孙们一边哭一边努力完成老人的遗愿,但终究还是没把老人"拽直":"用力按头时,脚翘起来;用力按脚时,头翘起来……"

2005年,因为虎掌沟等四个国家级贫困村划归吴金印任职的唐庄镇,暴秀明和全体虎掌沟的村民才有机会一起逃离这个巨大的虎爪,迁到山下的四合新村。这是吴金印任职期间、职责范围之内救助的最后一批山区困难人口。

四十多年前的狮豹头,绝大部分山村和虎掌沟的情形如出一辙。一些地方的山民连挑水也很难找到地方,每逢夏季干旱,吃水就得靠供应,政府派车往山上运水,分到各家各户,一人一天只有三碗水。娃娃们的手脸常年不洗,脸上都裹着铜钱厚的黑泥。成年人也大多是几天才洗一回脸,洗过的水舍不得泼,再用来洗衣服,洗完衣服的废水再用来饮牲口。池山村七十多岁的徐锡权老汉,披着皮袄到几里外的山泉边挑水,黄昏时,一个人担着两桶水东倒西歪地走在布满石头的山道上,一脚没踩稳,便跌入山沟摔伤了腿,落下了终身残疾……

吴金印常说:"老百姓是我们的衣食父母,是我们的爹娘,对爹娘不好的人,就是不孝之子。"可怎样才是真对老百姓好?吴金印的阐述很简单,就是"把老百姓放在心里"。放在心里,不仅要了解和关心老百姓,而且还要把老百姓的事情当成自己的事情,真心实意地为他们说话、办事、解决问题。更重要的是,还要把自己这颗心和情感交给老百姓,与他们同甘共苦、同笑同哭。

进山之后的第二年,吴金印就在包村驻点的实践中找到了让自己和群众同心同德、血脉相连的最好方式——"四同",即与群众同吃、同住、同劳动、有事同商量。虽然,那时他对自己的工作方式和方法还没有系统总结和科学论证,但已经很自觉地将这些想法付诸实践,并一直坚持到晚年。

吴金印总结自己大半生的人生经验,深深地感叹道:"做不到'四同',就做不到真心为民。"高高在上,怎么能知道民间还有那么多的苦难和不幸?不入"红尘"像"民"一样生活,又怎能体会民之为民的艰辛和酸楚?两脚不插入泥淖之中,你怎么了解身陷泥淖之人内心的感受和愿望,又怎么能够真心实意地和他们一样烦恼、忧虑,一样急切地寻求解决问题和摆脱现状的出路?

当然,眼下最要紧的还是从解决他们的实际困难入手,先拔"穷根"。山区人民的"穷根"虽然不止一条,比如路少、田少、资源少等,这些都要在将来一一拔掉,但最首要的一条还是缺水。水是生命之源,也是生活之源。对于靠种地为生的农民来说,缺水就缺粮,缺粮就缺吃、缺穿、缺钱花。不仅如此,缺水,有时还可以直接导致人们无法生活。

"好吧,"吴金印打定主意,"那就先解决水的问题,想办法让老百姓吃上水,浇上地。"

可是,水源在哪里呢?

太行山区的水一向如机警的野马,雨来,从天而降,奔腾咆哮,势如排山倒海,所过之处石滚土崩;雨过之后,短时间内即消失得无影无踪,山石依然,草木依然,太阳暴晒几日之后,甚至雨水行过的足迹都无可追寻,仿佛这里什么事情都没有发生。除了几条较大的河流水量丰盈,谁也不知道水都去了哪里。

狮豹头乡靳庄的一处山崖上,至今还隐约可见五十年前有人以红漆涂在上边的一行大字:"找不到大水,死不瞑目!"这模糊的字迹,既反映了当时村民们盼水的心情,也传达了当年吴金印四处找水的决心。

卫辉市档案局原局长孟双喜,当年在狮豹头公社给吴金印当通讯员,曾经见证了吴金印找水时的全部热忱、艰辛和痴迷:"那时,他满脑子装的都是找水的事情,一心一意找水。只要有一点点儿时间他就去山上转,礼拜天和节假日,一天也没休息过,不是到山上去栽树,就是到山上去找水。有时我陪着他,有时我和另一个水利技术员陪他,有时他一个单独出去。狮豹头的山岭和河沟几乎没有他没去过的,从最高的老绝顶,到那些干涸的无名河谷……"

为了寻找水源,狮豹头大山小山、沟沟岔岔都布满吴金印的足迹。听有人说,更深人静后可以听到地下河水流动的声音,他就带人手持黄蒿拧成的火绳,夜间翻山越岭,四处寻找山脚、石隙,耳贴石壁静听。听说哪里有个泉眼,他立即跑去看个究竟,反复研究能不能利用,如何利用……

在一次闲聊中,吴金印听说西沟有一眼山泉,有人去泉里打水发现过很大的鱼。他突然就有了一个灵感——这么干旱少水的地方,哪来那么大一条鱼?俗话说:"浅水不生大鱼。"反推之,既然有大鱼,就一定有大水。如果地面上看不到明水,那么水一定藏在暗处。或许,这泉水的底下就连着一条暗河。果真如此,靳庄的老百姓可就有福了。我们可以修一条渠,把水引到村子里,让世代为水愁为水苦的老百姓吃上"自流水",也可以引到田里,把这里的低产田变成水浇田、高产田……

西沟那个水坑,吴金印为徐锡成家挑水时是去过的,也听人们议论过那个水坑的神奇。据村中老人说,有一年连续大旱几百天,周边十几个村庄都来泉边挑水,人们排着长队日夜不停地挑,也没把它挑干。事实证明,这泉子下面确实应该连着很大的水源。但在听到这事前他并没有想这么多。突然降临的想法,让他兴奋不已。

他立即找到靳庄的大队书记孔现银,召开支部和党员代表大会,集体研究商量。意见统一之后,再召开群众大会,倾听群众的想法,听取群众的意见,集中大家智慧。听说要寻找暗河,引水进村,村民们茅塞顿开:"俺们祖祖辈辈守着这泉,怎么从来没想到嘞?中啊!你有主意俺们听你的,你说咋干就咋干!"

时令刚好赶到了秋粮收过之后,农活不多,可以在春秋两个农忙的间隙,展开手脚大干一番。当吴金印带领几百号人"开"到西河沟,站在乱石横陈的两山之间举目四望时,他的心情有几分兴奋,也有几分忐忑。这是他来山区领着群众干的第一件大事。干好了,可以为民造福,惠及后世;干不好就会劳民伤财,让本来负担很重的村民再背上一重负担。

"水往低处流。"如果泉下确有暗河,一定会从高处流往下游。为了稳妥起见,他们商量了一个虽然工作量大但万无一失的方案。在离水坑三十米左右的下游挖一条从南山到北山横跨河谷的长沟,不管暗河从哪里流过,一直挖下去,定然能把它截住。吴金印的作风一向是说干就干,干就带头。接下来,这支挖掘"梦想"的队伍,在他带领下,向不明方位、不知深度的地下展开了汹涌澎湃的进攻。遇到河卵石头用手搬,用肩扛,用箩担;遇到巨石用炸药炸……人们起早贪黑,挥汗如雨,一鼓作气在河滩上挖出了一条十多米深的大沟。这时,时间也已经过去一月有余,可是仍然没有一丝水的迹象。

夜晚,吴金印一个人到沟里巡查,手拿石块东敲敲西打打,多么希望从回声中得到某种带有方向性的暗示或回答,但大地沉默依旧,静得没有一丝一毫的声息,静得让人心里恐慌。这沟,是继续挖还是停下来?在面临选择的关键时刻,吴金印还是把决策权交给了大家。此时,大家虽然对推测中的暗河毫无把握,但仍把信任的目光聚集到了吴金印身上:"你说吧,你说挖,咱就接着挖!"

面对群众的安慰和鼓励,吴金印感慨万千,两眼不知不觉地就充满了泪水。这是一个开端。在这种汗水与泪水交织的农村工作实践中,一种独特的对农民群众的认识和态度,渐渐在吴金印的心里形成并清晰起来:"群众最有理解力和辨别力,最知道谁真心对他们好,也最通情达理。为了他们,吃再多的苦、流再多的汗都值!"

虽然这件事暂时不得不告一段落,但吴金印却心有不甘。如果让他承认自己找水的思路和方法有问题他完全没意见,但让他承认泉下没有更大的水源他却不愿意。在一次支部会上,旧事重提,吴金印激动地表达了自己找到水源的信念和决心:"找不到水源,死不瞑目!"话一出口,立即得到了其他几个支委的高度赞同。其实大家的想法是一致的——人苦点儿累点儿,没什么可怕,可怕的是没有追求和盼头。没有失败哪有成功?不拼不干什么时候能等来舒服日子?会后,一个支委悄悄拎着漆桶到西沟水坑边,在旁边的山崖上写下了大家这个共同的愿望。

之后,吴金印又到水坑边去了几次,反复琢磨这水坑的源泉应该藏在哪里。有一天,他站在远处观察,突然发现水坑所在位置的地势明显高于周边。原来,这水泉正是因为自己的石头挡住了自己的路。他恍然大悟,其实哪用费那么大的周折?只要把坑边高出的石头铲平,也许……他立即召开支部会把自己新的想法说给大家。大家一致赞同。

几天后,吴金印又带着群众来到水坑边。他们顺着坑沿往下挖,挖着挖着,坑里的水果然沿着斜坡奔涌而出。好大的一脉清水!虽然人们仍然说不清泉中的水究竟从何而来,但它的水量却充沛得仿佛无穷无尽。接下来,一切都变得顺理成章。吴金印带着靳庄人,修一条转山渠,把水引至村庄,然后在各家接上水管……从此,村民们不但吃上了自来水,而且还有两百亩农田因为这眼清泉变成了水浇地。

通水的那天,全村男女老少欢呼雀跃,脸上洋溢着喜悦,如久旱的树木终遇甘霖——沉积了几百年的灰尘一扫而光,枝叶伸张、舒展……吴金印从人们脸上看到了一种久违的生机与灵动,他的心,遂被一副副动人的表情所感染,充满了甘甜。

柳树岭的欢庆

从狮豹头公社所在地向西,行 30 里山路,便到了一个叫"西拴马"的村庄。相传,这里曾是宋代康王赵构的拴马处,所以最早来此居住的居民便将村庄命名为"拴马"。由于后来的人口渐多,地势狭促,村庄就分成东西两片,居东的叫"东拴马",居西的叫"西拴马"。

拴马村一带,山势陡峭,易守难攻,本为古今理想的征战之地。此处向上,再行一段路程就到了柳树岭,那里的山上有著名的战争遗址——皮定均抗战指挥部。但作为"人居"之地,却因水和路的问题显现出诸多的不便,经济落后。村中居民生活状态贫困、艰难,民间的"往来走动",拼却举家之力不过两个鸡蛋或一瓢面而已。

吴金印"访"水到"西拴马"时,听村民说,东山的半山腰上有个水泉,日夜不停地流淌,但水都流到了山下的河里。泉水和村庄隔着一道深深的山谷,犹如天堑,根本无法直接通行,村民们只能眼望山泉过着"没水吃"的日子。但此时吴金印最关心的并不是路途的远近,而是那个泉存在与否,是否有充足的水量。

几天后,他亲自带人登上东山,证实了村民们的"说法儿"。随即,他就把注意力转移到了另一个领域。他在考虑,如何将这匹奔跑的山间的"野马"牢牢拴住,将"远水"变成"近水"使之效力于山下缺水的村庄。

对于生活在二十世纪六十年代末的人们,要想把对面高山上的泉水引进自己的村庄,基本上属于"梦想"的范畴,而对于眼看着山泉兀自涌流的"老实"的山民来说,连做梦都没想过。那些天,吴金印苦思冥想、开会研究和找水利专家探讨的就是这同一件事情,他要让山区人们从来不敢想象的事情变成现实。

经过反复推敲、论证,一个清晰的引水方案在吴金印的头脑中浮现出来——

先在对面山上的泉水边修一个大水池,让日夜流淌的泉水在池中聚集,然后铺设一条钢管跨越山谷,利用流体的"虹吸现象"将对面山上池中的水"转移"到"西拴马"这边来,在"西拴马"这边也修上大水池。一部分水可供村民饮用,一部分可以用来浇灌农田……

这个方案,让吴金印在内心实实在在地高兴了几天。可是,着手实施时,他却不得不收起笑容,因为有很多的实际困难要一一面对。山区人民缺的是钱,但不缺力气。施工的人工和石头,可以靠发动群众自己动手,但水泥和钢管儿却无论如何也无法靠"自力更生"解决。吴金印只好去找县委书记席光华汇报,请求县里的帮助。席光华书记听了吴金印的汇报,非常高兴,没想到新任的小书记会有这么大的情怀和气魄,决定全力支持这个工程。水泥的问题,很好解决,县里可以把50吨水泥送上山来。至于钢管,由于当时钢材紧缺,县里也没有现成的材料,席光华书记因此而大犯其难,左思右想想不出解决的办法。最后,他"咬牙"拍板,将北阁门外共产主义大桥两侧桥栏上的钢管抽出,运往山区解决农民吃水问题,桥栏杆用其他材料代替。

工程很快进入组织实施阶段。"西拴马"的全体干部群众按照吴金印的主张组织起来——干部带头,党员冲锋,男女老少齐上阵,靠自己的力量,靠自己的双手,改变贫穷落后的面貌。开山凿石,河沟挖沙,山上无路就靠肩扛、手搬把工程所需的材料从山下运往山上。除了必要的封闭式水管,工程所用的管道都是土法自制的水管。村民们以手工将石头凿成槽,两块石头一扣,中间用水泥糊严,就成了一段石头水管……

半年之后,工程按照最初的设计顺利竣工。清洌的山泉水经过大水池的短暂休整、停留,流向家家户户,流向干渴的田地。紧接着,吴金印又动员群众乘胜追击,将山泉水引入下一个水池。就这样,他们沿着山势往下游推进,一连修了七个大水池,彻底解决了西拴马村的吃水、浇地问题。群众将其形象地描述为:"长藤结瓜"。

"长藤结瓜"只是吴金印在狮豹头带领群众找水、引水过程中,摸索出的方法和方式之一。在几年锲而不舍的苦干中,他创造出一整套适合太行山区的水利开发、利用模式。其中有"蓄水",修建小型水库或集水池,把雨水和山水集中起来,形象地说,就是"零存整取";"提水",在沙石下的"暗河"中挖池,再将水引至半山腰加以利用;"截潜流",在暗河下游筑坝,抬高暗河水位,将暗河变成明河加以利用;"打旱井",房前屋后地头山脚能收集到雨水的地方挖蓄水"旱井",有的地方也称作"水窖"……各种方式因地制宜,一村一地一策,不求整齐,但求实效。当年,曾有人统计,吴金印在狮豹头期间共带领群众在全公社挖旱井上百眼,修建高标准水池200多个,修建小水库3个,修建三级提灌站5个,修建水渠24条,总长70公里,不仅使全公社都解决了吃水问题,而且人均拥有半亩水浇田。

沿着拴马村的山路继续前行十余里,便到了柳树岭村。

在这片海拔1000多米高的山上,群众吃水特别艰难。吴金印在这个村蹲点时,了解到村后边的山上有一个像手指粗细的山泉,水流虽然小,但常年不断。吴金印当时就想,要是能像在银行里存钱那样用"零存整取"的办法,把它积存下来,群众的吃水问题不就能解决啦!随后,他把这个想法对大伙说了,村里群众一听，都觉得是个好办法。但这"零存整取"需要修一个蓄水池，修水池就要用水泥，可是水泥怎么解决？吴金印再次找到席光华书记汇报。席书记一听是解决群众吃水问题，当下表态支持。并且安排县汽车队，要他们把水泥送上山。

水泥送到东拴马，再往前就没有路了。只好卸在与柳树岭隔条沟相望的地方。村里的老百姓听说为了解决他们吃水困难，县委书记亲自安排的水泥，深受感动。男女老少齐上阵，扛起100斤一袋的水泥过沟，再由精壮劳力往山上背。还有部分人在河沟里筛沙子，用于修水池。就这样，这个村的群众硬是将几十吨水泥和沙子扛到了陡峭的高山上。

在这之前，村里提前安排碴石头，将石头都打成方方正正的料石，不仅水池修起来结实好看，最主要的是节约水泥。

水池修好后，村里的老百姓看到蓄满的一池清水，想起往日吃水贵如油的艰难日子，心里别提多高兴了。都盼望着支持他们的县委书记能亲自来看看。

吴金印利用到县里开会的机会，去给席光华报喜。告诉他，蓄水池修好了，现在存了满满一池子清水。并把群众的心意转达给席光华。

席光华一听非常高兴，当即表示要去一趟："好啊，好啊！抽空我一定要去看看你们修的蓄水池！"

"那个地方可是山又陡、路又不好走啊！"

"那么高的山上你们都能修成水池，我上去看看怕啥？去，一定要去！"

去柳树岭的路特别陡峭，车上不去。席光华身体胖，累得汗流浃背，中间歇了好几次，走到山上的柳树岭村时已经晌午了。村里群众听说县委书记真来了，奔走相告，像过年一样高兴。群众悄悄议论说，人家县里的大官，为了咱老百姓的吃水问题，山高路远的硬是上来了。

群众簇拥着席光华来到了水池边。看到满池清水，他和大家一样高兴，沉浸在胜利的喜悦之中。当席光华看到村民仍在挑水时，他说："县里给你们解决台柴油机，把水抽上来，群众就不用再挑水了。"群众一听,纷纷鼓掌欢呼。

干群欢聚,虽然没有任何仪式和俗套,但喜庆的情绪却像"停不住脚"的风一样,拂来拂去,从一张笑脸传递到另一张笑脸。为了不扫大家的"兴",席光华留下来和群众一起吃了一顿十分简单的午饭——土豆小米饭。

等席光华下山时,群众依依不舍,像送亲人一样送了一程又一程。久久不愿意分手。

吴金印默默地走在队伍之中,深深地被这种"鱼"和"水"之间的情谊所感动。通过人们的话语和神情,他仿佛更加清楚地看到了作为一个"干部"存在的真正意义和价值,也领悟到了一个人终其一生应该把心思和"意念"用在哪里,用在什么事情上。

可"跪"之人

京剧《桑园会》里曾有一句流传千古的唱词:"男儿膝下有黄金……"不管这唱词的本义如何,其引申意义却一直清晰无误,即为男子大丈夫生在世间顶天立地,那副膝盖除了自己的生身父母,轻易不可屈尊。一屈,人格就随着自然的高度的降低而被削去了一截儿。然而,世间的事偏偏不可以一概而论,对于有些人,你在他们面前屈了尊,不但不会让你的人格降低,反而变得更加高大起来。他们的灵魂在高处,或者象征着人类的高度,但也正是由于太高了,所以灵魂矮小的人反而看不到或视而不见,灵魂卑污的人反而不相信。除了亲人长辈,吴金印一生跪过三次。一次是孔繁森的老母;一次是焦裕禄的墓;一次是侯保群的坟。

1997年,吴金印接受山东聊城的邀请去给那里党政机关的领导做报告。聊城,是焦裕禄式的好干部、时代先锋、领导干部的楷模孔繁森的老家。据当地干部介绍,孔繁森已经去世两年多,家中的老母还不知儿子已经逝世。吴金印决定在报告会结束以后,以孔繁森朋友的名义去看望一下他的老母亲。

吴金印通过新闻报道知道，1979年国家要从内地抽调一批干部到西藏工作，时任聊城地委宣传部副部长的孔繁森主动报名，并请人写了"是七尺男儿生能舍己，作千秋鬼雄死不还乡"的条幅。刚到西藏，他又写下"青山处处埋忠骨，一腔热血洒高原"，以此铭志。结果，他就真的把宝贵的生命献给了西藏。只可怜家中的老母，养儿一场，不但难得儿膝前尽孝问安，就连在闭眼前看儿一眼的愿望也已成空。

当吴金印见到白发苍苍的老人时，不由得悲从心头而起。想自己的母亲又何尝不像眼前的老人一样，儿子已经将一切都许给了山区人民和事业，自己却只能在日日夜夜的期盼和牵挂中，独守着空空的岁月。吴金印忍住泪水，按中国传统中的最高礼节，跪在老人面前给她叩了一个"响头"，在心里暗暗地叫了一声娘。同行者先是震惊，而后是不约而同地热泪盈眶。是啊，一个把儿子献给了国家和人民的人，难道不应该得到这样的尊重和"孝敬"吗？多年之后人们最终还是领会和理解了吴金印，那一叩，是为了英雄的母亲，也是为了他自己的母亲，更是为了天下所有平凡而又伟大的母亲。

在吴金印的心中，河南"三书记"里，焦裕禄是最伟大的一个。谈及焦裕禄时，吴金印说："那是每一个共产党人的榜样，也是我真正的榜样。焦裕禄身患癌症疼得受不了，还在坚持为百姓做事儿，一直到生命的终点，那才叫鞠躬尽瘁。比起焦裕禄，自己的条件和身体都还可以，但自己还差得远……"让吴金印感到遗憾的是，1964年5月焦裕禄就不幸逝世了，虽然彼此工作的地方相隔并不是很远，怎奈时光错位，有生之年没有机会亲自拜访焦书记，当面聆听他的教诲。

1999年，河南省开封市请吴金印去做报告，工作结束后，开封市的领导问吴金印还有什么个人要求，吴金印郑重地表示，公务已经结束，只是要从开封去一趟兰考，办一件重要的"私事"。吴金印之所以要强调对焦裕禄的祭拜是自己的私事，是因为此事非比寻常，他对焦裕禄的尊重和虔敬实在是发自灵魂深处，是自己最真实的需求，与任何人、任何号召和宣传都没有关系。他不想让任何外界因素搅扰了自己内心的专注与纯净。当他独自在焦裕禄的墓前跪下、叩首时，他对"高贵"一词的含义有了更新、更深刻的理解。

　　农家出身的吴金印，天生了一块倔强的"骨头"，尽管经历大半生的坎坷风雨，那块"骨头"却一如既往地坚硬，没有些许的疏松或软化。年逾古稀之时，他的处事原则仍然没有柔软下来："官再大，你瞧不起群众，我也瞧不起你；老百姓虽说没地位，但有许多值得尊重的地方。你看得起群众，群众才会看起你；你对群众好，群众才会把你当亲人。"这一生，他只愿将内心最庄严、美好的情感给予那些配得上的人。每提起英年早逝的侯保群，吴金印都抑制不住内心的激动，他说，这个人他一生都不会忘记。

　　侯保群原是狮豹头乡西抡马村人，吴金印在狮豹头任公社书记时，他是一名乡政府公安特派员。自吴金印在山区展开拦河造田工程开始，侯保群就一直积极参加造田大会战，是一位专门"啃硬骨头"的铁汉。吴金印非常佩服侯保群那种吃苦耐劳的精神，喜欢他那种专挑急难险重任务的猛将作风。

　　在青年洞开凿时期，洞内钎声阵阵，号子声声，灰烟弥漫，工地上三个人为一个小班组，一盘钎子，两把八磅铁锤，一人扶钎杆，三人轮番抡锤扶钎打钎。一般一天一个小组能打九尺深的炮眼，而吴金印和公安特派员侯保群、团委书记孟双喜这一小组一盘钎一天却能打出一丈二的进度。

　　1973年的冬天，天气极寒，滴水成冰。吴金印和山区群众又在塔岗掀起了拦河造田的高潮。施工时需要开挖一个大的水坑。水坑里放进水泵，将水排到其他地方。这样才能保证正常施工。有一天，水泵突然出现了故障。水排不走，影响着施工的进度。关键时刻，侯保群又站了出来，只见他脱下钉铁掌的布鞋，甩下破棉袄，只穿着带窟窿眼的小褂，纵身跳入齐腰深的冰水之中，对水泵进行抢修。只见他的脸色由红而白，由白而青，最后双唇都变成了黑紫色，站在岸上的人们一再催促他上来暖和一下，他只是较劲咬紧牙关坚持着，一声不吭，一直坚持到把水泵修好。

事情过后,侯保群却患上了重感冒,一直高烧不退,进而发展到卧床不起。为了尽快恢复健康,侯保群只能暂时离开工地住院治疗。

侯保群的病紧紧牵着吴金印的心,他知道,这样的硬汉没有大病是"扳"不倒的,所以心中总有拂不去的忧虑,百忙中,也要挤时间一趟趟去医院看望侯保群。

后来,吴金印见侯保群的病情一直没有起色,便陪他到县人民医院就医,专门为他请来专家会诊。医生拿到检验报告一看说,他已是血癌晚期,积劳成疾,没有希望了。在医生办公室吴金印当场痛哭起来。随后几天,侯保群的病情迅速恶化,已经没有继续治疗的必要,医院便下了通知,让他出院回家。

吴金印和司机马玉根开着车拉着几近昏迷的侯保群离开了县人民医院。

临上车时,侯保群紧紧抓住吴金印的手,用微弱的声音说:"吴书记,到塔岗时,让我坐起来,再看看咱们亲手造的地吧。"吴金印心里一阵酸楚,连忙点头答应。

车至塔岗,吴金印让司机停下车,扶着瘦弱的侯保群,慢慢坐起来。

此时,工程已经接近尾声,新造的农田阡陌从横,平展如画,远远望去,如一把巨大的折扇缓缓地展开在侯保群的眼前。

喜悦之色如阳光一样注满他暗淡的双眼,他那看起来极度疲倦、苍白的脸上渐渐地泛起了光彩。他微微地动了动嘴唇,想说点儿什么,但终于没有说出。疲倦再一次袭来,侯保群微微闭上双眼。

少顷,他又睁开双眼轻轻叹息了一声,用力抓住吴金印的手说:"荒滩铺上了泥土,可真好看啊!可惜,再也不能和你们一起劳动,并肩走在上面啦!"说着说着,泪水就流了下来。见此情景,吴金印心疼难忍,他知道,从此以后人欢马跃的队伍里,再也不会有那个谈笑风生的"小老虎";危急的时刻,再也见不到那个总是挺身而出的好兄弟,一个那么坚毅、美好的生命就要像风一样,从自己的身边,从大地上消失啦!他忍了又忍,泪水还是很不听话地夺眶而出。

时间悠然而逝,只那么短暂的瞬间,仿佛便已经划过了一生的长度。侯保群缓缓地转过脸,依依眷恋地看了吴金印一眼,然后无力地闭上了双眼,有一滴晶莹的泪水挂在他的眼角。吴金印下意识地收紧了扶着侯保群的双臂,仿佛一松手他就会从自己的双臂间消失……

数日之后,年仅三十岁的侯保群就永远地离开了他热爱的土地和人们。

事情虽说过去四十多年了,吴金印现在只要一谈起在山区和群众战天斗地的往事,说起自己和侯保群一起战天地斗的日子,以及和侯保群诀别的那一幕,就会泪流。

侯保群去世后,吴金印每年都要到他的坟头,怀着痛惜的心情去看望曾经并肩战斗的"战友"。吴金印调离狮豹头时,特意去了一趟侯保群的坟头,跪拜了这位渐渐被人们忘记的"英雄"。

在吴金印的心里,侯保群代表了一个时代和一个时代的灵魂。但从此,自是难以岁岁相守矣!

羊湾啊羊湾

沧河水行至羊湾,遭遇棋盘山的阻隔,一赌气,绕了长达数千米的大弯子,一个迂回就掠去了千亩沃土。若以人事论山水,此为争斗之相,正应了天地间阴阳二气失和之说。有关棋盘山的神话,在这一带的民间已经流传很久。棋盘山之所以叫棋盘山,是因为曾有上界二位神仙手执黑白之子在这山中对弈,久无结果,遂拂袖而去,遗下空荡荡的棋盘和两股不平之气,化作互不相让的青山和绿水。

实际上,阻挡了沧河前行之路的这段山体,可叫山,也可称石壁,最薄弱处从前到后不过区区两百米的厚度。早在吴金印来狮豹头之前,就有一些有心的群众看破了这段山水之间的玄机。如果能劝一劝棋盘山,为沧河让出一段路,也劝一劝沧河水,别负气绕那么大的一个圈子,委屈一下从棋盘山的脚下走,把多占用的土地让给山区穷苦的老百姓,让他们种庄稼,吃饱饭,过上好日子,岂不美妙?

吴金印一到羊湾村蹲点,大队书记郭文焕就把这个大胆的想法说给了吴金印:"把山体打通,让河水改道直行。"郭文焕一说,吴金印立即深表赞同,原来这是久久藏在山区群众心中的一个梦想啊!

吴金印一边和村民们交谈,一边心中暗想,一个干部,口口声声说的是为人民服务,可什么是真正的服务呢?不就是为他们谋福利,致力于帮助他们实现一个又一个梦想吗?那时的吴金印正血气方刚,不怕苦,不怕累,不怕困难,越是艰难的事情,越能激发他的斗志。有了初步想法之后,他立即回到公社,召开班子会研究如何将其付诸实施。当他把这个想法说给公社党委班子,班子成员都听懂了,大家一致赞成这个主意。然后,他又把这个想法说给羊湾大队以及全公社其他干部群众,大家最后也都听懂了,大多数人为这个主意欢欣鼓舞。然而,高山与河水都有自己的语言体系和交流方式,他们听人类的语言无异于唧唧虫鸣,根本不予理会。吴金印知道,与那些近于永恒的事物对话,不能靠语言,只能靠行动,靠那些钢铁与钢铁相互撞击释放出的巨大声音,靠意念、意志和无计其数的血汗。

"让高山低头,让河水改道。"

如果把这理解为人与自然的一场征战,那就需要付出足够的勇气和力量,如果理解为一场特殊的对话或谈判,那就要付出足够的耐心和智慧,总之都要付出巨大的代价。吴金印大略估算了一下,这一桩"生意"做完之后,尽管代价不小,但所得的回报也十分诱人。那可是六百多亩良田啊!为了山区人民千秋万代的利益,付出再大的代价也值!

经过严密的论证、沟通、协调和发动,吴金印很快把羊湾村改河造田工程落到了实处,在人力、物力和财力上做好了开工准备。

1973年10月16日，一支由男女青壮劳力组成的庞大队伍浩浩荡荡开进了乱石滚滚的沧河滩，在大山与沟壑间的平川上安营扎寨。平川前旌旗招展，人喊马嘶，一片欢腾的景象。公社的广播站、电影放映组、卫生队、财务组、后勤组……全部开到现场，以最短的时间各就各位，以最快的速度进入工作状态。一时间，人们摩拳擦掌，热血沸腾，再也顾及不到棋盘山的风声和沧河水的咆哮，只等待着一个激动人心的时刻到来。四十多年后，旧事重提，羊湾村的李爱菊老人仍余兴未尽："从来没见过那么多的人，激动啊，心里咚咚响着一面鼓哩！"就这样，一场人类与自然对话的恢宏序幕徐徐拉开。

杨湾打洞棋盘山改河造田的启动仪式，简单而庄严。开山造地的队伍面对大山，如同面对强悍凶蛮的敌人战阵，吴金印则是第一个出战的将领，身先士卒，拎起一柄大锤走向大山，向大山宣战。一锤下去，大山被震得微微颤抖，紧接着就是第二锤、第三锤……在他的感召下，民工们意气风发，干劲十足。大山东西两边同时开钎，相向施工。

霎时间，沉睡千年的沧河滩锤起锤落，石屑飞溅。锤声、炮声、号子声交织在一起，有来有往，有叩问，有回响，仿佛一片连绵不绝、激昂雄壮的激辩。为了提高工效，民工兵分两路，从山体的两侧同时相向打洞。吴金印亲领任务，与公安特派员侯宝群、团委书记孟双喜三人一组，一盘钎子两把锤，轮流扶钎，轮流打锤。虽然几个人各有指挥任务，但指挥不误定额，别的小组每天打炮眼定额三米，他们几个人半日就开进四米。

在叮叮当当的撞击声中，时间仿佛一只受伤的鸟儿，收拢了透明的翅膀，凝固下来，化作灰色的粉尘，从人们的头顶，从侧面的石壁，纷然而落。汹涌的汗水从吴金印的发际、脸颊流淌下来，流过颈项，流过前胸，流过后背，流过腰际和双腿，流过双脚，通过棉质的圆口布鞋与脚下的岩石合为一处。汗水，如难以抑制的背叛的力量，不断从血肉之躯中溢出、逃离，之后，又与空中的石粉合谋，对它们的主人进行了不易察觉的围困和涂改。慢慢地，吴金印的帽子、皮肤、衣服……一切最终都变成了石头的颜色和质感。如果不是那双不肯闭上的眼睛始终在不停地眨动,如果不是那柄不肯屈服的大锤一下接一下在空中划出倔强的弧线,那人看起来就是一尊雕像,或许就已经化作了一尊雕像。应该换岗了,人一动,脚下露出了两个深黑色的湿脚窝,看上去很像一棵植物被从土中拔出后留下的痕迹,也很像一个生命为了证实自己的存在刻意留下的印记。但这样的印记,在那个热火朝天的山洞里比比皆是,根本就没有人留意,只是任其一次次显现,又任其一次次被石粉覆盖……

放眼烟雾缭绕、石屑横飞的山洞,一个个、一组组到处都是像吴金印一样的"石人"。浓重的粉尘呛得人喘不过气来,他们就用毛巾勒在嘴上当口罩。衣服被石粉糊得没法穿,夏天休息时,他们就赶紧将衣服洗净,搭在绳上晾干,起来再穿;冬天没法洗,就用体温暖干,然后用手揉,用石头刮或用笤帚将石屑除掉。

"导洞"打到第十一个月时,现出了胜利的曙光。几乎两侧的民工都听到了山体中传来了隐约的咚咚声,这声音意味着相向打洞的两支队伍已经相距不远。人们被这声音振奋了,他们干一会儿,停下手中的锤,仔细听听,再撒着欢儿地猛干一阵。渐渐地,感觉那悦耳的咚咚声越来越近、越来越清晰了。对于日夜期盼着把洞打通的人们来说,世间任何音乐都没有那断续的咚咚声美妙动听。整个白天,他们的心被那渐行渐近的声音撩拨得兴奋不已,一阵阵心跳、血涌。夜晚来临,随着最后一阵锤打铁钎的声音结束,山洞两侧同时安放好爆破炸药。一声巨响之后,烟尘滚滚看不见人,因为没有鼓风机之类的设备,人们用独创的办法——一排又一排人展开衣服依次往洞口处飞跑,来驱赶滚滚烟尘。烟尘稍微小一些,远远地就看到了对面的手电和灯光。人们忘情地呼喊起来,东边的人越过豁口爬到了西边,西边的人越过豁口又爬到了东边。每个人都高兴得像孩子一样,蹦跳着、拥抱着、欢笑着、嬉戏着、庆祝着。

时至凌晨,在县里开会的吴金印正沉睡在梦中,突然接到从工地上打来的报喜电话,他也睡意顿消,立即连夜步行赶回羊湾工地与群众共同见证、分享这欢乐且具有历史意义的时刻。

崭新的一天已经降临,青年洞打通的消息如长了翅膀的鸟儿,飞到了附近的村庄。村庄里的男人、女人、老人、儿童奔走相告,把这令人振奋的消息传得更远。欢乐的涟漪以这个日子为原点,向着未来时空里一波波地荡漾着,一直到几年之后,那波纹似乎仍未彻底消失。在羊湾七个自然村中,一两年之内,很多村民都怀着崇敬的心情,把这一历史事件嵌入了新生婴儿的名字,有的取名"洞生",有的取名"洞莲",有的取名"云洞"……这些人将以生命的长度把一段岁月的荣光延伸至遥远的未来。

苦 行

吴金印在狮豹头工作十五年,有十个春节是在山上过的。

有一年,大年三十早晨,吴金印把公社其他工作人员都打发回家去过年。最后,只剩下他一个人站在空荡荡的院子里。这是一年中最清闲也最空虚的时刻,他感觉自己此刻就像一只空转的轮子,因为突然失去了负荷而飞旋得心惊胆战。他一下子想起了很多事情。他想起了父母慈祥的笑容,想起妻子温柔的低语,想起了孩子们天真爽朗的笑声,想起了锅里煮肉时飘出的阵阵香气,想起了柔软的被子,想起了长长的睡眠,想起了整天斜倚在床边和乡亲们漫无边际地"喷",没有任何劳作……想着想着,突然有一丝倦怠如一阵凉凉的风从脚底侵入,一直蹿到心窝。他突然打了一个冷战,觉得周身有一些乏力。他知道自己又中了"软弱"的埋伏,一个时期以来,特别是震动全省的羊湾工程结束之后和女儿小红的医疗事故之后,这种懈怠和厌倦的情绪已经有几次找上门来了。这些情绪就像潜伏于自己身体内部的敌人一样,一直在寻找着最佳时机准备向自己发起攻击,稍有松懈,它们就有可能猛烈扑来,将自己撂倒在地。吴金印已经意识到了它们的可怕,但他此时并没有害怕,至少他认为自己暂时还有办法,有力量战胜它们。

想当初,吴金印刚到狮豹头的时候,他给自己的规定就是"吃百家饭,串百家门",但要确保一次也不超越规定的"纪律"

的边界。他就是要给自己定下苛刻而不可通融的条规,以此锻炼自己的意志力和原则性。无论到谁家吃派饭,一律只吃粗粮、粗饭,并如数留下钱和粮票,无一次例外。直到现在,大家共同进餐时,只能由他给别人布菜,如果别人给他布菜,他是坚决不接受的。就算你已经把菜布到了他的碗里,他也要夹出去,以此表明他坚决不接受别人的"服务"。这么多年,他已经养成了一个根深蒂固的为别人"服务"的习惯。

在狮豹头时,逢年过节,山里人改善生活,他就找个借口躲开,坚决不吃群众一口好饭好菜。在群众家里吃饭时,吴金印有个习惯,就是要掀开锅盖查看群众和他吃得一样不一样,哪怕稀稠不一样都不行。不少时候,群众吃糊涂菜饭时,往往要擀点儿稀罕东西——白面条,给他盛饭时会悄悄把面条都捞到他碗里,上面盖上一层菜饭做掩护。其实这是群众看他整天跟他们一样干活流汗,为大家操劳,表达的心疼爱戴之情。对此,吴金印坚决"不领情"。他会很坚决地把自己碗里的面条倒回到锅里,一面拿勺子充分搅匀嘴上一面念叨,同甘苦共患难,有"好的"咱们一起吃。

吴金印在山上的十五年,《三大纪律八项注意》这首歌他不但经常唱,而且落实在具体行动上。当年,毛泽东把"解放军不吃苹果"的故事作为党风建设的典型范例,吴金印至今牢记在心里,他一张嘴就能够准确复述。毛泽东这样说,在这个问题上,战士们自觉地认为,不吃是很高尚的,而吃了是很卑鄙的,因为这是人民的苹果。天长日久,各村群众都明白了他的规律,但大家却不知道他为什么要如此坚持,为什么能够如此坚持。

有一年他在池山村蹲点,正好赶上了端午节,到了吃饭的时候他又神秘地"失踪"了,谁也找不见他。这时,公社的一名干部来到池山村,说是有急事要找驻队干部吴金印。有人把他领到吴金印吃派饭的群众家里,可是女主人苦笑着说:"我们两口子也正焦急地等他回来吃饭呢。早饭后他说上午有事,晌午饭不一定回来吃,带了本书就匆匆走了。你看,到现在也没见他回来,真是急死人哩!"于是,大家开始分头去找,可是,找遍了整个山村,也没找着个人影。最后,这名公社干部找到了池山大队支书李仁。一听说来人要找吴金印,李仁笑了:"你们可是找对人嘞!这会儿,他一定在山上,不到天黑他不会下山。这样吧,麻烦你在山下等会儿,我上山找他。"李仁说完就向山上爬去。他翻过一道又一道山岭,不住地高声喊:"金印!金印!"当他好不容易爬到山顶一看,吴金印正坐在一块石头上看书。李仁气喘吁吁地走到他跟前说:"你这个吴金印哪,大过节的躲在这大山尖儿上,让我咋说你好哩!"吴金印轻描淡写地回应:"这儿看书僻静啊……"李仁也笑了:"你可甭跟我绕弯子,我知道你是不忍心吃群众家的好饭,才这样东躲西藏的!"其实,李仁对吴金印的了解也不全面,他也只是说对了一半。他并不知道吴金印正是要通过这些生活细节的历练,塑造自己,提纯自己的精神成色。

曾有知近的人,认为他这样苦待自己没有必要,他却正色反驳:"谁不知道倒着好受,谁不知道肥肉好吃,可是我有什么特权放下山区群众,不管不顾地讲起享受?"

那天,他站在狮豹头公社的门前向高耸入云的跑马岭遥望了很久。然后,微笑了一下,决定这个春节不回家了。这时,刚好通讯员孟双喜跑了过来,吴金印马上对他说:"小孟啊,你准备一下,陪我一起去一趟跑马岭,这个春节咱们做一件有纪念意义的事情。"

关于跑马岭,曾流传有多种传说。有人说,因为有两匹天上的金马每天夜深人静时都在那平坦、光秃的岭上奔跑、嬉戏,所以得名。有人说,明朝的开国皇帝朱元璋,曾带领胡在海、常玉春等人在此屯兵牧马,岭上日日响彻马蹄的声音。不管是真是假,那都是很久很久以前的历史,后来的跑马岭只不过是一个空荡荡的平场,连一棵树都不长。山民们走在岭上,常被一轮大太阳追得无处躲藏。汗流浃背之时,无不从内心里发出同样的渴望——这山岭上若是有一棵树该有多好啊,好歹避避阴凉!

"吴书记,恁又在琢磨在跑马岭栽树的事吧?"通讯员小孟说。

"小孟啊,常言说'人头有血,山头有水',我看,咱们今天去跑马岭上栽树试试,说不定能成功哩!"

说干就干!他们很快到沟边砍来一捆用于扦插栽种的柳橼,又随便准备了一些干粮,扛上镢头,背上水壶出发了。俗话说,望山跑死马,更何况是如此险峻的跑马岭呢!经过大半日的攀爬与急行,尽管是严寒袭人的季节,两人的棉衣却很快被汗水浸湿了。在一处光秃秃的山坡上,他们停了下来,用镢头一下一下刨开石头,再从别处一点点儿收集山土,把柳枝一根根栽上。最后又用水壶从泉眼提来泉水,普浇了一遍。

吴金印看着刚刚栽下的一排"柳树",突然生出些感触:"小孟啊,以前听说过无意插柳柳成荫?这柳树,生命力很强啊!无论在河边还是在山上,无论在南方还是在北方,只要你把它们埋在土里,转春就活。我们做人也应该像柳树一样,走到哪儿就要在哪里生根、发芽,长出一片绿荫!"这一席话,似有意教育年轻的通讯员,又似自我抒发或内心的道白。

稍事休息之后,他们接着栽种。饥了啃口干馍,渴了喝口泉水,一刻不停地栽呀栽。吴金印做起事来,经常忘记时间。等上百棵柳枝全部栽完,已是繁星点点。远处的山村,隐隐传来噼里啪啦的鞭炮声,新一年的大门已经徐徐开启了。这时,吴金印的思绪仿佛才从一个很遥远的地方回到现实,想起这是除夕之夜。他直起身,对小孟微微笑了一下,微笑里包含了几分歉意。他觉得对小孟有点儿忽略了。这是中国最传统的节日,就算自己不想回家,小孟也要回家与亲人团聚呀!可是,"上山容易下山难",况且夜色已重,在悬崖上走路一脚踩不稳,掉进山谷就会粉身碎骨。为了安全起见,吴金印还是决定不冒这个险,他转过身对站在身后的孟双喜说:"小孟,白天上下山人们还提心吊胆,现在天晚了,看不见路,咱干脆找个山洞将就一夜算了。"于是,他们就在山南面找了一个小山洞,又找来一些干草,铺在地上当地铺。

隆冬天气,就算住在有门、有窗、有火塘的屋子里,都难保温暖,更何况这洞门大敞的山洞!一阵寒风吹过,汗水浸湿的衣服格外冰冷,他们咬紧牙关坚持着。一会儿躺下,一会儿坐起,一会儿又站起来跺跺脚。小孟年轻耐受力弱,早冻得上牙直打下牙,便提出建议:"吴书记,咱们烤烤火吧?"吴金印沉思片刻说:"咱在山上点火,山下的群众看见,不知发生了什么事,大过年的,可别弄得群众不安,咱还是忍着点儿吧!"于是,一段让孟双喜终生难忘的艰涩时光,被一点一滴地挨过,从漆黑到微明。

那一年的除夕之夜就那么过去了。当新一年的第一缕阳光照进山洞时,也照亮了吴金印脸上的微笑。那微笑对于年轻的孟双喜来说,是难以解读的。但对于绿荫满山的未来来说,那微笑显然是一场战役之后停留于得胜者脸上的、一时还难以消散的满足和自豪。

下 山

天将要亮的时候,吴金印悄悄地出了宿舍门。他将行李夹在自行车后座上,把一直跟随他多年的书本装进网兜里,挂在车把上。回头又往黑洞洞的屋里望了一眼。然后轻轻关上房门。他蹑手蹑脚地穿过院子,打开公社大门,唯恐惊扰院里熟睡的人们。出公社大门,是一段陡峭的下坡路,吴金印推着自行车,努力克制住下滑的惯性和想回过头再看一眼的念头。到底,在下到公路上的时候,他还是不由自主地向公社的大门张望了一眼。

十五年前,他只身一个人,背着一个铺盖卷儿,不声不响地来到山区,十五年后的今天,他仍是一个人不声不响地离开,除了一套带不走的劳动工具,除了一辆用来驮铺盖卷的自行车,一切都和来时一样,似乎什么也没增,什么也没减,甚至那一身穿戴都没有什么大的变化。来时是布衣、布鞋、布帽,走时仍旧那样一身打扮,只是衣服更显破旧,生生地多出几块补丁,而鞋子,比来时更显破旧,给人的感觉是不停地走了十五年山路之后,已经和它的主人一样,精疲力竭,山穷水尽。此时,他的心情是复杂的,也是沉重的,向前转动的车轮因此而显出异样的滞重和艰难。

他边走边看着山路两旁的景色,一草一木、一山一水竟然都那么熟悉,无言的老友一样默默地看着自己远行。也许它们并不知道,这条进山的路,从此再也与他无缘。

15年,每一座工厂、每一座大桥、每一片梯田、每一道水渠、每一条公路后面都藏着一段难忘的时光和一些难忘的故事,如今那些一去不返的岁月,都已随生命里的那些苦乐忧戚,随着从自己身上流下的汗水,点点滴滴均洒于狮豹头的山水之间。每前行一步,他的心似乎都被什么东西牵扯一下。

路过修配厂时,他看见有一个工人停下了手中的事情,远远地向他这个方向张望过来,他无法判断那个人是否认出了自己。他赶紧转过头来,把自己当成一个过路的人,快速地向前走去。想当初,为了建立这个修配厂,他不知道费了多少心思,经历了多少波折,跑了多少地方,请了多少人,花了多少个不眠之夜为它的生产定位,为它的产品质量操心,为它的销路思虑……还有罐头厂、刷子厂……每一个工厂都像自己的一个孩子,从无到有,从小到大,从弱到强,他亲历了它们整个成长、发展、壮大的全过程,他把自己的心血、情感和期盼毫无保留地倾注给它们。如今,它们已经不再属于自己,已经或正在与自己脱离干系。就像不知道自己的前途和命运一样,他也无法确定它们的前途和命运。

吴金印正在埋头前行,思绪沉浸在涣散的漫游之中,突然被路边槐树林里一片响亮的鸟鸣打断。原来是两只在枝头上跳跃、嬉戏的喜鹊。这里的民间早有"喜鹊叫,好事到"的说法,可是,一个落魄之人会有什么好事呢?吴金印不禁苦笑一下。

想当初,住在池山宋大娘家的时候,院外的槐树上也有两只每天欢叫不停的喜鹊,它们就大胆或天真地把自己的家建在那里,进进出出,生儿育女,与它们并不了解的人类放心为邻。它们从来也没有考虑过的自己安全问题,从来没有留意自己的窝建得如此之低,只要有恶作剧的孩子举起一条木杆,一戳,它们的家就不存在了。时隔多年,也不知道宋大娘家院子外边那棵洋槐树和那一窝喜鹊还在不在了,更不知道宋大娘的孙子和孙女怎么样了。他们过得还好吗？他突然感觉到眼前有一些模糊。泪水氤氲之中，很多很多熟悉而亲切的面容浮现于他的眼前——搭老通的兄弟小生、端着鸡汤等在门口的张大娘、五保户武大爷、会掌鞋的老王、不怕艰险的侯保群、埋头苦干的张德堂，以及瘫痪在床的老人、没爹没娘的孤儿、沉默的碾石能手、能干的女突击队长、专打硬仗的大队书记……每一个人的声音、话语、气息以及各不相同的眼神和心愿，似乎都飘荡在他的眼前和心头，但一切又都在不可阻遏的远逝中，变得不可企及。转瞬，曾经的情谊、曾经的色彩、曾经的温暖，仿佛都已是另一生、另一世的事情了。

过龙卧村再向前，是一段陡坡，人在高处，眼前的风景便尽收眼底。十年前这里还是一片荒沟乱石滩，如今却是一片熟透了的水浇田，渠是渠，田是田，仿佛它们从来就是如此的整齐、有序、安静、美好。吴金印脸上露出了些许的笑意，因为这些都是他亲自带领山区人民一锹一镐刨出来的，有了这些，十年艰苦的岁月也算是没有虚度。俄而，他的心里又突升一阵愧疚，隐隐的疼痛如有芒刺刺到心扉。当初自己确定了狮豹头公社的整体规划，集中全公社的力量为每一个大队造地，让每一户山区百姓都吃上饱饭，如今眼看承诺就要圆满兑现，绝大部分大队已经受益，却有罗圈、雪白庄等少数大队仍在期盼之中。这几个大队的群众已经为别人连续奉献了十年，到头来，却因为自己的突然调离而希望落空。吴金印觉得亏欠了那几个大队的群众。依他自己的理解，一个承诺，不管多么美好，也不管因为什么原因落空，实质上都构成了哄骗。别说自己是一名党员领导干部，就是一名普通群众，如约兑现自己的承诺都应该是人生行为中最为重要的准则。诺而不兑，在他的观念里是不能容忍的，但事到如今，多么不能容忍也得容忍，因为一切都已经变得不由自主了。他一边怀着遗憾的心情向前行走，一边在心里暗暗地合计，今生，不管能抓住什么机会，只要自己力所能及，一定要为那些受了亏待的群众给予加倍的补偿！

像是冥冥中有谁故意安排，吴金印行至小店河的时候，与扛着锄头下地的大队书记阎玉礼遇个正着。

这是一个在吴金印心里有着特殊情分和位置的人。在狮豹头治山治水过程中,阎玉礼是吴金印手下最得力的突击队长,很多的"硬骨头"都是阎玉礼带领青年人"啃"下来的,干羊湾工程时,他俩签过生死合同。一个真正的志同道合者。吴金印视其为知己和兄弟。今日相见,百感交集。

阎玉礼虽然知道吴金印"落难"了,但还不知道为什么,更不知最后是什么样的结果。他上前一把抓住吴金印的自行车把手,仿佛一撒手吴金印就会走掉:"吴书记,恁这是朝哪里去?"

吴金印苦笑一下:"老阎,别再管我叫书记啦,我已经不再是书记!我的工作也调动了,这就去报到!"

"啊?恁走了,咋能不说一声?"

"身不由己呀!这不是见着了嘛!见着了也就算道别啦!"

阎玉礼仔细打量着吴金印,虽然他表面上仍然像以往一样沉着、平静,但还是从他憔悴的面容上,看到了他内心的苦闷和悲凉。他们心里明白,吴金印在山上干了这么多年,吃了这么多苦,受了这么多罪,差一点儿把命搭上。临了,就这样带着满身的伤痕和落魄悄悄离开,阎玉礼心里生出无限感伤:"吴书记,山区人民亏欠了恁哩!"

"快别这么说了,老阎,是我对不住山区人民。没有把事情做好,当初许下的承诺,还没有全部实现,就这样走了。"

"您对俺咋样,俺们心里有数!恁这一走,谁还能对俺恁么好嘞?"说到这里,阎玉礼的眼泪开始打旋儿。

河边洗衣服的妇女们也渐渐围拢过来:"吴书记,恁不能走啊!"

"吴书记,恁不能走啊!恁走了谁领我们治山治水?"这时,在田里锄地的社员们也都跑过来。一会儿的工夫就聚集了几十号人。

"就这,我得赶路啦,以后再来看你们吧!"吴金印见人越来越多,便推车,迈开脚步往前走。

这场出人意料的告别来得如此突然,竟让毫无思想准备的群众内心里生出了断臂之痛。有人扶住吴金印的车把,有人扯住他的车座,还有人恳请吴金印去家里吃饭,去家里住上几天,散散心。纯朴的山里人觉得,能和吴金印唠几天,兴许会让他心里好受些。有人开始小声哭泣,有几位老大娘老大爷泣不成声:"孩子啊,让你受苦啦!"

此时,沧河水正浪潮汹涌,呜呜咽咽的涛声从远处河床里传出,如隐隐的倾诉,也如殷殷的叮咛。

"吴书记,您真的能来看我们吗?"

"吴书记,您可多多保重啊!不管多难,恁记着,还有俺们呢!"

"吴书记,俺舍不得恁哩!"

"俺想您哩!"

……

人群里顿时泛起一片唏嘘之声。被社员们真挚的情感所感动,所感染,吴金印的眼圈儿开始泛红,这一年来的委屈和眼前的惜别之情纠缠到一起,如浓重的雨云凝聚在心头。他低着头,一边控制着自己的情绪,不让泪水流下来,一边推车继续往前走。

吴金印一次次含泪挥手示意,叫人们不要继续前行,可是人们哪里肯依,一直从小店河送至李沿沟。吴金印看看如果不坚决阻止,这场道别很难结束,于是就放下自行车给人们深深地鞠了一躬:"就这,大家都回吧!再不回我就走不成哩!我会永远记住大家对我的关心!"

吴金印转过脸去,背对着大家时,汪在眼里的泪水,再也抑制不住,如决堤的潮水汹涌而出。他不敢扭脸,怕自己的泪水给乡亲们带来更多的悲伤。他毅然决然地骑上自行车,头也不回地向前蹬去。

这时,人们才有所察觉,山区的太阳正在远处的山岗上一点点隐没。

宏 图 大 展

吴金印到唐庄镇的第一件事就是召开班子会,解决大家的认识问题。

当"全心全意为人民服务"已经成为某些干部挂在嘴上或用来粉饰自己的套话时,它原有的语义便被篡改至可耻的反面。吴金印深知,"这锅饭"必须一丝不苟地做好,一旦"夹生",对开展工作和对党员领导干部的形象都会产生不可挽回的伤害。他觉得,想干真事,就得讲真话,哪怕这真话说出来会让一些人心里发抖,额头冒汗。

他清了清嗓子慢慢地说:"同志们,我们吃的饭是谁给的?是党给的?是政府给的?都对,但归根到底都是人民给的,老百姓给的。我们是国家干部,我们花的每一分钱都是纳税人的,是人民,是老百姓养育了我们。老百姓养一头猪一年能换几百元钱,养一只鸡一年能攒一罐鸡蛋,养一条狗还能看家护院。老百姓也养育了我们,如果我们不知道感恩和回报,不替老百姓办事,猪狗不如哩!"

说罢,吴金印环视一周,接着说下去:"这个道理并不是我的新发现,其实,谁都明白。那么为什么都不说呢?是不敢说,是给自己留有余地。留有余地,就是对自己的信念和言行没有把握,就是随时准备着反悔或转身撤退。"吴金印笑了笑,缓和一下语气,"我相信大家都不是这种伪善的人、犹疑的人。据我了解,唐庄的经济状况还比较落后,唐庄的老百姓还不富裕。我到唐庄来,没有别的想法,就是要和在座的各位一起,带领唐庄的老百姓致富,让他们过上与我们这个国家、与我们社会制度相匹配的好日子,就是要帮助他们彻底挖掉穷根。当然,要彻底拔掉这条扎得很深的穷根,永远不让它再发芽,还得靠我们这些当干部的人身先士卒,真抓实干,还得依靠全体人民和我们一起出力、流汗,用勤劳的双手和智慧去合力创造。光靠平时逢年过节为贫困户送一箱方便面,送一桶油,做些表面文章,永远也难拔掉这条钻到石头缝里的穷根!"

开始制定唐庄的发展蓝图时,有人来问吴金印,这蓝图由谁制定。吴金印坐在案前埋头批阅文件,虽然没有抬头,却大声应了一句:"群众!"来人愣在那里,半天不知道应该说什么好,他在怀疑自己是否听错了。过一会儿,吴金印抬起头笑了笑,详细地解释了自己的想法。他对来人说:"我们的蓝图制定,要充分调查研究,要广泛听取老百姓的意见。看到底怎么做才符合我们的实际,怎么做才能满足群众的需求。我们是在给老百姓干活,就得听老百姓的。真正的智慧和高见,都在群众之中。你们先走出去,到群众中征求意见,寻找方略,回来咱们再讨论。"

来人犹犹豫豫地走出了吴金印的办公室,他很难理解吴金印的这个想法,因为按照以往的惯例,就是由一个工作人员负责起草,然后找几个人在会议室里议一议,通过了,就下发执行或束之高阁。然而,他却有所不知,这一招正是吴金印和一般领导的不同之处。这些年,他之所以能把每一件事情都做到点子上,既踩准政策节奏又受群众拥护,有时甚至还能走在政策的前头,就是因为他始终能把群众的需要放在首位,凡事从老百姓的实际出发。

回首他走过的路,无论发展副业补农业、率先发展多种经营、率先发展节能环保经济、在开发中保护耕地,还是新农村建设等,基本都先于国家大力提倡一两年时间。他的超前意识,一方面来自于对党和国家政策的敏感和把握,更重要的就是因为他每做一件事情,都能够及时捕捉民意,顺应民意,尊重来自百姓的意见,办群众想办和向往的事情,而民意正是国家各项政策的基础,所以他自然会走在前头。

在卫辉市八百六十八平方公里的土地上,数一数,算一算,唐庄镇的地形地貌都是最复杂的。西部是山区,北部是丘陵,东部与南部为平原及低洼易涝地带,各具特色却也各成难点,如四道不好破解的难题。西部山区除了石头就是石头,光秃秃的山寸草不生,谁靠上了谁受穷;北边丘陵地带,沟壑纵横,有水大丰收,无水一片黄;南部河谷地带,低洼易涝,雨水稍多就是一片泽国；也就是东部平原还稍好一些，土地肥沃，水利条件好，离城区近，地少人多，适合种菜。难啊！从上到下都承认难。不难不是早就成了富镇、强镇啦？

在吴金印派出的四个调研组里，其中就有一路是他亲率的。他带领一路人马直奔西部山区而去。到了山区一看，好家伙！抬头是石头，低头是石头，山上是石头，沟里是石头，东南西北到处都是赤裸裸的石头。看着这满山的石头，吴金印突生灵感，便问身边的随行人员："你知道山区的百姓在想什么吗？"随行人员摇摇头，表示不知道。吴金印风趣地说："他们一定在想，如果能把这满山遍野的石头变成钱多好啊！"大家都笑了，可是谁有本事把石头变成钱呢？他们几天的调研，重点就是向山区老百姓征求意见，政府需要做些什么、怎么做，才能帮老百姓把这满山的石头变成钱。

正当吴金印四面出击寻找唐庄的发展良策时，突然有风言风语传到吴金印的耳中。有人说吴金印就是一个山区农民，打洞造地还行，来镇上管企事业和商业就是外行当家。听到这些，吴金印也没急，也没怒，也没吭声，只是淡淡一笑。在过去的很多年里，类似的情况他是见得多了。人走得顺利了，想干点儿事，总是不可避免地会遇到反对的声音和敌对的情绪，人之常情嘛！至于，外行、内行的说法，他心里更加有数。大凡轻易提出这个问题的人，恰恰是一个当领导的外行，这种人不是没当过领导就是不会当领导。一个优秀的领导者只需要知道谁是"行家"和如何发挥"行家"的作用，而不是自己假装"行家"，或沉迷于当个"行家"。

吴金印从来没有认为自己在哪个领域是行家，他觉得工作和生活的学问太大了，自己如何聪明都无法穷尽。如果不能虚心地向群众学习，不能发挥和依靠群众的智慧，自己就是念十个大学也依然会在某些事情上变成傻子。

半个月后，四个调研组都回到了唐庄镇的会议室，每个组都拿出了符合实际的可行性方案，经过认真梳理、整合、调适，一个集中了唐庄人民智慧和心愿的宏伟蓝图展现在人们眼前。西抓石头东抓菜,北抓林果南抓粮,乡镇企业挑大梁,沿着国道做文章。

当吴金印又一次驱车进入西部山区时,他知道,唐庄的这幅图画已经有很多人跟着他在一针一线地"绣"了,而自己的"针脚"必定比谁都密、都急。本来他是可以袖手旁观的,至少可以站在高处指手画脚,此前已经有很多人那样劝他了。他觉得,那样他就不是吴金印了,他边走边在心里想:就是到了七十岁,我也不会是那样的形象!他这次进山可不是调研,他要亲自和山区群众开出一条把石头变成钱的路。

西部山区六个村,最困难的是后沟村,不但困难,而且深陷困境——北面靠山,南面临沟,与南面的东连岩村虽只有一沟之隔,但祖祖辈辈两村都被这个深沟阻碍,很难来往。村民穷得只能在沟岸上挖出一个个土窑,作为栖身之所。这一带曾流传着这样一首民谣:

  东连岩村连后沟,
  唱不起大戏耍皮猴;
  骑不起毛驴骑墙头;
  坐不起板凳坐石头;
  住不起瓦房住河沟;
  挂不起灯笼挂箩头。

这个最穷困的山沟,早就在吴金印的牵挂之中了。吴金印上次调研时,曾指着满山的石头问过这个村的支书窦全福:"你们守着宝山,为啥不开发?"

窦全福说:"我们这里没有路,车进不来,没法开发!"

窦全福的话让吴金印了解了山区贫穷的根本原因,他记挂在心,并下决心帮助后沟村修路架桥。回去后他马上派一名副乡长带着技术员前来帮助规划、设计,组织农民自备石料和木料。这次,他就是来工程现场督战。

在鸿沟上架桥,连通外面的世界,这已是后沟人多年梦寐以求的事。消息传来,全村一片沸腾。为了解决工程所需木料,老百姓纷纷慷慨解囊,短短一天时间,地上就堆起了近百立方米的木料。七十八岁的老大娘刘树芝只怕活不到大桥建成,拉着村干部的手说:"你们得答应俺一件事,俺要是万一见不到大桥修成,俺死后,你们千万得抬着俺在桥上走几圈,这样,俺也能合上眼了……"

　　吴金印几乎每天都要到工地上参加大桥的建设。他不仅亲自为村里请来了施工技术人员,还带领村民一起抬石运土。全村三百多名青壮劳力全部出动,农忙时节务农,农闲时节架桥。需要石料,自己上山开采;没有机械设备,就凭着几百双粗壮的大手和几副宽厚的肩膀;高空作业没有安全网,就砍下野树堆在桥下,上面再铺上一人多深的干草。村民们把麻袋片往肩上一搭,扛起七八十斤的大石头,吭哧吭哧一口气登上二十多米高、仅有一米多宽的桥墩。就这样,大家在吴金印的指挥和带领下,共开采石料两万六千立方米,起土三万九千五百立方米,硬是靠肩膀将八万五千块石头和一百多吨水泥扛上了大桥。这座桥如果让工程队承包,至少需要投资七十万,而后沟人发扬自力更生、艰苦创业精神,仅用了十三万元,就完成了这项巨大的工程。

　　这座长一百三十一米、宽八米五、高二十一米八的长虹般的大石桥竣工后,不仅为后沟村打开了一条"生"路,也为西部山区所有村庄打通了出山的通道。紧接着,乡里又投资几百万元修了三条水泥路,一条纵穿南北,两条横贯东西,总长达三十五公里。

　　道路通,百业兴。有了良好的外运条件后,乡里又及时跟进了一系列鼓励、奖励和资金扶持政策,让每一个想致富却没有条件的村民都具备了创业条件。不出两年的时间,各种企业如雨后春笋般蓬勃兴起,六十多个石砟厂、八十五个石灰窑和大大小小的石料厂,每天生产石砟三千多立方米、石灰两千多立方米、各类石料两万立方米。同时,还有近千部各种机动车辆昼夜在公路上穿梭奔忙,将石料和石灰运出山门。山区各村家家户户没有闲人,建厂的、采石的、运输的、服务的……忙得不亦乐乎,很快靠石头致富,人均收入由过去的两百元增加到一千多元,家家盖上了红砖房。

平常的一天

凌晨一点至两点,是一段幽深而神秘的时间。

有一类人狡黠或拖沓,迟迟不肯上床歇息与"日子"做一次利落的交割,而是悄悄地越过时间边界,让昨天把今天挤掉了一个边边,或硬生生把今天裁去一条。另一类人则老实、规矩,早早就熄了灯,把这个时辰埋在梦里,蒸着、焙着或捂着,直到又一次晨曦来临,才睁眼瞧一瞧,一夜期待之后,那个时辰到底拥有了怎样的成色。

如果这样划分,吴金印似乎哪类人也归不上。每天的这个时辰他已经从梦里悄然醒来,开始了新一天的工作。他悄悄地来到客厅,从抽屉里拿出一个厚厚的日记本儿,翻开,开始了他秘密的书写。说秘密书写,是因为他记了几十年的日记从来没有给外人看过,具体内容从来没有过只言片语的披露,或许也偶尔提及,但也只有语言而没有信息。有时,他会一直埋着头,很久很久地沉浸在那种书写之中,专心致志,像一个超级潜水员那样深潜在时间之中,谁也猜不着他是在与时间长谈,还是在努力画下时间的轨迹。

此时,窗外万籁俱寂,一片漆黑。似乎在任何一个季节、任何一种天气里,这个时辰的亮度和光感都是一样的。不管夜晚从哪里开始,又从哪里结束,这个时辰都是夜晚的最底部。它是一种近于恒定的或永恒的存在。在这个时间点上,人们的精力滑入低点;思想趋于静止;欲望停止了沸腾;各种各样的情绪都趋于平静;喜怒哀乐、悲欢离合俱被浓浓的夜色勾兑成一潭滞重而无味的糖浆,没有哪一双翅膀能在这样的液体中展开;就连街头偶尔奔驰而过的计程车,仿佛也在试图倏地一下滑向梦的边缘。

凌晨三点或四点钟的时候,吴金印感到了疲乏和困倦,他好像刚刚从一个很远的地方返回,一场激烈的拼杀或一次全力以赴的劳作,已耗尽他的余力。他收起日记本,依然悄无声息地回到了床上,他不再与这个夜晚较力,因为此时的夜晚也已在对峙中被消耗得精疲力竭。

阳光的潮水从天际一个浪头接一个浪头地涌上来。

大地开始在沉睡中苏醒,但大地依然无声。声音由小至大,由弱到强,由远及近,随着光线的逐步明亮从四面八方汹涌起来。这情景,总让人产生某种误解,以为人们正是因为缺少光的照耀,夜晚来临时才如一只只撒了气的轮胎,能量无以为继,纷纷收了声,黯然睡去。

七点三十分,城市里声音的潮水演变成人流的潮水,奔腾又咆哮。吴金印准时出门。一转眼,他的车就消失于澎湃的车流里,就像一滴水消失于一条滔滔大河。吴金印拿起电话,拨通一个号码,一种承载着人类声音的信息载体从这河流的底部,不屈不挠地飞升起来,在最短的时间里找到了自己的彼岸。

"喂,是薛书记吗?昨天我和你说的给山庄村先搬迁的村民印光荣证书的事儿,落实好了没有?"

……

"内容再简化一下,重点强调谁先搬迁谁光荣!另外呀,把搬迁的顺序号儿也留出来,到时给人家标上,回迁时拿这个当个依据,谁先搬迁谁先挑房。挑房儿的顺序就是搬迁的顺序。"

……

"中啊,中!文稿出来后,在电话里给我念念就行。"吴金印不是不信任别人,而是自己不看一眼或不清楚地知道具体内容心里没底。

间隔片刻之后,吴金印手机的键盘音又开始"嘀嘀嘀嘀"地想起,这是他在向外拨打。

"喂,是朱教授吗?"

……

"我没什么大事儿,就是想问一下,给我们田窑村设计的仿古建筑群进行得怎么样了。"

……

"对,就是要体现出'古文化葫芦村'的特色。其他准备工作都已经就绪,就等您的设计啦!"

……

"今年田窑村的葫芦试种非常成功啊,到时我让人给你捎去两个做纪念。"

……

"好啊好啊,辛苦辛苦,谢谢,谢谢!"

车是吴金印的流动办公室,一上车他就会自觉不自觉地操起电话。车给了他打电话的灵感,也给了他想起各种各样待办事务的灵感。每天在车上的时间,也正是他电话办公的时间。

这时,吴金印突然想起什么,忙吩咐司机不要把车开到镇政府去,直接去南司马村。今天,南司马村的支书袁平母亲出殡,按镇里的规定,基层干部父母去世镇里都要送一个花圈,集体去吊唁。"人家是给咱干事儿的,"吴金印曾不止一次和镇党委的班子成员强调,"咱是代表组织哩,咱就是要让他们最难过的时候,感觉到有关怀,得有温暖。"

车到了南司马村村头时,吴金印吩咐司机,不要动,原地等他。

二十分钟后,吴金印返回车上。吴金印吩咐司机规划一下路线,上午他要去一趟西山,去一趟金门沟。

车直接拐上去西山的路,他要去那里见见原德臣。

原德臣原来也是唐庄镇得力的基层支部书记,因为工作出色,退休后,吴金印便将他安排到西山领人搞绿化,一干15年,自己觉得老有所为,晚年过得很有兴致有意味。吴金印见他还是要谈谈关于山庄村大搬迁的事情。原德臣的弟弟是山庄村村民,在大搬迁过程中,态度不积极,顾虑重重,担心投钱过多负担不起,担心政策将来有变,担心分不到好楼层……遇到这种情况吴金印就会采取一些特殊办法有针对性地做好动员工作。

"老原啊,今天我特意来找你,是有要事相求啊!"

"吴书记,您和我客气什么呀?"

"你知道,咱唐庄要给西山通用机场做配套,在山庄村现址上建起一座航空小镇,但村民得先动迁,搬到温康社区去,镇上答应平房、土房换楼房,一米换一米。是好事儿哩!目前大部分村民都已经动起来了,您弟弟顾虑多,到现在还没动。他可能对我们政府不太信任,你是多年的老干部,是和我一起干出来的,你是了解情况的。你回去和你弟弟说说,别有什么顾虑,唐庄镇政府会说话算数。"

"吴书记,你这么多年一心为民,光为老百姓办好事哩,谁能不知道啊?俺弟有顾虑,也不会是对您,可能就是担心您退休后政策会变吧!"

"这个顾虑也不要有,唐庄班子里的人你不是都认识吗?哪有个不为老百姓利益着想的人,哪有个说话不算数的人?叫恁弟弟放心就是。"

"好,您放心!"

吴金印从西山出来的时候,是十点十分左右。十点半之前,他要赶到金门沟修复工程指挥部。接近金门沟时,重重叠叠的梯田出现在车窗之外,一道道石头砌筑的堤坝从两侧山上的半山腰排下来,再顺着荒沟的自然走势伸展到看不见的远处。堤坝之间的平畴里,长满了玉米和开着黄花的油葵。当这个令人震撼的人造工程扑面而来的时候,耳边突然传来了轰隆隆的声响。但细听,那声响并不在现实中存在,而是埋藏于时间深处的一些声音在人的心灵中的回响。

吴金印像是对工作人员交代又像是自言自语:"得告诉他们,明年沟里要全部种上油葵。一旦遇到洪水,玉米就倒下起不来了。你看,那些油葵,洪水过后马上就站起来了。"

二十分钟后,吴金印到达临时工程指挥部。工程指挥和几个工程队的负责人已经等在那里。每人一个小马扎,大家就在院子里的空场上围坐成一圈儿。入夏以后,唐庄一带出现了三百年内水文记载最大的一次洪水。有山民回忆,当时的情景十分"吓人"——连续不断的雷声和雨声搅在一起,轰隆隆,唤起奔腾的洪水,如一头发疯的野牛,如一列失控的列车,从金门沟咆哮而过。唐庄人几年的心血和自豪,面对着历史上最严峻的考验,人们都屏住呼吸为这个工程捏一把汗。但洪水过后,工程安然无恙,只是有个别地段出现了轻微损伤。针对这些损毁,吴金印几次带领工程技术人员和水利专家来现场勘察、分析,查找原因。专家们完整的建议一提出,吴金印立即组织工程技术人员按新的标准和方案,对工程进行全面整改。

吴金印听了各作业组的汇报后,又简单做了一下布置。叮嘱各组要严格按新的标准和施工方案进行施工,取消坝上的垛口,加宽加深每道坝下的消力池,并要进一步加快施工进度,赶在秋收前全面完成施工任务。

十一点十分,吴金印刚上车,他的手机就响起来。

"啊对,我中午赶回镇里。那就把中央党校来调研的教授和央视的记者合在一起,在食堂准备一桌便餐,我陪他们一起吃饭……你叫食堂的人做点儿地产的饭菜……一个凉拌柳树芽、一个我们自己种的苦瓜、一个西红柿炒鸡蛋、一个猪肉炒蒜薹,再做一个甜汤,嗯主食嘛,就红薯叶儿的汤面条吧!"

这些年,镇里来了客人,都是吴金印亲自点菜,不多不少,仔细推敲基本就是四菜一汤。说不准那菜是好是孬,毕竟各个地方、不同个体口味差异巨大,谁都很难对一种地方菜肴下个断言。况且,吴金印对饭菜的理解就是充饥和补充能量,他对一些在饭菜上找乐趣的人,多少抱有一点儿嗤之以鼻的态度。当客人看到吴金印本人吃得如此香甜、起劲儿,也就无法怀疑"伙食"不好了。但有一点,他基本不在自家的食堂里安排自助餐,因为在食堂里吃饭的人太少,做自助餐相对浪费太大。

吴金印不喜欢没完没了地吃饭。吃饭,吃饭,每天要在吃饭上浪费时间往往让吴金印有点懊恼。但客人从远方而来,也是为了工作,人家在家都有一口热气腾腾的饭菜,到咱这里做了客人,反而没人招呼和打理,这又远远地背离了中华传统文化,于情于理说不过去。文化这东西很奇怪,在一个国家里是文明,在另一个国家里就是冷漠无情,我们毕竟是中国人,两千年的习俗啊!车刚到镇界,吴金印突然又想起了什么,从身边拿起手机又拨了对方的电话:"喂,你想着呀,去弄一盘咱自产的脆桃儿和几瓶矿泉水。"

吴金印对客人的尊重,总是充满了仪式感。在会议室候饭的时候,他开始跟客人们分发脆桃。一盘桃子放在他的面前,他手拿一把小刀,一片一片往下切,切下一片送到一位客人的手里,再切下一片再送给一个客人。其中有人不好意思,夺过小刀为吴金印切了一片,吴金印坚决拒绝。两个人推来攘去,最后还是客人败下阵来,自己将自己切下来的那片桃子吃掉。然后,吴金印微笑着招呼大家入座。

时间已接近下午一点。在街面上的饭馆儿里,享受午饭的人们已经差不多酒足饭饱,更多的包间已经曲终人散,但吴金印的会客厅兼餐厅才有了碗筷相撞的声音和咀嚼饭菜的声音。这是唐庄镇的作息时间。吴金印一边吃饭一边回答了记者们的问题。至于中央党校来搞课题调查的教授,就只能等晚饭时或晚饭后找一些时间交换意见了。

客人散去之后,吴金印叫来了办公室主任,询问下午老干部座谈会的准备情况。往年,老干部座谈会都是一年一次。没到年底,吴金印就会把全镇退下去的镇领导和各村退下去的支部书记叫到一起,聊一聊当年的奋斗史和现在村子里的工作现状,如果谁有什么好的建议,镇里更是倍加重视。吴金印坚持开这样的座谈会,从来不走过场,一般,他要拿出半天的时间,实打实地开,让每一个老人都有充分的说话时间。一方面,他要听听真话,现在镇里和村上的工作在群众中的反应;另一方面,他要让这些老人感觉到自己仍然被重视,被尊重。因为他曾在各种场合说过:"谁跟我们干上一阵子,我们就管他一辈子。我们不能让人家觉得我们是一些忘恩负义的人或卸磨杀驴的人。"

吴金印的一生如果说也有什么执念的话,就是从来不让自己许下的诺言落空。他要代表组织和政府好好慰问一下那些曾把青春年华献给党的事业的人,其中也包括那些犯了一点儿小错的人,毕竟"没有功劳尚有苦劳"。会场上,吴金印尽量少说多听,让这些平时很少发出自己声音的人,尽情地说一说。有什么感情就抒发吧!有什么想法就表达吧!有什么意见就尽管提吧！吴金印心里清楚，也只有这些人不再有个人企图，没有杂念，没有负担和顾虑，最容易对自己讲出真话。

散会后吴金印会安排车把他们挨个儿送回家，让所有的干部和村民看出，为人民干过事儿的人，子孙们永远不会忘记他们。

吴金印对政策很敏感，这几年有了"八项规定"，他首先考虑的是如何不违反政策，红包不能发了，饭不能吃了，临走赠送一个自产的葫芦，拎一袋自产的应季水果或蔬菜，表达一下心意罢了。

下午三点不到，吴金印匆匆从办公室里出来。刚刚走到门口，从旁边闪出一个农民打扮的人，到吴金印面前却生生叫一声："哥！"

"你来做啥？"虽然感觉突然，吴金印却没有惊慌和意外的反应。这人是吴金印姨母的儿子，是他的表弟。以往来找吴金印办事基本都是这个方式，不打电话通报，也不敲门进屋，就那么在走廊里候着，像一个上访者一样，见了面叫一声哥，再说自己的困难。吴金印都已经和他说过几次了，来之前打个电话，或在电话里把事情一说就妥，可他偏偏不听，依然按照自己的方式来。"是不是办事儿又缺钱？"

吴金印对自己亲戚的相求，心里是有数的。这么多年的磨合，大家都已经知道了他的原则，亲戚也好，朋友也好，乡亲也好，有什么实际困难谁都可以来找他，只要来了，吴金印就没有不帮的。吴金印的原则是多有多帮，少有少帮，多少尽心尽力为准。但涉及政策、原则和法律的事情，吴金印一概回绝，因为他很清楚这些领域自有这些领域里的规矩和程序，作为一个基层组织的领导没有能力和精力涉足那个领域里的事情。剩下的就只有钱和物。自己这些年从政除了那点儿工资，什么资源也不擅自支配，所以最后可以自由支配的就是归属于自己的那部分"钱"。

听吴金印这么一问，表弟张了张嘴，没有说什么，只是流露出一丝羞赧的神情。

吴金印心里就明白了几分,因为有会要开,所以就难免匆忙:"这样吧,我得抓紧去开会,你晚上给我打个电话,不用亲自跑来,我能办一定帮你,好不好?"

"……"

利用这个间隙,吴金印抓紧给新乡市人大办公室回那个未接电话,询问有什么事情。原来市人大明天有一个理论中心组会议,要求吴金印参加。

"明天省政协有一个'两学一做'学习会,要我去给他们讲一讲,事情一周前已经定妥,现在这个时间,不好再把省里的事情推掉,您看市人大这边,我还是请个假,麻烦和领导说一说……"

放下电话,吴金印长长地出了一口气,终于到了下班时间,外边打进来的电话骤然减少。晚上七点之前,吴金印还有接近两个小时的时间可以自由支配,而且,这两个小时的时间是少有打扰,效率最高的时间。他边走边联系镇办公室主任,抓紧通知镇党委班子成员,到会议室开会,碰一碰近期工作。通知中央党校教授,七点钟我们一起吃个便饭,可以简单一些,一碗汤面,一个榨菜丝,一个蒸红薯,再切一盘洋葱。

……

晚七点半,吴金印正在陪中央党校的教授吃汤面条。对基层组织建设的有关问题吴金印有很深的体会和感触,他觉得确实有必要和教授认真交流一下。

中央电视台的《新闻联播》节目开始了,吴金印每天到了这个时间必看新闻,几十年如一日,雷打不动。哪怕有一天看不上,他就觉得自己和外部或某一重要领域失去了联系,心里难免有很强烈的失落和茫然。虽然对于《新闻联播》,很多国人有过不同程度的诟病,认为那节目千篇一律,毫无新意,但对吴金印来说,那却是至关重要的。每天他都能够凭自己的敏锐、敏感从别人认为毫无价值的新闻里捕捉到国内、国际政治经济生活中新鲜最具有未来性的珍贵信息。他像一部功能强大的雷达一样,从看似无物的天空里,接收、过滤出各种各样的声音和影像。

看来,今天是看不上了。于是他马上给家里打了电话,让老伴儿把《新闻联播》节目给自己录下来,等晚上回家睡觉前再看一遍。

晚上八点半的时候,天空已经黑透。吴金印坐车走在回家的路上时,心里惦记起了女儿小红,最近由于她身体查出一些毛病,一直情绪低落。虽然小红不能说话,但从她的眼神里总是能够看出她内心的阴影,知女莫过父啊!有谁能有他更能体谅女儿的心思呢?想到小红,吴金印心里就掠过一丝隐隐的疼痛。他想尽快回到家中,看一看她,但车轮自有车轮的遵循,并没有随着他的心情、意愿而旋转如飞。

唐公山

西山是豫北太行山余脉的一个分支,面积达两万多亩,有百道岭、百道沟,但沟沟岭岭都刻写着贫穷的记忆。"山顶草不长,山坡光脊梁,沟里不产粮,雀鸟饿断肠……"这恰是昔日西山的真实写照。关于这座山,卫辉人叫西山,山里人叫龙山,但叫来叫去,实际上因为历史上无名,到底还是没有一个权威的名字。

2013年7月1日是中国共产党建党九十二周年纪念日。这一天,唐庄镇西山的悬崖峭壁上突然出现了"吴公山"三个描红大字。从此,这座山才有了真正属于自己的名字,而且这名字深得山区老百姓的心意。

那么,这里的老百姓为啥执意要把西山改名为"吴公山"呢?

原来这又是一段和吴金印有关的故事。

自从吴金印带领山区群众彻底改变了山区面貌之后,富起来的山区人民一直想表达对他的感激之情,可是这份感激要如何表达呢?吴金印带领群众苦干,走到哪里哪里富裕,集体富了,群众也富了,但他本人却一分钱的利益也不占,群众甚至连请吃一顿饭、送一篮水果的机会都没有。想来想去,也只剩勒碑、刻字等这种偏于精神的方式了。但以往的经验告诉大家,勒碑搞不好又会被他本人毁掉。"这次,能不能来点儿绝的,让他'处理'不了?"于是,参与西山建设的几个老党支部书记,山彪村原党总支部书记李祥印(已故)、山庄村原党支部书记原德臣、盆窑村原党支部书记李庆一各自代表本村的群众凑在一起商议。

"俺村的群众找俺商量,让俺牵头张罗一下,给吴书记刻个碑嘞!"

"俺村的群众以前也议论过,大家心思都是一样的。"

"要不我也回去商量一下,咱几个村合在一起干点儿大事吧!"

"人多力量大,到时吴书记要怪罪下来,也找不准人哩!"李庆一说完自己也笑了。几个人中,顶数李庆一的点子多,人也有几分幽默。

"我看中,就这么定!可咱还得商量一下,捐多少钱,干点儿啥呀!"

"俺村这几年富了,捐点儿钱不算啥事哩!"

关键时刻还是李庆一首先说话:"这几年在西山这一带干活儿,边干我就边琢磨这件事。如果是雕像呢,咱这一带还没有那么高级的工匠,外请工匠操办又太大,不符合实际……我看就找个地方刻字,最可行。因为这山如果没有吴书记,就没有今天的面貌,干脆就以吴书记的姓给这山起个名吧,就叫它'吴公山'!地点,就选在西山背后那面平整的山崖上,刻字的条件好,又有纪念意义。你俩看看中不中?"

"那中啊,我看趁这些天吴书记出门,就把这事情办了,免得被他发现,事做不成。"

"对,等他回来,字已经刻上去了,发火也没用了。"

"恁真不怕他发火?"

"山上只刻了'吴公山',咱又没直接夸他,他还好发火哩?"

"再者说,这是山区群众的意愿哩,他就是发了火能咋着,能把咱吃喽?"

"就这,每村出五万,可钱儿花!"

"中啊,山庄村这些年光和石头打交道哩,认识的石匠多,就由老李出个面找个巧石匠把字刻上吧!"

几个人说干就干。第二天,李庆一就开始在他能打听到的石匠里寻找合适人选。最后选定了一个叫李家智的石匠。于是,李庆一通过熟人专程去请李家智。当李家智得知是唐庄镇西山周围的三个老支部书记代表群众要为吴金印刻字时,坐在沙发上的他突然站起来说:"我在山上刻了那么多关于吴金印事迹的碑文,从来都不收一分钱。不管到哪里,只要为吴金印书记刻字,我半文钱都不要!"

李庆一丈二和尚摸不着头脑,便很好奇地问:"你为啥不要钱?"

在李庆一的再三追问下,李家智才道出了原委。二十世纪七十年代,吴金印带领当地群众挖青年洞时,住的正是李家智家,同时,初期的建设指挥部也设在那里。当时的李家智虽然还是一个十来岁的顽童,但很聪明,懂事理,吴金印在那里所做的一切都被他看在眼里,记在心里。

吴金印劳累一天,回来时脸上除了两只眼睛外,满脸都是石粉灰。就这,每天晚上还得开会听进度汇报,一直忙到半夜。清早又第一个起床把李家小院里里外外打扫得一干二净,然后再到河沟边去担水,把水缸都担得满满的再去吃派饭。从大人的态度和自己的观察来判断,他感觉吴叔叔很亲切,和自己家里人一样。很快他和吴金印就成了忘年交。吴金印到乡林场开会,也带上小家智,到了林场就给家智摘梨吃。有时候吃过晚饭,家智嚷嚷着要吴金印和他到河里扎鲇鱼,吴金印就耐着性子带他去。两个人将麻秆捆扎在一起当火把,一个晚上能扎好几条鲇鱼。有时晚上到公社开会,小家智还和吴金印搭老通。

别看家智只有十来岁,他也参加了青年洞周围拦河造田大会战。每逢周末,他便牵一头小毛驴等在坡前,当大人拉来平车,他就挂上驴套,帮大人一起运土方。有一天晚上,小家智溜到吴金印住的窗户下,往里一看,昏黄的马灯下,吴金印正在拿着针线缝补衣服。小家智赶忙跑到妈妈跟前惊奇地说,吴叔叔还会做衣服哩。妈妈说,你吴叔叔就是那样的人,不愿意麻烦咱,好多回我想给他补衣服他就是不让,非要自己补。

吴金印的一言一行影响着小家智的成长,他也越来越感到吴叔叔是一个非常值得尊重的人。一转眼到了二十世纪九十年代初,小家智也长大成人,在当地也成了一名能工巧匠。尤其擅长在石头上刻字,平时李家智走到哪里都会自豪地讲一讲自己和吴金印的故事,也在那时,便有当地干部群众自发起来为吴金印刻碑,以纪念吴书记带领山区人民重新安排山河的壮举,李家智往往成为刻字的最佳人选。从那时起,他就怀着一种崇敬之情主动对来请他刻字的当地老干部或群众代表表示,只要给吴金印刻碑,不要一分钱,就是尽义务。

既然李家智坚持义务刻字,几个老先生只得留下一些运输、材料等费用,将大部分钱仍按照原渠道退给捐款的人。

为了保密,他们施工时在脚手架外边挡了一层幕布,从远处看,根本无法猜测他们在干什么。等几个大字刻完了,把幕布一撤,人们才恍然大悟。"吴公山"三个字刻好,三位老干部也算了了山区群众的一份心愿!

果然不出所料,吴金印从北京开会回来,发现了这件事之后,非但不领情,还立即召集西山工地负责人副镇长刘友金和刻字当事人原德臣、李庆一到镇政府开会。会上吴金印对他们进行了严厉批评:"西山建设是上级领导和各部门支持的结果,是唐庄广大群众积极参与建设的结果,是唐庄镇政府干部与群众同吃同住同劳动用血汗换来的结果。我老吴没有那么大的本领和功劳,更不敢贪大家的功劳……"

几位老先生虽然做好了挺着挨批也决心不改的准备,但看到吴金印态度如此坚决,也只能改用"怀柔"策略。否则,让吴书记亲自找人来做这件事,恐怕连一个字也留不下来。最后的结果就是将"吴"字改成了"唐"字,吴公山变成了现在的唐公山。应该说,这个结果并不是一个完美的结果,所以,之后的很长时间,有一些群众心里仍然不快。于是自编顺口溜,绕着圈子重提此事:"白云朵朵悠悠过,绿水青山带笑颜。层层梯田顺山摆,游园公路绕山间。盛世休闲逛公园,西山变成金银山。别管时间有多久,百姓就称吴公山。"

唐庄人的日子过得越来越好,一些民间艺人便自发地组成了一支独特的文艺宣传队。他们自编自导自演,以豫剧、黄梅戏、快板书、小品、三句半等不同文艺形式来歌颂唐庄三十年来的巨大变化和他们念念不忘的吴书记。

老百姓的力量大,刻字勒碑"不可靠",他们就给吴金印立"口碑"。老党员张希温在豫剧唱段《十唱老吴》中写道:"拦河造田几十年,旱地变成水浇田……"东连岩村魏玉枝创作的《俺村的幸福谣》描写道:"好穷的小山村,如今多繁荣……"妇女代表李红云在《百姓的公仆官》里系统地总结了吴金印到唐庄之后为老百姓做的大事和为唐庄带来的新变化:"荒山野沟造良田,除掉了山区八大难……架桥修路非等闲,穷村贫民有了钱……"

尾　声

一场肆虐的暴风雨,从低垂的天空,也仿佛从时间深处,突然而至。风裹挟着雨水,裹挟着力和愤怒的情绪,浑浑然、混混然倾泻于大地,并在大地上翻卷堆积,蓄积成奔跑的能量、飞旋的能量和摧毁的能量——

堤岸在开裂,土地在开裂,农田在开裂,道路在开裂,庄稼在倾倒,树木在倾倒,房屋在倾倒,人心之中的支柱也在一根根倾倒;树木的残骸在水上漂,小汽车如轻轻的玩具在水上漂,人们恐惧的目光在水上漂……

中原大地、地上的一切,正经受着一场严峻的考验。

2016年7月9日,河南省那场特大暴雨的核心区域就在新乡,卫辉市的唐庄镇也是重灾区。据当地有关部门提供的资料显示,暴雨从凌晨两点开始至上午八点,仅6小时降雨量就达到345.3毫米,创当年全国地级市降水量之最,突破了当地历史极值。

吴金印大半辈子跻身百姓之中,栉风沐雨,修渠,打井,造地,找水,引水,用水,防水,与山水和土地为伴,对天地之间大自然中的很多现象都保持着本能和直觉上的敏感。他像堤岸一样熟悉水;像树一样熟悉风;像庄稼一样熟悉雨。他不仅熟悉它们的来处、形态、性格以及出没规律,更熟悉它们的威力。在某种程度上讲,他对它们的熟悉一点儿都不亚于人和人心。其实,人的某些心思意念得不到有效安抚,也会像风雨一样聚寡成多,聚弱成强,最终酝酿成风潮和风暴的。

暴风雨来临时,他似乎感觉到了室内空气和窗外声音的异常,睡梦中突然惊醒。这样的情形,这么多年似乎并不是绝无仅有,太久的平静似乎已经让他不太相信这么平常的日子里会有什么异象或异象所兆示的危险出现。也许就是一场普通的雨吧?他想让自己那突然中断的睡眠或梦境延续下去,便再次闭上眼睛,强迫自己再睡一会儿。

如果是多年以前,他会遵循自己的直觉,对那场雨的性质做出准确判断,翻身下床,并组织人力采取相应的对策。但现在他也不太相信自己的直觉了。这些年,也许是自己有些老了,对一些事物感觉有些麻木;也许是外面的环境越来越嘈杂,掩盖了一些对人有提示作用的声音和现象,根本就不再有什么直觉出现,难道这突然而至的惊醒不是自己的大惊小怪吗?可是,窗外的风雨声和雷电声确实有些愈演愈烈,甚至有了一点令人惊心动魄的味道。

他突然担心起他的那些工程——山后沟、十里沟、金门沟的那些堤坝、围堰和刚刚造出的农田,还有农田里很可能"过水"的庄稼……那可都是他和唐庄群众像燕子垒窝一样,一锹土、一块石、一捧泥一点点垒起来的啊!为了这些民心所系又关乎未来的工程,他不知道用了多少心思,花了多少力气,费了多少周折!虽然时代和社会生产力极大发展的今天,这些工程的主体部分都已经由机械取代了人力,但唐庄的干部百姓还是为这些工程挥洒了无数的汗水。最重要的是,它们无一不凝结了大家的情感、心愿和对未来的希望和期待。有那么一刻,他的头脑里竟然出现了一些十分可怕的画面——

浑浊的洪水从山上裹挟着泥石呼啸而下,数米高的水头如一列失控的列车,疯狂地冲向造地工程的堤坝,只那么瞬间堤坝已不复存在,洪水所向披靡,顺势将农田里的泥土和庄稼收编到自己的"叛乱"队伍,能量进一步加大,继续向下游冲击……几年的血汗或几十年的心念就那样被摧毁、消逝。浊流里,几点隐约的绿色如来不及发出的叹息,在忽隐忽现,闪闪烁烁……

他不敢再继续想下去,立即用理智打断幻象,起身穿衣。

出了小区走到街上时,他看见有住在低洼处的市民已经开始转移财产。他的车行驶不到一公里,就被满街流淌的洪水挡住了去路。他心急如焚,立即向有关部门求助,借来了高底盘能涉水的车辆,马不停蹄地奔向唐庄镇。

一个多小时之后,吴金印已经带领唐庄镇全体班子成员赶到了金门沟。一群人,身穿雨披,顶着大雨,蹚着及膝深的水,在超高产示范田,在万亩蔬菜基地,在养殖基地,一处处查看灾情,一面安抚群众,一面提振大家抗洪救灾的信心。然后,直奔那些具有特殊意义的工程,一条沟一条沟地查看拦河坝和梯田的围堰,观察有无受损情况,观察洪水走势,在心里悄悄地做着险情预判,寻找着下一步应对措施。洪水稍退时,他们终于查看完所有的造地工程。

令人欣慰的是,大洪水过后,几处造地工程的拦河坝都经受住了严酷的考验,没有一个被冲毁、垮塌;但令人遗憾的却是,到底还是有个别堤坝被洪水打开了缺口,部分围堰出现了明显裂隙,一些正在开花的向日葵纷纷侧斜了身子,被泡在洪水之中……

吴金印长长地出了一口气,针对唐庄镇整体受灾情况,立即做好了灾后的抢险、抢修、重建和救助等工作。待一切就绪之后,他一个人来到了十里沟,扶着一段护栏,面向远处的山峦进入了久久的凝视和沉思。

此刻,他在想什么呢?在想如何让他亲手缔造的堤坝都坚如磐石、固若金汤吗?他在回想他一生到底背过多少石头、筑过多少堤坝吗?他在历数自己一生的坎坷和经历或黯淡或辉煌吗?他在怀想往昔岁月?他在展望自己或唐庄的未来?

十天之后,卫辉北部山区的村民们在著名的"山岭沟"造地大坝上,见了一个久违的身影——还是那身朴素的蓝布制服,还是那顶似乎从来都没有摘下的平顶帽,还是那样高大魁梧的身板儿,远远地,也还能看清那张方正的脸庞。走至近前时发现,他仍旧穿着似乎没有变过样子的老式圆口布鞋,但已然没有了四十多年前的飒爽英姿,他背已微驼,他的步履已经稍显蹒跚,他的脸上已经刻满了沧桑……岁月呀,这些年你到底在一个曾经那么英俊的青年人的身上和生命里做了怎样的手脚?

"那不是老吴吗?老吴回来哩!"

突然有人认出了吴金印。随着他一声惊呼,不一会儿就围过来几十位群众,他们一面亲热地呼唤着:"老吴、老吴",一面抢着和吴金印握手。

当吴金印亲切地握住一双被烟熏黑了的大手叫出老汉的"小名儿"时,老汉迅即流下了眼泪。此时,吴金印的声音也有一些哽咽。岁月这坛陈年老酒啊,一旦被不经意开启,既令人着迷沉醉,又能把人呛出眼泪。他们就像久别的亲人一样,彼此问候着,互相拍打着肩膀。

"一晃四十多年了,乡亲们可想你!没事儿就念叨你的名字哩!"

"你怎么来嘞?"

"山外下暴雨哩,我是惦记着咱们一起修的大坝,也不知道有没有危险,特意过来看看。"

"大坝结实着哩!"

"这么多年多大的雨都经过,没一点事儿哩!"

"还是咱们那时干的工程坚固啊!"

吴金印再一次向大坝望去。历经半个世纪的风吹雨淋,一道道大坝顶部的石头已经失去了当年的棱角,坝体上也斑斑驳驳地长满了青苔,但大坝的雄姿依旧,坝体仍浑然一体没有一处裂隙,经受了"7·9"特大强暴雨和山洪的考验后,仍然安然无恙。

"那你说怎么那时干的工程为什么这么坚固啊?"

"那时,咱们的心多齐呀!"

吴金印没再说什么,但脸上露出了一丝意味深长的笑意。

乡亲们簇拥着吴金印来到一棵皂角树下,围坐在一起拉家常,回忆当年三战山岭沟和打羊湾洞的情景。有的人端来刚煮熟的嫩玉米棒;有的人冲上一碗蜂蜜水;虽然吴金印并不吸烟,有的人还特意跑回家取来一包大牌子的香烟,以示"庆祝"……乡亲们如往昔一样欢天喜地,与吴金印一起分享着生活的甜蜜和丰收的喜悦,用最淳朴的方式表达着对老书记的爱戴,以及对吴金印当初领导他们艰苦奋斗改变贫困面貌的感激之情。令人动容的欢乐,在幽深的大山里久久回荡。

天光一点点暗了下来,但人们依然不愿意散去。吴金印坐在那些普通的山民之中,谈笑风生,乡音搅拌着乡音,笑声推搡着笑声,如果不是那顶干净挺阔的平顶帽,几乎就难以辨认出他的身份。远远望去,那丝丝袅袅的烟雾,那轮廓渐渐模糊的人群,那高一声低一声、若隐若现的笑语,仿佛均来自遥远的过去。

时光,又重新回到了四十年前。

(原载《人民文学》2017年第7期)

第三种权力

——中国第一个村务监督委员会成立纪实

李 英

引 言

2004年6月18日,浙江省武义县后陈村建立全国第一个村务监督委员会,意味着中国农村基层民主从"秋菊打官司"式的上访告状,进入了农村管理行使"第三种权力"——分权制衡、民主监督的阶段。

后陈经验引起了市、省、中央领导的高度重视。时任浙江省委书记习近平,于2005年6月16日亲自到后陈村调研并在村里主持召开座谈会,对后陈经验给予充分肯定。随后"后陈模式"在全省,乃至全国推广,被写进《中华人民共和国村民委员会组织法》。

这是一次农村民主自治的生动实践,然而其内幕却鲜为人知。作为一名新闻从业者,我历时三年深入采访,记录这一事件错综复杂的全过程,记录农村群众与基层干部对腐败行为的深恶痛绝,他们的幽怨、奋争和对民主的艰苦探寻。

一、后陈从"红旗村"变"问题村"

2003年岁尾,"前腐后继"的村官腐败像一群闻到血腥味的鬣狗,赶不跑,轰不绝,这深深困扰着两个人:一位是武义县委副书记、纪委书记骆瑞生,另一位是白洋街道工业办公室副主任胡文法。

胡文法临危受命,他被派往后陈村任党支部书记。

位于武义县城东北的后陈,是白洋街道管辖的行政村。

平展展的土地,五彩缤纷铺满四围,大水面的前湖、西塘和可塘,波光粼粼把后陈村装点得颇有水乡模样。村西有条很宽、很大的武义江,自南往北波涛滚滚地流到金华,在金华与义乌江合并为婺江,然后婺江流进兰江,然后兰江流进富春江、钱塘江。

这是一个漫长的冬天,漫长得特别。天天阴沉着脸。

时近年关,按例说村民们应该置办年货了。可是今年村里静悄悄的,鸡不啼,狗不叫,没有一点动静。

村民们三三两两聚在一起,不说半句与年节有关的话,交头接耳地在谈论同一个话题。

村里要分土地款了!

村民们最最关心的是,村里收进土地征用款子到底有多少,这些钱怎么分,按户分还是按人头分,什么时候能够分,分现金还是分银行存折,分到手的钱能否自作主张派用场,等等等等。

特别特别地现实。只有把钱放进自身口袋,才是最最要紧的事,天大的事。

一直以来,村民们最不放心的是村干部大权独揽,暗箱操作。村民们想盯住村集体收进的巨额土地征用费,可是,想盯又盯不上。

为什么?

因为村民没有盯钱的权力,没有盯村干部的资格。

坦白地说,如果没有工业化、城市化大潮铺天盖地扑到小小的武义县,就不会有城乡接合部的开发区建设,就不会有后陈村人做梦也想不到的土地被征用。当然也就不会有巨额土地征用费,不会有村干部的贪污腐化,不会有后陈村人上访不断而成为全县闻名的上访村、问题村。

很简单,就这么回事。

都说金钱是妖魔,是鬼怪,它会叫好干部变坏。

二十世纪九十年代中期,如火如荼的建设高潮中,金丽温高速公路建设项目涉及后陈村,出现村干部重大决策不公开、村务管理不透明、财务支出不规范等问题,出现了村民对村干部的信任危机,而且与日俱增。

2000年前后,因工业园区开发及城乡一体化建设需要,后陈村有1200余亩土地被征用,土地征用款收入高达1900余万元。如何管好用好村集体的巨额资金,成为村民的关注焦点。村干部专权擅权与村民关心关注引发激烈的矛盾,加上部分村干部以权谋私,使得干部信任度彻底崩溃,村庄秩序严重失控,矛盾百出,村民们怨声载道。

就这样,后陈从一个"红旗村"变成了"问题村"。

2001年12月,武义县农村审计站工作人员进驻后陈村,对后陈村自1996年至2001年11月的村级财务进行了全面审计。村民们以为盼来了"包青天",一时间喜笑颜开,群情振奋,纷纷向审计人员提供线索。审计期间共收到群众来信28封,其中反映村财务方面的有16件。

审计报告出来后,却令村民们大失所望,大家对这份官方审计报告很不满意,对诸如"认识不足""公开不规范"之类不痛不痒的表述不买账。

要知道,进入新世纪的村民,多有文化、有头脑,而且多有法制意识。特别对关系到切身利益的事情,想用官样文章吓唬,想用甜言蜜语糊弄,是应该进博物馆的老套套了。

这是隔靴搔痒、糊弄百姓!尤其是对审计报告"未发现村主要干部有贪污、挪用问题"的结论,村民们更是议论纷纷、情绪激愤。

一个月吃掉一万多元,这是陈岳荣、张舍南、陈联康等村民无论如何不能接受的。

陈岳荣是村民代表,他和村民心里有杆秤。村里的钱是大家的、集体的,村干部哪能像自己口袋里的一样,今天想拿去喝就喝,明天想拿来吃就吃,甚至连他们自己家里新房子买把门锁都拿到村财务报销,真是太目中无人了。

还有,村里沙场承包收进多少钱,都用哪儿去了;餐费及烟酒等招待开支那么多,都招待谁了;土地征用款准备如何分配、如何使用,等等。村民们一点也不清楚,全蒙在鼓里。1900万土地征用收入的钱,是村民挨家挨户分发,还是集体保管,村民和村干部意见分歧很大,南辕北辙。对村干部的不满和对村里现状的担忧,导致后陈村民上访不断。

陈岳荣他们主张写信上访,结果村民纷纷响应,毫不迟疑地在上访信上签了名,摁了手印。四五百名村民歪歪扭扭的签字和鲜红的手印,像火炉里飞出的火星,密密麻麻地布满了几大页白纸,灼得人眼睛生疼。

投诉信像断了线的风筝,有去无回。于是村民们开始一拨拨上访,少则几十人,多则数百人,街道、县里、纪委、信访局、检察院、法院,该递交的材料都递交了,该去的地方都去了。

就这样,后陈村成了全县有名的上访村。凡是武义县政府门前有几百上访群众聚集时,机关干部们就知道,肯定是后陈村村民上访来了。

县委、县政府对后陈村村民的上访十分重视,每次都由县委、县政府主要领导接待。武义县委副书记、纪委书记骆瑞生就多次接待过后陈村上访群众。骆书记因此与后陈村村民张舍南、陈岳荣、陈联康等上访带头人,很熟悉了。

但是,后陈村的问题该怎么解决呢?

那些年,后陈村这样的"问题村"在中国的农村并不少见。尤其在农村和城市接合地区,经济开发的大潮风起云涌,群体利益多元分化,经济利益纷争多发,农村治理面临困境。有专家指出,农村社会治理正面临着社会矛盾调处风险期、集体信访纠纷激发期、公共服务均等化需求急增和基层治理能力现代化准备期的"四期叠加"挑战,高速发展的集体经济带来的频繁利益纷争,成为首要的不稳定因素,甚至严重影响了中国经济社会的平稳转型和执政"基石"的稳固。

新世纪之初,后陈村在武义已经成为闻名全县的"问题村"。新任的支部书记不到一年因为挪用公款被开除党籍,从此他心灰意冷,把村里的房子租给别人,自己则在邻村开了一个轮胎店。平时即使回村也不串门,收了房租就回他那个小店,小店成了他的家。他刚当选村支书时也曾经受到村民的拥戴,可是没有制约的权力导致他挪用公款,从而失去了村民信任,于是村民们天天上访,把他拉下了马。整个后陈乱成了一锅粥,曾经的支部书记成为后陈村的"陌路人"。

还有本县柳城畲族镇的乌漱村,早在1999年曾经查办过一起村干部贪腐案。时任乌漱村党支部书记兼出纳的吴某,贪污村里投资水库电站的分红后,做假账贴在村务公开栏里,当晚就被村民揭下来告到了检察院。检察院查证属实,依法逮捕、起诉吴某。最后法院认定他侵吞集体资产7.5万余元,以贪污罪判处有期徒刑10年。

新华社浙江分社摄影记者王小川得知检察院准备将被贪污的公款还给村里时,专程赶赴武义采访,采集了检察官向村民返回公款的新闻组图,以《武义:村务公开,村官下台》为题发表在1999年3月25日的《人民日报》华东版上,在武义这个小县引起了不小的震动。

村务不公开,决策不民主,蒙得了一时,蒙不了一世,给村务管理敲响了警钟。群众的眼睛是雪亮的,而且终有一天会觉醒之时,那就是权力倾覆之日。

后陈村只是二十世纪末中国农村治理乱局的一个缩影。武义县纪委书记骆瑞生、后陈村新任党支部书记胡文法敏感地意识到,如何破解村务财务管理混乱凸显的村庄治理危机,是中国农村民主政治遭遇的一个重要课题。

二、胡文法出任"问题村"支部书记

2004年元旦刚过,1月4日,胡文法在街道党委副书记、纪委书记徐向阳陪同下,到了后陈村。

胡文法,后陈村人,个子较高,满头黑发,红铜色的脸上略带微笑,穿着半新半旧的夹克外套,随和当中透着几分刚毅,一看就让人感到是饱经风霜、踏实干事的乡镇干部。

后陈村办公楼二楼会议室里,村两委成员、党员和村民代表坐得满满的,有的交头接耳,有的大声说话,但每个人都笑容满脸。有不少村民是赶来看热闹的,会议室里坐不下,就站在过道,里三层外三层,把会议室挤得水泄不通。

徐向阳代表街道党委宣读了任命文件。

当后陈这个村支部书记,等于将屁股坐到火坑上去。这一点胡文法心里早就明白:"我是后陈村人,自己和家人的户籍关系一直都在村里没有迁出来,坦白地说,心中或多或少与村庄还有难割舍的情缘。"

几天前,村民张舍南特意跑到街道找他说:"文法,咱后陈现在已经成为全县后进村,名气可大了。大在哪儿?一个字,乱哪!"

没等胡文法提出问题,张舍南紧接着说出此行目的:"我看只有你回村里去,后陈可能还有挽回局面的希望。"

胡文法说:"我离开后陈已经多年,对村里情况不大了解。"

张舍南说:"不管怎么说,你从小在后陈村长大,人头熟,闭着眼睛也能说个道道出来。"

胡文法说:"我在工办上班,管着一摊子事,还要做联村包片工作。"

张舍南感到一下子无法说服胡文法,心中不免有些失望。他呆呆地不知如何收场。但在临走时扔下一句话:"为了村民利益,我们要继续上访,直到把问题解决!"

张舍南前脚刚走,后脚又来了几位后陈村民。有说是到街道办事的,有说去县城买东西的,都说只是顺便拐过来看看他这个老邻居的。

村民们走了一拨又来了一拨。胡文法心里知道,他们跑到街道办,其实话里话外都表达着同一个意思:希望他回村当掌门人。

后来听人家说,张舍南早早把书面请求报告送到街道办去了。

改良版的"三顾茅庐"。

胡文法,不得不认真了。

胡文法祖籍在永康——武义县隔壁。因为日本鬼子驻扎在他们村庄不远的地方,三天两头进村抢掠烧杀,闹得鸡犬不宁,而村民们对荷枪实弹的日本鬼子心惊胆战,只能东躲西逃。眼看着地里庄稼成熟了,胡文法的祖父无奈只得带着一家老少离开祖祖辈辈生活的家乡,一路颠沛流离,好不容易找到武义后陈村落脚。

后陈村坐落在武义江东岸,宽阔的武义江原是水上大通道,后陈村有三三两两的店铺,这在当时算是繁华之处。

武义江两岸有不少村庄,但是没有桥梁,没有渡船,人们过往得绕一个大圈子,极不方便。胡文法的父亲找来木头做了一只长长的木船,开始干起摆渡的营生,后来大家就叫他胡长船了。那时候他父亲为人摆渡,多是尽义务做好事,并没有收入,偶尔碰上来往于集市的生意人,会施舍一点。可对胡文法父亲来说,渡船方便了两岸的村民,因此认识的人多了,还赢得了口碑。这对于他们外迁人来说,是不容易的事情。而更重要的,渡船成了他们一家人的栖身之处,老小三代夜晚挤挤挨挨地睡在一个船舱里,住的问题就这样解决了。

1949年,胡文法家融入后陈村,在村里建了低矮的泥瓦房,有了真正意义上的家,成为地地道道的后陈村人。

之后,胡文法父亲胡长船被推选为后陈村高级农业合作社社长——相当于现在的主任,成了后陈村人的主心骨。他和村民们一起斗地主,分田地,组建互助组、合作社,每天为村里的事忙得不着家。当时后陈还没有支部,父亲胡长船很早就在上邵村支部加入了中国共产党,1956年被上级派回后陈村当了第一任村支部书记。他的母亲李兰芬1958年入党,当了村妇女主任、副大队长,一干就是几十年。

那时村里也没正儿八经的办公室,开会就在自己家里开,村干部们就围着八仙桌坐,坐不下就搬个凳子在边上坐,或者干脆坐在门槛上。

那时候村干部没有什么误工补贴,全是尽义务,忙完了村里的事,再做家里的事。村民们大到婚丧嫁娶,小到鸡鸭丢失,都要找村干部。胡文法父母亲作为村干部,为乡邻们解决困难热情周到,办事不带任何私心杂念。他们早早立下规矩,不收受村民任何礼物。

胡文法受到父母亲言传身教,骨子里从小就灌输了老老实实做人、认认真真做事的精气神儿。任村干部几十年的父母亲,就是胡文法的最好榜样。

而今一切都变了,连气候都莫名其妙地变得夏天特别热、冬天特别冷了。

难道不是吗?村干部已经和村民们闹得水火不相容了,上访、告状、围堵、谩骂……已成为后陈村的"家常便饭"。

到底有什么不可调和的矛盾呢?问题到底出在哪里呢?村民们为什么要三顾茅庐请他回去呢?他小小一个街道工办副主任,势单力薄,下去能为村里做点什么呢?

如同掉入万丈深渊,胡文法深思、苦思,彻夜不眠。

想不到仅仅过了两天,街道主任代表组织找胡文法谈话。

主任说:"后陈已经成为全县闻名的问题村,同时上游两个村子也不稳定,群众上访不断,我已经没办法了,只得派你去后陈村当书记了。"

上邵村出现了大片的违章建房,地基像私有一样,菜园、自留地随便转换,房屋不按规划放样随便搭建,违章建筑像雨后的韭菜齐刷刷地冒出来;下邵村也是因为土地征用款问题,村民三天两头上访。胡文法听说过,上游的上邵村和下邵村本来就比较难搞。然而比较起来,最乱的还是后陈村。

胡文法心里知道主任的话无法拒绝,但还是不由自主地说:"我已经住白洋渡十多年了,村里情况也不大了解,村里的事也从来没有管过,当书记没经验。"

主任说:"你就别推了。街道对后陈村的情况,看在眼里,急在心里。大家一致推荐你去当村支部书记,这不是空穴来风。你在街道工作多年,有丰富的工作经验。但更重要的是看中你人品好,不贪不占,做人做事光明正大,组织上放心。"

胡文法被说得感动了,眼睛都湿润起来。

自己毕竟是组织上的人,怎么能不服从,怎么能对组织上的信任视而不见,怎么能将村民们的满腔热情拒之门外⋯⋯

"你这次回去不仅仅是救急、灭火,更重要的是抓稳定、抓发展。"主任毫不含糊地说,"给你三个任务———一是把村里的乱摊子收拾好,尽快稳定下来;二是把制度完善起来,找到根治的办法;三是代表组织考察村里下一届班子人员,把村两委建设好。至于你的个人待遇,街道也做了充分考虑,完成任务回来给你享受中层领导待遇。"

胡文法说得也很明确:"工作我会尽力去做,至于待遇不待遇,我从没考虑过。"

平地一声雷,胡文法回村任党支部书记的消息传遍了后陈村。村民们奔走相告,把这当作后陈一件大事情。

徐向阳宣读完白洋街道的决定,没等胡文法开口,会议室里就像炸开了锅,急不可待的村民们争先恐后站起来,你一言我一语地抢着说话。

"村里账目多年不公开,我们要求清查清查!"

"听说土地征用款都被村干部拿去投了保险,几千元回扣被私底下分掉了。"

"说得好听的保险,村里16岁到60岁投同一险种——等人死了可获得1200元赔偿。大笑话呀,笑掉牙呀!16岁的人等到闭上眼睛断了气才有1200元赔偿,这不等于拿钱打水漂,白白地送给保险公司吗?"

"村里沙场包出去,早就挖过界了,也没人管。"

"几百万、上千万土地征用款,该怎么分?"

"村里的招待费高达几十万,都招待谁了,吃的什么山珍海味?"

还有说得更直接更厉害的,"村干部花天酒地,不管老百姓死活。"

胡文法一边抽烟,一边静静地听着,心里想,干部群众之间怎么会积怨如此之深,怎么会矛盾如此深重……

这个会开得像山歌里唱的那样:天上布满星,月牙儿亮晶晶,生产队里开大会,诉苦把冤申。

村民们一个个苦大仇深的样子,或控诉、或咒骂,这个没骂完,另一个挤进来骂。看来骂人也是个力气活儿,有的骂饿了,跑到外边买张麦饼吃吃回来接着骂,没完没了。

这真是会有多长,骂有多久。

据说以前村里经常开会,一开就开到凌晨一两点钟,骂的和挨骂的都挺不住了,也就散会了。现在,胡文法第一次参加会议,没想到就是这样的马拉松。

骂人是语言技巧的演绎,是感情与态度的表白,也是一种阐述见地的方式。胡文法一边在本子上记录,一边轻轻地点头。

徐向阳坐不住了,大声地说:"请大家安静一下,胡文法第一次参加会议,大家总得听听他的讲话吧!"

掌声噼噼啪啪地响了起来。

等大家平静下来,胡文法语气缓慢地开口说:"我虽然这些年很少回村来,可是在心里永远装着我的乡亲邻里。我这次回来工作,需要大家支持。我们村究竟出了什么问题,刚才村民提了一些,我已经记录了,但要好好梳理、好好核实。来日方长,我回村当党支部书记不是一天两天的事情,哪些问题需要先解决,大家提出来,我们一起想办法解决。我们先易后难把问题一个个解决掉,好不好?"

听着胡文法实实在在、一句不多半句不少的话,望着胡文法黝黑的额头深深的几条抬头纹,村民们生出了一些亲切感、信任感。

三、"问题村"到底存在哪些问题

后陈村有胡文法光屁股的童年伙伴,有曾经朝夕相处的街坊邻里,还有堂兄堂弟七姑八姨表姐表妹一大串,真可谓爹娘亲娘舅亲,打断骨头连着筋。虽然在外工作多年,但各种信息通过不同渠道都会传到他的耳朵,尤其是村里乱象丛生的传闻,让他的耳朵都磨出茧子来了。

说真话,胡文法对后陈村情况,还是有些了解的。

随着如火如荼的开发区建设,后陈村大片大片的土地被征用,一幢幢高楼、一排排厂房,在原本属于后陈村的土地上像雨后春笋噌噌地冒出来。

但是外人不知道,在大开发、大建设的大潮之下,后陈村涌动着一股暗流。

这股暗流是被村掌权者高高在上、目无王法的气焰逼出来的,涌动着村民们日益不满的愤怒情绪。

有个村民姓陈名忠荣,不由自主地被卷进这股暗流。

他是个血性汉子,跟村民们一样坐不住了。他当时还是村支部委员,可是像他这样的班子成员,对村账目也一头雾水。

普通村民怎么样可想而知。

村民们只听说村里有上千万土地征用费进来,但谁也说不清具体数目,谁也不知道怎么安排。作为普通村民不知情可以理解,但是村班子成员两眼一抹黑,实在天方夜谭。

当时村支部书记一手遮天,大小事情一把抓,天大的事情一个人说了算,活脱脱一个土皇帝。

在陈忠荣家里,经常聚着情绪激动的村民,陈岳荣、张舍南和陈联康是常客。

陈岳荣从二十世纪九十年代末开始,曾先后四次带领村民集体上访,是闻名全县的上访"头目"。

张舍南是二十世纪七十年代末期的高中毕业生,在村里算得上是文化人。早些年外出养珍珠蚌,是村里数一数二的富裕户。

陈联康年富力强,血气方刚,当过后陈生产大队副大队长,有天不怕地不怕的胆量。

他们在村民中,都有很高的威信。

陈联康开口了,"我们几次去村里查账都无功而返,还受一肚子气。"

张舍南说:"堵得住黄鳝洞,塞不了狐狸窝,要制止村干部胡来很难啊。忠荣是村干部,堂堂村支委和我们一样不知情,真是大笑话。"

陈忠荣憋着一肚子火说:"书记是极为听不见人家意见的人,是一个很专权很自以为是的人,而且得一望十,得十望百,贪得无厌。为了村民最关心的事情,我和他吵过无数次了。他肯定也在心里记恨我了。"

张舍南站起来大声说:"忠荣,你要站出来为村民说话!村民们一定会支持你的。"

陈联康拍了一下桌子,"得饭望饱,闹事望了。"然后用征求意见的口气说:"看来我们要两条腿走路,一是调查村里账目往来,一是继续上访!"

正当大家讨论怎样上访的事情,有人跑来说,"外面有人打架了。"

大家跑出来一看,原来是村书记和一个村民在吵架,还动了手脚。

这个敢与书记吵架动手脚的村民身份很特殊,是县保险公司会计的岳父。看到围观的村民越来越多,村民们的表情大都漠然,但显然都是同情他支持他的。

老人家对村民们说:"大家都来评评理,他仗着是书记,就欺负咱小老百姓。还有大家都不知道的事,村书记和主任用村里的土地征用费投了保险,而且数额不小,96万呢,回扣就是村书记和主任拿的。"

村书记振振有词地说:"保险是为每个村民保的,16岁以上的村民都保了。"

这一说围观的群众闹哄哄说什么都有了。

"这么多钱投保,我们为什么一点都不知道?"

"给16岁的人买保险是什么意思?"

"村干部的心都在想些什么鬼花样!"

"让村书记说说,村里的钱都去哪儿了?"

这次打架对村书记来说是孔雀开屏——屁眼自露,把96万元土地征用款拿去买保险的事给抖了出来。要不村民们蒙在鼓里还不知道有买保险这回事呢!

没过几天,陈忠荣他们又得到一条线索,前两年建高速公路碰到后陈村的一条小溪,需要改道砌护坡,县里给后陈补了7万元钱。

陈忠荣们找到村会计盘问,村会计说:"没有啊,从来没有看到这笔钱进来。"

这在后陈村又不亚于投了一颗重磅炸弹。霎时间,成为街头巷尾人们谈论的中心议题。村民们再也不相信村干部了。但大多数人敢怒不敢言,因为上面不重视,村民拿干部没办法。

陈忠荣坐不住了,急匆匆找到张舍南、陈联康几个人说,后陈再也不能这样下去了,必须向上级部门反映情况。

于是他们几个先是到县农业局查询,农业局的干部说7万元补助款早拨下去了,都快一年了。他们回来又问村会计,村会计说确实没有收到过。

钱到哪儿去了?

他们通过朋友去街道再一次查证,钱确实早已下拨。

于是他们连续几次到县里、街道上访。村书记终于感到再也隐瞒不了,慌手慌脚把7万元钱交到了村财务。

陈忠荣们穷追不舍,最终敲定村里的收据和街道下拨日期整整相差11个月。

村民们愤怒了,11个月才把补助款交到村里,这不是挪用公款吗?如果不去查的话,这个钱会交出来吗?大家知道,挪用公款几千块钱都要负刑事责任的,村书记把7万元挪用了将近一年时间,居然逍遥法外,安然无恙。

还有溪滩畈问题。

那是2001年,园区开发建设以后,沙石料供不应求,价格一路飙升。谁拥有开采承包权,谁就像有了一台印钞机,钱就像渠水一样哗啦啦地流进来。

后陈村相邻的郑进村,前些年乡政府在那里办过农场。后来农场地不够,按照上级意见,就把后陈村的土地划给他们了。

后陈村人当时是不同意的。

后来,郑进村在这块土地上办沙场,矛盾果然凸显出来。土地是我们后陈村的,郑进村凭什么挖沙、卖沙、赚钱,坐享其成?

于是后陈村村民三五成群地去运沙路上拦车。但怎么拦得住呀,人家是轰隆隆的钢铁拖拉机、翻斗车,村民们赤手空拳。于是两地村民一天到晚打口水仗。

承包人拍着胸脯说:"我们采沙都是合法的,一有合同,二有土管部门许可证。"言外之意,暗示着他们在县里有后台。

没有不透风的墙,后陈人终于了解到其中一些内幕——原来街道的书记,插手沙场承包。

当年街道书记用的车是一辆解放牌吉普车。给他开车的驾驶员和邻村的一个书记把那片沙场承包下来,显而易见这承包本身就有猫腻,能说你书记没份吗?事情明摆着,有街道书记插在中间,吵架这种习以为常的事情当然不会及时解决。

村民们看在眼里,气在心里。

有一次,运沙车开出来陷到坑里,承包老板一个电话打到街道,吉普车带着钢索开过来把运沙车拉出来。那时候,吉普车是街道最好也是唯一的公务用车,沙场老板竟然可以呼之即来。

后陈人看吉普车在前面拼足马力拉,后面的运沙车吭哧吭哧从陷坑里往上爬,活脱脱似一出老牛拉破车的滑稽剧。

自从郑进村办沙场后,后陈村的路被轧得坑坑洼洼、一塌糊涂,晴天扬尘漫天,雨天水漫金山,没法走。

后陈人说,沙场在我们后陈的地面,运沙的路也是后陈的,有一段还是以前后陈村向下邵村买来的,可是沙场的经济效益后陈村一分也享受不到,后陈人越想越气。再说吉普车这"王八",那时候乡政府穷,买吉普车的钱是各村出的份子,后陈村也出过钱。可是今天公家的车在给私人干活,还耀武扬威拿乡政府吓唬人,后陈人越看越生气,越说越愤怒。

当吉普车开到村委办公楼门前时,很多村民有意无意地站到路中间,不让过。吉普车放慢了速度,但并没有停下来的意思,反而加大油门……想轧过来,还是吓唬吓唬?

村民们怒不可遏——"乡政府车想撞人啦!"

于是围观的人越来越多,村里的男女老少都向村办公大楼这里聚拢,于是几百人把吉普车围了个水泄不通,争辩、谩骂混杂在一起,像火山喷发。

村民们要捍卫自己的利益,但并不知道违法的后果。有年轻人上去敲打吉普车,想找地方解解气。

"把吉普车翻了!"有人大声喊叫。

年轻人一齐喊了起来:"翻!一、二、三!"

仅仅三五秒钟的时间,吉普车被翻了个底朝天,真像王八,四只轮子呼噜噜地朝天扒拉。

"街道不解决问题,这车就别想开走!"

大家吭哧吭哧又把车翻回来,然后推到办公楼院子里,锁了起来。

刺耳的警笛呼叫声越来越近,派出所干警赶来了。他们是来解救吉普车和驾驶员的。村民们不约而同地上前把干警围起来,你推我拽,气氛紧张。

面对愤怒的人群,干警们不知所措,乱了阵脚,立马夺路而逃;他们带着吉普车驾驶员从围堵的人群中硬挤出去,有如丧家之犬,村民们在后面怒吼着、追赶着。

村民们愤怒的情绪终于有了一次发泄的机会。村民们说:"咱们村想当年把八个汪伪军都抓起来,还怕这些不作为、乱作为的干部?"

活抓八个汪伪军的故事,让后陈村人记忆犹新并引以为豪。

那是1942年6月26日,有一小队汪伪军八个人,从上邵、下邵抢掠后,进入后陈村。一进村,他们就闯入农家翻箱倒柜抢东西,抓鸡的、牵牛的、拉猪的。村民们都逃到附近山上去了。当时,村里年轻力壮的程大熊有两支枪,又有几位同村青年陪伴左右,发现汪伪军在上邵抢东西后,就悄悄地躲藏在村中。他们发现汪伪军放下枪支这家那家抢东西,就把伪军的枪支收了起来,并开了三枪,向山上的村民发出缴枪成功的信号。村民一边呼喊,一边拥进村来,堵住各条路口,八个汪伪军除一个逃到江边妄图潜水脱逃而被淹死外,其余七个全被抓获。愤怒的村民用锄头、柴刀将七个汪伪军砍死。这就是他们自诩的"后陈大捷"。到了7月15日,日本侵略军进村追查八名汪伪军失踪之事。一进村就堵住路口,把全村男女老少都赶到空地列队追问,将刀枪架在村民脖子上威吓。村民从容不迫地回答:不知道!日本侵略军就开始疯狂报复,把湖头村60余间房子烧毁,杀害了村民陈樟廷,枪伤村民陈德新(第三天死去)、陈联达,一直折腾到傍晚才退出村去。

如今村民们说起活抓汪伪军的故事仍然眉飞色舞,一股子自豪的样子:别小看咱后陈村人哦!

看着锁进院子的车子,村民们傻笑着说:胜利了,胜利了!

然而翻车、扣车事件震动了县委、县政府。

夜已经很深了,陈联康和几个上访带头人也作为嫌疑人,被带到派出所做笔录。

小小的派出所里灯火通明。被带到派出所审讯做笔录的人太多,除了涉嫌的当事人,还有很多亲属、朋友也跟着来到派出所。他们有的坐在走廊的长条凳上,有的蜷成一团蹲在院子的树底下,有的哈欠连连,有的抽烟解闷,有的低头不语。

独虎好擒,众怒难犯。陈联康们被莫名其妙地关了一夜,最后因为证据不足,第二天就被放了出来。

过了没几天,陈联康在武义三中工作的女婿赶到家里,对老岳父说:"你别再去凑热闹了,我们做晚辈的整天提心吊胆,怕你遭人报复。"紧接着又说:"我们学校食堂正缺人,我已向校长推荐让你去管食堂。你当过副大队长,又有文化,年纪也不大,校长对你很满意。"

陈联康闷声不响愣在那里。

女婿说:"校长已经同意,这机会得来不容易,你就别犹豫了。"

陈联康忖前思后,最后还是同意女婿的安排。难得女婿有这份孝心,再说村里的乱局也真让人寒心,恐怕不是三天两天能治好。三十六计走为上,走掉了眼不见为净。陈联康无奈地离开了他的故乡后陈村。

县纪委介入对村书记进行调查核实,街道党委很快就把村书记免了。村里的党员干部集中到县党校办培训班,统一思想,提高认识,维护稳定,促进发展。

我多次到后陈村采访,村民给我描述当时的乱局,"上级对后陈村采取了很多措施,可是这一切,似乎对后陈村都不奏效。"

村支部因此改选了,新的党支部书记干了一年多时间,又出问题,很快被开除党籍了。

后陈村面貌依旧,但是矛盾重重、问题多多。村民们仍然匆匆忙忙地奔走在上访路上。

四、新支书做的第一件大事

住在白洋街道十多年的新任支部书记胡文法,搬回后陈村住了。

一大早匆匆走出家门,他先沿着前湖绕村子步行,转来,折去。

后陈村地处空旷的武义江畔,早起的天气特别清爽、凉快。村民们三三两两的已在田头地角劳动。他们看到胡文法,一个个都打起招呼,有的还停下手中活计,近前来唠几句。胡文法就村里的事请大家支招,村民们觉得胡文法真心实意回村来,是想好好为村里办事的,所以都乐意向他反映情况。

张舍南远远地看见了,大声喊道:"文法,咋这么早?"

"早起已成习惯。"胡文法反问:"舍南,咱们村的事你应该最清楚。村民们眼下最关心的是什么事,你得多给我说说,参谋参谋。"

"文法啊,一家人不说两家话,村民们最关心的是村里土地征用款怎么个分法?"

"说得好,我也认准是这事!"

胡文法回村后多次召开座谈会听取意见,挨家挨户走访征求意愿,大家反映最集中的就是土地款的问题。他把村里近三年的账本复印下来,一页页仔仔细细地翻看,甚至叫老婆也帮着翻看。

不看不知道,一看吓一跳!这里面疑点、猫腻不少,真让人如陷云雾深处啊!

例如,村干部去派出所做一个暂住证,成本只需20元,可请客吃饭倒要花几百元。再例如做一个工程,请客送礼动辄是上万元。此外账里还有什么钓鱼费啊、香烟钱啊。其中有一些,还涉及街道和县里的。真是深不可测,问题多如牛毛。

张舍南说:"现在村民们特别看紧两件事——一件是村里到底有多少钱,都用到哪儿去了,账目一定要公开;第二件呢,听说村里还有几百万元钱,那么大家要求分钱到户,怎么分?"

胡文法说:"你看准的问题,正是村民们最关心的问题。账目正在清理,春节前要公布。至于土地征用款怎么分,村'两委'要讨论,还要向村代表征求意见。总之,这两件事春节前都要有个明确的结果。"

张舍南说:"好!你回来了,大家心里平和了许多。"

胡文法说:"村里的事要办好,还要靠大家一起努力。"

张舍南说:"你胡文法啥时用得着,我们一定会出力。不瞒你说,我和陈忠荣几个都是村里上访的带头人。我们去县里上访已经熟门熟路了。上访次数多了,我们连信访局的干部都混得很熟了。这次你回来了,我们几个才没有去上访。村民们早盼着你回来解决问题呢!"

胡文法说:"很快就到年关了,怎么着也得让村民过一个安稳年。问题要先易后难,一个一个解决。"

张舍南连说:"对,对,对。"

胡文法走到村口又碰到了陈玉球。她是村支委、村妇女主任,健壮的腰肢上别着一大串钥匙,有办公楼的、会堂的、祠堂的等等,其他村领导不管的事都归她管。她就像一个大管家。

陈玉球说:"文法,你没来时,我们心里都急死了。"

胡文法说:"我既没有三头六臂,也没有灵丹妙药。以前老人们说,八两换半斤,人心换人心,我首先要用真心诚意换得村民的信任。因为要把村里的事办好,不能不靠大家齐心协力。"

胡文法夜以继日工作一阵子之后,基本上摸清了村里矛盾百出的根源——村里财务不公开,民主监督和民主决策缺失;权力过分集中,书记和村主任两人说了算,项目想给谁干就给谁干,想收多少好处就收多少好处;村干部以权谋私,侵占村民利益,胆子太大。村里问题多,群众意见大,可想而知。

胡文法理出头绪,准备快刀斩乱麻,给村民一个满意的答复。

很快就要过春节了,池塘边已经有点桃红柳绿的意思,胡文法着手召集村两委和村民代表开会。

在这次会议上,胡文法提出要建立一个财务监督小组,这是他到后陈几十天日思夜想的第一个大事情。

他认为船到江心补漏迟。早早防范,才能把不合理的支出管住,才能让村民放心,才能叫村民不上访、少上访。他估计村民肯定没问题,但是主任会同意支持么?他心里七上八下有点吃不准。

他打了个比喻:就像门口这池塘,一边需要用制度把堤岸巩固起来不让漏水;一边希望全村人努力把池塘的水蓄起来,蓄满了才能应日后之用。

村民们听得云里雾里弄不明白。

胡文法说:"我们农村是集体所有制,也就是说整个村子的土地、房屋乃至一草一木,每个村民都有份。可是,我认为村庄相当于社会上的股份制企业,每个村民就相当于股东。也因此,我们不妨参照股份制企业管理模式,在村内设立一个相当于监事会的机构,来加强管理。"

与会人愈听愈糊涂了。村民们压根儿不知道股份制企业里的"监事会"是怎么一回事。

"简单地说就是监督企业经营与财务的机构,能够看住管住花钱、用钱、批准用钱的人。"

"哦……"与会者好像听懂了。

为了此方案,胡文法翻阅了许多法律、法规和文件,他设计了后陈村"监事会",草拟了财务管理制度。他将财务管理制度初稿和成立后陈村村民财务监事会的想法提交大会讨论。

　　胡文法清了清嗓子说:"今天会议的第一个议题是建立后陈村财务监督小组。"他说了为什么建立这个监督小组的原因,说了这个监督小组由几个人组成,说了这个监督小组怎么样开展监督工作,等等。

　　没等他把话全部说完,就得到大多与会者的响应和拥护。

　　按胡文法的设计,监督小组成员从党员和村民代表中选举产生,条件是要有一定的文化,要懂财务;能坚持原则,有正义感;不是村两委成员的直系亲属。不过,正副组长要由村两委委员担任。

　　就这样,后陈村村民财务监督小组就建了起来。

　　让这位最最基层党支部书记胡文法想不到的是,他发明创造的这个财务监督小组,居然是中国农村第一个村务监督委员会的胚胎。

五、新支书做的第二件大事

　　为了讨论土地征用款怎么用,胡文法特地召开第二个民主恳谈会。

　　他回村时,账上还有600多万块钱,街道还有60多万征用款没打进来,此外还有一些钱应收未收,总共加起来有800万。这些钱大都是村里的土地征用款。全村有1200亩土地被征用了,后陈村一大半土地被征用了。当时土地征用费标准很低,一些山坡地才6元一个平方,高一些的也只有18、20、25元一个平方,后来才提到40元一个平方。40元一平方土地征用费,不够买一包硬壳中华牌香烟,农民有口难言。昨天土地还是村里的,什么时候上面要了,推土机、挖掘机开进来,眨眨眼睛很快就变成厂房、变成大马路、变成高楼大厦了。

　　村民们心里本来就憋着一股气,世世代代守了几百年千余年的土地说没了就没了;可怜得不能再可怜的土地款收进来,账目混乱,村务不公开,土地卖了多少钱,拿回来多少钱,人家欠村里多少账,等等等等,村民都不清楚,怎么能没有怨气,怎么能不怒火中烧?

胡文法回来前,村民心里早盘算着怎么分钱。当时村主任说每个人分4000元,书记说每人分6000元,个个想着自己卖人情。但到底如何分配,一直争执不下。后陈村书记因为村民上访举报被查处,这个事就被搁下来了。

胡文法新官理旧事,这土地征用费分配问题是一个烫手山芋。村里领导已经承诺过要分土地征用款,但面临的情况很复杂,村干部的误工费很多都没结算,外面又有欠账,做的工程有些还没付工程款,每天都有人上门讨账。

此外,村里还有20多户因为"农转非"等问题无法确定,该如何享受尚未确定。有的人在户口不在,有的户口在人不在,有的新嫁进村里来,各种情况都有,可以用"十分复杂"几个字来形容。而各方面的人因为利益关系,分多分少或分不到钱,都会来闹事。有的早早放出狠话,要是不解决好,过年就上你胡文法家里去吃住。

俗话说,一丘番薯一丘芋,冬天不用开谷橱。改革开放以前,生产队的时候每天评工分,稻谷、玉米、毛芋都按人头计算,能图个温饱。村民们说,我们虽然不会赚大钱,但总归还有点田地守着,种点毛芋什么的日子还能过。现在土地卖掉了就没有田种了,去打工企业又不要,村民都觉得心里没底。有一次开"两委"会时,就有一个老人走到胡文法身后,拍拍他的肩膀,说:"你们不分钱,就把我那点田还给我,我自己种点毛芋还能活下去。"

有人哈哈大笑说:"亏你想得美,你那点田早就变成高楼了。"

而作为村党支部书记的胡文法考虑着大家没想到的问题——把土地征用款全分了,以后村集体经济怎么发展,以后村民没地种毛芋拿什么填饱肚子……

后陈没有桂林那样俊美秀丽的山川,没有瑶琳仙境那样奇幻神秘的溶洞,没有杭州西湖那样的碧波万顷,没有东阳卢宅那样雕梁画栋的古建筑,没有磐安高海拔村庄可以避暑的气候优势,没有松阳杨家堂村幽深曲折光怪陆离的小巷,没有李白杜甫西施杨玉环那样的名人美女。因此,后陈村不可能像人家一样凭借自然人文资源搞村庄旅游,让村民有事干、有钱赚,无忧无虑地过好日子。

这是明摆着的实情。怎么办?

但是他多年在街道工办工作,对经商办企业稔熟于心。他认为只有壮大村集体经济,后陈才能持续发展,才能有实力为群众办事,才能让村民世世代代放心过日子。

胡文法苦苦琢磨了好长时间,一个设想慢慢在他脑海里成型了。

可是,胡文法用什么办法才能够说服大家呢?村民们会支持吗?

不知道。

听说这次专题会是讨论土地款分配,来开会的人就特别多。除了"两委"成员、党员干部、村民代表,很多村民都来了,又把会议室挤得满满的。

胡文法在会上说:"大家都知道,我们的土地都是祖宗留下来的。今天我们把征地补偿费分掉了、分光了,过几年今天分的钱花完了,我们怎么生活?过十年八年我们子孙怎么办,他们要不要生活,他们将来吃什么、喝什么……"

想着分钱的村民,被胡文法连珠炮似的提问,问得一时语塞。

他接着说:"我们能不能想办法让村里的钱生出钱来呢?就像老母鸡生蛋,不断地生下去呢?"

"怎么个生法?"

"建标准厂房出租,村里收租金,让村民每年都有分红。"

"建标准厂房?你们村干部是不是又想找捞钱机会了?"眼看就要到手的钱让胡文法给拦下,有人光火了,指着胡文法的鼻子大骂:"没想到来了新支书,村民还是得不到利益!"

"天下乌鸦一般黑,看来胡文法也是一只会吃人的老虎。"

等骂够了、骂累了,胡文法不温不火、不急不慢地接着说:"村民的利益肯定要考虑。但是,这利益有长远利益与眼前利益的区别。眼前利益是把钱分下去,家家户户口袋鼓鼓的,欢天喜地。但过不了多久,有的家里装修把钱花光了,有的被人集资集去拿不回来了,有的参加赌博输掉了,有的做生意血本无归了……请问各位村民,请问我的父老乡亲,大家以后的日子怎么过?怎么过?怎么过?"

整个会场被胡文法一连串问号,问得鸦雀无声。

过了好长时间,有人缓过气来,轻声附和:"这倒也是……"

那么怎么办?长远利益怎么个长远考虑?

胡文法坚持原有观点,板上钉钉地说:"建标准厂房出租!"

这是胡文法到后陈之后考虑的另一个特大问题——把钱一分不留全部分掉,村民肯定最高兴、最放心。但是,以后村里还能拿什么分呢?以后村里怎么保证村民衣食无忧呢?以后三年五年十年八年,及至更长更长的几十年几百年,村里子子孙孙怎么过日子呢?当然可以出去打工,但是城市里有这么多就业岗位吗?本来村里有土地,村民种点庄稼、蔬菜什么的,不管怎么样都能自力更生填饱肚子,但是没了土地,日后谁来帮助农民解决吃饭问题呢?拿什么来填饱肚子呢?

这是一个关系到家家户户切身利益、子孙后代吃饭问题的大事情。

胡文法认为这个问题,才是后陈村长治久安保稳定的关键所在,才是他,作为后陈村党支部书记要做的头等大事。

"我们不能捧着金饭碗要饭吃啊!"

胡文法分析给大家听:"后陈村建标准厂房有几个优势——一是后陈离县开发区近,这是地理优势;二是后陈村有一批村民早年曾经开厂办企业,懂行,这叫行业优势;三是我们可以为企业做配套服务工作,比如供应快餐,比如开洗衣店、小餐馆,比如办幼儿园等等,这是近水楼台先得月的优势。"

紧接着他又补充一句："建标准厂房出租,每年就有租金收入。好像挖了一条渠,可以引进水来,源源不断地可以享受。村里有了收入的租金,就可以分给村民。因为租金年年收,所以村民年年可以分到红利,可以衣食无忧。"

然而村民们担心,有人来租吗?

胡文法说:家有梧桐树,不怕招不来金凤凰。

说到这里,立刻有人站起来表示赞同了。

"这个主意太好了!后陈离开发区近,很多企业都在找厂房,村里建标准厂房出租,很好!"

于是整个会场你一言我一语的,又热闹起来。

有的说:"做事确实要有后!瞻前顾后。不能光看眼前,不顾长远。"

有的说:"土地征用款少分一点,留下来建标准厂房,好主意!"

有的问:"那么分土地款是不是要定几条原则……"

灯不拨不亮,话不说不明。

经过激烈的讨论,最后终于形成了一致意见:

一、春节前先按人均3000元分配土地征用款,没有异议的人员张榜公布,有异议的村里再讨论讨论,拿个原则意见来应对处理。

二、村里立即请人作规划,要好好建一批标准厂房。

就这样,村民们虽然眼前拿到的钱少了些,但都表示愿意接受建标准厂房。道理讲得清,顽石也动心。

大家期盼胡文法给村里带来富裕、带来幸福的信心,更足了。

六、村民们为项目公开招投标叫好

一天,胡文法和村里的几位干部正在商量如何建标准厂房,有人冲进会议室说:"不好了不好了,沙场那边打起来了!"

郑进村沙场事件没有平息,后陈村沙场又打起来了。

胡文法叫上几位村干部立即赶到现场。

后陈村沙场有55亩,在武义江边的沙滩上。原先沙场合同规定,承包人先开挖20亩,然后回填后再开挖另外20亩、15亩。可实际上呢,承包人挖了20亩以后没有回填,却是夜以继日地把55亩全挖了。而且变本加厉,承包人在55亩以外沙滩上也开挖了。斗胆包天!

整个沙滩坑坑洼洼、满目疮痍,低的地方积了水,随着开挖的延伸,水面变得越来越大。

张舍南带着一些人在沙场丈量,另一拨人则在运沙的路上堵车,双方争执不下,剑拔弩张。村民们心里憋着一股气,他们都是自发来丈量的,误了工又没有谁给他们误工费。为了这事,村民们已经多次上访,县里也召集当时的村书记、村主任和承包老板到街道开过协调会,但最终不了了之,没有彻底解决问题。

据说承包人心里也窝火。因为他们曾经和村里有一个口头协议,再让他们增加10亩地方挖沙,3万元一亩承包款,村里同意他们挖的。道路难行钱作马,城池不克酒为兵。为沙场的长久之计,承包人把村书记和管理沙场的几个人邀请到江西景德镇去潇洒了一回,吃香的喝辣的享受了一阵,私底下给当时的村书记、村主任都"意思"了。但一运沙,仍有大批村民出来阻挠,所以承包人觉得,你书记、主任太不仗义了,没有把村民摆平。

村书记、村主任收了好处费,但是并没有经村两委、村民代表大会同意,只是口头允诺他们开采,自然在村民面前无法交代,无奈只能让村民出来阻挠。何况村书记、村主任再怎么傻,也不会公开承认自己同意承包人毫无约束开挖的。

上访,协调,没有成功。再上访,再协调,仍然没有解决。

这样几个回合来来去去,双方都没有耐心等待了。

最后,承包人一状告到县纪委。县纪委一查,问题出来了,承包人给当时的村书记、主任送了3万元钱。

村书记立即被开除党籍。村主任不是党员,退了好处费,配合调查态度尚好,也就没作什么处理。

其实沙场纠纷拖延日久,个中关系是很复杂的。深入进去,大家才知道现在的承包人是从最早的承包人那里转过来的。这一点局外人不知道，书记、主任是早知道的。所以村民们曾经嘀咕村里可能有"内鬼"，怀疑承包人背后有村干部在撑腰。这承包人是一个经过场面的"大佬"人物，黑道白道都混得好。有人因此说，他包去是没人敢说话的。

承包人说："我们越界开采，是有补充协议的，还交过10万元钱。"

然而胡文法和村干部们据理力争："这个合同和你没关系，不是和你直接签的。但人家转包给你，如果你要做下去的话，就要严格按照合同办事——把已开挖的先填回去，填完了才能再开挖。现在已经挖掉55亩了，你如果不填，我们就要收回沙场。要么就登报声明，要你原来的承包人来处理，不然的话押金就没收了。"斩钉截铁，说得很明确。

承包人觉得很委屈，说："我们交了押金，又增加了承包款，我们开采受阻损失谁赔？"

胡文法说："合同这么签的，必须按合同办事。"

承包人耍无赖了："谁说不行的话，就到谁家吃饭。"

"我才不怕呢。中国人民解放军能把国民党800多万军队打败，难道我们后陈村不能把八九百人的事管好吗？我们新班子就是要把沙场的事彻底解决好。"尽管胡文法比喻得有点跑题，但表达的态度是很坚决的。

承包人看硬的不行，即刻就来软的。他脸上堆出笑容，言语缓和地说："胡书记，请你高抬贵手吧！这钱呢，本来就是大家赚的，我们也不会独吞。大家僵着也不是个办法，你看这时候不早了，我请你们在场的村干部、村民代表一起到饭店吃个饭，慢慢吃，慢慢谈，怎么样？"

胡文法坚定不移："吃饭也没用。既然我来当村书记，要么把村里的事情做好，要么就是我倒霉当不下去。"

就这样大家不欢而散。

晚上，胡文法召开村民代表开会，让大家来讨论沙场处置问题。

有村民代表说:"现在的承包人不是原来的承包人,没有法律效力。我们可以登报声明,要原来的承包人来处理。"

有的说:"如果不处理,押金可以没收的。"

还有村民代表说:"这沙场的坑不填回去也罢了。隔壁有个村的沙场挖了,用黄泥填回去变成了烂污田,结果那块地只能栽梨树。"

村民们一致建议:"我们把沙场收回来,干脆把它挖成塘,养鱼。"

村"两委"们觉得这个建议好,沙场事也可以得到彻底解决。

第二天,胡文法带着村干部跑到县土管局,请求帮助解决。县土管局领导也为后陈村的事头疼了多年,现在村里拿出了具体意见,就很快出面把沙场承包合同解除了。

村里把沙场收回以后,立即着手挖塘。很快,昔日坑坑洼洼的沙场,变成了碧波荡漾的池塘,一丈量,竟然有180多亩水面。后来承包出去,按照700元一亩计算,每年可以收入租金12万元;如果按照1000元一亩计算,每年可收入租金18万元。这样的效益,看得到,抓得牢,很好!

接下来胡文法又召开村民代表大会,通过了建设4万多平方米标准厂房的决策。

而沙场挖成养鱼的池塘,有一部分沙要拉出来,刚好可以用于建设标准厂房,一举两得,把村民们乐得合不拢嘴。

然而沙场挖出来的统沙要用筛子筛过,机械操作。而且还有计付加工费、运费等等事宜,怎么算?得有人管的呀。

胡文法想到了张舍南,让他代表村里监工。

张舍南参与了整个沙场事件处理,情况熟悉,群众基础又好。而最可贵的是他毫无私心,一切都出于公心,也从不讲报酬。他说他的出发点只有一个,那就是要维护村集体利益,村里所有的资产都是每个村民的共同财富,不能损失,不能被人侵吞。

过了几天,村办公楼门前的公开栏里贴出了招标告示,村民们一早就端着饭碗看热闹。这公开栏已建了多年，虽说很早就推广"两公开一监督"，但并没落到实处，就像聋子的耳朵只是摆设而已。这回，胡文法是玩真的了，村民们信了。

　　沙场挖沙招标其实工程量也不大，但胡文法就是想通过招标，把以前办事不公开的风气给扭转过来。这也是他主政后陈村以后的第一次投标，因此特别引起村民关注。

　　看，真有村民站出来反对了。

　　"这么小的工程招投标，麻不麻烦？"接着还恶狠狠地说："谁投去也做不成，只要我在后陈。"

　　说话的村民是当时村主任哥哥的舅子。这后陈村以前是富裕村，女孩都不愿嫁出去，男孩子很多就地取材，整个村亲戚套亲戚，仔细排排都是沾亲带故，一竿子打不到，两竿子准搭上。而以前，像这种小工程都是村书记、主任说了算。这次胡文法一回来，把以前的老规矩都打破了，断了人家财路，自然要把一肚子的气撒出来。

　　胡文法心里明白了。

　　招投标报名如期开始，以前揽不到工程的小青年们，跃跃欲试。

　　村主任哥哥的小舅子挨家挨户上门串标。说："你不要去投了，给你500元好处费。你中了也做不成的，村'两委'里都是我亲戚！"

　　有的报名人犹豫不决了，有的还真收了好处费。

　　于是村里就有传言，说这次招标也只是形式，投不投都一样。

　　晚上12点，胡文法还接到电话，是报名人打来的电话。报名人问："胡书记，明天这标还投不投？"

　　胡文法一言九鼎地说："完全按招标公告做！"

　　第二天，村办公楼二楼会议室里举行招标会，除了报名者外，还有许多看热闹的村民。

　　招标会很快就要开始了，可村主任还没到场。村主任是法人代表，要签字的。村主任就在楼下转悠，迟迟不肯上去。他轻轻地跟旁人说:"不上去,否则哥哥嫂嫂要骂我的。"

村主任亲戚们正在骂:"这村主任白当了,说话一点不管用。"

还有骂得更凶的:"吃里扒外,太啦!"

那边会场上,村主任哥哥的舅子也在骂骂咧咧,气氛有些紧张。

胡文法雷打不动,投标会照常进行。

主持人说明投标的工程量、完工期限、工程标的、付款方式、保证金等事项。接着开始投标,然后当场开标,宣布结果。

招投标公开了程序、内容,原先运到村里的沙子要20多元一车,这次招标降到了3元多一车,而且承包事项里还规定,按照沙子运出去的实际方量来计算机械费、运输费,很公平,很合理。胡文法当场还宣布整个工程由张舍南等人全程参与监督。

招投标成功了!

看到公开民主带来的优点,看到以前的暗箱操作再也不管用了,而且还为村里节省了开支,村民们这回真的信服了。

最后,胡文法对大家说,"以前干部插手参与工程发包,拿好处,村民们当然有意见。以后村里的所有工程,包括鱼塘,都实行公开招投标,我们村'两委',说到做到,绝不营私舞弊。"

接着胡文法又说:"我和村'两委'商量过,按照村里的老规矩,村民建房用沙子,只要交4元一车的筛沙费,运沙费由自己付。村民们合理的需求和利益,我们照样要满足。"

胡文法的讲话赢得了阵阵掌声。

村里有一口叫前湖的池塘,承包的夫妻俩借故三任承包都未交承包款,其实每年承包款只有几千块钱。因此村民们意见很大。

没几天,村委办公楼门前贴出重新招标发包的告示。

承包人就放出话来说:"你们不要来招投标,投去你也养不成的。村里不解决我家实际问题,这承包款我们也不会交的。"

像这种鱼塘承包,以前只要承包人分条烟,人家就不来投了。况且这承包人在村里七大姨八大姑的全是亲戚,人多势众,他的一个亲戚还在一个镇里当领导,在农村也算是有后台的,村里人一直拿他没办法。

胡文法软硬不吃,他说:"承包到期,肯定要重新投标。至于你的实际情况我也不是很了解,等我弄明白之后会给你一个答复。至于我的答复你满意不满意,那是另外一回事了。投是肯定要投的。"

投标的时间到了,承包人终于来到村办公楼。

承包人说:"你要把解决方案给我看,不然我不同意投标。"

胡文法说:"看你是原先承包人,这次投标延迟 15 分钟,你去准备钱,不然的话就要投掉。人家不投我来投,你池塘里的水,村里也可以放掉的。"

胡文法用的是激将法。承包人心急火燎地跑出去筹钱了。

就这样拖了三年的池塘通过投标落实了,承包款也比上一期高出一半。

这样的招投标,在胡文法短短几年的任期中有 80 多次。开始的时候,每次都会有这样那样的插曲、风波,但后来就越招越顺溜了。

七、县纪委书记蹲点后陈村四十天

这一年的春节,后陈村总算过了个平安年。村民们有了尊严,有了话语权,心就顺了,空气中也便少了以往冲鼻的火药味。

过大年了,走亲的、串门的,男男女女满脸喜悦。

年初八是上班的第一天,骆瑞生专程来到后陈村看望胡文法。作为武义县委副书记、县纪委书记,骆瑞生十分关注胡文法回来当支部书记以后,后陈村发生了什么变化。

骆瑞生,个子高高的,不胖不瘦,白白的脸常带着三分微笑,西装领带穿得笔挺,上上下下给人干净利落、年富力强的感觉。

他与后陈村群众见面,会细心认真地听取村民讲话。他早知道后陈是个全县有名的上访村。村民们上访的成果还不小呢,2002 年因为高速公路施工过程账目不清,工程承包不公开,当时的村支书在换届选举中就落选了;2003年由于接任的村支书私自挪用村集体资金,没多久就被免职了。

骆瑞生此行最关心的是几任村支书"前腐后继"丢了乌纱帽,后陈村的党员干部已经不被群众信任,新上任的胡文法干得怎么样。

基础不牢,地动山摇。骆瑞生深深地认识到,中国的农业、农村、农民问题是大问题,农村稳定,中国的大局才能稳定。当今农村经济社会正在发生巨大变化,群众的民主法治意识逐步增强,用老一套行政手段进行管理的方式迟早要被淘汰。按照现代管理学的理论,办事就要讲究公开、公正、透明。政府官员和村干部的权力都来自人民,人民赋予的权力要用来为人民服务,这就是民权本位理念。他觉得,人民的公仆,说白了,就是人民出钱让公仆为他们服务,就像家里的保姆一样,如果保姆只拿钱不做事,甚至干些小偷小摸勾当,主人肯定不答应。

后来我去武义采访,骆瑞生告诉我说,他总结了一个"金鱼缸效应"理论。就是政府的权力应该像玻璃鱼缸一样透明,权力运作必须置于群众监督之下进行;像养着金鱼的鱼缸,要让人看得清清楚楚、明明白白,而且不跑出视线之外,人家才会相信你光明正大,没搞暗箱操作。这就叫"金鱼缸效应",是民主法治的必然要求。

骆瑞生得知胡文法为后陈村搞了一个新鲜玩意儿,叫什么村民财务监督小组。据说村民们反映还不错,过年都过得踏实了。

采访时,何荣伟说:"县纪委一位领导来调研,我们一起聊天,他也觉得奇怪。这个村过去闹得很厉害,怎么会突然间转变了呢?好像12级台风吹过,突然间风平浪静了。"

骆瑞生就冲这一点来的。

但是,后陈的监督小组是怎么样产生的,找不找得到法律依据,这监督小组算什么性质什么级别的组织,监督小组监督村财务有没有相关制度,监督小组除了财务还会监督什么,监督小组监督的结果如何鉴别正确性,监督小组可以监督到哪些干部头上……一系列问题,哗啦啦地像武义江的潮水冲破堤岸,涌进他的脑海。

经过反复思考,骆瑞生决计把后陈作为一个村务公开民主管理工作的试点,像一只"麻雀"好好解剖解剖,不知从中能否总结出一套管理制度来,能否从根本上解决基层出现的问题。就这样,他决定到后陈村蹲点,一蹲就蹲了四十天。

骆瑞生很早就认识胡文法,知道胡文法在开发区和白洋街道很有点影响力。而且无巧不成书,他们俩居然同年同肖——属鸡,而且都是爬过地垄沟的农家子弟。因此,两人一见面就很谈得拢。

骆瑞生他们这一代所受教育就像《闪闪的红星》中冬子妈妈说的那样:"妈妈是党的人,不能让群众吃亏!"这就是党的工作目标应该与群众利益密切地连在一起。骆瑞生八九岁时,"四清"工作组从村里撤离,全村父老乡亲拿着小旗送一位驻村干部。这个干部下村后住进最穷的农户家,与农民同吃、同住、同劳动,晚上还组织大家学习,所以他颇得村民们的信任与尊重。他调走了,村民们依依不舍地送了一程又一程,一直送到十几里外的火车站,分别那一刻,几乎全村送行人都哭了。

一个干部要是群众不满意,不为群众办实事、做好事,临走时群众怎么会拿着小旗送行呢?怎么会依依不舍流泪呢?

骆瑞生暗地里下了决心:日后如果当干部,一定要当这样的干部!

骆瑞生1957年1月出生在义乌一个普通农户家中。这个家庭还是革命烈士家庭。他的伯伯,1943年16岁就参加新四军,1948年在一场战役中光荣牺牲了,年纪只有21岁。这在骆瑞生幼小心灵中产生了极大的震撼,同时也让他以此为骄傲,以此为激励。

骆瑞生从当农民开始他的人生履历,上山砍过柴,下田种过庄稼,深知农民的疾苦。他从生产队记工员、大队会计到乡镇普通干部,从乡镇党委书记到县领导岗位,在基层跌打滚爬干了几十年。

2002年底骆瑞生调任武义县委副书记、纪委书记、政法委书记。

骆瑞生认为,在不同岗位同样能做事情,只要有一颗全心全意为人民服务的心。在心灵深处,他仍然铭记着冬子妈妈说的"自己是党的人"。在脑海里,他时时记着儿时老家村里送别那位驻村干部的场景。

但是骆瑞生痛心地发现,心目中党的好干部却像出土文物似的越来越少了,有的干部成了贪官,让老百姓深恶痛绝,尤其是被群众称之为"土皇帝"的少数村一把手,吃喝嫖赌,无恶不作,恣意妄为。

随着城市化推进与工业园区建设,大批耕地被征用,征地补偿款像滚滚潮水,成百上千万地涌进村级账面,村子有了钱,村官腐败就更难以遏制了,利益受到侵犯的村民纷纷上访是必然的。2000～2003年间,武义县共查处村违法违纪案件153件,其中在任村干部就有123人,占80%以上。新选上来的村干部不断有因经济问题翻身落马的。与此同时,针对村干部的村民信访案件居高不下,每年以40%的速度递增。2003年,武义县纪委受理状告村干部的信访案件达305件,在这些信访案件中重复上访的有124件,对和谐社会秩序造成了严重影响。武义县委、县政府的大门经常被上访村民堵住。县委4位副书记全下基层救火还不够,还将退居二线的老干部组织起来,一个村一个村地下去做工作。

一年间村民上访高达300多起,副书记和老干部哪里忙得过来?县纪委根据群众举报查了40个村官,结果查一个倒一个。白洋街道查处5个村官,1个被判刑,4个被开除党籍,其中一位是后陈村支书。

这样下去怎么能行?骆瑞生要求纪检干部走群众路线,摸清导致村官"前腐后继"的根源和症结在哪儿。所以他要亲自带队下村挨家挨户去走访,想从制度和机制上破解这一难题。

看到县领导登门拜访,胡文法喜出望外,于是一坐下就把来后陈工作的酸甜苦辣,一五一十全部倒了出来。

胡文法说:"我回村短短一个多月,感受最深的就是,村干部不能有私心,村务一定要公开。"

骆瑞生不时点头。最后说:"文法,看准就要大胆地干。等你摸索出一些做法和经验,县里派工作组来帮你完善。现在的农村很需要探索民主管理的做法,后陈在这方面要出经验哦!"

胡文法又感动又激动,让家人炒了几个菜,一定要给骆瑞生这个县领导敬几杯酒。

八、村屋墙上出现一条炭写标语

明眼人都看到了,胡文法为后陈做了几件大事,村民无不拍手称好。但是,也难免要得罪一些人,尤其是喜欢贪占的人,因为断了财路,少了机会,他们在心里记恨胡文法。

村里有一个70万元的自来水工程已经完工,胡文法发现里面有猫腻,按常理村里投资改造自来水工程,应该承包人请客,怎么村里反过来为这个工程支付1万多元招待费呢?这个钱不应该花。

当时村主任的哥哥是负责管理这个工程的,没有通过工程决算,就把这个款定下来。胡文法一查,这里面相差七八万元,本来应该通过第三方县自来水公司出预算、组织验收,可这些程序都没走就结算了。

胡文法在村"两委"会上提出来,最后决定请县自来水公司来重新出预算、重新审核、重新验收。原来想从中捞好处的人,打落门牙和血吞,就此作罢,哑巴吃黄连说不出的懊恼。

胡文法做人做事的原则是:老老实实做人,认认真真做事。他认定一个理:当官不为民做主,不如回家卖红薯;既然组织上让我当这个村官,就是要坚持原则,公开民主,让老百姓放心,过上好日子。但是,有好心眼儿并不等于有好结果。

在胡文法回村前曾经有过这么一件事。有个乡书记家里搞装潢,到后陈要了50多车沙子,向村书记批几车,再向村主任批几车,然而实际上根本用不了那么多,他是拿去卖掉赚钱了。

胡文法的朋友说:"你回去当村书记又没什么好处,碰到这种事咋办?"

他回答:"我回去当支部书记,就要把这些歪门邪道禁掉。"

妻子看着胡文法整天为村里事起早摸黑,还受一肚子冤枉气,没头没脑地问他:"儿子用挖土机挣钱过日子,但是你连参加村里投标的资格也不给他。你也实在太狠心、太极端了!"

胡文法不作解释。

妻子接着说:"你学刘罗锅,刘罗锅有什么好下场?"

胡文法默不作声。

妻子不知道胡文法心底深处定下一个规矩:村里任何人事安排和项目招标,家人都要绝对回避,要避嫌。否则,他讲话讲不响,做事做不硬,村民会认为他假公济私,对他做事不放心,对他工作不支持。

有一次,在村办公楼,胡文法和村主任陈忠武因为基建问题意见不统一吵了起来,两个人脾气都暴躁,榔头对铁锤叮叮当当吵得脸红脖子粗,差点动了手。

工作好干,伙计难共啊!

胡文法最后放了狠话:"我就是不当村书记,也要坚持这样做!"

张舍南、何荣伟、陈玉球们连拖带拽把两个人拉开。街道的领导知道后也连夜赶来调解。

胡文法家门前按规划搞绿化,就有村民说:"胡文法也不全是公心,家门口像飞机场一样。"

于是党员中有人说,"我们后陈村有三十几个党员,难道就没人有资格当书记,凭什么非要街道派来?胡文法不来,我们照样活下去。"

胡文法心如刀绞,有苦难言。这书记不是我要当的。当书记,不一心为公,不按制度办事,能行吗?做几件实事,怎么这么难呢?

标准厂房开始建设,村里议论纷纷。很多人担心厂房租不出去,那村里的几百万元钱不就打水漂了吗?

百步无轻担。胡文法的压力很大,挨了很多人的骂,真是风匣板修锅盖——受了冷气受热气。还有一些村民揪住那些陈芝麻烂谷子的事情不放,胡文法一件一件和大家解释,一件一件去落实解决。

他的烟瘾比以前更大了,开会时一支接一支地连着抽。人也瘦了,脸色更黑了。

没错！大大小小问题他全考虑过的、考虑好的。其中招商,标准厂房出租是重中之重。他凭着十多年工办副主任的经验与人际关系,多次亲自带人奔走永康等地招商,求爷爷告奶奶地去求人,标准厂房很快租出去了。

难题正在一个个解决,胡文法的心情也便自有几分轻松。

但,一天早上,胡文法正在召开村民代表会议。有人跑来说,"村屋一片墙上写了一条标语。"

大家跟他跑到现场,墙上歪歪扭扭写着:"胡文法滚出后陈！"

木炭写的。

应该是昨天晚上写的吧。

村民马上把标语涂掉了,心里愤愤然的,真是唯恐天下不乱！

有人怀疑,可能是某某某写的。

有人对胡文法说:"我们虽然对你有意见,但绝对不做这样缺德的事。"

有人建议:"应该查一下,刹一刹歪风邪气！"

有几个村民特别愤怒,说:"胡书记,不用你出面,我们想办法把捣乱分子揪出来。"

胡文法默不作声,两道浓眉慢慢蹙起,他抬起头来,缓缓地顾自走了出去。

难道,我作为支部书记,面对后陈最焦点的经济问题,提出成立村民财务监督小组来应对是错误的吗？难道,我作为支部书记用村民选出来的监督小组防止村财务再出问题、再出漏洞,保护干部,是错误的吗？难道,我作为支部书记跑这跑那争取用地指标,建设四万多平方米标准厂房出租,将来以租金解决村民生活后顾之忧是错误的吗?难道,我作为支部书记跟何荣伟们求爷爷告奶奶,把企业请进村里是错误的吗?难道,我作为支部书记把后陈重要工作推到民主恳谈会、村民大会征求意见,统一思想,形成共识是错误的吗?难道,我作为支部书记回后陈几年时间搞了项目公开公平招标、让村民放心是错误的吗?难道,我作为支部书记千方百计为村民着想——不说废寝忘食、呕心沥血吧,弄得百病缠身是错误的吗……

胡文法百思不得其解,百感交集。

家人劝他,这个书记别当了,这起早贪黑、操心受累的图个啥?眼看就年近半百了,你既不是公务员,又不是政府领导,不能提职提薪,干得再好又能怎么样呢?

然而,胡文法能撒手不干吗?

作为共产党员、作为支部书记,他能临阵而逃吗?

这不符合他的做事风格。他是来者不惧,惧者不来;做事要么不做,要做就要做好。何况回村之前,乡亲们给街道写了一封信,强烈要求他回来当这个书记的。而且怕他不回来,还一趟趟跑到他家劝说,街道党组织对他也寄予厚望啊,哪能撒手不干呢?

再说,老百姓为什么要我回来当村支部书记,不就是怕以后生活没保障么,我的所作所为,都在寻找保障的可能性啊。我、我、我……这是自己的家乡啊,纵然有人怀疑,有人骂,有人写标语赶我,说来说去都是自己的乡亲邻里,自己要是把村子搞好了,他们也就不怀疑,不再骂,不再赶我走了。可是,搞好谈何容易?你不干事儿,村民说你不为村里谋福利;你干事,村民说你打着为村民做事的幌子谋私利,搞得你不干不是、干也不是。

怎么办呢?

现在,村里的工作已经理出头绪,事情正在往好的方向发展。胡文法想,要干事总会得罪人。俗话说得好,佛争一炉香,人争一口气。自己是组织上派来当村支部书记,就要做好工作为党争口气。况且根深不怕风摇动,自己身正不怕影子歪,一点闲言碎语又算得了什么呢？公道自在人心,老百姓心里有杆秤。

不往下想了,不往深处想了。性格刚烈的胡文法强忍耻辱,晃了晃头,若无其事似的走了回来。

写标语的墙边围了很多村民。胡文法笑笑说,"标语涂掉了,这个事也就过去了。散了吧,查也没有意思。"

刚好街道的片长也在,他是街道人大主任,分管工业,原是胡文法一起在工办的老搭档。他拍拍胡文法肩膀说:"有人反对,反而证明你做得对。别管那么多,我们做我们该做的事。"

胡文法与他紧紧握手。

九、中国第一个村务监督委员会诞生

弄不清为什么,紫丁香色的阴影总是挥之不去。

此前骆瑞生曾派县监察局副局长陈秋华、县纪委宣教室主任钟国江先期到后陈调研。

作为纪检干部,陈秋华们心里都隐隐作痛。

好多年来,经济发展很快,可信访量一下子上来了,被查的对象特别多。上面千条线,下面一根针。有些村干部刚上任时很不错,为村里发展立过汗马功劳,什么征地啊、解决纠纷啊,大事小事鸡毛蒜皮什么工作都是村干部去做的。

然而村里有了钱,村干部开始一个个地倒下了,太可惜啊!

骆瑞生还从新闻里看到这样一个消息:安徽有个村,村干部与村民矛盾十分尖锐,村民不断上访,任何工作无法开展,县里对该村进行财务审计,并决定由村民选举成立理财监督小组。理财监督小组成立后对工作十分负责,积极配合有关部门进行村级财务清理,结果触到了村委会主任的利益。村主任威胁理财监督小组停止审计未果后,将理财监督小组组长等三人杀死。这件事当时惊动了中央领导。

骆瑞生认为,这是由于缺乏制度规范,靠人治手段进行管理,导致矛盾双方因公事引发私人恩怨的典型案例。如果没有一个和谐的社会环境,这样的村要加快奔小康进程,怎么可能?

他说他在义乌工作的时候,有个村搞选举,50%的村民都在这个时间段外出不在村。为什么这么巧?后来寻找原因,有村民悄悄透露:"大灾难要来了。"什么大灾难?原来该村村委会主任是黑恶势力,三个兄弟其中两个是哑巴,平时村里谁不顺着他,碰上就打。所以到选举了,村民如果选他,于心不甘;如果不选他,就有可能遭遇黑恶势力打击。三十六计走为上——于是只得选择逃到外地躲一躲。

骆瑞生苦苦思索之后,要求工作组必须深入到农户家去,广泛征求意见。他认为这个制度有没有必要建立,怎么建立,应该先听听老百姓怎么说。哪些问题该管,怎么管,老百姓最清楚。

走群众路线,请老百姓提出看法,就这样定。

这次到基层蹲点,由县委办副主任刘斌靖任组长,县监察局副局长陈秋华任副组长,成员中有县纪委宣教室主任钟国江、县民政局老干部徐新起、白洋街道纪委书记徐向阳等,共十多个人。

工作组把现场办公地点设在村两委办公室。为了整理材料方便,大家把电脑也搬去了。一字排开,很像政府机关一样齐齐整整的。因为后陈离县城比较近,工作组成员与村民只求同吃,不求同住,早出晚归,回城住。因此,几乎每个晚上都安排开会、走访,因此,回到家常常已是深夜。

他们把新起草的村务管理、村务监督两个制度印刷装订成小册子,发到每个农户,然后挨家挨户走访,听取村民意见。

老百姓颇受感动,这样认真细致办事的工作组,头一回见到。

工作组进村民家,一杯清茶,盘膝而坐,亲朋好友似的,掏心窝的话就可以说。

用了整整一个月时间,一边走访农户,一边搜寻实情,一边整理调研资料,一边帮助村里解决问题。

骆瑞生在后陈召开工作组会议,总结前一段工作,让大家出谋划策,既当臭皮匠,又做诸葛亮。最后聚焦于:是不是可以建立村务监管委员会。

骆瑞生说:"管"的职能村支部和村委会都有,而"监督"既有监管又有监督,应该是独立的功能,独立的一个组织。

骆瑞生作了归纳——

我们是不是可以提出"一个机构、两项制度"的构想呢?机构即村两委之外的"第三委"——村务监督委员会;制度是《村务管理制度》和《村务监督制度》。这样,制度有人监督,就可以落到实处。

他认为,两项制度要形成村级管理的闭合系统。村务监督委员会这个组织,要定位为村级的"第三种权力"。

骆瑞生在后陈搞村民监督委员会试点的消息不胫而走,传遍全县,有赞成的,有反对的,还有不怀好意讽刺讥笑的。

有人说,他把人家的路给堵掉了。

他主政县纪委,查了一批村干部的案子,对党员干部开展了一系列警示教育活动,做了不少让人不愉快的事,甚至是记仇一辈子的事。

骆瑞生觉得需要制度来规范,否则将不可收拾。

央视记者采访他:"这样弄,你们日后征地很难的,这是不是政府自己给自己穿小鞋、找麻烦?"

骆瑞生说:"这个麻烦是值得的,没有这个麻烦,干部就没有约束。大批干部出事情,症结就在这里。"

有些乡镇干部到村里工作,村干部安排到酒店吃喝,全是公家埋单,阔绰得很。好香烟拿一条甚至几条,少则一人分两包。有制度的话,这些现象应该可以堵掉的。

风口浪尖,竟有大胆者直接给骆瑞生送礼物、送购物卡。

"什么意思?"

"小意思小意思,不成敬意。"

"我是管纪律的,你这是对我人格的侮辱。我能收吗?"

"人家都收的。"

"人家是人家,我是我。"

磨到最后,送礼人不好意思,落荒而走。

心里真是打钻一样地疼啊!

骆瑞生说,我们干部队伍再这样下去怎么得了?上梁不正下梁歪,上面干部胆大敢收,才有下面大胆来送。这该怎么禁,怎么管?还有村主任,老百姓选出来的,不是共产党员,他们贪污受贿数量不大的,行政又不能处分,党纪纪不上他,刑事又不能追究,怎么办?如此这般如果放任自流,伸的手会更长,数量也会更大,怎么办?

作为县纪委书记,他长叹一声:难道真要积重难返吗?

骆瑞生在政府工作时,曾专门研究过政府监督这一问题。在党校进修时,他的毕业论文写的就是怎么监督政府权力。现在后陈村的这个试点正是他思考多年的课题。他认准了,要把这个试点做下去、做扎实,作为一只麻雀好好解剖,总结出一套管理办法。

他绝不奢望临走时村民们含泪送行,但多少也期盼着村民说一句,他为此事做了工作。

骆瑞生想,中国社会应该依靠民主法治来维系。有一个好的制度,坚持下去,不因人事变化而变化,谁调走谁不在,都要坚持下去。后陈村老百姓的这种民主意识能够生根、开花、结果,变成一种制度,谁来都无法改变,像我们从封建王朝到共和国,要倒退,但退不回去。一个国家的富强,一定要靠民主和法治。这是中国共产党认准的工作方针,是中国的希望所在。

骆瑞生从研究中发现,中国改革的大政方针一般多从基层开始萌发。像经济改革,小岗村土地承包催生了中国经济改革大潮。那么后陈村监委会试点,能不能像星星之火燃遍全国,能不能推进中国基层民主政治建设……

想着想着,骆瑞生看到一盏明灯在前头亮着,更加坚定了搞好后陈村试点工作的信心。

2004年6月18日,是应该写进共和国史册的日子。

上午,后陈村蓝天白云,后陈村的村民喜气洋洋。刚刚建好还未出租的标准厂房,既宽敞又明亮,此刻这里成为临时会议室。后陈人十分关注的村民代表大会马上要在这里举行。参加会议的除了县委副书记、纪委书记骆瑞生,县完善村务公开民主管理试点工作指导组成员和白洋街道党政有关领导,当然,主要是后陈村全体党员、各级党代表、人大代表、政协委员、村老干部代表、村治保、调解、妇女、共青团、民兵、村民小组、老年协会等等各方面代表。

这是后陈村规格最高、人数最多的一次会议。

会议讨论并表决通过了《后陈村村务管理制度》《后陈村村务监督制度》。并选出了后陈村第一届村务监督委员会,张舍南当选主任。

会议结束,大家在村委会办公楼前举行"后陈村村务监督委员会"挂牌仪式。由骆瑞生和街道领导为后陈村监委会授牌。

村民们把早早准备好的鞭炮烟花燃放起来,往日里的吵吵闹闹,顿时被吉祥喜庆所替代。

新上任的村务监督委员会走马上任,热情高涨,把村财务那些陈芝麻烂谷子账重新清理一遍,所有发票要监委会审查后公布上墙,村民拍手叫好,晚上睡觉,一觉睡到天亮,心里踏实了。根据张舍南的要求,每次采购材料,村里要派出一个四人小组监督。这四人小组,由村民代表、党员代表、"两委"成员、监委会成员各一名组成。监委会派经营过材料生意的委员陈小波参与监督指导。而且,从买材料到工程预算验收,再到平时施工质量及进度情况,监委会都全程参与监督。

建材市场店主们因此都摸到规律了,凡是有七八个人甚至十多人前呼后拥来买材料的,肯定是后陈村来采购了。

后来市场上的人都有些讨厌张舍南了。不愉快地说:"你们后陈怎么搞的?买一点点东西要这么多人跟在屁股后头,一个个全是跟屁虫。"

也真有村干部不高兴了,说:"你张舍南一上来,横挑鼻子竖挑眼地挑剔我们村干部,本来我们工作不是做得好好的嘛!"

张舍南说:"对村干部不是不信任。既然村民选我当这个主任,我就有权力完善这个管理制度、管理方法。其实监委会是为干部保驾护航。我总不能闭着眼睛让村干部的问题接二连三地出来吧！"

张舍南做事认真，一言既出，驷马难追。村干部拿他没办法。后陈村有了监委会的监督，凡是村里的大事，都要召开听证会。

真不知道这是巧合，还是必然？

2004年6月22日——就在后陈村村务监督委员会成立后的第四天，中办、国办联合下发了《关于健全和完善村务公开和民主管理制度的意见》，即17号文件，其中写着，要求设立村务监督小组。

因此后来媒体评价后陈村的创新，可以视为诠释17号文件的一个现实之作，与中央精神不谋而合。

骆瑞生把秘书叶杰成叫到办公室，欣喜地说："中办、国办下发了17号文件，提出强化村务管理的监督制约机制，设立村务公开监督小组。"

他把文件上的相关章节大声念给小叶听，念罢握着拳头说："我们是正确的。中办、国办都下文了。看来只要老百姓认可，我们的事情就没有做错。"

其实，后陈村支委、村委、监委这"三驾马车"的正式诞生，是件很不容易的事情。

在这里我得写一写当年的武义县委书记金中梁，他是坚定不移的支持者。现任金华市人民政府常务副市长的金中梁，在武义工作期间，从副书记干起，然后升为县长，接下来是县委书记。通过整整十年时间，他为武义抓"下山脱贫"工作，成功地将400多个小山村——占全县人口七分之一的5万多山民，从高山搬到平原，成效极为显著，先后得到两任国务院总理的认可，在全国、甚至在联合国被作为典型推广。还有一件事是他为武义抓温泉旅游，1997年从零起步，现在旅游已作为县里的主要产业，为老百姓开拓了一条生财之道。

金中梁是工商管理硕士，有水平，政治上也成熟、敏锐。2004年春节前后，他得知后陈村事情之后，马上表态支持骆瑞生，从县纪委、县委办、县府办、司法、民政、农业等部门抽调干部组成试点指导小组进驻后陈村,以后陈村为样板探索一条新路子。

金中梁对骆瑞生说:"推行村务公开民主管理工作,事关全局,惠及百姓,意义重大。我们一定要从维护群众根本利益出发,把后陈这个试点抓好,并且还要在全县推开。"

金中梁因此也亲自去后陈村调研,有时候一个星期去两次。

2004年8月4日,武义县委常委会再次听取后陈建立村务监督委员会制度,推进基层民主政治建设的试点情况汇报。通过了《中共武义县委、武义县人民政府关于健全和完善村务公开民主管理制度的意见》。

8月6日,紧锣密鼓地召开了全县村务公开民主管理动员大会,布置了全县分类分步推行村务公开民主管理工作。

在县委书记金中梁的主导下,后陈模式很快在全县推广。这一年下半年,第一批76个村全面推行村务监督委员会制度,第二年全县558个村(社区)实现了全覆盖。接着,武义又在全县2234个村民小组推选产生组务监督员,在17个社区建立居务监督委员会,实现了民主监督管理,从村务向居务、组务的全面覆盖。

后陈村村务监督委员会成立后短短几年时间,为全村增收节支480多万元,先后对4000余张、金额共计2400万余元的财务发票进行了审核和公开,审核纠正不规范票据42笔,拒付不合理开支3.8万元,实现不合规支出"零入账";先后对60余项、累计金额达2000余万元的村级工程建设项目进行了全程监督,在提高工程质量的同时实现了工程建设"零投诉";村级组织顺利完成3次换届,40余名党员干部始终保持"零违纪"。

与村里的变化相对应的是,浙江省2009年实现村务监督委员会"全覆盖"后,当年纪检监察机关受理反映党员干部的信访举报数量同比下降6.71%,2010年又下降了15.5%。

一石激起千层浪。

"三驾马车"的后陈模式引起了媒体和专家的关注,纷纷前来昔日的问题村、上访村,一探究竟。

新华社记者谢云挺,第一时间多次深入后陈村开展调查研究,掌握了大量一手材料。2005年1月10日,他在新华社内部材料第89期发了《武义县设立于村"两委"并列的权力监督机构》一文,首次提出了"第三种权力"机构概念。中共浙江省委书记习近平阅后作了重要批示。

2005年6月17日,是一个值得纪念的日子,也是后陈村人永远难以忘怀的日子。

这一天蓝天白云、晴空万里。时任中共浙江省委书记、省人大常委会主任的习近平,在省委秘书长李强、省委办公厅副主任舒国增、省委组织部副部长吴顺江、省民政厅副厅长李立定、中共金华市委书记徐止平、金华市市长葛慧君陪同下,来到武义县的后陈村视察调研。

习近平对村民们表示,对武义县在这项工作上的试点探索精神和后陈村在这方面摸索的贡献表示肯定,表示感谢。强调要把这种精神用在各项改革中去,推动改革,还是要靠改革来解决问题。最后,他向后陈村的群众表示问候。

习近平给后陈村吃了定心丸,给武义县委吃了定心丸。

掌声爆响,久久不息。

座谈会后,习近平走到后陈村三委的三块牌子前,对村民们说:"来来来,我们照个相。"合完影,习近平又走到公示栏前认真地看起来……

2010年,全国人大常委会修改了《中华人民共和国村民委员会组织法》,明确规定"村应当建立村务监督委员会或者其他形式的村务监督机构"。

于是,村务监督由一村之计,上升到治国之策。

于是,后陈经验像蒲公英一样从武义播撒到全省、全国。

尾　声

后陈村在全国首创村务监督委员会,这个不起眼的小村庄,一下子成为全国媒体的焦点。

张舍南成为新闻人物了,他是中国第一个村务监督委员会主任。

担任这个职务会得罪很多人。一些农民骨子里还是小农意识,嫉妒心特别重。有人说,他风头出得太多了,比村书记还大,在媒体上出现太多了,引起了村民嫉妒;有人说张舍南告诉记者,当监委会主任耽误他的生意,村民说,你要觉得吃亏就别当了;还有人说,张舍南性格太耿直,做事太认真,怕是当不长。

此话真灵验。

果然,2005年下半年后陈村与全县其他行政村一样进行换届选举时,张舍南落选了。他连村民代表也没选上,所以就失去了当选村务监督委员会成员的资格。

这里面有个张舍南自己意想不到的问题。

胡文法回村任支部书记时,张舍南建议村民代表按照道路区块重新划分管辖范围。选举时根据新划区块内的村民户数确定代表名额。但是始料未及的是,这一划,打破了原来生产队为单位选代表的格局,把以前同一个生产队的兄弟姐妹、亲戚朋友、左邻右舍给划出去了,因此,投他张舍南票的人就少了。现在,张舍南就因为这个原因连村民代表也没选上。假如还按以前生产队划片或者由全村村民来选,十个张舍南也不可能落选,胡文法断定。

监委会成员当时规定在村民代表里面产生,代表选不上,因此就没资格参选。当初重划选区建议是他提的,现在只能哑巴吃黄连了。

面对这个结果,胡文法爱莫能助。

张舍南自尊心很强,觉得自己是拔了毛的凤凰不如鸡。当过村监委主任的他顿时发现矮了一截,落选后把自己关在家里,一个月大门不出,二门不迈,连早点都是妻子买了送回来的。

从带头上访到当选村务监督委员会主任,又从当选到落选,一幕幕往事浮现在他的脑海。但是思前想后让他感到欣慰的是,自己和后陈村村民们与腐败抗争,催生了全国第一个村务监督委员会,自己还上了中央电视台和各大报刊,成为了轰轰烈烈的新闻人物。

然而让他自责的是自己毕竟还有许多缺点,比如做事太心急、太较真、讲话冲、不给人留情面,等等。要不,村民怎么会抛弃自己,怎么会不喜欢我张舍南呢?

但事实证明村民还是信任他的。在下一届的村级换届中,他又一次光荣当选村务监督委员会委员,一干又是三年。当然这是后话。

正当他闷闷不乐在家闭关之时,想不到骆瑞生书记带着秘书叶杰成,还拎了两瓶酒,登门看望张舍南。这给了他莫大的荣耀。

骆瑞生说:"县委对你充分肯定。你当监委会主任尽职尽责,为后陈村做出了贡献。选上选不上你都是后陈村人,要继续关心支持村里的发展。再说,谁当谁不当,不是主要问题,关键是这个机制要坚持下去。"

说得太好了! 张舍南说。

关键是这个监督机制要坚持下去。

张舍南连连点头表示赞同,并接着说:"骆书记大驾光临,怎么也得吃了饭再走吧。"

于是骆瑞生、叶杰成跟着张舍南,在旁边小面馆要了三碗鸡蛋面,开开心心地当一顿中饭。

就这样张舍南和骆瑞生变成好朋友。张舍南有什么事,常跑到城里向骆瑞生请教。

2007年11月,白洋街道党工委决定调胡文法,到本街道管辖的牛筋背村任党支部书记。

牛筋背村那时也因财务混乱,群众上访不断,整个村一团糟,街道无奈之下,只好调胡文法去稳定局势,收拾乱局。

但是后陈村的干部群众,都舍不得胡文法走。

主任陈忠武说:"文法,大人不计小人过。我和你搭档三年,吵也吵过,骂也骂过,但你宰相肚里好撑船,处处宽宏大量,还培养我入党。我呢,从你身上学到了不少东西。以前村务不公开,我私欲也重,群众对我意见很大。你来了带着我们干,骂的人少了,心情都舒畅了。"

有干部说:"你在后陈村书记当得好好的,为啥说走就走?"

有干部说:"你留下来再当三年书记,把这个村庄好好整一下。"

胡文法说:"其实我也舍不得走,后陈村是我的家乡,我是在后陈长大的。但这是组织决定,作为共产党员,只得服从。"

接着胡文法又说了几句心里话:"真要做好村里的事情,也要付出很大精力的。还有呢,我也有压力,毕竟把一些人得罪了。人无完人,金无足赤,我也有很多毛病,脾气暴躁、主观武断。再说,后陈村也需培养年轻干部,作为老同志,我得放手,让位啊!"

胡文法恳切的言辞,说得大家心里酸酸的。

街道领导到后陈村召开"三委"成员和全体党员会议,宣布了街道的决定:胡文法调牛筋背村任支部书记。

胡文法像消防队队员,心急火燎地走了。解决这些老大难问题,对他来说已是家常便饭。他在白洋街道因此出了名。

谷黄一夜,人老一年。胡文法在牛筋背村当了两年村支部书记,2009年9月,被查出患了肺癌。他的肺一部分已被割掉。

我几次去后陈采访,妇女主任陈玉球都说,他住在金华广福医院做化疗,这个医院是肿瘤专科医院。

有人说胡文法这病,是被工作累出来的。

有人说胡文法这病,是被活活气出来的。

2016年9月7日,我再次去后陈采访,在胡文法家见到他与妻子。胡文法穿着一件小彩格T恤,红光满脸,一点也看不出患上了不治之症,虽然满头黑发变成了和尚头,光光的头皮上长着白发茬儿。

他笑着对我们说:"以前我一直和腐败作斗争,现在轮到我和自己身上的癌症恶魔作斗争了。"

显然,眼前的胡文法已经不是十多年前精神抖擞的胡文法了,逝去的岁月在他的额头刻了一道道深深的沟壑。

他说,明天还去广福医院化疗。

他对我们很热情,一边和我们说话,一边叫我们喝茶吃水果。病魔缠身的他对一切都已看淡了。

望着身患重症而又淡定自如的胡文法,我在心里掠过一丝不安,只能默然地为他祝福,真诚地希望他早日战胜病魔,让上帝还他一个健康的躯体。

回首往事,胡文法感慨万千,言语中透着几分自豪,他说:"没想到当年后陈村建立村务监督委员会,会受到习近平总书记的高度关注,很快被推向全国。"接着,他又不无担忧地说:"怎样让制度得到很好落实,怎样让百姓监督,仍然任重道远。近年来村官腐败现象触目惊心,涉案金额动辄千万以上,'小官大贪'现象已经成为农村建设中的突出问题,对基层权力的监管还得加大啊!"

建立村务监督委员会的重大意义自然不言而喻,而且已被实践所证明。改革开放的过程也是中国农村治理发生重大变化的过程。村务监督委员会使农村出现了"三驾马车"齐驱的局面,厘定了党组织、自治组织和监督组织三者的权力边界,从"管治"到"法治",实现基层善治,对中国农村民主自治产生重大影响。

"郡县治,天下安。"世纪之交的乡村中国处于"千年未有之大变局"当中,村级自治在县域治理中占据举足轻重之位置。

后陈村村务监督委员会的建立,是县域治理中捍卫基层政权的一个伟大创举。捍卫基层就是捍卫执政,捍卫政权建设,这是一个全球性、规律性之执政定律,也是铁律。基层善治就是基层善政,是国家善治之基础、执政之基石。我们从后陈村看到,基层民主治理的变革是一个艰难而漫长的过程,但我们从中看到更多的是,中国农村民主政治的希望之光和法治圣殿。

不管怎么说,胡文法是"第三种权力"——中国第一个村务监督委员会的原创者、催生者、见证者、实践者。

历史将会记住后陈村、记住胡文法、记住那些基层干部群众为农村民主治理的艰苦探索和不懈追求!

(原载《北京文学》2017年第8期)

那山，那水（节选）

何 建 明

巍巍华夏，万里江山，锦绣如画，浩荡五千年。从群雄并起、争霸天下的远古至近百年间，英才豪杰誓为改变民族落后愚昧贫困而前仆后继。但，唯有一代又一代中国共产党人，怀揣共产主义信仰，为贫苦百姓谋求翻身幸福而浴血奋斗，以"敢教日月换新天"之气概和谋略，终让江山寰宇昭辉，带领中华民族从积贫积弱，跃至今天谁都不敢藐视和轻蔑的伟大时代。而在此过程中，有三个重要的历史时刻值得我们去总结与思考，去书写与传扬——

一九二七年，对于中国共产党人来说，是革命的转折关头。城市暴动屡遭挫败：南昌起义受到重创，秋收起义也被迫放弃攻打长沙，武装力量陷入了极度危险的境地，到了"朱毛"会师井冈山时，仅剩几千号人……

在茨坪小村清淡的月光下，毛泽东苦思冥想着中国革命的出路究竟在哪里。鸡鸣嘶破晨曦，毛泽东写下一行遒劲有力的大字：农村包围城市，武装夺取政权！从此，他和中国共产党人带领自己的武装，沿着这一方向，用二十余年的时间，彻底推翻了压在四万万劳苦大众头上的三座大山，缔造了中华人民共和国。

一九七八年的一个夜晚，在安徽凤阳小岗村，一群不甘忍受饥饿的农民,以"歃血为盟"的形式,在一份分田到户的农民"草根宣言书"上画押……

北京,某高层会议。邓小平轻轻吐出一口烟。他目光坚定,一语定乾坤:对分田到户,有的同志担心,这样搞会不会影响集体经济。我看这种担心是不必要的!之后的中国,我们这一代人经历了改革开放,亿万人民从此走向了全面建设小康社会的无比精彩和令人骄傲的时代。

历史在继续前行。中国人民在马克思主义、毛泽东思想、邓小平理论、"三个代表"重要思想和科学发展观指导下,持续摸索着生活富裕、国力强盛之路。

二〇〇五年八月十五日,浙北一个小山村的干部们正在对本村前些年毅然关掉矿山、还乡村绿水青山的做法进行讨论,因为村级经济与百姓收入出现了下滑,他们将向前来调研的省委书记作汇报。

那一刻,炎热、狭小的村委会小会议室里,气氛显得有些不安。在全中国上上下下早已习惯把 GDP 作为判定一切工作好坏标准的时期,有谁敢冒"不求发展"之罪名,去呵护身边的一草一木、一水一山?我们到底该走怎样的发展道路,发展到底又是为了什么?寻求这些答案的,何止是这个叫"余村"的小山村干部。整个浙北、整个浙江,甚至是整个中国的人们都在等待一个答案。村、乡、县,还有一起来的省直机关干部,以及他们身后的千千万万人民,他们都在等待,等待一个声音,等待一个方向,等待一个时代……

他——习近平,时任浙江省委书记。这一天他穿着白色短袖衬衫,冒着高温,一大早就从省城出发,辗转至安吉。在连续走访数个乡镇后,马不停蹄,迎着滚滚热浪,在下午四时左右到达余村。

村委会小会议室。在听取汇报时,习近平看出了余村干部们眼里的忧虑,于是他面带笑容但果断明了地说:"你们讲到下决心停掉一些矿山,这个就是高明之举。我们过去讲既要绿水青山,又要金山银山,其实绿水青山就是金山银山。"这时,余村干部的眼神里透出了光芒,习近平则语气更加温和地谆谆教导:"要坚定不移地走这条路,有所得有所失。在熊掌和鱼不可兼得的时候,要知道放弃,要知道选择。"

从那一天起,余村便沿着"绿水青山就是金山银山"这一思想所指引的道路,开始了全新的发展。仅仅十二年时间,余村从山到水、从空气到百姓的生活,再到每一颗人心,都发生了翻天覆地的变化——每一寸土地更加金贵,每一滴水更加清纯,每一个人更加快乐幸福。村庄美若仙境,人心向善向美,到处生机勃勃,真正成为了人和自然和谐共存的村庄。

在习近平当年高瞻远瞩的"绿水青山就是金山银山"思想引领下,整个安吉、整个浙江大地已建成了百个千个像余村甚至比余村更美、更富有的村庄。如今,它们正以自己各具特色的美丽、和谐、文明和现代,装点着一个伟大而全新的时代……

——写在前面

堪比小岗村的划时代意义

人类的发展史上,总有些看似不起眼的小浪花,却在酝酿着一场场波澜壮阔、翻江倒海的大潮,让人们无法忘却,并成为一个时代的标志。

轰隆——

随着几阵震天动地的爆炸声,又一个山头上的一片岩石突然崩裂开来,大大小小的石块如巨浪般从半山腰倾泻而下……

就在此刻,谁也不曾想到,一处并不在爆破眼上的岩石,竟然跟着崩裂开来,并随即滚落下来。

"快躲开——"工地上的工友见状不妙,向几位躲藏在原本属于安全地带的工友喊起来,然而为时已晚——那位没有来得及躲闪甚至根本就不曾想到"飞石"会瞬间结束自己生命的年轻人,连吱一声的机会都没有,就已粉身碎骨……

"死人啦——"

"矿山又死人啦——"

伴着弥漫的硝烟与呛鼻的尘埃,群山深谷间传出的几声急促而恐怖的呼喊,犹如警钟敲醒了整个余村。惊恐万分的人们纷纷向矿山奔去,那慌乱的脚步声中,有女人痛心的哭泣声,有男人堵心的喘气声,还有老人和孩子撕心裂肺的呼喊声……

终于,有人在一具血染石岩、肉烂成团的尸体前发出撕心裂肺的哀号:"我的儿啊——"

那一刻,死者的母亲倒下了。

那一刻,死者的父亲跪在地上木呆了。

那一刻,村支书也来了,两眼看着眼前的一切,彻底傻了。

"都是你们害死的呀!"突然,死者的父亲从地上跃起,如暴怒的猛虎,扑向村支书,然后抡起拳头就朝对方头上砸去,谁也劝不住。

村支书被打得鼻青脸肿,那死者的父亲依然不依不饶,决意要拼个你死我活。

受屈的村支书,无可奈何地仰天大叫:"这是怎么啦?"

"怎么啦——"

"怎么啦——"

一声声悲怆绝望的追问在山谷间回荡,震撼了天与地,以及小山村人的一颗颗心……

这是二十世纪九十年代末的余村的某一天。

这一天在余村老支书潘德贤的心里烙下了不可磨灭的印记。事后,村党支部和村委会立即召开干部会议,大家讨论的题目是:到底是继续开矿,还是马上关矿。

"人都死了,还不关啊?"有人说。

"又不是头一回死人。关了就不死人了?我看照样会死人!"也有人说。

"矿都关了怎么还会死人?"

"没钱了,还不饿死人吗?"

"你!你怎么能这样说话?"有人火了。

"不这样说怎么说?你轻飘飘一句话说关矿,可全村人吃什么、用什么,钱从哪儿来呀!"

"那也不能用命去换嘛!"

"不用命换还能用啥?就我们余村那一亩三分地?"

"你到底还是不是人呀,怎么这样说话?"有人真的火了。

"我不是人你是人?不这么说又咋说?"这边的人更火了。

"你!"愤怒的人站起来,捏紧了拳头。

"你敢!"另一个拳头捏得更紧。

"吵!吵什么你们!"潘德贤实在看不下去了,大吼一声,"都不要废话了,现在你们给我表个态:到底关矿还是继续开矿!"

"关!"

"开!"

"表决!"面对争持不下的场面,老支书潘德贤一巴掌把桌子拍得四条腿都在摇晃。

最后结果,出人意料:一半同意关,一半同意继续开。

"就按大家的意思办!"潘德贤一掌定音,"眼前的这些矿,不能全关,也不能全开……"

那天,现任余村党支部书记潘文革在给我讲完上面这件往事后,又突然双眼憋得通红,竟一时说不出话来,过了一会儿才说:

"那个时候,矿上死人的事不是一起两起。我的一个堂妹夫,平时总在我面前亮他的肌肉,说他力气大,矿上没几个人能跟他比的,可突然有一天他也被压死了……多年轻的人啊,留下家里一堆人怎么办?"

潘文革泪汪汪地看着我们。半响缓过情绪的他,继续说:"那时我们余村,开矿是为了想让大家富。关矿,是不想让一个个悲剧再继续发生。但关了矿到底靠啥来致富,又是一个问题。"

不知何因,余村支书潘文革掩面泪诉往事的一幕,在我脑海里牵出了另一个写入中国改革开放史的村庄——小岗村,以及近四十年前小岗村的那个不平静的夜晚——

那是一九七八年年末的一个夜晚。

按照农家人的习惯,新年来临,家家户户又将喜庆过年。但在安徽凤阳这个叫小岗村的村庄里,没有丝毫的过年喜色,反倒更显悲凉:女人和孩子,不是忙着换新衣、扎灯笼,而是抹着眼泪,告别亲人,再次踏上飘雪的乞讨之路……

"不能让我们的女人和孩子再受那份罪了!把队里的地分了!分给各家各户种!"

"对,也只有这条出路了!我同意!"

"我也同意!"

一间极其破落的农舍内,几个村干部和农民代表聚集在一盏煤油灯下,他们以低沉的声音表达着各自的立场,最后以"歃血为盟"的形式,用朱红的手印,"画押"了一份"分田到户"的"农民宣言。"

秘密"画押"的"农民宣言"在第二天就开始实施。而谁也不会想到,就是这样一份由几个农民搞出来的东西,却参与了一个伟大国家、一个伟大民族的一场惊天动地的历史变革。这场惊天动地的伟大变革,就是现在我们所经历的近四十年的中国改革开放,这场变革影响了今日中国甚至一个全新的世界格局的形成!

小岗村农民"宣言"之后的一个月,北京召开了中国共产党十一届三中全会,"改革开放"四个字首次出现在中国的报纸、广播和人们的口头上,并从此成为中华民族新的历史时期的标志性口号。

小岗人的那份"农民宣言"后来成为了中国革命历史博物馆 GB54563 馆藏品,他们的故事被写入了中共党史。

当年小岗村的带头人严宏昌他们说,小岗村能有今天,主要靠的是邓小平,是这位改革开放的总设计师给了小岗人"定心丸"。一九八〇年五月三十一日,邓小平同志在一次重要讲话中,语气极其严肃且毫不含糊地说:"'凤阳花鼓'中唱的那个凤阳县,绝大多数生产队搞了大包干,也是一年翻身,改变面貌。有的同志担心,这样搞会不会影响集体经济。我看这种担心是不必要的。"

若干年后,小岗村民们把邓小平的这句话镌刻在大理石上,高高地竖在村头。

"小岗村事件"预示着邓小平指引的中国改革开放时代的起航,它将中华民族推进了一个崭新的历史时期……

我到浙北安吉县余村时,正好是二〇一七年的春天。那天早晨,我站在村口,被一块巨石上镌刻的一行苍劲有力的红字所吸引:**绿水青山就是金山银山**。

村民们告诉我,这行鲜红如霞的大字,是习近平同志二〇〇五年八月十五日视察余村时讲的话。

十几年过去了,时任浙江省委书记的习近平的这句话,犹如一盏引路的明灯,照耀着余村人前行的步履,让这个山村以及山村所在的安吉大地,变成了"中国最美乡村"和第一个获得联合国最佳人居奖的县份。

何谓最美乡村?何谓最佳人居?

——余村便是。

美,对人而言,自然是赏心悦目。你瞧那三面群山环抱的远处,皆是翠竹绿林,如一道秀丽壮美的屏障,将余村紧紧地呵护在自己的胸膛间;从那忽隐忽现的悬崖与山的褶纹里流淌出的一条条清泉,似银带般织绕在绿林翠竹之间,显得格外醒目;近处,是一棵棵散落在村庄各个角落的大大小小的银杏树,它们有的已经千岁百寿,却依然新枝勃发、绿意盎然,犹如一个个忠诚的卫士,永远守护着小山村的每一个夜晚和每一个白昼;村庄的那条宽阔的主干道,干干净净,仿佛永远不会留下乱飞的纸屑和其他垃圾;左侧是丰盈多彩的良田,茶园、菜地和花圃连成一片,那金黄色的油菜花,仿佛会将你拖入画中;簇生于民宅前后的新竹,前拥后挤,令人陶醉。村庄整洁美观,传统里透着几分时尚。每一条小巷,幽静而富有情趣,即使一辆辆小车驶过,也如优雅的少妇飘然而去;每条路边与各个农家院庭门口,总有些叫不出名的鲜艳的小花儿,站在那儿向你招手致意……

人是余村最生动、最有内容也最感人的一景。看不到一个年轻人在村庄里游荡,因为他们的身影或是藏在农家乐的阵阵笑声里,或是在"创意小楼"的电脑与网络间,或是在山涧竹林的小路上。穿着靓丽衣服的孩子们,每天都像一队队刚出巢的小鸟,欢快的歌声与跳跃的身姿伴着他们走在上学与放学的时光里。老人是余村最常见的风景线:他们或三三两两地在一起欢快地聊着过去的余村,或独自或成群地聚在一起吹拉弹唱,无拘无束地表演着自己的"拿手戏";那些闲不住、爱管事的长者,则佩戴着袖章,肩挎着竹筐,像训练有素的人民警察和城管人员,时刻提防着每一片垃圾的出现和每一个不文明行为的发生。他们的笑脸和自己动手的点点滴滴,倘若你遇见,定会感到如沐春风、如浴阳光……

余村的美,既有陶渊明式的世外桃源之美,更有新西兰哈比人村的那种大自然与现代文明融为一体的美。来之后,你有一种不想再走的感觉;走之后,你的神思里总仿佛有一幅"余村图"时不时地跳出来招惹你。

这,就是今天的余村。

而我知道,二〇〇五年三月之前的余村,其实不仅不美,且可能是全国最差的山村之一。它的差并非因为贫困,而是环境的极度污染和生态的严重破坏。

村民们回忆说:那时我们靠山吃山,开矿挣钱,结果开山炸死人、石头压死人经常发生。被炸死和被石头压死的人,连整尸都不太可能。活着的人,整天生活在漫天笼罩的石灰与烟雾当中,出门要系毛巾,口罩根本不顶用。家里的门窗玻璃要几层,即使这样,一天还要扫地擦桌两三回……

"余村的'绿水青山'之路,可不是那么容易走过来的,是经历了风风雨雨和不断认识的曲折过程。"二十年前,在镇旅游办主任位置上捧着铁饭碗的潘文革回忆起余村新中国成立以来的发展史,如此感慨道。

"小的时候,我看着俞万兴、陈其新第一代村干部,为了让村上富起来,他们虽没有多少文化,但苦干、好学的劲头,实在值得今天我们这些人学习。余村的开矿是有历史的,古时就有。到了改革开放年代,别看老书记、老村长他们文化不高,但为百姓致富的思想一点不落后、不守旧。丢下锄头镰刀上山开矿是他们那代人最早的决策。老村长陈其新不识几个字,但为了学知识、学做生意,他口袋里一直揣着两样东西:圆珠笔、小本本,见啥都要记下。村上最早的幸福感是他们这一代领导带领下创造的。第二代的潘领元、赵万芳、陈长法和潘德贤等村干部,更是开拓致富的领路人。开矿、建水泥厂,村里一年收入达一二百万就是在这些人手上实现的。那个时候,村上一次次被镇上、县上评为全镇、全县的'首富村',我们余村人从那个年代开始脸上有了荣誉感的光彩。但也就在那个时候,村上一方面不断在外面获得这荣誉、那奖状,另一方面,百姓的抱怨也随之而来。尤其是一次次村民的惨死场面、一个个百姓病逝的悲痛情景,太多、太痛地刺伤了大家的心。所以,从二十世纪九十年代末开始,以潘贤德为代表的村干部们,开始反省,做出关矿、关厂,恢复绿水青山的决策。但习惯了靠山吃山的余村哪么容易在关矿、停厂后就有金饭碗可捧?这样停停关关、关一开一、开一停二的日子持续了好一段时间。我回村工作的过程就是一个说明……"潘文革说,他作为杭州商学院的委培生毕业后,正在镇党政办工作岗位上干得来劲的时候,当时的余村支书潘德贤就一次次来找他,动员其回村主抓旅游开发。

"我好不容易从'泥腿子'成了'穿皮鞋的'镇干部,再回村里去湿脚呀?"潘文革笑笑,然后摇头。

"湿湿脚有啥不好!接地气,还长寿呢!"老支书说。

"就我们村?到处乌烟瘴气、山崩地裂,还长啥寿!"潘文革嘲讽道。

老支书的脸阴了,很难看了好一会儿。然后抬起头,两眼紧紧盯着年华正好的潘文革,一字一句道:"我来找你,就是觉得我们余村再不能靠开矿、办水泥厂过日子了,那会把全村的山和水,还有地,全给毁了,早晚也会把全村人都害死的,所以得改变开矿过日子的老路子了……"

"那干啥?"

"旅游。"

"村上办旅游?"

"是。为啥不能?"老支书很犟,"人家城里人爱看好山好水,我们有山有水,为啥不能搞旅游?"

"这个……"潘文革有些犹豫,"旅游可不是个简单的事,得有好环境和好景点,最主要的要有一批专业管理的人。"

"我已经寻思过了,环境和景点,我们余村不缺好山好水,就是现在被开矿办厂弄坏了,石灰窑和厂子下一步准备要关掉一些。说到旅游管理人才嘛,我心里早有底了。"说到这儿,老支书狡黠地朝潘文革挤挤眼,"你不是镇上抓旅游工作的干部吗?你是最合适的人,又是我们余村人,除了你还有谁比你更合适呢?"

"我……"

"你啥?我看你只要记住一句话:我是余村人,我就该想法不让自己村上的人受苦受难,要让他们舒服起来,开开心心过好日子!"

"那时,我就是中了老支书的激将法,回到了村里。"潘文革面对美丽如画的今日家乡,百感交集道,"二十年了,余村的变化,真的饱含了一代又一代人的努力与梦想,其间的曲曲折折、坎坎坷坷,一任任村干部都有刻骨铭心的记忆……"

"活着就要做个像样的人,死了也要吸口干干净净的空气,还我们一个健健康康的身体,给子孙后代留个美丽家园,这比啥都强。"二〇〇五年三月,新任村支书鲍新民和村委会主任胡加仁,就是怀着这样的强烈愿望,从前任支书刘忠华一班人的手中接过了接力棒。他们带着新班子全体成员,站在村南的那座名曰"青山"却没有一片绿叶的山前,以壮士断腕之气概,向村民们庄严宣布:从此关闭全村所有矿山企业,彻底停止"靠山吃山"做法,调整发展模式,还小村绿水青山!

"其实那个时候我们做出这样的决定,非常不容易。"那天访问已经退休在家的前任老支书鲍新民时,他这样说。

现年六十周岁的鲍新民,二〇一一年离开村干部岗位,调到余村所在的天荒坪镇"农整办"工作。在余村同样当了二十年干部的他,其间曾做了一任支委、一届村长、两届村支书。这是个言语很少的实干型农村干部,经历了余村两个不同的富裕年代。"现在我们余村是真富,是百姓心里舒畅和生活幸福美满的富。过去余村在安吉全县也是首富村,可那时的富不是真富,其实大家心里都很痛……"鲍新民说。

一九九二年,三十六岁的鲍新民被老支书俞万兴看中,向新一届村委会推荐为村支部委员。俞万兴是一九五二年入党的农村老革命,"改天换地""让庄稼人过好日子",一直是这位老支书的心愿。但在"农业学大寨"的岁月里,俞万兴、陈其新等村干部带领余村人没日没夜地扒竹林、种水稻,却从没有让村里人真正富裕过。后来听说太湖对岸的苏州乡镇企业搞得好,尤其是华西村兴建的"工业",干部们商量,说广东、苏州包括浙江萧山在内的所有富裕的村庄,都走了一条亦工亦农的道路。"我们余村是山区,交通没有别人方便,但余村历史上有过铜矿银矿的开采历史,山里藏着宝贝疙瘩哩!'要想富,就挖矿',我们也来试试咋样?"

"行啊,只要能富,掘地翻山,怎么都行!"从未富裕过的余村人,太渴望也过上那些已经住上楼房、有电视看的农民兄弟姐妹们的生活了!

"我当村干部之前,几任村干部已经带领村上人挖山开矿了好多年。我最早是石灰窑矿的拖拉机手,就是把炸开的石头拉到窑上,再把烧成的石灰拖出山卖给客户。靠这样一点一滴地开山卖石灰,我们余村人慢慢地也有了钱,村干部出去开会也能偶尔从口袋里掏出一包中华烟馋馋其他村的干部了。"一直低着头说话的鲍新民,说到这儿默默地一笑。他接着说,"我开始当村长的时候,赶上了全国都在风风火火搞经济、各行各业都在争取大发展的时期。那个时候,在我们农村谁能把集体经济搞上去,谁就是好样的,先是'十万元村',再后来是'百万元村'。到九十年代中后期,像苏州、广东,包括我们浙江萧山等地方已经有'千万元村''亿元村'了!那时电视、报纸上几乎天天都在高喊让我们学习、赶超他们。可安吉穷啊,出不了'千万元村''亿元村',靠挖石卖石头能年收入达到一二百万元的我们余村,成了安吉县的富裕村——首富村。那份荣誉确实也让余村露脸了许多年……"

余村人至今仍然怀念俞万兴、陈其新和后来的潘领元、赵万芳、陈长法、潘德贤等老一代村干部。因为是在他们手上,余村村民才第一次喝上了自来水,才有了安吉县第一个"电视村""电话村"等等让外村人眼红的许多"第一"。

然而,地处绿水青山的安吉腹地的余村,靠挖矿致富的路也引发了当地其他乡村的不同看法,尤其是后来余村的集体经济收入一直在二百万元左右的水平上徘徊了好几年。当时安吉县委力排众议、顶住压力,在全国率先提出"生态立县"的主张后,余村的发展思路开始从单一的开山挖矿致富,转向开发旅游资源、走绿色生态发展的路子。

以当时的县委书记戚才祥为班长的安吉县委,对老典型余村的发展给予了建设生态村庄方面的支持,请来专家为余村设计了一个结合山区特点、因地制宜发展生态旅游的《余村村庄规划》。二〇〇〇年七月五日,安吉县委还在余村召开了"首个生态型山区村庄"建设研讨会。"其实,当时戚才祥书记提出'生态立县'的口号时,他和县委压力非常大。戚书记到上面开会,有领导就当面责问他:安吉GDP倒数第一,你提生态立县能当饭吃吗?在这种情况下,县委也想通过余村这个老典型,在生态立县、立乡、立村上有所突破……"安吉县和浙江省的多位老干部都曾这样对我说:其实"生态立县""生态立省",这条道路并没有像现在大家所看到的那么平坦、那么平常,甚至可以说,它从一开始就非常艰难,因为它关系到我们要从走了几十年的传统发展道路上,转到一条全新的发展思路上。

有的地方政府太求GDP,而百姓则不愿再走"有毒的致富之路"。

"老实说,世纪之交的那些年里,我们真不知抬腿往哪条发展路上走。做报告,计成绩,离不开GDP。但到下面一走,看看儿时那些碧绿清澈的河水,怎么就成墨水河了?"嘉兴市一位老领导感叹道。

"所以,有人说习近平同志的'绿水青山就是金山银山'的理论是当代中国马克思主义发展理论的重要创新成果,是全面建成小康社会的重要指引。"社科界的专家这样说。

这样的认识,这样的理解,在安吉,在浙江,要比其他地方、其他人早了几年、十几年……这是因为他们在十几年前就有了一个人民的好书记。

人民始终会记着:

——记着毛泽东帮助他们推翻了压在头上的三座大山;穷苦人翻身做了主人;

——记着邓小平的"发展是硬道理",领着他们解决了吃饭问题,过上了奔小康的生活;

——记着党以马克思主义、毛泽东思想、邓小平理论、"三个代表"重要思想和科学发展观为指导,带领全国老百姓持续奋斗,国力增强,生活进入新天地的历程;

——记着习近平的"绿水青山就是金山银山"等一系列重要思想,给他们带来了全面实现小康的幸福家园,在他的领导下,站起来、富起来的中国人,阔步行进在伟大民族复兴的强国之路上……

马克思曾经说过,革命的领袖是在革命的伟大实践中诞生的。一代代中国共产党的杰出领袖们,就是这样在一个个不同时期的伟大实践中产生的。

"绿水青山就是金山银山"这一社会新发展理念,再次证实了马克思的英明论断。

世纪之交的浙江大地,当时正发生着两种完全不同的发展思路和发展形态:一种是继续以破坏生态为代价的所谓"高速经济",它的"亮点"是可以在"百强县""亿元乡"的名单上登榜;另一种是寻找新的出路,将生态经济作为未来发展的方向。两种思路、两种作为,冲突很大。

那些年,不少地区,许多企业同样不顾一切地在追求 GDP 而不惜破坏生态,破坏自然和祖宗留下的绿水青山,致使群山秃皮无林,江河死鱼泛滥。

区区余村,恰逢在这样的环境下,能不能顶住压力,其实是一场需要勇气和智慧的生死抉择。"我是二〇〇四年底刚刚接替村支书的职务。那时村上的几个污染严重的石灰窑都先后关了,连水泥厂也在考虑关停阶段。从环境讲,确实因为关停了这些窑厂后大有改观,山也开始变绿了,水也开始变清了,但村集体的经济收入也降到了最低点,由过去的二三百万元,降到了二三十万元……这么点钱,交掉这个费、那个税,别说再给百姓办好事,就连村干部的工资都发不起了。过惯了富日子的村民们开始议论纷纷,甚至有人当面指着我的鼻子骂骂咧咧,说:你们又关矿又封山,是想让我们出去讨饭当乞丐啊?有好几次,我站在村口的那棵老银杏树前,瞅着它发新芽的嫩枝,默默问老银杏:你说我们余村的路到底怎么走啊?可老银杏树并不回答我。那些日子,我真的愁得不行,做事也犹豫不决……"鲍新民的内心其实丰富细腻,其心灵闸门一旦打开,情感便如潮水般汹涌而出——

"余村真正开始关窑转产是从那年国家的'零点行动'开始的,那时我担任村长,几乎所有难事都要亲自去处理。可以说,关个窑、停个厂,远比开窑办厂复杂得多!"鲍新民理理头上的银丝,苦笑道,"这些白发都是在那个时候长出来的。"

鲍新民说的是实话。余村从粗放型经济,转向"绿水青山"

生态经济发展之路,其实经历的是一个痛苦过程。

"记得村上开干部会,讨论关石灰窑时,一半以上的干部思想拐不过弯来。他们说,关窑停厂容易,但关了窑、停了厂,村里的收入从哪儿来?老百姓更不干,你问为啥?简单啊,老百姓问我:你把窑、矿、厂关了,我们上哪儿挣工资?你村长还发不发一个月两三千块钱呀?我回答不上来。村民说,你既然回答不上来,窑还应该开,矿还应该办,工厂更不能关。我就解释,这些企业污染太大,把山整秃了,把水弄脏,人还患上病了。村民就跟我斗嘴,说你村长讲得对啊,我们也不想这样活,但还有啥路子可走?都出去打工,家里的事谁管?留在家里,就得有口饭吃,还要养家糊口,你停了厂关了窑,也是让我们等死。跟开窑开厂等着被毒死差不多嘛!听村民说这些话,我心里真的很苦。更有甚者,村里许多村民的拖拉机是刚刚买的,一部拖拉机少说也得三五万元,他们是倾尽了能力买的'吃饭工具',本来是想到矿上窑上拉活挣钱的,现在我们把矿窑和工厂停了,不等于要他们的命嘛!"说到这里,老支书鲍新民连连摇头,然后长叹一声,道,"当时真有几个小年轻,他们闹到我家里,指着我的鼻尖:你村长敢绝我活路,我就敢先断你子孙!当时的矛盾确实很尖锐。根本的问题还不在这里,对我们村干部来说,最要命的还是关了窑、关了矿、停了厂,村上的经济收入一下子就几十万几十万地往下降,这一降,全村原来开门做的一些事就转不动了,这是真要命啊!所以,我们余村当初关矿停厂的思想转变也不是一下子通的,前后用了六七年,可以说是关关停停、犹犹豫豫了好一段时间……"

从二十世纪末的国家"零点行动",至二〇〇四年八月,余村的五座石灰窑,及规模比较大的化工厂和水泥厂才全部关停,而关停也是先由小再到大慢慢完成的。"之所以这么做,就是大家一方面感觉,再不能以牺牲绿水青山和百姓的健康,来换取所谓的致富和壮大集体经济了;另一方面又对绿的水、青的山能不能真正让百姓富起来缺乏信心。"鲍新民说。

春去夏至,江南大地到处绿意盎然,鸟语花香。正当鲍新民和余村处在犹豫不决的十字路口时,习近平来到了这个小山村。

"我是头一回见习书记那么大的领导,当时心里蛮紧张的。本来习书记是来检查研究我们的民主法治村建设情况的,我从村长转任支书才几个月,也没有啥准备,本来嘴就笨,所以等镇上的韩书记汇报完后,我就开始讲村里关掉石灰窑、水泥厂和化工厂后,准备搞旅游的事。习书记听后便问我开水泥厂和化工厂一年收入有多少,我说好的时候几百万。他又问我为什么要关掉。我说污染太严重。我们余村是在一条溪流的上游,从厂矿排出的污水带给下游的村庄和百姓非常大的危害,而且我们余村自己这些年由于挖矿烧石灰,长年灰尘笼罩,乌烟瘴气,大家都像生活在有毒的牢笼里似的,即使口袋里有几个钱,也都送到医院去了。习书记听后便明了果断地告诉我们:你们关矿停厂,是高明之举!听到习书记这样评价我们余村的做法,我的心头豁然开朗,很感动!他可是大领导啊!他的话表扬和肯定了我们过去关矿封山、还乡村绿水青山的做法是正确的,尤其是听他接下去说的'绿水青山就是金山银山'时,我过去脑子里留下的许多顾虑和犹豫,这下子全都烟消云散了!"时隔多年,余村老支书说到此处,仍然激动地连拍三下大腿,站了起来。

令鲍新民永远难忘的是,那天习近平总书记在那间狭小的村委会的小会议室里,不顾闷热,帮助他和其他干部分析"生态经济"为什么是余村这样的地方的必由之路和充满前景的发展道路。鲍新民回忆说:"那天习书记在我们余村前后停留了近两个小时,有一半时间是在给我们几个村干部分析像余村这样的浙北山区乡村的发展思路,他语重心长地告诉我们:生态资源是你们最可贵的资源,搞经济,抓发展,不能见什么好就都要,更不能以牺牲环境为代价,要有所为有所不为。一定不能迷恋过去的那种发展模式。习书记不仅平易近人,而且格外真心地为我们指方向,他说你们安吉这里是块宝地,离上海、苏州和杭州,都只有一到三小时的车程,经济发展到一定程度时,逆城市化现象会更加明显,他让我们一定要抓好度假旅游这件事……看看余村,再看看安吉的今天,习书记当年说的事,现在我们全都实现了！水绿了，山青了，上海、杭州还有苏州，甚至外国人都跑到我们这里来旅游度假，给我们口袋里送钱！十二年前啊，习书记就有这么英明的远见……"

走在熟悉而美丽的村庄大道上，鲍新民时不时地感叹着："做梦都想不到，习书记当年给我们指引的这条路，让我们的村庄彻底地改变了，变得连我们自己都想不到的美。村上的人，现在不仅生活幸福了，情操和品位也大大上了台阶。今天再看余村，感觉就是换了一个时代！"

是啊，在余村，在余村所在地区的安吉、湖州，以及整个浙江大地，我与鲍新民一样，眼见为实地看到了一个发生在身边的全新的、如旭日冉冉升起的新时代！她正如拂面的春风，扑面而来，是那样清爽而热烈，激荡着朝气、满载着幸福和美丽……

是的，一个伟大而全新的时代已从这里开始——

天上人间，余村在中间

英国当代经济学家罗思义（John Ross）说过这样的话：人类其他人能否获取利益取决于依据经济活力与和平崛起的中国，而非先发制人发动战争导致全球陷入风险的美国。这是人类利益和中华民族的伟大复兴联系在一起的更深层次原因。他说，中国经济改革的实践成果是非凡智慧的结晶。

罗思义也许也没有更深层次地研究出今天的中国强盛之道，因为这条经验很有意思，也很柔性，甚至有些不可思议。

美，是人类的共同意识，可以征服世界。余村发展的根本点，落在与它相配的"美"字上，是在"绿水青山就是金山银山"的理念指引下，让美焕发出了生产力。

一个"美"字包含了万千内容，哲人说过，美对人具有强大的引力。今天我们所说的自然美，是人类在创造现代文明社会过程中很难实现的一种境界。余村从最初求富时以破坏自然美为代价，到吃尽苦头再重新回到重塑自然美，且通过自然美实现经济、社会和人的全面发展，这符合中国自身发展的理念。

"余村百姓和安吉人民对习近平总书记的'两山'理论为什么格外亲切和念念不忘,因为我们从十多年的历史巨变中尝到了太多的甜头和幸福。可以说,余村和安吉这十余年间已经出现并持续不断地出现的新变化、新成果,成倍地在增长,这些成果甚至已经超越历史的总和……"安吉县委书记沈铭权接下去的一句话说得直白,但却深刻而富有哲理:我们余村和安吉,就是靠美吃饭,靠美富有,靠美幸福!

余村如此美,余村在何处?这将是中国和世界上许多人都想知道的事。

余村在浙北的湖州市安吉县。太湖之滨的湖州不用费墨,古人早已有"行遍江南清丽地,人生只合住湖州"之说。而在湖州区域,最美最适于居住的地方,古人也早有定论,叫作"安且吉兮"(《论语》)。安吉,美丽而又安全吉祥的地方,你可以想象,在美丽而又安全吉祥腹地的余村,是何等的样子,何等的地方了!

去余村那一天,正巧是清明节。江南何时最美?那肯定是清明前后。一句"清明时节雨纷纷"的描写,将整个江南春天的美景尽收笔端。烟蒙蒙雨霏霏,清甜湿润的沁人肺腑的气息,拂面而来,带着桃花的香味,挟着油菜花的蜂蜜甜,当然,还有时不时透过雨滴当头洒过来的暖春阳光……这便是"江南春"最好的景致。"云青青兮欲雨,水澹澹兮生烟"。妙哉!如此感觉,正是我儿时对"江南春"的记忆——我的故乡与湖州和安吉隔岸相望。

看眼前的安吉余村,置身如此美景之中,怎不在陶醉中情不自禁地感叹:此乃天上人间!

"天上人间,我们余村就在中间……"此话是我由衷而发。余村的"秀才"、现任村委会主任的俞小平听后兴奋得连声应道:"这话有根据!"

俞小平说出了自己的"根据":据《山海经》中《南山经》之《南次二经》记载,"东五百里,曰浮玉之山。北望具区,东望诸毗……苕水出于其阴,北流至具区……"另据清代《孝丰县志》

记载:"浮玉山,县东南十里,有一石灵异如玉浮水面……"浮玉山很低小,其山附近,高大的山很多,为何独小小的浮玉山千古其名不灭,也许正是因为它独特。史料上记载,浮玉山在原山河乡与上墅乡之交界处。山河乡是旧名,现在归入天荒坪镇。"我们余村恰巧就在天荒坪镇与上墅镇交界。这并不高的青山,应该就是古书中所言的'浮玉山'了。"这是余村的"俞小平结论"。他现在是村主任,没有人驳斥其论。那就是关于"余村"在天地之间的一种权威说法了!

如果以为"天上人间,余村就在中间"仅仅是一种当地人"自高自大"的美誉,那就大错特错了。多次采访余村,每一次都有不同感受,从不了解到深深地喜欢上它,甚至想留下来安居、安魂,这就是余村的魅力。

有些美,是超乎寻常的,也超乎古今文人墨客们所涉及的范围。

以前很难想象,一个小山村,能让人流连忘返、心旷神怡,有种安身安魂于此的冲动。到了余村后,我竟然渐渐地对它有了一份不舍的眷恋……

问我恋它何处?我要告诉你:是余村群山坳里的那一泓水,和余村边的那个托向云端与天际的池。

它们太美,美得如金,美得金不换。因为它们美,所以也才每天吸引着来自祖国各地甚至世界各国的旅游者与学习参观者;因为它们太美,所以让当地人更加深切和真实地理解了"绿水青山"与"金山银山"之间的关系。

二〇一五年五月,习近平总书记回浙江视察。当时他对浙江的干部说:"我在浙江工作时说'绿水青山就是金山银山',这话是大实话,现在越来越多的人理解了这个观点,这就是科学发展、可持续发展,我们就要奔着这个做。"

"余村的今天,就是像习总书记说的那样走过来的。"俞小平说。

现在每一次到余村,我都要请求去看看"群山坳坳里的那一泓水",因为这"一泓水"勾走了我的魂……

子曰：智者乐水，仁者乐山。水为万物之源，灵性之躯，美之化身。水可净化世界，柔化人心。爱水者，真善美。

俞小平告诉我：这水在他出生前仅是一块像足球场那么大的潭。"爷爷说，我们俞家在这里至少住了有十几代人。"

人居处，必有水。俞小平的祖上迁徙余村，并落根群山坳坳之中，看中的就是这里有潭水——群山脚跟下的积存雨水，而非江河湖水。"潭里的水时多时少，夏季雨水多时，它溢出堤岸，挟着黄泥，洪流滚滚，沿着山沟向低处奔涌。到干旱季节，我们可以跳入潭中央抓鱼戏水，而有时还能在潭底晒东西，不过这一年的日子肯定不好过了……"俞小平说。

这潭水最早也是俞氏家族在这里繁衍生息的"生命之水"。新中国成立后，俞小平的爷爷执政余村的二三十年里，这潭水变大了，变得对余村的意义越来越大。"我家第一次搬家就是爷爷的主张，他要把这潭水改成蓄水库。"俞小平长大后才明白，水对余村多么重要，爷爷为什么宁可将老宅基搬走，也要把这潭水放大，放成接近现在这么大——几十亩的规模，成为余村人畜与生产的主要水源。

新中国成立之后的前三十多年里，中国的农村"以粮为纲"，既为了解决农民自身的吃饭问题，也是保证整个国家的粮食不出问题。那时的农村，种粮是首要的天职。种粮就离不开水，尤其是"农业学大寨"的岁月里，粮食被种到了山上。山上种粮用的水更多，但山上种粮又让山体自身的蓄水能力越来越差，只要一场暴雨降临，山体上的农作物连同山的表层泥土地，会被一卷而走，形成泥流，冲向山脚。那汹涌的洪流，越过潭堤，越过沟谷，越过村庄……

余村的水最终流向何处，余村人并不关心，他们关心的是水应该为自己所用，尽管余村的地下水比较丰富，但山区缺水又是普遍现象，是因为山体留不住水。修水库是唯一的办法。俞小平的爷爷俞万兴老书记和搭档陈其新老村长他们那个时代，给余村留下的遗产很多，其中之一就是这座"冷水洞水库"。

水库始建于一九七六年，建成后的那些年，余村百姓在俞万兴、陈其新等的带领下,以"战天斗地"的精神,换来能够勉强填饱肚子的生活。但水库的水多数情况下是黄的,而且含有不少污染物。"那个时候,农田里喷药没有限制,有了虫就打药水,雨一来,山上那些留存药水的泥土被洪水挟着一齐冲到了水库,加上平时人畜用水全靠这水库,所以村上得病的人特别多。"俞小平就是喝这库里的水长大的。他戏称自己不够聪明就是因为这库里的水含"消智商素"。

那天站在水库旁,俞小平感慨万千。他指着那美如图画的蓝色水库,说他原来的家址就在水库中央。当年爷爷带领村民"改天换地",带头从老宅地搬了出来。后来矿关了,山也绿了,山色与水库成了余村一大美景,村里与一开发商合作要在水库旁建一座用于旅游产业的酒店,于是俞小平等十几户俞氏村民又被动员搬家。"那年我刚当村干部,所以全村人都看着我动不动。我爷爷已经不在世,我父亲一听说又要搬家,坚决不同意。怎么办?我当干部的就得带头。那年是二〇〇七年,也是我们余村贯彻落实'绿水青山就是金山银山'的上坡路程上的关键时刻,你犹豫和停一下,想歇一下气,就可能往下滑。这当口,我们当干部的就得有壮士断腕的勇气,才能带领全村人从绿水青山走向金山银山……"俞小平说此话时,一脸刚毅。

余村的发展,也让我们明白:选择走"绿水青山就是金山银山"之路,绝非平坦和简单。

"我们余村人特别感恩习近平总书记,就是因为他的'绿水青山就是金山银山'思想救了余村,让我们从有害的经济发展方式中彻底地走了出来,也让我们比别人更早地从绿水青山中获得了'金山银山'。"前任村支书胡加仁说。

如果说二〇〇五年八月十五日之前,余村先后关掉两三个石灰窑是一种自我觉醒或自发意识的体现的话,那么习近平留下那句"绿水青山就是金山银山"的话后,他们很快关停了所有矿山和水泥厂、化工厂等污染环境的企业,便是一种自觉自愿和坚定不移的决心与信仰的体现。

"关掉矿山并不意味着我们只是顺其自然地去让大山和水

库靠自己的能力去自然调节、恢复,那样恐怕到现在我们的余村还不能看到山是全青的、水是彻底干净的。"老支书胡加仁回忆道,"从二○○五年的下半年开始,我们就对全村的所有曾经被破坏的山、污染的水进行了整治,而且再不允许哪怕仅仅有一点点污染的企业入驻余村。力度相当大,大到有几年我们村收入下降到连干部的工资都好几个月发不出来,但我们还是照样坚持这个做法。那个时候特别考验人,要是有人动摇一下可能就又有一块山一片水给糟蹋了,但我们咬牙挺了过来……一直到现在,没有含糊过。"

胡加仁望着青翠挺拔的群山,又指指如今已经碧水如镜、宛如一颗硕大的绿宝石的水库,无限深情地对我说:"你看看现在这里的山、这里的水,它们多美啊!余村真的要好好感谢这些山、这座水库,它们从来都是在为我们付出。现在又因为它们的美,我们余村才会有那么大的名气,那么多游客被招揽过来,并且把一颗颗远方的心留在了我们余村……"

余村山水如诗,生活在如诗的余村人,现今个个都快成了诗人。

"来,到水边来!"胡加仁一个鱼跃,从岸头跳到了水边。他又抓住我的手,一下将我拉到他身边。

现在,我们就站在与库水几乎持平的地方,感受着湖光山色。

当年严重染污的水库,如今已经活脱脱地变成了一块无与伦比的美玉。瞧那清亮的湖面,在夕阳照耀下,闪着鱼鳞般的光芒,又像千千万万的碎金,灿烂明耀。轻柔的微波,好似追逐嬉闹的顽童,一排一排地扑向岸边,又嘻嘻哈哈地列队退回。

第一次见这深藏于群峰凹底间的水库,是胡加仁老支书带我去的,当时我们站着的地方与水面近在咫尺,所以可以清晰地见到那倒映在湖中的蓝天与青山,也可以看到水中欢腾游弋的鱼儿和湖底漂荡摇曳的水草。水面呈深蓝色,山的倒影处的水颜色更深,有如泼墨,有阳光照耀的水面则呈淡蓝色;整个水面因为不同的倒影,组成了一幅层次清晰的大自然图画。如果你蹲下身子,贴着水面再看去,然后把手轻轻地放在水上,你会感觉这水犹如绸一般柔软,清澈得让人不肯放手……

无法相信,曾几何时,这水如黄泥浆,又脏又臭。是余村人改变传统发展的方式救了这泓水,更是习近平的"绿水青山就是金山银山"理论让这泓水清了、纯了,重新有了生命!

水有了生命,才变得越来越有价值。第二次我见余村的这泓水是在初夏的日子,那天天气特别晴朗,新任村主任俞小平兴致勃勃地要带我到他们村的最高峰俯瞰余村全境。

"看,这就是水库!"沿正在修筑的环山路盘旋向上攀登至半途,俞小平突然让车子停下,让我们下车,朝群山脚下的凹陷处看。

"天哪,这么美啊!简直就是一块贵妇手指上的上等翡翠!"居高临下地俯瞰这泓水,别有一番景致和意境。而正在水库边修缮的那片白色的旅游度假宾馆,也显得十分高雅。再扩展视野,举目远眺水潭之上的群山,更是绿意盎然,青翠如画屏……置身如此美妙的诗画之中,你才会更深切地领会习近平总书记"绿水青山就是金山银山"的真谛。

余村人说,这泓曾经让他们憎恨并想抛弃的脏水,现在是他们的"金不换"。用俞小平的话说,即使有人想用几个亿的钞票来换走它,我也决不答应!

听完俞小平的话,我不由一边凝望着这泓"用几个亿的钞票也不换"的水,一边思考着这样一个问题:余村的水并非天生就有,而且曾在过去让人憎恨与抛弃过,然而就是因为余村人遵循了习近平"绿水青山就是金山银山"的发展理念,坚定地走了一条适合本村生态经济发展的道路,才让这泓水生金成宝。这样的新型发展道路,余村走通了,其他地方不是同样可以走通见效吗?这样的道路让余村变得美丽、富有了,其他地方照着这样的道路走下去,不也可以同样美丽、富有吗?

一道阳光,掠过我们的头顶,将整个大地照得明灿灿的……

"走,我们去看比这更美的'云里的玉镜'!"俞小平突然说。

啥是"云里的玉镜"?哪儿呀?

"就在余村边上。到了就知道。"俞小平卖了个关子,笑言。

余村之美,安吉之美,只有你去了才知道。它确实超出我们想象。

余村属于安吉县的天荒坪镇。与余村冷水洞水库隔山相望的地方有个被称为"江南天池"的大水库。这水库的奇妙与独特之处是它位于山巅之上,水面竟然是依仗群山之力,将其高高地托在一座高入云端的巨峰之顶,于是那水变得犹如云中的一片银镜……故名之"天池"。因它生于南国的浙江安吉,所以有"江南天池"之称。

起初,我以为是余村人的"自吹",哪知一查手机"百度搜索",这"江南天池"其实早已名扬四海!只怪我等眼耳闭塞也。事实上,与我一样眼耳闭塞者不少,我们对余村毗邻的"南国天池"真的太缺少了解。

无论是俞小平说的"云中的玉镜",还是游客们说的"南国天池",如此诗意的仙境,虽人未到,我的心却已飞至,并且立即联想到其他两个各具美妙的天池:一是天山怀抱中的新疆天池,二是长白山上的天池。只要一提起它们,眼前就会涌出一个字:美!然后是:神往!再是:勾魂!

天山天池和长白山天池一在北方,一在西部,它们美得不可复制。

余村边的"江南天池",独处在南方的地域,较古老的天山天池和长白山天池,"江南天池"似乎还没有那么大的名气,但余村边的"江南天池"诞生于我们这个时代,它后来居上,一出世就"当惊世界殊"!

到了余村近邻的"江南天池",我才明白俞小平为何称它是"云里的玉镜"——这是一座中国人创造的独特人造水库,它建在山之巅的云雾中间——那白云飘荡而过时,水库仿佛跟着云儿一起在空中游荡,太阳一照,遂光芒四射,恰如"云中之镜"也!

"南国天池"全称为安吉天荒坪抽水蓄能电站。这座排在世界前列的抽水蓄能电站,雄伟壮观,堪称"世纪之作"。它始建于一九九二年,一九九八年第一台机组正式发电。电站总装机容量一百八十万千瓦,六台三十万千瓦立轴可逆式抽水发电机组,是我国目前已建和在建的同类电站中单个厂房装机容量最大、水头最高的抽水蓄电站。水库建在天荒坪一带海拔最高的山巅之上,气势磅礴。从空中俯视水库,宛若嵌在万山丛中的一面玉镜,明闪铮亮,独烁光芒。靠近观之,更觉凌空见海,浩浩荡荡。千米之上的山巅上,平时也感风声啸急,那云雾之间的宽阔水面,在山风吹荡下波浪翻卷,层层叠叠,当它们拍打在椭圆形的堤坝上,溅出的水花犹如一片片游云。当阳光照来,游云便变成一道道彩霞,美得让游客惊呼欢叫⋯⋯

但站在"天池"身边,我最感震撼和奇妙的是,这个水量与西湖之水接近、悬在群山之巅的抽水蓄能电站,其水竟然完全是从数百米之下的另一座嵌在半山腰的水库抽上来的,而它们之间的落差,构成了这样一座壮观的人工发电站。整座电站枢纽由上水库、下水库、输水系统、中央控制楼和地下厂房等部分组成。电站下水库位于海拔三百五十米的半山腰,是由大坝拦截安吉人的"母亲河"西苕溪水而成。当地人称下水库为"龙潭湖"。山巅上的"天池"之水,则是巨大的抽水机经过无数层层、弯弯后抽至上端,再通过垂直"水洞"倾注而下⋯⋯据电站工作人员介绍,该抽水蓄能电站,上下水库间的大山中凿有长达二十二公里长的洞室群,大小洞穴达四十五个,大的相当于几个人民大会堂,小的也比足球场大,它们构成了电站主、副厂房区。整个地下厂房全长两百米,宽二十二米,高四十七米,六台三十万千瓦机组一字排开,形成壮观的地下厂房景观。高山之巅的"天池",是利用了天荒坪和搁天岭两座山峰间的千亩田洼地开挖填筑而成,并有主坝和四座副坝及库岸围筑,整个上水库呈梨形,平均水深四十二点二米,库容量八百八十五万立方米,相当于一个西湖的容量。抽水蓄能电站的工作原理十分有趣,这既是科学,又是一笔有趣的"账":夜间,下水库的水被抽至上水库,而在白天上水库的水通过特定管道往下倾注,这个"抽水—发电"的工作过程,据说是充分利用晚上价格便宜的富余电力,把水抽上去,而白天是用电高峰,生产的电能价格高,电站"吃"的就是中间的电价差价。

有意思吧!余村的这位"邻居"据说每年可以创造数亿元的价值,同时也能缓解华东地区部分用电紧张情况,可见"科学与经济"联姻所产生的效益,极其巨大。

然而,"江南天池"在今天,给当地带来的何止仅靠这硬邦邦的发电来赚数亿元的钱。现在的它,已经有了比发电更赚钱的途径——旅游、观景。

在走向"天池"的一路上,随处可见的是新开设的各种旅游项目,比如"天池滑雪场""天池温泉""天池夏令营"等等春夏秋冬皆可一游的项目。确实,这座"江南天池",因为它处在独一无二的山巅之上,水面阔大而美丽,又有每日活流,较之天山天池、长白山天池,其水要"活泛"得多。水活境必灵,地必青,而最关键的是"南国天池"生在美丽的安吉竹山绿林之地,这使得它美上加美,美不胜收,天人俱美。

"江南天池"第一次出名的时间是二○○九年七月二十二日。这一天是"世纪日全食",当天全国大部分地区阴雨,余村一带却风和日丽。当日,中央电视台在天池上直播了完美的日全食过程,天池对外开放,来自全国各地的天文爱好者多达上万人,光各路专家就有二百四十多位。万余名天文爱好者和专家们在此记录下了变幻无穷、难得一见的"天象":日食前的晚上是阴天,且预报第二天有雨。当天清晨六点仍是阴天,但过了七点,天池映照的当空,云层竟然逐渐散开;九点三十三分,天际出现美丽的贝利珠,九点三十九分生光,黑太阳上方再次出现钻石般的光芒,随着月亮逐渐离去,十点五十九分太阳复圆,其中日全食时长达五分三十八秒……

这是"江南天池"的一次世界亮相,从此它名扬四海。专家给出的评语是:江南天池,盖世之奇,源在青山绿水。

我们明白了!

明白了余村的这位"邻居"之美,原来也是沾了绿水青山之仙气和优势,令崇山万岭、千湖百江羡慕。

余村的那泓水和"江南天池"一样,它们皆在天上人间之中,能不让你叹为观止?

农家乐,乐坏了春林和春花

在今天的余村,每天最热闹的事,莫过于接待从四面八方过来享受农家乐的客人。那种农家乐是专门接待城里人的观念已经过时了。我发现余村和安吉许多农家乐的客人有相当一部分并非来自城里,他们其实也是农村人。比如那天我就碰到一群来自我们老家苏州地区的农民,因为是老乡,其乡音一下子就能听出来。一问这些到余村的老乡,才知道他们也是慕名而来。

"安吉这儿有山有水,风景比我们家那边还要好。再说,这里玩一天、吃一天再住一天,花不了几百块钱,这样的好事勿能让它逃走了吧!嘻嘻……"几个昆山老婶娘跟我有说有笑。

中国的农家乐在今天的世界也是一大奇观,也可以说是中国改革开放之后,使如此巨大数量的中国农民过上好日子的一种重要途径。

到底谁最早开的农家乐,现在说法不一,但可以查到"证据"的应该算是成都郫县农科村的徐纪元。成都人告诉我,徐纪元的"徐家大院"农家乐开设于一九八六年,去年他们那儿举行了隆重的"农家乐开业三十周年纪念会"。从这个推断,成都郫县徐纪元的农家乐应是中国农家乐的首创者。

但这个说法非议不小。听说徐纪元的农家乐是一九八六年才开张的,马上就有温州人站出来说,他们那儿的农家乐在二十世纪八十年代初就有了。那时城里开厂的人特别多,一到晚上或者星期天,就几个人甚至一个厂子的几十人一起合伙到郊区的农民家吃饭开伙,慢慢地这些吃饭开伙就固定在张三李四家里,这张三李四不就是农家乐嘛!"我们有时在那里打牌搓麻将唱卡拉OK,难道这还不算农家乐?"温州人说得也有道理。

上海人一听不买账了,说你不就是七几年、八几年嘛!我们那儿的农家乐在二十世纪五六十年代就有了。有人不相信上海人这话。上海人马上反击说,这还有假,你不信可以到我们的西郊公园一带看看嘛!动物园周边农民开的小吃店、小饭店多得很,那不是农家乐?解放初期,我们城里人组织郊游,就经常到周边的农村去,午饭时间一到,没地方去,就跟农民老乡商量,请他们给我们做农家菜。因为每次吃得很开心,于是隔一段时间就又去了,一来二去,这些农民家就成了热热闹闹的农家乐啦!

嗨,你还真说不清哪里的农家乐是最早办的呢!不过,我基本相信:在中国,真正可以称之为农家乐的,根本不是今天的事,甚至可以追溯到孔子时代!"老孔"那个时候,带的徒弟多,教学一累,就领着弟子进行"郊游",饿了就在农家摆下酒桌吃上三杯,来个"不亦乐乎",这难道不是农家乐吗!

中国是个农业大国,从宋代的城市化开始后,农家乐其实就已经有了规模,只是没有人给它一个正式的命名。现代意义上的农家乐是农民们利用自家的房子和菜地及周边的自然风光,给城里人开设的休闲旅游的地方,是一种成本很低,却能给客人带来吃住放松的自由乡间休闲形式,俗称"农家乐"。如果再加一个"营业执照"来确定它正式或非正式的话,成都徐纪元的"徐家大院"确应是第一家。

但外国人认为,农家乐的发明专利并非属于中国,应当是西班牙。有报道记载,西班牙在一九六五年曾经风靡一时的乡村游,便是真正意义上的农家乐,是一种世界首创的旅游新形式。这可能有一定道理,因为现代意义上的城市化进程,欧洲老牌发达国家比我们中国要早得多。尤其像西班牙这样既是发达国家,又是旅游大国,吃喝玩乐的形式,肯定比较成熟和先进,他们的花样也多,乡村游自然也兴旺。当代咱中国人的了不起之处,是让包括西班牙在内的世界上所有的老牌发达国家感到不可思议,因为我们才用了不到四十年的时间,就赶上了发达国家用二三百年才拥有的现代化水平与生活方式。中国式农家乐就是其中之一。

余村在习近平"两山理论"指引下,走向富裕道路的过程中,农家乐毫无疑问是占有重要地位。现在全村共有九户村民开设农家乐,规模各不相同,"可它却是余村村民创收的重要途径,近一半人的收入在这一块。"现任村支书潘文革这样说。

那天到一户热热闹闹的农家乐吃过饭后,我提出去见见当年向习近平作过汇报的老支书鲍新民。

开始以为鲍家有可能比其他农家乐开得都红火,可进到鲍家,才发现并非如此。

鲍新民家的院子不算小,干干净净,堪称卫生环境样板,但冷清得很,没有一个外人,院子里空荡荡的。这时鲍新民从屋里出来与我握手。第一句话我就问他,"为啥你不开农家乐?你这院子也不小呀!"

已经退休在家的鲍新民,脸上有些尴尬地微笑说:"不是所有的人都可以开农家乐的,也得有能力。"

"你是余村最大的官,当过一任村长、两任支书,余村啥事你都干了,不能干农家乐?"我有些不信。

鲍新民端过茶杯给我后,慢声细语地说了个实情:"我家地段不太好,靠后,一般客人不易到这边来。做生意,要讲究客观条件。开农家乐也是如此。"

这位不善言辞的余村老领导说话特别实在,但话中却有真金。

"习书记那年来余村时,我代表村里做主汇报。"鲍新民又一次向我介绍二〇〇五年八月十五日习近平来余村时的情景,"习书记特别亲民、亲切。后来我汇报到村上关掉了污染的几个厂时,他清晰而坚定地对我们讲:绿水青山就是金山银山!"

"之后我们就是按照习书记的绿水青山就是金山银山的话,一直坚持到现在。"鲍新民说,他一九九二年进入村委会,整整二十年在余村村领导岗位上,二〇一一年才因为年龄的原因,不当村支书后被镇上抽到"农整办"工作。

"矿关掉、水泥厂也不开后,村上的收入确实成了问题。如何让百姓过上比开矿、办水泥厂时更富裕的生活,不是说说而已的事,得真干实干,有真金白银,百姓才相信我们这些干部嘛!"鲍新民说,那天习近平总书记强调:"一定不要再想走老路,还是迷恋过去那种发展模式,所以刚才你们讲到下决心停掉一些矿山,这个就是高明之举。我们过去讲既要绿水青山,又要金山银山,其实绿水青山就是金山银山。'他的这些话我印象最深刻,一直牢牢记在心上。他鼓励我们坚定不移地走生态旅游经济这条路子。后来余村一步步发展,就是朝着总书记指引的路过来的,从没走过样。"鲍新民家现在在村上不属于富裕户,但他欣慰自己当干部二十年中的后几年里,靠着"绿水青山就是金山银山"的理念,带领村民们走了一条造福余村百年的金光大道。

"开矿、办水泥厂时,我们余村虽然也是全县富裕村,大家的收入看上去不低,日子过得还不错,但百姓其实很苦,劳动辛苦不用说,因为污染严重,生病的人也多了。而一生病花钱就像流水,这么算下来,根本富不到哪儿去。看看现在,大家是真富,干活不累,赚的钱是以前的几倍。我是二〇一一年离开村干部岗位的,那个时候,村集体就在镇银行里存了一千多万元,真金白银,通过理财,每年都可以给村里拿回几十万、百来万元额外收入……现在还是这样。当然,现在村里比那时收入还要大些,关键是农民比以前收入更多了。看着余村的今天,觉得我们没有辜负习总书记当年的殷切希望。"

"看上去你现在的生活水平和财富比村上多数村民尤其是那些开农家乐的要少很多,你内心平衡吗?"我认真提了一个问题。

鲍新民沉默了片刻,再次抬头时,他的脸上绽开了笑容,说:"我心里是真的高兴。这话别人听起来觉得有点假,但对我们余村干部来说,我们今天能够看到村里有人开农家乐一天赚的钱比我们一个月、一年的收入还要高时,真的非常高兴。啥叫绿水青山就是金山银山?我理解这就是!"老支书话锋一转,"想想当年我们冒着生命危险,天天盯在矿上,亲自背着炸药开山破石,不就是想让百姓富裕吗?但没有成功,也破坏了山水。现在听了习近平总书记的话,走上了'绿水青山就是金山银山'这条正确的道路,看着百姓实实在在富了起来,这难道不是我们当初想实现的奋斗目标吗?作为一名当了二十余年村干部的老党员,你说我不高兴吗?肯定高兴!说实话,我比谁都高兴,因为这是我几十年来所追求的梦想和理想!你一定要问我内心的想法,那我也告诉你:在百姓富裕的同时,村干部不是不可以富,但我们必须先让百姓富了,才可以想自己的日子。比如开农家乐,开始我们是村里组织、招揽客源的,而且要求村干部带头办农家乐。为什么这样做?因为村里关掉矿、搬掉水泥厂后,不知道能不能落实好习书记提出的绿水青山就是金山银山的发展新思路,所以要求干部试着先办农家乐,给村民当示范。当时除我之外,有好几个村干部带头办了农家乐,这是我们鼓励的。我没有办,是因为确实我家地段不好。现在我虽然不能与村里的富裕户相比,但日子还是蛮好的,看着余村发展上了阳光道,比啥都开心……"

看着鲍新民开朗的笑容,令我对这位老支书更加敬重。

从老支书家出来,到了村头的张文学家。一听这名字,以为一定是个"文艺范儿"的"文学男"。见了才知原来余村的张文学是位年半百的农妇。不过,张文学看上去一点儿不像农家妇女,清秀端庄,年轻时一定是余村的"村花"。

"我一直是村里的妇女队长,从二〇〇二年到二〇一〇年,当了九年。"张文学说,她是一九八二年从山那边十几里路外的另一个乡嫁到余村的。老家六个兄弟姐妹,名字里都有"文"字。

张文学从小生活在一个多子女的农民家庭,养成了勤快、俭朴和孝敬老人的好品质。她说村里是在习近平总书记来后的当年就开始提倡大伙儿办农家乐的。"那时要求干部带头,我是妇女队长,办农家乐好像理所当然我得先带头。我就跟男人和公婆商量,家人里支持我,我就在我们家腾出四个房间做了农家乐客房。当时一天连吃带住二十五块到三十块,没有想多赚钱,只是想把农家乐办起来。我是村里农家乐协会会长,其实就是村里派我协商和组织这块工作。女人嘛,做这事好像方便些。哪知道开农家乐也不是那么容易的事。比如来了客人住谁家、到底吃什么、怎么收钱,等等,总之烦心事情一天有时几十个。客人少了,村民就问我买的生肉怎么办?客人多了,被子不够又急死人。这些事马虎不得呀,尤其当客人等在那个地方时,我就只好赶紧把家里的被子给人家送去,把自家的冰箱腾出来用。唉,那头一年,我就比'阿庆嫂'还'阿庆嫂'!太阳没有出山头就要挣钱,一直忙到半夜还可能有人找上门来催你解决这事那事。再后来,村里的农家乐越办越多了,管理和协调的活儿跟着多起来,我就把自己家的农家乐停掉了,集中力量帮助那些已经办起来的和正要办的人家协调各种事情,直到全村农家乐成了气候。后来我女儿长大了,又结婚、生小孩,我就到她城里的家那边带孩子去了,一直到现在……"

"听说现在村里农家乐开得最火的'春林山庄'是你一手帮助主人潘春林夫妇弄成功的?"我早已知道此事,便问。

张文学笑笑,谦和地:"是人家努力干得好,我只是在开始时尽了村干部的一份责任。"

"还有呢?"

张文学摇摇头:"没有了。"然后哈哈大笑起来。她不仅长得美,能干又善良,且孝心满满。她婆婆的婆婆活到九十九岁高龄,去世前两年瘫痪在床,是张文学端屎端尿地伺候老人走完了人世最后的日子,张文学因此被镇上评为"孝敬之星"。

"走,我们去看看春林山庄,今晚就在潘春林他家吃便饭……"村干部俞小平提议。

在余村那条东西走向的余村大道上,数春林山庄招牌最醒目,更重要的问题是,春林山庄在余村有几个第一:第一批农家乐,也是全村现在最大的农家乐;第一个有自己旅行社的农家乐;第一个承包县里重要风景区的农家乐。

到春林山庄是晚饭的时间。一进山庄,就见整个院落像在办喜事一般。"今天又是满客……"老板潘春林的妻子春花四十来岁模样,快人快语,一说话就是一串笑声,难怪她家的客人那么多、生意那么好!

这样的农家乐还是头回见:院子大门好像还不如鲍新民老

书记家的大,不过,潘春林家的里面可就是另一个世界了——三层楼,看得出是明显的加大型的;除了厨房,一层全是吃饭的桌子,大大小小有一二十张。"今天院子里又摆了五六桌,没地方放了!"春花一边带我到楼上看房间,一边擦着额上的汗珠,脸上泛着幸福和快乐。

"二楼、三楼都是客房。"春花打开一间内有一张大床的房间,说这样的房间一般是给年轻的夫妇住的。

"什么价?"我问。

"不是旺季每天一百八十元。如果旺季和周六周日,要涨三五十元。"春花回答。说着又推开一间"亲子房"——一个小套间,一大一小两张床。

"这样的房间是三百块一夜。"春花告诉我,"孝子间。"她解释,"有的儿女带着孤身的父亲或母亲来,我们就设了'孝子间',就是子女跟自己的父亲或母亲住在有小门隔着的同一套房间,这样便于子女照顾老人。"

"你想得真周到。"想不到余村的农家乐如此细致入微。

"你再看看这间……"春花带我到三层外的一个阁楼,那里面很特别,房间利用楼房的一个斜面,装饰成两间可以在夜间"望星星""看月亮"的小木屋。

"这小房间很有味道!"我一看立即喜欢上了。春花笑:"这两间最俏,常常要提前好几天才能订上。"

"都是新婚的小夫妻吧!"我猜测。

"对。他们都喜欢住这房间。"

"价格呢?"

"比普通房间每晚贵一百元吧!"

我伸手指指春花,夸她:"你真会赚钱!"

"物有所值嘛!"春花听后不但没有不高兴,反而爽朗地笑着回敬我一句,"如果大作家你来,我可能还要加价一百元……"

"为啥?"我不明白。

"这么优雅、浪漫的小木屋!你住在这儿灵感来了,书猛地一本又一本写出来,我不多收你一百块也对不起你挣那么多稿费呀!"

"哈哈……好你个春花老板娘啊!"我一下子觉得潘春林能把农家乐办成全村最棒的,与家里有个里里外外一把手的春花有直接关系。

但后来与潘春林本人交流后,方知这位真正的老板其实是生意场上的"大鳄"!

潘春林,"70后",初中毕业后第一份"工作"与村上其他青年差不多——到石矿上开拖拉机运石头挣钱。"干了两年,石矿关了,我就到水泥厂干活,也是搞运输。"潘春林是个标准的"浙江男":个头一米七左右,瘦瘦的,但精明灵活,是那种一看就什么都会的人。跟妻子春花站在一起完全互补:春花嘻嘻哈哈,春林轻易不冒一句话,一旦冒出来,就是利剑或子弹,能听到呼呼响声。这种男人做生意一定是个高手。

"你叫春林,她叫春花,你们夫妻是不是一个村的?名字怎么像提前配对好似的呀!"这事令人好奇。

"我们是天仙配!"春林颇为得意地说,"其实我们两家离得很远,她家在另外一个镇。但我们有缘分。二十三岁时我在水泥厂搞运输,那年冬天我到另一个镇办事,也就是春花她家那个镇,见过她一回,当时没太在意,两年后一次偶然的机会又碰到了。这回是一见钟情,再没有分开过。后来春花问我,说第一次你见我为啥没提要跟我谈对象啊?我说因为我们余村的春花还没有开呢!春花就问:那现在你们余村的春花开了吗?我说开了呀!她又问为啥就开了呀?我说:因为余村的春天到了嘛!春天到了春花就开了呗!"春林很善于表达,大概也因此特别讨人喜欢,生意才做得红红火火。

等身边的人都走了,只剩下我们两人时,春林一下变得沉稳老成起来。"其实,我走到今天也不那么容易。"他说,"要想把绿的水、青的山,真正变成金子银子,这中间要做不知多少工作和努力啊!我的春林山庄走过的路,可以说是余村实现习书记'两山理论'比较具有代表性的。"

春林只念过农村中学的初中课程，但二十多年的"社会大学"让他比普通农民有了更多的文化，说起余村和自己在村里所走过的路，春林的言谈里有不少哲理。

"我们余村在习书记来之前，虽然也把矿关了，水泥厂租给了别人，但要说真正从思想上自觉变到保护生态、通过生态来发展和壮大自己、富裕自己，其实是经过了艰难的历程。"春林说，"二〇〇〇年开始，水泥厂开始走下坡路，原因是上面提出环保，乡镇企业尤其像水泥厂等一些污染严重的企业，都得关停并转。当时整个乡镇企业在衰退，我们余村的村办企业和转租出去的水泥厂都面临日子一天比一天差的困境。这个时候，我们村由于过去开山挖矿比别的地方更早、规模更大，所以受污染影响也相对大，关停并转村办企业是自然而然的事，势在必行。这中间有个过程，一方面村里的水泥厂仍在半死不活地维持着，同时村里又鼓励大家想办法走新的发展道路。说白了，大家得重新动脑筋想法子换一种活法，要不然就只能重新回到苦日子的老路上去。这肯定没有人乐意，但咱们是山区农村，除了石头、水和少量的地外，啥都没有。石头不能换钱了，水被污染后还没有清，农田只够口粮的，你说活路在哪儿？关矿和水泥厂走下坡路那两三年时间里，其实全村人都是非常犹豫的，不知以后的日子怎么过。现在好像大家说起来非常容易——绿水青山就是金山银山，但在当时，绿水青山在哪里？要让开山轰炮炸毁的山重新长出青绿，重新长出毛竹还不知道何年何月呢！再说，即使有了绿水青山到底能不能变成钞票变成金子，谁也说不准……最初我和文革去镇上承包了一家饭店，但我们仍然在水泥厂工作，让家里的女人去打理饭店，其实是试着看看能不能照这个路子走下去。后来发现并不像我们坐在家里想象的那么好。"

春林提到的文革，是他的堂兄弟。这对堂兄弟合伙承包饭店的日子不长。到了二〇〇二年、二〇〇三年时，经过两三年关矿停厂、休养生息，余村百姓回头再看看，发现三面环村的山林似乎开始绿了起来。到了二〇〇四年，满山的毛竹也长了起来，从山里流出来的溪水也变得清凌凌的了……"甜了！水甜了！"

乡亲们蹲在那条横穿村子的余村溪的两岸,捧着清冽甘甜的山泉,好不高兴!

"是这个味!跟我们小时候喝到的泉一样甜!"村上六七十岁的老人抿着被泉水滋润的嘴角,也这么说。

"要说余村人的思想观念变化和余村山水面貌的变化,确实是因为习总书记当年讲的话给了我们方向,坚定了我们走生态致富的信心。"春林说,到了二〇〇五年,村里的环境确实焕然一新。我们这些"文革"中间和之后出生的年轻人,还是头回见到原来我们余村的山水竟然这么美,而且是纯天然的,没有任何人工痕迹。余村三面环山,坐北朝南,正面通着五分钟车程的天荒坪镇,从山的深处走来的一条湍流,在村中穿越而过,滋润着余村的每家每户。我们的村庄和农田,正巧在溪流两岸,冬暖夏凉,宜居宜耕,绿树常青,鸟语花香。还有一处千年古刹,一个深藏在大山腹部的天然溶洞,里面奇景百态,妙趣横生,再加上余村最丰富的毛竹青山,你说美不美?

"有一次我带着一位在水泥厂工作时认识的外地朋友到我家玩,请他吃了一顿土菜,他竟然一连住了三天,说不愿意离开我们家,想在余村过日子。当时我想,这朋友不会是酒喝多了没醒过来吧?但朋友拍着我的肩膀说,春林春林,你们余村人身在福中不知福,掉在金山银山里不知发财致富呀!我问他这话咋说呢?他说现在他们城里人已经吃烦了那种上班挤、下班挤、回家吃的又是消毒自来水、每天在水泥钢筋的框子里和柏油马路上奔波、吃的又可能是喷农药的粮食蔬菜的日子,这儿多好啊!所有的东西都是天然的,连空气都是城里人拿钱买不到的宝贝呀!他说你春林要开个店,开个农家乐,我就每星期来一次,带着全家人,喊着朋友们一起来,吃住在你家,给你付钱,保证让你不出门就发财!

"不出门就发财,你说这样的梦谁没有做过?我就做过好几回。"春林笑着坦言。

就在这个时候,余村村支部和村委会也正式开始向村民建议利用村上绿水青山的自然资源和美丽环境,开设农家乐——

客源和服务方面由村上帮着做,赚了是你们大家伙儿自己的。

"这样的好事谁不做就是傻呗!"春林说,"我和文革停了在镇上承包的饭店,决意回到村上办自己的农家乐。"

春林被自己家乡的美景吸引着,更被习近平总书记指引的发展方向吸引着,他要用自己的行动证明"绿水青山就是金山银山"。

与所有的农家乐一样,春林的农家乐开设在自己家,但因原有的房子并非旅店式建筑,一些房间的设计不能公用,于是春林比其他农民家走在前头,不是采取在原有房间陈设的基础上换个床单、清洗一下马桶而已的方法,而是对老房子进行了翻修。

"得多少钱?"父亲问他。

春林估摸了一下,说:"二十来万吧!"

父亲掐着手指,一算:十六间房,来的客人按每天住满一半算,一年光景基本可以平账了。"那你就做吧!"父亲同意了春林的方案。

毕竟是老房子,按规矩还是上一代人说了算,春林也是这么做的。但令他意外的是,最后装修完十六间房间,工钱和材料两块加起来共六十余万元!

"负债了!我一下压力特别大。原来计划二十来万元是根据自己与老婆的积蓄来的,现在口袋全空了不说,还欠债三四十万元,这等于逼上了梁山!"春林跟春花苦闷了好一阵。

开张吧!得起个名!春林道。

春花说:吉利点,要不生意不好,我们欠的账还到何年何月?

是啊,可起啥名吉利呢?春林肚子里没几滴墨水,轮到这种事就着急。赶紧从孩子书包里拿出一本《新华字典》翻啊翻……

春花一把将字典扔了,说,咱余村到处是好景好风光,你翻啥破书!

春林心想,也是。余村好山好水,我们抢个好名用用!他走到自己的凉台,推开窗子,向外看去,立即被村口的两棵老银杏树吸引住了——就用它了!

想到啦？啥呀？春花连问。

你看：那银杏多茂盛啊！它是我们的村树，而且健康长寿，兴旺发达！

就它了！啊——我们要发财啦！春花高兴得跳了起来，搂住丈夫，在他脸上连"啃"了好几口。

"银杏山庄"，名字不错，但它已经被人注册走了，你得改名。工商局的人告诉春林。

有点难受。春林的农家乐出师就不利。好名字注册不上，只得临时改名。啥名呢？

春林脑子里的那点"墨水"被晒干了！干脆，就用我名字吧！春林说。

春花把脸一偏，朝天眺望，说：对，就用"春林"吧！如果再不行，就用我的名字，"春花"。

春林笑：得啦，用娘儿们的名字赚不了钱！

去你的！春花嘴一噘，背过身子气走了。

后来，"春林山庄"被注册下来。开张那天，余村像过节一样热闹。春林与春花在村里人缘好，他俩也会做人，第一天请的客人全是村上人，吃了个痛快。这叫"开张宴"，求的不是赚钱，而是人气！

果不其然，春林山庄从开张第一天起，生意一天比一天红火。这除了春林春花俩人里外搭配好，还因为春林的脑子灵活。别人的客源是靠村干部到风景区跟导游"讲价钱""给好处"后才好不容易拉一拨人来。春林不一样，他先把余村的好山好水拍成照片，再配上几句"文学语言"，什么"美不胜收""流连忘返""坠入云海""如梦如醉""人间天堂""绝对自然"云云，又通过网络一传播，竟然客人纷纷而来，都要到余村找春林山庄……

春林这家伙行啊！连村上的干部都觉得春林这一招既省力效果又好，且着实好好宣传了一通咱余村，于是请县上市里的记者给春林山庄进行了专题报道，从此春林山庄美誉满天下——主要在安吉境内。

"这就已经非常了不得啦！"春林的"经济学"非常有一套，

"作为一个乡村农家乐,你如果能吸引一百左右固定客源,你就基本有饭吃了;如果你有三百个客源,你就可以小康致富了;如果你的固定客源超过五百个,那你就是富翁了……"

"说说你现在的固定客源有多少?"我不能放过机会,于是追问春林。

他笑而不答。

我问心直口快的春花。春花拍拍围裙,两眼望着天花板,费了好大劲挤出一个数字:不说客源啦,好的时候,一天赚一两万元吧!

一年三百六十五天,算一半时间生意"好的时候",一年下来就是三五百万呀!富翁!春林是富翁了!他夫妻俩已经干了十几年了嘛。

"哪止这个数!她春花是保守说法!"村干部立即让我别信她说的。

我笑。反正春林一家开农家乐是发大了!

"这一点不假,我肯定发了!"春林不否定,说他现在平均一年有两百天左右的时间是满客的。"爆满的时候,一天接待二三百人,吃住游玩都在我这儿,平均每人一天消费在二百元左右。"春林说出了自己的营利"底牌"。

能在余村听到农民有这样的收入,自然让人从心底里感到当年习近平的那一句话是何等的重要!

"真的是金光大道!"春林的话由衷而发。

余村和安吉能够在新世纪初开始出现节节攀高的客源,其中一个非常重要的原因,就是后文中要讲到的关于安吉被确定为"黄浦江源"之后,上海与安吉之间便有了一份特殊的"亲戚关系",加之县上连续举办"中国安吉黄浦江源文化节",文化节期间主打"黄浦江源生态旅游"牌,使得喜欢到处游山玩水、"吃吃白相相"的上海客人疯一样地到他们的"母亲河"源头探访加旅游,于是"安吉山水甲天下"的美名在大上海传开了。这还了得,两千万人口的中国大城市,加之"阿拉"上海人做啥事喜欢讲价钱,听说安吉农家乐便宜又玩得开心,就纷纷往安吉拥,自然到余村和春林山庄的也多了起来。

春林赶上了好机遇。"二〇〇七年,县上提出用五年时间再造一个安吉,我自己给自己也提出三年再造一个山庄。所以又在原来基础上翻建农家乐,这回投入六七十万元,房间增加到二十七间。你问为什么不再多一点?因为二十七间正好可以安排一大巴车的客人。"春林说,"当时一百块吃住三天,干活全是自己家,菜是自己的,小工是自己做,所以别看一百块吃住三天,仍然能赚钱。客人也喜欢,来的人每个月每年都在增加。"

春林夫妇做得红火,感染了村上的人。邻居学着春林的样,把自家多余的房间腾出来改装成客房,试着接待客人。这么着,有的客人就住进了春林山庄的隔壁。但有人第一天住进,第二天就要求退房,来求春林,说希望住到他们的春林山庄。春林一问,原来是客人觉得那些农家乐服务质量和设施有问题,比如厕所是公用的,比如房间与房间之间缺少私密空间等等。

"我们村上的人都是农民,他们不懂城里人的一些生活要求,也不懂得啥是私密之类的事,所以我发现后,便想了如何帮助邻居们一起发展比较正规的农家乐。但这事没那么简单,每个家庭的情况各不一样,人的素质也不一样,让他们统一用我潘春林家的也不现实。怎么办呢?都到我家来,也不是个事,听起来我收的客人越多越赚钱,实际上并非如此。比如我一见有的时候一下来了上百人,我没有房子,就马上扩建,一扩建就得花上几十万、上百万吧?可这回房子扩建了,你就能保证突然客人又来了几百人,还是装不下怎么办?再扩建?这样循环也是大问题……"

"后来你怎么解决的?"

"我解决了!"春林说,"我想光跟着客流量靠我自己一家不断扩建,肯定非砸不可,到头来看上去我客源滚滚、一年忙到头,但弄不好不仅不赚钱,还因为不停扩建而欠债累累。"

春林果然聪明。他想出的办法是:跟邻居商定,你服务不到位,单独招客人生意不稳定也不一定赚钱,那你纳入我春林山庄统一管理。客人来了统一算我春林山庄的,你的客房也算我们合用,你原来一人一天收一百元,现在住你家的五十元我给你,吃饭在我春林山庄的五十元归我潘春林。邻居觉得春林这样做好,于是春林和周边的几户邻居有了很好的合作。他春林山庄的客房,从此除了"一号楼"(他自家的),又有了"二号楼""三号楼""四号楼""五号楼""六号楼"。

就是说,春林一户农家乐,带动了五六家邻居全都成了农家乐。

"是这样。"春林说,现在山庄的客人一到旺季,每天多达上千人,我潘家的地盘再大也只能住上五六百人,就已经拥挤得不行了,还得靠乡亲和邻居们一起帮忙解决。还有,那么多人住在家里、吃在家里,起码也要三四十个帮工呀!"

"你春林也算给村上的人提供了就业机会嘛!"我说。

春林有些得意:"应该算。帮工整理整理房间、洗碗洗菜,年岁大一点的婶娘婆婆都可以,一个月三四千块工钱,也是不错了,是可以拿回家的净收入。"

"听说你是安吉农家乐中第一个有自己的旅行社的?"

"是,我的旅行社叫天合旅行社。自从习近平总书记给我们指引了一条致富的康庄大道后,像老天合中我心意一样,山庄生意越做越火,钱越赚越多,所以我给起了'天合旅行社',希望沿着习总书记指引的路永远走下去,越走越光明。"余村的潘春林越来越自信了。

"生意做大了,你不懂一点经济和政治知识,那绝对不行。我们余村的绿水青山一天比一天值钱,一天比一天贵重,身在其中靠绿水青山过日子、发展致富的人,不懂得发展理念和未来方向,再好的日子、再好的生意也不能持久。这点我有体会,之所以我们春林山庄有今天,都是因为做到了不断将服务水平和服务能力及时有效地向新的台阶提升。"春林说,比如他有了自己的旅行社后,客源不再靠东拉西喊的散客支撑,而是直接开通了余村到上海市区的线路,大巴客车就是他"天合旅行社"的。

"现在天天都有从上海到我这儿的大巴客车,从上海出发,两个来小时就到我山庄了!"春林颇为自豪的是:客人到余村的春林山庄后,不用出他春林"家",你想玩几天、吃遍安吉美食、玩尽"最美乡村"的话,"皆由我负责"!

"你有了孙悟空的能耐了?"我有些惊讶。

春林满不在乎,说:"只要在安吉,这些事我全包……"

原来,他现在不仅有山庄,有旅行社,还是几个景区的股东,比如著名的安吉九龙峡,"我是那里的大股东!"

牛!余村农家乐的潘春林现在确实够牛。

我知道,今天的春林山庄,不单单接待低端的客源,而且现在已经重点放在了中高端的中青年客源上。来的客人,随手打开微信,就可以找到安吉最美乡村游的春林山庄。

"过去我们的农家乐,只赚吃住的钱,现在是吃'产品'钱。我们在几年前就响应县里的要求走精品之路。"春林一边跟我说话,一边不停地看手机,"客人电话过来时,就已经把钱打了过来,这种生意做得比较惬意。当然,你得把服务跟上去,才能保证客源像山泉涌动,源源不断。"

我有一个疑惑:"毕竟余村和安吉这样的地方,属于江南地区,到了冬季旅游淡季时,你的生意怎么做呢?"

春林抿着嘴笑。片刻,抬起头说:"这个担心村里人曾经也有过,但后来他们全不为我担心了,反说我春林做生意做绝了……"

"怎讲?"

"一到淡季时,我就把到上海拉客的车子开回来,开到余村和安吉县城里,我就把想到上海、杭州和苏州玩的村里人、安吉人拉出去,让他们半价坐我的车到大城市里去玩,吃的、住的甚至玩的还是我'天合旅行社'来安排,比别人安排的便宜一大截……"

"哈哈,你还是赚钱嘛!"

"是这样!"春林笑。

这农民的身上满是经济学。

安吉县委领导几次在吃饭的时候,不经意间跟我说了几个数据:整个安吉,至少有三千家农家乐,从业人员达三十万人,收入嘛……哈哈,还是不说的好,藏富于民嘛!"

我在想,仅此一块,安吉人已经做到了"绿水青山就是金山银山"。你想想,假如每户农家乐,一年赚上二三十万元,三千家总共应该是多少?换成金子银子放在你面前,有没有"金山银山"的感觉?

潘文革书记告诉我,现在余村共有农家乐三十家,"一家开店,三五家劳力在帮忙、赚钱,这是一种致富模式。"他说。

对整个安吉而言,余村的农家乐,仅是一个缩影。我甚至感到这块土地上的每一个农家乐都是一块令人爱不释手的宝玉,它光艳明耀,又各具特色,享受一次,就会醉倒一回。

那天从余村的春林山庄采访出来,安吉宣传部的同志提出让我"领略"一次大山深处的农家乐。我欣然接受。

几十分钟后,我们进入了一片深深的山谷,到了一个半山腰的地方停下。

"何主席,'老树林'欢迎您!"在一块醒目的招牌前,宣传部长陈旭华女士热情地向我伸出手来。

有意思。大山深处有这一坊"老树林",真是意外又令人好奇。当我在此落停住下时,再细观这家悬在山崖之上的农家乐的全景,不由得心潮起伏:连绵的大山,满目皆是翠竹绿林,山谷间吹来的阵阵清风,爽透肺腑。在此吸一口气,能荡除腹中经年之浊,一切疲劳和烦恼在此似乎永远不会存在。尤其是夜泊"老树林",那种出奇的静寂,叫你有种进了深深的渊底之感,竟还有些空荡与恐慌。由于负离子特别丰沛,第二天醒来的时间,我一看,竟然比平时晚了近两个小时。再站在栖息的小凉台上伸伸懒腰,全身上下像换了个人似的那么轻松、舒展。

这时,看到几位"老树林"的女服务员正在忙碌着给我们做早餐,便过去与其交谈。

"嗨,你们都是大姐级的服务员啊!"我见她们都是四五十岁的大嫂大婶,不由更加好奇,"这农家乐是你们开的吗?"

"不是,以前是德清的一个人来承包的,后来又包给了上海老板。"她们笑嘻嘻地给我介绍。

"噢——"我看着一栋栋形态各异的"老树林山庄"别墅问,"以前都是你们的房子吗?"

"是。"一位显得年轻一点的妇女回答说,现在的其中一栋是她家的老房子。前些年承租给了现在的"老树林"老板了。"我用租金在山底下买了新房子,因为儿子媳妇都在镇上上班,小孩子还要到学校上学……"

"这么好的地方,你们为啥不自己办农家乐呢?"我有些疑问。

"开始是我们自己办的,这里风景好,前些年有外地人来深山里探险,常常住在我们这里。时间一长,我们各家就都开起了农家乐。后来被大老板看中了这里,所以跟我们谈合作经营更高档次的农家乐,这就是今天的'老树林'。"

原来如此。从这些女服务员口中知道,现在的"老树林"在上海等大城市和探险界名气可不小,特别是周六周日,客房满满的。"我们觉得很开心。白天在这里工作,拿旱涝保收的工资,晚上可以回家干家务活。自己的老房子也能每年有收益。"

走出老树林山庄,漫步在山村的盘山公路上,我清点了一下,这个悬在半山腰上的自然小山村,现在基本上全都改成了农家乐。住在上面的百姓已经很少,倒是说着各种方言的游客很多,他们与我一样,兴致勃勃地在清新的晨曦中散步、观景……

"太美了,简直就是人间仙境!"游客们不禁一声声惊叹。

上午十时许,在离开"老树林"时,我抬头远望,见前面仍然群峰耸立。出"老树林"村口时,路边有一块小木牌子的一个向上的箭头写着:九亩田。

"山上面还有好地方啊?"我不禁问。

陈旭华部长笑:"最好的风景在山的最高处。九亩田,应该是山川乡最值得去的一个地方!这次何作家您的行程太紧,下次您来了我们去感受一下九亩田的农家乐……"

太遗憾了!我口中说着"行行",心里满是叫"亏"。

陈旭华部长告诉我,像九亩田那样的美景地,还有很多,而这些地方都有各具特色的农家乐。

流金的小溪

在得知余村潘春林的农家乐满满"金""银"装口袋时,我就在想:如果余村经验遍及全国,"美丽乡村游"也成为中国贯彻落实习近平总书记"两山理论"的中国新农村建设的一道特别亮丽的风景线,那么它的经济效益到底有多少呢?

也正在这个时候,电视新闻里正播的一个数字吸引了我的眼球:二〇一六年,我国休闲农业和乡村旅游接待游客近二十一亿人次,营业收入超过五千七百亿元。

五千七百亿是个什么概念?不知。我只知伟大的三峡工程当年因为要花一千来个亿,举国上下整整争执和论证了一二十年方确定上马。二十多年前中国经济自然比现在差许多,然而即使在今天,五千七百亿元仍然是个大数字,大到我不知用什么来形容它是什么样的山、什么样的峰……

都说文人没有数字概念,我也一样。不过如今手机"搜索"可以弥补我们许多知识的缺陷。"搜索"结果:黄金每克大约三百元人民币(随时浮动),一千克就是三十万元。五千七百亿元能买多少公斤黄金呢?约二百万公斤!

你见过二百万公斤的黄金吗?估计在金库工作的人都没见过。那我想象:二百万公斤的黄金放在你面前,是不是座闪闪发光叫你心跳突然加速的高高的金山啊!

如此比喻和计算,是让我有可能从直观的角度,将习近平总书记当年在浙江所提出的"绿水青山就是金山银山"重要思想,形象地告诉读者和我们的广大人民群众,那真真是一个高瞻远瞩的英明之见,为人民带来了实实在在的福祉。

我以为在余村这么个小山村,潘春林吃"绿水青山"之饭,吃出了很难有人可比的、人人羡慕的"金山银山"。但我错了,错在实不该小看了余村人,当然更看低了"两山理论"对余村和安吉乃至整个浙江大地所带来的影响力与推动力。

余村的另一个故事应该从穿过村子的那条"余村溪"讲起。

如果问余村和安吉的山有多美,你可以用尽天下文字描述,因为这里的山虽不高,但却景致别样,千姿百态,什么样的形状皆可寻觅到。自然我们赞叹高入云霄的喜马拉雅山,也会被黄山的奇峰怪石震撼不已……天下峰峦岩崖,各显风流万万年。显然,小小余村的那几座几百米高的青山,无法与诸多名山相比,但大致代表了安吉一带浙北丘陵的特色。有道是,山不在高,有仙则名。余村和安吉的山中之仙在何处,为何物,这需要你拾级而上,身临其境方可知也!

那一天,村干部领我沿着蜿蜒崎岖的山路向上攀,几阵喘息之后,我们登上余村一座峰顶。"你看,我们余村像不像一只金元宝?三面是山,一面敞亮,众峦中间是一片狭长的平原,生息着我们余村的世世代代……"村支书那天情绪格外饱满,怀揣一份对家乡的特殊情感,他指着眼前和脚下的余村万千风物,如此说来。

小山村确实很美,尤其是漫山遍野的绿林青竹间那片片升腾而起的蔓雾乳云,带着溪流的湿润和泥土的芬芳,顺风扑鼻而来时,令人心旷神怡。如此的山,如此的地,如此的小小余村为什么充满毓秀之气?我举目远眺又回首俯瞰时,眼前一下被山峦间的一道哗哗作响的溪流所吸引——那溪流从半山腰处袒露身姿,然后沿叠叠岩崖顺势而下,时而在岩缝中细流涓涓,时而在峭崖边奔腾咆哮,又时而在平如桌面的宽阔岩石边像白发仙女一甩秀发,形成锦织一般的瀑布;或突然又隐藏于沟谷深处,不见其闪光盈盈之身,只听其屑金碎玉之声……

"呵,我找到了!找到了!"那一刻,我情不自禁地叫了起来。

"找到啥啦?啊,你找到啥啦?"陪同我的余村老乡有些吃惊地问我。

"我找到你余村众山的'仙'了!"我说。

"哈哈……真有仙啊!"

"有啊!那不是'仙'嘛!"我指着远近处一条条哗哗作响、流彩闪耀的山间溪流说。

"嗯,这你还真说对了!"支书频频点头说,在余村,在安吉,通常向客人介绍时都会说这里一分地七分山,还有二分是溪流。这"一分地"想养活我们这些人是难事,那"七分山"若没有水的滋润,也等于是石头一块,啥都不灵。溪谷之水是决定我们山村和安吉庶民百姓能不能活下去、活得好不好的仙灵之物!

是的,当采访步步深入之后,我渐渐对余村和安吉山地间的潺潺流水产生了特殊感情——原来它们不仅是大自然衍生的灵性之物,而且还是今日之余村和安吉百姓依靠"绿水青山"幸福致富的活水源头……

我的认识始于初日访余村的感受,但结论则是在一位余村"大仙"那儿。此"大仙"不是别人,乃余村村民胡加兴。

见胡加兴之前,先见了让他龙腾虎跃、幸福生活节节高的"余村溪"——那条穿村而过的溪流,俞小平称其为余村的"母亲河",这不为过。余村数百户人家,基本都紧邻此溪而居,几百年皆如此。吃的喝的用的洗的,从没有离开过这条溪流,即使是在冬天,虽然溪水无法与夏日的滚滚洪流相比,但仍然可以足够供给村上几千人畜使用。我去时正值清明时分,此时的余村溪,尚属弱流,偶然在春雨过后,方见湍流奔涌,但平日之水,显得非常温顺平和,犹如一位刚刚醒来的秀女,懒散中带着几分随意。即便如此,仍可以看出它磅礴汹涌时的那种气势。三四米宽窄不等的河床,从远处的峻岭沟壑间搭台阶而下,流淌于小村中间,再弯弯折折,与万千条安吉其他溪流,一起汇集于西苕大溪之中,形成奔腾不息的巨流,势不可当地,入太湖,经浦江,再扑入东海……

这只是我眼见和想象中的余村溪,一条让小山村百姓生息的源流而已。

"胡加兴靠这条溪可是发大财了!他搞的漂流远近闻名,日进斗金哩!"俞小平这么说,我有些不信。因为在我的意识中,能进行漂流的地方一定是名山名川,这小小余村,区区乡间小溪,何能漂流?

站在村边的溪岸,望着河床上那断断续续流经于裸岩间的涓涓水流,无论如何我也想象不出这样的地方竟能让玩遍了世界、玩够了刺激的上海人、杭州人和我苏州老乡如痴如醉地来玩"乡间漂流"。

主人胡加兴出现了!

"小看我们山里人了吧!"这是一位少有的乡间风流倜傥人物:五十开外的人,依然英姿帅气,关键还总挂着一脸笑相。好像谁说过,通常这样的人能发大财!

胡加兴听了我这么说,更是笑得合不拢嘴。一旁的俞小平说,他胡老板这些年靠村前这条滚滚而流的溪水,满口袋满口袋地装进银子,现在是余村的"富翁",他每天做梦都要笑醒,换了我也一样。

"是是。过去没发财时,我的脸上满是苦相。尤其是在矿上和水泥厂做工时,你想笑也笑不出来,笑比哭还难看——整天被泥巴、烟尘糊了满脸,只剩下两只眼球子还表明自己是人……"胡加兴说,他在十七八岁时就到了矿上当窑工,他的父母也在窑上。"那个时候,能到矿上、窑上干一份活,也算是比扒土种地的高一招呢,因为能拿工资呗!"

"但矿上的活实在太苦,即使比种田的多拿几个钱,但肯定寿命要短好几岁。所以后来我单干。自己买了一辆三轮车,在矿上贩菜。"胡加兴说。

看不出来,这么个搞漂流的大玩家,竟然是当年在工地上贩菜的出身啊!眼前这位乡间漂流大侠的往事让我有些疑惑。

"没错,别看胡老板现在财大气粗,豪气冲天,想当年也是淌着汗水、低头推着小三轮到处吆喝的菜贩子哩!"俞小平与胡加兴是从小一起在村里长大的,话里话外,无不透露着的那种直接与爽快。

财富积屋的胡加兴对他人的任何评价已经满不在乎了,依然笑逐颜开。碰巧,我们去他家时,他儿子刚结婚不久,胡加兴的妻子仍然着一身大红的衣衫在堂里堂外招待客人——胡氏山庄的规模仅次于春林山庄。但对胡家来说,二三十桌的农家乐并不是主业,是漂流的副产品。

胡加兴自始至终也没有把自己家的农家乐放在嘴上,他的心思全在激情澎湃的如漂流一般刺激的这一二十年的生意经上……

"我这一二十年里,干过活、走过路,可以说是天南海北、地狱天堂,村里的人说我从来没有踏空过,但我知道,真正让我顺风顺水的,还是从蹚上了这条溪水之后……"我感觉胡加兴的这话,落在余村这块土地上,似乎格外掷地有声,也特别有深意。

"村里开矿时,我骑着三轮车,从县城把菜拉回来,再到矿上去卖给那些没有时间出去买菜的乡亲们。一天拉满满的一三轮车,鱼肉螺什么的,一斤赚几分钱,一车菜卖掉能挣五六十块、六七十块。矿上工作一天四五十块,我拣个省力些、少危险的活计,还能一天多赚十块八块。在村上开矿的年份里,村民们拼死拼活地干,我是起早摸黑地卖,图的都是肚皮刚刚吃饱,外加口袋里有几个零花钱而已,但大家的身体差不多垮了、坏了。污染实在太重,整天看不到晴天……"一直挂着笑脸的胡加兴说到这儿神色凝重起来。

"当时我就想着离开余村,出去闯荡,但乡下人尤其是已经拖儿带女的乡下人,想离开自己的家谈何容易!"胡加兴说,"好在我不是卖菜脚下有轮子嘛,所以后来到德清去贩猪苗,就是贩卖小猪崽。"

"德清是安吉的近邻,他们那儿的幼猪市场很出名,我们安吉这边养猪人比较信德清的猪种,所以我就做起这档生意,几天贩一批猪崽,一个月赚回万把块。"胡加兴抹抹嘴说,"按理说一个月赚万把块钱非常不错了。但从我们这儿到德清要翻山越岭,路况不好,听说中途常常有不三不四的黑道上的人捣乱,你提心吊胆辛苦一个月,弄不好只要有一次碰到这黑道上的人,等于整个月白忙活,能捡回一条小命算福星高照。差不多一年后,家人再不让我干了。"

回到家里,望着屋前哗啦啦流淌的溪水,胡加兴左思右想着再干些啥能有个好日子呢?听说天荒坪镇的水电站开建,每天都有上万人从山下到山上、又要从山上往下走,载人拉客肯定能赚些钱！胡加兴这么想。

于是他把装货的旧小三轮车换成能载人的新三轮车，开始了"工地客运"生意。天荒坪水电站工地上，人山人海，可谓每天洪流滚滚、浩浩荡荡。余村的胡加兴就成了这支混杂纷乱的民工洪流中的沧海一粟，疲于奔命地飞奔在天荒坪岭与县城之间的崎岖山道上……后来，他把三条腿的车子换成了四轮车。

"十三个座位的车子，有时要拉三十多人，而且是在山路上行进，你说危险不危险？可有啥办法，既然上了路，死活都是听天由命。"胡加兴长叹一声，"那个时候，我和搭乘我车的人一样，今天不知明天……"

一些日子后，水电站建好了。胡加兴的车子又换了。他把拉民工的车换成了出租车，干脆上县城开出租车去了。

"我们安吉县一二十年前还是非常落后的。当时全县城只有四十辆出租车，但已经有不少老板在做转椅生意，跑杭州的比较多，可他们多数又没专车。我想开出租车一定是不错的生意。"胡加兴的"车子经"练到了家。

在安吉县城开车只有三块钱起步价，仍然生意惨淡。胡加兴就瞄准一家做转椅的老板，甘心情愿地被"包"——专司为该企业跑外地业务。

"这生意能养活自己，但根本养活不了全家！"胡加兴又在屋前的溪河边长吁短叹，这日子到底怎么过，他的眼里充满了惆怅。

家对面的水泥厂仍在冒着浓雾一般的烟尘，仿佛像一顶沉沉的黑锅将胡加兴的心重重地罩住了，罩得他喘不过气来。

"日子总还要过吧！"这回胡加兴咬咬牙，狠了一把：把出租车卖了，把所有家底都拿出来，到县城买了两套房子、一个店铺——干脆离开余村，到城里做卖鞋生意。

哪知这开惯了"轮子车"的胡加兴，重新穿"鞋"走路，怎么也走不顺。不久，他的鞋店关了门。

还是回到"轮"车道上吧！

胡加兴一赌气，这回他换成了一辆奥迪。聪明的他，将这辆

"官样"的私车整租给了县上一家园林公司,一年收其用车费用。"人家养车不养人,省下一份开销。"胡加兴解释,"还好,一年下来,十几万元收入,但绝对富不起来。"

时间到了二〇〇五年。"这一年被这条溪吸引了!终于扔下了轮子,顺着这涌动的溪水,开始走上一条捡金子的致富道路……"胡加兴从凳子上坐起,指着屋前的溪河,脸上笑容大开地说。

"有一次我跟园林公司的老板到宁波办事,看到一条溪河里有许多人在漂流,很好奇。一打听,说还很赚钱!我是蛮有生意头脑的,所以就仔细看了看那条漂流的河道,觉得跟我家门前的溪河没什么差别,如果说水的落差,可能还不如我村上的溪呢!他们能搞漂流,我在余村、在安吉为啥不能呀!"胡加兴自己讲,"这一次看漂流,是我有生以来最心动的一天,心想,前些日子,村上的干部还在说省里的习近平书记到了咱余村,说如果咱们把山变青了,水变绿了,我们百姓就等于可以口袋里装金子银子了!当时大伙儿还不太明白,怎么个就能把绿水青山变成金子银子呢?我的妈呀!想到这儿,我猛地拍了一下自己的大腿:如果把我们家门前的溪河改成也能够漂流的水道,这不就是绿水青山变成金山银山了嘛!那天我向村里汇报了我的打算和想法后,鲍书记高兴了,说加兴你这个思路好!余村如果在自家的溪河上搞起漂流旅游项目,不仅使我们余村闯出了一条致富之路,而且对整个安吉都是了不起的好事,安吉境域内有多少条跟我们余村一样好,甚至更好的溪河啊!"

"村里当然非常支持加兴的想法。"俞小平说,自习近平总书记在省里提出"生态立省"后,尤其是在余村首次提出"绿水青山就是金山银山"起,浙江全省上下都轰轰烈烈地加入到"千村示范、万村整治"的新农村建设活动中。"治理河道、让水干净起来,本来就是我们村里要做的工作,加兴提出整治溪道,搞漂流旅游项目,对村里来说是一举两得的好事,所以非常支持他。"

"农村人玩过水,但从没人搞过啥漂流,开始村民们帮我干活时,就嚷嚷说:这回加兴是要把我们扔进河里了,干了也是白干呀!意思是说,我干这漂流项目肯定要赔大本,到时连他们的工钱都给不了。"胡加兴苦笑着摇头道,"老百姓最讲实际,后来我对大家说,你们尽管放心,在我这儿干活,干一天我就先给一天工钱,当天结清!你们只要按照我的要求,努力干活就是,其他的啥也不用管。"

有胡老板这句话,大伙儿总算把心放了下来。余村溪河其中的一段流域按漂流的要求改建和整治完毕,二〇〇八年五月一日,余村"荷花山漂流"正式开张。那天胡加兴动员全家老小外加几户亲戚,一齐充当漂流管理人员,同时村干部也跟着义务上岗——那可不是闹着玩的,一旦漂流有淹人、伤人,甚至死人的事故出现,传出去不仅胡加兴完了,整个余村也可能因此翻不了身哪!

村小学方校长开始最反对胡加兴搞漂流,说弄不好"死人"怎么办?咱余村干什么都行,非得玩水?老校长生气的不仅仅是这,他孙子爱动,一听说"胡老板"在开张的前几日搞"免费漂",吵着非要去"漂"不可。方校长气得口中直嚷嚷:老朽不信这玩水能玩出名堂!现在自己的孙子要去冒险,他老人家无奈跟着到了漂流地。

"爷爷,你也来吧,来吧!"孙子坐着拿着皮筏,在水中又蹦又跳,任性地非要爷爷跟他一起漂。

"我才不呢!"老校长又气又恼,可又紧张地担心孙儿在水上不安全,于是在溪边时退时进,左右不是。

"老校长,您不妨也去试试。我保证您老绝对安全……"胡加兴见后,毕恭毕敬地过来请老先生。

"我才不上当呢!"方校长一扭脸,生气道。

"哎呀爷爷下来吧!可好玩呢!快快……"哪知孙儿撒娇,不管三七二十一将爷爷拖到了水里。

"这这……"

胡加兴乘势将方校长扶到漂流筏上,只见一股湍流自上而下奔腾起来,那载着方校长和他孙子的漂流筏随波逐流地顺倾斜的地势向远方漂去……

"啊哎——"

"哈哈……"

溪流间,水声挟着叫声与笑声,震在绿水青山间,好不热闹。

"校长放心好喽!我们在岸上看着您呢!"惊恐中的老校长见岸头的堤上,穿着救生衣的胡加兴随漂流筏正寸步不离地奔跑着、呼喊着。

"不用你跑啦——"几分钟后,方老校长突然冲岸头喊道。

"什么?"

"不用再追了!我很好、很安全——"

这回胡加兴听清了,也笑了。他看到水中的"犟老头"方校长正像孩子一般地跟他孙子一起漂得开心极了……

"太好玩太刺激了!"这话是老校长第一次漂流后一边摇头一边不停说的一句话。老人家像喝了酒一样兴奋,好几天搁不下这句话。

"现在每年漂流开始后,他憋不住要来漂上几回……"胡加兴乐得合不拢嘴地告诉我。

有趣!真想看一回老校长的"漂姿"和"漂态",那一定是个异常欢快的景致。

农民办漂流本来就是一件新鲜事,"第一个吃螃蟹"的胡加兴,把余村的乡村漂流搞得风生水起,实属不易。老实话,我最担心的并不是有没有人到余村来漂流,而是农民们办这样的惊险性游乐项目,会不会在安全方面出问题,人命可是比金子还要贵重的东西啊!

"向何作家报告:二〇〇八年我的漂流开张到现在,近十年里没有出现一次生命安全的事故,就连骨折啥的都没发生过。"胡加兴非常硬气地对我说,"当然,擦破皮、流点血的情况还是有的。总之,大的安全事故一次都没发生。"

"这就让人放心了!"擦破皮流点血在漂流这样的剧烈运动中是不能算事的。听了胡加兴的话后,我松口气的同时,更对余村农民深怀敬意。

"别看胡老板这个时候很潇洒,你到漂流现场,他就成了跳上跳下的猴子了!"一旁的俞小平看了一眼胡加兴,窃笑道。

胡加兴用手指指点点俞小平,也满不在乎地说:"给你看看一段我在漂流现场的工作情形……"随手,他打开手机视频给我看。

那里面的胡加兴,身穿红色救生衣,手举喇叭,一边哇啦哇啦地喊着"注意事项",一边骑着小摩托在溪岸头奔跑着,看不到半点儿的潇洒,确实像个只顾头不顾尾的山猴。"没办法,责任重啊!真要有一个人、一群人在漂流中出个三长两短,我这小命能担得起吗?"

潇洒的"漂流老板"其实压力特别大。这一点只有胡加兴自己知道。"游客玩一趟,乐得前仰后合,恨不得躺在河滩上抓起啤酒瓶再来个一醉方休。我呢,一天在河道上至少要跑上下三五回,这只是我在大家的眼里看得到的人影,看不到的事知道还有多少吗?突然间老天爷下一场大雨起了洪水咋办?年轻的小伙子们在水里开仗了你也得管啊!总之,玩漂流的游客寻找了一回刺激,而我这办漂流的老板则要操十倍的心。不能有半点马虎,不能有分秒麻痹。"胡加兴动情地说。

"没打过退堂鼓?"

"没有。漂流玩的就是心跳,我搞漂流的人不玩心跳就吸引不了游客来玩这心跳的项目!"他的话似乎有些道理。

胡加兴"靠水吃饭"的生意后来越做越大,"荷花山漂流"在上海打出的宣传广告也蛮有名气,喜欢这项运动的上海人十有八九知道"最美乡村"的安吉有个"荷花山漂流"。

"游客最多的时候一天两三千人。"胡加兴的脸上放着光说。

"那不等于像煮饺子似的!"我说。

"哈哈……你这个比喻贴切!"

"胡老板这个'漂流'搞起来后,把我们余村青山绿水的水平也一下提升一大截。"俞小平介绍说,胡加兴和余村的这个漂流项目在安吉乡村游中是同类项目中最早的一个。在安吉的数百个崇山峻岭间,有许多可与余村溪流媲美的溪泾河道,"但并不是落差越大、沟谷越峻险就越可以开展漂流的。能够把漂流作为运动与旅游项目的关键一条,首先是需要水质清澈干净,水温适中。我们余村的溪流做起了漂流运动与旅游,这从另一个角度也证明了我们这儿的山水生态环境达到了相当好的程度。"

于是乎,在余村漂流的带动下,安吉农民的漂流项目在几年时间里纷纷开办起来。现在,整个安吉有名有姓、在旅游和环境部门注册挂号的漂流点就有十来个,它们是——龙王山漂流,全长四公里,途经三十个弯道、五十六个滑道,真可谓峰回路转,刺激无限;深溪悬崖漂流,又称"江南红旗渠漂流",系华东地区唯一的规模最大的高山渠道漂流,其情景恰似"人间天河",妙不可言;石马湾漂流,是利用水库下游的水流开发的漂流点,沿途两岸绿树婆娑,鸟鸣虫唱,情趣无限;将军关漂流,一百三十米落差,构成惊心动魄、层出不穷的险境,适合年轻人和勇敢者探险;黄浦江源漂流,安吉水质最好的漂流点,外加特设的五大闯关项目,更加玩趣非凡……

曾经有一位诗人在安吉三天中玩了五处漂流,后来诗兴勃发,举杯对月,曰:

宛如踩着云
从天上来
瞬间,又浮在山顶
又落入渊谷
魂出了窍
心已被自由
流放

忘了烦恼
忘了股票
忘了世界
只记着安吉

是个最好的地方

　　这位诗人后来每到一处,都要吟诵这几句诗,他说绝非有意给安吉做广告,而是安吉的绿水青山之美太让他难以忘怀。这位诗人的作品,让我想起了另两位大诗人,他们分别叫白居易和苏东坡。杭州现在有那么大的名气和"天堂"美誉,很大程度上是因为白居易的"江南好,风景旧曾谙,日出江花红似火,春来江水绿如蓝。能不忆江南?"和苏东坡的"欲把西湖比西子,淡妆浓抹总相宜"这些诗。上面这位诗人的诗作虽不能与白居易、苏东坡的诗相比,但有这句"忘了世界,只记着安吉是个最好的地方"便足够给力了。

　　伏案写作时,我特意在网上搜索了一下,点击了"安吉""漂流"两个关键词,何曾想到出来许许多多到过余村和安吉玩过漂流的游客所写的"漂流游记"或"漂流日记",从其言语中可强烈地感受到游人已被安吉漂流之趣深深吸引。

　　漂流对漂流者是一种放松、刺激、冒险和新奇的体验。很多人跟我说,只有亲历一次漂流运动后,你才会感受到前所未有的心灵与身体的特殊触动,有时这种"特殊触动"的体验,会改变和解脱人的许多问题与弱点。"人是大自然的一部分,当我们真正回到自然界的时候,那些日常生活中所沾染的顽疾会在一定过程中获得释放与消失。因此我们要特别感谢那些为自然界争得美丽的人们,他们的辛勤努力应当受到尊重与倡导。"一位自然科学家如是说。

"当代陶渊明"史话

　　到余村采访的第二天,步至村尾,二三百米的田间有一幢农舍和一片塑料薄膜搭起的菜棚,格外醒目地跃入眼帘。再仔细一看,原来是"金宝农场"。

　　"主人是咱余村的'生态公民',我们俞氏本家村民俞金宝,他家的农场……"俞小平说着就带我前往。

　　"慢点慢点,刚才你说他是……生态公民?"我突然止步,拉住俞小平,求其解释。

"是,生态公民是前年一群老外到他家给他起的名。"俞小平的脸上露出了骄傲的笑容,"在余村,生态公民比过去'农业学大寨'时的'五好社员'还吃香!"

生态公民,听词义很容易理解,但到底什么样的人和什么样的生活状态就算是生态公民呢?令我很想探究一番。

"这就是生态公民俞金宝。"进农场大门,俞小平指着迎面而来的一位着灰色装的中年男子介绍道。

"果不其然,满身生态!"我打趣地跟浑身上下都是泥巴的农场主人边握手边开玩笑。

"不好意思,今天有两个葡萄棚要搭起来,弄得身上全是泥。"长着一对虎牙的俞金宝满脸羞赧地搓着手,一看就是个老实本分的农民。

"这四周是金黄色的油菜花和绿油油的蔬菜地,就你一户居于田园之中,此乃真正的田园生活啊!"我看了看俞金宝的农场内置,原来是几间草叠土搭的房屋,很原始,也极生态,不由触景生情地哼了句陶渊明诗句:"采菊东篱下,悠然见南山……"不曾想到,在一间小木屋里立即飘出一串清脆之声:"莫笑农家腊酒浑,丰年留客足鸡豚。山重水复疑无路,柳暗花明又一村。箫鼓追随春社近,衣冠简朴古风存。从今若许闲乘月,拄杖无时夜叩门。"谁在吟陆游的《游山西村》诗啊?

"我的客人,杭州来的大学生。"俞金宝忙说。

"世味年来薄似纱,谁令骑马客京华?小楼一夜听春雨,深巷明朝卖杏花。矮纸斜行闲作草,晴窗细乳戏分茶。素衣莫起风尘叹,犹及清明可到家。"嗨,这是一个小女子的声音。她吟诵的是陆游的另一首田园诗《临安春雨初霁》。

"莫不是你这儿是田园诗地了啊!"听着朗朗吟诗声,我忍不住惊叹起来。

俞金宝有些不好意思:"我没念几年书,听不太懂他们叽里咕噜。来我这儿的城里人,都喜欢在我这儿一边看着景,一边摘着葡萄,一边嘴里哼哼叽叽的。时间长了,两天听不到这吟诗声,心里就有些发慌,怀疑自己哪儿服务不周了⋯⋯"

我笑了。俞金宝真是个老实巴交的农民,虽没有多少文化,但心像秤砣一样实在。

年轻时,俞金宝也是余村石矿上的一名苦力,他开运石的拖拉机。"一吨载重的车子,我们常常要装八九吨!石头装过头顶好几尺,不开动车子都看着心悚,一发动车子,摇摇晃晃地在山道跑着,你不知道啥时车上的石头砸到你后背和后脑勺上⋯⋯"到矿上干活时,俞金宝刚满二十三岁,明知干这运石的活儿危险得要命,但为了一天能多挣一两块钱,他也加入了这"棺材边爬进爬出的活儿"。

"没办法。那个时候,为了挣钱,就是不要命。我们当农民的命也不值钱。"俞金宝说,跟他一起到矿上干活的另一名拖拉机手,就是在运石途中被滚下的石头压死的,一起死的还有一名帮手。

"后来我到了水泥厂工作,厂里虽说没有在矿上运石危险,但更不是人待的地方。"俞金宝说,"那是短命的地方!"

"嗯?"我不懂。

"污染太严重。一天干下来,鼻孔里能倒出好几两灰⋯⋯我们村上许多人得了肺病,或者残疾,还有的不到四五十岁就见阎王去了。"俞金宝想起往事,连连摇头叹气。

"所以后来村里关掉石矿、搬走水泥厂,我双手赞成。"俞金宝不是个能说会道的人,但讲述自己的亲身经历时,也能倒出一盆子闪闪发光的珠子来——

"开始村里人确实也有很大的担心,因为我们余村过去是靠开矿办厂致富的,比起邻村,我们最差的也要算富的了!但,一关矿,一搬厂后,大家收入一下降低了很多。一时间,大伙儿不知前面的路往哪儿奔。"俞金宝说,"后来村上向我们传达了习书记的话,说绿水青山就是金山银山。我们是农民,不懂太深的道理,可习书记这句话我们懂啊。就是说,过去我们开矿办厂能发财,但那样把山破坏了,环境搞坏了,人得毛病死掉了,结果啥都没有了!那种日子,即使口袋里装满了金子银子,也没有用！习书记的话就是说，像我们余村这样的山村，如果把山和水都恢复好了，城里人就会来；他们来了，我们就有了金子银子，生活就会更好……我就是这样理解习书记的话，这些年也是照着习书记的话做的，一直没走过弯路，做到今天。"

"听说这儿连老外都喜欢上了！"事先听村干部介绍过俞金宝的这个田园农场的情况。

"是。杭州开 G20 峰会时，省里组织了一批老外来我这儿，都是些欧洲人。据他们自己讲，以前一听中国的乡村，印象中都是些又穷又脏又落后的地方。哪想到他们一来就被我们村上的好山好水迷住了，而且都说在我这儿玩得最开心、吃得最放心，还夸我是'中国生态农民第一人'！这些老外来了又是拍照，又是摄像，很快把我这儿的一景一物传到了他们的朋友圈和国家去了，结果我一下子出了名！后来就经常有老外接二连三地来。看着生意好，村里的人非常羡慕，说我命里注定好福气，因为我名字里就有金银财宝……"老实巴交的俞金宝其实还有幽默的一面。他的话惹得众人哈哈大笑。

俞金宝的农场正房，是个"井"字形中式庭院，看上去很土。"老外喜欢这个样儿！"俞金宝一笑就露出一对虎牙，显得格外憨厚。他掀开侧屋的后门，引我踏进他的暖房——这下惊呆的是我，此处真是别有洞天：塑料暖棚下，有小桥流水，有鲜花盛开的花圃，有参天高昂的松柏，有露珠滴翠的笋竹，以及茶座、居室、观景亭……和与之连成一片的葡萄园、蔬菜园、茶园、竹林，还有一条两岸盛开着油菜花的清澈河道。

"原来金宝农场的宝贝全在这儿哪！"凡第一次观光者不可能不被眼前的这番景象所感染、惊喜。

"在我这儿，所有的东西都是生态产品。吃的、用的，基本上都是我自产、自种和自养的……"俞金宝很自信地说，"来在我这儿吃喝玩乐的一切尽可放心，这里的东西都是有机和纯天然的，而且保证所有庄稼地里采摘来的、河里抓来的、棚圈里揪来的，都不会沾半点农药，绝对'生态'！"

"名不虚传的'俞生态'啊！"抓过放在桌上的煮笋，我边吃边夸这四季如春的生态房好。

"除了地里种的圈里养的,其他你们看到的,都是我女儿设计的。"俞金宝骄傲地告诉我,"她在南京上大学,学的是园林设计。"

"我说嘛,外行谁能设计得这么有品位,这么专业!"

俞金宝的生态农场最出彩之处,也是他远近闻名并且大把赚钱的地方,是他的"金三宝"。

"金宝,你快给何作家亮亮家底!"村干部俞小平扯了扯俞金宝的袖子,农场主竟然满脸羞涩地喃喃道:"就是地里的这点白茶树、葡萄园,还有山上那些毛竹……"他指了指青山上绿油油的竹海。

白茶、葡萄、毛竹,这三样东西确实是俞金宝的三宝,因为它们是这位余村人致富和成名的金贵之物。青山上的百亩毛竹,不仅可以满足俞金宝一家最基本的开支,还可以保证他开设的农家乐饭店长年有吃不完的鲜笋及竹园里养殖的活鸡等家禽和菌类菜品,更主要的是能让远方来的洋客人和城里人能一年四季到余村来有的玩、有的景可赏。这不是宝还能是什么?第二个宝是百亩白茶树。白茶树是余村和安吉人除毛竹之外最重要的宝,俞金宝自然知道这点,百亩白茶园就是一个小银行。但这都不是俞金宝的得意之作。

"葡萄园才是。"俞金宝说到葡萄,就像说到他在南京上大学的闺女,立即喜形于色。

"我的葡萄跟人家不一样,他们是在路边摆摊卖,十块钱一斤,我从不拿出去卖的,是客人到我葡萄园里采摘后按斤算钱。"俞金宝很得意这一点,关键是,"我的葡萄比城里和路边上卖得要贵,一般都在三十块钱左右一斤,而且供不应求。"

"为什么?越贵越有人要?"我有些不解。

俞金宝憨笑中有几分狡黠,"不是。是我的葡萄很'生态'。"

"怎么说?"

"我的葡萄园里从不用农药和任何添加剂,一般的葡萄种植做不到。可我就是做到了,而且一直坚持下来,所以葡萄的口感和含糖量绝对与众不同。"原来如此,长着一对虎牙的俞金宝真不一般哩!

"可据我所知,凡是农作物,免不了有虫啊蝶啊的,你怎么对待这些危害葡萄的'坏蛋'呢?"我的问题虽然有些"幼稚",但却是农民无法回避用农药的关键所在。

"你跟我来——"俞金宝说到这里,领我到了几十米远的葡萄园。

四月的葡萄园,新苗还不茂盛,只长到藤架上,不足够壮观,廊架间显然有些空荡。俞金宝走到葡萄架中间,一边掐着葡萄嫩头,一边对我说:"在地里种庄稼,少不了虫子啊草啊,一般都靠农药或锄头来解决,但那样结出的果实和农作物里肯定残留些药物,对人体多少有些危害,可不打农药,不施一些添加剂,像果树、葡萄这类东西产量又不高,怎么办?尤其是像葡萄这些蛮娇气的植物,你还得经常松土除草,地里的营养不能被茂盛的杂草给抢了去。但葡萄园里又是棚棚架架的,人在里面活动多了,会破坏葡萄架,还会撞坏果实,又不能让杂草疯长、虫子满天飞……"

可不,还是不小的难题呢!"你怎么解决的?"我好奇地问。

"我在葡萄园里养鸡、养鸭,让它们吃虫子、吃蚯蚓、吃草……"俞金宝说这话时一脸憨笑,"结果虫子除了,草除了,鸡与鸭长大了,还生蛋,可以给客人供应味道不一样的土鸡咸蛋什么的。它们拉的屎又都留在田园里,当作了葡萄的肥料,这不是一举三得嘛!"

原来如此!"俞金宝啊俞金宝,你太厉害了!你不发财谁发财嘛!"我不由得连连惊叹。这个余村人太不简单,别看他一脸憨相,其实精明至极。

"也不是啥精,是当年习书记讲了绿水青山就是金山银山的话后,我们就在想:咱是农民,咋能把环境和生活弄成生态好的环境和生活呢?农民种地,过去没有想那么多,只是想着把粮食种出来、地里有收成,没人去想种的东西、吃的东西啥生态不生态,或者说生态不生态跟我没啥关系。可后来不一样了,我们余村以前靠开山挖矿挣钱过日子,后来矿关了山封了,靠啥过日子?干部说一句靠青山绿水,我们农民养家糊口过日子可不能只凭纸上几个字、嘴上一句口号,还得把纸上、嘴上画的饼,变成实实在在的能填满肚皮、能变成可以给儿子盖房子、给女儿做嫁妆、过上好日子的真金白银是不是!所以得想招……"

俞金宝其实很能说,尤其说到自己的经验,能滔滔不绝。

"村里的企业关停后,开始几年我自己也办过厂,在外地跟着人家学。后来听说村里的胡加兴搞漂流,人气旺得很,就有点眼红。于是就回到村里,也想着搞点既'生态'又赚钱的事。绿水青山就是金山银山,在我们这些农民眼里,就是想法让自己的地里家里变得干干净净、清清爽爽、有滋有味,能让城里人到你这儿来吃喝玩乐,蛮开心地住上几天;就是人家一批一批地走了、一批一批地又来了,你自己一口袋一口袋装钱的光景……不知我这样比喻得对不对,反正我是这样走过来的。"农民的话很朴素,但道理深刻。俞金宝用自己的实践和行动,抓住了"两山"理论的根本。

"我感觉习近平总书记讲的绿水青山就是金山银山,就是个生态问题,就是让不好的生态变成好的,能够变金子、换银子的好生态。"俞金宝说,"照着这么个理解,后来就在村上先把一百亩的山竹管理好了,让它一年比一年茂盛,而且利用竹林的优势,开辟了一些让城里人能够到竹林里游玩的小项目,同时跟村里的大竹山环境融为一体,使得整个农场的空气新鲜、清纯;再把茶园建设好了,有了较好的固定收入。这两个基础上,开设了农家乐,有了来自四面八方的客人后,我的葡萄园上来了,采摘的人就一批又一批地来了,客人们回城的时候又要带十斤八斤回去,这样我的葡萄不用到市场就已经购销完了……现在每年的产量供不应求,营利也不薄。"

这就是俞金宝的聚金蓄银之道。

"其实就是两个字:生态。我赚的都是生态钱!"在余村,在安吉,像俞金宝这样的农民,依靠生态赚生态钱的人很多,甚至可以说,在这块美丽的土地上,讲生态,行生态,将自己的生存与生活,融在生态环境与生态心理和生态学问之中的人和事,比比皆是,蔚然成风。

探访余村的日子里,走了安吉的一些地方。让我结识了许多令人敬佩的安吉生态人。

任卫中是其中的一个。他在安吉可谓大名鼎鼎。

也许除上海和安吉之外,很多人并不知道"安且吉兮"之地,还有一个金字招牌——"黄浦源头"。

中国第一城市上海的黄浦江我们对它都太熟悉了,但连我这样的半个"上海人"(我母亲的娘家和我的娘舅都在上海),对它的发源地也是不清楚的。是太湖?还是其他?除此啥都不清楚了。然而我们熟悉黄浦江。初到上海的人,必到黄浦江,因为那里是上海最美和最具代表性的地方。上海因为黄浦江才具备了"海派"风情,上海因为黄浦江才有了激荡的历史声浪与文化内容。后来上海第二届市民诗歌节暨市民诗歌创作征文活动中,涌现出了一批写黄浦江源的诗。

我希望诗人在歌颂黄浦江时能够到源头走一走,定会有更真切的诗情勃发……

无论你"窗口"的景再美
无论你外滩如何风光、激情
碧水蓝天鸥鸟飞翔
绿衣红女粉色妖娆

无论你梦再美
再唤起你的想象与现实
那源头之水
将决定你美与丑
昌盛与持久
那安吉山风
可为你纳凉

也能掀起你

冷与暖的云月

上面几句不是诗人写的,是我随心写就的文字。小时候,没有去想过黄浦江源头的问题,只知道上海有黄浦江、有外滩才那么美。我们年轻时的那个年代,能把谈恋爱的对象牵到黄浦江边的外滩并借着若明若暗的街头灯光,听着江上轮船汽笛声声,倾诉心中的那份羞涩,总觉得是最美最惬意也最过瘾的事,常流连忘返,心醉人不归。那个时候,我们只去享受黄浦江给予不夜城的那种风情与浪漫,而不曾有人去想它黄浦江的"母亲"是什么样,在何处。

现在上海人包括我这样的半个上海人都知道了:黄浦江源头在浙北安吉。是谁想起了"黄浦江的母亲"?又是谁找了"黄浦江的母亲"?说起来叫人难以相信,他竟然是一名普普通通的安吉人,就是上面提到的任卫中。

我称任卫中是现代的陶渊明,或者说是个当代生态理想主义者。那天我被安吉当地人带到一个叫剑山的村庄,然后进了一个院子。那院子里有五栋楼,仔细一看,全是土制墙和木结构房子。院子的中央是一片菜地,那蔬菜都被一个个一米见方的盒子框着……别开生面的院子。

这时,一个五十来岁的男子过来与我们握手。他说他就是任卫中,安吉民间生态人。他自我介绍后引我进了他居住的正房……

一栋内有小天井的土楼,上下三层。"你可以看,我这房子没有用一根钢筋,全部是土木结构。桌椅板凳、日常用品,也都是就地取材,农家养植物。"皮肤黝黑、上下沾着泥土的任卫中不像一个知识分子,完完全全的庄稼人,他太太看上去比他年轻许多,但也是一副农妇样,默默在一旁为我们倒水沏茶。

"为什么想起建这样的土楼呢?"我对任卫中这样的人格外感兴趣,因为城里人都在抢着买别墅,乡下人不惜一切代价或到城里买高楼大厦堆里的商品房,或在自己家里建铜墙铁壁的小楼房时,他任卫中格格不入地琢磨着建"猴子住的土楼"——乡亲们嘲笑他的行为。

"我这房子最早的已经建十年了。"任卫中指着院子里的另一栋楼说。

"就是说,十年前你就动心思住生态房了?"

"应该说还要早。"任卫中说。

"难怪人家说你是安吉民间生态第一人!"我有些敬佩他了。又问,"十多年前,习近平指出绿水青山就是金山银山你知道不?受没受他话的影响?"

任卫中肯定地点头:"知道,而且确实我受习近平总书记这话的影响比一般安吉人都要大……"

"怎么讲?"

"因为在他讲绿水青山就是金山银山之前,在二〇〇三年初第一次到我们安吉后,他特别提到了'生态立省'。习书记在提出'生态立省'时,具体到落实环节上,他专门推出了一个'千村示范、万村整治'计划,那是真干哩!你说我听到习书记的这个决策不鼓舞啊?最受鼓舞了!那些日子我激动得真的睡不着觉,心想这回多年的梦想总算在习书记的决策下有望实现了!我还可以告诉你,就在二〇〇三年这一年的春天毛竹茂盛时节,我们安吉举办了首届'中国竹乡黄浦江源生态旅游节'和'中国安吉黄浦江源生态文化节'。你应该注意到了这两个节中都有'黄浦江源'的字眼,这事跟我直接有关……"

"老任是发现黄浦江源的重要人物之一,而黄浦江源的确定,可以说是安吉能依靠绿水青山、最美乡村资源而实现快速发展的一个特别重要的因素。老任的这一份贡献非常大!"同行的安吉县干部这样高度评价任卫中的历史性贡献。

"其实这也是既意外又意料之中的事,我只是尽了一份心而已,换了哪个安吉人都会这样做。"任卫中说得平淡,可过程并不简单,这得回溯到他年轻时那个年代里的安吉。

任卫中的老家在剑山村十几里外的另一个山沟沟里,叫统里村,但环境都差不多,二三十年前的安吉县是浙江省的穷困落后县,没有人关注过它。县里干部说,他们到省里开会一般只会坐在会场最后一排,不敢抬头看省里干部,因为别的县市早已富得流油,他们安吉一年GDP不足几个亿,连汤都喝不上。

"我是个农村娃,从山村考到城里念书,按理很不容易了,但我不喜欢城市的钢筋混凝土,尤其是看到后来我们农村也到处大兴土木建楼房。开始还好,建房子伐竹伐木,这破坏了一些绿水青山,但后来更不好了,把土房子扒了,换成钢筋混凝土的楼房,墙面也都贴上了马赛克,不知有多难看,与山清水秀的环境格格不入。可谁能管得住!乡亲们拼死拼活挣点钱,甚至是一生的心血,全都用在了为儿子讨媳妇所需的房子上。大家又不懂生态,为了房间好看,墙面不是贴瓷砖就是贴墙纸,哪知道这些东西如果质量不达标,会有毒的啊!造这样的房子,是真正的劳民伤财,得不偿失。于是从学校回到家乡后,就想给乡亲们建个跟我们美丽的家乡互相陪衬交融的秀美村庄,住着舒服又健康。这是我的梦想。为了这个梦想,我曾在一九九二年时给当时的安吉县长写过信,欣慰的是县长当时还给我回信,鼓励我的想法。"

任卫中告诉我,他在一九九二年之前,有过一个很好的工作岗位——水上港航交警。

"安吉境内有条河流叫西苕溪,是安吉的母亲河。一九八五年起,我就在这河上当港航交警,许多人甚至不知我们这工作是干什么的,其实我当时拿的钱比同年龄的公务员要翻倍,也就是说待遇很不错。可每天在河上工作,看到母亲河脏得臭气熏人、垃圾满河道的情景时,我心里太难受了。那个时候,西苕溪上游有两个造纸厂,污水都排在这条河里,日久天长,水质不仅污染严重,甚至水流都变成了泡沫,小山似的连绵在河面上滚动,看着都恶心……我整天生活工作在这样的河道上,太痛苦了!

"所以有一天我向领导提出不想干了!领导问我那你想干什么呢?我说我要去建个比陶渊明写的桃花源还美的村庄。他们就笑我,说我得了神经病,扔下好端端的铁饭碗,去做没影子的事。也有人说我是为了到城里工作,过舒适生活。其实不是的,那是一九九二年的事,我确实到了一趟上海,但很快又回来了。上海人的生活对我刺激特大,不是他们住在高楼大厦的生活吸引了我,而是他们喝着漂白粉气味浓烈的自来水让我有了许多想法。我当时在上海就想:虽然我工作的河流西苕溪水质被污染了,但上游的山冈上的潺潺溪流清澈而干净,甚至确实有点甜。我看到上海滩一瓶矿泉水卖好几块钱,我就想如果我们把安吉山上的水装在桶里运到上海,再卖给上海市民们喝,肯定好得不得了啊!那才是天然矿泉水!哪用好几块一小瓶呢,一块钱一桶,我一天卖一百桶就发财了!

"当时我就这样想,想得十分简单。为这,我还专门给《文汇报》写了一封信,希望上海与安吉建立一种关系,但没有回音。后来我又看到《文汇报》上刊登了一篇大学生出游考察生态的报道,我就动了心,拍了些安吉西苕溪上游的风景照片,托在上海工作的朋友寄给了带领大学生进行生态考察的上海师范大学的陶康华教授,想以此感动陶教授带他的学生到我们安吉来,可这事过去了很久也没等来回音……"

任卫中一边掐着一把黏泥,一边长叹一声,说:"啥事初始阶段,都很难,尤其是被称为民间人士的我们。"

但任卫中又是幸运者。几年后,身在安吉山村继续做着生态村村长之梦的任卫中突然接到一封来自上海的信,问他:"任老师,你以前信上提到的美丽安吉能不能成为我们今年考察的目标?"这是一九九九年六月二十九日的事。信是上海"绿色营"寄来的。

"太好啦!终于有上海人要到我们安吉来啦!"任卫中立即将信交给县上有关部门,并亲自着手给上海大学生考察队制订了一个旅游考察线路:溯西苕溪河上游,探寻黄浦江源。

当年八月二十六日,也就是学校暑假最后一周的时间里,由二十六名上海十所大学的绿色营队员组成的安吉考察团开始了第一次"上海—安吉"特殊寻源活动。

"最激动人心和令人永生难忘的是第二天……"当年的考察队队员赵是民女士,回忆起那次黄浦江源探觅的情景时,仍然难掩激动。"我们一队人中只有四个人用了整整八个小时才登上了龙王山的最高峰!"赵是民说,"那情景太让人心潮澎湃!我们都是第一次看到黄浦江源清澈的涓涓流水,那层层的瀑布,顺石级滚滚而下,发出悦耳的声音,飞流直下,气势磅礴,势不可当!周围,又是万千绿色世界和鸟语花香的田野风光,实在让我们太陶醉了!关键是,我们作为两千多万上海人的先行者,最先目睹到了黄浦江源头,等于说最先认到'母亲'了!而且见到了这么个美丽无比的'母亲',能不激动吗?"

大学生们回到上海后,将"见了黄浦江母亲"的消息一传播,让所有上海人的心都给搅动了!"安吉,安且吉兮"这几个字很快在上海市民中传扬。

黄浦江要认宗拜祖可不是件小事。一个月后,上海派出上海师范大学陶康华等多位教授、博士组成的"黄浦江源"课题专家组,正式到安吉,并且初步确认龙王山的水流系黄浦江源。查地图可知,黄浦江与安吉之间连着一个庞大的太湖,黄浦江的直接水源首先来自太湖之水的补给。那么太湖水与安吉的西苕溪到底是什么关系,这既是个实际问题,也是个学术问题,需要确凿证据与理由。

陶康华等教授们经过认真周密严肃的考察后得出结论:太湖分别经望虞河、浏河、吴淞江和黄浦江入长江,再至东海。黄浦江承接了太湖百分之六十以上的水量,太湖水百分之六十以上的水又来自苕溪,其中又有百分之六十的水来自安吉母亲河——西苕溪,故安吉西苕溪与黄浦江的主干关系一目了然,清清白白。

> 安吉,南倚天目,东瞰沪杭,青山逶迤,溪流婉转。浙北首峰龙王山矗立其弦,西苕溪自此发源,入太湖,汇黄浦,湖申眷连。为溯申域母亲河源,十八年前曾率众寻访安吉,悉其为保河山生态,行壮士断腕之举;再登仰天之目的千亩田湿地,一览翠山联屏,碧水相彰,往返驻足,感佩交加⋯⋯十八年后的今天,安吉绿色发展理念日渐深入人心,美丽乡村营造更是遍地炊烟,最美县域建设已然初展年华。

这段话是《在这里邂逅最美县域——中国竹乡、生态安吉全国摄影大展画册》上的序言,系陶康华文。

余村和安吉人民对陶康华教授非常感激,除了他和其他几位教授、专家们先后多次对黄浦江源进行反复考察论证之外,还因为陶康华教授亲手从上海老市长汪道涵那里得到了"黄浦江源"四个字的手书。这等于让安吉之水是黄浦江的"母亲"有了一个官方证明,从此安吉与上海变成一家亲了!

故事到此并没有完。在汪老九十寿辰时,陶康华特意将汪老手书的"黄浦江源"刻在龙王山上的照片作为寿礼送到他面前,并且告诉他:安吉正是因为有了他写下的"黄浦江源"这块金字招牌,接轨上海成为安吉发展的新战略后,县财政收入连年增速在百分之三十以上。汪道涵听后大喜,说这是他九十岁生日收到的最好的礼物。

"我们现在一提起黄浦江源,总在感谢陶康华教授和汪道涵先生,其实,首先该感谢的应该是任卫中,没有他与上海最初的联系,也许安吉山水被上海人认定黄浦江源至今尚未有果。"陪我采访的安吉宣传部同志这样说。

"我倒没这么想。"任卫中对这事看得很淡,"通过这事,我的收获是结识了许多上海朋友。也让我认识到生态的好坏对一个地区、一个城市多么重要,也更加坚定了我立志做个生态村长的信心。"

二〇〇三年的任卫中之所以那么明确和坚定要当生态村长,是因为他听到时任省委书记的习近平第一次提出"建设生态省"的战略决策。

重视生态,把生态作为执政的战略理念,其实是习近平同志的一贯思想。在他任福建省省长时的二〇〇一年,他就有了"建设生态省"的构想。那时他就针对福建的特点,非常明确地指出:"任何形式的开发利用都要在保护生态的前提下进行,使八闽大地更加山清水秀,使经济社会在资源的永续利用中良性发展。"在他的推动下,福建生态省建设总体规划纲要当年即通过国家环保总局论证,成为全国首批生态省试点省份。此后,建设生态省的接力棒在福建一任传一任，森林覆盖率连续九年全国第一。生态福建正成为展示给世界的最美丽的绿色名片，成为跨越发展的有力支撑。这与习近平当时所做出的前瞻性指导意见和努力推进具体工作是分不开的。

"你们都不知道，总书记当年到浙江担任省委书记后到的第一个县就是安吉，而且就是那次到安吉后不久，他在省上正式提出了生态立省的战略决策。"现任省委宣传部副部长的唐中祥，二〇〇三年初时是安吉县县长。"这年四月，时任省委书记的习近平第一次到了安吉，那一次在安吉考察的就是生态。安吉的好山好水和一些地方严重污染都给习书记留下了深刻印象，所以回到省城不久，他便在省委会议上正式提出了生态立省的重要战略决策，同时配套的还有'五百行动'，就是从省到地级市到县里，每一级都要抽调不少于五百名干部到一线抓生态建设。直到现在，这'五百行动'还在继续……"唐中祥说。

"我就是在这次'五百行动'中从港航交警岗位上跑了出来，到了现在的剑山村。"任卫中说，"因为习书记的生态立省工作安排，我听说后就向县组织部领导写信提出到村里去当指导员，这样我才离开了原来的工作岗位。"

"这一来，就是十几年。我的生态村长尽管没有当成，当了个生态公民，也算对得起自己了！"他指指院子内的四栋土房，又从玻璃柜内拿出一张证书，自我安慰道，"你看看，这是清华大学聘我去讲课的证书。十几年弹指一挥间，最初是我自己摸到清华去听老师们讲建筑课，后来是他们请我去讲课，算我没有白努力。"

"任老师你现在可厉害了啊！全国各地的大学都聘你当教师，上门拜师的你都接应不过来了！"安吉人对现在的任卫中好不羡慕。

因为别人搞的农家乐或者种白茶、伐毛竹做竹业品，怎么着还是要靠流汗出力，赚的是苦力钱，但大伙儿看到任卫中赚的是省力钱：建几栋花不了多少钱的土房子，竟然吸引了很多远道而来的大学生和大学教授们，甚至还有洋学生、洋专家来他家东看看、西瞅瞅,吃住在他任卫中家,临走时扔下一大把钱……他赚的是省力钱!

瞧,他现在还弄起了一个教室,教的都是些名牌大学的学生。原来村里的人叫他"任疯子",现在都改口叫他"任老师"。这个不同叫法,可是由于这不被人瞧得起的泥土,一下变成了黄澄澄的金子啊!

不仅乡亲们眼红,连我都感觉任卫中的生态房实在有些那个——太好赚了吧!

"说实话,这种土建筑,成本确实低,而且也不像传统的乡村农舍不防潮、不防冻。我用泥土做墙,是有讲究的,工艺全是我自己研制的,如果用价格来计算,我的这些土房,一栋假如二百来平方米,因为材料全是就地取材和乡亲们手中扔掉的那些废木废竹等废材料,所以大概总成本在三四万元,且冬暖夏凉,透光度好,墙体能够达到比一般的传统农家房甚至比钢筋混凝土建筑更具防风防雨能力。"仔细察看任卫中的土房,发现很时尚,很科学。"别小看了,有两栋的图纸还是欧洲专家与我一起设计的哩!"任卫中指着五号房说。

难怪。这房子内部与外形,都融进了方便与适合现代人居住的元素,乍一看很土,实际很实用很时尚。

"二○○六年时,就看到一则消息,仅我们江浙一带,建一幢面积二百平方米别墅,排放的温室气体就达一百一十五吨。目前我国农村每年竣工的建筑面积大约是七点四亿平方米,加起来是多大的温室气体啊!像我们安吉这样的最美乡村,如果让每家每户的农民建筑能够生态起来,这是多么大的好事,农民兄弟们既不用忙碌了一辈子只够给儿子娶媳妇造一栋房子,还可以让自己永远生活在生态自然的居室环境里……"任卫中说完这话时,有些自我嘲讽道,"看来我当生态公民是已经不成问题了,但要当生态村长恐怕这辈子也不一定成得了。"

"这么悲观?"

"是。虽然通过这十多年的身传言教,也有一些人来向我学习和打听如何盖土房的,但多数农民们对我的看法仍然没有从根本上改观。他们说这土屋可以让城里人看,也可能赚参观旅游的钱,但让乡下人住这样的房子好像有些退化,大家不太愿意。"任卫中无奈地朝我苦笑道。

我一直想问问任卫中的那位看上去比较年轻的任太太到底对丈夫的土房子事业有何看法,然而一直没有机会——在我跟任交谈的时间里,她一直在院子里默默地忙碌。从其认真、卖力干活的样子,我打消了问话的想法,因为任卫中能够走到今天,如果没有家人的理解和支持,绝对不会是现在这个样。

我相信,在任卫中家里,生态公民不仅仅是他一人,而是他的全家。

在安吉,生态公民也不只是任卫中一个,是很多很多的公民自觉在争做各式各样的生态公民。

他们组成的生态大军捍卫着美丽的家园。

第三个"天堂"

几乎所有的中国人都知道"上有天堂,下有苏杭"。

其实,天堂到底是什么样,我们活着的人谁也不清楚,它是一种最美好、最理想的生活的寄托。人害怕死亡,称死亡是下地狱。地狱也是人所想象出的一种死亡后的生活状态——其实死亡后,人已经不存在,更不可能有任何生活状态。人,活着的时候,我们与大自然在一起,甚至在结束生命之前的最后一刻,我们仍然无比地留恋着大自然。于是,所有活着的人,总是自觉不自觉地把那些没有享受够的美好生活或者由于种种原因根本没有享受过的生活,设想成一种理想化的美丽生活,寄托给了另一个地方,并期待在那里能够幸福、舒心、完美。

> 蓝蓝的天空/清清的湖水/哎耶/绿绿的草原/这是我的家/哎耶/奔驰的骏马/洁白的羊群/哎耶/还有你姑娘/这是我的家……

这是内蒙古歌手腾格尔和他千千万万生活在大草原上的人

心中的天堂,它有洁净而美丽的天空、湖水、草原和健康又肥壮的骏马、羊群,以及美丽多情的姑娘。这样的天堂,令人神往。

不过,以汉文化为主体的中华传统文化中,人们更愿意把天、地、人浑然一体的田园式生活视作天堂。这样的天堂,早在一千六百年前就由一位名叫陶渊明的诗人给了我们一种非常形象的精彩描述:

> 忽逢桃花林,夹岸数百步,中无杂树,芳草鲜美,落英缤纷……林尽水源,便得一山,山有小口,仿佛若有光。便舍船,从口入。初极狭,才通人。复行数十步,豁然开朗。土地平旷,屋舍俨然,有良田美池桑竹之属。阡陌交通,鸡犬相闻。其中往来种作,男女衣着,悉如外人。黄发垂髫,并怡然自乐……

我们这些后人把陶渊明先生的这种"世外桃源"的生活,作为了一种理想与追求,于是也就一代又一代地传诵着他的经典诗篇——

> 种豆南山下,草盛豆苗稀。
> 晨兴理荒秽,戴月荷锄归。
> 道狭草木长,夕露沾我衣。
> 衣沾不足惜,但使愿无违。

从城市化进程不断推进以来,人们的生活与理想的生活发生了越来越大的差异。在马路与楼房及诸多公共设施的挤压下的人们,不再那么容易看到大自然的山水与花木,于是想方设法建园庭、挖湖塘,并倾尽其力,这其中,文人墨客把自己的诗境和有钱人的奢侈,有机地融在一起,合力垒筑起了一个又一个人造仙境。苏州的园林和杭州的湖亭,是城市仙境中最精美的经典之作,于是天堂的桂冠,让这两座城市光耀百世。

千百年来,杭州和苏州依然让我们真切地感受到天堂的魅力,以至今天我们常常在黄金假期里看到苏堤上和拙政园内人山人海的奇观……那种人满为患的景象甚至难以控制,也让人感到可怕。

于是我们开始了寻找新的、自由的、舒适又美丽的天堂来替代苏杭……

这种新的追求与生活方式,在欧美、日本等其实早已开始,并成为十九世纪工业革命后的一种生活趋势与时尚。尤其是现代经济——旅游成为重要的经济形态之后,城市人的"上山下乡"变成世界潮流。国际旅游也成功地从4S(阳光、沙滩、赌钱和性)转向4N(田野、河流、绿色、草舍),这标志着人们对旅游的关切,已从传统的感官刺激转向喜欢绿色生态的精神享受。学者们认为,乡村旅游起源于法国,也有的说起源于十九世纪中后叶的英国,理由是:工业革命后的工人们劳动积极性与强度空前加大,为了照顾工人和城市人的休闲与调剂生活,于是安排大批城市的工人和职员们到乡村度假。但意大利人拿出证据证明他们是乡村旅游的起源国,因为他们在一八六九年便有了一个农业与旅游全国协会。可见,寻求美丽的乡村去度假和休闲,是富有的城里人的生活方式,已成世界潮流,并一直在影响着他们的精神世界。

不知中国的学者,有没有对"乡村旅游起源国"之说进行过反证。其实,我们中国才是真的起源国,否则在千年之前为什么就有了李白、杜甫、陶渊明等一大批大自然的行吟者与田园隐士,以及他们留下的千古不朽的伟大诗篇?

然而,今天的人们,无论对乡村旅游和天堂的追求与理解,都同以往很不一样了。人们"上山下乡"的意思和目的也大不一样,不再是简单地去看一眼、住一宿、吃一顿,而是希望逃离城市,安居于与大自然融为一体的美丽乡村,欲求将自己有热度的肉体与浮躁的灵魂,置放在一个清新、干净、纯洁、幽静,同时又生机勃勃、五彩缤纷的绿色生态的自然世界里。

这样的新生活方式,不再是传统的乡村旅游,也不再是对杭州、苏州这样的天堂的渴望了。

杭州、苏州式的天堂,遇到了前所未有的挑战——有十三亿人口之巨、几乎一夜之间就富裕起来的中国人,正在寻找一个全新的、符合今天和未来生活方式的天堂……

它出现了。

它已经在我们面前。

它在习近平"绿水青山就是金山银山"理论感召下,正以超越的步伐,以苏杭天堂有的我也有、苏杭天堂没有的我还有的一个新天堂,呈现在我们面前——

那便是余村和一个个与余村同辉的安吉大地。

一次又一次走进余村、走进安吉之后,我总有一种不能释怀的情绪。是什么?自己也说不清。只是感觉,在这个世界上,为什么千百年来人们对苏州、杭州那么眷恋,那么朗朗上口地一说就将其夸为天堂。苏州、杭州确有不可抗拒的美丽,但真的去了几次,住上几天,再往哪个名胜游一下,会突然有种不想再来的强烈感觉。这又是为什么?一个原因并不复杂,人太多,玩味全无。更不用说,天堂里还能有一点自由自在的空间。城市疲劳症和名胜审美疲劳,其实已经降临到我们身上。曾经有人预测,未来一百年,人们追求的生活方式将是"田园里的都市生活"……

这种生活何处有?余村,安吉也!

几个月来,一直压在我心头不能释怀的一样东西,突然如黎明时的一束光亮,在我眼前放开——余村、安吉不就是我们今天和未来所追求的那种"田园里的都市生活"的最佳选择地吗?

是!就是它!

余村、安吉,从地理条件看,它距杭州仅一小时几分钟的车程,离上海不到两个小时车程,到苏州也就两个小时挂零头。以上三个城市加起来,人口近五千万。如果再加上稍稍远一点的南京、合肥和南昌,便又多了两千万。安吉的面积共为一千八百八十六平方公里,足可以年接待两千万人次的旅游者,如果有五分之一的人次能在安吉住上三日、十分之一在余村、安吉"遇见便留下"的话,安吉可实现旅游收入一千亿元左右(现在是二百三十亿元)。

这难道不是金山银山?这难道不就是习近平总书记在十

二年前的一个伟大预见？在看明白和想清楚上面这些可预见的事实与道理后，我再度回到余村。站在村口那块巨石面前，去凝望那块巨石上镌刻的"绿水青山就是金山银山"十个红色大字时，难以抑制澎湃的心潮。

今日之余村、安吉，有大都市常见的大马路与高楼——当然它用不着那种摩天大厦，但它有山巅上的漂亮楼宇，高入云霄；它有四通八达的互联网，我知道我曾经夜宿过的山川乡的大树林高山度假村的老板及他的客人，很多是上海滩来的金融大鳄，他们住在半山腰的人间仙境，却能通过互联网与外面的世界时刻保持联系，从不耽误赚一分钱；比大树林更高的井空里峡谷，延绵十余公里，山高水长，原始植被的茂盛程度只有去者方可形容。此处最出奇的是那气势磅礴的山间瀑布，落差达千米之宏伟。它有你想象不到的比上海、杭州市内更宏大和出色的儿童乐园，比如"熊出没乐园""天使乐园""滑雪场乐园""风火轮乐园""水上乐园"……投资三十多亿的"凯蒂猫儿童乐园"在这里也已经落户两三年了！"中南百草原"的动物世界，反正我在北京、上海都没见过和它同等规模的动物园，光大老虎就有七十五只。那一次主人带我夜访虎穴，几只东北虎一声呼啸，叫人心惊肉跳，浑身骨酥，但无比惬意。

在余村、在安吉，所见所闻，一切都是新鲜的。在现代社会，我们可以去任何一个地方、任何一个名胜，但有一个地方让你特别想留下来的并不太多，许多地方只需去一次看看便罢了。而余村、安吉，你已经让我、让许多人遇见便想留下了！

是的，把心、把情，甚至把身留在余村、留在安吉，几乎是每个去过那里的人共同的一份情愫。而我似乎只想对天、对地、对世人大声说一声：

"上有天堂，下有苏杭。安且吉兮，第三天堂！"

（节选自《那山，那水》，红旗出版社 2017 年 9 月出版）

激 流 中（节选）

冯 骥 才

一、当头一棒

　　1979 年 11 月第四次文代会开过,我扛着热烘烘的一团梦想返回天津,准备大干一场。此时这种感觉我已经充分又饱满地写在《凌汛》中了。心中想写和要写的东西很像如今春运时车站里的人群——紧紧地挤成一团。我完全不知道自己身体内潜藏着一种危险,很可怕的危险。记得当时我对人文社的一位责编说,我有一种要爆发的感觉,我信心满满,扬扬自得,好像我要创造一个文学奇迹,记得当时我还不知轻重地写过一篇随笔《闯出一个新天地》,完全不知道自己的身体已经承受不住了,要出大问题了。我给自己的压力太大了!

　　1979 年整整一年,我都陷在一种冲动中,片刻不得安宁,不得喘息。半夜冲动起来披衣伏案挥笔是常有的事。这一年我写的东西太多太多。中篇就有三部:《铺花的歧路》《啊!》《斗寒图》,都是从心里掏出的"伤痕文学"。还有许多短篇和散文随笔。往往在一部作品写作的高潮中,会突然冒出一个更强烈的故事和人物,恨不得把正在写的东西放下,先写这个更新更有冲击力的小说。我有点控制不住自己了。我感觉自己整天是在跳动着。我那时烟抽得很凶。因为有了稿费,可以换一些好牌子的烟来抽,把"战斗"换成"恒大"。不知是因为好烟抽得过瘾,还是烟有助于思维？我的烟抽得愈来愈多。烟使我更兴奋更有灵感，还是更理性与更清晰？于是我小小的书桌上天天堆满大量的手稿、信件和堆满烟蒂的小碟小碗。有时来不及把烟蒂放进小碗，就带着火按灭在书桌的侧面。烟头落了一地。这是一种带点野蛮意味的疯狂的写作。

　　刺激我写作的另一种力量来自读者的来信。

　　那时一部作品发表激起的反响，对于今天的作家是不可思议的。来自天南海北的信件真如雪片一般扑面而来。在没有电话的时代，读者迫不及待想要与你说话时只有靠写信。那个时代的读者可不是盲目的粉丝，他们都是被你的作品深深打动了，心里有话渴望对你说，要与你共同思考的陌生人。每天读者的来信塞满了我的信箱，我不得不动手用木板自制一个更大的信箱，挂在院中的墙上。每当打开信箱时，读者来信会像灌满的水一泻而出，弄不好掉了一地。我每次开信箱时要用一个敞口的提篮接着。

　　那是一个纯粹的时代，所有的信件都是纯粹的。信件包裹着真实的情感与真切的思考。这些来自全国各地的信使用各式各样的信：有的人很穷，信封是用纸自己糊的；有的读者不知道我的地址，信封上只写"天津作家冯骥才"，甚至"天津市《×××》（我的某篇小说的篇名）作者冯骥才"。这使我想起契诃夫的小说《万卡》，九岁的万卡第一次给他乡下的爷爷写信时，不知道自己家的地址，在信封上只写了"乡下的爷爷收"。还好，由于我的信太多，邮局里的人熟悉我，只要上边有我的名字，我都能收到。

　　这些信有的来自遥远的村镇，再远的来自边疆，大多地名我从来没听说过。信里边的内容全是掏心窝的话，全是被我感动、反过来又深深感动我的话。他们向你倾诉衷肠，倒苦水，把心中种种无法摆脱的困扰告诉你，把你当作真正可以信赖的朋友，甚至不怕把自己的隐私乃至悔恨告诉你；还有的人把厚厚一沓请求平反的材料认认真真寄给你，他们把你当作"青天大老爷"。碰到这种信我真不知道该怎么办才好。

这样，我才知道当时大地上有那么广阔无边的苦难与冤屈。那部《铺花的歧路》招致那么多老红卫兵写信给我，叫我知道时代强加给他们的苦恼有多么深刻。尤以一种来信给我的印象至今不灭。这种信打开时会发出轻轻的沙沙声。原来这些读者写信时，一边写一边流着泪，泪滴纸上，模糊了字迹。我原先不知道眼泪也有一点点黏性。带泪的信折起来，放在信封里，邮寄过程中一挤压，信纸会轻微地黏在一起，打开信时便发出沙沙声。这极轻微的声音却强烈地打动我的心。我从来没想过自己的写作，竟与这么广泛的未曾谋面的人心灵相通。文学的意义就这样叫我感悟到了。

1979年我写过一篇文章：《作家的社会职责》。我认为作家的社会职责是"回答时代向我们重新提出的问题"，作家的写作"是在惨痛的历史教训中开始的，姗姗而来的新生活还有许多理想乃至幻想的成分。"在这样的时代，"作家必须探索真理，勇于回答迫切的社会问题，代言于人民。"我在这篇文章中专有一节"作家应是人民的代言人"。这是"文革"刚刚过去的那一代作家最具社会担当与思想勇气的一句话。

这样一来，不但让我自觉地把自己钉在"时代责任"的十字架上，也把身上的压力自我"坐实"。我常说"我们是责任的一代"，就是缘自这个时代。它是特殊时代打在我们这一代骨头上的烙印，一辈子抹不去，不管背负它有多沉重，不管平时看得见或看不见，到了关键时候它就会自动"发作"，直到近二十年我自愿承担起文化遗产保护——这是后话了。

现在，我要说说我个人经历的一场灾难了。

在长期各种——外部的和自我的压力下，我的身体发生了问题。最初出现了两个迹象：一是在1979年初冬一个夜里，我埋头在自己抽烟吐出的一团团银白色浓雾里写作时，脑袋忽然有一种异样感。我感觉我对所有东西好像全都隔着"一层"，没有感觉了。这十分奇怪。我叫醒爱人，说我脑袋不大舒服，出去散散步，便下楼出门，走到大街上。那时城市汽车很少，也没有夜生活,路灯昏暗,但十分安静。我走了一会儿仍然感觉脑袋是空的,我试着背诵几首古诗,检查一下自己的脑袋好不好使,这些古诗倒还都记得;再想一想自己正在写的小说,却什么想法也没有,好像机器停摆了。我不知自己犯了什么病,走了一大圈也不见好,回来倒干便睡。早晨醒来竟然完全恢复,头天夜里那种离奇并有点可怕的感觉一点都没有了,脑袋里一切如常,我就接着干活。以前除去感冒我没生过什么病,眼下又急着写东西,便没有把昨夜诡异的感觉当作一个危险的信号。

过了几个月,《人民文学》通知我去北京参加一个短篇小说的"交流班",与陈世旭、贾大山、艾克拜尔·米吉提等五六个人同住一屋。后来才知道我们都是1979年全国优秀小说奖的获奖者。我们天天在屋里聊天说笑,可是我又出现一个毛病,经常感到有一种身体突然往下一掉的感觉,同时还有种断了气那样不舒服的感觉。这种感觉不时地出现,这又是什么毛病呢?反正我年轻,能扛得住,先不理它。那时获得全国小说奖是一个很大的荣誉,心里的兴奋把潜在的疾患压住了。由北京返回天津那些天,这种身体的不适竟然也消失了,消失得无影无踪,我认为这就过去了呢。

一天,百花文艺出版社请我去讲一讲北京文坛的情况。那时,文坛的前沿和中心都在北京,我一半时间在北京,又刚刚获奖归来,各种情况知道得多。我到了出版社,和编辑们坐下来兴致勃勃地刚刚一聊,突然感觉胸部有很强的压抑感,呼吸吃力,甚至说不出话来。大家发现我脸色不对,前额竟流下冷汗来,叫我别讲了,说我肯定这段时间太累。我天性好强,不舒服也不肯说,逢到头疼肚子疼,向来都是忍一忍。我在编辑部休息了一会儿,感觉好一些,便起身告辞。当时我急于回家,很想马上躺下来。

百花文艺出版社离我家很近,平时一刻钟就可以到家了,可是那天我感到两条腿真像棉花做的,身体很沉。我骑上车从胜利路拐向成都道时,忽然肩膀酸疼起来,胸闷,刚才那股劲儿又来了。我从来没有过心慌,我感觉心慌得难受,跟着心脏像敲鼓那样咚咚响,猛烈得好像要跳出来。这时我已经骑到黄家花园拐角处,远远看到我家所在的那条小街——长沙路的路口了。我想我要尽快骑回家,到妻子身边,可是忽然我好像没有气了,心脏难受得无以名状,我感到已经无力回到家了。第一次有要死了的感觉。

我得承认我命运里有个保护神——

就像"文革"抄家那天,我"疯"了一分钟,却突然感觉被什么押了一下,居然奇迹地返回正常。

就在这时候,我看见一个人迎面走来。他是我年少时的朋友,名叫王凤权,是市二附属医院的医生,就住在成都道上。不知为什么,就在这几乎生死攸关的时刻,他出现在我面前。我双手撒开车把,连人带车扑在他怀里,我说:"凤权,我不行了。"此后,我不知道他怎样把我弄到他家中,我躺在他床上,给我吃一片药。后来我知道这片药是硝酸甘油。他用听诊器给我听了心脏。他说:"你心脏跳得太快了,现在还二百多下呢,要去医院做个心电图。"

我从来没进过医院,对各种疾病一无所知,但我很怕得上心脏病。到了医院检查后,医生却说我的心脏没有病,只是室性的心动过速。我从医生的话和表情里得到了安慰。然而从这天起,我却掉进了一个百般折磨着我、无法挣脱的漆黑的深洞里。

在这个深洞里,我被一个无形而狰狞的病魔死死纠缠着。我不知它在哪里,它却随时可能出现。它一来,我立时心慌难耐,不停地心跳,全身神经莫名地高度紧张。我无法知道它什么时候来,它说来就来;我尝试过各种办法都无法叫它停止,吃任何药都没用,严重时我有一种恐惧乃至濒死感。当时"文革"刚刚结束,书店里只能买到一本绿色塑料皮的医书,是1970年出版的《赤脚医生手册》。书中的各种病名、病症和药名中间,到处是黑体字的语录。我几乎把这本书翻烂了,依据自己的症状从书里却找不到答案。我从医生那里听到两种过去不曾知道的疾病,一是心脏神经官能症,一是植物性神经功能紊乱,据说我得的就是这两种病。原因是用脑过度,长期精神高度紧张,加上抽烟过多,医生还说这两种病都很难缠,没有特效药。这样,我不得不停下笔,戒了烟。有病乱求医,四处寻访民间的良医良方,然而每一个希望最终都成为泡影。这种病更大的麻烦是在心理上,不能听任何响动,怕见来客,不敢单独一人在家,害怕病魔突然来袭,这便迫使妻子必须与我时刻相守,对坐相视,不时听她小心地问:"舒服些了吗?"那一阵子,我很灰心,我想这可能是一种宿命,一生都叫厄运压着。别人受苦时,我也受苦;别人好了,我却要换一种苦来受。当然我不甘心,只要心脏相对平静,我就拿天天收到的各种书信——特别是朋友的信件来读。

现在我还保留着文坛前辈和同辈的朋友们当时向我问候病情的来信。我文坛上的朋友——好朋友太多。我的病惊动了他们。王蒙、刘心武、李小林、屠岸、李陀、蒋子龙、高莽、阎纲、路遥、陈世旭、章仲锷、苏予、严文井、李景峰、李炳银、彭荆风等等。这些信今天读来仍然感受到那些留在岁月里昨日的情意,叫我心动。

我无法找到昨天文坛与时代那种纯粹,但那种纯粹却保持在我心中。陈建功听到的是我死了的误传,据说他当时还哭了一泡。留在我心中的还有当时在《北京文学》做编辑的刘恒,受他们编辑部委托扛着一个大西瓜来瞧我的"故事"。我把这个故事已经写在《凌汛》里了。还有谌容、张洁和郑万隆结伴来天津看我。那天我那个思治里阁楼上的小屋,仅这几个人就挤不下了,我们还是热烘烘挤在一起。张洁是个率性又真实的人,她还在一篇散文《我心灵的朋友》里写下我们那天见面时——友情的纯粹。是呵,再也没有比来自文坛的关切对我更重要了。因为我那时最深爱的、要为之献身的是文学。

那的确是一个奇特的时代,文学就是文坛,文坛就是文学。不像今天,文学和文坛已经毫无关系了。

我扛着这个不明不白的病忍了半年,依旧在漆黑的深洞里盘旋不已。一天一位老医生对我说,最好的办法不是药,是"异地疗法"。所有官能症都有心理因素,换一个全新环境会有助你打破疾病的惯性和心理暗示。

"文革"时医学界完全中断与外界的联系,相互间也很少交流,手法与观念全都陈旧过时,医院给我的药只是一种:西药的安定和中药的安神丸。这个"异地疗法"听起来有理,不妨一试,就当"死马当活马治"吧。我便托我所在的单位——天津文艺创评室帮我联系北戴河的管理所,找到一间小房,妻子陪我去了。天津虽说是海滨城市,却与海相距极远,海风都吹不到。到了这里一片碧海蓝天,所见所闻和心境立时全变了,以致忘了心脏,自然感觉挺好。记得一位医生曾对我说过,如果你感觉不到内脏在你身体里存在,就说明你内脏没有毛病。如果你总感觉它在哪儿了,多半有毛病了。这话通俗有理。

有一天,还发生了一个叫人高兴的意外。那是个黄昏,我和妻子在海边散步,脚踩着软软的沙子,听着潮声;海边只有不多的人在游泳玩耍。忽然听人喊我——大冯!冯骥才!大冯!喊声有男有女,几个穿泳衣的人笑嘻嘻地跑过来。我首先认出蒋子龙。跑过来的都是男的,女的都还远远站在海边。那时社会还不开放,女士穿泳衣有些害羞吧。在那几个女子中,我认出叶文玲,早在前年南方战时我在云南前线与她相识,她给我热情又朴实的印象。还有一个女子,挺苗条,穿一件带红点的花泳衣侧身站着,子龙告诉我她是张抗抗。我的第一部中篇《铺花的歧路》和她第一部短篇《爱的呼唤》发表在同一期《收获》上,但我没见过她。之前文代会期间她给我打了一个电话,说话很冲,口齿特别清楚,每个字都像是刻意说出来的,我们聊了一会儿,她忽然说:"你和我们年轻人还挺说得来。"我在电话里开玩笑说:"怎么,你认为我是老前辈吗?"怎么今天她站在那里不过来?只朝我点点头,是因为她穿着泳衣吗?

我一问子龙,才知他们是当时中国作家协会讲习所第五期的学员。子龙是"班长"。成员全是崭露头角、有才气的青年作家,都是凭着颇具锐气的力作在文坛一炮打响。其中不少作家我都相识:刘亚洲、竹林、叶辛、陈国凯、贾大山、陈世旭、韩石山、高尔品等等。子龙知我来养病,晚饭后和讲习所几个成员来看我。其中一个很年轻的穿着长裙子的姑娘,文气,安静,目光明亮,一经介绍才知道是王安忆,并且是我很喜欢的作家茹志鹃的女儿。她凭着《雨,沙沙沙》一露面,那种先天的文学气质,就叫人眼前一亮。记得那天她让我给她"提提意见"。我笑了,说:"将来你的影响肯定愈来愈大,你可得叫媒体和评论界欠着你呵。"她想一想,明白了我的意思,也笑了。那时她二十多岁吧,到了今天,安忆已是一位当代公认却始终低调的大家。

随后,子龙约我和妻子到他们驻地去,晚间他们要在一起联欢。我们应邀去了。在一间挺大的房间里,亮着许多灯,大家相互"强迫"上台表演。记得张抗抗很投入地朗诵普希金的长诗《渔夫和金鱼的故事》,然后子龙上来唱了一段京剧,黑头,大嗓门,唱得豪气满怀。大家又逼着叶文玲表演,叶文玲自己不敢唱,非拉着子龙合唱,大家叫他们唱《夫妻双双把家还》。两人都不擅唱,自然唱不到点儿,还接不上词儿,笑得大家前仰后合,然后是舞会。这个意外又欢快的"遭遇",一下子把我拉回到久违的文学——文坛中。我真恨不得快快好起来。

北戴河之行使我相信"精神转移"对我的病治疗有效。我的一位好友医师张大宁对我说,你何不试一试中医的腹部按摩?他把我介绍给中医院一位姓胡的按摩室主任。经胡主任一治,才知道腹部按摩的妙处,他的手并不接触我的腹部,而是放在距离腹部十公分左右的地方一动不动,叫我用意念感受他的手掌发出的气与力。我真的渐渐地感觉到很热,很舒服,有一种穿透力,并且明显地感到病魔在一点点离开我,人也渐渐地从那个痛苦的深洞里一点点探出头来,看到光亮。

我想重新拿起笔来,但是开始时也不敢,我怕病魔重又回过身。我甚至有点怕撂在桌上的那支被我冷落了太久的钢笔。当年秋天,吴泰昌带一个朋友从北京跑过来看我。泰昌人单纯,文学的情怀很深,眼光很好,和我投缘。他来了我自然高兴。他说话总是连喊带叫,说到激动时,还喜欢不断地跺脚。那天他把我家养了多年的心爱的大黄猫给吓跑了,从此无影无踪,让我儿子多次伤心落泪。然而他那次给我带来一个"转机",他说李小林叫他来看望我,并问我能不能给《收获》写一篇散文。小林是我敬重的朋友,她的约稿我不能拒绝。吴泰昌对我叫着说:"我看你肯定行,你已经完全好了,你不写东西活着还有什么价值?对不对?"

他这句话让我拿起了笔,写了散文《书桌》。我从自己书桌的命运里写了自己人生的变迁。一动笔心中便溢满一种伤感美,没想到搁笔半年多了,竟还写得这样投入,这样顺畅,这样有感觉。可能这次大病一场,使我不觉增添了很多人生的感悟;这是一种从心里流出的散文,至今还是我"自我欣赏"的一篇散文。从此,我便自然而然地回到了写作中。更重要的是从这篇散文开始写作我的文学观悄悄发生了变化,并从不自觉到自觉的变化——这也是后话了。

而且,我开始敢于一个人独自待在家里了,这便解放了妻子。半年多来,我把她和我被病的困扰长时间一刻不放松地捆在一起,真够残酷的。随后便是敢于自己走出家门参加一些活动,在公众场合说些话。当然,有时还会感觉不适,甚至会有要"发病"的心理威胁。

比如1981年我的中篇小说《啊!》获全国第一届中篇小说奖,发奖会在北京的京西宾馆。中国作协叫我代表获奖作家讲话,我便紧张起来,担心上台讲到一半时犯病,可是我又不好拒绝。会前,我早早到了会场,人还不多,我在会场外的门厅便开始感觉心跳起来,而且愈跳愈厉害,我束手无策。这时一个穿军装的很柔和的女子走过来,自我介绍她叫陶斯亮。我说我读过你的报告文学,写得很好。她告诉我她是军医,我说我现在心跳得厉害,有没有办法制止?她问了我的病情便说:"你这种毛病怎么好上台呢?"她跑去给我弄来一片镇静药,一杯白水,叫我吃下。不多时心跳稳住了,上台讲话居然没犯病,从此让我记住了这位"救命"的解放军陶斯亮。

就这样,我返回写作和文坛。当然,至少两三年间我口袋里总带一小瓶镇静药,烟却始终没有抽。

然而,当我重新回到写作时,文学已非昨日,这是我下边要说的。

二、下一步踏向何处？

自从1980年秋天写过《书桌》，我便回到书桌前开始动笔写作了。"书桌"二字对于我，是一种职业的意味还是一种什么暗示？反正，它已是我一生安放灵魂的地方。它比绘画重要得多。尽管我天性里很多东西更适于绘画，但命运迫使我操起写作。所以当时我写过一篇文章，题目叫作《命运的驱使》，刊载在1981年3月的《文艺报》上。

刚刚恢复写作时，不敢写大的东西，我怕把病魔招回来。我天天都很早起来到街上长跑。当我一拿起笔就不能自已了，我需要身体的强大。因为我被病魔囚禁了半年多，而且是在写作高潮时被病魔一脚踩在下边，心里压抑了太强烈的写作欲望。现在检查一下我八十年代初的写作目录，可以看到从这年2月到10月是空的，没有任何写作记录，完全空白，我好像白活了。可是到1981年，我一连写了十多个短篇，还有许多散文、随笔和游记，包括《挑山工》都是在这一年写的，而且很快就开始写中篇了。

八十年代前期——新时期文学初期，是中篇小说的天下。最有影响的作家都是凭着一两部中篇震动文坛的。比如从维熙《大墙下的红玉兰》、谌容《人到中年》、叶蔚林《在没有航标的河流上》、张一弓《犯人李铜钟的故事》、鲁彦周《天云山传奇》、张贤亮《绿化树》等等。我这时期主要的中篇是《铺花的歧路》和《啊！》。这因为我们这代作家心里的东西分量太重，短篇的篇幅有限放不下；而长篇的写作还需要沉淀，需要更长的时间。那时作家们都渴望将威力十足的手榴弹尽快地扔进文坛，中篇便走红一时，各地的大型期刊则应时蜂拥而起，如《十月》《当代》《钟山》《花城》《小说家》《百花洲》《雨花》《莽原》《芙蓉》等等，而且愈办愈多，福州还办起了《中篇小说选刊》。那时，各个期刊都来约稿，争着要有分量的中篇打头炮（头条），作家们的压力可就更大了。

到1981年,文学悄悄发生了变化。

一是中国社会搭上了改革的快车,生活天天在变,到处闪闪发光,从来没有过的新事物接连不断地往外冒。比如引进外资、开发区、个体户、商品粮等等。这些蜂拥而来、闻所未闻却根本地改变生活的事物自然叫作家们关注与思考。中国的伤痕文学与德国二战废墟文学不同,作家还没有能够在原地站稳,新生活的车就发动起来,并且加速,急转弯。虽然当时已不再提"文艺为政治服务",改称"文艺为人民服务",但官方希望文学为改革助力,应时的改革文学便很快成为强势的主流。评论界也一拥而上为改革文学推波助澜,伤痕文学便自然而然地被边缘化,来不及深化就走向了萎缩。严格地说,从《班主任》和《伤痕》算起,短命的伤痕文学只有三年左右的生命期。然而,伤痕文学无疑是中国当代文学绝无仅有的一次批判现实主义运动。本来由此不断深究社会与历史,可以产生具有深刻思想与文学价值的大作品,但是这条当代文学十分重要的脉络断了。作家们并不甘心,故而此后又有"反思文学"概念的出现。

还有一个变化是,作家们开始对前一段红极一时的"问题小说"进行反思。这是一种文学自身的反思。

在那个极特殊的时代,作家的社会位置十分独特。他们自觉地站立在生活的前沿,社会思想的前沿;自许为社会进步的排头兵,冲击着十年"文革"森严的精神壁垒。作家采用的方式是把这种政治化的社会问题——往往是尖锐的积重难返又十分敏感的问题提出来,同时勇敢地做出回答。伴随这一方式的,是一连串突破写作的"禁区",比如突破写悲剧的禁区,写爱情的禁区,写知识分子的禁区,写领导是反面人物的禁区,写人性的禁区乃至写性的禁区,等等。写作禁区实际是思想禁区,不打破这些僵死的精神禁锢,改革开放的大门怎么打开?一时,每一篇切中时弊、突破禁区的"问题小说"的问世,都会引来一阵轰动的社会反响。然而,随着禁区一个个被爆破后,这种概念化、问答化、图解式的问题小说的诟病也就显现出来。

对文学本身——文学的性质、功能、价值、审美的思考，已经在很多作家脑袋里转悠起来。

对我本人来说，由于曾经所受欧洲文学与艺术中人文主义的影响很深，大病中对个体生命与人生又有了深切的感悟，很自然就进入了这种文学的反省。

1981年初与人民文学出版社社长、作家严文井先生通信时，我便把这些思考告诉他，希望听到他的意见。我说："近来，我想要试着走另一条路子，即从人生入手。""我们这代人写东西大多是从社会问题入手。这是大量堆积如山的社会问题逼着我们提出来的，我们渴望这些问题得到解决，我们是急渴渴、充满激情来写这些问题的。但这样子写下去，势必道路愈来愈窄，直到每写一篇作品都要强使自己提出一个具有普遍意义的、深刻的、敏感的社会问题来。此种写法的倡兴，致使文学出现了一种新的主题先行和概念化的倾向。最近我们这些青年作者对此都有所发觉，并开始探索各自的文学道路。"

这期间我已经写的一些小说，如《老夫老妻》《三十七度正常》《酒的魔力》《逛娘娘宫》等等，以各式各样的方式试图离开"问题小说"。我对严文井先生所说的"我们这些青年作者"是指当时我们这些活跃的青年作家。每当我们聚在一起时，最热衷讨论的就是这个话题。我们渴望从昨天使我们狂热、今天却使我们感到束缚与困扰的文学方式里挣脱出来。

一次与刘心武商量，将就这个话题用书信方式进行公开讨论，以期更多作家参与进来。我写信告诉他，我的信题目叫作《下一步踏向何处》。他很高兴。我现在还保存着他给我的一封信，这封信他自称采用的是"意识流"写法，饶有情致地将他"近期"的一些思考用散文笔法一连写了十四节，还自画了插图。他在第十节写道：

> 我多么盼望能早些读到《下一步踏向何处》啊！下一步究竟踏向何处呢？我想到了朗费罗的诗——
> 我们命定的目标和道路，
> 不是享乐，也不是受苦，

> 而是行动,在每个明天,
> 都要比今天前进一步!
> 那么,让我们起来干吧,
> 对命运拿出英雄的气概,
> 不断进取,不断追求,
> 要学会劳动,学会等待。

那时的我们真是年轻、单纯又真诚呵。

很快。我就把《下一步踏向何处》写出来,寄给心武。我在这篇书信体的文章中写道:

心武:

你好!年前你两次来津,我们都得机会长谈。回想起来,谈来谈去始终没离开一个中心,即往下怎么写?似乎这个问题正在纠缠我们。实际上也纠缠着我们同辈的作家们。你一定比我更了解咱们这辈作家的状况。这两天蒋子龙来信问我:"你打算沿着《歧路》(《铺花的歧路》)走下去,还是依照高尔基《在人间》的路子走下去?"看来,同一个问题也在麻烦这位素来胸有成竹的老兄了。本来,文学的道路,有如穿过莽原奔赴遥远的目标,不会一条道儿,一口气走到头。但我们这辈作家为什么几乎同时碰到这个难题呢?看来这是个共同性的问题。

这些天,我产生许多想法,虽然纷乱得很,也不成熟,但很想拿出来在你那里换得一些高明的见解。

我们这辈作家(即所谓"在粉碎'四人帮'后冒出来的"一批),大都是以写"社会问题"起家的。那时,并非我们硬要写"社会问题",而是十年动乱里堆积如山的社会问题迫使任何一个有良心、有责任感、有激情的作家不能不写;不是哪儿来的什么风把我们吹起来的,而是社会迅猛的潮流、历史的伟大转折、新时代紧急的号角,把我们卷进来,推出来,呼唤着我们挺身而起。我们写,一边潸潸泪下,义愤昂昂,热血在全身奔流,勇气填满胸膛。由于我们敢于扭断

"四人帮"法西斯精神统治的锁链,敢于喊出人民心底真实的声音,敢于正视现实;而与多年来某些被视为"正统"、实则荒谬的观念相悖。哪怕我们写得还肤浅、粗糙,存在各种各样明显的缺陷,每一篇作品刊出,即收到雪片一般飞来的、热情洋溢的读者来信。作者与读者互相用文字打动和感动着,这是多年文坛不曾有过的现象。

可是,我们必须看到这些作品存在的问题。尤其是短篇小说,常常把"社会问题"作为中心,难免就把人物作为分解和设置这些问题中各种抽象的互相矛盾因素的化身。作者的着眼点,经常是在各处矛盾冲突之后(即在小说的结尾部分),发表总结式或答案式的议论。即使这些议论颇有见地,但小说缺乏形象性,构思容易出现模式化和雷同化,并潜藏着一种新的概念化倾向。往往由于作者说了真话,对于多年听惯和厌烦了假话的读者来说,这些议论很有打动人心、引起人共鸣的力量。作品获得的强烈的社会反响会暂时把作品的缺陷掩盖起来,时间一久,缺陷就显露出来。这样下去,路子必然愈走愈窄。由于作者的目光只聚焦在"社会问题"上,势必会产生你上次谈话时所说的那种情况,"在每一篇新作品上,强迫自己提出一个新的、具有普遍性和重大社会意义的问题",这样就会愈写愈吃力、愈勉强、愈强己之所难,甚至一直写到腹内空空,感到枯竭。

当然,多年来非正常的政治生活造成的、有待解决的社会问题,成堆摆在眼前,成为生活前进的障碍。作家的笔锋是不应回避的。而且,自从19世纪中叶以后,政治对社会生活的影响愈来愈直接,政局的变动,往往牵涉千万人的生活乃至生存。它迫使人们愈来愈关注它,这是地球上的事实。我一直不大相信"远离政治"或"避开政治论"卵翼下的作品才是有生命力的。中世纪田园诗和牧歌式的小说是那个历史时代的必然产物。我相信,20世纪后期的世界性的杰作,差不多都离不开政治,而且包含着不少作家对政治的独到认识和见解,纵横穿插着不少社会问题。关键是作家在观察、体验、剖析、表现生活时从哪里着眼?是先从"社会问题"着眼,还是先从这些问题的政治因素着眼?

我以为,一个作家观察生活和动笔写作时,都要站在一定的高度上。我把这个高度分解为六个部分——历史的,时代的,社会的,人生的,哲学的,艺术的。其中"人生的"和"艺术的"两方面,一直不被我们所重视。

随后,我便发表了我所强调的关于"写人生"个人的思考。

这篇文章发表在1981年第3期《人民文学》上。

心武很快写了"回信",题目是《写在水仙花旁》。他同意我"写人生"的观点,也阐述了他自己的意见。一时,我们的讨论在文坛引起了热议。连路遥的长篇也直接以"人生"为题。

然而,真的一脚迈出去,却不知踏向何方。

我们这一代人最深切的人生是在"文革"里。作为普通人,我们是不幸的受难者;对于作家来说,我们却是"幸运儿"。因为,历史很难出现这样一个时机,叫我看到了社会和生活的底色,还有人的多面与背面,人性和国民性也都在眼前赤裸裸暴露无遗。我说的人性和国民性也不只是负面,还有正面。但是它怎样进入文学,并创造出独特的形象与独特文本?我面对着一个巨大的挑战。我以前没有思考过这样的问题。我被自我的反省,自己的思考,推到一个举步维艰的境地。我开始怀疑我写作前的"准备"不足,怀疑自己的创造力和发现力。

我有过一个奢望和野心,想像巴尔扎克的《人间喜剧》那样,用一系列的长篇、中篇和短篇组成一个宏大的"文学构成",我自称为"非常时代"。我想以此囊括并表现我所亲历的时代与社会生活。我想以自己十年中大量的"秘密写作"为依靠,展开我的文学世界。为此我写过一篇《我写"非常时代"的设想》,阐述了上述这个宏大设想的思想宗旨。我一直认为文学对时代对生活有历史性的记录功能,当然作家是用独特的个性形象、人物命运和场景来记录生活和记录历史的。作家与史学家的工作不同,史学家依据客观史实材料与文献记录历史事件的本身,作家们却要凭仗着他们创造的人物的命运与心灵来记录过往时代的真实。彼此不能替代,各自使命都不能回避。如果我们不记录,不写,后代根本无法真正认知这个"匪夷所思"的时代。

其实,我这个想法在当年冒死的秘密写作时就有了。可是这个计划难以实现。因为,我们的生活是在完全封闭的状态里突然开放的。一旦放开,它变化得太快、太缤纷、太多的冲击与意外。我无法使自己安静地待在这个心中认定的文学原点上。

更何况还有一个个文学思潮席卷而来,这在下边另一章里要详细展开的。

从1981年到1983年,时代在变,我的文学在变,但我的生活没有变。仍住在长沙路思治里12号那个小阁楼上。换句话说,我的文学灵感和我不时仍在对自己心脏隐隐的担忧以及小阁楼上烟熏火燎的生活混合在一起。我说烟熏火燎是指我家没有厨房,做饭要在楼梯拐角处。饭锅和炒菜里的气味和浓烟全要灌进我的小屋里。随着屋内的书稿愈来愈多,房间中央的空处只够儿子晚间支开那张小小的行军床。夜间屋里就再没有可以走动的地方。散文家谢大光写了一篇文章《阁楼里的作家》,还让我配了一张漫画式自嘲的插图,发表在上海的《文汇月刊》。那时《文汇月刊》影响很大。我住房的拮据加上疾病的困扰便成了当时知识分子生存状况的一个标志性的写照。据说还被给报社记者写成"内参"上报给中央的领导部门,目的是促进"落实知识分子政策"。那时市场经济还没有到来,住房没有买卖,全部由单位分配,"文革"期间住房标准是每人1.5平方米。当时单位也拿不出多余的房子给作家解决住房问题,尤其在唐山大地震之后,很多震后无房的人还住在街头的临建棚里。"文革"十年使国家和老百姓穷到底了。我最大的困难还不是房间小,而是我住的房子是地震后草草搭起来的简易房。屋顶只有一层薄薄的土板子,上边铺一层油毡,里边吊一层苇帘,抹上白灰。这样的屋顶冬不御寒,夏不隔热。伏天里,白天晒上一天,夜间如在蒸笼里。这便逼得我一边向上级部门作揖磕头申请分配住房,一边向出版社、杂志社张口要"价"——如果想得到我的稿子,就给我在旅店里租一间房,我到那里去写。这样,我一家三口就可以搬到旅店住,我写稿,妻儿也舒服多了,还可以洗澡。当时这种"改善写作和居住条件"的妙招普遍被名作家们使用着,这便招来一个"宾馆作家"的批评词语。我的两三部中篇小说和一部电影剧本都是在旅店里写的。如果夏天在家中写作,便是我在散文《苦夏》里所写的感受:"夏天于我,不只是无尽头的暑热的折磨,更是我顶着毒日头默默又坚忍地苦斗的本身。年年夏日,我都会再一次体验夏的意义。一手撑着滚烫的酷暑,一手写下许多文字来。"

然而在生活上我不是弱者。长期的艰辛使我不惧怕困难,习惯于苦中作乐。让生气盈盈快乐的生命小草从生活粗硬的乱石阵中钻出绿芽。一个破皮球也能让我和儿子兴致勃勃玩上好一阵子,一块颜色雅致的花布也能让妻子缝制成一个小短衫美上几天。那时的稿费很低,一篇散文不过十几块钱。《雕花烟斗》获全国优秀小说奖,奖金只有二百元。但我写得多,吃喝不愁了,还敢在有肉片有鸡腿的餐桌上神气十足地加上一瓶"海河"啤酒或"山海关"汽水。那时生活变化很快,称得上日新月异,比如一个煤球炉高矮的小冰箱和一台日本三洋牌的盒式录音机弄到家中,生活就立即变得神奇美妙了。到了1981年底我和妻子狠下心花钱买下一台十三寸的彩电,那可真称得上"提前进入了共产主义"了。

由于在文学上比较冒尖,一些不曾想过的事会先找到我身上。

1981年初接到中国作协通知,去英国访问。一团三人,团长是吴伯箫先生,团员是我,还有一位年轻的女翻译何滨。这真是一个连想都不敢想的事突然降临头上。我那时对英国的印象仅仅是从几部英国古典小说里得到的,脑袋最先反应出来是"雾都",其他所知寥寥。作协从社科院外文所请来一位专家给吴老和我恶补几天英美文学,又讲了种种"不准"的"外事纪律"。然后去出国人员服务部定制了一套西装,向父亲求教怎样系领带,然后就在一个借来的帆布箱子里装了些应用的衣物上了飞机。在长达十多个小时的航程中根本没合上眼睡觉。那时飞行的感受是没完没了地飞,好像要上月球,飞机一着陆,全体乘客一起鼓掌,庆幸安全到达——这种世界性的"习俗"现在已经没有了。到了英国,从议会大厦前泰晤士河上那座威斯敏斯特桥一入城区时,满眼古典的建筑,街上跑着红色的双层公交车,所有人都是金发碧眼,而且这时的伦敦早已不是雾都,景象清晰如画,我完全蒙了,完全像到了另一个星球上。

当晚第一件事就叫我无地自容。英中文化协会举办的欢迎晚会是"黑礼服晚会"——过去不曾听说过——男士必须着装黑色西装,当时我国规定出国只能定制一套西装,而我定制的是灰色西装,我无法叫西装改变颜色,因而晚会时满屋的黑西装,只我一人身穿灰衣,我因"不尊重人家的习俗"而频遭冷眼。

这次出访毕竟叫我大开眼界,一切都是意外:参加布克奖文学奖颁奖,看了英国皇家莎士比亚剧团的《罗密欧与朱丽叶》和伦敦芭蕾舞团的《睡美人》,还观看了英超足球,参观大英博物馆,在诺维赤亲历一次大学的文学课,还与后来获诺贝尔文学奖、《蝇王》的作者威廉·戈尔丁在一间怪房子里聊天。这些都叫我写进一本小书《雾里看伦敦》中。我庆幸自己第一次出国就到一个典型的西方国家中。使我最有兴趣的还是他们对自己传统的敬畏。这种兴趣中还有些惊讶,因为在十年中我们的传统和历史事物是被扫荡被践踏的对象,哪有这样尊贵的地位?记得国际笔会的秘书长艾伊斯托布问我对英国的印象如何。我笑道:"天上的变化很大,地上的变化很小。"回国后我写过一篇散文叫作《在旧梦中甜睡》,表达我这种好奇与欣赏。在伦敦一个艺术家俱乐部门前挂了一个牌子,上面写着"妇女不能入内"。我很诧异,问过方知,这原来是十九世纪的一块牌子,自从"妇女解放"运动后早已不成问题。现在还挂着这块牌子,是为了表述这里一段荒诞的历史——对妇女的轻视。这个牌子不正是为了彰显社会文明的进程吗?我想,如果我第一次去的是美国,最初的西方印象一定是另一样了。而在英国这个印象成了我后来西行各国时一个特别关注的视角,并因此影响我的文化观与遗产观。

还有一个细节。出于长期的冷战思维,西方人特别关心中国作家的独立思考与独立立场,这是我们在很多地方交流和谈话中,他们都会忍不住要问的问题。有一次在剑桥大学与他们的东方学者交流,他们大约很久没见到来自中国的作家了,问题提得踊跃又直率,甚至问我怕不怕写错了被抓起来。这时,我忽然发现吴伯箫先生闭上眼,好像睡了。我想连日来的奔波,他年纪大,肯定是疲倦了。我便接过话题来与对方交谈。那天从剑桥回到伦敦的酒店后,吴老叫我到他的房间,他忽然问我:"刚刚在剑桥座谈时,你是不是以为我睡觉了?"我一怔,心想他闭着眼,怎么会知道我注意他了?我说:"您岁数大了,路上辛苦,您太疲劳了。"吴老摇摇头,正色对我说:"我根本没有睡,他们提的问题是在挑衅,怎么答?只能不理。"他沉一下又说,"你还年轻,你要懂得外事不是小事,是大事,不出错就是胜利。"

老实说,那时我对吴老不大了解。我上学时念过他著名的散文《记一辆纺车》,仅此而已。后来我画画,所读的文学都是古典文学与西方名著,对中国文学看得很少。不了解他在革命文艺史上有较高的地位,更不知道他在"文革"遭到迫害,被开除党籍。但我很理解,他的话出于老一代对我的爱护。他经历过许多政治运动,深受其苦,自有"安身立命"的经验之道。由此我知道为什么在新时期文学中,这一批老革命作家反而缺席了,他们获得平反后反倒停笔了。

他们背负的历史太重,或者他们被过去思想的惯性束缚着,时代已经换了一匹飞马,但他们跨不上去了。

三、四只小风筝

自1981年我开始进行各种样式"写人生"小说的试验,大多是短篇,不仅题材不同,形式手法也多样,散文化,寓言式,象征性都有。可以看出那一年我力图走出"问题小说"所做的努力,兴致勃勃和四方摸索的写作心态。虽然,这期间有些小说如《老夫老妻》《在早春的日子里》《逛娘娘宫》等我至今依旧喜欢,甚至视作自己的文学精品。但在当时却没有受到文坛的关注,因为文坛推崇的是改革文学。评论家和读者最关注的也是紧贴现实的作品。

其实,在我最初的作品中,最具"问题小说"特征的是《铺花的歧路》,但这篇小说也与众不同。在《铺花的歧路》中,我不像当时的伤痕小说,将造反的红卫兵作为"反面人物"来写。我是从一个女红卫兵在运动初期的狂热中意外地"伤人致死"给她内心留下抹不掉的阴影,来写那一代陷入迷途的年轻人良知苏醒时难以挣脱的痛苦。此后我最主要的两部伤痕小说《啊!》和《雕花烟斗》已经不属于"问题小说"了。《啊!》实际上是一部心理恐怖小说。《雕花烟斗》所表现的则是我的唯美主义和所崇尚的人性。虽然这样的小说在伤痕文学时期还会拥有一席之地,甚至还获了奖,但到了改革文学的天下就要坐冷板凳了。文学有个现象很奇怪,如果一部作品在问世时被漠视了,过后便很难再翻身。因为很少有人从"文学史"之外去找作品看。即使找出一部好作品,也很难再进入文学史。历史是自然形成的,更是在现实中形成的。很少有人能从历史"脱颖而出",文学亦然。

随着中国作协的恢复,准官方的作协在文坛上的权威渐渐显示出来。依照它的职责,必然要高举改革文学的大旗。

可是文学因个人而存在。每个人都有自己的文学理想和审美追求。那么我们怎样做才能使文学真正回到文学中。还有什么禁锢吗?或者禁锢着文学的本身吗?

1982年春天,我和李陀忽然谈到一个共同的话题:在所有禁区都被冲决了之后,还有一个禁区需要去突破,就是形式的禁区。我们的文学被已经僵化了的"现实主义"死死捆着——或者说我们只有一种文学形式。那么,对解放形式的觉悟变得最具革命性了。但这个革命从哪里开始?当时正好高行健那本介绍西方现代文学的小册子《现代小说技巧初探》刚刚出版,引起作家特别是青年作家极大兴趣。我们决定从高行健这本小书为引子,"挑"起一场关于文学形式的讨论。

记得那天在天安门附近一个什么地方开会,我因事中途离会要返津。李陀送我出来,一路上热烈地讨论着我们将要干的事情。我俩走到人民英雄纪念碑附近,那是个早春,乍暖还寒,寒流回潮,广场上风大奇冷,冻得李陀面目狰狞,好像皮肤说裂就裂。他那时是一个爱激动的"热血青年"。他一边喝着很猛的冷风一边朝我喊着:"大冯,咱就干吧!"

说实话,现代主义在当时是没人敢挑起来的话题,它一直被教条主义者视为资本主义的意识形态。我们的举动将是一个具有叛逆精神的举动,估计会引起作协领导们的不满乃至恼火。然而,我们也没想到这个举动后来会给当代文学带来天地一新、重大又深远的冲击和影响。当时真没有想得太远,只想给文学找到一条出路,让文学回到文学中来。

按照我们的约定,我们采用通信的方式,即比较自由的书信体文章。次序是先由我发炮,接下来李陀进行思辨性探讨——他喜欢担任这种理论评判的角色,然后再由心武发表看法。我们不求见解一致,但目标一致——冲开僵化的形式束缚和传统现实主义的一统天下。在当时的文坛上,我们三人联手在如此敏感的问题上来发难,会是一枚枚重磅炸弹吧。

寒风中,李陀那热情昂奋的样子激发了我,返津后我把背包一放,趴在桌上不多几天就把这文章写出来。现在看来,文章写得冲动、直白、冒失,甚至还有不少浅陋幼稚的地方,但是真诚、迫切、纯粹,就像"五四"时期那些标语口号式的版画,连我文章的题目《中国文学需要"现代派"!》都像一个口号,直接叫喊出我们的声音。我开头就说:"李陀,我急急渴渴地要告诉你,我像喝了一大杯味醇的通化葡萄酒那样,刚刚读过高行健的小册子《现代小说技巧初探》……在目前'现代小说'这块园地还很少有人涉足的情况下,好像在空旷寂寞的天空,忽然有人放上去一只漂漂亮亮的风筝。"

就是这句话,使得后来人们把高行健和我、李陀、刘心武称之为"四只小风筝",甚至当作这场关于现代派文学之争的代名词。

在这篇文章中,我过于直露地充当了为现代派文学做辩护士的角色。我说:

> 当前流行世界的现代文学思潮不是一群怪物们的兴风作浪,不是低能儿黔驴技穷而寻奇作怪,不是赶时髦,不是百慕大三角,而是当代世界文坛必然会出现的文学现象。尤其当这种思潮也出现在我们的文坛时,不必吃惊,不必恐慌,不必动气,也不必争相模仿。它不过像自然科学中的仿生学那样,属于独自一个门类。对于它,可以兴趣十足地去研究,也可以置若罔闻,决不会影响吃饭、睡觉、开会和看戏。而最近我们文坛涌起的这股现代文学思潮,已经成了各种目光汇集的焦点。在它受到赞成或反对的同时,也受到注意。
>
> 有人视之为西方腐朽文化对我国文化的有害影响,有人担心我国文学的民族性因此受到冲击而面临"洋化"之危,有人则认为此种文学不能为中国大众所接受而把它当作异端……
>
> 这实际是文学上的一次革命。尽管人们一定会讨论此中的得失。
>
> 从表面上看,小说的形式变化很大。在文学艺术中,人们是通过形式来接受内容的,因此有人称之为"形式主义"。而形式变化只是表象,变化的根本却是文学概念本质的新理解。
>
> 在结束"四人帮"统治、走向社会主义现代化的伟大历史转折中,政治清明带来了人们思想上空前活跃。有人称这是中国近代史"第三次思想解放运动"。此话十分有理。这是一次非人为的运动,唯其如此,才具有真正的生动性。群众的思想如同江海翻腾,形成社会前进的巨大能源。这一运动,直接而有力地影响了文学。题材内容的广泛深刻的开掘,必然使作家感觉到原有的形式带来某种束缚。新

一代读者有自己的思想特征、兴趣特征和爱好特征。再加上生活面貌、节奏和方式的变化,审美感的改变,经济对外开放政策引起人们对外部世界的兴趣和好奇等,都促使文学的变化,新潮的出现。至于我们的作家吸收国外现代文学的某些新手法毫不足怪,在三十年代鲁迅先生早给我们做过范例,这不过又是一次历史的必然呢!

我们需要"现代派",是指社会和时代的需要,即当代社会的需要。所谓"现代派",是指地道的中国的现代派,而不是全盘西化,毫无自己创见的现代派。浅显解释,这个现代派是广义的,即具有革新精神的中国现代文学。

以上是这篇文章的部分段落。

我这些话是不是带着一种"交战"的火气?是不是更像一纸"文学檄文"?

李陀把我的信转给刘心武,心武看过之后写信给我时说:"发表这样一封'信'大约不至于招来太多的麻烦吧……我觉得我们都是四十岁的人了,在文学上还能冲击几年?与其畏首畏尾战战兢兢地'守成',莫如趁锐气未消,冲击冲击,为推进中国文学的发展,多尽几分力气!"

1982年8月,我、李陀、心武的信一并发表在《上海文学》上,随即引起轩然大波。

我在前边说过,在"文革"前我画画,很少读当时的文学作品,对国内文坛的种种人物及其在历次政治运动中的种种纠葛大都不知,更不知原先那个文坛深浅,故而直言无忌。待读了李陀和心武发表出来的信,才感觉到其中蹊跷与奥妙。他们身居京城,比我深谙文坛复杂,决非净土,他们各自的文章都智慧地对我的唐突做了一些校正与弥补。单说他们文章的题目——李陀的《"现代小说"不等于"现代派"》,心武的《需要冷静地思考》。不仅学理上是对的,态度趋向于探讨,还有意遮掩了我的一些锋芒。

但是这样做无论如何都不能让作协领导特别是冯牧接受。在他们看来,这是意识形态问题。我们触及了当时的底线,挑战了权威,犯了大忌。于是作协的权威报刊《文艺报》发了一篇关于现代主义的争论文章,有了一些搞"批判"的兆头,跟着就组织了一个关于现代派与现实主义文学的"研讨会"。地点在西苑饭店三楼。虽说是"研讨",那天一走进会场却感觉气氛有点不对。冯牧神色严肃,《文艺报》的一些人也有一种"临战"的神情。这次除去"请"来我们几个"小风筝",还请了王蒙和从维熙。最有力量的恰恰来自从维熙和王蒙。从维熙上来就说:"前些天我从外地回来,就听说大冯他们倒霉了……"一句话把窗户纸捅破,不单叫组织会议的人包括冯牧哭笑不得,也直接表现出从维熙的立场。从维熙向来耿直真率,这次更叫我敬佩。

　　王蒙使用的是他擅长的幽默机智。他刚要发言,麦克风坏了,不响了。服务员上来说这个麦克风老了,换了一个进口的。王蒙一试有声音了,跟着就说了一句:"还是来点新东西好。"逗得大家都笑了,神会其意,一切明了。

　　谁都知道,王蒙是当代文学中最先进行实验的作家。他的小说《春之声》《风筝飘带》就已使用意识流手法了。在我访英期间,英国的汉学家就注意到王蒙的意识流小说,并和我就"现代派"的话题做了一番讨论。我当时还在《文学评论》上写过一篇文章《王蒙找到了自己》,谈论过王蒙的现代小说。王蒙自然赞同文学形式上的开放与创造。

　　就这样——会议最后冯牧讲话时,除了强调文学的当代使命与政治属性之外,又说些"百花齐放、百家争鸣"和"改革与创新"之类的话,口气也就和缓得多了。

　　于是,自这场争辩之后,现代派与现实主义之争便不了了之。

　　一道挡住文学前进的铜墙铁壁就这样推开了。

　　那时我去北京,最常去的一个地方是朝外东大桥一座楼的十二层,敲门找李陀。最初,总是与陈建功和郑万隆约好,到李陀家去侃文学。李陀是中心,他对文学的悟性好,有很强的思辨力与雄辩力,视野又宽,再加上他超级自信,因而他总是各种话题的发动者,每侃一次,大家都互有所得。那时我们四人很要好,观点比较接近,渐渐有个"小四人帮"之名。一次,冯牧还专门请我们四人到木樨地他家里吃一顿饭。他想知道我们在文学上的看法。

那时作协的领导还都是文学上的明白人。他们知道作家是怎么回事,也知道上边领导是怎么想的。他们懂得文艺规律。特别是他们自己都是从"文革"的绞肉机里脱身出来的,有社会与文学的良知。因此,我们可以没有太大忌惮地对他们畅所欲言,碰到难题也会求助于他们。冯牧、陈荒煤人都很善良,他们是爱惜作家的,以他们几十年的文坛生涯的痛苦经验最怕我们"惹祸招灾"。在他们眼里,我们太年轻,只凭一己热情,不知文坛的深浅,更不知极"左"思潮还能依仗着一些权势,搞出一些事端。而冯牧他们身在其位,又不能不谋其政,故而往往身处两难之间,对此我们心里很明白。

每当我们知道哪位作家遇到麻烦,比如哪部作品哪篇文章惹了哪个部门哪位领导不满,惹出麻烦来,就去找冯牧。现在还记得他为张洁遇到了麻烦急得皱着眉头在屋里转来转去的样子。

还有一次听说新冒出来的颇具才气的大连作家邓刚——《迷人的海》的作者——生活条件很差,刚好冯牧要出差到大连,我和李陀就赶到冯牧家,请他到了大连帮邓刚说说话。冯牧立刻说:"好好,我帮他说说。"

其实那时我们都不认识邓刚,只看了他的小说。

我与李陀要好并欣赏他的原因,一是他的前卫精神和敏锐的艺术眼光,一是他对文学的责任感。一个人只有真正热爱一样东西,才会去做那些超越自我的事情。为此他渐渐成为一位现代文学的推动者和布道者。他游走各地发表演说,从而吸引各地到北京来办事的一些思想活跃的作家跑到他家高谈阔论。我在他家中结识不少优秀的青年才俊。他每每结识到一位出色的人物,都会兴奋和急不可待地介绍给大家。一次,我到他家,屋里坐着两三个人,一个清瘦男子,脖子很细,戴一副圆眼镜,目光空灵,气质脱俗不凡,原来是阿城。当时他的《棋王》已然惊动文坛。此人如其文,有点神异。李陀说:"我们正听他讲云南马帮'溜索'的事呢,神极了,阿城,你讲给大冯听听!"李陀兴致极浓地说。

阿城不好意思讲,被逼不过,便讲了。他讲到,驮着货物的马被绑在架在山谷中间的绳索上,一下子"溜"过去时,吓得屎尿翻飞的情景。阿城讲得活灵活现,笑得大家前仰后合,快乐至极。

后来阿城把这小说写出来,就叫《溜索》。

李陀那间最多十平方米的小屋里,乱七八糟堆满了书,床上的被子从来不叠,整天人来人往,他也从来不给人倒水喝,谁渴了谁自己去倒。但这里却是一个文学的"天堂",一个真正的"民间作协"。

1983年为了推动文本的创新,李陀约我和他从当代作家的短篇小说中,将那种具有鲜明个性的文本和审美追求的作品选出来,编一本书展示给大家。那一阵子李陀真像一位敬业的编辑,一个干劲十足的志愿者,翻遍书刊,把中意的作品挑出来,再和我一篇篇讨论。我现在还保存着当时与他选编作品时往来的信件。记得编入那本书的作品有:茹志鹃《剪辑错了的故事》、宗璞《我是谁》、王蒙《海的梦》、汪曾祺《异秉》、张洁《未了录》、贾平凹《土炕》、王安忆《舞台小世界》、张林《太阳和鸟》、吴若增《盲点》等等,总共四十三篇,所以取名《当代短篇小说43篇》,最后交给四川文艺出版社出版了。之所以费力做这事,只有一个目的,就是对文学的创新不断地推波助澜,不能叫新时期文学停下来安于现状。

这期间,大家都写了一些文章发表自己的小说观。从我当时写的一篇文章《解放小说的样式》,可以看出自我变革的迫切:

> 纵观古今,横览中外,小说的样式无穷无尽,恐怕电子计算机也统计不出来。是不是我们过于习惯在各种事物中寻找相同和共同之处,不习惯探求区别和差异,把规律当作

特征——这种思维方法影响到小说便是形式的单一。反过来,样式的单一化又影响到作家的表现方法,局限作家从内心调动出多方面的生活积累和感受,久而久之,以致影响到作家活泼的、灵便的、多侧面和多角度地观察生活和感受生活。这是一种反循环或者叫恶循环。因此,我们现在提出小说样式问题,不仅是个形式问题,也直接涉及作品的内容。

内容决定样式,样式也决定内容。不善于改革和变化样式,内容的表现就要受到局限和束缚。比如欧·亨利,大概他过于自爱那种戏剧性巧合的结尾,篇篇差不多都用这种样式,必然影响他才华多方面的施展;他把精力大多用在情节巧妙的安排上,人物就成了这些情节的表演者。因此他没能创造出理应达到的更为独特和深刻的艺术境界。角度太单一了,生活就成了平面。一个聪明的作家,不会认准某种样式,固定下来,把这样式当作翻制生活的棋子。严格说,一种样式只能使一篇作品成功。如果作家的某一篇作品获得成功,最明智的做法是,写另一篇时再也不拿起这用过的样式来。在艺术中,形式的本身也就是内容。"五四"时期新小说的出现,看上去是内容的改革,实际也是形式的变革。因为,自从辛亥革命后,社会生活的急剧变化,使得数百年习惯了的章回体的写法渐渐显得老而无力。而鲁迅等人开端的新小说更适应变化了的生活的实质。可以说,解放了形式,更促使内容的解放(这里说的内容,除去社会生活,还包括时代精神、思维方式和审美习惯等等),也就更适应生活的需要。

那么,写小说的,首先就不要把小说的概念和样式看得太死——

正剧,悲剧,喜剧,闹剧,悲壮的,感伤的,浓烈的,恬淡的,热烈的,幽默的,寓庄于谐的,寓谐于庄的,悲喜交加的,情节性的,没情节的,慢如牛车的,疾如闪电的,走马观花的,原地踏步的,描写的,叙述的;海阔天空,一泻千里的;笔笔交代、如书供状的;松散的,严谨的,单纯对话的,没有对话的;第一人称、第二人称、第三人称的,三个人称混在一起的;繁卷浩帙的,七言八语的,动作的,心理的,章回体的,笑话式的,拟人的,象征的,荒诞的,一本正经的,回叙式的,幻想式的,生活流,意识流,市民的,乡土的,散文式的,寓言式的,诗化的,电影化的……这仅仅是小说样式的一部分,甚至一小小部分。

过去不能替代和统治将来。一切过去的样式,如果变成公式,便会成为小说发展的障碍。不要使旧的形式禁锢和限制我们活生生的生活感受和创作思维。大胆地把小说样式解放开来,更好地适应春潮一般疾涌而来的新生活。

1982至1983年是文学自我发难的时期,也是为一场新的文学试验呼喊的年代。尽管这呼喊在今天看来浅直和幼稚,但这恰恰是真实经历过的一个活生生的"青春的时代"。经过此后两年的酝酿,新时期有变革意义并走向成熟的文学运动才真正地到来。

渐渐的,一些作家各自的面貌愈来愈清晰起来。一些"代表作"确立了这些作家的"文学形象"。比如1983—1984年获奖的中篇小说中陆文夫的《美食家》、邓友梅的《烟壶》、张贤亮的《绿化树》、铁凝的《没有纽扣的红衬衫》、朱苏进的《凝眸》、贾平凹的《腊月·正月》、张洁的《祖母绿》等等。那次颁奖在南京,我在研讨会上说:"这次作品最大的特点是像地图上的城市一样,相互之间已经有了相当远的距离。这不是风格的不同,而是'小说观'的不同造成的。"而我自己的"两个方向"也已然分出来了——《高女人和她的矮丈夫》把我"天性的文学"表明了;《神鞭》则开始了一种全新的文学理念。这我要在下一章才能具体地写清楚。

那是一个奇特的时代。文坛如五月的田野每天都有奇花异卉出现。每一篇新鲜独特、异乎寻常的作品,都会引来热切的关注,并争相传阅,到处打听这位文坛陌生的闯入者姓甚名谁,何方人氏。小说之外,每一篇与众不同的奇文都立即引起注意,也会相互告知;凡有歧见者辄必著文争议,相互批评乃是常事。记得我在当时一次批评界的会议上说过:新时期以来,凡是有热烈争议的文艺领域,一定是活跃的,好作品自然会层出不穷。比如小说、诗歌、报告文学、话剧、油画、歌曲等等。反之,只要仅仅是赞美和捧场,没有批评,便一定陈旧平庸,没有活力。比如散文、戏曲、中国画等等。

  那是个开放的时代,天宽地阔的时代,也是繁荣的时代。就像原野大地,花鲜草绿不是施肥得来的,而是阳光雨水与自由的风。

(节选自《激流中:1979—1988 我与新时期文学》
人民文学出版社 2017 年 9 月出版)

生 存 课

袁 凌

有裂纹的肖邦手模

一

去兴国路41弄那天,天气下着小雪,雪又化成雨,浸透了身骨。

没有电梯,按了半天门铃,蔡容曾下了半截楼梯来开门,她腿脚已经不大灵便,眼睛似乎也不太看得见。开门之后,屋里还有一个老人,似乎一无所动。

蔡容曾的头发凌乱,整个人含有一种悲戚的调子。屋里缺少椅子,在一张大床上坐下后,她在随便披着的衣服里,抱着一只灌热水的大可乐瓶子取暖。这间房子有两面墙开着连排的窗扇,像是一间大办公室,老化的木格窗扇关不上,冷湿的气息不断透入,温度似乎和室外无甚差别。想见晚上睡在这四面透风的屋里,在单薄的被褥下裹紧可乐瓶,护住残余的一点体温。

房间里似乎有不少的猫,有一股尿臊味,被冷湿的气息压住,不时偷透出来。

老伴在另一屋看电视,黑着灯,一直要看到晚上十点,才会做饭吃。

我忘了怎么找到那里,之前去了愚园路顾圣婴的故居,寻常的连排旧式洋房小区,已有别的住户,没法入内。站在门廊铁栅前,眺望二楼褪色的木格窗户,想到几十年前的那夜,窗户也如现在的紧闭着,打开的煤气带来了干净的死亡,母女三人走了,没有发出声息。那架遗留的钢琴,在野蛮的世界里已经消音。

只有父亲顾高地不在现场,他在远方的劳改农场里求活。曾当过国民党中将的荣光,在变换的时代布景里,不仅换算成二十年的刑期,也成了女儿灾殃的一个来源。刑满回上海,他听到的是全家人离世的消息,和房子被人占用的现状。

借落实政策,他和发还的些许女儿遗物一道,在这幢房子里安顿下来,直到十几年前去世。晚年陪伴他的蔡容曾,成了这座房子的继任住户,和有关顾圣婴记忆的保存者。

说起顾圣婴,怀抱热水瓶的蔡容曾语气变得缥缈起来,似乎回到了年少时听顾圣婴演奏的现场。第一次听是在兰心大戏院,后来改在音乐厅。圣婴的长处是音和音之间的关系,就像一个手指和另一个手指。她说。每一个手指头都能单独活动,又连在一起,有时在互相倾诉,有时在打架。我都听得出来。我有一盒奎帕斯颜料笔,是父亲从日本带回的,我不按通常的顺序插在笔筒里,因为它们和音一样,有时相邻的两个在吵架,相隔的却想亲近。

她用枯干不灵活的手比画着,暂时放开了怀里的热水瓶,衣服前襟松开。我感到一股冷风从窗缝里透进来,那个瓶子或许也已经凉了。

"文革"之后,有一次傅聪回国开音乐会,有个朋友给了蔡容曾一张票,还介绍她在音乐会上和顾高地认识。顾高地个子瘦高,驼背,头发全白了。他说,自己在"文革"中一直幻想减刑出狱见家人,后来临近释放,才听说家人都已不在,一夜间头发尽白,自己还不知道,去劳改工地,工友说你怎么头发全白了。他才相信了伍子胥过韶关一夜白头。

顾高地的腿脚不好,蔡容曾骑了一辆自行车,散场后骑车带顾高地回家。

以后两人又一起去听殷承宗的音乐会,大约是殷复出的第一次音乐会,仍旧是蔡容曾骑车带顾高地回家。"一路上他对殷承宗的生平很是感叹,可能是想起了自己的坐牢经历。到了楼下,又让我陪他在兴国路上走了一会儿。"当时天气很好,有月亮,法国梧桐的影子铺在地上,像一只只手掌。"他说,你做我干女儿吧。我没有答应。"为什么没答应,蔡容曾自己说不上来,但是应允以后写作顾圣婴的传记。

后来顾高地得了肺癌,蔡容曾送他到医院,做手术时没有家人签字,蔡以义女身份签字。这时他的生活都由蔡容曾照顾,自己也不愿再成家。

"他说,我把妻子女儿都害死了,还成个什么家。"住在这屋子里,他晚上不拉窗帘,整夜不睡地看星星,"说是赎罪"。蔡容曾小时候不喜欢在家里待,也总是一个人爬到屋顶看星星。这间房子开了这么多的窗户,像是专为看星星方便。

两人长期住在一起,引起了议论,有人说蔡容曾看上了顾高地的房子。蔡容曾避嫌,打算去北京,顾高地坚决不让她走,说他失去了圣婴,不能再失去她,"要像待圣婴那样对我。"

接受了写传记的任务后,蔡容曾几次去北京采访,为了省钱,经常一天只吃一顿饭。夜晚听顾圣婴的唱片,或者自己弹钢琴,到夜深时激情到达顶点,才开始写作,似乎只有这样才能落笔。

房子一排窗户前有一副钢琴,落着灰尘,似乎不像是这里应有之物。她说,很久不弹里,怕弹起来勾起来以往的感情,受不了。

二

谈到钢琴,似乎不知牵连到了什么,蔡容曾忽然一只手捂住嘴,说牙齿疼,"牙齿里有一根线,一个小白熊在中间,往两边拉,用这种戏法害我。"

她又说,自己的耳朵会穿气,从一边经过大脑,倏忽穿透到另一边,就跟新式立体声耳机似的。

"你听她瞎说,都是疯话!"邻屋的老伴忽然走到两房的门口,大声说。

房间里的猫像是受了惊吓,有一只极小的喵呜了一声,爬到床上,蔡容曾像是没有知觉。老伴走回去了。蔡容曾继续往下说。

蔡容曾的父亲叫蔡仁抱,是民国著名摄影师,"和郎静山是好朋友。"蔡仁抱娶了两房妻子,与前妻离婚后,和蔡容曾的母亲结婚,负担与前妻生的子女费用,因为第一门是婶婶的侄女,爸爸闹离婚得罪了家族,受到排挤,蔡容曾也和堂姐堂弟关系不好。蔡容曾说,婶婶曾经欺负小时候的她,趁大人不在,逼她吞吃蚕宝宝。解放之后,地下党员出身的堂姐又主持抄蔡容曾的家,"用带100根钉子的棍棒打父亲,父亲的衬衣成了血衣。"

蔡容曾成人后,做过上海夜大的英语教师,"文革"中间失去工作,在剩菜组工作,还在火车上做过列车员。她结过婚,生过一个孩子,"生孩子时候在剩菜组,特别穷,只有稀粥喝。"婆子妈对她也很不好,至于丈夫,她没有提。孩子现在美国,不怎么联系她,对她心态的影响也比较大,"想起来会牙疼。"

她忽然又说,牙齿疼是由于堂姐的催眠术。她示意我们走到桌子前,看玻璃板下压着的一张"催眠术"的说明。玻璃板下另有一张蔡容曾十来年前的照片,看上去不乏气质,和坐在床上不动的她相比,要年轻两三个十年的样子。我心底感到惊讶,一种力量真的可以完全打败人,不仅摧残了外貌,还把我们叫作气质的、似乎是永恒的东西一并消灭,毫无痕迹。

蔡容曾说,是因为顾圣婴传记的官司毁了她。

传记写了几万字之后,顾高地生病,要服侍他治病,传记就拖延下来,一直未完稿。后来她联系出版社,出版社要先自己交七八万块钱,蔡因而却步。

后来,蔡容曾遇到了一个中国音乐学院姓周的教授。据她说,周欺骗了她,起初说是可以垫钱出版,拿走了很多顾圣婴的资料,包括她没写完的手稿,骗她在一份委托书上签了字,后来却变成姓周的自己写,她变成了"顾问"。她觉得那本面试的书里写的,"根本不是我听到的圣婴,不是圣婴爸爸谈到的圣婴,跟圣婴毫无关系"。

蔡容曾请了律师打官司,却接连败诉。以后我在网上查阅了这场官司的始末,蔡容曾当初的委托签名成了决定性证据,法院也不承认顾高地将圣婴著作的版权委托给了她代理,说遗嘱只是让她继承房子里的遗物。已经出版的书叫《钢琴诗人顾圣婴》,配有唱片,是现有唯一的纪念顾圣婴的出版物。

这些资料被人夺走出版,拟想中的圣婴纪念室也建不起来了。现在屋子里最有价值的一件东西,是一副石膏的肖邦手模,肖邦死去之后,由波兰政府根据他的手部翻模制作,顾圣婴去波兰参加钢琴比赛获奖,波兰政府奖给了她一具手模,带回国后一直放在钢琴旁边,"文革"后发还。这具手模在里屋,因为是唯有的遗物,她不愿意拿给外人看。

她怀里的热水瓶,想必已经完全冷却了。窗外完全黑定,寒气压过了屋里猫尿的腥味。告辞的时候,老伴还在另一间屋里看电视。

以后我在网上搜到了那具肖邦手模的照片,有两个手指被打断了,带着裂纹。那架蒙尘的钢琴,再也没有人手可以弹奏。

三

十二年后的冬天,我再次来到楼下,门禁系统无人应答。等待良久也无人出来,似乎这幢楼里只剩下足不出户的老人。一树孟春花犹存蓓蕾,像经霜的额头。

询问门房,说是已经不在这儿住,两三年没看见她了。老头子偶尔回来看看,前天正好来过一趟。

走到背后楼下,三楼露着没装修过的生锈窗户,三面透风,和当初一样。

不知道那具残损的肖邦手模,是否还在这所屋子里。她的心愿,注定是无法实现了。

无梦楼窗前的绞索

二楼的小窗仍旧闭着,封上了生锈的铁板。但那个绳圈不见了。

八年前我来到恂兴村,遍地是水葫芦,几个妇女在水中洗菜。经过两道小桥,一直走到村庄深处,路过一些奇怪的空荡下来的房屋,穿过只容一人的小巷子,才来到老屋背后,眼前已是稻田。一面石灰剥落的墙壁,现出无数奇怪的纹路。二楼两扇小窗,黑色的窗扇紧闭着,或许已经封上了铁皮。这就是他生前与人世作别的地方吧。

在一扇窗户前,我看见了那副绞索。

只是一副葛藤或麻绳,从窗口上方垂下,挽成了一个圆形的结子,似乎正好可以纳入人的头颈。和露出的墙皮一样,绳子似乎经受了相同的时光,完全变为黑色。这副绳结出现在这里,完全没有理由。是谁的手挽成了它,又悬挂在窗前,比打结的手存在得更长久。

第一次听到他,是在复旦大学南区的小路上,两旁丛生荒草。我拿着一本薄薄的《无梦楼随笔》,肚子里装着刚吞下的一碗牛肉拉面,急切地想要攫取黄色封皮下的一些内容。书中文字不多,凑不成长篇大论,一小段小段地分隔出空白,这些看去营养不良而早逝的文字并非满足我的餍欲,倒是一下子把我攫住了。薄薄书皮的黄色,似乎变为阁楼的油灯光,从铁皮封闭的黑暗中透出。

村头几个老人说着艰涩的方言,好在还记得张中晓的名字,因为当年的那桩反革命大案。

"他不该反对毛主席。不然要当部级干部!"老人用一种透露秘密的口吻说。张中晓时常是待在二楼,村里有人下象棋,他偶尔会走下来看;他刚回乡时,他还在二楼抛撒糖果给孩子们,老人那时也在仰头捧接的孩子中。在那时他似乎是富有者,父亲身为邮局职员也加深了邻居的这一印象。或许在饥饿致命的年代,书中的寒衣卖尽和早餐阙如,还不足以改变乡邻的印象。但他的肩膀一高一低,是老人记忆中更确切的印象,那是做了肺结核手术的结果。

老人的方言陌生,我只能勉强听得片段。旁边的一个年轻人神情茫然。有关没有实现的"大人物"和毛主席的记忆,永远停顿在老年这一代了。

张中晓的大哥还住在村里,是一个拘谨的农民,看不出来和他有任何的相似处。他说老房子原本是父母住的,他是长子,另外起了这座房子。父亲去世之后,几个兄弟都在远处,老房子就空着了,卖给了邻居,他这里没有钥匙。

风在水面和水葫芦叶上回荡,像是要带走一切,却又未曾改变什么。

这次进入村庄,天气热了很多,房屋像是被烤煳了,水面变得黏稠。水荷叶几乎覆盖了河道,中心的尚青翠,靠岸的却已腐烂如粪污。洗衣的人也消失了。旧时的路径关闭,语言陌生,我不知如何找到小楼。

村中空落的房屋更多了,石墙上张开一个洞,屋顶下空旷寂静,石条长出青苔。走进屋顶下面,空无一人,只有立柱和地上一些零余杂物,石墙裸露残损的骨架,似乎已到了最后时分。

向村民打听,知道张中晓的大哥也走了。买房子的邻居早进了城,老屋锁着进不去。来到小楼下,青色似乎比几年前更深,除了屋后窗户加了铁板,前院依旧紧闭,照看的邻居也不在家。

我不想和八年前一样止步,试图爬过院墙进入院子。砖墙的肩头似乎腐烂了,承受不住双脚踩上去。当我踮脚往下跳时,落到一块钢皮覆盖的鸡窝上,发出似乎是巨大的响声,鸡疯狂地叫起来。同行的伙伴说,她当时吓得跑开了,等没动静才回来。这个小院从他去世之后,可能再也没有这样惊扰过,似乎邻居的门廊里有人向这边看。

我忐忑地落到砖地上,一半院子在阴影里,分界线清晰地嵌在砖缝里,只有几根草扰乱。阴影里的青色有些发黑。老屋正面有阳光,木质的部分现出微红。门上挂着一把锁,锁齿是开着的。我取下锁走进屋子。

和院子里的湿润不同,屋里有一种灰扑扑的尘气与南方的洁净混杂的味道。地上放着一些农具,一架风车遮住了残缺的中堂,木板屋顶致密,没有明显的蛛网,看来并非长期无人进来。堂屋两侧,通向二楼的木梯上了锁。这把锁已经上锈,和楼上窗户封闭的铁板一样,或许没有钥匙能够再打开。

我走到灶屋,一个发绿的小天井,有一个能出水的龙头,带着一只锁住的水表。旁边一口石缸,积满了烟色雨水,来不及长出微小的生物。这个天井过于潮湿了,似乎阳光没有真的触及。

我在堂屋的陈年气息中站了一下。走出来,挂上铁锁。仍然只有踩着鸡窝上的钢板上去,我又一次弄出了巨大的声响和鸡叫,听到有人在邻家门廊里说话。围墙上被踩松的砖终于有两块掉了下去,我在它可能整个崩塌前跳了出去。

我或许打扰了这里,或许没有。二楼的板壁仍旧封闭着,阳光似乎为微红的木质吸收了。只有后窗可供眺望,老人记得他有一副望远镜,总是戴着近视镜加上望远镜,在二楼打望,也肯借给小孩子们,当时是孩子的老人曾受惠一两次,却也没看到稀奇的景色,不知道他是在眺望什么,好歹是打消了"特务侦查"的嫌疑。

眼下我走到村后的田野,正是当初他望远镜中的视野。几十年前这里只是陂塘稻田,眼下却在田埂边沿,矗立起了似乎难以想象的高楼。

稻田里有条条焚烧的痕迹,似乎延伸向远方。我曾想到张中晓的墓地,或许假于这片田垄边缘,潮湿的坟茔和低伏的灌木,却毫无线索。由于方言艰涩,连当时尚住村中的哥哥也没说清楚。似乎尚是骨灰一盒,和父亲的一起,并未存于此地。因为他最后时光是离开村子,在上海不治死去的,并未返乡入土。

我曾在福州路上新华书店一带盘桓,并未找到他曾栖身的库房。他身后的手稿,倒是父亲在老屋里保存下来,一直到父亲身故后,等来了面世的机会。

从其他胡风案件的人士处知道,书出来之后,有一些影响,几个兄弟曾经打算给张中晓修一座像样点的坟。势头一过,终究作罢。

说到底,他不是属于这个村子的人。这里除了远眺中的田野,没有与他有关的东西。他的头脑和才情只能栖居在楼上,单薄敧侧的身体,也没有爱情来安慰,甚至是和女性的一句话,一次目光的相遇。只有那些清冷的文字,从他的心里出来,却像是没有温度的棉絮,不足卫护身体。

这里没有生长过梦想。眼下,也只有利益的权衡博弈。来之前,我已在网上看到村民因拆迁上访的消息。一个晒谷的青年告诉我,开发商两年前就想拆迁这座村子,价格却低到让人无法接受的程度,冲突当中死去了一个人,那些楼房推进的速度因此稍微停顿下来。

但村中已经事先空了。那些砖墙的骨架迟早会倒塌下来,踩在楼房的脚底。就像他被领袖一脚踩入地面。

那些船也腐烂在水上,被凝滞的水体胶住,有的烂穿了豁口。只有稀少的仍在滑行。一个老人在船尾划桨,载着船头的老伴归来,水面牵扯的波纹,似乎出自遥远岁月。

当年他乘坐这些木船,去绍兴城里看书报,大约并无水葫芦牵绊,来回较为轻快。水路现已不通,木船也困死在这里,像是村中孑遗的老人,晒着无力的太阳,远远望去已石化,和水缸碌碡一体。

没有什么会保存下来,连同无梦楼窗口的绞索。对于没有声息的逝者来说,那显得过于郑重了。

编县志的异乡人

一

第一次见到齐明,是在粮食局家属院附近的一条巷子里。他拿着一叠历代的县志,我口袋里余下的一百多块钱工资,要掏出八十块来换。

这叠县志大多是复印的,看上去比巷子风化的砖墙更旧,也比他本人更显老。在交给我的时候,他又有点迟疑了,说这是一全套,新县志虽然编完了,也想一直留下来。复印时他自己掏了不少钱,不是看在我对历史这么有兴趣的话,不会拿给我的。我不得不又加了二十块钱。

那确实是一整套,有康熙、乾隆、光绪直到民国时期的县志,还有民国时编的一套平利乡土志,另外是新县志面世之前单独编印的一本人物志。在手上摩挲起来,像是一叠陈年的落叶,远远比不上新华书店柜台里摆设的精装烫金封面的新县志光鲜。齐明是县志办公室副主任,新县志版权页上的"编纂委员会人员"中,他列在五人中的末尾一个。但其他几个人手中,却没有这么完整的一套历代县志。

他的口齿有点涩,不像是完全的平利口音。印象也不是我那时想象中名士修史的风度。不过他参与的新县志也确实不像我手上历代县志的样子。我们匆匆地分手了。

这套县志在我身边待了几年,终究归于散落。我和齐明也再无联系,直到多年以后,在一个朋友参与编辑的《平利文学》上,偶然看到作者齐明的名字,打通了他的电话,去粮食局家属院看他。

这是一幢老式家属楼的底层,方便腿脚不太方便的老两口居住。老伴沉默寡言,像是农村人的样子。有一个儿子,但不常来,齐明也很少提到他。和八年前相比,除了风湿病引起的腿脚不利索,齐明似乎并无变化,但在面容和体态上,又分明老了很多。初识的那种生疏淡去了,连他的外乡口音,听起来也柔和了许多,只是和他的腿一样有点微微发抖。

他说到自己的老家,是安徽蒙城县,"就是笑星牛群代言的那个地方。"因为蒙城县著名的出产是黄牛。齐明是属牛的,比我大三轮。

我想到有次坐车从家乡去上海,沿途在山坡上看到络绎不绝的黄牛。有的在耕田,还有的一大群或立或躺在树林下水塘边乘凉。我还曾试着数这些黄牛的头数,想弄清从湖北到安徽一共见到了多少头黄牛。但并不清楚,那一大群牛所在的地界,是不是蒙城县。

他是年轻时跟着母亲来的平利县，日本人占了河南，回不去了，母子只好就地扎根，成了大半个平利人。

说起那本十年前编的新县志，齐明说自己虽然挂名办公室副主任，连副主编也不是，实际却算得上是出力最多的，最初的筹备组连他一共三个人。前面从主编到副主编一溜名字，无非是县领导和文化局长，都是要挂名修史的意思，毕竟这是新中国成立以来第一次修县志。

他一个外地人，在平利县志上挂名靠前，似乎也不合适，但当初确实是因为喜欢写几篇小文章，从粮食局被领导借调到县志办，退休后又返聘，清水衙门冷板凳坐了十来年，下乡出差也最多。

说到出差调研，他来了些精神。本县有个先烈廖乾武，是建党早期重要人物，因为参与过南昌起义，是贺龙的入党介绍人，又跟部队南下到海陆丰，需要去查证这段经历。齐明和另外两人一起，从南昌逆水行到赣州，又顺流下到陆丰，途中还特意在东江坐过筏子，水急滩险，体会了当初起义部队南下的艰苦。在南昌档案馆还查到资料，廖乾武参加了决定发动起义的"小划子会议"，船上只有五个人，确证了廖乾武当时的领导人身份。这是修新县志当中最重要的事情之一。

新县志编出来，精装的一大册，有大半块砖头厚，却并不令人满意。原因是后期编辑上头强调"废除传统修史人物为中心的老套，重点展现新中国的建设成就"，各部局的人都把本部门近年的成绩指标塞进去，历史上的事反倒不重要了，县志成了一部统计数据汇编，这些数据又水分很多，互相攀比，开会扯皮也解决不了。早期筹备组的几个人反倒靠边站，无奈之下另行编了一本薄薄的人物志，印了几十套，算是留个纪念。

不论如何，"我一个高小文化的外乡人"参与这件大事，也算是有缘。要说他和平利县的缘分确实深，远远超过了蒙城家乡。详细的经历，他写在一本回忆录里，最近县文联资助出版了。为了这本书，也费了好几年的事，最后总算印了几百册。

"我不是非要出这本书,是领导先说了,换了届又没人管了,来回找人。"

我来时带了一本自费出版的诗集送他,他也送了我一本,书名叫《求索集》。薄薄的一本,里面大致是他在一些日报晚报上发表的小文章,尾页上标了四个字"内部交流"。他说,这是领导为了省钱,没有买书号。

二

回到宾馆,我打开了这本书。第一篇文章很长,没有发表过,就是他说的回忆录了。

原来他来本县起因是寻父。父亲是个塾师,抗战那年出门躲壮丁,一直来到了平利县,一年多之后,母亲得到了消息,带着齐明辗转到了陕南,寻找到了父亲,父亲却不久就生病过世了。齐明和母亲在平利县住下来,解放以后,齐明参了军。

没过两年,齐明所在的部队调派到安康茨沟的大山里伐木。那时没有电锯子,伐木都是靠斧头,树木又起码是合抱粗以上,一个人一天砍两棵就累躺了,又很危险。

当时齐明正在申请入团,接受组织考察,干活特别卖力气。遇到一棵胡栗头树长了个节疤,树虽然不是特别粗,却砍得特别吃力,斧子卡到节疤里出不来了。齐明不想喊战友帮忙,自己尽力左右别着往出拔。别了两下不动,下一把使了全身的力气,斧子没摇动,却听到嘎嘣一声响,紧接着胸口一阵剧痛,胸腔里什么地方别坏了。齐明往后坐到地上,一会儿就开始吐血。

后来检查,是因为用力过猛损伤了肺部。大山里医疗条件不行,创口感染转成肺炎,又发展成肺结核,险些丢了命。一场大病过去,齐明只好离开部队,转业到了平利县,进了粮食局。不知道出自父亲的什么遗传,齐明喜欢写点小文章,在单位办个墙报什么的。五七年整风,组织上让齐明汇集批评意见,出了两期墙报,齐明自己也难免写了两篇。反右一来,粮食局有指标,齐明自然成了"百分之五"。

以后的二十年历尽艰辛。丢了工作落户农村,一把锄头讨生活,中间旧伤复发时也想过死亡,不过终究活了下来,熬过了"文革",年纪已经五十来岁,旧病之外也落下了风湿。落实政策回了单位,老母已经去世,旁人劝说来这世上一趟,好歹要成个家。没有合适的对象,只好找了个乡下进城做保姆的寡妇,就是一直不说话的老伴。没什么共同语言,算是搭伙生活。那个儿子,也是老伴带来的,齐明从十来岁抚养到大。

老家那边,以后回去过一次,也没什么人了。工作没几年,又要退休了,正巧赶上盛世修史,全国统一编地方志,返聘到县志办,算是参与了值得一提的一桩大事。

看完了回忆录,回北京途中,大巴经过高速路茨沟出口。茨沟地名我早有耳闻,隐约知道是个黑老扒,山高沟深,虽然离安康市不远,却像是隔住的两个世界。这次看到路牌,想到在这么个陌生的地名背后,藏着他的人生转折。

后来又有一次,在参加一次公益组织的残障人士维权会议时,遇到一个被拐卖做过奴工的中年人。他本身并不是智障人士,却受骗被拐到茨沟,在深山里被迫伐木烧炭,没有工资,中间还有伙伴被打死,埋在树林之下。他两次逃跑被抓回,第三次才成功,脑门上留下一道被钢钎杵下来的凹槽,嘴唇上也顺势有一个缺,像是兔唇。逃脱之后,他举报了这家黑窑,领人去那片山坡找同伴埋下的尸骨,却踪迹全无。

三

大约过了两年,我在县作协刊物上发表了一篇文章。恰巧这一期前言是特约齐明写的,其中也提到了我这篇文章,用了"乡情、乡音、乡韵"三个词。以后齐明打来电话,说到读了我这篇文章,又说他新出了一本书,想送给我和朋友各一本,让我们有空去他家。电话里他的声音抖索得更明显了一点,让我想起那几本发黄散落的县志,似乎虽然当初掏了一百块钱,仍旧有点对不起他。

几次回县,跟朋友提到去齐明家,但丢了一次手机,找不到齐明的号码。朋友一直说打听起来不难,直接去的话怕记不清地方,这事一直拖下来。心里像是欠了个东西,但欠久了,也就似乎可以一直欠下去,似乎他会一直在那里。

直到前一次回乡,在朋友邀我参加的作协几个文人的聚会上,遇到县城一家大药房的陈老板,意外地认识齐明,问起来说,去年过世了。

这似乎使我意外,但也没有什么特别的情节,不过出于老年病。倒是去世之前的几年光景,让人有些无言。

因为两人都写文章,齐明又经常在大药房拿些老年治风湿的药,陈老板是齐明去世前几年交往最多的人。老伴走在前头,过世之后养子就更不曾回家照看齐明,齐明有什么事都是给陈老板打电话。

齐明的风湿病越来越重,腿打战得厉害。有天快半夜他打来电话,说自己起夜下床摔倒了,在地上一直起不来。陈老板赶过去,把他送到医院,小腿骨折了。摔伤一直没全好,也缺乏人照顾,拖拖拉拉地就去世了。陈老板是事后才知道。

他的坟墓,不知埋在哪里,也没有搞告别仪式。一个外乡人,留在世上的痕迹,也只有县志版权页上不算起眼的那个名字了。

一 杯 奶 茶

我坐着周莉莎父亲的三轮蹦蹦车,往县城后山去。

蹦蹦车是漾濞县城的主要交通工具,父亲以跑出租为生。他到宾馆来接上我,意外地车上有一袋水果,香蕉、橘子,还有一杯奶茶。车上本来有他喝水的杯子,路过家门,他又下车回家,带了一个保温杯出来。

蹦蹦车去往后山,出城的水泥路完头,明显地颠簸起来。父亲停了一下车,把水果放到了车头稳当的位置。地势升高,路旁人居的楼房渐次消逝,现出累累墓冢,和内地的样式不同,是一只两头平齐的圆拱。父亲说这是回民公墓。走完了这片墓区,到了后山脚下,似乎在开挖什么工程,现出庞大的豁口,堆着渣土,父亲在堆场停下了蹦蹦车,提起水果袋子和保温杯。一个男人在附近地里干活,问他:"来了?"

"来看下闺女。"

两年前我见到周莉莎,她在我的本子上写下了名字。笔画细致,但有点分散,缺乏凝聚字体的力气,似乎散开的一片片茉莉花瓣。

名字依旧留在空了的房间里。成语辞典的页口上,几册没有烧掉的课本,一本同学纪念册上。一小瓶广告画颜料,一排画笔,一块矬掉了一些的橡皮泥。一种依稀保存着的少女房间的粉色。

床被已经收起来,她说的话还留在屋子里,轻轻软软的语音,和她的字一样,在这里又已走远。在病患深处,却又预先摆脱了病患,即使是提到生死的事情,也像在讲述一件遥远的事,分辨不了是年少的天真无感,还是成人的洞明世事。纪念册上自己的一页,记录了喜欢的电影:《失孤》。

"医生说活不过十二岁",她说,省去了"我"。十四岁的周莉莎,心脏的问题并未解决,走上几步台阶,嘴唇就发蓝,尽管如此,仍旧愿意住在这高处的屋子里,视线好,望出去远山起伏线条,还有窗脚下一块菜园,母亲种下的青色。

和生前相比,除了少一些东西,房间没有触动。"有时候觉得她只是出了趟门,不久回来了。"这个看上去粗壮沉默的男人说。

"奖状烧掉了。"父亲说。这里的风俗,逝者生前喜欢的东西,都给她烧了去。

是按照女儿的吩咐,父亲到学校去领回来的。在去世前一两个小时,周莉莎最后提到了这件事。第三度复学,升上初中不久,周莉莎参加了一次学校的作文竞赛,她写的一篇杨靖宇艰苦励志的稿子获了二等奖。

去世的时间是凌晨三点。白天开始发病,救护车送到大理,像往常无数次一样,她在车上睡着了。晚上十点多,嘴唇现出蓝色,呼吸变得困难,像在独自爬一架望不到顶的阶梯,父母在旁边望着,却搭不上手。救护车再次拉回家,最终在阶梯上坐下来之前,她吩咐了父亲作文的事。

没找到这篇作文在哪里。

工地上方,后山的松林稀落,零星露出一些坟墓,没有回民那样显眼的样式。但仍然受到影响,带着小小的拱形。我们走着上山的小路,父亲显然对这里的施工不满,轻声说山挖坏了,本来植被很好。像茶山,层层的台地,坟墓坐落在台地上,有些滑坡的痕迹。经过了一座小坟,为陈年松针遮蔽,墓门上两行剥蚀的字。父亲停了下来,从塑料袋里拿出一个橘子、一个苹果,放在墓门前小小的平台上。

这是周莉莎的堂姐。他说。堂姐在七八岁时去世,由于一场交通事故。

继续往上走,翻越一层台地,看到一个比较新的墓,草和松针未曾覆严,露着微红泥土。父亲的脚步放慢,似乎变重了一些,向水泥砌的拜台走去。

我们在拱形的墓门前蹲下来,墓门上有一列上香的旧迹。墓门上几行红色文字,是用妹妹的名义立的,"胞姐周莉莎墓",似乎对走在前头的女孩,父母的爱不方便表露。旁边两行黑字,"原命生于2000庚辰年九月十九日,大限卒于2015乙未年九月十九日",正好是生日。

父亲拿出了塑料袋中的水果,有苹果、香蕉、荔枝,依次放在墓门中。

另外他取出那杯奶茶,拆开封盖,又旋开身旁的保温杯,冲上奶茶,有些笨拙地抽出两截折叠式吸管,插进冒着热气的杯子里搅和两下,重新盖好杯盖,插好吸管,端正地放在墓门正中。对于这个杯子和吸管来说,他的手显得过大,就像刚才他的脚步对于这块小小的墓地,显得过于厚重,却又小心翼翼,连同吩咐的声音"周莉莎,你吃点这个香飘飘奶茶"。"香飘飘"三个字,郑重又轻声地念出来。后来他说,女儿生前最喜欢喝这个。

我们在墓前站了一小会。有一方水泥砌的拜台,看起来时间不久,却有了裂缝。父亲仔细查看裂缝,说是前几天下了雨,才有的。

"怕梭下去,地基太窄。"当时安葬得急,找不到好地方,葬在这里,也是想她和堂姐近,有个伴。

"周莉莎,我们走了。"下葬之后的一年半,他来了三十来次。以前放的果子,供过之后,可能让山上的小动物享用了。

在渣场上发动蹦蹦车之前,父亲停下来,再次望望后山。"都挖坏了。"他轻声说。

那杯香飘飘奶茶,此刻还是热的,散发出香气。暂时也没有别的手来触动。

精神病院中的慈悯

一

我们在燕子岩下的坡地里,说起慈悯的病。二伯一边拄着锄头擦汗,面带微笑说,这是第三回了。

我是从小指那里知道她又住院了,小指以前是她的老师。年初听小指说了慈悯的故事,加了微信之后,跟她聊过两次天,后来她发朋友圈拉人给她的女儿参加萌宝宝大赛投票,我不习惯这种活动,没有回应。四月一号愚人节那天,她让我发她一块钱红包,等下还给我,我没有弄明白,问一块钱?她没有再回我。以后听小指说她去了大理,发信息问她在那边怎样,一直没回应。看她朋友圈最后一张照片,说是明天想去爬苍山,问有人约吗。按小指讲的,以后没几天她就发病了。真是没想到。

二伯说,当时慈悯非要去大理,说那边有几个同学,似乎是高看她,喊她去,这边也拦不住。娃儿还小,非要带起走。这次生病,冬生没怎么过问,看样子心也有点冷了。

我在幺叔家的新房里第一次见到慈悯,当时她和冬生结婚不久,还有些新娘子的味道。堂弟冉东说她也爱看书,以前写不少东西。她就不好意思说我们哪能跟哥哥比,都是写着玩的。看她在这一群妯娌中,确实有点不一样,听说姓鄢,我想可能是鄢主事的后人。鄢主事是我们在这带历史上最有名的文化人,慈悯娘家住的让河,还有些他的传说。当时也没好多说话。

以后回县见到小指,偶然提起慈悯去找过他,借走了我送小指的一本书看。提起慈悯,他露出有些叹息的神情,说到当年他在中学教书,慈悯是尖子,作文写得好,没想到会这样。

他好像说着一件很难讲述的事,慢慢地回忆。"刚上高中时,她是第一名。后来她好像是有抑郁症,看她精神压力很大的样子,我劝她放松一些,她没听进去。"小指说,她的家境不好,父亲没打算让她上大学,第一年没考好,也不打算叫她复读。没想到她精神病发作了。

燕子岩下,二伯对着阳光眯起眼睛,用一种有些微笑的语调说,慈悯没考取大学,自己去学了个计算机班,上了半年没学费,家里给不出来,只好退学了。她还有一个同学,谈了个恋爱,父母不答应。两件事凑在一起,她就发作了,在西安那边,住了几个月院。治是治好了。

过了两年,有人给冬生娃子说她。她估计是不大看得上冬生,可是自己得过病,那个男同学也没得消息了,也就答应了。我们当时也晓得她的情况。小时候她上学,每回从让河翻三道台子过来,走我们这条路出去,来去都看到的。冬生娃子那头,自己毕竟坐过法院,也不好找人,你幺叔是没办法。

从燕子岩下望过去,是二道沟的山梁,带着夏天的浓绿。过去就是让河,鄢家住在二道台子下坡,从河里起身要爬一里小路,我和冉东曾经去买过一次蜜,蜜是天然的,但带着些花粉,弄得不怎么干净。屋里有一个男人,看上去不太好说话。烧着一堆柴火,光线很暗。大河里没有桥,踩跳石过,一涨水走不了人。

听说近来慈悯家搬下了油榨坪,和冉东的丈母娘家挨着,住着别人搬走留下的旧房子。公路修通之后,不用再爬山上的小路。

有两年,这条沟里闹一起案子,牵连进了三四个年轻人,是在外地的一起团伙抢劫案,盯着加油站下手,领头的是二道沟口上的一个娃子,冬生是把风的,手上并没有沾血,但还是判了三年。幺叔只有这一个独儿子,气得长吁短叹,从此在兄弟面前吹不起牛。从这条沟里来去的慈悯,当时正在上高中,想着考大学,谁想到会和坐法院回来的冬生结婚,成了冉家院子的儿媳妇。

和冬生结婚之后,开始慈悯看着正常,刚生了孩子,却发作了一次,冉家的人是第一次见。乱打人,扔东西,力气大得古怪,"不像是人了。你幺叔他们只好送到安康精神病院里去。花了一坨钱。"娃子还在吃奶,折腾得不行。

想起来她可能是婚姻不如意,又产后抑郁。我知道那个医院,在安康西关,城墙上望得见,很荒僻的样子,当年广佛医院的王医生就在这里住过。

那次生病,冬生回来照顾了一段,还是比较上心。这次的态度却有些冷淡,没从浙江回来,也不愿意拿钱,用的还是她自己在云南的积蓄。

这次在云南发病,情形更严重。二伯说,慈悯抱着娃儿,衣服都没怎么穿,上了高速路,等于赤身露体在路上爬,来来往往的车,娃儿倒还是抱在手里的。还好她拿的有手机,那边的同学才找到她,给这头联系。

冬生这次没回来,堂弟冉东和幺叔过去找到她,因为发病坐不了飞机,只好从西安借了车过去,一路带回来,路上两个人都架不住她,冉东的手臂都被她咬破了。

二伯的儿媳妇说:"冉东真没用,要是我就打她,你乱打人,我怎么不打你!"

冉东说,她有病,你打她做啥子。

见到幺叔,他和二伯一样说到慈悯的病,还有冬生这次的态度。说到慈悯发病上了高速路,他说:"娃子倒还是抱到的。"

他似乎已经习惯了用着和别人相近的口吻,说着自家遭遇的事情,就像早先冬生坐法院,他也是用着和大家近似的口吻,说着冬生怎么会抓进去,和几年会回来。早些年教书的幺叔提到独生子,总是夸奖的口吻,似乎那次儿子突然的犯案,打碎了他对于人生的全部矜夸,眼下儿媳的犯病,来不及使他在乎什么忌讳,还仰仗着别人的帮忙。

二

幺叔要下安康去给慈悯办延期住院手续,我打算和他一起去看看。我先下了安康,到那天幺叔却又不下来了。我只好一个人去。

第一次走进这里,有一点紧张,不过前边似乎是一般的医院,经人指点到了后院,看到高矮相邻的两座楼房,高楼的走廊窗户罩着铁丝网,依稀看到两个男人在铁丝网内走动。这里的气氛较为和缓,我想起上一次去贵州乡下探望一座精神病院的情形。

那次临走时,女舍的铁丝窗贴上了很多人脸,连片的叫声把我们拉住了。她们在要求给一块钱,或者借用一下手机,给家里人打电话。电话打通时,家人通常不知所措,她们就急促地喊着接她回去,声音在哭腔中结束,铁丝窗面上一片混乱。

门廊里有一扇铁栅门,坐着两个人,摆着一张办公桌。查过了花名册,意外地得知慈悯出去了,和来探望的她母亲上街逛。要了她的电话,留下带的水果,说第二天早上再来。

我在汉江岸旁生长一溜水草的沙洲上给慈悯打电话,她开始和那些接到精神病院女人电话的家人一样有些发蒙,我提到豹溪沟和小指,她才反应过来,约好明天见。

第二天去,登记了姓名,告诉了房间号,就让我进了铁栅门。走廊的这头有人来往,和一般医院的病区似乎差别不大,墙壁和木门颜色陈旧,像一座破旧的招待所。另一头走廊被一道铁栅门封住,是我看到三楼隐约有男人的那头。我按着门牌号寻找,直到楼梯转角,几个女病人拿着碗上下,像是去食堂打早饭。房间就在楼梯对面,推开虚掩的门,两个女人在收拾东西,对门那张单人床上被子下躺着一个人,我进门时她坐了起来,是慈悯。

还是那副眉眼,只是似乎蒙上了一层薄纱,比起新娘子那次,时间的尘土让她变旧了一些。

但这是她。我们开始聊天,说到这个医院的情形。这里是轻病区,管得不太严,她请了假,写了出事医院不负责的保证,就可以跟来探望的母亲去逛街买点东西。对床收拾东西的是今天出院,妈妈本来也是来接慈悯出院的,但医生说眼下虽然没了症状,最好还是再吃一个疗程的药,妈妈就回去了。

对床收拾好东西的病友走了。剩下邻床一个十几岁农村模样的女孩,走过来拿起空了的床上遗落的一个纸盒子,说这是她的。慈悯说嗯这是你的,她就拿去了那个没有用处的纸盒子。她说话的声气慢吞吞的,脸上神情看去和正常人有区别,不像慈悯和出院的病友,完全看不出来。慈悯说,她喜欢看见东西就拿去,说是她的,为这个还被舍友打了一顿。

我们把洗了的水果分给了她一些,她高兴地拿着吃了起来,又说她妈妈要来看她了。慈悯小声说,其实从来没有人来看过她,估计她妈妈不在了,是哥嫂送来的。她还说过她会出嫁,其实她看样子没有出嫁的希望。有时她闹得厉害了,会受罚。

慈悯说,这里的重病人都在侧楼上,她没看见过。她在这里还好,但也受过处罚。有次她忽然伤心起来,哭了,管理员不要她哭,慈悯说我为什么不能哭,就来了两个管理员,把她按在地下了,给她吃药。说起从贵州回来的路上,两个人都按不住的情节,慈悯说完全不记得了,似乎犯了病就是有一个高坎,自己往下一跳,就是另一个人了。

慈悯的床头有两张纸,是她的日记。里面写着住院的一些情形。我说你可以多记一些,以后写下来,毕竟这里的情形外面不了解,你是亲历者。她说也有这个想法,毕竟前后住了几次院。只是自己的文笔不行,想起来的时候记,过后又忘掉了。我们又说到小指,她从那里借的书。高中时候,小指很想喜欢她的作文,曾经在班上当范文念过,借书给她看。"可惜我自己不够努力,辜负了老师。"

我们去放风场地散步。

这是四面楼房中间的一个院子,很多人绕着圈子在走。男女混在一处,不像上次在贵州见到的,两边院子隔开,中间一道天桥,走在天桥上,看见仰起来的人脸。

男人把指头放在噘着的嘴边,做出一种手势。他们脸上现出极力诱导的神气,打着"嘿,嘿"的招呼,吸引来人的注意,让人有点畏惧,但目的不过是一支烟。女人们则向你说着什么话,却又是自言自语,立刻忘掉了你,回到自己的世界里。

这里的人们都是匆匆走着,朝着同一个逆时针方向,有人抬头看天,似乎是在自己的世界里,走得慢吞吞,有人则匆匆走着,像晨练一样甩手,甩手的姿势有点过于用力,只有这么一点不一样。地上寸草不生,四围墙壁也陈旧黯淡,有些像电影里的监狱放风场。我和慈悯也转圈走起来,轻轻甩着胳膊,她告诉我在大理的经过。

她在同学的公司管理财务,但以后因为报账产生了矛盾。她觉得是同学,有些自己的东西,用公款买了,过后再用自己的工资补上。事情是她主动告诉同学的,同学却完全不能接受。"如果我不说这件事,他也不会知道。"两人为此吵了一架,她换到另一个公司打广告,有业务量要求,下班时间晚,又要照顾女儿,比较紧张,加上电话里跟冬生吵了一架,就发病了。

我想到小指说的,慈悯曾经向他借钱,一直没还上。又想到愚人节那天,她说的"给我发一块钱红包嘛,等会还给你。"心里莫名地有点难过。

人们匆匆地从我们身边走过,神气和普通人类似,但又总像有个地方跟正常人不一样,或许只是甩手的姿势有点太用力,只有这一点点不一样,或许自己无从察觉,却将他们和正常的世界区分开了。身边的慈悯,在这条分界线上,她去大理的时候,以为是在分界线这边,一不小心却又折回去了。每穿过一次界线,回来就更难。这使我有一种奇怪的既近又远的感觉,似乎我和她这样一起走的每一步,都可能突然中止。我和她这样交谈的每一句,是最后一句。

那一次在天桥上,看到女病人区里有两个十几岁的年轻姑娘,相依缓缓走着,高个子姑娘面容清秀,穿着一件像是睡衣的病号服,完全沉浸在自己的世界里。后来她离开人群,走到墙壁下去饮水,那是一个把嘴凑上去的自动装置,有点像冉东养猪场里的饮水器。

另外一个女人转着圈望天宣布:"这是湖南火车站,飞往北京的列车就要发车了,请尽量将头手伸出车外,以便一次性解决。"她念诵这段话的口气,似乎是知道这是一个段子,这样念是因为无聊,或者当着外来者的故意,但又可能是认真的。在这个圈起来的院子里,真实和虚幻的东西被强制性地混为一体,无从区分。

慈悯说,她现在最想的早点出院,见到孩子。至于是回娘家还是到豹溪沟,还没定。"只要跟孩子在一起就好。"

院子上方,是重病区楼层的后墙,上面的病人没有机会来这里放风,只能在蒙着铁网的走廊上站一会。我想到当年的王医生,应该是被关在重病区,她一直没能走出那扇铁栅门,直到去世,化为一把骨灰。

回到宿舍,那个女孩还在自言自语。两张床已经空了。慈悯说她一个周以后会出院。

三

过了一段时间,我看到慈悯的朋友圈恢复了更新,大多是抱着孩子的照片,看得出来她住在豹溪沟。临近过年有一张,孩子站在堂屋里,旁边纸箱上放着一辆庞大的玩具越野车,似乎大过了小孩的身量,说明是"爸爸对我的承诺终于实现了!好开心呀!"

另外一段状态是,"三毛说:心之如何,有似万丈迷津,遥亘千里,其中并无舟子可以渡。人,除了自渡,他人爱莫能助。"

老 菜 园

鄢长友领我们走到坡地,分开草丛,有一座坟。这是老婆子睡的了。我惊讶于坟的大体严整。

"老菜园"。说出这个词,语气落在"老"字上,显得郑重其事,或许和坟一样,是这里剩余不多的重要东西。

草地长严了,完全看不出以前的菜园,在灌木中怎样开辟。老汉打头破阵,老婆婆跟身翻梳,杂乱中才有了纹路。上山小路旁一个垒得很整齐的石垛子,只是卫护着一棵树。不知道谁有这样的心情,是我在山上常见不解的。到溪边去的路完头,架着两根捆在一起的木棒,颤悠悠地到水边,被踩光了皮。水从山上下来凉了。

房子下陷了,屋顶像是盛了太沉的东西。但并未长出蘑菇或狗尾草,因为蒙了一块塑料布。塑料布旧了,三年前鄢长友说起过,这是他得到的全部低保待遇。

那时老婆子还在。为了这块油布,她的头上被村支书敲了个大包。捋起头发,我看到了那个大包。今年鄢长友托人要了三百块钱,过年赊了五十斤米。人家说我太没用了,他说。

地上有上次雨水淌过的痕迹,形成了两个小小的圆坑,吃饭的罐,似乎就陷在这坑里,缺了一半。老婆子的腰是近于九十度弓着的,在这间矮棚子里显得合适。鄢长友则会磕碰到一些棚架上挂的东西。

现在的他磕不到了,背也弓了下去。

铁钩上添了一个吊罐,也已熏得全黑了。床上添了一只猫,铁锅里的剩饭有些惊心,似乎已经死去了一次,灾难后的景象。可能这是给猫狗吃的。

鄢长友说,老婆子的坟请了几个人,用了袁家老屋场搬走留下的棺材。

我见过这副棺材,晾在老屋的阶沿下裂口了,看得见里面的一线情形。但这仍是花了钱的。就像那个石板屋顶开裂的老屋,现在也升起炊烟,从这里可以望得见,住进了一个老人,是从镇子上回来的。这条河里只剩了落单的老人,不与外界关联。

墙向这头倾斜了,那头的楼顶,由一根树杈撑着。树杈看不出颜色了。有天这根树杈断掉,房子就和人命一起没了。

现在的楼上,还有些苞谷,搭着一架小梯子。屋后坎上晾的天星米。这头有个厕所。狗拴在两截破墙里,停不住吠叫。地里有翻过的界线。

那时候,这个屋子就消失了,慢慢地什么痕迹也不会留下。像现在的老菜园,看不出了。

鄢长友是鄢主事的后人。鄢主事老屋场在回龙坪,曾经从这里伐木顺水转运下安康,修府城。二伯说,鄢主事的后人不行。他是八仙出的第一个名人,本身的命的太强了。

上次听鄢长友说过,他的头一门死了,是个要饭来的女人,他想着能生孩子,留下了,可是她太能吃,生产队的工分不够。鄢长友赶她走,她黑里往下走到峡口上那根大青树,一头栽下去死了。几天以后才发现,臭了,队上把她就地埋在河边一个坑里,盖上几铲泥,省地。后来涨水可能冲起走了。

鄢长友又找了这一门,怀了一胎。那天鄢长友在坡下油榨坪听说生了,回来一看是个没有脚的癞蛤蟆,浑身是丁丁,两肋还各有一个气泡,一鼓一鼓的。说是她洗了裤子晾在石头上,被癞蛤蟆爬了。鄢长友把它扔进了茅厕。这以后老婆子再没怀过。

山上有一条条的雾气,树木都是褐色的。二伯指着一个凹地方说,有次一个野猪卧在那里,被堂弟从坡上一枪打下来,一直滚到坡底下。除了分给帮忙的人,卖了一千块钱。

路上的野棉花苞圆鼓鼓的,露水打沉了。往下走一点,看不见鄢长友的房子了。像先前走进了老菜园,看不出坟。

两个基督徒的去世

一

清伯大哥是和散那教会的同工。那两年去太阳宫附近小区的地下一层礼拜,总能看到他坐在前排,宽厚的肩背端端正正,安安静静地听布道。聚会开始之前,他已经提前到场,帮着摆好了椅子。牧师讲道中有什么事,他会站起来走近讲坛帮忙。

月末举行圣餐礼的日子,他穿着正装来,从牧师手中接过装满红葡萄汁的盘子,一杯杯地分发给大家。然后又照样接过装着牧师掰碎了的饼的盘子,一小块一小块让大家取,他自己最后也留了一小杯和一小块,在祈祷声中,和大家一样庄重地送入口中。

他的妻子果姐和他邻座,她总是穿一身黑衣服,更显出身材保养的瘦,昂着头听道,有一种让人不能太靠近的风度,即使是清伯大哥。平时清伯大哥总是为她开门拿衣服,说话轻言细语,从没见他对她有不顺从的表示。听说果姐是大学文化,又是工厂干部子弟,只是因为身体弱长期没有工作。清伯却没什么学历,只是普通的老北京居民,所以处处听着果姐。果姐似乎没有生育子女,两人收入来源是清伯家里老房子拆迁换的两套商品房出租。

什么事都可以找清伯大哥,他总说"我不像你们上班,时间多。"

作为同工,清伯大哥最显重要的场合,是洗礼的日子。每隔半年左右,教会会接纳一批新的慕道友受洗,一般选择在郊外某个带游泳池的私人住宅,夏季有时是在一条水质尚可的河里。这时清伯大哥和牧师一样穿上专用的袍子,站在齐腰深的游泳池或河水里,下半身完全浸湿了,袍子贴在身上,宽阔的脸上神情更加庄重。牧师祷告和宣示完毕,他托住受洗人的头部,和扶住腰部的牧师一起,一边嘱咐着受洗人捏住鼻孔,全身放松后倒,一边慢慢地放低手臂,直到当事人身体放平,完全没入水中,再立刻托起来。这个过程中,清伯大哥肩宽背壮的优势就显出来了,没有人可以替代他。受洗人身上的水哗哗地往下流,清伯身上水也哗哗地流,当事人立刻去换干衣服,清伯还要继续站在水里,一场五六个人的洗礼下来全身湿透。池子里水温并不高,好在他说自己从没因此感冒,"这是神使用我。"大家也都赞同。

看到清伯大哥总是在讲坛和牧师旁边的身影,有时会有一点羡慕。

有一段果姐没有和清伯大哥一起来聚会,原来她身体有些不舒服,到南方休养一段。有一次散场的时候,看到清伯大哥和一个慕道友姊妹一起出来。这个女的低眉顺目的,装束像是农村妇女,又有点什么地方不全像。清伯大哥对牧师说,她是密云县的人,家里男人生病去世了,到城里来做家政,很想寻求主的救恩,就带她来了。

这个女的以后来了几次,总是和清伯大哥坐在一起,就是以前果姐的位置。相比果姐,他们坐得要近一些。那个女的在教会不怎么说话,倒是会替清伯大哥拿衣服倒水什么的,两人周围似乎有一种微妙的气氛,没有人说出来。

以后果姐回来了,似乎是很恰巧地,那个女的就不来了,果姐仍旧坐在原来的位置,仍旧是黑衣服,昂着头,清伯大哥还是那样听道。

但有一次礼拜,清伯大哥却没有来。那天牧师的布道有些特别,说到家人当为受试探软弱犯罪的祈祷,果姐听道时头高高昂起。礼拜散场时,从不开腔的果姐在和几个姊妹聊什么,脸上显出激动又苍白的神气,讲道的林二哥也皱眉沉默,别的人也低声说着什么事。果姐的声音忽然提高了一些,"我不会宽恕他的,神会让他们下地狱!"有人告诉我,原来果姐在南方期间,清伯大哥和那个做家政的女的相好上了。果姐回来之后,清伯大哥对果姐坦白了,要离婚和那个女的在一起,现在已经搬出去了。

果姐准备和清伯大哥打官司,把他的房产拿过来,"他说那女的对他温柔。我看她不就是爱他的房子,看把他的房子拿走了,她还对他是不是温柔!"果姐显然被"温柔"这个词激怒了。

清伯大哥一直没来聚会,果姐还是每次都来,一身黑衣坐在从前的位置,依旧是苍白带点受伤的高傲神情。听说她和清伯的官司一直在持续,清伯为了和她离婚,最终答应了她的全部条件,房子全部归了她,清伯大哥只保留了一间小平房,等于"净身出户"了。"我看那女的是不是还会跟他!"果姐说。

以后我也因为一些事情中断了聚会。隔了一段时间,忽然听说清伯大哥去世了。

清伯大哥是心力衰竭去世的。事情被果姐说中了,清伯大哥离婚之后,那个密云县来的女人看到他没有了房产,也离开他回乡下了。清伯大哥就得了心脏病,一个人在平房床上躺了几个月。有两个兄弟偶尔去看他。病势沉重的时候,清伯大哥希望牧师过去。

牧师去了以后,为清伯大哥做了临终忏悔。清伯大哥看着牧师,脸上露出了笑容,说:"我想,耶稣已经原谅我了。"

这是他的最后一句话。果姐依旧在教会礼拜,穿着黑衣服,头发扎了起来,显出苍白孤傲的神气。

二

我到方舟教会之后,李阳是信众中最初主动接触我的人。

他体形瘦高,总是穿着显身材的风衣或贴身西装,冬天是合身的黑呢大衣,侃侃而谈的态度,显示他见过世面。加上清瘦的脸和乌黑又很有发型感的头发,使他看起来比实际年龄小得多。但黑眼圈下松弛的眼袋又显出衰老,使他身上有一种奇怪的年轻和提早腐朽混合的感觉。他的手指是另一个典型的特征,黄到像打蜡的手指关节,说明了重度的烟瘾和长期吸烟史,脸颊上也有烟民特有的竖纹。在聚会中他能够控制,但在唱诗和布道的间隙,会偶尔离开一会,不知他用了什么办法,身上并无明显的烟味。

酗酒就是另一回事了。他的手指微微颤抖,和脸上偶尔神经质的表情,可能都和"每天喝三两"有关,这是他对教友的说法。

他的神经质,可能也和过往的经历有关,八十年代中期,他在半步桥坐过牢,起因据说是在学校参加了某个政治性组织,自己油印刊物,和台湾联系,被委任为"少校"之类。在教会里,他有些特别,偶尔会带一些"寻求主"的上访者或者有其他背景的人来,这是他有些不寻常的圈子。这些人一般来过一两次,就没有了下文,很少有定期礼拜受洗的。

对于他的活动,牧师和教友们不太参与,但也不说什么,他自己似乎也注意,不会时常带自己圈里的人来。

他对于我的兴趣,使我感到有些意外,聚会间隙的闲聊中,他除了提到自己的背景,也问到我来这里的经过。方舟教会多少是个有点敏感的地方,我是从外面过来,落脚在这里礼拜,以为他是按牧师安排了解一些我过去的经历。

后来一次礼拜结束,我们相约出去吃了顿饭。

找了一家附近的小馆子,我想换家好的,他也不计较,更主要的其实是喝酒。他要了两瓶"小二",就是二两装的北京二锅头,说明不要牛栏山要红星的,在我对面慢慢地喝起来,不怎么吃菜。提到八十年代的气氛,又说到半步桥的事情,王八楼和K字楼的区别。我有段正好在手帕口附近租住,他提到那附近是枪决犯人的地方,有一座"奈何桥",过了桥就没命了,九十年代才拆掉了。据说严打期间毙人太多,有一个筒子里闹鬼,弄得别的犯人都不敢去住。

其余流传的轶事,譬如说曾经流行一时的迟志强唱的《悔恨的泪》,是川岛芳子在半步桥民国牢房里作的曲子,迟志强因为耍流氓进了半步桥,用了死鬼川岛芳子的曲,把词和名字改了。他知道原词,但这会想不起来了。

谈起里面的铁镣,都吃肉很久,生锈了,需要拿布缠着。似乎是有几十斤,两脚中间铁链子太重,需要用布绳子绑在脖子上,叫作"贞操带"。我想这种贞操带恐怕是死囚专属,四年刑期的他应该还用不着。

他又说,监狱里面是有很多行话的,外人不到那个环境根本懂不了。比如说,开大帐,指的就是发伙食补助了,一个犯人每月有三五块零用,可以买点好吃的,改善一下。囚犯里也有等级,混得好的,混得差的,都各有称呼,并非牢头狱霸这么笼统。有一个用来指监号的常用词"筒",其实应该是古汉语"衕",他在这方面做过一些考证,准备写一本监狱史,已经写好了五万字。在里面能看一点书,他记得的有《城南旧事》,因为半步桥也是城南。

出来之后时代变了,混了两年,后做服装厂生意,一场大火烧掉了,说是损失五十万。据他说,以后当了我的同行,曾经在中国教育报做了副总编,又因为"那个圈儿"的原因辞职。我回头上网搜索,没有找到教育报的相关记载。眼下他和几个朋友承包了京郊一座荒山,准备搞庄园式开发,以后弄好了可以去玩云云。

他虽然是"那个圈"的,对于圈里的许多人事,却直率地表示不屑,譬如某个著名人物因为判断失误自视甚高进去了云云。

那天的饭吃得比意料的久,他除了时而动几筷子拍黄瓜,几乎没怎么吃菜,一直在喝小二,侃侃而谈。此外是抽烟,一包空了后又从衣袋里掏出一包,似乎那里有无穷的储藏。两瓶小二喝干之后,又上了一瓶。据他说,这个量算是正好,也微微有点醉意了。据他说,教会里曾经有人反对他抽烟喝酒。"我知道这不是好事,可是《圣经》里并没有明文禁止。"

我们离开小馆子的时候,天已经黑定了,路灯都亮了起来。他的身形在路灯下显得比平时更瘦长,在老北京里算是少见的体形。

这次吃饭之后,他似乎对我失去了兴趣,不太搭话了。他来教会时疏时密,有时很久不来,以为从此消失,却又悄然出现,说是去和朋友做了件什么不大好说的事。但据他说,自己是不会离开方舟教会的,因为他是在这里受洗,"这儿是我的家。"

在聚会交流中他很少发言,一般只是跟个别教友侃侃而谈,似乎不屑于参与多数人的讨论。记得只有一次,一个教友指责某个以前方舟教会的老教友不是真基督徒,没有得救,因为这人后来自立门户,办了个看上去不是太正常的小派别。李阳少见地激动起来,说你怎么知道他没有得救,这是神决定的事,人无权论断。

他因此还提到自己信主的经历,曾经有一个传道人因为说服不了他,说"你这种人就该入地狱。我当时就说,我不入地狱谁入地狱。"但后来神还是使他心意回转信了主。所以他很反感随便论断一个人不得救。

三

过了一段时间,他忽然又开始跟我说话,约我去南城看望一个朋友,说你可能会感兴趣。

在地铁站出口见面,李阳骑着一辆电动摩托,带我来到虎坊桥附近一处小平房。这带沿着马路很荒凉,似乎别的平房都拆完了,这座突出的平房却还留着。平房里狭窄,屋中一张床几乎占去了全部地方,周围是散在地上的杂物。朋友是个五十多岁的老人,头发近乎全白,看上去比实际的年龄要更老,从床上下来让我们进了屋,没有足够的凳子,就仍旧坐在床上。虽然是夏天闷热,却穿得很厚。

李阳介绍,这个朋友很有名气的。原来他是北京市最后一例流氓罪的犯人,前两年我所在的媒体报道过,流氓罪名已经从刑法中取消,犯人还远在新疆石河子坐牢,成为轰动一时的新闻。这次见到人,才知道新闻报道之后,他已经从新疆放回来,不过是以保外就医的名义,并没有无罪释放,可能是免于惊动外界。不想我在这里见到了当初的主人公。

朋友坐牢之前就倒腾古董,回来后干起了老本行。原来地上的杂物多是古董。他说自己有一尊最珍贵的玉佛,于是拿出来看。是个雕刻很繁复的观音,类似的我在惠新西街北口地铁附近的路边见到过,某个人提心吊胆的样子,从袋子里拿出来,糊有很多土,说是某个工地挖出了文物,是某个朝代,本来价值连城,因为有风险,脱手卖几个现钱。听我说到这个,老朋友似乎很生气,说我这个完全不一样的,看这雕工,一根头发丝也错不了,你完全不懂的吧,我说我是不懂。李阳打了个圆场,说你看他这尊佛下面,有工匠的姓名,你回去查,是元代的名匠,他这个没有假的。

老朋友的情绪回复过来,三个人去吃饭,李阳和他对面喝酒,喝过几杯,提到当初的流氓案,老朋友面上露出复杂的神情,说自己啥也没弄,倒坐了十几年牢。比他差远喽。他指着李阳,神情又带上一丝像是苦涩又近于暧昧的笑容,说,南城这带,他是，花帅。

这么大一个秘密抖出来，李阳连忙否认，可是看他的神情，露着一点微微的笑容，并不像是打算完全否定的意思。作为教友的我深为震惊。

小二再喝下去，知道李阳离过两次婚，有两个孩子，没有一块生活，目前单身住，但同时交往了两三个女友。

散场的时候，老友和李阳都有了点醉意，似乎只有在这时候，他一向没有血色的脸上才显出点活泛。我连酒饭一起付了单，算是为这趟不明所以又没帮上忙的拜访致歉。把老友送到平房，天有点下了雨，李阳脸上依旧带着点春色，要我再次坐上他的电动摩托，送我到地铁站，他继续前行，蒙起头罩消失在细雨里，风衣下摆飘动，有一种潇洒混合着孤独之感，或许是去见其中某个女子。

以后我和李阳再无密切联系。他消失了一段时间，再回来的时候，说自己正在和朋友整饬那座山，已经基本弄好了，目前只是道路不便，等半年大家就可以去山上秋游礼拜了。以后他来得勤了一些。

但这时关于他，隐隐有了一些流言。似乎他这样行踪飘忽，山上只是一个托词。他也没有固定职业收入，这样晃着，总要有收入。这次他重新出现在教会，仍旧是教会新来了慕道友，他像对我一样，主动地找人聊，其中有两个是女孩子，似乎很聊得来。

一次礼拜结束回家，我搭牧师的车，他隐约提到教会最近有些敏感，有关方面找了他谈话，教会的情况他们都掌握。我问，是不是有线人。

牧师并不惊讶，说有。我也知道是谁。

我眼前冒出了李阳的样子。问牧师，他没有肯定，停了一下说，有可能。人都要生活。

李阳来教会的次数越来越少，后来就不出现了。再听到他的消息，忽然是已经病危，肺癌晚期。

据说，他的父母很失望，不管他了。牧师和两个同工去看过他,他租住在一间平房里,躺在一张木板床上,人瘦得剩下一具骨架,断续咳血,已经奄奄一息。一个女孩在照顾他。

牧师说,这个女孩不到二十岁,是方舟教会的慕道友。李阳不来教会的原因,是他和这女孩谈了恋爱,受到牧师和几位同工的坚决反对。女孩子态度也很激烈,从此也不来教会了。听说李阳的父母和他决裂,也是不赞同他的这桩恋爱。

李阳过世之后,方舟教会举办了一次追思礼拜,来了不少李阳的生前好友,包括上访者和"那个圈子"里的人。李阳的遗像挂在十字架下面,大家轮流上讲台追述李阳的好处,虔诚、热心助人、风趣、有思想,等等,几个上访者提到了李阳对他们的帮助。礼拜上播放着"奇异恩典"的音乐。有两个教友当场流下了眼泪,说这么好的人,上帝怎么就急着把他接走了。

那个慕道女孩子没到场,以后也没回到教会。

擂鼓台下的尼姑

那一年春天,我和小指骑摩托车翻凤凰岭,到了擂鼓台脚下,这是我们陕南第一名胜,地势险要,据说是张飞擂鼓退敌之处。

公路无法通到峰顶,我们爬了半截小路,在一口水井边停下来歇脚。这口水井像是在岩壁上凿出来的,水有一种深得发黑的青,像是从山岩脉系里分泌出来,每一滴都稀缺,经历了太久岁月。水面上漂着几片落叶,叶片微小,像是这样露出石骨的山体长的植被。

水井边有一个沙堆,看来是为峰顶翻建庙宇所用。刚才我们攀援的小路上有漏下的沙子,必定是从公路人力转运上来,很不容易。我们歇息的时候,通往峰顶的小路有一行人下来,是两个穿着直裰的尼姑,还有一头搭着沙筐的驴。

一个尼姑赶着驴,另一个负着一只吊篮,里面有一只蛇皮袋子。走到了沙堆旁边,两人拴上驴,卸下了工具休息一会,看来是刚运过了一趟,两个女人身上的直裰都湿了一半。大约在翻修房子的是个尼姑庵。

驴慢慢地倒嚼。两个尼姑聊起天来。负着吊篮的那个似乎是新来的,絮絮地说着自己的心事,似乎也像是说给一旁的我们在听。

她说,现在庙里住持不大想要她了,因为她胰腺上有病,干不动活。她这个病是很早就有的,当时得了病实在治不好,才和前夫离了婚,皈依佛门。有一个儿子,在外面打工,也长年不回来。今年过年都没有见面。

我这才想到,她虽然理了光头,可能没能正式剃度,只是个皈依的居士。因为没有钱拿供养,只好出力气干活。她的活看来比赶驴的同伴要重,同伴似乎是正经尼姑,只听着,捻着胸前一串佛珠,不发言。

歇完了气,两人开始装沙子,她负责铲沙,还要和那个尼姑一起搭手往驴筐里倒,每一下都很费力气。驴背两边各装了半筐,尼姑赶上走了。驴子温顺,在小路上笃笃走得很稳。她继续铲沙,慢慢装了半蛇皮袋,双手提起来搁进背篮,蹲下去,本来瘦小的肩背佝缩进篮系,又骤然绷紧,负上了走,肩背勒出线条,和先前的驴子一样,走得很慢,似乎确实看得出她身上的病。

我们爬到峰顶,看到正在修建的庙宇,紧邻悬崖,确实险要异常。俯视下去,一片茫茫的田野,遍地微白的茅草,没有高敞的植物,一切为风抚平了,像一床晾晒的被子。几条依稀小路的针脚,镶嵌在被面上。如果舍身一跃下去,似乎也可以被托住。远处有几处莫名的闪光,似乎是蜿蜒的汉水,标出了家乡视野的边界。我想,刚才那个背沙女人的家,在这片视野里的什么地方,如果看得出房子,像是人眼里的蚂蚁窝。

我有点想记住她。像我童年在医院场坝外的大柳树下,盯住一个微小的洞口待上半天,想记住某只进出搬运沙粒或草茎的蚂蚁。但我没能记住它们。无法辨识一只蚂蚁和另外一只。

就像眼下,我也记不住她。甚至不知道她的名字,想不清楚她究竟说了什么。只记住了擂鼓台的风景。

有娃子和奥菲利亚

一

有娃子的手吓人。

它像是比正常的手大出一倍,肿大变形的指节和手腕布着圆滚滚的疙瘩,很难想象一双手上会结出这么多疙瘩,像是两坨走症的庞大生姜。想到这是一双摩托车手的手,每天要塞进手套,握紧车把,搭载乘客去往镇子乡下的沟沟岔岔,就更不寻常了。

两年前的一场痛风症之后,有娃子的手开始变成了这样,圆滚滚的疙瘩在他的脚踝、肋把上也可以摸到。痛风来自于以前长年在山西小煤窑里的经历,"水洞子搞久了,避开了尘肺,却落上了这个"。一个多月前,他又查出血压高到了170以上,骑在摩托上常常头昏眼花。这种感觉,有娃子不敢告诉乘客,也提防着他们看见自己的手,吓住了不肯上车。

跑摩托是有娃子仅有的生计,大年初一他还在出车。家里没有称肉,也不开火,年夜饭在相邻的姐姐家里蹭。家里房子不小,和相邻人家一样是两层带阁楼的小楼,两进,不同的是空得吓人。有娃子的床摆在一楼靠马路的窗户下面,是一张双人床,但一眼看上去就是单身汉在睡。前厅放着一辆带顶篷的三轮摩托,是前年买来准备卖小货的。二楼客厅里有一套旧沙发。除了不常回来的有娃子,这是小楼里的全部。

有一段时间,这套房子里曾经多出三个人,一个丈夫患尘肺病死去女人、她的儿媳跑了的儿子,还有儿媳留下的孙女。人家说,有娃子是一下子说了祖孙三代。女人比有娃子大几岁,丈夫在船厂里干活,在倒扣的船壳下打锈,粉尘太大把肺弄坏了。女人和丈夫在镇子附近租房子治病,丈夫死后回家,房子塌了。人家说她跟了有娃子,纯粹是看上了这栋楼房。

有娃子的房子以前是一间水泥砖平房,再从前是爷爷辈传下的土房子,几乎成了黑色,看不出原来的土坯,有些站不住了。它有机会变成楼房,完全是镇子扩展拆迁的原因。有娃子的老屋拆掉了,换来三间门面的地基,他卖出了两块,用得到的钱加上补偿的几万块,大致正好起了这座楼房。

女人先是来租有娃子的房子,说是捎带可以给有娃子做饭。女人一家住在楼下,儿子时常不落屋。"冬月二十八晚上,她打电话给我,说害怕,叫我下楼陪她。"下了楼,两个人就睡在一床了。

不久扯了结婚证。这是有娃子人生中第一次结婚。他虽然被人喊作有娃子,其实已经四十二岁了。母亲在世的时候,一直担心的就是他要打一辈子光棍。一直找不到老婆的原因,有娃子说是考虑家里穷,没有房子。母亲头一门去世了,改嫁到这里,带着两个隔山弟兄,过来又生了有娃子两姊妹。有娃子的生父也去世得早,母亲把两门的孩子拉扯大,将就成了家,自己一直跟着有娃子过。

附近人们参差起楼房,老屋渐渐衰落下来,成了街上最老的一间。有点意思的人,看看发黑的有些歪斜的老房子,再看看有些老实的有娃子,就作罢了。这也是有娃子花光所有要把楼房起得不比邻居差的原因。

楼房紧临的公路外边,是一条往下流过镇子的小河,对岸是一坝绞股蓝田。五月的一天,正是收割季节,地里收绞股蓝的人都听到了有娃子的哭声,看见他坐在二楼窗台上,两脚吊下来像是要跳楼,说是自己被女人逼得活不下去了。直到派出所来人,事情才算了结。

有娃子说,当时他这样做,是喝了点酒,一边也是有意的,要外人都看到,原因是"那个狠心女人"的儿子扬言要害他的命。那个儿子扬言房子是他妈买的,在街上到处给人说,正在街头等客的有娃子一反驳,那个儿子就说要把有娃子车牌号记到,找两个人故意坐他的车,到了高坎地方把有娃子往岩底下推。

有娃子把这话告诉女人,女人一点不责备儿子,反而骂有娃子小气,饭也不给他做着吃了。起因是有次女人要去打牌,向有娃子要两百多块赌本,有娃子身上只有一百多现钱,没给。平时有娃子在家里吃饭,最多吃两天,到第二天下昼一顿她就开始敲打,说有娃子吃她的喝她的,嫌他给的买菜钱少了。有娃子一股劲在等客的三岔路口吃早点,一个多月没吃她做的饭。第二年的七月二十五号,有娃子回家上厕所,"她说我吃得多屙得多。我说没吃你的。"女人拿电风扇砸有娃子,有娃子接住了,没舍得砸回去。女人又拿椅子砸有娃子,有娃子顺手往回一扔,擦伤了女人的腿肚子,女人把有娃子扭去了派出所,一路把有娃子的虎口掐破了。这是两人第二回闹到派出所。从派出所回来,有娃子提出离婚。

开始女人不肯离,"说要离跟死人离"。后来暗中找到了下家,态度才变了。为了起诉离婚,有娃子借了村支书的儿子三千块诉讼费,后来协议离婚,三千块就给女人租了房子,有娃子还给女人买了一张不错的床。这场结婚周期,有娃子记得很清楚:"腊月二十四扯的结婚证,到开年九月初七离掉,一共八个月零七天。"长期跑摩的下来,有娃子对于数字都像账目一样记得很清。

但在离婚之后,两人还闹了一次。一起跑摩托车的人传流言,说有娃子,"把铺都牵好了,别个只睡的。"有娃子这才知道女人找好了下家才离。有娃子忍不下气,跑去一看,人家已经同居了,睡的正是一千四百块的床,生气不过,就说,"原来搞的这版经",女人生气了,又打了有娃子两拳头。以后女人跟那个男人结婚了,儿子住在有娃子出钱租的屋子里。

二

有娃子的屋子又空下来了。这场婚姻的遗迹,除了那套似乎一买来就是旧的沙发,就是茶几上的两瓶塑料花,一束红花,一束黄色的菊花,是结婚的摆设。除了塑料花,屋子里的一切东西都比别人家更快地变旧了,屋顶漏雨渗出了霉斑,二楼所有的灯都坏掉了,太阳能热水器的喷头耷拉下来,像是很久没有人去动的样子。习惯了出车归来和衣入睡,有娃子也很少洗澡。

相比之下，当初那座水泥砖房，似乎并没有这样冷清，屋子底下有着另一个女人的气息。

这个女人的故事，最初来自于表弟金鱼的讲述。

十余年以前的春天，一个穿白衣服的女子来到了镇子上，定居在医院的垃圾堆旁边。那里不知谁扔了一副条桌，晚上她歇在条桌上。

在金鱼的记忆里，她似乎总是淡淡的白色。白皙的脸，不知她是哪里凑合洗的。看不出颜色的衣裙，多日不洗，似乎也显出一点白。衣服上的素色花朵，用一次性塑料输液管子扎成，缀满全身。似乎那个白色的垃圾堆，是她的花坛。

她轻飘飘地在街道上走，脸上露着微笑，哼着几乎听不见的歌，如果细听，是几首几年前流行的歌曲，口音是本地人说不来的地道普通话，甚至夹杂着英文字母。她从来不看人，完全陷在自己的世界里。如果你打量时她正好抬头，目光相遇，她眼神里的安静毫无变化，就像你是透明的，她的安静是一根针，倒刺得你脸红了。她仍旧微微地嬉笑，向前走了，剩下脸上有点发热的金鱼。

她不向人讨要，在街上捡了废品去卖，一天换几块钱做生活费，用垃圾煮方便面。如果不是她定居在垃圾堆，又在身上挂满输液管子花朵这个事实，你会怀疑她是否真是一个疯子。她身上的疯癫，只是一层薄薄的盖头，把她和正常人区分开来。

上过外专却回乡开卡车的金鱼想到，她从哪儿来到这里，到底遭遇了什么。如果她是失恋的奥菲利亚，是哪个负心的哈姆莱特，给她披上了疯癫的盖头呢。

虽然她从不让人讨厌，却也没有人跟她搭话，只有卖煤球的有娃子不计较那副薄薄的盖头。有娃子当时三十六岁了，从山西矿里打滚回来，已经是第三个本命年，却从没有碰过女人。跟遍身煤黑的他相比，她显得干净。有娃子和她搭讪，不知怎么从垃圾堆旁领走了她，带到自家的老屋里，两人搭上了伙。

起初没人管这回事，也没有人笑有娃子。但是好景不长，她怀孕了。肚子鼓起来,就惊动了计生办,这种非法生育是不可容许的。计生办来带人,有娃子也因为和精神病人同居被抓进了派出所,在里面继续做煤球,等到出来,她已经被强制做了堕胎。手术之后的她,人显得更白,仍旧笑嘻嘻的,被计生办带出县境,丢下车,让她再也走不回来。有娃子从派出所出来,没有再见到她,恢复了单身生活。夏天正在到来,白色的垃圾堆发出气味,却再没有了奥菲利亚。

  这是金鱼表弟记忆中的情节。有娃子讲的却是两回事。
  有娃子说,她自己说是东北黑龙江人,高中文化,从湖北流浪过来。他说那女的当时三十八岁了,还有个出嫁了的女儿,但也承认,"看上去小一些"。和有娃子同居以后,她仍旧喜欢满街捡垃圾,屋里堆得到处都是。做饭她只会下面条,把很多方便面的调料倒在里面,弄得很咸。有娃子跟她在一起,"整整待了十九天",以后被计生办和派出所带走的情节,有娃子说完全没有发生,是医院的人把她领走了。
  有娃子还说,她自己离开,还和五队一个人同居了几天,以后又去街上租房子,人家看她捡垃圾把房子摆得不行了,期满后就不租给她,她又回到垃圾堆那里。医院的人看她回来,就把她送到福利院去了。到福利院后的下落,有娃子说不知情。
  这段讲述中的日期有些混乱,有娃子说记不清楚了,除了那个十九天。最初,他完全不承认有这件事。

三

  有娃子说,眼下他已经不想"男女那点事了",觉得"女人都很狠心"。那个流浪的女人并不狠心,但她毕竟是疯子。不想再找女人之后,有娃子后悔房子起这么大,弄得没有积蓄看病,因为有了楼房,还被评掉了低保,眼下完全只靠跑摩的挣生活费和每天的药钱。
  他跑摩的习惯了,大雪天也情愿待在外面,觉得家里更冷。一些老太太明明看到他的手吓人,也情愿坐他的车,因为他态度好,跑得慢,还因为他的车是老式的90嘉陵摩托,中间是弯下去的,有点像踏板车,坐起来有一种安全感。村里说有娃子六十岁以后能评五保,但"我不知道能否挨到那个时候。"

大年初四这天,下了雪,一个跑摩托车的人来到有娃子家里,拿走了两副对联,给亲戚家结婚用。对联是有娃子过年前到市里进的,每年过年会卖上一回,屋里还剩着一叠。有娃子的屋门上,却没有贴上一副。

核桃树下

来到这座大山,路途遥远。在山腰,离开公路后几个上坡的急弯,车子驶入一片高大的核桃树林下。气氛忽然安静下来,连同轮胎腾起的尘土,路上强烈的阳光留在了世界高处。这是树干和叶子的世界,只有在深处,隐约看见住户。

我们向着一户人家走过去,经过黑色的大核桃树。家乡有核桃,但似乎从没见过这么古老庞大的树,比那些没有果实负担的乔木还要高大,树冠仍旧挂着青翠饱满的核桃,像和黑色的树干完全无关。

在最大的那棵核桃树身上,有一溜齐整的豁口,环绕着向上,像是一个个平平的酒杯,或是耳朵。看起来是人工挖出来的,我想是用来蹬脚爬树。想起了家乡漆树身上割出的一个个口子,插着叶子或贝壳。

往深处走到那个院子,似乎比邻家要荒凉一些,院地不平,也没有什么器物。迎面的老屋,带着彝族人的装饰,屋顶中段有点凹下来了。

小姑娘坐着小凳,在空荡的厨房吃炒饭,捧着一个显得过大的碗。没有菜,天气的闷热似乎不适于进食,她的动作缓慢停滞,像是根本没有吃进一粒米,供养一丝生气。

她今年十三岁,上五年级,但她半年没有和弟弟一起去上学了。

上学要走下整座山,过一条河,回来时则是爬山。半年前和伙伴爬山回家的途中,她在一个小小的沙土坡坎上,忽然掉队,摔倒了。

有个隐形的伙伴拿针刺了她的小腿肚子,绊倒了她。父母用三轮摩托送她到乡上,再搭公交到漾濞县城,起初诊断为胃病,最后却确认为一个陌生可畏的名字:急性淋巴细胞白血病。

似乎这个属于遥远他乡的病名,特意越过绵延的群山,穿透大核桃树浓密荫蔽的树冠,在树下贫瘠的静谧中找到了她,要在这座已经过于空旷的院落里,再拿走一件东西。

她流鼻血和头昏的日子越来越多,只好告别了学校和下山的路途,除了频繁出门就诊,只是待在大核桃树下的院落里,看着弟弟每日背书包出门归来,和偶尔接收在昆明打工的堂哥的消息。

堂哥送了她一套《格林童话》,当她渐渐从树林和院落退回到堂屋里破旧的沙发上,这些童话还可以带她到远方,比她治病走到的大理和昆明更远之处。

但渐渐地她在童话里也走不动了。

那个隐形的伙伴一点点拿掉了她所有的血,不动声色,连疼痛的提示也阙如。家里没有钱去终止这个进程,换掉失效的骨髓,是一笔接近百万的天文数字,即使是古老的大核桃树冠最高处的枝梢,也相隔天壤。六次去大理化疗的花销,二十多万的负债,让本来贫瘠的家中变得更空旷,也让父母的声音日渐空洞。

最近两天的三次流鼻血,正在抽去最后的力气,她回答的声音轻飘,又带着晦涩。问话已经使她过于劳累,最好是回到沙发上,虽然天热仍旧捂着被子,保存剩余的体温,像土墙下枝叶卷曲的美人蕉。

她没有吃什么饭,似乎只是尝一尝盐味。没有多少味道可以品尝,屋顶下有一桶蜜蜂,是用粗核桃树干挖空,横卧在屋脊下,但只是一桶,远远比不上邻居。

那棵带有酒杯式脚蹬的大核桃树是她家的,脚蹬是爷爷亲手砍出的,但只是一棵,其他的分给了叔叔伯伯家。邻居家有好多根大树。她爬过家中大核桃树的腰身,也喜欢吃核桃,但眼下力气和味觉一起离她远去。连父母的声音也失去了味道,干巴巴地像是盐放久了。

我们无力地谈起花费和报销,将来可能的康复和上学,功课不能撂下,喜欢哪个老师之类。所有人似乎在小心回避一件事,正显出它时刻在那里,占满了这座屋子,比眼前小姑娘身上仅余的生气更真实。

我们不久离开了那里,把小姑娘留在大核桃树荫下。树下的时光似乎和外面不一样,我希望这里的时间会久些,让小姑娘掉队得慢一些,却不知道慢一些的意义。

离开的第三天,我们在车上接到父亲的电话,小姑娘死了。父亲的声音仍旧干巴空洞,分辨不出味道。

大树下的时间并不慢。那个陌生的名字来自远方,它用一种没有顾忌的步骤带走了她,远比我们坚决。

这是我们失败的秘密。

(原载《上海文学》2017年第8—12期)